JN311671

二見文庫

逃避の旅の果てに

スーザン・エリザベス・フィリップス／宮崎 槙＝訳

The Great Escape

by

Susan Elizabeth Phillips

美人でお洒落《しゃれ》な、かげかえのないわが友人ドーンに
この書を捧げる。

そんな言葉とは裏腹に、ルーシーはほんとうの家族がいたらどんなにかいいだろうと、叶わぬ願いを胸に抱きつづけてきた。庭の芝刈りをしたり、くだらない愛称で呼びかけてくれる父親がいたら……泥酔《でいすい》して寝る相手も選ばない、職にあぶれた母親なんかではなく、まともな母親さえいてくれたら……物心ついて以来こんな切ない思いがずっと心にあった。

逃避の旅の果てに

登　場　人　物　紹　介

ルーシー・ジョリック	前合衆国大統領の養女
パトリック・シェイド	警護エージェンシーで自称“パンダ”
メグ・コランダ	ルーシーの親友
テッド・ビューダイン	ルーシーの元婚約者で テキサス州ウィネットの町長
トレーシー	ルーシーの妹
ニーリー・ジョリック	ルーシーの母親で前合衆国大統領
マット・ジョリック	ルーシーの父親でジャーナリスト
ジェームズ・リッチフィールド	ルーシーの祖父で元副大統領
トビー・ウィーラー	チャリティ島の少年
ブリー・ウェスト	トビーの後見人で養蜂家
マイク・ムーディ	ビッグ・マイク仲介会社の経営者
テンプル・レンショー	フィットネスのコーチ
マックス	テンプル・レンショーの恋人
クリスティーナ・コンラッド	心理学者

1

ルーシーは呼吸もままならなかった。心地よくフィットしているはずのウェディングドレスの上身ごろがまるでヘビのように体を締めつけていた。ここウィネット長老派教会のロビーで、自分は呼吸困難のために死んでしまうのだろうか。

ドアの外では各国の報道関係者たちが列をなしており、教会の内陣は著名人やそうそうたる顔ぶれの招待客であふれ返っている。ほんの数歩先では、世界一の花婿に嫁《とつ》ぐ娘に付き添ってバージンロードを歩くため、前大統領夫妻が待機している。花婿テッドはまさに理想の男性。誰よりも優しく、思慮深く、知性もあり……非の打ちどころがない。まともな思考の女性なら誰しもテッド・ビューダインとの結婚を望まないはずがないだろう。ルーシーも彼と出逢った瞬間くらくらと眩暈《めまい》を覚えたほどだ。

婚礼の開始を知らせるトランペットの音色が響き渡り、ルーシーはどうにか息を吸いこんだ。結婚式には絶好の日和《ひより》だった。五月も下旬になると、テキサス州ヒルカントリーでは春の草花はしおれてしまうが、百日紅《さるすべり》の花は満開で、教会のドアの向こうでは薔薇《ばら》が咲き誇っている。これ以上は望めない最高の季節だろう。

わずか四人といまどき珍しいほどささやかなブライズメイドの一人、十三歳になる末の妹が前に進み出た。続いて十四歳の妹、大学時代からの友人メグ・コランダが進み出ることになっている。メイド・オブ・オナー（ブライズメイドの代表）は十八歳の妹トレーシーが務める。トレーシーはテッドにぞっこんで、いまだに彼と話すとき頬を赤らめるほどだ。

顔にかかった幾重ものチュールのベールがひらひらとはためき、ルーシーは息苦しさを感じた。素晴らしい彼の愛し方、頭脳の明晰《めいせき》さ、優しさを思い、あらためて感嘆した。これ以上の結婚相手は世界じゅうどこを探しても、いるはずがない。一人の友人以外、誰もがお似合いのカップルだと褒《ほ》めちぎった。

親友のメグだけは意見が違った。

昨夜リハーサル・ディナーのあと、メグはルーシーを抱きしめて耳元でささやいた。「ルース、彼は素晴らしい男性よ。まさしくあなたのいったとおりだったわ。だから絶対に彼と結婚してはだめなの」

「わかっているわ」ルーシーは気づけばそうささやいていた。「でも結婚するしかないわ。もうあと戻りできないもの」

メグは激しくルーシーを揺さぶった。「手遅れなんかじゃないわよ。必要なことはなんでも手伝うから」

そう簡単にいいきってしまえるのは、とことんお気楽なメグだからだ。私は気ままに生きている彼女とはわけが違う。メグには理解しようもないだろうが、私には果たすべき責任があるのだ。母ニーリーが公職の宣誓を行なうその前から、アメリカ国民は多彩な顔ぶれの揃ったジョリック一家に魅了されていた。三人の養子、二人の実子からなる五人の子どもたち。下の二人のことは、両親がマスコミから守ったが、大統領宣誓式のときルーシーは二十二歳。結局メディアの関心はもっぱらルーシーに向けられることとなった。しばしば家を空《あ》けることの多かった両親にかわって子どもの面倒を見たり、異性ともめったに交際することなく児童養護活動に従事するルーシーの様子や、ファッションには疎《うと》いともみえる服装についても報じつづけた。当然ながら今回の結婚式も世間の注目の的となっている。

　やんちゃではねっ返りだった十四歳のとき、両親と出逢った半生を象徴するかのように、ルーシーはバージンロードのなかほどから両親にエスコートしてもらうよう決めていた。最後の直線は左右を父と母に支えてもらいながら、祭壇に向かうのだ。

　シャーロットが白い絨緞《じゅうたん》の上に一歩を踏み出した。兄妹のなかでももっとも内気で、姉が嫁ぎ身近にいなくなってしまうことを誰より不安がっている。「毎日だって電話で話せるじゃないの」ルーシーは妹を励ました。しかし姉がそばにいることに慣れているシャーロットにとって、同じ屋根の下にいるのとそうでないのとではやっぱり違うのだそうだ。

　いよいよメグが足を踏み出す番がきた。メグは肩越しにちらりとルーシーを振り返った。長いベール越しではあっても、メグの微笑みにかすかな懸念が漂うことに、ルーシーは気づいた。ルーシーはメグの立場に羨望《せんぼう》を覚えた。兄妹の面倒を見たり一家の名望を守ることもなく、ジャーナリストのカメラを意識しないで済む自由がうらやましい。

メグは前を向き、ブーケを腰のあたりに持ち上げ、微笑みを浮かべて一歩を踏み出そうとしていた。

ルーシーの思考は停止していた。なぜこうしたとてつもなく自分本位な行動に出るのかという理由を自問する余裕などなかった。制止すべきだと主張する意志に逆らって、ルーシーは抱えていたブーケを落とすと妹たちの脇をよろめくように進み、前へ歩み出ようとしているメグの腕を強くつかんだ。「いますぐテッドと話したいの」と告げる自分自身のかぼそい声が遠くから聞こえるように感じた。

真後ろでトレーシーが息を呑んだ。「ルース、どうしちゃったの？」

ルーシーはトレーシーと目を合わせることができなかった。体は燃えるように熱く、心は混乱していた。ルーシーはメグの腕を握りしめた。「彼を連れてきてちょうだい、お願い」

その言葉は嘆願するような、祈りにも似た響きをともなっていた。

幾重《いくえ》ものチュールを通しても、メグがショックで口を開くのが見えた。「ここまできてなんなの？　そんなことをいいだすのなら、せめて数時間前にすればよかったと思わない？」

「あなたのいったとおりだったわ」ルーシーは叫んだ。「なにもかも。どんぴしゃりね。助けてほしいの。お願い」助けを乞う自分が信じられなかった。ルーシーは常に人を助ける側の人間だった。幼いころでさえ、他人に助けを求めたりはしなかった。

妹のトレーシーが蒼い瞳を憤りでギラギラさせながらメグのほうを振り向いた。「わけがわからないわ。ルーシーになんといったの？」トレーシーは姉の手をつかんだ。「ルース、これはただのパニック発作。すぐ治まるから大丈夫よ」

いや、これはそんないっときの発作などではない。今後にかかわる一大事なのだから。

「いいえ、テッドと話したいの」

「いまになって？」トレーシーもメグと同じ言葉を返した。「彼と話すなんて無理だわ」

しかしルーシーはなんとしてもテッドと話したかった。トレーシーには途方もないことと映《うつ》っても、メグはルーシーの心理を理解してくれた。懸念《けねん》に満ちた表情でうなずくと、ブーケを腰のあたりに抱え、バージンロードを進んでテッドのもとに向かった。

ルーシーもわが身を支配しているヒステリックな人物が自分だとは信じられない気持ちだった。妹のショックに打ちのめされた表情を直視することもできず、ピンヒールでブーケから落ちたカラーの花を踏みつけながら、とにかくやみくもにロビーを横切った。教会入口の重厚な扉の左右にはそれぞれシークレット・サービスが立ち、厳しいまなざしで見張りをしている。その向こうには押し合いへし合いといった見物人の群れや、おびただしい数のテレビカメラ、記者が並んでいる。

本日コーネリア・ケース・ジョリック前大統領の長女ルーシー・ジョリックさん（三十一歳）とテッド・ビューダイン氏との婚礼の儀が執り行なわれる。花婿テッドさんは伝説的名ゴルファー、ダラス・ビューダイン氏とニュース番組キャスターのフランセスカ・ビューダインさんの一人息子だ。前大統領の家族の挙式会場として花婿の郷里であるテキサス州ウィネットという小さな町の教会が選ばれたのは意外ではあるものの……。

きっぱりと目的のある男らしい足音が聞こえ、振り向いてみるとテッドが歩み寄ってくる。ベール越しに、彼の黒褐色の髪に一条の陽の光が降りそそぎ、さらにはもうひとすじの光が端正な面立ちを照らしているのが見えた。いつものように。彼がどこへ向かおうと陽の光は彼を追うようについてくる。彼は完璧な美貌の持ち主で、心優しく男子たるものかくあるべしというお手本のような男性だ。これほど欠点のない、文句のつけようのない男性にはルーシーも会ったことがない。彼女の両親にとっても理想的な婿になるであろうし、また未来の子どもたちにとっても素晴らしい父親となることだろう。急ぎ足で歩み寄る彼のまなざしには、当然あるべき怒りではなく、懸念の色があった。

彼の真後ろから動揺で顔をこわばらせているルーシーの両親が近づいてくる。そのあとには彼の両親、妹や弟やら両家の家族がいっせいに集まってきた。テッドの友人、ゲストたち……ルーシーが大好きな、愛する人びとまで、駆けつけた。

ルーシーは唯一救いの手を差し伸べてくれるはずの人物の姿を必死で探した。

メグは脇にひっそりとブライズメイドのブーケを握りしめて立っていた。ルーシーは目の表情で訴えかけ、自分がいま必要なものをつかんできてくれるよう嘆願した。メグはルーシーのほうへ駆け寄ろうとして、止まった。親友同士のテレパシーでルーシーの思いを理解したのだ。

テッドはルーシーの腕をつかみ、近くの控室に連れこんだ。ドアが閉まる直前、メグが大きく息を吸いこむとルーシーの両親のほうへしっかりとした足取りで歩み寄る様子が垣間見えた。メグは混乱や紛糾への対処に慣れている。きっとうまく受け流して時間稼ぎをしてくれるだろう。しかしその先どうすればいいのか、までは考えられなかった。

細長い控室にはたくさんのフックが並び、青い聖歌隊の衣装が掛けられ、高い棚の上には讃美歌集や楽譜、ほこりをかぶった古い段ボール箱が置かれている。奥のドアのくすんだ窓枠から黄色っぽい光が彼の頬をかすかに照らしている。ルーシーは息苦しさで眩暈さえ覚えた。

テッドがしげしげとルーシーを見おろした。千々に乱れる彼女の心をよそに、テッドの瞳には冷静な懸念だけがあった。その落ち着きで、どうかこの事態を収拾して。私を正気に戻してちょうだい。ルーシーは祈るようにそう思った。

汗のためか涙のせいかわからないが、チュールがルーシーの頬に貼りつき、自分でも思いがけない言葉が口を突いて出た。「テッド、ごめんなさい。私には——やっぱり無理なの」

ルーシーが想像していたとおりに、テッドがベールを上げた。ただそれは本来セレモニーの最後に花嫁にキスするための動作のはずだった。テッドは当惑の表情を浮かべていた。

「いったいどうしたというんだ?」

ルーシー自身、自分の行動が理解できなかった。ここまで強烈なパニックに襲われたことはいまだかつてない。

テッドは胸を張り、ルーシーの瞳をひたと見据えた。「ぼくらは似合いのカップルだと思うけどね」

「そのとおりよ。間違いなくね」

テッドは次の言葉を待っていた。ルーシーはその先何をいうべきか考えられずにいた。ただただ息苦しかった。やがてどうにか口を動かした。「おたがいにぴったりの相手だということはわかっているの。でも……やっぱり無理だわ」

ルーシーはテッドが反論するものと予想した。何かいい返してくるのが当然だった。きみは間違っていると。胸に抱き寄せ、これはただのパニックの発作なんだよと言い聞かせるはずだった。しかし彼はわずかに口もとを引き締めただけで、表情を変えなかった。「きみの友人メグ」彼はいった。「これは全部彼女のせいなんだよね？」

そうだろうか？　混沌《こんとん》を糧《かて》に生きている、本能的即断が得意技のメグが友情ゆえに思ったままを発言したりしなければ、自分はこれほど大それた行動に出ることはなかっただろうか？「私には無理なの」ルーシーの指先は氷のように冷たく、ダイヤの指輪を抜こうとしても手が震えた。やっと抜けたものの、危うく床に落としそうになりながら、それを彼のポケットに押しこんだ。

テッドはベールをふたたびおろした。彼は行くなとすがらなかった。そもそも人に何かを強く求めたりすることさえできない人間なのだ。だから考え直してくれと頼みもしなかった。

「だったら仕方ないね……」彼は無愛想な顔で頷《うなず》くと背を向けて立ち去った。一貫して穏やかで感情を抑制した、非の打ちどころのない態度だった。

ドアが閉まるとルーシーは胃のあたりに手を当てた。彼のあとを追うべきよ。追いついて気持ちが変わったと告げなさい。みずからの理性にいくら促されても、足はいうことを聞かず、脳も機能しなかった。

ドアノブがまわり、ドアが開いた。父がいて、その後ろに母も立っていた。二人とも懸念と緊張の入り混じった蒼い顔色をしている。二人はルーシーを無償の愛で育ててくれたし、テッドとの結婚はそんな二人への何よりの返礼のつもりだった。両親にこうした形で恥をかかせるなど、あってはならないことだった。いますぐ彼を連れ戻す必要があるのだ。「まだダメなの」ルーシーは自分でもどういう意味かと訝《いぶか》りつつ、ささやいた。わかっていることは、自制心を取り戻し、本来の自分に立ち戻る時間が必要だということだけだった。

マットは逡巡《しゅんじゅん》し、やがてドアを閉めた。

ルーシーの築いた世界が瓦解《がかい》した。夕刻前には彼女がテッド・ビューダインを棄てたというニュースが全米に広まるだろう。考えられない事態だ。

おびただしい数のカメラ……群れなす記者たち……このほこりっぽい小部屋から出ることもできない。これから終生ここで讃美歌集と青いローブに囲まれながら、最高の男性を傷つけ、家族に恥をかかせた罪を償うのだ。

ベールが唇に貼りついていた。ルーシーは被り物を引き剝《は》がし、櫛《くし》とクリスタルが髪に引っかかった痛みをむしろ心地よく受け入れた。こんな頭のおかしい恩知らずな自分には罰が必要なのだ。そう考えながら身に着けたものをすべて剝ぎ取った。ベール、ウェディングドレス。背中に手を当て、ジッパーをおろし、ドレスを足元に脱ぎ捨てた。そして美しいフランス製のブラ、レースのブライダル・パンティ、ブルーのガーター、白いサテンのピンヒールを身に着けたまま、苦しげに肩で息をしていた。

逃げるのよ！　そう命じる甲高い声が頭のなかで響いた。逃げるの！

部屋の外で群衆のざわめきがひときわ大きくなり、教会の扉を誰かが開きまたすぐ閉じたらしく、さざめきはやみ、しんと静まった。

逃げなさい！

ルーシーは青いローブの一枚をつかんだ。それをフックから引っ張り、乱れた髪の上からかぶった。ひんやりしたカビ臭いサテン地が体の上を滑りおり、フランス製のブラや小さなパンティを覆い隠した。ルーシーはよろめくようにして控えの間の端にある小さな扉に向かった。ほこりまみれの窓枠を通してブロック塀で仕切られた雑草だらけの細い歩道が見えた。手もまともに動かせず最初は錠が開かなかったが、やっとのことでノブがまわった。

歩道を進むと教会の裏手に出た。エアコンの室外機の前を通り抜ける際、舗装のひび割れにピンヒールのかかとが引っ掛かった。春の雷雨で落雷したのだろうか、ゴミがあたりの砂利の上に散乱している。打ち砕かれたジュースの空カートン、ちぎれた新聞紙、子どもの砂場からはたたきつぶされたシャベルも。ルーシーは歩道の端まで行くと立ち止まった。警備員がそここにいて、彼女は次にどう行動すべきかしばし頭をめぐらせた。母が大統領を退任して一年が過ぎようとする数カ月前に、ルーシーはシークレット・サービスの特別警護の対象からはずれた。とはいえ母ニーリーにはいまでも警護がついているので、母と一緒に行動することの多いルーシーは自分に特別警護がつかなくなったという実感がなかった。テッドは町の小規模な警察を補う意味で私立のガードマンを雇っている。ドアのところにはそんな警備員が数人いた。L字型の駐車場は車であふれ返っており、あちらにもこちらにも人の姿があった。

ワシントン育ちのルーシーは中央テキサスのよさはわからずじまいだったが、この教会が古い住宅地の端に建っていることは覚えていた。なんとか路地を抜け、立ち並ぶ家々の反対側に抜けることができれば、誰にも見られることなく横丁に行き着けるかもしれない。

しかしその後はどうするのか。これは昔ニーリーがホワイトハウスから抜け出したときのように、入念に計画された家出とは違う。そもそも家出なんかではない。中断、中止なのだ。とりあえずは息を整え、気を落ち着かせる場所が必要なのだ。無人の子ども用の遊戯室でも、誰かの裏庭の隅でもいい。報道陣の大混乱、裏切られた花婿と驚きあわてる家族たちから少しでも遠ざかりたい。本来の自分に立ち返り、自分を受け入れてくれた人びとへの恩義を思い返すために、一時的な隠れ家を探さなくては。

ああ、いったい私はなんということをしでかしてしまったの？

教会の反対側の騒動に警備員が気をとられた。ルーシーは騒ぎの模様など見たくもなかった。よろけながらブロック塀をまわり、路地を走って渡り、ゴミ収集容器の後ろにしゃがんだ。膝《ひざ》がブルブルと震えるので、錆《さ》びた金属製の容器の側面で体を支えなくてはならないほどだった。生ゴミの強い悪臭が発散していた。慌てた人の叫び声などは聞こえず、教会の前に作られた観覧席を片づける物音が聞こえるだけだ。

何か子猫の鳴き声のようなかぼそい叫びが聞こえたと思うと、それは自分の声だった。古いビクトリア朝様式の家を区切る低木の植え込みに沿って這《は》うように進んだ。植え込みはレンガ舗装の通りで終わっていた。ルーシーは急ぎ足で通りを渡り、誰かの裏庭に逃げこんだ。

古い樹木が狭い地所に影を落としていた。分離したガレージが狭い路地に向かって開いている。ルーシーはブルーのローブをよりいっそう掻き合わせるようにしてやみくもに一つずつ庭を移動した。ある庭の植えたばかりの野菜園では新しく伸びた蔓《つる》に青いプチトマトが実をつけており、ルーシーのヒールが軟らかい土に沈んだ。開け放ったキッチンの窓からはポット・ローストの匂いが漂い、別の窓からはテレビのゲーム番組の音が聞こえてくる。間もなく、テレビ番組でニーリー・ジョリック前大統領の無責任な娘についてのニュースが流れるだろう。たった一度の過ちで、三十一歳のルーシーは十七年間にわたる模範的なふるまいを台なしにしてしまったことになる。ルーシーを養女にしたマットとニーリーの判断が過ちではなかったことを証明して見せるための十七年だったというのに。テッドに対してしたことは……これ以上ないほどのむごい仕打ちだった。

犬が吠え、赤ん坊の泣き声が聞こえた。庭用のホースにつまずき、ブランコセットの後ろを通った。犬の吠え声がいっそう大きくなり、色褪《いろあ》せた被毛の犬が隣家との境目であるワイヤーフェンスに向かってきた。ルーシーは聖母マリアの像の後ろにまわり、路地に向かった。ピンヒールの爪先に小石が詰まっていた。

エンジン音が聞こえ、ルーシーははっと身を起こした。使い古した感じのバイクが路地に入ってきた。ルーシーは二つのガレージのあいだに身を潜め、剝げかかった白いペンキにピタリと背中を当てた。バイクはスピードを落とした。ルーシーは息を止め、バイクが通り過ぎるのを待った。しかしバイクは走り去らず、ゆっくりと前進し彼女の前で停まった。ライダーはガレージの隙間からその奥にいるルーシーへと視線を動かした。

エンジンをアイドリングさせながら、男はルーシーをしげしげと観察した。男はブーツを履いた片足で砂利を踏んだ。「どうした？」男はエンジン音にかぶせるように声をかけた。

どうしたなんてもんじゃない。私はたったいま未来の夫となるべき素晴らしい男性にこのうえない打撃を与え、家族の顔に泥を塗ったの。いま素早く行動しないと史上最悪のドタキャン花嫁の烙印《らくいん》が押されてしまうのよ！　それなのに「どうした？」なんて訊くの？

男はウェーブのある黒髪を首より下まで長く伸ばしている。冷ややかな感じの青い瞳、高い頬骨、酷薄そうな薄い唇。長年警護のつく生活が続いたので、身の安全はあって当たり前のものだったが、いまはとてもそのようには思えない。よく見るとたしかこの男は昨夜のリハーサル・ディナーの風変わりな顔ぶれの列席者の一人だったが、それが安心材料とはとてもいえない。一応柄にもないこぎれいなダークスーツを着てはいるが、しわになった白いシャツの襟元は開き、ブーツはほこりだらけで、とてもじゃないがこんな路地裏で出会いたい人物とはいえなかった。

男の鼻はシャープなラインではなく、先端は角張っていた、しわだらけのネクタイが似合わないスーツのポケットから突き出ている。櫛も入れていないらしい絡み合う巻き髪の真っ黒なロングヘアは、まるで黒のインク瓶に直接指を浸して描いたヴァン・ゴッホ作品の夜空のようだ。

母ニーリーの最初の選挙戦以来十年以上、ルーシーは適切な発言、ふさわしい行動を心がけ、いついかなるときも微笑みを絶やさず、品格を保つよう努力してきた。初めての人との世間話など手慣れたもの……のはずなのに、この状況でなんと答えるべきか、言葉に詰まってしまった。それどころか、「どうしたって訊きたいのは、こっちだわよ」といい返したくてウズウズするほどなのだった。しかし実際には口をつぐんだ。

男はバイクの後部に向けて顎をしゃくり、「乗るかい？」と尋ねた。

ルーシーはショックが血管から毛細血管へ、皮膚から筋肉や骨まで全身を突き抜けていくのを感じた。体が小刻みに震えているのは、寒さのせいではなく、このバイクに乗りたいという欲求がかつてなかったほどに大きいものだという自覚からくるものだった。このバイクに乗って、自分のしでかした出来事から逃げ去りたい。

男はネクタイをスーツのポケットの奥深くに押し入れ、その瞬間ルーシーの足は一歩を踏み出した。まるで足だけが肉体から分離したかのように、勝手に動き、止めようとしても止まらない。バイクに近づいてみると、傷《いた》んで変形したテキサスのナンバープレートと、古びたシートに貼りつけた隅の折れたバンパー・ステッカーが目に留まった。印刷の文字が色褪せてはいたものの、かろうじて判読できた。

ガソリン、マリファナ、セックス。どれかと引き換えに乗せてやる

メッセージはルーシーの心に衝撃波のように伝わった。見過ごすことのできない警告。しかし思考を裏切る肉体はなおも勝手に動いた。片手で聖歌隊のローブをぐいと引き、片足が地面を離れ、脚がシートをまたいだ。

男は一個しかないヘルメットをルーシーに手渡した。彼女はそれを崩れたアップの髪にかぶせ、男のウエストに腕をまわした。

バイクは路地を素早く駆け抜けた。聖歌隊のローブが風にはためき、むきだしの脚に強い風圧がかかり、髪はたなびいて顔面の覆いに打ちつけていた。

バイクが路地から路地へと移動し、かなりのスピードで角を曲がるあいだに、ルーシーはローブの裾《すそ》を腰の下にはさみこんだ。安っぽいスーツの生地の下で、彼の背中の筋肉がしなやかな動きを繰り返していた。

二人を乗せたバイクはウィネットを離れ、ごつごつした石灰岩の断崖に沿って二車線のハイウェイを走った。ヘルメットは彼女を包んでくれる繭、バイクは彼女の唯一棲息《せいそく》できる惑星だった。バイクは満開のラベンダーの畑、オリーブオイル工場、ヒルカントリーの北部に散在するブドウ園の前を走り抜けた。風がローブを剝がし、膝や大腿がむきだしになっていた。

陽が傾き、ローブの薄い布地を通して冷たい夜気が伝わってきた。この冷たさは大歓迎だとルーシーは思った。自分にはぬくぬくと心地よく過ごす資格などないのだから。

その後木製の橋を高速で渡り、テキサスの州旗が側面に描かれた、古い納屋の前を通り過ぎた。洞窟《どうくつ》や牧場の観光案内の看板の前も瞬く間に駆け抜けた。そうして数マイルなのか、はたまた数十マイルなのかわからないが、かなりの距離を走った。

信号機が一台しかない町に着くと、男はさびれたコンビニに近づき、建物の横にある暗がりにバイクを止めた。そしてルーシーに向かって降りろという仕草をした。ルーシーはローブの裾に足がもつれ、転倒しそうになった。

「腹が減ったか？」

ルーシーは食べ物のことを考えるだけで吐き気を覚えた。こわばった脚を擦りながら、首を振る。男は肩をすくめ、店の入口に向かった。

ヘルメットの曇ったフェイスガードを通して、男が思った以上に長身であることがわかった。六フィートぐらいだろうか、胴より脚のほうが長い。ぼさぼさの真っ黒な髪、浅黒い肌、体を揺するような足取り。ルーシーがこれまでおもに接してきた国会の下院議員、上院議員や世界じゅうの首脳たちとは、およそかけ離れたタイプだ。窓越しに店内が見え、男が奥の冷蔵ケースに向かうのがわかった。女性店員はやりかけていた作業を中断して男を見つめた。数分間男の姿が見えなくなったが、やがてビールの六本入りパックを精算カウンターに置いた。店員の女性は髪を手でふわりと払い、あからさまに媚《こび》を売った。男はビールのほかに何点かの品物をレジのそばに置いた。

ルーシーの足には靴ずれができていた。軸足を変えると、窓に映った自分の姿がちらりと見えた。大きなヘルメットが頭部を覆っているために、いつも年齢より若く見られる童顔も隠れて見えない。またはおったローブが、結婚前のストレスのせいで、普段からスレンダーな身体がやや痩《や》せすぎになっていることも隠してくれている。年齢は三十一歳、身長は五フィート四インチ。一人前の大人のはずなのに、自分がいかにもちっぽけで身勝手な家出少女に見える。

まわりに姿を見られる心配はなかったが、ルーシーはヘルメットを脱ぐ気になれなかった。それでも頭皮に食いこむヘアピンの圧迫を減らそうと、少しだけヘルメットを上げてみる。普段は髪を肩あたりまでおろし、パーマもかけず、メグの嫌いなよくあるヘアバンドで前髪をあげ、こざっぱりとしたヘアスタイルにしている。

「そんな髪型にしていると、グリニッチヴィレッジの中年おばさまに見えちゃうわよ」メグはそういい放った。「ジーンズも穿《は》かないのなら、そんなやぼったいパールなんて捨てちゃいなさいよ。そもそもそんなプレッピーな服装自体馬鹿げてるわ」その後やや口調をやわらげてメグはいった。「あなたはニーリーじゃないのよ、ルース。ニーリーだってあなたに自分の真似をしてほしいとは思ってないわよ」

メグは理解していない。彼女はLAの生みの親のもとで育った。どんなに突飛な服を着ようと、異国情緒あふれる変わったネックレスを首にかけようと、尻に竜のタトゥーを入れようと、誰にも文句をいわれない。しかしルーシーにはそんな真似はとてもできない。

コンビニのドアが開き、男が片手に食料品の入った袋を、もう一方の手にビールの六本入りパックを抱えて出てきた。男が無言で購入品を擦りきれたバイクのサドルバッグにしまいこむ様子をルーシーは懸念を抱きつつ眺めた。男がビール六本を飲み尽くすありさまが思い浮かび、このままバイクに乗せてもらうわけにはいかないと思った。誰かに電話をしなくては。そうだ、メグに連絡しよう。

しかしいま家族や友人と向かい合う勇気はなかった。ほかの誰よりも理解してくれている親友のメグとでも無理だった。いずれ家族には自分の無事を知らせたいと思う。近いうちに……でももう少しだけ時間がほしい。どんな言葉でどう伝えるべきか、考えがまとまるまでは。

ルーシーは頭部が青色のエイリアンのように、バイクの男の前に立っていた。男からじろじろと見つめられ、あらためて自分がこれまでひと言も言葉を発していないことに気づいた。いくらなんでもそれは不自然だ。何かいわなくては。「テッドとはどんな関係なの?」

男は背を向けてサドルバッグの留め金を締めた。バイクは古いヤマハで、黒い燃料タンク一面に銀色の文字で〈戦士〉と書かれている。「ハンツヴィルの刑務所仲間」男はいった。

「武装強盗と故殺」

この男はただ冷やかしているだけなのだ。それを聞いてこちらがどれほど縮みあがるか見てやろうという、暴走族なりのテストなのだろう。こんなことを続けるのは正気の沙汰《さた》ではない。そもそもこの自分がまともなら、こんなことはしでかしていない。それも厄介な気の迷いのせいだ。あるべき状態から逸脱し、元に戻れないというこの状況。

影を帯びた、別の不安を掻きたてるような彼の瞳が彼女をしげしげと見つめた。「帰る気になったんなら送ってやるよ」

ルーシーはただ「そうね」と答えればよかった。たったひと言。ルーシーは発音のために舌の位置を整えた。それでも用意した言葉は出てこなかった。「まだダメなの」

彼は眉をひそめた。「自分が何をやらかしてるのか自覚はあるのか?」

その問いに対する答えはあまりに明白で、問い直すまでもないことだった。ルーシーが口ごもると、男は肩をすくめ、バイクにまたがった。駐車場を出ながら、はたしてこの暴走族みたいな風体の男のバイクに同乗して失踪してしまうことと、愛する家族と対面することと、どちらが恐ろしいかという疑問がルーシーの脳裏をかすめた。だが考えてみれば何もこの男に借りがあるわけではない。万が一にもこの男がよからぬもくろみを抱いているかどうかについては……考えたくなかった。

ふたたび風がローブを激しくはためかせた。唯一両手だけが、男の薄いスーツの生地から伝わってくる体温でじんわりとあたたかかった。ようやくバイクはハイウェイを下り、轍《わだち》の多い小道に入った。バイクのヘッドライトが雑木林に不気味な模様を浮き上がらせる。ルーシーはさっさと飛び降りて逃げなさいと理性がわめきたてるたびに、彼の腰にいっそう強くしがみついた。ついに川べりにある小さな岸辺にたどりついた。先刻目に入った標識からしてここはパードナレス川ではないかとルーシーは思った。死体を棄てるには格好の場所である。

エンジン音が消えると、あたりがあまりに静かすぎて胸苦しさを覚えるほどだった。ルーシーはバイクを降り、歩いて離れた。男は古いスタジアム・ブランケットのようなものをサドルバッグから取り出した。それを男が地面に落としたとき、かすかにモーターオイルの匂いが漂った。男はビールと食料品の袋をつかんだ。「そいつをひと晩じゅうかぶってるつもりか？」

ルーシーはヘルメットをこのままつけていたかったが、仕方なく脱いだ。ピンが何本もバラバラと落ち、スプレーで固めた髪の毛のかたまりが頬を突いた。岩に打ち寄せる川のせせらぎの音だけが夜のしじまに響き渡っている。男はビールをルーシーのほうへ向けて掲げた。

「六本しかないから分けたくはないけどさ」

ルーシーはこわばった微笑みを返した。男はビールの王冠を抜き、ブランケットの上で仰向けに寝転び、仰向けでビール瓶を口に運んだ。この男はテッドの友人ではないか。だから変な真似などするはずがない。不気味な外見、粗野な態度、ビール、それに擦りきれたバンパー・ステッカーは不吉ではあるけれど……。

ガソリン、マリファナ、セックス。どれかと引き換えに乗せてやる

「一本飲めよ」男は声をかけた。「飲めば少し気が楽になる」

ルーシーは寛《くつろ》ぎたくはなかった。おまけに尿意もあったが、とりあえず男を少しでも酔わせまいと、瓶を受け取った。彼の長い脚に少しでも触れないよう、怪しげな気配から遠ざかろうと、ブランケットの端に座った。ほんとうならいまごろ、ビューダイン夫人としてオースティンのフォーシーズンズ・ホテルに滞在し、シャンパンを飲んでいただろう。暴走族は食料品の袋からセロファンで包まれたいくつかのサンドイッチを取り出した。そのうちの一つをルーシーのほうへ投げ、別のサンドイッチの包みを開けた。「逃げ出すにしたってご立派な披露宴のご馳走を食べてからにすればよかったのにさ。こんなものと違ってえらく美味《うま》い料理だったろうに」

蟹肉《かににく》のパルフェ、ラベンダー・グリルド・ビーフ・テンダーロイン、イセエビのメダイヨン（円形焼き）、ホワイト・トリフ・リゾット、七層のウェディング・ケーキ……。

「ねえ、ほんとはテッドとどんな関係？」ルーシーは訊いた。

男はサンドイッチの大きな包み紙を嚙《か》みきり、ガブリとサンドイッチをほおばりながらいった。「ウィネットで建築の仕事をしているとき会った。で、おたがい意気投合しちゃって、いまでもあの土地に行けば会うって感じかな」

「テッドは誰とでも仲よくなる人なの」

「しかしあいつのようにいい野郎はそうはいない」彼は手の甲で口のまわりを拭うと、またビールをひと口飲んだ。

ルーシーは飲むつもりのないビールを脇へ置いた。「つまりあなたは、このあたりの出身じゃないってことね？」

「そういうこと」彼はサンドイッチの包み紙をまるめ、草むらに向かって投げた。

ルーシーは物を投げ捨てる人間が嫌いだったが、あえてそのことには触れずにおくことにした。サンドイッチを貪《むさぼ》り食うことに気を取られているのか、男はそれ以上自分について語る気がなさそうだったからだ。

ルーシーはこれ以上生理現象への対処を先延ばしできなくなった。食料品の袋からナプキンを一枚出し、びくびくしながら力ない足どりで森に向かった。用を足すと、ブランケットに戻った。彼はたて続けにビールを数本飲み干した。ルーシーはサンドイッチも喉を通らず、包みを脇へどけた。「どうして私を乗せてくれたの？」

「やりたかったから」

ルーシーは虫唾《むしず》が走るようにぞっとした。これはただの下品な冗談なのではないかと、それらしい兆候を探したが、男はにこりともしなかった。とはいえ彼はテッドの友人だと名乗っている。テッドの知り合いには変わった人物もいるにはいるが、犯罪者だという友人には会ったことがない。「真面目に答える気はないの？」ルーシーはいった。

男はルーシーをじろりと見ていった。「成り行きしだいではってこと」

「ありえないわ」

男が曖気《おくび》をもらした。大きな音ではなかったものの、ルーシーは嫌悪感を抱いた。「最近忙しすぎて、とんとご無沙汰なんでね。そろそろペースを取り戻したい」

ルーシーは男を下からにらみつけた。「相手が友人の結婚式から逃げ出した花嫁だとしても？」

男は胸をぼりぼりと掻いた。「ものの弾みってことがあるだろ。正気を失った女なら、どんなことでもやりかねないしさ」男はビールをあおり、また曖気をもらし、空き瓶を草むらに投げ捨てた。「で、どうなんだよ？　パパとママのところに帰る気になったか？」

「答えはノーよ」懸念はつのる一方だったが、まだ父母のもとへ戻るつもりはなかった。

「まだあなたの名前も聞いてないわ」

「パンダ」

「まさか、よしてよ」

「気に入らないっていうのかい？」

「そんなの本名であるはずがないわ」

「呆《あき》れたきゃ呆れるがいい。とにかくおれはパンダと呼ばれてるんだ」

「ふうん」ルーシーは男がチップスの袋を開ける様子を見つめながら、考えた。「そんな生き方も悪くはないわね」

「どういう意味だ？」

「バイクで町から町へ放浪の旅を続けながら偽名で暮らすというのも、なかなかいいかも」

大きなヘルメットで素性を隠しながら。

「まあね」

こんな会話をいつまでも続けるわけにはいかない。ルーシーは勇気を奮っていった。「携帯電話貸してもらえる？ ……連絡したい人がいるの」

彼はスーツのポケットに手を入れ、携帯電話を投げてよこした。ルーシーはそれをつかみそこない、ローブのひだに落ちた電話を手探りで探さなくてはならなかった。

「こんな場所だから、電波が届けばラッキーと思え」

思ってもみない指摘に、ルーシーも今日は自分の論理的思考が完全に停止しているのだということをいやでも思い知らされた。いままでは履いていることが拷問のように感じられるハイヒールで樹木の生えていない土の上をよろよろと歩きまわり、川岸でかすかに電波をキャッチできる狭い範囲を見つけ出した。「私よ」応答したメグに、ルーシーはいった。

「ルースなの？ 大丈夫？」

「それは見方によるわね」ルーシーは興奮で上ずったような笑い声を上げた。「いつもあなたは私にやんちゃな一面があるっていいつづけてたでしょ？ それを自分でも悟ったわよ」

これは事実とあまりにかけ離れた言葉だった。自分ほど放縦さと無縁の人間がいるだろうか。かつてそんな時期があったとはいえ、遠い昔のことだ。

「ルーシーったら……」電波は弱かったが、親友が案じてくれていることは伝わってきた。ウィネットに戻るべきだとは思う。でも……「私――私は臆病者なの、メグ。家族に合わせる顔がないのよ、まだ」

「ルース、みんなあなたを愛しているの。だからわかってくれるわよ」

「みんなに申し訳ないと伝えてちょうだい」ルーシーはこみ上げる涙をこらえた。「家族を愛しているし、自分が大変なことをしでかしたことは承知しているわ。きっと家族のもとに戻って始末をつけるつもりだけれど……でもいまはまだ無理なの。今夜は帰れない」

「わかったわ、伝えておく。でも――」

メグから、答えられそうもない質問を投げかけられる前に、ルーシーは電話を切った。どっと激しい疲れに襲われた。数週間よく眠れなかったせいもあり、今日の恐ろしい出来事で残されたわずかなエネルギーも使い果たしてしまったという感じだった。パンダは森に姿を消し、やがて出てきた。このままそっと酔わせておこう、とルーシーは思った。固い土の上に広げたブランケットをしげしげと見つめながら、ふと、大統領専用機の大統領専用スペースに並べられた寝心地のよいベッドや、ボタン一つ押せばするすると閉まる遮光シェードのことが思い浮かんだ。おそるおそるブランケットの端に横たわり、星空を見つめた。

自分にも身分を隠せる暴走族の呼び名があったらよかったのに。この自分にはない、タフさと強さを示す迫力のある名前が。

ルーシーは暴走族のメンバー名を考えながら眠りに落ちた。ヘビ……サソリ……マムシ。

2

じっとりした朝の冷気で、ルーシーは目を覚ました。ゆっくりとまぶたを開くと、低く垂れこめる雲のあいだから、薄桃色の光が射している。体のあちこちが痛み、冷え汚れきって、あいかわらず吐き気も続いている。今日は本来ならハネムーンの初日のはずだった。きっといまごろテッドも目を覚まし、私に対する恨みを新たにしているに違いない。

パンダはしわだらけのドレスシャツのまま、隣りで眠っていた。仰向けの顔のまわりで好き放題によじれ、うねるその黒髪。顎《あご》にはうっすらとひげが伸び、まるい鼻先には汚れが付着している。ルーシーは至近距離にいることに居心地の悪さを感じはじめ、ぎこちなく起き上がった。はずみで彼のスーツジャケットが彼女の体からするりと、ブランケットの上に落ちた。ルーシーは顔をしかめながらハイヒールを履き、足を引きずるようにして森のなかに入った。戻る際、草むらにビール瓶が六本投げ捨てられているのが目に留まった。それこそみずから足を踏み入れてしまった汚れた混沌を象徴するものだった。

テッドはハネムーンの滞在地としてカリブ海セント・バーツ島のヴィラを借りていた。彼のことだから、相手のいないハネムーンがどんなに惨めでも、ひょっとすると一人で旅立ったかもしれない。それでも、人里離れた川のほとりで目が覚めたら、隣りに無愛想な二日酔いの、どう見ても怪しい暴走族らしい男がいるというこの状況よりかはましというものだろう。

戻ってみると、男は背中をこちらに向け、川べりに立っていた。昨夜思い描いた、鼻っ柱の強い暴走族の女〈マムシ〉に変身するという想像はいつしか消え、男の存在を無視するのは不作法なことに思えてきた。「おはよう」ルーシーは静かにいった。

男はフンと鼻で笑った。

男が目の前で川に放尿するのではないかと、ルーシーは目をそらした。熱いシャワー、清潔な衣類、歯ブラシがひどく恋しかった。それらはあのままバージンロードを進んでいたら、間違いなく楽しめたはずのものだった。ポットに淹《い》れたコーヒー、まともな朝食。テッドの両手はこの肉体を優しく刺激しながら、極上のオーガズムへと導いてくれていただろう。それなのに現実に目の前にあるものはビールの空き瓶と、「やりたかったから」などと放言してはばからない野卑な男。何より混乱と不確実性を嫌うルーシーにとって、狼狽《ろうばい》した自分は許しがたいものだった。彼はまだ背を向けたままだが、ズボンのジッパーを手探りしている様子はない。ルーシーはあえて訊いてみた。「もしかして……これからウィネットに戻るの？」

男がまた鼻を鳴らした。

ウィネットはルーシーにとって居心地のいい土地ではなかったが、それでもテッド同様、あの町が大好きだというふりをしていた。だがあの町に行くたびに、町じゅうの人びとに品定めされているような気がした。アメリカ合衆国前大統領の養女ではあっても、テッドの相手としては格下だと見られているように感じた。もちろんそうではないことを証明することはできたが、じかに会うまではわかってもらえなかった。

パンダはなおも川を眺めており、長い体が石灰岩の岸辺に影を落としている。シャツはしわだらけで、裾は片側がはみ出し、どこから見てもみすぼらしい姿だ。靴を履いていることが拷問のように辛かったが、ルーシーは痛みを罰と受け止め、脱がずにいた。

パンダは突如振り向き、ブーツのかかとで土を踏みしめるようにして、ルーシーのほうへずんずん進んできた。「またあの混乱した人生に逆戻りするつもりなのか?」

当然その心づもりはできている。自分の義務を放棄したまま、先送りするのはもうたくさんだ。十四歳のころでさえ、責任感は持っていた。過去十七年間というもの、おまえが兄弟姉妹の面倒をよく見てくれているからとても助かっている、おまえの協力があるから仕事をきちんとこなせていると両親から何度感謝されたことか。

仕事も熱意をもってこなしてきた。最初は学士の称号を使い社会福祉事業で問題を抱えた十代の青少年の相談を受け持ちながら、公益の分野で修士号を取った。しかし数年後、その大好きな社会福祉の仕事をやめ、自己の満足感より影響力というものを優先させ、知名度を利用した院外活動に踏み出した。そんな努力がいくらか功を奏し、恵まれない児童を救済するための法案がいくつか議会を通過した。結婚後も院外活動をやめるつもりはなかった。やめられたら、という気持ちにふっと襲われることはあったが。月に数回空路ワシントンに赴き、テキサスではこなせない部分を片づけるつもりでいた。いまさら自分のしでかしたことの重大さと向き合ったところで詮《せん》ないことだ。

しかし胃袋はそんなあきらめを受け入れようとはしなかった。吐き気が強くなり、ルーシーは森に向かい、木の根元に嘔吐《おうと》した。長時間何も食べていなかったので、嘔吐がひどく苦しかった。

ようやく痙攣《けいれん》がおさまり、森から出てくる様子をパンダはほとんど見もしなかった。ルーシーはよろめきながら川に向かった。ヒールが岩に引っかかり、砂に埋もれた。そして川辺に跪《ひざまず》き、水で顔を洗った。

「出発だ」パンダがいった。

ルーシーは膝をついたまま、頬から水をしたたらせていた。自分の声が幼いころ住んでいた世界から響いてくるような、奇妙な感覚に襲われた。「あなたは身のまわりのものを全部ウィネットに置いてきたの？」

「どういう意味だ？」

「衣服や、スーツケース、知能優良者《メンサ》カードとか？」

「身軽な旅しかしない主義なんだ。ジーンズとTシャツが数枚、コンドームが数箱ってところかな」

大統領の家族には、誰もが感じよく接してくれるものだ。例外はメグと卑猥《ひわい》な冗談と露骨な引用を口にした父の妹の一人だけ。人びとの堅苦しい丁重さがいままでずっと鬱陶《うっとう》しいと感じてきたものだが、いまはそれを何より歓迎したい気分だ。ルーシーは聞こえないふりをした。「それならこちらが保障すべきものはないわね」

「いったい何をたくらんでる？」

いまごろ家族はルーシーの無事を知っただろう。メグからそれはきちんと伝わったはずだ。

「私はいまウィネットに戻るわけにいかないの。報道陣はまだいるでしょうから」じつは報道陣のことが気がかりではなかった。しかしそのことを彼に話すつもりはなかった。「あなたの直近のプランは何かなと思って」

「おまえをさっさと追っ払うこと」パンダは無精ひげの生えた顎をさすりながらいった。

「それから誰かと一発やる」

ルーシーはごくりと生唾を呑んだ。「その時間を私に分けてもらえないかしら？」

パンダは贅沢《ぜいたく》なほど高級なフランス製のブラの効果で豊かに見えるルーシーの胸元をちらりと見下ろした。「おまえはタイプじゃない」

彼の反応なんて気にしないで続けるのよ。「つまり、私に手出しせず、一緒にいてくれたらそれに見合うお礼はするといっているの」

「気が進まないね」パンダは地面に敷いたブランケットをさっとつかみ上げた。「おれは休暇中で、せっかくの休みを一日たりとも無駄にしたくない。とっととウィネットに帰りな」

「お金は払うわよ」ルーシーはそう口走っていた。「今日は無理よ。お金を持ってきていないから。でも近いうちに清算するわ」でもどうやって？　それを考えるのはあとまわしにしよう。「ガソリン代、食費、その他の出費はこちらが持つわ。それに加えて……一日一〇〇ドルの報酬を払う。これでどう？」

パンダはブランケットをまるめながらいった。「面倒すぎる」

「私はまだ家に戻れないの」ルーシーは十代のころにはあり余るほど持ち合わせていた虚勢を少しだけ引っ張り出した。あのころはまだ責任感というものに支配されていなかった。

「あなたに断わられれば、ほかの誰かを探すだけのこと」

これが虚仮《こけ》おどしだということを見抜いているのか、パンダはふたたび鼻で笑った。「まあ、おまえのようなお嬢ちゃんには一日八時間もバイクに乗るのは無理だと思うがね」

「そうかもしれない。でも一日ぐらいなら、なんとかなるわ」

「やめとけ」

「一〇〇〇ドルプラス経費、でどう？」

パンダはブランケットをサドルバッグに押しこんだ。「おまえがきちんと払う保証がどこにある？」

ルーシーは両手をよじった。「払うわよ。誓うわ」

「そうはいっても、テッドはおまえを信用してまんまと裏切られたわけだから」

ルーシーはうんざりした。「紙に書いてもいいわ」

「あんたのフィアンセが誓約書の一通も取っておかなかったのはドジな話だったたってこと

だ」パンダは苦虫を嚙みつぶしたような顔でサドルバッグのジッパーを締めた。

パンダはルーシーの申し出に応じることはなかったものの、置き去りにもしなかった。ルーシーはそれをよい兆候と見ることにした。食べ物も必要だが、何より履き心地のよい靴と着替えが欲しい。「戻ってくれない？」バイクがウォールマートの前を走りすぎたので、ルーシーはパンダの耳元で叫んだ。「買いたいものがあるの」

声が小さすぎたのか、聞こえていなかったのか、彼はバイクを止めなかった。

バイクの後部座席に座りながら、ルーシーの心はいつしか、かつてハリスバーグの貸家にマット・ジョリックが姿を現わしたときの記憶へとさまよっていった。母親の死から数週間、ルーシーは乳児の妹とともに、見つかるのではないかとびくびくしながら人目を避けて生活していた。マットは怒りと苛立《いらだ》ちもあらわに、大きな体で戸口にぬっと現われた。亡くなった母親と幼い妹を守るため、自分の未熟さや怯《おび》えをけっして覚られてはならなかった。

「話すことなんかないって」強引に玄関からなかへ入ってきたマットに、ルーシーはいった。

「でたらめばかり並べたてるのはよせ……ほんとうのことを話さないと一時間以内に児童福祉課の係員がきみらを迎えにやってくるぞ」

六週間ものあいだ、ルーシーはバトンと呼んでいる幼い妹の世話をしているのが自分だけだという事実を当局に知られないよう、十四歳なりの知恵を絞ってきた。その赤ん坊がいまのトレーシーだ。「誰の世話にもなるつもりはないわ！」ルーシーは叫んだ。「自分たちだけで立派にやっていけるもん。大きなお世話だっつーの」

しかしマットはお節介をやめず、結局マット、ルーシー、バトンの三人は旅に出た。そして旅の途中でニーリーと出逢い、メイベルというポンコツのモーターホームに乗り、国を横断する長旅を続けたのだった。メイベルはいまでも両親の住むヴァージニアの自宅の一角に保存されている。家族全員の愛着がありすぎて、棄てることもできないからだ。ルーシーにとってマットはただ一人の父親で、世界一の父親だといまでも思っている。マットはニーリーにとっても素晴らしい伴侶《はんりょ》であり、こんなに愛し合っているカップルもめずらしいほどだ。考えてみればあのころの自分はずいぶん勇気があった。恐れを知らぬというか。そんな部分を少しずつなくしていったので、自分でも変化に気づかずにきた。

パンダは白いフレームのある建物の前の未舗装の地面にバイクを停めた。ドアの上に掲げられた看板には〈ストーキーズ・カントリー・ストア〉と書かれている。ウィンドーにはショットガンから調理用ボウル、子ども用のクロックスまで展示してある。ドアのそばにコーラの販売機が置かれ、地の精だという醜い老人姿の小人ノームの像のそばには葉書のラックが見える。

「おまえの靴のサイズはいくつだ？」パンダが怒鳴るように訊いた。

「七・五インチ。できたら――」

パンダはすでに大股で歩き出していた。

ルーシーはバイクを降り、配達用トラックの陰に隠れて、ヘルメットをしっかりとかぶったままパンダを待った。できれば自分で靴を選びたいが、こんな様子で店に入るわけにはいかないだろう。パンダがまたビールや、あるいはコンドームを買ったりしませんように、とルーシーは祈るような気持ちでいた。

パンダはビニール袋を持って店から出てきた。そしてそれをルーシーの前に突き出した。

「代金はあとで返してもらうからな」

ガソリン、マリファナ、セックス。どれかと引き換えに乗せてやる

「払うといったでしょ」

パンダはまたうなるように粗暴な言葉をつぶやいた。

ビニール袋のなかを覗いてみると、ジーンズにグレーのコットンTシャツ、紺色のスニーカーと野球帽が入っていた。それを建物の裏手に持っていき、人目につかない木陰で着替えた。ジーンズはゴワゴワして不格好だった。尻と脚の部分がだぶつく。Tシャツにはテキサス大学のロゴが入っていた。パンダはソックスを買い忘れていたが、それでもやっとヒールを脱ぐことができた。パンダと違ってゴミを散らかすのが嫌いなルーシーはローブとハイヒールをビニール袋に詰めこみ、林から出てきた。

パンダは胸を掻きむしった。「店のテレビで観たけど、おまえのことが一大ニュースになってたぞ。とりあえず友人宅に滞在していると発表されているらしいが、見つからないという保証はないと思う」

ルーシーは聖歌隊のローブが入ったビニール袋をつかみ、ふたたびヘルメットをかぶった。

半時ほどして、パンダはデニーズの裏手にバイクを停めた。人に顔を見られたくはないものの、冷水と温水両方が使えるちゃんとした洗面所に行きたい気持ちが募っていた。パンダがあたりを見まわし、キーをポケットに入れるあいだに、ルーシーはヘルメットを脱ぎ、スプレーで固めた髪をどうにかポニーテールにし、まとめた髪を野球帽の穴から出した。

「それで変装したつもりなら」パンダはいった。「すぐにバレちまうぞ」

彼のいうとおりだった。ヘルメットがないと心もとなかった。誰も見ていないことを確認すると、ルーシーはビニール袋から壊れたハイヒールを取り出し、聖歌隊のローブの入った袋をまるめ、ゆったりしたTシャツの下にたくしこみ、落ちないようにウエストバンドで袋の端を固定した。

これは昔ニーリーがホワイトハウスから失踪した際に用いたのと同じ変装方法だ。ひょっとすると今回もこれが功を奏するかもしれない。前大統領令嬢とデニーズに入ってくる安っぽい身なりをした身重の女性と重ねて思い浮かべる人もいないのではないだろうか。よくいる選ぶ相手を間違えた愚かな女と見えてしまうのではないか。

パンダはビニール袋で作った妊婦姿をしげしげと見つめた。「おれはろくでもないセックスの結果、父親にさせられた男かよ」

ルーシーはつい謝りたくなった。

パンダは睨《にら》みつけるか、無表情か二通りの顔つきしか見せない。いまはしかめ面である。

「それじゃあ妊娠が許される年齢にも見えないぞ」

童顔で普段から実年齢より若く見られることが多いし、この服装ではなおさらだろう。ここでメグなら、「ティーンエージャーは初めてなんていわせないわよ」とパンダにいい返すところだろう。しかしルーシーは顔をそむけ、壊れたハイヒールをゴミ入れに捨てた。そして用心深くレストランに入った。

ほっとしたのは、誰もルーシーのことを気に留めなかったことだ。それは安っぽい身なりや、突き出た腹部のせいではなく、パンダが周囲の視線を独り占めしているからだった。ある意味パンダはテッドと似ている。ともに大きな存在感の持ち主だが、テッドは善良な人柄がにじむ印象で、パンダはただならぬ威圧感で注目される。

ルーシーは洗面所に向かい、洗えるところはすべて洗い、腹部の詰め物の形を整えた。洗面所を出て、ようやく人心地がついた。

パンダはドアの外に立っていた。着ているものはあいかわらずしわだらけのシャツだが、石鹸《せっけん》の匂いがした。ルーシーの腹部をしげしげ眺めた彼はいった。「なんかあまり現実味ないよな」

「あなたのそばにいるかぎり、誰も私に目を留めないと思うの」

「そうかな」

ルーシーはパンダの後ろからテーブルに戻った。店内にいる客数人がブースに向かい合って座る二人の様子を見ていた。料理を注文し、それが出てくるまで待ちながら、彼は隅に掲げられたテレビに表示される球技の試合のスコアに見入っていた。「おまえがトイレに行ってるあいだに、ニュースでおまえの家族がヴァージニアに戻ったと報じていたぞ」

ルーシーはそれを聞いて驚かなかった。ウィネットに留まることはあの家族にとって耐えがたいほどにぶざまなことだろう。「明日ＷＨＯの会議出席のためにバルセロナに出発する予定があるのよ」

パンダは会議が何を意味するのかわからないといった様子をしており、ましてＷＨＯが何かなど理解しているはずもなかった。「いつになったらテッドに連絡して、とんでもないことをしたと詫びるつもりなんだよ」

「わからない」

「おまえみたいな金持ち令嬢の勝手な悩みなんて、逃避で解決するものじゃないんだぞ」かすかに嘲笑《ちょうしょう》めいた響きを含むその言葉を聞くかぎり、彼がルーシーのような女に本当の悩みなどないと思っていることが窺《うかが》えた。

「これは逃避じゃないわ」ルーシーは反論した。「これは……バカンスよ」

「違う。休暇中なのはおれのほうだ」

「でも私に同伴してくれれば一日一〇〇〇ドルの報酬プラス出費を払うと申し入れたでしょ」

そのとき料理が出てきた。ウェイトレスがルーシーの前にベーコン・チーズバーガーとオニオン・リング、ガーデン・サラダを置いた。ウェイトレスがいなくなると、パンダはフライを口に入れた。「もし断わったらどうする？」

「ほかの誰かに頼むわ」とルーシーは答えたものの、まるで無意味だった。ほかに頼む相手などなかった。「あそこにいる男の人」ルーシーはパンケーキを前に座っているいかつい感じの男性に向けて顎をしゃくった。「あの人に頼むわ。なんだかお金が欲しそうだから」

「ロッカーみたいなヘアスタイルをしているからか？」

パンダが他人の髪型をとやかくいえるはずもないが、このレストランにいる女性たちはルーシー以外誰もそんなことに頓着していないようだった。

パンダは二つのことを同時にこなせるタイプではないようで、しばし食べるのをやめて考えこんだ。ようやく、二口続けてバーガーをほおばり、モグモグと大きく嚙みしめながらいった。「たとえおまえの根性が一日と持たなかったとしても、一〇〇〇ドルはもらうから、そのつもりでな」

ルーシーはうなずき、子ども用に置かれたクレヨンを一本手に取った。それでナプキンに書きつけ、彼のほうへ押しやった。「ほら、契約書」

パンダはそれをしげしげ眺め、脇に置いた。「おまえは落ち度のない男に不当な仕打ちを与えた」

ルーシーはこみ上げる涙をこらえた。「それでも、手遅れになる前でよかったのよ。自分が誇大広告の被害者だと気づく前で」ルーシーは自分の余計なひと言が恨めしかったが、パンダは黙ってケチャップの瓶を逆さにして、底をたたいた。

ウェイトレスがコーヒーを運んできて、パンダに色目を使った。ルーシーが座り直したとき、Tシャツの下でビニールのこすれる音がした。ウェイトレスはコーヒーを注ごうとして手を止めた。ルーシーは思わずうつむいた。

パンダは契約書がわりのナプキンをまるめ、それで口を拭った。「早食いは胎児によくないぞ」

「最近妊婦の低年齢化が進んでるみたいね。あなたいくつなの？」

「未成年じゃない」パンダがかわりに答えた。

「怪しいわね」ウェイトレスはつぶやいた。「予定日はいつ？」

「ええと……八月だったかな？」答えが言明でなく疑問符つきだったので、ウェイトレスが困惑の表情を見せた。

「九月になるかも」パンダは目をなかば閉じ、ブースの背にもたれた。「予定日は父親が誰かによるね」

ウェイトレスはまともな弁護士を雇い別れたほうがいいわよ、とアドバイスし立ち去った。

パンダは空になった皿を押しやり、いった。「あと数時間あればオースティン空港に行けるよ」

飛行機はだめだ。空港も。「飛行機には搭乗できないわ」ルーシーはいった。「IDがないもの」

「ママに電話して、手配してもらえ。遠足はもうたくさんだ」

「約束したでしょ。出費はきちんと記録しておいて。かならず清算するから。報酬も払うわ」

「どこで現金を手に入れるつもりなんだよ？」

それについて妙案があるわけではなかった。「それはあとで考えるわ」

ルーシーはかつて飲酒の可能性があると知っていて、パーティに出席したことがあった。間もなく十七歳の誕生日を迎えようとしていたある日のことだ。タレこむ生徒などいるはずもないし、マットやニーリーに知られる心配はなかった。どうってことない、といったノリだった。

そのときコートニー・バーンズがカウチの後ろで倒れ、意識を失った。誰かが九一一に通報した。警察官たちが現われ、身分証を取り上げてまわった。ルーシーの身分を知ると、警官の一人がルーシーを自宅まで送り届けた。ほかの生徒たちは全員警察署に連行された。あのとき警官からいわれたひと言がいまも忘れられない。「ジョリック上院議員とジョリック氏があなたに何をしてくれたかは国民誰もが知っていることです。あなたはその恩をあだで返すんですか？」

マットとニーリーはルーシーに対する特別扱いを拒み、仲間と一緒に反省しなさいと警察署に連れ戻した。この一部始終はマスコミで広く報道され、その影響でワシントンの政治家の子女の無軌道ぶりが特集記事になったりした。それでもマットとニーリーはそれについて小言をいわず、アルコールの毒性と飲酒運転の怖さについて説き、愛しているからこそあなたには賢明な判断をしてほしいと話して聞かせた。ルーシーは二人の愛情に感動し、みずからの行ないを恥じ、心を入れ替えた。もし二人が怒りをぶつけてきたらそこまでルーシーは反省しなかったことだろう。ルーシーは二度と両親を失望させないことを心に誓い、昨日まではそれを守り通してきた。

そんな自分がいまはゴムとポップコーンの匂いが漂う町のディスカウント・ストアの前に立っている。ルーシーはTシャツの腹部に入れたビニールバッグがこすれて音をたてないよう、位置を直した。しかし長時間バイクに乗ったせいで、身なりがあまりにもみすぼらしくなり、誰かの目に留まる心配はなかった。いっぽうパンダはレストランと同じく、警戒心のこもる注目をここでも集めていた。若い母親など、彼を避けようとして幼いわが子を別の通路に移動させるほどだった。

ルーシーは野球帽のつばの下からパンダに視線を投げた。「レジで待ってるわ」

パンダは安っぽいスポーツ用のピンクのブラを手に取った。「サイズはこれくらいかな」

ルーシーは硬い笑みを返した。「自分で選ぶから放っておいて。あなたは自分の買い物をしててちょうだい。その分もあとで支払うわよ」

パンダはブラを下に置いた。「そうだ、代金は返してもらうからな。レシートは全部とっておく」

しかしパンダはそういいつつ、動く気配はなかった。ルーシーは不格好な老人用のパンティーを買い物かごに加えた。それ以外の物を選んでいるところを彼に見られたくなかったからだ。

パンダは老人用パンティーをかごから出し、替わりにネオンカラーの安っぽい下着を入れた。「おれはこっちのほうがいい」

それはそうでしょうけど、今後あなたの目に触れることはないんだから、あなたに選択権はないのよ。ルーシーは心中ひそかにつぶやいた。

パンダはTシャツのなかに手を入れ、腹部を掻いた。「急いでくれ。腹が減った」

いまパンダに見棄てられるわけにいかないので、ルーシーは仕方なく品のない下着をそのままかごに残し、男性用品の売り場に向かう彼についていった。「女に品物選びを手伝わせるのが好きなんだ」彼は紺色のTシャツをつかみ、大きな胸の女がロケット弾発射機にまたがっている漫画のイラストにしげしげと見入った。

「それは絶対やめてね」彼女はいった。

「おれは気に入った」パンダはそれを肩に掛け、重なったジーンズをめくりはじめた。

「私の意見を聞きたいってことじゃなかったっけ?」

パンダはぽかんとルーシーの顔を見つめた。「なんでまたそんなことを?」

ルーシーは話すのがばからしくなった。

数分後少しばかりの品物をレジのそばに置くと、ルーシーは愛用していたパールのネックレスやヘアバンド、細身のサマードレス、こぎれいなサンダルなどに胸の疼《うず》くような懐かしさを覚えた。それらは、ルーシーを堅実な生活につなぎとめる役目を果たしていた。バレエシューズやカシミアのセーターを身に着け、携帯電話を耳に当てていれば自分自身の立場を自覚できた。アメリカ合衆国の前大統領の養女というだけでなく、重要な児童福祉関連法案を通すため尽力する優秀なロビイストであり、基金調達者であるという自覚である。ルーシーはまたしても胃の痛みを感じはじめた。

パンダはむっつりした顔で支払いを済ませた。店の外に出ると、購入した安っぽいグレーのナイロン製ダッフルバッグにルーシーの下着やらパンダ用のボクサーパンツやらを詰めこみ、ゴムのロープでヤマハにしっかりと留めつけた。

パンダはどうやら州間ハイウェイの通行を避けるつもりのようで、寂れた街並みや荒廃した牧場などが散在する二級道路を東へ進んだ。いったいどこに向かっているのか、ルーシーには皆目わからなかったが、もうそれはどうでもよかった。宵闇が迫るころ、パンダはひっそりしたゴルフ練習場に隣接する十二室のモーテルにバイクを停めた。モーテルの狭い事務所から出てきた彼の手から部屋のキーが一本しかぶらさがっていないことに、ルーシーはいち早く気づいた。「一人一部屋でお願い」ルーシーはいった。

「なら、その分は自分で払え」パンダはバイクにまたがると、ルーシーを待つことなくモーテルの部屋めざして走り去った。ルーシーはおぼつかない足取りでとぼとぼと歩いた。あの大きな振動する革のシートにまたがっていれば、いくらかは生きている実感があった。しかし終日否応なく見つめるしかなかったあのたくましい広い肩は会話を交わすたびにいちいちうなり、口を閉じずに物を食べ、金のために仕方なく道連れになっている男の肩なのだと思い至った瞬間、現実に引き戻された。自分はそんな男と一緒にみすぼらしい部屋で寝ようとしているのだ。

いまできるのは、電話をかけることだけ。電話を一本かけるだけで、この愚行にピリオドを打てるのだ。

ルーシーはただ歩きつづけた。

彼女がホテルのユニットにたどりついたとき、パンダはバイクの後ろにくくりつけた荷物のコードをゆるめようとしていた。買ってきたばかりの品物が入ったダッフルバッグをおろし、二つのサドルバッグのいっぽうを開いた。今夜飲むための六本パックのビールを出した際、バッグの覆いの裏に貼りつけたもう一枚のバンパー・ステッカーが目に留まった。

このメッセージがあまりに下劣で、ルーシーは目を疑った。

月に五日も出血して死にもしないやつを信じるな

パンダはサドルバッグの蓋《ふた》を閉め、半開きの目でルーシーを見つめた。「パパとママに電話する気になったか？」

3

二つのダブルベッドを隔てるものは、古びたナイトスタンドだけだった。いざとなったら夜の闇に叫びながら逃れられるよう、ルーシーはドアに近いほうのベッドを選んだ。

部屋はタバコの煙と安っぽい松の芳香剤の匂いがした。パンダはかろうじて机と呼べるものの上に六本パックのビールをドンと置いた。彼は例によって衣服の下まで見通すような目つきでルーシーをじっと見つめた。彼女は誰からもこんな視線を向けられたことはなかった。世の人びとは誰もが敬意のこもるまなざしを向けてくる。しかし原始的な生き物である彼は胸を掻き、曖気をもらし、うなり、腹が減れば食べ物に、飲みたいときにはビールに目の焦点を合わせる。同じく性欲にかられれば、獲物に焦点を合わせようとする。

ルーシーは彼に気づかれないよう、相手の様子を観察しようとした。彼はビール瓶をつかんだ。歯でキャップを開けるのではないかと見ていると、どこかでオープナーを見つけだした。彼のジーンズはルーシーよりずっと体にフィットしている。これほど粗野で、愚かで人相が悪くさえなかったら、もっとセクシーに見えるだろう。こんな男性とセックスするのは、いったいどんな感じなのだろうか。きっとテクニックや奉仕の精神、思いやりなどいっさいいらないだろう。美人コンテストの優勝者だったという元彼女と比べられる不安もないのだ。ルーシーはセックスがどんなものか、記憶もおぼろになっていた。三カ月前、彼女は初夜を特別なものにしたいので、式まではベッドをともにしないとテッドに宣言した。テッドは性生活がどうであれ寝る場所を分けるというのであれば、異論はないといった。だが最終的には、テッドもルーシーの意向を受け入れ、ほとんど不満をもらさなかった。彼をああした形で遠ざけたのは、いわゆる感傷的な思いからなのか、あるいは潜在意識のなせるわざだったのか、といまになって思う。

ルーシーはダッフルバッグから自分用のものを取り出した。パンダはブーツを蹴《け》るようにして脱ぎ、ビールを持ってベッドに行き、テレビのリモコンを手にした。「ポルノビデオがあるんじゃないかな」

ルーシーははっと顔を上げた。「刑務所の話をもっと聞かせてよ」

「なぜ？」

「なぜって……興味があるから。社会福祉事業に携わった経験があるの」

「刑期は終えた」パンダはいった。「過去を振り返ってなんになる」

それは嘘に違いない。「服役記録のせいで就職が困難になったりしなかった？」

「見てのとおり、それはなかったよ」パンダはチャンネルを次つぎと変えた。幸いこのモーテルはポルノビデオを提供していないらしい。その理由はおそらく壁に掛かった十字架だろう。結局彼はストックカー・レースを見はじめた。

ルーシーは一日じゅうシャワーを浴びるのを心待ちにしていた。だが薄っぺらなシャワー室のドアの反対側に彼がいると思うと、楽しみとはいえなくなってきた。とりあえず着替えなどをつかみ、バスルームに入るとお粗末な錠をちらりと見やった。

よく知らない男性と同じ部屋で寝ると考えただけで不安ではあったが、シャワーを浴びただけで、かつて味わったことのない爽快感《そうかい》を覚えた。髪を洗い、歯を磨き、ふたたび清潔になれたという感動に浸った。パジャマを買うということを思いつかなかったので、仕方なくTシャツとショートパンツを着たが、自分で選んだこれらはパンダが買ってくれた衣類よりは体にフィットした。バスルームから出ると、パンダが何かをポケットにつっこんだ。「このテレビはつまんねえな」彼はそういって、モンスター・トラックにチャンネルを変えた。あなたのような知性あふれる男性にとって、ポルノビデオのない生活は耐えがたいでしょうね。ルーシーは心でつぶやいた。「お気の毒さま」とルーシーはいった。

彼はうなずき、胸を掻いた。

パンダはまさしくルーシーの生みの親サンディが惚《ほ》れこみそうなタイプの男だ。サンディは酒に溺《おぼ》れ、あまたの男と情事を重ね、ルーシーより数歳上という若さで命を落とした。ルーシーの緑の斑点を散らしたような褐色の瞳、華奢《きゃしゃ》な目鼻立ちは母親譲りだが、いまや無責任なところも遺伝しているらしいとわかった。

そうではないと、せめていくらかでも反論できるようにしたい。「電話、貸してくれる?」横向きに寝そべっていたパンダは、モンスター・トラックのレース画面に目を向けたまま、先刻何かをしまいこんだ同じポケットから電話機を出した。ルーシーはそれを受け取りながら、訊いた。「電話で誰かと話していたの?」

パンダは画面を見つめたまま答えた。「それがどうした?」

「誰かなと思って」

「テッドだよ」

「テッドと話したの?」

パンダはルーシーをちらりと見上げた。「気の毒なやつに、おまえが無事であることぐらい知らせてやろうと思ってさ」そしてふたたびトラック・レースに視線を戻した。「これを聞いたらおまえは気分悪いだろうけど、おまえを連れて帰ってくれとはひと言も頼まれなかったよ」

ルーシーの不安定な胃はテッドのことを考えただけで痙攣を起こしそうになるのだが、彼がいまどんな辛い思いをしているか想像したりしたら、自分はいま以上に人として機能しなくなってしまう。やがてある疑念が浮かび、はっとした。もしパンダが嘘をついていたら?テッドではなくタブロイド紙に電話をしていたとしたら? そんなスクープネタなら、彼の年収、いや数年分の年収にあたる大金が転がりこむことになるだろう。

ルーシーは通話履歴をチェックしたい衝動に駆られたが、パンダが見ている前でそれはできなかった。彼がトイレに立つあいだに調べてみよう。それまではメグに無事を知らせておこう。そう思って電話を外に持ち出そうとしたとき、パンダが背後から怒鳴った。「ここでかけろ。駐車場にいた連中と仲よくなりたきゃ話は別だけどな」

「まともなホテルなら、考えられない問題ね」ルーシーは指摘せずにはいられなかった。

「どうでもいいよ、そんなの」

ルーシーはメグの番号を押し、手短に話した。「元気よ」「行先はまだわからないの」「そうでもないわ」「家族に伝えて」と続け、最後に「もう切るわ」で締めくくった。

メグとは何年間もありとあらゆることを語り合ってきた。だが、いまはそんなわけにいかない。幸いメグは何かに心奪われているようで、それ以上訊き出そうとはしなかった。

電話を終えると時刻はまだ九時にもなっていなかった。読むものもない。することもない。ほんとうならハネムーンから帰ったら、父の進めている前大統領ニーリーについてのアンソロジーの執筆に取りかかるつもりでいた。しかしいまそのようなことにはとても集中できそうにもなく、秋に再開する予定の院外活動のことなど、考えたくもなかった。

ルーシーは空いているほうのベッドの縁まで移動し、不安定なヘッドボードに枕を当てた。トラックショーはようやく終わった。ベッドのスプリングのきしむ音にびくっとして見ると、パンダが自分の着替えをつかんでバスルームに入っていった。ルーシーは立ち上がって電話を探そうとしたが、見つからなかった。まだポケットのなかに入っているのだろう。

シャワーの音は続いていた。彼もたしかパジャマを買っていなかったはず。こんなとき、ルーシーのイメージする女暴走族のマムシなら、苦もなく欲しいものを手に入れてしまうだろうが、裸のパンダを思っただけで現実のルーシーは不安を覚えた。

睡眠は強制された幽閉状態からの逃避になる。ルーシーはカバーの位置を変えてみたり、枕のあいだに頭をはさんでみたりした。眠れと自分に言い聞かせていると、バスルームのドアが開く音がした。ああ、母親のサンディなら絶対パンダにのぼせていただろうな、とまた思った。むっつりと不機嫌で、血の巡りが悪い男。パンダのような男どもに関わったせいで、結局サンディは父親の違う娘を二人産むはめになったのだ。

そういえば、ルーシーの遺伝子供給者が誰だったかについて、サンディは〝麻薬中毒のおぼっちゃま〟と語ったことがあった。トレーシーの父親はサンディが命を落とした事故でともに亡くなった。

ルーシーの肩を誰かの手がそっとつかんだ。はっと見上げると、はずみで枕が下に落ちた。

「なんなの？」

そこには真新しいジーンズを穿き、上半身から水をしたたらせたパンダが立っていた。ルーシーは鼓動が速まるのを感じた。彼の胸板は固く引き締まっていた。むしろ逞《たくま》しすぎる感じさえした。ジーンズはスナップさえ留めていないので、かろうじて腰骨に引っかかっている状態だった。真っ平らな腹部に一対、黒い体毛がうっすらと二本走り、股間にはそれなりのふくらみが見える。

パンダは親指でルーシーの肩をさすった。「なんだかんだいって……おまえはやりたいんだろ？」

ルーシーはグイと肩を引いた。「とんでもない！」

「様子からして、そんなふうにしか見えないけどな」

「バカいわないで！」

パンダは胸筋にてのひらを当て、テレビをちらりと見やった。「それなら、かえってよかったよ」

なぜ、「かえってよかった」のか、ルーシーは心の隅でそんな途方もない疑問がわくのを感じ、歯を食いしばった。

パンダはふたたび、ルーシーのほうを見た。「おれは荒っぽいのが好きだし、おまえはそんなタイプじゃないからな」そういって、ルーシーの太腿《ふともも》を親指と中指でパチンとたたいた。

「気が変わったなんてことないか？」

ルーシーはグイと脚を引き、たたかれた部分をさすった。「絶対お断わり」

「なぜダメだと決めつける？」

間近で上からのしかかるように迫られ、ルーシーは心臓が高鳴るのを感じた。九年間常にシークレット・サービスの警備がつく生活を続けたので、身の安全を当たり前のことと感じるようになっていたが、いまはモーテルのドアの外で見慣れたエージェントが待機しているわけではない。まったく無防備な状態だ。「私にはわかるの。それだけ」

パンダは薄い唇を歪めた。「おまえはおれの休暇を台なしにしている。それを忘れんなよ」

「報酬は払うといっているでしょ」

「ああ。しかしいくらもらっても割には合わないね。最初から単刀直入にいってるだろ。おれはやりたいんだ」パンダはルーシーが体に巻きつけたシーツに手を伸ばした。

ルーシーはシーツを強くつかんだ。「やめて！　触らないで」

パンダの目がきらりと光り、ルーシーの気持ちは乱れた。「後悔はさせない。約束してやるよ」

まるで三流映画の台詞《せりふ》のようだが、パンダの様子を見るかぎり自分で考えた言葉らしい。こんなことがわが身に起きるなんて、ルーシーには信じられなかった。驚きと怒りで、彼女はヘッドボードにもたれていた体を勢いよく起こした。「私に指一本触れただけで、どうなるかわかる？　アメリカ合衆国の司法システムがフル稼働して、警察があなたを捕まえにくるはずよ」

「そんなはずはない」パンダは口を歪めた。

「いいえ。前科者と前大統領令嬢。どうなるか明白でしょ」

どうやらその言葉は厚い頭蓋骨《ずがいこつ》をも貫通したようで、パンダは意味不明のつぶやきとともに、自分の洞穴に引き揚げた。

ルーシーはいまだ動揺から立ち直れず、ヘッドボードに沿って背中を伸ばしたまま座っていた。またいつ彼の気持ちが変わるかもしれないので、身を守るようにシーツを体に巻きつけていた。

これで終わる。パンダの態度で心は決まった。こんなことがあった以上、このまま彼と一緒に過ごすわけにはいかない。朝になったらすぐに家族に電話をかけ、空港を探し、実家に戻ろう。暴走族の女マムシとしての冒険はもうおしまいだ。

実家に戻って、何が待ち受けているというの？　両親の失望？　嫌いになりはじめた仕事？

ルーシーははかない武器ともいえるシーツを強く体に巻きつけた。なぜパンダは黙って騒がずバイクでの旅を続けてくれないのだろう。ふたたび枕のあいだに頭をはさんだが、心は震え動揺していた。かすかに射す光をたよりに、ルーシーは隣り合わせのベッドにいるパンダの様子を窺った。壁は薄い。目を閉じるのも恐ろしかったが、もし今度彼が動いたら叫んでやろう。いくらこんなみすぼらしいモーテルといえども、誰かがその声を聞きつけてくれるはず。

パンダはリモコンを胸に置き、足首を組んで仰向きに横たわっていた。頭を置いた枕に髪の毛がインクをこぼしたように広がっている。モンスター・トラック・レースが終わって今度はブラック・バス釣りの番組を観ている。その表情は完全に寛いでおり、レイプを企てているようにはとても見えなかった。

どこからどう見ても緩みきって、寛いでいた……。

もしかするとテレビ画面からの光のせいもあったのかもしれないが、彼の薄い唇に満足感のにじむ笑みが浮かぶのをルーシーはたしかに見た。

ルーシーはそれを横目で見ながら、枕の位置をわずかにずらした。これは思い込みではない。パンダの表情にあるのは邪悪さでなく、してやったりといった満悦感だ。

邪魔者を片づけ、ちょっとした大金を稼ぎ出す方法を思いついた、という様子が見える。

ルーシーは翌朝バスルームで着替えをし、サービスステーションと中古品ショップにはさまれたパンケーキの店に着くまで、パンダとは口を利かなかった。女性客もちらほらいたが、大半は運送業者やスポーツチームのロゴが入ったキャップをかぶった男性だった。みな一様にパンダには警戒心のこもる視線を向けるものの、かたわらにいる妊婦らしい女性に注目する客は皆無だった。

パンダは音をたててコーヒーを飲み、パンケーキをほおばると、口を閉じずにむしゃむしゃと咀嚼《そしやく》した。彼はルーシーがそれを凝視していることに気づき、顔をしかめた。ゆうべ彼に強引に迫られたというルーシーの確信は揺らいだ。よく考えると彼が意図的に恐怖心をあおろうとしていただけなのに、直観力が鈍っていたため、気づけなかったのだ。

ルーシーは話しながらとくに相手の目に特別な注意を払い、じっくりと観察した。「ところで、これまでに何度レイプしたの？」

ルーシーは彼の反応を見逃さなかった。彼は一瞬浮かんだ憤怒を半開きのまぶたとコーヒーをすすることで誤魔化したのだ。「レイプが何を指すのかによるね」

「レイプしたときは自覚があるはずよ」ルーシーは大胆に切りこんだ。「たしかに昨夜はなかなか楽しかったわ」

パンダは眉をひそめた。「楽しかっただと？　あれが面白かったとでもいうのか？」

昨日の夜はそんな気分ではなかったが、いま思い返すと違った印象を受ける。「あなたにもう少し演技力があったら、うまくいっていたでしょうに」

パンダは警戒感のにじむまなざしを向けた。「なんの話だ？」

ルーシーはそんなしかめ面を無視した。「いくら私を追い払いたいとしても、だからってあんなやり方しかなかったの？」彼の酷薄そうな唇が引き締まり、表情がみるみる不気味な険しいものに変わったので、ルーシーはありったけの虚勢をかき集めてテーブルに肘をつき、彼を睨み返した。「私はどこへも行かないわよ、パンダ。腐れ縁だとあきらめて」心のなかで小悪魔が目醒め、ルーシーは自分の口の端を指さした。「ここのところに食べかすがついてるわよ」

「どうでもいい」

「ほんと？　あなたみたいに潔癖な人が？」

「気に入らないのなら、好きにすればいい」

「実家に戻って、一〇〇〇ドルプラス経費を清算するための小切手を送ればいいんでしょ？」

「そうとも。経費を忘れるなよ」パンダはナプキンで口を拭いた。それは彼女の指摘に降参したというより、本能的な動作に見えた。

ルーシーはコーヒー・マグを手でつかんだ。彼はそのつもりになれば、道端に彼女を置き去りにすることもできたはずなのに、金が欲しいからまだ一緒にいるのだ。今度は怯えさせることで、もっと金をふんだくろうという魂胆だ。いくらなんでもたちが悪すぎる。ルーシーはマグを置いた。ずっと彼のほうが優位な立場にあると思いこんでいたが、じつは真逆だったのだ。「あなたが図体のでかい性悪な男だということはよくわかったから。もうやめてくれないかしら？」

「なんの話だよ？」

「いやらしい目つき。『やる』という露骨な表現」

パンダは半分しか食べていないパンケーキの皿を押しやり、嫌悪感のにじむ目をルーシーに向けた。「これだからいやなんだよ。金持ちの娘ってのは、おれのような男といっとき厳しい暮らしを経験することに刺激を感じる。そうだろ？」

ルーシーは自分のほうが優位に立っているのだとみずからに言い聞かせた。「ええそうね、たしかにこうした経験によって、きちんとしたテーブル・マナーの重要性を再認識したことは間違いないわ」ルーシーは不作法なふるまいをした弟や妹を叱るときのような厳しい目でいった。「ところで、これからどこへ行くつもりなの？」

「テキサス東部のカドー湖へ。おまえは空港に向かえ。そのほうが身のためだぞ」

「ちょっといいかしら」見上げると六十代と思しき淡いピンクのパンツスーツの女性が二人のテーブルに近づいてきた。女性は反対側の席に座る二重顎にふさふさとしたひげをたくわえた男性のほうを身振りで示した。男性はわざとよそ見をして、目をそらしている。「夫のコンラッドには余計なことはいうなと止められたけど、どうしても気になってね……」女性はしげしげとルーシーの顔を見つめた。「あなた、大統領の令嬢ルーシーさんに似ているっていわれたことはない？」

「しょっちゅうですよ」パンダはテーブル越しにルーシーを見ながら、流暢《りゅうちょう》なスペイン語で話しかけた。「またおまえがルーシー・ジョリックという人に似ているという人がいたよ」

パンダは女性に向かってはこういった。「こいつはまだ、英語がよく理解できないもので」

「びっくりだわ」女性がいった。「そばで見たら、この娘のほうがずっと若いわね。あんな人にはならないでよ」

パンダはうなずいた。「しょせん傍若無人なセレブ二世の一人ですよ」

ルーシーはこの成り行きにまったく納得がいかなかったが、パンツスーツの女性は調子に乗ってまくしたてた。「私も昔はジョリック大統領の子育て法に感心していたものだけど、どうやらルーシーの躾《しつけ》は行き届いていなかったみたいね。ビューダイン家の息子を振るなんて考えられないわ。私は彼のお母さんの番組は欠かさず観ているし、ゴルフが得意な夫のコンラッドはダラス・ビューダインの出る試合は見逃さないしね」

「世のなかには自分にふさわしいものが何かわからない人がいるんだろうね」パンダがうなずきながら、相槌《あいづち》を打った。

「じつはうちの夫もそうなの」女性はルーシーに微笑みを向けた。「では失礼。お邪魔さま」

「いえいえ、どういたしまして」パンダは片田舎の町の牧師のように丁重に挨拶した。しかし女性がいなくなった途端、ナプキンをくしゃくしゃとまるめた。「これ以上おまえのファンクラブのメンバーが現われる前にこの店を出よう。こんなばからしいことに関わっている暇なんてない」

「好きなだけ怒鳴ればいいわ」ルーシーはいった。「でもこの素敵な遠出に誘ったのはあなたのほうだし、こちらから中止を申し入れるつもりはないから」

パンダは少々乱暴に札を置いた。「どうなっても知らんぞ」

4

カドー湖のひっそりした入江のそばに、一軒の貸家が建っていた。褪せた辛子色の壁の羽目板から、古びた窓用エアコンが突き出ており、玄関ポーチには四角い人工芝の断片が置かれている。前の晩はナコドチェス近くのモーテルで一泊した。そこでのパンダはルーシーを無視する態度を明確に示していた。今朝早く、二人はカドー湖のある北東に向けて、出発した。ここはテキサスとルイジアナの境界線上にあり、給油で立ち寄ったガソリンスタンドのパンフレットを読んだかぎりでは、この湖は南部でもっとも大きな淡水湖だそうで、原始時代から存在するとされる沼地を含む褐色の湖水は、不気味な雰囲気に包まれている。

貸家は粗末だが、清潔だった。小さな居間に、もっと狭い寝室が二つ、旧式なキッチンといった造りだ。ルーシーはツインベッドのある寝室を選んだ。オレンジの格子柄の壁紙は継ぎ目の部分がめくれ、安っぽい紫と緑の花柄のベッドカバーとは色がまるきり調和していないが、ルーシーはパンダと別の部屋で眠れることが嬉しくて、色など気にならなかった。

ショートパンツに着替え、さっそくキッチンに行ってみる。金属製のキャビネット、使い古したカウンタートップ、グレーのビニール床。シンクの上の窓からは入江が見渡せ、近くのドアから小さなウッドデッキにつながっており、型抜きプラスチックのテーブルと蜘蛛《くも》の巣の張った芝生用椅子、プロパングリル、釣り道具などが置かれている。

パンダが足をデッキの手摺《てすり》に乗せ、コーラの缶を手の上で転がしながら、入江をじっと見つめている。少なくともビール瓶六本パックを抱えてしゃがんでいるわけではない。ルーシーがグリルや釣竿を調べても、気づかない様子で、そんな彼の沈黙に戸惑い、ルーシーはようやく、「ここは暑いわね」と声をかけた。

パンダは返事もせず、コーラをグイと飲んだ。ルーシーは一日じゅう気にしないようにしてきた見苦しい彼のTシャツから目をそむけた。彼のなかで、きちんとした身だしなみについての概念は、せいぜいシャワーを浴びて洗いたてのジーンズを穿くこと止まりなのだろう。そのとき思いがけず、自分が棄ててきた花婿――優しくて、よく気がまわり、むしろ洗練されすぎた感すらあるテッドのことが懐かしく思い出され、胸が疼いた。

「日よけの傘があればいいのに」ルーシーはいった。

返ってきたのは沈黙だけだった。

ふと、目をやると遠くで遊覧船がサルオガセモドキに覆われた葉のない糸杉のあいだを抜けるように進んでいくのが見えた。「もし私が暴走族だったら、パンダよりはましな名前を名乗るけどね」

マムシ、とか。

ルーシーはコーラの缶をこぶしで押しつぶし、デッキから裏庭に入っていった。途中でプラスチック製のゴミ入れに空き缶を投げ入れた。湖に向かう彼を見ながら、ルーシーはいまで彼の座っていた椅子に腰をおろした。テッドはこれまで出逢った誰よりも会話術に長け、聞き上手でもあった。こちらが何をいっても、その話題に惹きこまれたかのように応じてくれる。もちろん相手が誰であろうと、たとえ常軌を逸したおかしな人物に対してでも同じように接する。しかも……彼が苛立ちを見せたり、癇癪《かんしゃく》を起こしたりしたことは一度もない。辛辣《しんらつ》な表現すら口にしない。あんなに優しく、我慢強く、思慮深く、思いやりにあふれた男性、テッドを自分は棄てた。なぜ自分はあんなことをしてしまったのか？

ルーシーは椅子をかかとで引っ張り寄せながら、心が暗く沈んでいくのを感じた。パンダはドックに行き着いた。岸辺に裏返されたカヌーが一艘《そう》置かれ、ミサゴが湖面すれすれに飛んでいく。パンダはこの家をいつまで借りているか話してくれない。去りたければいつでも去れ、早ければ早いほうがいいとだけいった。とはいえ、それが彼の本音なのかどうかはわからない。彼が見かけより知恵が働く男だということは、ますますはっきりしてきており、彼がタブロイドに連絡を取るのではないかという不安が募る一方なのだ。もし私のネタを売れば一〇〇〇ドル以上儲《もう》かると彼が考えたとしたら？

ルーシーは階段をおり、彼が立ち止まったカヌーのそばまで行った。スニーカーのかかとを引きずるように土の上を歩いたが、彼はちらとも目を上げなかった。重苦しい沈黙も気にしない、野蛮なバンパー・ステッカーを好む人間を旅の道連れに選ばなければよかったという悔いの気持ちが湧き起こってくる。しかしそれをいえば、比べものにならないほど後悔しているとがほかにあるではないか。どうせなら、何かとんでもないことをしでかし花嫁に逃げられて当然と思えるような別の男性を選べばよかったのだ。しかしテッドに落ち度はないし、心のどこかにそんな完璧すぎる彼に反感を覚える醜い自分がいることも知っている。

ルーシーはこうした自分の心理に耐えられなくなってきた。「釣りが好きなの」彼女はいった。「獲物はみんな水に帰してあげるんだけど、冒険教育機関アウトワード・バウンドに行ったときだけは魚を逃がしてやらなかったの。だって――」

「そんな話、興味ないよ」パンダは体を起こし、ルーシーを長々と見つめた。それは少し前までしていた服の下まで見透かすような視線ではなく、本人でさえ気づいていない内面を見抜かれているのではないかと錯覚してしまうようなまなざしだった。「テッドに電話をして、詫びろ。家族にも連絡を取れ。もうあれから三日。お嬢ちゃまの冒険はもうおしまいにして、おうちへ帰んな」

「お嬢ちゃまなんて、もうたくさん」

「だって、そのとおりだろ？」

「それはあなたの偏見」

パンダは気まずくなるほど、長いあいだルーシーの顔をしげしげと見つめ、カヌーに向けて首を傾けた。「こいつを水に浮かべる手伝いをしてくれないか」

二人はカヌーをひっくり返し、岸部を滑らせるようにして運び、湖水に浮かべた。ルーシーは誘われる前に櫂《かい》を一本つかみ、カヌーに足を踏み入れた。パンダはそのまま歩み去るかと思いきや、もう一本の櫂をつかみ、乗りこんだ。その動きがあまりにしなやかで、カヌーはほとんど揺れなかった。

その後数時間、二人は湖水の上をヒヤシンスが密生する湿地帯に向けて進んだ。ひっそりした入江やサルオガセモドキの垂れこめる不気味なイトスギの森を抜けながら、二人はほとんど言葉を交わさなかった。ルーシーが後ろを振り向いてみると、漕ぐための筋肉の動きにつれて、白いTシャツの胸の部分が伸び、黒い文字のメッセージが強調される。これは最近買ったものではなく、おそらくウィネットを出発したときにサドルバッグに詰めこまれていたものだろう。そのまま入れておけばよいものを。「あのバンパー・ステッカーは最悪だけど」ルーシーはいった。「よく近づかないと見えないだけましよ」

パンダは離れた岸辺でワニが日向ぼっこをしている様子を眺めた。「バンパー・ステッカーのことはもう説明したはずだ」

ルーシーは体の向きを変え、櫂を膝の上におろし、パンダに櫂捌《さば》きを任せた。「たしか前の持ち主が貼ったものだといったわね。だったら私が剝がしてあげたのに」

パンダは櫂を反対側に持ち替えた。「おれはあれが気に入っているんだよ」

ルーシーはTシャツのメッセージに眉をひそめた。

倒錯も慣れれば普通

「これは貰ったものなんだ」パンダがいった。

「悪魔から？」

一瞬笑みのようなものが彼の表情をよぎり、すぐに消えた。「気に入らないのなら、それはしょうがない」パンダはふたたび密生する水生のヒヤシンスをよけながら、カヌーを進めた。

「もし子どもが見たら、どうするの？」

「今日これを見た子どもがいたか？」パンダはわずかに座る位置を変えた。「おまえがそんなことというから、もっとお気に入りのがあったのを思い出しちまったよ」

ルーシーは船首のほうを向いた。「聞きたくない」

「『双方ホットな女なら、同性愛婚賛成』っていうメッセージ入りのやつ」

ルーシーは堪忍袋の緒が切れた。急に振り向いたのでカヌーが揺れた。「あなたにとって法律改正なんてただの冗談の種でしかないんでしょうけど、私にとっては違うの。古臭いといわれるのを承知でいうけど、どんな人の尊厳をも重んじることに価値があると私は思ってるの」

パンダはくすんだ湖水から櫂を引き上げた。「数週間前に買ったやつを持ってこなかったのが残念だよ」

「そりゃおあいにくさま」

「なんて書いてあるか知りたいか？」

「いいえ」

「それは……」パンダは湖水の湿気をふくんだささやき声でいった。

「『殺意のまま殺していたら身の破滅』と書いてある」

会話といっても、こんな話題ばかり。

家に戻るとルーシーは来る途中で調達した食料品で、自分用にサンドイッチを作り、誰かが置き忘れた雑誌を持って寝室にこもった。孤独感がまるで重すぎるコートのようにルーシーの心にまとわりついていた。テッドは私を捜すために、何かしただろうか？教会から出ていこうとする私を止めようとしなかったことから考えても、私の行方を捜すことはしないだろう。両親はどうか。こちらからパンダの電話を借りて二度メグに連絡を入れている。だからシークレット・サービスを使い私の居場所を特定するのはそれほど困難ではないはず。

もしマットとニーリーが私を死んだものとみなしたとしたら？

あの二人のことだ、まさかそんなはずはない。ただ、あんなことをしでかした私に愛想を尽かして、顔も見たくない心境かもしれない。そうだとしても、仕方がない。

その後数日間に奇妙な出来事があった。パンダのマナーがいちじるしく改善したのだ。ルーシーも、曖気をしたり音をたてて食事をする、胸を掻くといったことがなくなったのに最初は気づかなかった。あるとき彼が鶏肉をきちんと骨からはずし、注意深く最初のひと切れを呑みこみ、ペパーをまわしてくれと頼むに及んで、ルーシーは完全に混乱した。口を開けたまま食べ物を嚙み、ナプキンのかわりに手の甲で口を拭いていたのに？　性的暴行を匂わせる言動については……彼女が女であることにも気づかない、といった態度に変わっている。

二人は食料品や生活用品を買うため、マーシャルの町まで出かけた。ルーシーはサングラスを買い、帽子を目深にかぶった。少々げんなりしてきたものの、妊婦姿でパンダのそばにいるかぎり、誰も目に留めない。

パンダはバイクの手入れをしていた。部品をはずし、またそれを組み立てるといった作業だ。胸板もあらわにひたいにバンダナを巻き、潤滑油を入れたり、車体を磨いたり、ガソリン残量をチェックしたり、ブレーキパッドの付け替えをしたりしている。開いたウィンドーにラジオを置き、ヒップホップを聞いていたと思えば、ルーシーが外に出ると、モーツァルトの歌劇〈魔笛〉のアリアが流れてきた。そのことにルーシーが触れると、パンダはただ、せっかくラジオを聞いているのに邪魔するな、局を変えろと命令した。ときおり彼が誰かと携帯電話で話しているのだが、電話機を肌身離さず持ち歩いているので通話記録をルーシーが確かめるチャンスはなかった。

夜になってルーシーが寝室に閉じこもっているあいだ、パンダは座り、ときにはテレビで野球の試合を観たりすることもあったが、デッキでただ湖水を凝視していることが多かった。最初の数日間の無感覚状態はなくなり、ルーシーは気づくとパンダの様子を観察しているようになった。

パンダは入江に漂う麝香《じゃこう》のような匂いを胸いっぱいに吸いこんだ。考える時間がありすぎ、あらゆる記憶がよみがえり、憤りは日ごとに深くなるばかりだ。

予測ではルーシーの失踪劇はほんの数時間で終わるはずだった。それなのに一週間たってもこうしてここにいる。なぜ彼女は道理に反した行動を続けるのだ？　ウィネットでも実家のあるヴァージニアでもかまわないから戻ってほしい。とにかくいなくなってくれさえすればいい。

まったくもってルーシーという人間が理解できない。二日目の晩にはこちらの最低きわまりない暴行示唆を演技と見抜き、いくら暴言を浴びせてもなかば聞き流している。自己鍛錬もできており、自制心も働く。ということは結婚式でとった行動は彼女らしくない、柄に合わないふるまいだったということになる。とはいえ優等生的な態度の下には、何かが――もっと複雑な性格の断片が――垣間見えるような気もする。頭もよく、腹立たしいほど洞察力があり、とてつもなく頑固でもある。おれのように人知れず心に闇を抱えこんでいるようなことはない。まして悪夢にうなされ、自分の叫び声で目覚めるなんてことはないだろうし、意識を失うほど泥酔したりしないだろう。

子どものころでさえ、いまのおれでもできないことをやってのけた。

五〇〇ドル。それが弟の命の値段だった。

湿地帯の生き物の鳴き声を聞きながら、パンダの胸にあの日の記憶がよみがえった。当時里子として兄弟を預かることになった家庭の自宅そばのでこぼこした歩道を歩きながら八歳の弟がもらした弱音。受け持ちの民生委員が二人の前で、きしむポーチの階段を上っていたっけ。「またおねしょをしたら、どうしよう」カーティスはささやいた。「それが理由で前の家を追い出されたし」

パンダは内心の懸念を隠し、十五歳という年の離れた兄らしい強がりをいった。「ばかだな、そんな心配するなんて」パンダは弟の骨ばった腕にいきなりパンチを食らわせた。「おれが夜中に起こしてトイレに連れてってやるから大丈夫だよ」

だが、その前の週のように、それができなかったときはどうなる？　カーティスを起こすまで眠らないと決めていたが、いつしか眠りこんでいた。そして翌日ギルバートさんはカーティスをよそで預かってもらいたいと児童福祉課に連絡したのだった。

パンダは弟と離ればなれになることを受け入れるつもりはなかった。そうなったら、自分は逃げ出すと、パンダは民生委員に宣言した。民生委員もその言葉を真剣に受け止めてくれたのだろう。二人の引き取り先を見つけてくれた。だが彼女はこの先二人を受け入れてくれる家庭はもう見つからないから、そのつもりでね、と釘をさした。

「ぼく怖いよ」カーティスはポーチに近づきながら、ささやいた。「兄ちゃんは？」

「怖いもんか」パンダは強がりをいった。「これぽっちも怖いことなんてないよ」

その判断が大間違いだった。

パンダは暗い湖面を見つめた。ルーシーの母親が亡くなったのは、彼女が十四歳のときだ。もし自分とカーティスがマットやニーリーと出逢っていたら、カーティスもいま生きていただろう。ルーシーは弟を死なせてしまった彼とは違い、妹を守り抜いた。妹はそのおかげで健《すこ》やかに成長し、いまや大学生になろうとしている。

カーティスはわずか十歳でギャングの仲間になった。もしパンダが少年院にいなければ、そんな事態は防げただろう。パンダは弟の葬式に出席するために、一時釈放された。

パンダはまぶたに力を込めてまばたきをした。カーティスの思い出が別の記憶を呼び覚ますからだ。こんなとき気晴らしの音楽でもあれば考えごとなどしなくてすむのだが、ロッシーニの〈オテロ〉だの、ムソルグスキーの〈ボリス・ゴドノフ〉のようにドラマ性の強い重たいオペラはルーシーがそばにいては聞くわけにいかない。彼女にかぎらず誰かがいたら、聞けない音楽だ。

ルーシーが外へ出て話しかけてくれないものか。そばにいてほしいような、近づきたくないような、服を脱いでほしいような……複雑に気持ちが入り混じり、どうしようもない。彼女と終日一緒に過ごすことは、どんな男にとっても試練だろうが、自分のような好色な男にはとりわけ辛い。

パンダは鼻梁《びりょう》をさすり、ポケットから携帯電話を出し、立ち聞きされる心配のない家の横へ移動した。

パンダからしきりに朝のジョギングに誘われ、ルーシーは仕方なく後ろについて走ろうとしたものの、彼は先に立って走ることを拒んだ。「おれの姿が見えなくなったとたん、おまえは走るのをやめてしまうから」とパンダはいう。

それはほんとうだ。ルーシーはエクササイズの一環としてウォーキングを取り入れ、ごくたまにジムにも行くが、走ることに熱心ではない。「いつから私のパーソナル・トレーナーになったの？」

パンダはお返しに走るスピードを上げた。しかし気の毒に思ったのか、やがてスピードをゆるめた。

ほんとうの彼は彼が演じているほど野蛮ではないという確信は彼についての好奇心もあって、日増しに大きくなってきており、ルーシーは情報を得るための尋問に着手することにした。「あなたがどこの住人であったにしても、その土地を離れて以来、恋人にはちゃんと連絡を入れているの？」

うなるような声。

「ちなみに、そこはどこかしら？」

「北部」

「コロラドかしら、それともアラスカのノーム？」

「なぜ走りながらしゃべる？」

「既婚者？　それとも離婚した？」

「足元に注意しろ。脚を折っても知らんぞ」

ルーシーは燃えるような肺に、大きく息を吸いこんだ。「あなたは私のことを詳しく知っている。少しぐらい自分のことを話してくれないと、不公平じゃないの」

パンダはふたたび前に出た。ルーシーと違い彼は少しも息を切らしていない。「結婚はしていない。教えるのはこれだけだ」

「誰かと関係を持っているの？」

パンダは肩越しに、憐れみのかすかににじむ視線を向けた。「どう思う？」

「相手が女性レスラー連盟のメンバーだけでは、需要は満たせないでしょうね」

その切り返しが面白かったのか、くだらんことばかり訊くなという警告なのか、彼はどうとも取れる声を出した。とはいえ、彼について知りえたことは、独身であるということのみ。これとて真実かどうか定かではない。「とても変だと思うのは」ルーシーはいった。「ここへ着いたとたん、あなたのマナーがよくなったこと。きっと湿地帯の空気のせいでしょうけど」

パンダは道の反対側へ移動した。「疑問なのはね」ルーシーはいった。「なぜああしてつばを吐いたり、胸を掻いたりしていたのか。正直驚いたことは認めるわ。でもなんか腑《ふ》に落ちないんだけど？」

その質問を軽く受け流すのかと思いきや、そうではなかった。「それがどうした？ おまえみたいな偏屈な変わり者を怖がらせて、自分の戻るべき方向に軌道修正させてやろうとすることがつくづくアホらしくなってきたからだよ」

ルーシーも偏屈な変わり者と呼ばれたことは一度もなかったが、無礼な言い方はいまに始まったことではないので、気にしないことにした。「テッドとの相違を見せつければ、私がウィネットに戻るとでも思った？」

「まあそんなところだ。テッドはいいやつだし、おまえに惚れているようだからさ。あいつのためにひと役買おうとしただけ。しかしむしろおまえをあの町に戻らせないほうがずっとやつのためだと気づいたので、やめた」

それがあまりに露骨な真実だったので気まずくなり、二人は黙ったまま走るのをやめた。

貸家に戻るとパンダは汗まみれのTシャツを首から脱ぎ、ホースをつかむと水を体にかけた。髪の毛が黒いリボンのように首筋にまといつき、陽の光が上を向いた彼の顔に降りそそいでいる。彼はようやくホースを下げ、てのひらで胸に流れ落ちる水を払った。浅黒い肌、先端がまるい鼻、濡れて大きな手がテッドの完璧な美貌とあまりに対照的で、見ていると落ち着かない気持ちになる。パンダは自分で思っているほど粗野な男ではないかもしれないが、それでもいまだルーシーの経験した領域外のタイプである。

ルーシーは知らぬ間にじっと見つめていたことに気づき、目をそらした。彼女の女性としての肉体は視界でとらえたものに惹きこまれている。しかし理性はまだ働いており、制御不能に陥ってはいない。

一日が瞬く間に過ぎ、それを繰り返すうち、二人が湖に来て一週間が経った。ルーシーは泳いだり、本を読んだり、パンを焼いた。手作りパンはいまの彼女にとって数少ない美味《おい》しく感じられる食べ物だった。テッドや家族に電話するのだけはやめておいた。毎朝ランニングから戻ると、パンダはキッチンに現われる。シャワーで濡れたままのため一時的に髪はおとなしくしているが、すぐにも自己主張を始めるに違いない。彼はルーシーがオーブンから出したばかりのオートミールのパン数切れのうち最初の一枚を手に取り、きれいに半分にちぎり、それぞれにオレンジ・マーマレードをたっぷりと塗りつけた。「おまえをむざむざ逃がしたとき、テッドはおまえにこんなパン焼きの技があると知っていたのか？」パンダは二口目を呑みこんだあと、尋ねた。

ルーシーは急に食欲が失せて、パンをかたわらに置いた。「テッドは炭水化物をあまり摂らない人なの」それは事実ではなかったが、ルーシーは自分が進んで彼のためにパンを焼くことはなかったと認めたくなかった。

ルーシーがきちんとした調理法を身につけたのはステンレススチールの照明器具が下がったホワイトハウスのキッチンだった。よく、妹たちのつまらない口喧嘩《くちげんか》にうんざりするとキッチンに逃げこんでいたものだが、そこで全米でも一流の料理人たちから学んだことがテッドではなくパンダを楽しませることになるとは……。

パンダはマーマレードの瓶の蓋を締めた。「テッドは幸運の星のもとに生まれた男。頭脳、金、洗練」パンダは瓶を冷蔵庫に素早く入れ、ドアを閉めた。「世界にどれほどの災難が降りかかろうと、やつだけは難を逃れる」

「そうね。そんな彼も先週はかなりの災難に見舞われたわけだけど」

「そんなもの、とっくに乗り越えてるさ」

ルーシーもそうであってほしいと祈りたかった。

カドー湖も貸別荘付近では浅くなっており底が泥のため、泳ぐことはできなかったが、貸別荘備え付けのモーター付きボートを使って湖のなかほどへ進み、泳ぎを楽しむことができた。パンダはけっして一緒に水に入らない。到着後八日目——失踪から十一日目に水面で揺れるボートに添って泳ぎながら、ルーシーは尋ねた。「あなたのような逞しい男性が、水を怖がるなんて変ね」

「じつは泳げないんだ」パンダは船の縁に裸足の足首を乗せながら答えた。「泳ぎ方を教わったことがなくてさ」

水の上にいるのがこれほど好きなのに、それは不自然ではないかとルーシーは感じた。それにジーンズを穿きっぱなしなのもへんだ。ルーシーは泳ぎ方を背泳ぎに変え、別のアプローチから質問してみた。「ガリガリの脚を見て、私にからかわれるとでも思ってる？」彼の肉体に筋肉質でない部分があるはずもないのだが……。

「ジーンズが好きなんだよ」彼はそういった。

ルーシーは足を下にして水のなかで歩いた。「それは解せないわ。ここは暑くてサウナ状態だし、シャツも帽子も脱ぐのに、どうしてショートパンツに穿き替えないのよ？」

「足に傷跡があるから。もうその話は終わりだ」

それが真実である可能性もあるが、合点がいかない。船首にもたれかかった彼の浅黒い海賊のような肌に太陽が照りつけ、半開きの目には鋭さより物憂い感じが漂っている。ルーシーはまたしても得体の知れない不穏な胸のざわつきを感じた。ルーシーはそれが警戒心のなせる業だと信じたかったが、それだけではないような気がした。不本意な欲望の目覚めなのか。

だとしても不思議ではない。テッドと最後に愛し合って四カ月。自分も生身の人間だ。気持ちが乱されたりしないのであれば、欲望が目覚めようとかまわないではないか。それでもこんなふうに心をかき乱した罰を彼に与えてやりたい気がした。「あなたが刺青《いれずみ》の一つも入れてないのは不思議よね」ルーシーは船縁《ふなべり》に沿って犬かきをしながら話しかけた。「腕に踊る裸の女とか足首に猥褻《わいせつ》な言葉とか彫りこまれていても不思議ではないのに。渋い鉄の十字架のペンダントも胸にかけていないし。そんなで暴走族のメンバーからはずされる心配はないの？」

湖水に反射する光がまたたき、彼の鋭角的な頬骨のラインをやわらかく照らした。「針は嫌いだ」

「泳げないし、針は嫌いだし、脚は見せたくない。あなたって、腑抜けなんじゃないの？」

「おまえは他人を腑抜けよばわりできる立場か？」

「そういわれたらひと言もない。心からお詫びするわ」ルーシーは彼のよくやる冷笑を真似ようとした。

「いつになったら家族に連絡するつもりだ？」彼は唐突に訊いた。

ルーシーは水にもぐり、息継ぎをするまでそのまま沈んでいた。「メグから私の無事を伝えてもらったわ」と彼女はいった。でもそれが家族と直接話をすることとは違うのは承知している。

シャーロットとホーリーの口喧嘩やトレーシーの大仰な話し方も懐かしい。アンドレの最近読んだファンタジーのとりとめもない話も。何よりニーリーとマットが恋しい。しかし電話を手にして彼らに電話をすると思うだけで体が麻痺《まひ》したように動かなくなる。いったい家族にこの成り行きをどう話せばよいというのだ？

パンダはあまり優しくない手つきでルーシーが船に戻るのを手伝ってくれた。安っぽいワンピースの黒い水着が上にずれてしまっていたが、彼は目にも留めていなかったようだ。彼は船外モーターをオンにし、モーターの音を響かせながら船着き場に戻った。彼がエンジンを切るあいだに、ルーシーがビーチサンダルを拾い上げて船を降りようとしていると、パンダがいった。「おれはいよいよ仕事に戻らなくてはならなくなった。明日出発するからな」

ルーシーもこの中途半端な状態がいつまでも続くとは思っていなかったが、この先どうすべきか、いまだ計画が立てられずにいる。それも当然。これほど人格が麻痺し、ものごとに集中して何かをやりこなせる過去の自分と無目的で混乱した昨今の自分とのあいだで宙ぶらりんになってしまっているのだから。近づきつつある気配を感じていたパニックがいよいよ自分の精神に襲いかかろうとしているのを感じる。「まだそんな気になれないわ」

「知るか、そんなこと」パンダはいい、はらみ綱をつないだ。「なんといおうと途中シュレヴ・ポート空港でおまえを降ろすから」

ルーシーはごくりと生唾を呑んだ。「その必要はないわ。私はここに残る」

「金はどうするつもりなんだよ？」

こうなる前に金の問題は解決しておくべきだったが、現実にはできていない。あまり認めたくはないが、彼がいなくなったこの貸別荘に一人残りたいわけではない。威嚇《いかく》的で謎めいた人物とはいえ、一緒にいて驚くほど寛げる相手だからだ。

テッドと一緒にいるよりずっと心安らかに過ごせ、相手に合わせようとして無理に背伸びしなくとも済む。

パンダはボートの外に出た。「どうだ、家族に連絡するというのなら、あとしばらくは一緒にいてやってもいいぞ」

ルーシーはボートから船着き場に這いおりた。「どのくらいの期間？」

「おれがうんざりするまで」パンダは船を係留しながらいった。

「それなら、次の町へ移動するまで持たないかも」

「これがギリギリの譲歩だ。それで手を打て」

ルーシーは自分から切り出すべきことを彼に提案され、ほっとするような気持ちでうなずいた。

その夜、ルーシーは不必要な雑用を言い訳に、電話をかけるのを先延ばしにしていたが、とうとうパンダが痺《しび》れを切らした。「かけろ」

「あとで」ルーシーはいった。「荷作りが先よ」

パンダは鼻を鳴らした。「臆病者め」

「いいでしょう？ あなたにはいっさい関係ないことなんだし」

「おおいに関係あるね。おまえの母親は大統領だったし、これはおれの愛国者としての義務だ」

ルーシーは電話をつかんだ。電話番号を押しながら、彼の見ていないところで彼の電話に手を触れられないものかとうらめしかった。デッキに出ても、窓越しに会話は筒抜けだからだ。

懐かしいハスキーなマットの声が聞こえると、ルーシーの心臓は高鳴った。涙をこらえ、呼びかける。「パパ……」

「ルーシーなのか？ どうした？ 無事なのか？」

「一応ね」ルーシーは声を詰まらせた。「ごめんなさい。パパとママを傷つけるつもりはなかったの」

「そんなことわかってるよ、ルーシー。パパとママはおまえを愛してる。それは変わらない」

そんな父の言葉に、ルーシーの罪悪感はいっそう深く胸をえぐった。父と母はなんの見返りを期待することなく、すべてを捧げてくれた。それなのに私はその恩を仇で返した。ルーシーは必死で涙をこらえた。「私もパパとママを愛してる」

「これから一緒にあの出来事について話をしよう。なぜおまえがぼくらに相談できなかったのか、考えるんだ。家に帰っておいで」

「わかってる。子どもたちはどうしてる？」

「ホーリーはお泊まり会に行くそうだ。シャーロットはギターを習いはじめた。アンドレはガールフレンドができた。トレーシーはおまえのことで怒ってる。お祖父ちゃまが……どれだけショックを受けたかは想像つくだろ？　電話をかけるなら、その前に強い酒でもあおったほうがいいぞ。しかしまずはママと話をしろ。おまえは一人前の大人かもしれないが、それでも家族の一員であることに変わりない」

この言葉が何よりルーシーにはこたえた。

「ルーシー？」それはニーリーの声だった。父が母に電話を渡したのだ。

「ごめんなさい」ルーシーは急いでいった。「ほんとうに」

「もう気にしないで」ニーリーはきっぱりといった。「大人になった娘にいう言葉ではなくてもいい。とにかくこの家に帰ってきて」

「いまは――まだ帰れないの」ルーシーは唇を噛んだ。「まだ家出は終わっていないから」

ニーリーがその言葉に反論できるはずはなかった。「終わるのはいつになりそう？」

「まだわからない」

「私に替わってよ！」背後でトレーシーの甲高い声が響いた。

ニーリーがいった。「あなたがそんなに悩んでいたなんて」

「悩んでいたわけじゃないの。そんなふうに思わないで。ただ――うまく説明できないだけ」

「打ち明けてくれていたら、と残念だわ」

「私にも話をさせてよ！」トレーシーが叫んだ。

「これからも連絡だけはしてね」ニーリーがいった。「お祖父ちゃまにも電話すると約束して」

ルーシーが約束の言葉を口にする前にトレーシーが電話機をつかんだ。「なんで私に電話をくれなかったの？　これはみんなメグのせいなのよね？　メグを恨むわ。あんな人のいうことに耳を貸さなければよかったのに。あの人は結婚するお姉ちゃまが妬《ねた》ましかったのよ」

「トレース、あなたをがっかりさせたくはないけど、これはメグのせいではないのよ」

あの幼かったバトンが若い十八歳のエネルギーにまかせて烈火のごとく怒りをぶつけてくる。「あんなに愛していたのに、一瞬で心変わりするって、どういうことよ？」

「違う。そういうことじゃない」

「身勝手すぎるわ。それに愚かそのものよ」

「迷惑かけて悪いと思っているわ」勇気が消えうせる前にこの任務を終えなくては、とルーシーは決意した。「ほかの家族とも話をさせてくれる？」

数分後にはアンドレがいまでもテッドと電話連絡を取っていることや、ホーリーが劇の役につくためにオーディションを受けていること、シャーロットが〈ドランクン・セイラー〉のメロディをギターで弾けるようになったことをルーシーは知った。家族と会話を交わせば交わすほど、ルーシーの切なさは募った。電話を終え、はじめて三人が両親の口にしなかった質問をぶつけてきたことに気づいた。

「ルーシー、どこにいるの？」彼らは異口同音にそう訊いたのだ。

パンダがデッキにいるルーシーの背後に近づき、彼女が通話記録をチェックする前に電話機を取り上げた。彼はタブロイドに連絡しているのか、いないのか？　パンダはまた家のなかに戻り、ルーシーがようやく戻ると、テレビで野球の試合を観ていた。「もう一本電話をかけたいの」ルーシーはいった。

「ここのところ電話の調子が悪いから、番号をいえばおれがかけてやる」

「自分でやれるからいいわ」

「こいつは気まぐれな機種なんでね」

ルーシーはわざとらしい駆け引きに嫌気がさした。「あなたの電話が見たいの」

「やっぱりな」

「隠しごとがないのなら、見せてくれてもいいんじゃない？」

「秘密がないとはいってない」

パンダがからかって悦に入っているのがわかり、ルーシーは気分が悪かった。「あなたは私のすべてを知っている。なのに私はあなたについて、十二日前からあとのことしか知らないのよ。本名さえ知らないわ」

「シンプトン。バート」

「ひょっとしてスピードダイヤルにタブロイドの〈ナショナル・エンクワイラー〉があったりする？」

「ないね」

「それじゃ、ほかのタブロイド紙は？ それとも本格的報道機関に接触した？」

「おれのような人間がマスコミに取り入ろうとするとでもいうのか？」

「それもありうるかなと。私は高く売れるネタでしょうから」

パンダは肩をすくめ、脚を伸ばしポケットから電話機を出した。「とことん調べればいいさ」

こうして電話を手渡すということは秘密を見つけ出せる可能性はないということだ。ログに残っていたのは、ルーシーが先刻かけた通話だけだった。ルーシーは電話機をパンダに投げて返した。

立ち去る彼女の背中にパンダの静かなしわがれ声が響いた。「おまえを見るといろいろ感じるが、おまえを売って金を儲けようって気はないよ」

ルーシーはその言葉の意味をはかりかね、聞こえないふりをした。

パンダは観てもいない野球の試合を消し、デッキへ出た。そろそろ真剣にみずからの意志を確かめる必要性が出てきた。この二週間、自問自答しない日は一日たりともなかったのだが。

得意分野では能力を最大限発揮する。これは彼が座右の銘にしてきた言葉だ。得意分野で能力を発揮し、苦手なものには手を出すな。苦手なもののなかでも、とりわけ感情の絡むことには。

とはいえ彼女と二人きりで籠っていれば、男ならみんなおかしくなる。ああしてTシャツにショートパンツを穿いている姿は十五歳にしか見えず、本来ならむかつくだろうが、十五歳ではないからそんな感情は起きない。

この心は欲情と憤り、不安に捉えられてどうにもならなくなっている。

ルーシーは寝室のめくれかかった壁紙をじっと見つめた。明日ここを引き払うということだが、自分は十二日前パンダのバイクに乗せてもらったときと同様、彼についてまるで知らない。本名さえ知らないのだ。もっと重要なことは、彼が私を売るかどうかだ。

夕食もほとんど食べていないので、キッチンに行ってシリアルを用意した。窓越しにまたしてもデッキで湖を睨んでいるパンダが見えた。何を考えているのだろう?

ルーシーは〈スペシャルK〉をボウルに入れ、リビングに運んだ。テレビでは消音のまま映画〈アメリカン・プレジデント〉が流れている。座ろうとすると、シート・クッションの後ろに名刺のようなものがはさまっていた。ルーシーはそれを滑らせて出した。

チャリティ島フェリー
住民用パス
＃３５８３
ミシガンの冒険はここから始まる

これはパンダの財布から落ちたものなのか、それとも前に借りた人の忘れものなのか？その答えを知る方法が一つだけある。ルーシーはカードを見つけたときの状態のままシート・クッションのあいだに戻しておいた。

翌朝、カードはなくなっていた。

5

ルーシーはようやく彼が隠したがっていた秘密の一つを見つけた。そのことでいくらか気分が晴れるはずだったが、カドー湖を離れたくない思いが強く、貸別荘から遠ざかるほど気が滅入った。パンダを説き伏せて、やっとテキシカーナの町に寄ることにし、腹部に詰め物をして妊婦姿に変装し、あてつけがましくプリペイドの携帯電話を自分用に購入した。代金は建て替えリストにつけておいてといい添えた。

アーカンサスに差しかかった直後、にわか雨に遭い、地下道で雨宿りをすることになった。ルーシーは返事を期待せず、どこに向かっているのかと尋ねた。しかし意外にも彼は限定的ながらも答えを返した。「日暮れ前にはメンフィスに到着するはずだ」

バイクにはテキサスのナンバープレートを付け、ルイジアナ州境で休暇を過ごし、これから向かうのはテネシーだという。さらにはミシガン湖に浮かぶ島の住民用フェリーパスを所有している。こういったことは巡回建築労働者なら珍しくもないのか、それとも放浪者のライフスタイルなのか。自分にも他人にとって謎の部分があればよかったのにとつくづく思う。けれど十代にして個人の生活が公衆の目にさらされるような境遇になり、秘密など持てるはずもない。

今夜の投宿先はテネシー州境に近い辺鄙《へんぴ》なアーカンサスのモーテルだ。ルーシーはペンキを塗った建築用ブロックの壁と不格好な暗い褐色のベッドスプレッドをしげしげと見つめた。

「たしかこのあたりにハイアット・ホテルがあったはずよ」

パンダはドア近くに荷物をどさりと降ろした。「おれは気に入った。個性的だ」

「個性的か。寝ているあいだに外にいる麻薬の密売人に押し入られ、殺されたりしないなら、ついてると思わなくちゃね」

「だからこうして一つ部屋に寝るんだよ」

「私が自分の部屋で寝られないのは、あなたが偏屈だから」

「そのとおり」パンダはふんぞり返り、鼻で笑った。「おまけに、こうしていればおまえの裸が見られるかもしれない」

「せいぜい期待してなさいよ」ルーシーはカドー湖にいたとき買ったパジャマがわりのショートパンツとTシャツをつかんでバスルームに向かった。ドアを閉じると深く息を吸った。一日じゅう大型バイクの振動を受けながら彼の背中にしがみついているだけでも、充分に気持ちが乱れているのに、彼になぶられるのはごめんだ。

お粗末なシャワー室は電話ボックスぐらいの大きさしかなく、身動きするたびにプラスチックの壁に肘が当たる始末だ。こんな狭苦しい場所にパンダがどうやって体を押しこもうとするのか、想像してみる。

彼の裸。

ルーシーは長々と石鹼を泡立てていた胸から手を下におろした。私も生身の女。彼に本能を刺激されているとしても、仕方がない。彼にはどこか原始的なものを感じる。全身筋肉といった逞しい肉体。セックスの相手としては最適だろう。セックスはきっと荒々しく、卑猥なものに違いない。洗練、精力、献身——男性としての性愛技巧の極みを身につけたテッドとの交わりとは真逆なものになるはず。

ここまで考えて、この『献身』がどれほど厄介なものか思い知った。テッドの無私の奉仕に見合うものを返さなくてはと感じていたが、彼があまりに完璧に性愛を実行するので、どんなふうにすれば同じだけの喜びを彼に返せるのか、わからなかった。うめき声が大きすぎるのではないか、動きがぎこちなくはないか、ためらいがちに愛撫しているのではないか、荒すぎはしないか、あるいは見当違いの場所を愛撫したりしていないか。こんなことばかり考えていた。時間がかかりすぎていないか、息が臭くないか、太腿が揺れていないか？　おならが出たらどうする？

すべてがストレスだった。

パンダとならきっと違うだろうし、気楽だろう。彼は自分の欲望のまま、射精するだろう。私が何をしようと、なんとも思わない。私は感じたまま、反応してもしなくてもいい。どんな言葉を発しどう動くか、どんなうめき声を上げるか——あるいはたとえなんの反応も示さないとしても——それを彼がどう受け止めるか、気にかけなくていいのだ。女性の肉体に接することと以外何も期待していない男性を相手に自分の欲望を満たすという妄想に、ルーシーは興味をそそられた。高校から大学時代にかけて、ルーシーは野性的な男性を夢見ることが多く、実際にそんなタイプと出逢いもした。麻薬取引で収入を補っていた社交界の名士の息子。いつも満面の笑みを浮かべていた大学バスケットボールの選手は試験でカンニングをした。ふんぞり返って口の端にタバコをくわえていた男たち。乱暴な車の運転、深酒、頭脳は休止状態、肉体のみ機能しているタイプばかりだ。そして今度はパンダだ。

もしこのまま裸で出ていったら、彼はどう反応するだろう？

この旅も終わろうとしている。パンダははっきりと予定を示してはいないが、そのときが近づいていることはわかる。いつなんどき置き去りにされるかわからないのだ。これはあとくされのないワイルドなセックスを経験する絶好の機会ではないのか？　きっと一生二度とこんなチャンスはめぐってこないだろう。こんな好機を自分はみすみす見逃すつもりなのか？

二週間前、ルーシーは別の男性と婚約していた。いまでもあらゆる意味で愛しく思う男性だ。パンダとベッドをともにすることは許されないだろう。

だが、そう考えてもけっして不快ではない。

ルーシーはそのとき、このことをテッドに話したいという不条理な欲求に駆られた。彼はいつも頭脳明晰で、反対に自分は何に関しても頭がまわらない。

体を拭きながら、そのことが頭から離れなかった。自分の欲求が何かは自覚できていたものの、踏ん切りはつかなかった。しかしやっと中途半端な形で折り合いをつけることにした。擦り切れたバスタオルを体に巻くと、バスルームのドアを開き、いった。「見ないでよ」

パンダは見た。ちらりと視線を向けるどころか、見られたほうが恥じらいで赤くなるほど、しげしげと見つめた。だいぶ経ってから、彼は言葉を発した。「ほんとに、いいんだな？」駆け引きはいっさいなし。要点を突くのみ。いかにもパンダらしい。

「迷ってる」

「はっきりしろ」

「無理」

パンダはルーシーの予想したより長く考えこみ、やがてベッドから立ち上がり、頭からTシャツを脱いだ。「シャワーを浴びてくる。出てきたとき、そんなものをまだ巻いていたら、キレるぞ」

ルーシーはこの成り行きに納得できなかった。長時間バイクで飛ばしてきたのだから、体が汚れているのはわかる。だがその間逡巡する時間が生まれてしまうではないか。テッドと決別するためにこうするのがいいのか、それとも大きな誤りなのか。

バスルームのドアが音をたてて閉まった。携帯電話は部屋に置いたまま。つまりまたしても通話記録を削除してあるということだ。ルーシーは電話をかけた。「メグ……」

「ルーシー？　あなた無事でいるの？」

「一応ね」

「なぜそんな小声なの？」

「それはね……」一瞬黙るルーシー。「ねえ、こんなことしたら身持ちの悪い女ということになるのかな？　もし私が別の男性と関係を持ったりしたら？　それももう間もなく」

「さあどうかしら。そうかもね」

「私もさすがにまずいとは思っているのよ」

「彼のこと、好きなの？」

「まあね、テッド・ビューダインみたいな男じゃないけど……」

「だったら絶対に彼と寝るべきよ」

「私だってそうしたいわよ。でも……」

「たまには異性に溺れてみたら？　それもいまのあなたには必要だと思う」

「もしこんな衝動を止めてほしければ、あなたにではなくほかの誰かに電話していたわよ」

「それであなたの現在の心境がわかるってものよ」

「そのとおりだわ」バスルームの水の音が止んだ。パンダはシャワーの最短記録を達成した。「もう切るわ」ルーシーは慌てていった。「また電話するね」そういって電話を切った。

　バスルームのドアが開いた。パンダも同じく擦り切れたバスタオルを体に巻いていた。彼は低い位置に巻いているので、平らな腹部があらわになっている。

　脱いだ衣類を片手でつかむパンダの長い濡れ髪がもつれ、薄い唇は不機嫌ささえ感じさせるほど固く引き締まっている。胸板や脚には水のしずくが流れている。脚にはもちろん美観を損なうような傷跡などない。意外だったのは、このところ陽射しを浴びていないにもかかわらず、脚が小麦色に焼けていたことだ。もっと驚いたのは、彼の表情には幸運に浴する喜びどころか、苦々しささえ浮かんでいたこと。

パンダはルーシーのタオルに向けて、顎をしゃくった。

「まだ迷ってるの」ルーシーはいった。

「いや違うね。もう心は決まっているはずだ」パンダはジーンズのポケットから財布を出し、開いてなかからコンドームを取り出した。「一個しか持ってないから、ちゃんとやってくれないと困る」

「さあ、それはどうかしら」ルーシーはいった。「すべて私のムードしだいよ」そう答える自分の言葉に、気持ちが浮き立つのを感じた。

彼は衣類を下に落とし、ルーシーのそばに来た。人差し指が胸の谷間を覆うタオルにかかる。グイとひと引きすると、タオルはカーペットの上に落ちた。「いよいよ禁断の実を味わうぞ」彼はかすかに聞き取れるかすれ声でいった。

禁断の実は誰のことなのか？　私、それとも彼？　ルーシーは思考を停止して感覚に身を委ねたくなった。彼はルーシーの肩に顔を近づけたが、彼女は自分だけ裸でいるつもりはなかったので、彼のタオルを引っ張った。それはぴたりと寄り添った二人の肉体の足元に落ちた。彼の唇が鎖骨に触れた。そこを噛み、唇は背中に移動する。伸びた無精ひげが皮膚をこすり、鳥肌が立った。

今日も終日この体にしがみついていた。こうすると決めた以上、この体験を味わい尽くしたい。彼女は彼の胸の上で手を広げた。彼の唇は耳たぶの下あたりをさまよっていた。ルーシーはキスを避けようと顔をそむけた。その動きで首があらわになり、彼は誘われたかのように首にキスをした。

やがて彼の手は乳房に達し、親指で乳首を刺激しはじめた。ルーシーは血の沸きたつような感覚の高まりを感じた。乳首を弾かれ、自分も彼に同じことをした。二人の息遣いが速まった。彼は彼女の下半身に腕を差し入れ、彼女をベッドに運んだ。キスもなく、愛撫もなし。そこにテッドの愛し方を思い起こす要素はまるでなかった。

パンダはカバーを片手でするりと剝いだ。シーツに倒れこみながら、うっかり彼の体を引っ搔いた。何も気にならなかった。彼の波打つ黒髪に両手を差し入れ、心のままに強くつかんだ。

「いてっ」

「しゃべらないで」彼女はいった。

「荒っぽいのがいいんだな？」

そう。まさしくそれが望みだった。余計な心配も、気遣いもなし。優しい愛撫もなし。ルーシーは彼の脚のあいだに手を絡ませ、ひねった。痛みを感じるほど強くではなく、ほんのちょっぴり危うさを感じさせられればいい。

「乱暴にするなよ」彼はいった。

「こっちこそ、そう願いたいわ」ルーシーはいい返した。

彼は体を起こし、酷薄そうな唇の片側をつり上げた。「意外な面を持ってるもんだよな……」そして瞬く間に彼女の手首をつかんでベッドに縛りつけ、肉体の重さでルーシーの体を押さえつけた。

ルーシーは危険な戦慄《せんりつ》が体じゅうを駆け巡るのを感じた。

彼はひげの伸びた顎を乳首にこすりつけた。摩擦がもたらす甘美な痛みにルーシーは喘《あえ》ぎをもらした。彼が同じことを繰り返した。ルーシーは彼の下で体をよじらせた。その動きで体がゆるみ、無防備になった。

「前戯から始めるつもりだったけど……」彼はコンドームのフォイルを歯でちぎりながらいった。「……おまえがこういうのを望むなら……」

これほど素早くコンドームを開けられるものかとルーシーは驚いた。彼はふたたびルーシーの手首をつかみ、ひと突きで内部に進入した。

ルーシーは喘ぎ、脚を広げた。彼は力強いかたまりを受け入れるいとまも与えず、漕ぎはじめた。そこに技巧はなかった。あるのは芯まで届くような深く力強いストロークだけ。それはルーシーの意に反して、服従だけを求めるものだった。彼女は彼のふくらはぎに脚を巻きつけ、抵抗した。それを見て満足げに微笑む彼の歯がきらりと光った。

やがて彼のひたいに玉の汗が浮かんだが、突きと引きの繰り返しはなおも続いた。そこには彼女がオーガズムに達するまではけっして極めないぞという彼の意志が感じられた。

しかしルーシーは先に頂点に駆け上るつもりはなかった。どこまでも持ちこたえるつもりだった。多くの戦闘と同じく、相手に負ける前に死んでは意味がない。彼の青い瞳が生気を失い、ルーシーには彼の体の重みがいっそう感じられるようになった。彼女の唇からすすり泣きのような声がもれた。そしてさらにもう一度高い声。手首を握る彼の手がゆるんだ。ルーシーは彼の脇腹に深く爪を立てた。彼に返すべきものはなかった。

その瞬間彼の抑制が弾けた。

彼は背中をそらし、肩をいからせ、腰を動かした。突風に続き地震が起き、そして川があふれた。

「ビール飲むか?」しばらくして、彼が顔も見ずに訊いた。やはり原始人は違う。

「いらない。眠りたいの。一人で」ルーシーはできるかぎりぞんざいに、もう一つのベッドを指さしながらいった。

そんな態度も彼は気にしていないようだった。

翌朝、モーテルのドアの音でルーシーは目ざめた。目を開けてみると、パンダがモーテルのオフィスから持ってきたと思しきコーヒーカップを二個手にして立っていた。ゆきずりの情事は新しい経験だったが——翌朝の悔恨はこたえた。ルーシーはシーツを頭からかぶり、彼を追い払いたい気持ちだった。だが現実にはシーツには手を触れず、あえて傲慢《ごうまん》な態度に出た。「スターバックスのじゃなくちゃいやよ」

「さっさと起きて身支度しろ」彼はコーヒーをドレッサーの上に置いた。

昨夜なにごともなかったかのようにふるまえば、よけいに気が滅入るだろう。「セックスすれば気分が高揚するはずなのに。どうしてそんなに不機嫌なの？」

「現実派なんでね」そういい返したパンダの口調には伸びた無精ひげのような棘《とげ》があった。

「外で待ってるから」

気楽な会話はそれでおしまい。しかしそれがどうだというのだ。テッドにつながる鎖の輪――最後の輪――をみずから壊し、テッドが最後のベッドパートナーではなくなったではないか。

モーテルの部屋から出ていくと、パンダが焦《じ》れた様子でバイクのそばに立っていた。片手にルーシー用のヘルメット、もういっぽうの手にはコーヒーカップを持っている。

夜のうちに通り過ぎた嵐のせいか、空気が湿りでじっとりとよどんでいる。しかしパンダの時限爆弾のような態度はそのためではないように思えた。十四歳当時の世間知らずな苛立ち、虚勢などをここで稼働させても無駄だろう。でも第二の自己である、暴走族の女マムシならどうだろう？　ルーシーは険しいまなざしを向けた。「冷たいなあ、あんちゃん」

ルーシーはそう口走った自分の言葉が信じられなかった。

彼は顔をしかめ、あふれそうになっているごみ箱にコーヒーカップを投げ捨てた。「もう二週間だぜ、ルーシー。時間切れだ」

「あたしにとってはそうじゃない。まだ始まったばかりだよ」

その言葉に彼も驚いた様子を見せたが、いった本人も仰天していた。「なんの真似だか知らないが」パンダは睨みつけながらいった。「やめろ」

ルーシーは彼の手にあるヘルメットをつかみ取った。「あんたはここで一日じゅうでもしゃべっていたいんだろうけどさ。あたしは乗りたいの」

ルーシーがヘルメットのストラップを締めているあいだ、パンダはよく聞き取れない言葉をつぶやき、バイクを発進させた。ほどなくしてアーカンサスの州境に差しかかり、メンフィス郊外に到着した。昨日までパンダはフリーウェイを避けていたが、今日は違った。エルビス・プレスリーの旧邸宅グレースランドをフルスピードで通り過ぎ、レーンを変え、次のフリーウェイへ抜けた。やがてある出口からフリーウェイを降りた。標識を見たルーシーは虚勢からなる勝ち誇ったような昂揚感がみるみるしぼむのを感じた。

メンフィス国際空港

ルーシーは彼の脇腹を締め付け、叫んだ。「どこへ行こうっていうの？」

彼は答えなかった。

しかし彼の裏切りの範囲があまりに広大であるために、ルーシーはその事実が信じられないような気持ちでいた。

彼は空港の出発ロビーの前に寄り、二台のＳＵＶのあいだにバイクを停めた。「終着点だ」

それはごくありふれた日常のひとコマ——元気にバイクを飛び降り、握手をして颯爽《さっそう》と去っていく友人との別れなどで発するなにげない言葉のようだった。ルーシーが身じろぎもしないでいると、パンダは引っ張った。腕をひとつかみされ、気づけばルーシーはバイクの脇に立っていた。「もうお遊びはおしまいだ」彼はルーシーの顎のストラップをはずし、ヘルメットを脱がせ、バイクに収めた。

ルーシーは胸がつぶれるような切なさを覚えた。あのときのテッドも、きっとこんなふうに感じたのだろう。事情を何も知らされないまま、不意をつかれ、裏切られたという思い。

「それは私が決めることよ」彼女はいった。

それには答えず、パンダはルーシーの荷物をバイクから降ろして歩道に置いた。サドルバッグに手を伸ばし、封筒を出してルーシーに手渡した。「おまえに必要なものは全部ここに入っている」

ルーシーはパンダの顔をしげしげと見つめた。

「二週間だぞ、ルーシー。二週間。この意味がわかるか？　おれには次の仕事が控えているんだよ」

ルーシーは彼の言葉の意味がつかめずにいた。

彼はルーシーの目の前に立っていた。突き放したような、われ関せずといった冷ややかな表情で。むしろ退屈さえにじませながら。私は彼にとって、ただの行きずりの女。たまたま手にした性の捌《は》け口でしかなかった。

ガソリン、マリファナ、セックス。どれかと引き換えに乗せてやる

バンパー・ステッカーは彼のモットーなのだ。

そのとき何かが変わった。彼が黒い眉をわずかにひそめ、目を閉じた。その目がふたたび開いたとき、ルーシーがパンダと信じこんできた人物が必死で抑えてきたものの正体が見えた気がした。彼が封印してきた知性。苦悩や疑念、もしかすると良心の呵責《かしゃく》も感じ取れる。さらには汚れたTシャツや品のないバンパー・ステッカーとは無関係の魂の奥底にある渇望さえも。

彼はこうした無防備な感情を払い落とすかのように首を振った。しかしそんな様子はすぐに消え、彼は両手でルーシーの頬を包んだのだった。大きな手は蝶の羽のように優しく、青い瞳には優しさと苦悩があった。彼は前にかがんで昨夜ルーシーが拒んだくちづけをした。最初は唇だけをそっと優しく、やがて奥へと進んだ。唇を離すまいとするように彼の手が彼女の顔を守るように包みこんでいた。

貪るように彼女の唇を味わい尽くしていたかと思うと、突如彼は体を離し、呼びかけるいとまも与えず立ち去った。バイクにまたがった彼はエンジンをかけた。間もなく彼は走り去った。もはや似つかわしいとはいえなくなったバンパー・ステッカーを貼ったヤマハ・ウォリアーのエンジン音を響かせながら、ルーシーの世界から姿を消してしまった。

ルーシーは彼が去ってもなお、バックパックを歩道に置き、胸を高鳴らせながら立ち尽くしていた。彼女はようやく彼から受け取った封筒をしげしげと見おろした。たれ蓋を開き中身を取り出してみる。

ルーシーの自動車運転免許証。クレジットカード。ワシントンD.C.への帰還を手配してくれるもっとも近い警備会社のオフィスへの道順まで入っている。

両親の素晴らしい、息苦しくなるほどの深い愛情の証《あかし》がそこにあった。両親のことだから、いつかは居どころを知られてしまうとは予想していた。なぜ、両親が捜索に乗り出さなかったのか、これで理由が判明した。二人が最初から娘の居場所を正確に把握していたからにほかならない。つまり両親はボディガードを雇っていたわけだ。

二週間だぞ、ルーシー。

あの二人ならこのくらいのことはやりかねないことに、もっと早く気づくべきだった。考えてみれば、家族となって以来押しの強い人物にもほとんど接触することがなかった……精神的に病《や》んだ人からの手紙を受け取ったことは何度かあったけれど。あるとき、ルーシーがそうした手紙にショックを受けたことがあり、それほど本人として深刻に受け止めたわけではなかったものの、両親はひどくおろおろしたものだった。ルーシーがシークレット・サービスの警護の対象からはずれることになったあと、彼女が大きなイベントなどで公衆の前に出ることがあると、二人は本人がいくら抗議してもしゃにむにプライベートの警護を依頼した。だから当然、あれほど世間に公表され注目を集める結婚式で両親が花嫁である娘になんの護衛もつけないはずがないのだ。パンダは最初から両親に雇われたスタッフだった。出奔後は契約を二週間だけ延期したのだろう。それだけあればさすがに過熱気味のマスコミ報道も沈静化し、娘の身の安全に対する両親の危惧《きぐ》も落ち着くはずだ。二週間。「時間切れ」とはそういうことなのだ。

ルーシーは荷物を手に取り、野球帽をかぶってサングラスをかけ、ターミナルに向かった。

あの子の気が済むまで、自由を満喫させてやってちょうだい。両親がパンダに念を押す様子がありありと目に浮かぶようだった。でも身の安全は守ってね。

いまになってみれば、ああして彼が折よく路地に入ってきた瞬間に、察知すべきだったと悔やまれる。彼は一度も私を一人にさせなかった。一度たりとも一人で船を出したりもしなかった。店に入ればぴたりと後ろについてくるし、レストランでも私がトイレから出てくるまで戸口近くでうろうろしつつ待っていた。モーテルでも……ガードするために部屋を一つしか取らなかったのだろう。家に帰れと脅したのも任務遂行の一環だった。警護料金をいくらもらうのかは知らないけれど、一〇〇〇ドル払うという私との取引は蹴って当然ということだ。

ルーシーは湧き起こる苦い思いに、ターミナル入口の内側に置かれたベンチで足を止めた。昨夜パンダは楽々と任務を果たしてみせた。ひょっとするとちょっとした思い出づくりとして女性のクライアントと一夜を過ごすことがあるのかもしれない。

もし警備会社のオフィスに直行しないと、誰かが捜しにくるだろう。すでに手配済みと考えたほうがよさそうだ。しかしルーシーはまだ立ち止まったままだった。あのキスが何度も脳裏によみがえってくる。彼の瞳にあったあの苦悩の色が忘れられない。いま感じるべきは怒りであるはずなのに、もやもやとしたものが心を充たしている。なぜ彼はあんな無防備で苦しげな目をしていたのか？　なぜ欲望ではなく根深い渇望が感じられたのか？

それはきっと光線のなせるわざだったのだろう。

思い浮かぶのはこの顔を包んだ彼の手、そしてキス。彼の優しさ……。

これはきっと心が勝手に創り上げた幻影なのだ。彼のことなどなんにも知らないのだから。それなのに、なぜ知り尽くしているかのように感じてしまうのだろう？

なんにせよ、真実を語ってほしかった。マットやニーリーとどんな契約を交わしていたとしても、腹蔵なく打ち明けてほしかった。だがそのためには単刀直入さ、率直さが要求される。これは彼には無理な相談に違いない。

ただ、さっきこの歩道の縁石に立っていたとき、彼の瞳は真実を語り、あのキスはこの二週間が彼にとって任務以上の意味があったと告げていた。

ルーシーはバックパックをつかみ、結婚式場を抜け出したときと同じようにターミナル・ドアをくぐり抜けた。

半時ほどして、ルーシーはレンタルの日産セントラに乗ってメンフィスをあとにした。レンタカー屋の受付係は免許証を見せても、ルーシーの名前に反応しなかった。係の男性はパソコンもろくに使えない様子なので、今後このような幸運に浴することはまずないだろうとルーシーは思った。

シートの上に広げた地図にちらりと視線を向ける。地図の上には家族にメールを送ったばかりの携帯電話。

まだ帰る心境じゃないの

6

ルーシーはセントラル・イリノイのハンプトン・インを宿にすることにした。偽名で宿泊登録し、封筒に入っていたキャッシュカードを使っておろした現金で支払いを済ませた。その出金データから両親がいとも簡単に居場所を突き止めるであろうことは想像がついた。

部屋に着くと、シャツの下から妊婦に変装するためのいまいましい詰め物を抜き、くずかごに投げ入れ、数時間前に購入したものを取り出した。

このアイディアはケンタッキーの州境近くの休憩所でおんぼろのシボレー・キャバリアから ゴスファッションの女の子たちが二人降りたのを見て思いついた。その濃いメークと突拍子もない髪型がどこか懐かしく、胸が切なくなるような羨望《せんぼう》と、高校時代廊下ですれ違った反体制的な女子生徒の記憶を呼び覚ました。もしかして……。

マットとニーリーはルーシーに同じ年頃の少女とはかけ離れた基準に合わせるよう求めたことはなかった。しかし飲酒パーティの事件以前でも、ルーシーは立場を自覚していたので、鼻にピアスをしたりファンキーな服を着たり、評判の悪い生徒とつきあったりしたいという気持ちを抑えこんだ。当時はその判断が正しかった。

しかしいまはそうではない。

ルーシーはパッケージの説明書を読み、作業を開始した。

夜更かししたにもかかわらず、不安からくる胃の不調で早朝に目が覚めた。やはり車をUターンさせて実家に戻るべきなのだ。あるいは西に向かうか。それともあの語り草となったルート66に沿って走り、自己啓発を図ってみたら？

いまのような脆弱《ぜいじゃく》な精神状態では、無愛想で得体の知れないボディガードの謎を解くことはできそうもない。彼を理解することで、自分の深層心理にまでメスを入れられると、自分は本気で信じているのか？

その問いに対する答えは出なかった。なので、ルーシーはベッドから出て、素早くシャワーを浴び、買った衣類を身に着けた。胸元に血のように赤い薔薇《ばら》模様が描かれたフィット感のある黒のノースリーブ・Tシャツが短いライムグリーンのチュチュ・スカートによく似合い、ウエスト部分には一対のバックル付き黒のレザーベルト。スニーカーを黒のコンバット・ブーツに履き替え、爪に数回黒のマニキュアを重ね塗りした。

しかし何より激変したのは髪の毛だ。どぎついほどの真っ黒に髪を染め、さらにはワックスの使用説明書を見ながら髪を六パーツに分けてランダムなドレッドにまとめ、仕上げにオレンジのヘアスプレーをふりかけた。上下のまぶたにはどす黒いアイラインを引き、ノーズリングを鼻につけた。鏡に映っているのは、利かん気の強そうなハイティーンの娘だった。

これならプロフェッショナルなロビイストにも見えず、逃げた三十一歳の花嫁の面影もない。

少ししてロビーを抜け車に向かいながら、他の宿泊客たちがこっそり視線を向けてくるのは気にしていないふりをした。

駐車場から車を出しながらも、チュチュ・スカートが太腿の裏に当たってチクチクした。ブーツは履き心地が悪く、メークも厚塗りで重苦しいけれど、気分はリラックスしはじめていた。

私は暴走族のマムシなんだよ。


パンダは湖畔の道沿いに朝のランニングをしていた。いつもはシカゴの美しい高層建築群が脳を活性化させてくれるのだが、今日はいつもと違う。二マイルが過ぎ、三マイルに達した。三マイルから四マイルへ。汗まみれのTシャツの袖《そで》口《ぐち》でひたいの汗をぬぐう。ようやく自分の居場所に戻ったというのに、カドー湖の静けさを経験したからか、市街地の喧噪《けんそう》とスピード感に違和感さえ覚える。

前方では週末になると決まってふえるローラーブレードの非常識な連中が道をふさいでいる。パンダは接触を避けるため走るラインを草地にずらし、また舗道に戻った。

ルーシーは洞察力をそなえた女性。彼女なら当然ああした成り行きを推測できたはずなのだ。なのに、できなかった。それはおれのせいじゃない。おれはただ任務を遂行しただけだ。

これまでも他人を傷つけたことは幾度もあったのだから、それが一人ふえただけにすぎないではないかと自分に言い聞かせてみる。とはいえ境界線を大きく踏み越えたという良心の呵責はこの心を苦しめつづけている。

暴走族がハイスピードでそばを通り過ぎた。パンダはもやもやした気持ちを吹き飛ばそうと、スピードを上げた。

突然爆音があたり一面に鳴り響いた。パンダは歩道から素早く離れ、地面に伏せた。小石が顎をこすり、両手に食いこんだ。心臓が激しく高鳴り、耳に轟音《ごうおん》が鳴り響いていた。

ゆっくりと顔を上げ、あたりを見まわした。

それは爆音ではなかった。ただのぽんこつトラックの逆火《バックファイア》にすぎなかった。犬を散歩させていた歩行者が足を止めてパンダをじろじろと見た。ランニングをしていた人も走るのをやめた。トラックはレイク・ショア・ドライブに排気ガスをまき散らしながら走り去った。

くそ。ここ数年こんなことは一度もなかったのに。ルーシー・ジョリックと二週間一緒にいたせいでこのざまだ。地べたに伏せ、泥を嚙む。おのれの素性、おのれの過去を忘れたいのなら、今日のことを忘れるな。

走りつづける車のなかで、ルーシーは何度もバックミラーを覗き、どぎついメーク、真っ黒な髪、オレンジ色のドレッドロックに見入った。気持ちは高揚しはじめている。それにしても、いつまでこんなことを続けるつもりなのか？　なにごとにも聡《さと》いテッドでもこんな状況に陥れば迷うことだろう。その答えはともかくとして、新しい自分に変身するこのワクワク感がたまらない。

やがてルーシーの車はイリノイからミシガンに入った。テッドは私を許してくれるだろうか？　家族は？　それとも永遠に許されないことなのか？

キャデラックの近くで、フリーウェイを降り、ミシガン北西部に向かう二級道路に入った。日が落ちるころには、チャリティ島行のフェリーの最終便を待つ五、六台の車の列にいた。地図上でチャリティ島の位置を確認することには難儀した。おかげで全身の筋肉が凝り、目がしょぼしょぼし、盛り上がっていた気分もしぼんでいた。これが正気の沙汰ではないことぐらい充分自覚してはいるが、これをやり遂げないと、パンダという男についての謎が、キスについての謎が一生涯つきまとうことになる。なぜあれほど理想的な花婿を棄てて二週間後にほとんど見知らぬ相手と一夜をともにしたのか、いつまでも考えつづけてしまいそうなのだ。この旅への論理的な理由など、ただの一つもないといっていい。しかし論理的思考についていえば、このところの自分は本調子ではない。だからこうするしかないのだ。

黒地に蛍光色の縞《しま》が入った古いフェリーはカビ臭く、縄とか廃油の臭いがした。乗客は十数人程度。そのなかの一人、バックパックを背負った大学生がルーシーに学校はどこだと訊いてきた。「メンフィス大中退よ」とひと言だけ答え、ルーシーはデッキにコンバット・ブーツの音を響かせながら歩み去った。

ルーシーは船旅のあいだ、ずっと船首のあたりに立ち、暮れなずむ空を背景にゆっくりと浮かび上がる島影を見つめていた。島は横たわる犬のような形をしていた。一方の端が頭部でちょうど腹部にあたる部分が港になっており、反対側の灯台がしっぽのように見えた。観光案内のパンフレットによれば、島はミシガン湖の一五マイル沖にあるという。縦一〇マイル、横二マイル。通年人口三百人。夏季は人口が数千に跳ね上がる。商工会議所の資料によれば、チャリティ島は来訪者に閑静なビーチを提供し、原生林での釣りや狩り、冬季はクロス・カントリーやスノー・モービルも楽しめるそうだ。だがルーシーは自分の抱える疑問を解くこと以外何にも関心がなかった。

フェリーが波止場に着いた。ルーシーはレンタカーに乗ろうと、下に向かった。全国、いや全世界に宿を提供してくれそうな友人はいくらでもいるというのに、別れのキスと住民用フェリーパスだけを頼りに、こうして五大湖の島に上陸しようとしている。バックパックから車のキーを取り出し、これでいいのよとみずからに言い聞かせたが、そうともいいきれなかった。ほんとうは愛する人を傷つけ迷惑をかけた償いをし、人生を立て直す必要があるからだ。だがどうすればそれが実現できるのかわからないから、ここへやってきたのだ。

港は釣り客用のチャーター船や中型の遊覧船などであふれ返り、小さな荷船のそばに古いタグボートが一隻錨《いかり》をおろしていた。ルーシーはスロープを車で下りていき〈町営駐車場〉と書かれた仕切りのある、砂利の駐車スペースに入った。二車線のメインストリートは〈浜辺の散歩道〉とお気楽な名前がついており、各種ストアが並ぶ。なかには風化の進んだ店もあるが、観光客に受けそうな明るい内装やキッチュなウィンドウディスプレイのジェリーズ・トレーティング・ポスト、マッキンレーズ・マーケットやレストランなど何軒かの飲食店や銀行、消防署が軒を連ねている。さらに道沿いには釣りガイドサービスや「近くの難破船を探検しよう」と誘う〈ジェイクズ・ダイブ・ショップ〉など差しこみ型の看板が続いている。

とりあえず島には到着したものの、どこへ向かえばいいのか、あてはまったくなかった。まずは〈サンドバイパー〉というバーの駐車場に入ってみる。ぐるりと店内を見まわすと、一日にぎっしり予定を組みこみすぎてうつろな表情の日焼けした観光客と地元の住人はわりにたやすく見分けがつく。観光客がもっぱら小さな木のテーブルを囲んでいるのに対し、地元民はバーに座っている。

ルーシーがバーに近づくと、バーテンダーは不審そうな目を向けた。「一杯飲《や》るには身分証の提示が要るよ」

ルーシーもユーモア感覚を失っていない状態であれば、笑い声を上げていたことだろう。

「スプライトならオーケー?」

飲み物が運ばれてきたので、ルーシーはいった。「ある男性のところに泊まる予定なんだけど、住所をなくしてしまったの。パンダって人、知ってる?」

地元住人たちは飲み物から顔を上げた。

「聞いたことあるな」バーテンダーがいった。「どんな知り合い?」

「ちょっと……友だちが仕事を頼んだことがあって」

「どんな仕事？」

ルーシーはそのときマムシには行儀作法などまるきり身についていないはずだと、気づいた。「知ってるの、知らないの？」

バーテンダーは肩をすくめた。「何度か見かけたことはあるよ」そういって別の客のほうへ行ってしまった。

幸い、バーの反対側の端に饒舌《じょうぜつ》な年配客が何人か座っていた。「そいつは数年前にふらりとこの島にやってきて、グース・コーヴにある昔のレミントン家の別荘を買った男だな」一人がそういった。「島にはいないよ。飛行機で来ないかぎり、フェリーやチャーター船で来れば、かならず住民には伝わるからさ」

とにもかくにも、これはいいニュースだ。ひょっとするとパンダに再会しなくても、謎は解けるかもしれない。

老人はバーに腕を乗せた。「口数の少ない男だよ。無愛想といってもいいほどだ。何を生業にしているかも明かしていないようだしな」

「そう、そんな感じだわ」マムシはいった。「グース・コーヴってここから遠い？」

「縦たった一〇マイルの島だぜ」友人がいった。「ここから遠い場所なんてないよ。行きにくいところもあるがね」

彼らの説明では、紛らわしいいくつかの角を曲がり、ボート小屋からスパイクとかいう猛《も》者《さ》がピースサインをしながらスプレーペイントした枯れ木を目印に進めということだった。

出発してものの十五分ほどで、ルーシーは右も左もわからないほど、道に迷った。しばらくあてどなく車を走らせ、やっとメインロードに戻れた。閉店間際の釣り餌の店の前で停まり、また道を尋ねたが、それもまた同じぐらいややこしい道順だった。

流木に刻まれたかろうじて判読可能な〈レミントン〉という表札のついた郵便受けを見つけるころには、日はとっぷりと暮れていた。道から少し入ったでこぼこの小道へ車を入れ、二台用ガレージの前に車を停めた。

四方八方に棟のある大きな屋敷。最初はオランダ植民地様式《ダッチ・コロニアル》だったのだろうが、無計画な増築の結果とみられるポーチやら柱間、短い翼などがあちこちに見える。風化した屋根板は古くなった流木の色で、入り組んだ屋根の上には一対の煙突がある。これがパンダ所有の家だというのか、とルーシーは信じがたい思いで建物のたたずまいに見入った。これは家族のために建てられた家のはず。浜辺からいとこを追いかけて帰ってくる日焼けした子どもたち。夫たちについて愚痴をこぼし合う母親たちのそばで焼き網用の炭火を熾《おこ》す父親や、木陰のポーチでうたたねをする祖父母、日向で寝そべる犬。そんな家族の光景がイメージとして脳裏に浮かび上がる家だ。パンダにふさわしいのはこんな場所ではなく、荒廃した釣り丸木小屋のようなところではないだろうか。しかし住所に間違いはないし、バーにいた老人たちもはっきりと「レミントン」という名前を口にしていた。

二台用のガレージのすぐ右手に特徴のない玄関のドアがあった。階段の踊り場には縁の欠けた粘土製の空の植木鉢が置かれ、建国記念日などとっくに過ぎたというのにアメリカ国旗が掲げたままになっている。玄関のドアは施錠されている。草の生い茂る小道から家の側面にまわってみると、湖に面したこの家の中心となる部分が目に飛びこんできた。ゆったりと広がるスクリーン・ポーチ、屋根のないデッキ、何列もの窓の前には断崖の入江があり、その向こう側にミシガン湖が果てしなく続いている。

ルーシーはどうにかしてなかに入る方法はないかといま来た道を戻ってみた。しかしどこも錠がおりている。車で迷いながらここへ来る途中、何軒かの宿やら、高級下宿、民宿などを見かけたので、宿泊するところならいくらでもある。だがとにもかくにも、この家の内部が見てみたいのだ。一カ所スクリーン・ポーチの網戸の破れから手を差し入れ、ドアのバネ式の錠をゆるめてみる。ポーチの床音をきしませながら入ると、クッション部がかびだらけの元は鮮やかなマリンブルーだったらしい長椅子がいくつも並んでいる。ポーチの片隅にスプーンで作られた風鈴が歪んだ形で吊るされており、いっぽうの隅には使われなくなった冷蔵庫がぽつんと置かれている。室内に入るためのドアには錠がかかっていたが、マムシはそんなことではあきらめない。ルーシーは錆《さ》びた庭園用こてを使って小さな窓ガラスを割り、なかに手を伸ばして錠を開いた。

古臭いキッチンに足を踏み入れると、閉めきった室内に漂うカビ臭さを感じた。あるところでは丈の高い木のキャビネットが趣のない緑色に塗られているのが不可解だ。間違いなくオリジナルと思われる半椀形の取っ手が扉と引き出しにそのまま残されている。狭い朝食用スペースにはサイズの釣り合わない不恰好なヴィクトリア王朝風テーブルがでんと鎮座している。傷だらけの白いラミネートのカウンターには古い電子レンジと新しいコーヒーメーカー、包丁立て、曲がったへらや焦げたプラスチックのスプーンが差しこまれた塩壺が置かれている。流しのそばにはフレンチレストランのウェイターの制服を着た陶器の豚もある。

ルーシーは照明をつけ、一階部分も見てまわった。リビングからサンルームへ、カビ臭い書斎から最後に広い寝室へと向かう。白と紺の柄のベッドスプレッドが掛けられたクィーンサイズのベッド、糸巻の形をしたテーブル、三連のドレッサー、布地がミスマッチな二つの椅子。壁には安っぽい額縁に入ったアンドリュー・ワイエスの絵がかかっている。クローゼットにはウィンド・ブレーカー、ジーンズ、スニーカー、デトロイト・ライオンズの野球帽が入っている。サイズから見てほぼパンダのものに見えるが、それでも家宅侵入したこの家が間違いなく彼のものである決定的証拠とはいえない。

付属のバスルームの、時代遅れの黄味がかった青のタイルと真新しい白のシャワーカーテンを見ても家の持ち主が彼である証拠にはならなかった。ルーシーはしばしためらい、洗面所の戸棚を開けてみた。練り歯磨き、デンタル・フロス、鎮痛剤、かみそり。

ルーシーはキッチンに戻り、一つだけ場違いな感じのもの――ドイツ製の最新型コーヒーメーカーを調べた。コーヒーを愛好する高報酬のボディガードが買いそうな代物だ。だが、ここが間違いなく彼の家だと確信できる理由は、なんと冷蔵庫のなかにあった。ほとんど空の棚に、ルーシーが焼いたパンに彼がこってり盛り付けたのと同じブランドのマーマレードが置かれていたのだ。

「本物の男はグレープジェリーを好むものよ」カドー湖近くの食料品店で彼がこれと同じ瓶を手に取るのを見て、ルーシーはこうからかったのだった。「冗談抜きに、パンダ、オレンジ・マーマレードを買うのなら、男を返上することね」

「好物なんだ。ほっといてくれ」

冷蔵庫にはコーラの六本パックも入っている。ビールはない。チャリティ島をめざして長時間車でハイウェイを走りながら、湖のほとりで目覚めた初めての朝にパンダの飲んだビールの空き瓶を見た記憶が繰り返し何度もよみがえった。どこの世界に執務中酒を飲むボディガードがいるだろうか？　しかしよく考えてみると、彼が現実に酒を飲む姿を目撃したのは森に入る直前の数口と森から出てきたときに瓶をあおっている姿だけだ。そしてモーテルで過ごした晩、彼がドレッサーに置いた六本パック。それを飲む場面を見たことがあっただろうか？　目にしたのはほんの数口飲む様子だけ。カドー湖では……コーラばかり飲んでいたっけ。

ルーシーは二階に上る階段を見やった。しかしどうにも探索する熱意が湧いてこなかった。日も沈みあたりは真っ暗闇。今夜の宿も探さなくてはならない。だがどこにも行きたくない。この気味の悪い大きな家の過ぎ去った夏の思い出に包まれながら、眠りにつきたい。

ルーシーは一階の寝室に戻った。オープン・デッキに出るための引き戸にはみすぼらしい垂直のブラインドがかかっている。引き戸のレールに寸足らずの箒《ほうき》の柄が立てかけてあり、それだけが安全確保の道具だ。さらに探索を続けたところ、先日一緒に行った買い物でパンダが購入したローカットのボクサー・ブリーフ数枚と水泳のために買った白黒のサーフィン用ショートパンツを見つけた。車から自分の荷物をおろし、野生のものが侵入しないよう寝室のドアをロックし、室内に落ち着いた。

思いがけないきしみ音で眠りが妨げられ、たくさんの部屋がある家で迷い、いくら走りまわっても出口が見つからないという苦しい夢にうなされ、朝方はっと目が覚めた。部屋は涼しいのに、Tシャツにはびっしょり汗をかいていた。そのまま伸びをすると、掛け金の動く音にはっとして起き上がった。

一人の少年が先刻寝る前に施錠したはずのドアを開けて入ってきた。「出ていって」ルーシーは喘ぎながらいった。

少年もルーシー同様相手の姿に驚いたようだったが、少年のほうが立ち直りが早かった。見開いた目が瞬く間に狭まり、侵入者に向けるような好戦的な険しいまなざしへと変化した。ルーシーは息を呑み、上半身を起こした。結局ここは目指す家ではなかったのか？

少年は薄汚れたアスレティック・ショーツを穿き、エレキギターの絵柄が入った明るい黄色のTシャツを着て、裸足に履き古したスニーカーを履いている。アフリカ系アメリカ人で、ルーシーの弟アンドレの肌よりはいくらか明るめの肌色だ。体も小さく痩《や》せており、歳は十歳か十一歳といったところ。短い綿毛のような髪、こぶのような膝《ひざ》、ひょろ長い腕。おのれの強靭《きょうじん》さを世界に見せつけてやろうとでもいうような敵意に満ちた表情。その敵意もきわめて濃いまつげに覆われた金褐色の瞳にやわらげられていなければ、もっと効力を発揮していたことだろう。

「ここに勝手に入らせるわけにはいかない」少年は顎を突き出しながら、いった。

ルーシーはめまぐるしく思考をめぐらせた。「パンダの許可は得ているわ」

「ばあちゃんはそんな話聞いてないぞ」

つまりここはやはりパンダの家だったということか。脳は少年が現われたショックから立ち直っていたが、体のほかの部分は震えが止まらない。「私もあなたのこと、聞いてないわ」ルーシーはいった。「誰なの？」

しかし質問を投げかけはしたが、答えは聞かずとも明らかである気がした。これはパンダの子どもなのだ。そしていまごろキッチンでは肌の浅黒い妊娠中の美人妻が一家の夏休みの幕開けのために食事を用意し、義母が途中で調達した食品を冷蔵庫に詰めているのだろう。そうなると、高校で二度も善良な市民賞を受賞し、大学四年のとき学生会長も務めたこの自分は姦通者《かんつう》だったことになる。

「おれはトビーだ」少年は吐き捨てるようにいった。「あんたは？」

ここは質問で切り抜けるしかなかった。「あなた、パンダの息子なの？」

「そうだよ。あんた、ほんとは知り合いじゃないよな？　本土から来た麻薬常用者で、浜辺で寝るのがおっかなくてここに押し入ったんだな」

少年の軽蔑《けいべつ》めいた口調を聞いて、ルーシーは安堵《あんど》した。「麻薬なんてやってない」ルーシーはいった。「あたしの名前は……マムシ」その言葉が口から滑り出て、ルーシーは歌いたくなるような爽快感を覚えた。名前をもう一度繰り返したいぐらいの気分だったが、それはやめ、ベッドから足を降ろしてドアを見やった。「なんであたしの寝室に押し入ってきたの？」

「錠がかかっていないと思ったからさ」少年は片方のスニーカーの爪先でふくらはぎの裏を掻いた。「ばあちゃんがこの家の管理を任されているんだよ。あんたの車を見かけたばあちゃんに、見てこいといわれたから来たんだ」

その「ばあちゃん」は家政婦として最悪じゃないのといいたいところだが、やめておいた。見たかぎりでは掃き掃除はまんなかだけで、ほこりもテーブルの上程度しか払っていない。

「キッチンへ来てよ、トビー。あっちで話そう」ルーシーはパジャマのショーツの乱れを直し、ベッドから出た。

「警察に電話するぞ」

「すれば」ルーシーはいい返した。「あたしはパンダに電話して、十歳の子があたしの寝室に侵入したと報告するから」

少年の金褐色の瞳に怒りが広がった。「十歳じゃない！　十二歳だ」

「ごめん」

少年は敵意に満ちた目で睨みつけると、ぶらぶらと部屋を出ていった。ルーシーはひょっとしてパンダの本名を知らないかと訊こうとしたが、間に合わず、キッチンに行ってみると少年の姿は消えていた。

二階の寝室の天井は斜めになっており、ミスマッチな家具や種類の違うカーテン地などが目に留まる。家の横幅いっぱいに広がる共同寝室。ほこりだらけの窓から射しこんでくる光に傷だらけの二段ベッドが四つ照らし出されている。厚みのない縞のマットレスがフットボードに寄せて丸めて置かれている。床の板の割れ目には遠い昔の夏の日の名残りのような砂粒も見える。きっと濡れた水着から水と一緒にしたたったものだろう。この家はいまでも、グランド・ラピッドかシカゴ、そのあたりに住むレミントン一家が夏休みに訪れるのを待っているかのように見える。パンダはこの家の何に魅せられて、購入したのだろう？　自分は何に惹かれてここに留まりたいと思うのか？

ルーシーは彼の極上のコーヒーメーカーで淹《い》れたコーヒーを持ってデッキから庭に出てみた。今朝の空は晴れ渡り、雲一つない。清々しい大気を吸いこむと、キャンプ・デッキ・デービッドでの大切な思い出が胸によみがえってきた。アスペン・ロッジの石のプール・デッキで妹たちがはしゃぎながら追いかけっこをしており、両親は二人だけでサイクリングに出かけていたっけ。そばにある古い樫《かし》の木がピクニック・テーブルや蹄鉄《ていてつ》投げ遊びで使う金属の杭《くい》を日陰で包んでくれている。ルーシーはマグを手で包み、さわやかな湖畔の空気を吸いこんだ。

崖の上に建つこの家からぐらつく木の階段をおりていくと古いボートハウスとデッキに出られる。ボートハウスもデッキも風化によって砂色のようにくすんでしまっている。岩が多く樹木に覆われた海岸線には別のデッキも見当たらず、覗き窓のある天蓋《てんがい》付きの屋根もまったくない。どうやらレミントン家の別荘はグース・コーヴでは唯一の家屋のようだ。断崖のくぼみ《コーヴ》のなかの湖水はまるで画家のパレットのような多彩な彩《いろどり》に満ちている。まんなかでは濃い青が端にいくにしたがって灰色がかった青になり、波打ち際から砂洲では黄褐色が縞状に混じり合う。ミシガン湖へ引いていく湖水のさざ波の上に朝の太陽が金色の輝きを振りかけている。

視界に入った一対のヨットから、心ならずも船が好きな祖父を思い出し、ルーシーは気が咎《とが》めた。もうこれ以上先延ばしにはできない。マグを置くと、携帯電話に手を伸ばし、祖父に電話をかけた。

ジェームズ・リッチフィールドの高貴な声を聞く前から、元アメリカ副大統領の祖父が何というかはおおよそ覚悟していた。「ルシール、おまえのいまの行ないは容認できん。今度ばかりは擁護《ようご》しかねる」

「それは意外」

「私が皮肉を忌み嫌うことは、おまえも承知しているはずだ」

ルーシーは耳元に垂れたオレンジのドレッドを引っ張った。「事態は最悪ってこと？」

「愉快とはいいがたいが、どうやらマットが報道を統制しているようだ」祖父の声はいっそう冷ややかになった。「おまえがこうして私に電話をかけてきたのは、救援と幇助《ほうじょ》を求めてのことだろうね」

「お祖父ちゃまなら、きっと求めに応じてくれるはずね」ルーシーは目頭が熱くなった。

「おまえは母親そっくりだ」

それは褒め言葉には聞こえなかったが、どちらにせよルーシーは感謝の気持ちを抱いた。そして祖父に指摘される前に二人の共通した思いを口にした。「ニーリーは行方をくらますことで、人間的に成長したわ。私にも同じことが起きると信じたい」

「そんな自信はおまえにはない」祖父はぴしゃりといいきった。「おまえは次に何をしてよいのかわからず途方に暮れ、おのれのしでかした不始末と向き合う勇気もない状態にある」

「それもあるわ」ルーシーは両親にさえいえなかったことを口にした。「私は完璧な男性を棄てたけど、自分でもその理由がわからずにいるの」

「おまえなりの理由があるはずだろうが、結婚をやめるのであれば、私が気の向かないテキサスに出向く前に結論を出してもらいたかったな。私がテキサス嫌いなことは、おまえも知らぬわけじゃないだろう」

「地区選で敗れたからでしょ？　選挙からもう三十年も経つのに、いいかげんに忘れたらどうなの？」

わざとらしく咳払いをすると、祖父はいった。「いつまでこの休暇を続けるつもりだ？」

「一週間？　もっとかかるかな」

「居場所を教えるつもりもないんだろう？」

「もし教えたら、お祖父ちゃまは嘘をつかなくてはいけなくなるのよ。お祖父ちゃまは嘘が苦手だし、お年寄りをそんな困った状況に追いこむのは心苦しくて」

「失礼千万なやつだな」

ルーシーは微笑んだ。「自覚してるわ。大好きよ、お祖父ちゃま」『お祖父ちゃま』と呼ぶのはいまだに抵抗があるが、それは『ルシール』へのお返しのつもりだ。「五大湖の島にある友人の家に泊まっているわ」ルーシーはいった。「でもお祖父ちゃまなら、とっくに情報をつかんでいるわよね」祖父がそれをまだ知らないとしても、間もなく知られてしまう事実だ。レンタカーの支払いにクレジット・カードを使用したので、両親はほぼ間違いなく追跡調査を命じるはずだ。

「いったい何が目的でこの電話をかけたのだ?」

「お祖父ちゃまにひと言謝りたくて……失望させて、ごめんなさいと。ママに優しく接してあげて。今回のことでママは辛い思いをしているはずだから」

「娘にどう接するべきか、孫娘から諭《さと》されたくはないね」

「そんな意味じゃないわ」

そのひと言が祖父の怒りをあおったのか、その後延々とお説教が続いた。やれ尊敬だの清廉さだの、恵まれた立場の人間の責任だのを熱く語る祖父の言葉を聞き流しながら、ルーシーは数カ月前に母親と交わした会話を思い返していた。

「あなたは父と仲がよくて、私にしてみれば妬ましいぐらいよ」ニーリーは娘にそういった。

ルーシーは二人が気に入っているジョージタウンのレストランで分け合って食べていたコナッツ・カスタードから顔を上げた。「厳しい父親だったみたいだものね」

「祖父としても満点はあげられないわ。でもあなたにだけは違う」

それはほんとうだった。妹たちは可能なかぎり祖父を避けようとするが、ルーシーは最初から祖父とウマが合った。とはいえ祖父の最初の印象は、大言壮語で無礼な人物といったものだった。相性がよいのは、祖父が自分を愛してくれているからなのかもしれない。「私はお祖父ちゃまのお気に入りだからよ」ルーシーは母にそう答えた。「お祖父ちゃまはママのことも愛しているわよ」

「わかっているわ」ニーリーは答えた。「でもあなたみたいに気楽な関係は今後も築けそうもないわね」

「そんなに気になるの?」

そのときのニーリーの微笑みが忘れられない。

「気むずかしいお年寄りがあなたを気に入っているし、あなたもそれを受け入れているんだから、いいのよ」

あれがどんな意味を含んだ言葉だったのか、いまだ腑に落ちない。

祖父のお説教が一段落つき、ルーシーは、「お祖父ちゃま、愛してる。ちゃんと食事をして、トレーシーをあまりガミガミ叱らないでね」と結んだ。

祖父は大きなお世話だといい返した。

電話を切ると、コーヒーの残りを草の上に流し、立ち上がった。しかし家のなかに戻りかけたとき、妙な音が聞こえた。それは人の気配だった。誰かが転び、起き上がろうとするときの音だ。地所の北側の端あたりで、音は芝生から森への境目である木立から聞こえた。振り向いてみると、エレキギター模様の黄色いTシャツが松林に消えていくのが一瞬見えた。トビーがルーシーを偵察していたのだ。

7

トビーは木々のあいだを走り抜け、大きな切り株を左に曲がり、インディアンの頭部の形をした岩の前を通り過ぎ、昨年の夏の嵐で倒れたアカガシワの木の幹をまたいだ。そしてようやくコテージに出る小道に行き着いた。学年のなかでは小柄なほうだが、足は誰よりも速い。父さんも足が速かったと、ばあちゃんから聞いている。

コテージが近づいたので、トビーは走るスピードを緩めた。あの女があいもかわらず裏の階段に座り、タバコを吸っている。二週間前ここに姿を現わして以来ずっとそうだ。何をそうしげしげと見ているのかと不思議なくらいだ。裏庭の先はゆるい峡谷へと傾斜しており、ウェンツェル氏の植えたトマトと唐辛子を除けば、ばあちゃんの庭には雑草がはびこっている。養蜂場の後ろにはリンゴと梨の木が数本あるが、ウェンツェル氏のさくらんぼ園の果物ほど立派ではない。

女は口からタバコの煙を長々と吐き出しながら、トビーが戻ったことなど気にも留めていないようだった。こうやって無視しつづければ、こちらが出ていくとでも思っているのかな、と少年は思った。でも出ていくのはそっちだよ。エリーとイーサンのベイヤー兄妹がまたこの島の別荘にやってくるのなら、そこで泊めてもらえるのだけれど。友だちと呼べるのはあの二人ぐらいなのに、彼らは両親が離婚するので夏休みはオハイオに行くのだという。

女は吸殻をばあちゃんの薔薇の木に押しつけた。「雨になりそうよ」女はいった。「蜂たちがいっせいに巣に戻ったもの」

トビーは不安そうに蜂の巣を見上げた。ウェンツェル氏の果樹園からほど近い庭の端に十五個の蜂の巣がある。ばあちゃんは蜂が大好きだったが、トビーは刺されるのがいやでたまらないので、できるだけ近づかないようにしている。ばあちゃんが病気で倒れたあとは、ウェンツェル氏が蜂の巣の世話をしてくれたが、おじさんも病気になって本土の看護付き老人ホームに移った。果樹園の管理はおじさんの息子が継いだが、この島に住んでもいず、ただ人を雇って果物の手入れをさせているだけ。ウェンツェルおじさんがいなくなってから、蜂の巣を調べる人が誰もいなくなった。巣に蜂がふえすぎると、蜂は巣を離れ別の巣をつくるようになる。考えただけでぞっとする。

考えたくないことはほかにもたくさんある。

女は足を組み、タバコの煙を深々と吸い、肺に貯めこんだ。タバコが体に悪いということを知らないのだろうか？　燃えるように赤い長い髪の毛。痩せすぎて骨ばった長い体。女はトビーにどこへ出かけていたのか尋ねもしなかった。きっと出かけたことすら気づかなかったのだろう。トビーは祖母に似て、見知らぬ人間との接触を嫌う。それなのに、レミントン家の別荘にも知らない女の人がいた。名前はマムシという。まさか本名ではないと思うものの、確かめようがない。

トビーは別荘の持ち主パンダが今日にもやってくるかもしれないと考えて、午前中はずっと別荘を見張っていた。パンダに会ったことはなかったが、祖母が一月に亡くなって以来別荘の管理をしているのは祖母ではなくトビーだと知ったら、パンダが送金をやめてしまうのは目に見えていた。ここで自活していく計画のためには、どうしてもその金が要るのだ。最後にパンダがこの島に来たのは二カ月前だったが、祖母に電話をかけてきて文句をいうこともなかったので、トビーの清掃にべつだん問題はなさそうだった。

女はタバコを階段に置いた皿に押しつけた。「何か食べ物を用意しようか?」

「腹は減ってねえよ」ばあちゃんは『ねえよ』などという言葉づかいを許さなかったが、そのばあちゃんもこの世にいない。とにかくこの女に自分は誰の力を借りなくてもやっていけるのだということを見せつけてやらなくてはならない。

女は脚を伸ばし、膝をさすった。白人のなかでもとりわけ肌の色が白く、腕にもソバカスがある。料理の仕方も知らないのではないかとトビーは思っている。というのもここへ来て以来、ばあちゃんが大きな冷凍庫に遺した料理をただ温めるだけだからだ。そんなことならトビーでもできる。

女はようやくトビーのほうを見たが、本心は見たくなさそうだった。「あなたも鬱陶《うっとう》しいでしょうけど、私だって居たくてここにへばりついているわけじゃないの」女は疲れたような声でそういった。しかし何もしていないのだから疲れるはずもない、とトビーは思った。

「だったら帰ればいいじゃん」トビーはいった。

「そうはいかないの。あなたのお祖母さんが遺言で私にこの地所とあなたの養育を私に託したんだから。でもまだどうやればいいのか考えがまとまらないの」

「あんたは何もしなくていい。帰れよ。おれは誰の世話にもならないから」

女はタバコの箱をつかみ、養蜂場を凝視した。会話に興味をなくした、といった様子だった。

トビーは荒々しい足取りで女の前を通り抜け、家の側面に沿って敷かれた板石の上を歩いた。

なぜあの女は出ていかないのか？　おれは学校へも行けるし、料理もできる。洗濯だってなんだってこなしてきたじゃないか。ばあちゃんが病気で倒れてからずっと、家事もすべて一人でやってきた。葬儀のあとウェンツェルさんの家に数週間泊まったときも、いろんなことをした。ばあちゃんは他人に頼らない人だったので、友だちはウェンツェルさんと、ばあちゃんの病院の送り迎えをしてくれたビッグ・マイクぐらいしかいなかった。だから頼れる人はいなかった。

トビーはコテージの玄関へまわった。三年前の夏、ばあちゃんとおれでペンキ塗りをしたドアだ。全体を黄味がかった青にして、縁取りは淡いグレーにした。ばあちゃんは紫色に塗りたかったけど、やめさせたんだっけ。いま思えば好きな色に塗らせてやればよかったと悔やまれる。それから口答えをしたり、新しいゲームを買ってくれないとむくれて、ばあちゃんを困らせたりするんじゃなかった。

トビーは前庭の一番大きな木の根元近くの枝をつかんだ。この楓《かえで》の木はあたしより歳を取っているんだよとばあちゃんは話していた。登りながら樹皮で膝をこすってしまったが、かまわず登りつづけた。上へ行けばいくほど、あの女のことも、蜂やレミントン家の別荘の女の人のことも考えなくていいし、天国のばあちゃんや父さんに近づくことができる。母さんは赤ん坊のときに家出したので、記憶もない。おなかを痛めて産んだ娘だからまだ未練はあるけど、あの子は人間のクズだからね、とばあちゃんはいってたな。

祖母と母親は白人だが、父親の血を受け継いだトビーの肌は黒い。祖母に対する恋しさ以上にいまは父親が懐かしくてたまらない。父親はトビーが四歳のときに亡くなった。この世でもっとも危険な仕事、鉄塔鳶《とび》を仕事にしていた父。トラヴァース湾近くの携帯電話用の大型アンテナタワーでの作業中、身動きが取れなくなった仲間を救おうとして命を落としたのだった。季節は冬で、気温は零度以下、吹雪のなかでの事故だった。トビーは父の命がよみがえるならなんでも捧げられると思っていた。たとえ腕や脚を失ってもいいから、父に生き返ってほしかった。

ルーシーはガレージで高価なマウンテンバイクを、またボートハウスのなかで極上のカヤックを見つけた。どちらもレミントン家の残したものにしては新しすぎる。最初の晩には道に迷ってしまったが、町に出るのは思っていた以上に簡単だとわかり、自転車を購入品の運搬手段にすることにし、食料品はバックパックに入れて帰るようになった。チャリティ島にはありとあらゆるタイプの人間が出入りしているせいか、ルーシーのオレンジ色のドレッドも偽のノーズリングもコンバット・ブーツも別段注目されることはなかった。

数日後フェリーに乗って本土まで出向き、レンタカーを返却した。ついでにワードローブを新しくしようと衣服数点に加えて、いかしたタトゥーシールも手に入れた。

滞在一週間でルーシーはキッチンを隅から隅まで磨き上げたが、大きな食卓が目ざわりで仕方なくなった。スペースの面積に比して大きすぎ、不恰好であるというだけでなく、誰かが壁紙の色に合わせた色みのよくないミントグリーンのペンキを塗ってしまったのがいただけない。しかも壁紙ともまるで合っていない。そんなキッチンで、ルーシーはパンも焼きはじめた。

十二歳の少年が森からときおりひそかに様子を窺《うかが》いにくるものの、ほかに気の散るような要素はなく、父が出版を予定している本のための原稿を書きはじめるのには絶好の状況だった。九月までロビー活動は再開しない予定だったので、もともとハネムーンから戻りしだい原稿に取りかかるつもりでいた。マットはニーリーの功績礼賛に終始する世の人びとのコメントには飽きあきしており、歴代初の女性大統領についてより個人的な履歴を残すことが後世のためになるという思いを抱いている。

マットは経験豊富なジャーナリストなので、最初は自分自身が著者になるつもりでいたが、数カ月間書いてみて、一人の視点から描けるものには限界があると気づいた。それより数人がおのおの立場からニーリーを多角的に語ることが望ましいということで、ニーリーの父親に第一部を、長年ニーリーを支えてきた補佐官のテリー・アッカーマンに第二部を担当してもらうよう依頼した。マットがもっとも期待をかけているのがルーシーから見たニーリー像だ。初の上院選から大統領時代までを家族として見つめつづけてきた証人であるルーシーに、母親としてのニーリーについても語ってもらいたいのだという。ルーシーも父のくれたチャンスに嬉々として応じたが、これまでただの一行も書けていない。締切の九月までまだ間があるとはいえ、取りかかるにはいまが絶好のタイミングであるのは間違いない。

書斎でラップトップ・パソコンを見つけたが、個人情報のたぐいはすべて削除されていた。ルーシーはパソコンを抱えてポーチに出た。ビーチタオルを敷いた長椅子の一つに腰を落ち着け、上腕を囲む棘としたたる血のタトゥーをしげしげと観察した。この見事なほどのけばけばしさはどうだ。これが気に入っているのは、一時的にせよ、こうしたものを見せびらかすことに快感を覚えているからなのかもしれない。商品の容器には二週間しか持たないと書かれていたが、同じものをもうひとセットと念のために別のパターンのタトゥーも買ってある。

ルーシーは血の滴る棘から目を離し、原稿の構想を練った。そしてやっとキーの上に指を置いた。

母が大統領だったころ……。

ここまで書いて、網戸の外で鳴くリスの声に気を取られた。ふたたびキーボードに集中する。

大統領だったころ母は毎朝午前六時前にトレッドミルで走ることを日課にしていました……。

ルーシーはトレッドミルが嫌いだ。機械の上で走るくらいなら、むしろ雨や雪のなか外を歩くほうがいい。

母は体を動かすことはためになると信じていました。

ルーシーもそれは認めているが、だからといって運動を好むわけではない。続けるコツは嫌いではない何かを見つけ出してやること。

トレーナーが母のためにプログラムを考案してくれましたが、母も父もジムで孤独な運動を続けていました。

ルーシーはジムも嫌いだ。

二人は毎日決まってゆっくりとしたストレッチから始め――。

ルーシーは眉をひそめた。これでは誰もが書いている退屈な文章となんら変わりがない。マットが望んでいるのはもっと個人的な内容だ。これは違う。

ルーシーはファイルを消去し、パソコンをシャットダウンした。よく晴れ渡った朝を書き物で費やすのはもったいない。彼女は野球帽をつかむとぐらつく木の階段をおりて船着き場へ出た。カヤックに乗っている救命胴衣はサイズが大きすぎるが、とりあえずそれをしっかりと体に装着して、船を出した。グース・コーヴを囲む岩の多い海岸線をめぐりながら、いつしかここが五大湖に浮かぶ島の一部であることを忘れてしまいそうになった。自分は両親がこの身を守るために雇ってくれた男の秘密を明かそうと島にやってきた。しかし彼の家からは何の手がかりも得られない。それなのになぜ自分はここに留まっているのだろうか。

それはこの島に離れがたい愛着を感じているからだ。

入江から湖にさしかかるころ風が立ちはじめ、ルーシーは船首を波に向けた。しばし腕を休め、血の滴る棘のタトゥーをさすった。もはや自分が何者であるのかわからなくなっていた。混沌《こんとん》とした子ども時代をいまも引きずっているのか？　母を亡くし赤ん坊の妹を孤児にすまいと孤軍奮闘していた少女時代の名残りか？　期せずしてセレブ一家の一員になった数奇な運命によって変わってしまった自分なのか？　ハイスクールから大学までは模範的な生徒として、社会人となってからは献身的なソーシャル・ワーカーとして、その後は有能なロビイストとして活動してきた。やりがいのある目的のために多額の資金を調達し、立法府への働きかけを通して多くの人びとの生活改善に貢献してきた。しかしいつしかその仕事を厭《いと》わしく思うようになり、果ては生涯をともにするはずの男性に背を向け結婚式から逃げ出すほど神経を病んでしまったのだ。

仕事をこなし家族と関わり、結婚式の計画を進めるあいだに、ルーシーの生活は多忙を極めていた。しかしいまこうして暇ができればできたで、気持ちが落ち着かない。というわけで結局別荘に戻ることにした。潮が引きはじめているので、カヤックを漕ぐのはひと苦労だったが、漕いでいると気分が晴れた。やがて入江の内側に戻り、しばし休むことにした。そのとき、船着き場の端に立つ人影が目に飛びこんできた。

顔ははっきりと見えないものの、あのシルエットだけはどこにいても見分けがつく。広い肩幅、狭い腰、敏捷《びんしょう》性を感じさせる力強い脚。風になびく長い髪。

ルーシーは胸が高鳴るのを覚えた。わざわざ遠回りしてビーバーの巣を観察したり、湖水に倒れこんだ樹木を眺めたりしながら時間稼ぎをして、ゆっくりと移動し、そのあいだに気持ちを落ち着かせた。

メンフィス空港で彼がキスなどしなければ。あんな目で見つめたりしなければ。千々に乱れる思いが伝わるあんなまなざしで見入られることがなかったら、私はあのままワシントンに戻り、仕事にも復帰し、彼のことは一夜かぎりの情事の相手として忘れ去っていたことだろう。

彼に近づくにつれ、怒りの感情が大きくなった。彼に対してではなく自分自身に対してだ。自分を追ってきたのかと彼に思われてしまったらどうするのだ？　いくらそうではないと主張しようと、きっとそのように映るだろう。

ルーシーはカヤックを船着き場に寄せた。湖岸が岩だらけなので船をビーチに着けるのはむずかしい。なので好天の日は船を梯子《はしご》につなぐことにしていた。だが今回はそうもいかず、カヤックをゆるく――ゆるすぎるぐらいに船着き場の端の柱につないだ。そしてやっと目を上げた。

上から見下ろす彼はいつもと変わらないTシャツとジーンズ姿で、色褪《いろあ》せたTシャツにはデトロイト警察のロゴが入っている。ルーシーは彼の高い頬骨、力強い鼻梁、酷薄そうな厚みのない唇、眼光鋭い青の瞳をしげしげと見つめた。彼は上から睨んでいた。

「その髪の毛はなんだ？　なぜ湖を一人でふらついたりしている？　もし溺れたら誰が救助してくれるというんだ？」

「あなたの任務は二週間で終了したはずよ」ルーシーはいい返した。「だから私が何をしようと、あなたにつべこべいわれるいわれはないわ。よかったら手を貸して。脚が痙攣《けいれん》しちゃったの」

普段のルーシーしか知らず、まさかマムシという暴走族の女が彼女のなかに潜んでいるなど思いもよらないパンダはいわれたとおり素直に船着き場の縁まで移動し、手を伸ばした。ルーシーは彼の手首をつかみ、足を踏ん張ると全力でぐいっと引っ張った。ばーか。彼の体が水に沈んだ拍子に、ルーシーも水に落ちた。しかしそんなことはどうでもよかった。彼を出し抜ければそれでよかった。

パンダは髪もずぶ濡れになりながら、冷たい湖水を口から飛ばすように激しい罵《のの》りの言葉を浴びせた。ルーシーは目にかかる濡れた髪を払い、わめいた。「たしか泳げないといってなかった？」

「泳ぎを習ったんだよ」彼もわめき返した。

泳いでカヤックから離れると、ルーシーの救命胴衣が腋《わき》の下にずれた。「あんたは馬鹿野郎だわよ。自覚してる？　大嘘つきのがめつい大馬鹿野郎よ」

「好きなだけ罵ればいい」彼は力強い長いストロークで梯子に向かって泳いだ。

ルーシーもその後ろを泳いだ。彼女のストロークは怒りのために乱れていた。「とにかくあんたはとんでもない――」マムシがふさわしい言葉を見つけた。「くそったれよ！」

パンダは後ろを一瞬振り返り、梯子を上りはじめた。「もっと罵倒すればいい」

ルーシーは梯子の一番下の段をつかんだ。水にはまだ春の冷たさが残っていたため、寒さで歯がガチガチ鳴り痛いほどだった。「このインチキ野郎、この食わせ者、この――」ルーシーは小さなかたまりに目を留め、口ごもった。それは予想どおりのところにあった。ルーシーは彼の後ろから梯子を上った。「銃は防水加工だと思ったのに、違うの？　残念」

彼は船着き場の上でジーンズの右脚部分をめくり上げた。現われた革製の足首用ピストルケースで、彼がカドー湖で水に入ろうとしなかった理由がはっきりした。彼は銃を引っ張り出し、弾倉を開いた。

「また任務に就いたの？」目にかかった真っ黒な濡れ髪を手で払うと指先がドレッドに絡まった。「両親が契約の延期を申し入れてきたの？」

「あの成り行きに文句があるのなら、両親にいえばいい。おれにいうな。おれはただ任務を遂行しただけだ」彼はそういって、銃弾をてのひらに乗せた。

「両親がまたあなたを雇ったのね。だからこの島に来たんでしょう？」

「違う。ただ誰かがおれの家にこっそり居座っているという情報を耳にしたから来たんだ。家宅侵入は犯罪だと聞いたことはないのか？」彼は空の弾倉をふっと息で吹いた。

ルーシーは眩暈《めまい》がするほどの怒りを覚えた。「ボディガードは身分を明らかにする義務があると聞いたことはないの？」

「さっきもいったように、そいつは家族にいえ」

ルーシーはパンダの頭部のてっぺんをしげしげと見つめた。彼の髪はすでに乾きはじめていた。勝手にうねる、びっしり生えた憎たらしいこの巻き毛。こんな髪を持つ男性がほかにいるだろうか？　ルーシーは彼に対する憤り、自分に対する怒りで救命胴衣のバックルもうまくはずせないほどだった。私はあのキスに意味があると信じたからこそ、こんなところまでやってきたのだ。意味はないとはいえない。自分があのキスで血迷ってしまったということがはっきりしたからだ。ルーシーは救命胴衣を引きちぎるように力任せに脱いだ。「それをいつまでも口実にするつもりなのね。あれは仕事だったと」

「いっとくけど、そんな生やさしいもんじゃなかった」パンダは弾倉に息を吹きかけるのをやめ、しばしルーシーの髪や腕を囲む薔薇と血のタトゥーに見入った。「そいつがただのシールであると信じたいよ。かなり気味悪いからさ」

「ふざけたこといわないでよ」底意地の悪い女なら、「ざけんなよ」と下品にいい返すところだろうが、さすがにそこまで口にすることはできなかった。「最後にちょっとばかり美味しい役得にもありつけたでしょ？　大統領の娘と寝たっていうのは、ボディガード仲間への自慢の種になりそうだしね」

　それに対してパンダはルーシーに負けず劣らず憤怒の形相で睨み返してきた。「それがおまえの解釈というわけか？」

　この島にやってきた時点で、私が尊厳を失ったのは確かだ。「私の解釈はね。パンダ。あなたがプロであるならばそれらしくふるまうべきだったということ。つまり、自分の身分を明らかにし、私に手出しをするべきではなかったということよ」

　パンダは船着き場から勢いよく、立ち上がった。「おれは間違いなく立場をわきまえ、節度を守っていたさ！　おれたちはカドー湖のむさくるしい家に籠りっぱなしだった。二人の肌が触れ合うような狭苦しい場所でな。水着だかなんだか知らないが、おまえはあんなセロファンみたいな薄い黒の水着や透けてみえるように薄いピンクのうわっぱりを羽織っただけで、そこらへんを走りまわってた。それでもおれはおまえと距離を置いていた」

彼のよろいをひと突きでき、ルーシーはいくらか傷ついた自尊心が癒えた気がした。「あなたは私の情報を知り尽くしていたわ、パンダ。私はあなたの本名も知らないけれどね。おまけにもっと詳しい事実まで入手した。それなのに自分のことは何一つ明らかにしなかった。あなたは私を軽んじ、適当にあしらったのよ」

「それはない。あの晩起きたことは仕事とは別次元のことだ。おれたちはおたがいを求め合った。ただそれだけだ」

しかしルーシーにとってはそれほど単純なことではない。もしそれほど簡単に割り切れるのなら、こんなところまでやってきたりしない。

「おれは任務を果たした」彼はいった。「これ以上説明を続けるいわれはない」

ルーシーは知りたかった。ぜひとも確かめたいことがあった。だからマムシになりきって、真剣さを隠すように冷笑を込めて訊いた。「空港での感傷的な罪悪感のにじむキスも任務の一部というわけね？」

「なんの話をしている？」

彼の困惑ぶりを見て、ルーシーの自尊心にまた一つ亀裂が生じた。「あのキスにはあなたの良心の呵責がにじみ出ていたわ」ルーシーはいった。「自分の下劣さを自覚しているからこそ、あなたは赦罪《しゃざい》を求めたのよ」

パンダは無表情でそこに突っ立っていた。「おまえがそういう見方をしているとしても、おれはあえて反論しない」

ルーシーは彼にぜひとも反論してほしかった。なんでもいい、彼のバイクの後部シートに座ったあとに起きた出来事に対するよくないイメージを変えるひと言が欲しかった。しかし彼はそれ以上何も語ろうとせず、無理やりせがめば惨めなだけだった。

家に向かうルーシーを、パンダは引き止めようともしなかった。彼女は外のシャワーに寄り、服を着たまま髪の毛にしみこんだ湖の水を洗い落とし、ビーチタオルを体に巻きつけながら家に入った。キッチンの床に濡れた足跡が残った。バスルームのドアにグイとロックし、濡れた服を剝《は》がすように脱ぎ、黒のタンクトップにレザーのベルトがついたグリーンのチュチュ・スカート、コンバット・ブーツに着替えた。さらに数分かけて目のまわりに黒っぽいアイメークをほどこし、茶系の口紅とノーズリングで仕上げた。さらにバックパックに入るだけのものを詰めこんだ。三十分後にフェリーが出る。やっと実家に戻るときが来たのだ。

車道にイリノイのナンバープレートが付いた最新型のグレーのＳＵＶが停まっていた。彼が自動車の運転席にいると思うと奇妙な感じがした。ルーシーは自転車にまたがると、町へ向かった。

ギラギラと太陽が照りつける暑い午後だった。七月四日の独立記念日にならないとこの島の本格的な夏休みシーズンに突入しないが、それでもすでにショートパンツにビーチサンダルといった軽装の旅行者が地元民に入り混じって〈浜辺の散歩道〉をたむろしはじめている。

〈ドッグス&モルツ〉の店先からフライドポテトの匂いが漂ってくる。ここはきしむ網戸のなかに壊れそうなピクニック・テーブルを並べた海辺の丸太小屋だ。さらについ昨日カプチーノを買いにきた〈ペインテッド・フロッグ・カフェ〉の前を通り過ぎる。隣りの〈マディズ・トレーディング・ポスト〉の日陰に犬が一匹寛《くつろ》いでいる。こうした町のたたずまいに見入りながら、ルーシーはあらためてこの町への愛着を感じ、ここを去りたくないという思いを強くした。

ジェイクのダイビング・ショップはフェリーのチケット取扱い店でもある。店内はカビと古い油の臭いがした。ルーシーは片道切符を買い、町営の船着き場のラックに自転車を置いた。ここにあれば、パンダの目に留まるかもしれないし、留まらなければそれでも仕方ない。そのまま乗船の順番を待つ列に加わる。落ち着きのない幼児を追いかけて、一人の母親が列を離れた。テッドとのあいだに生まれるであろうわが子との生活を、幾度想像してみたことか。それなのに、いまは今後自分が子どもの母親になるかどうかさえ定かではない。

パンダに訊きそびれた質問がまだいくつかあった。たとえば、依頼人の娘をバイクの後部座席に乗せ、あてどないドライブに連れ出すことは評判のよいボディガードの下す適切な判断だといえるのかとか。彼女の真後ろに並んでいた人物が間を詰めバックパックにぶつかってきた。ルーシーは前に押し出され、もう一度押された。振り向いてみると、そこに凛《りん》とした青い瞳があった。

「前にもいったが、あれは嘘じゃない」彼の声はしわがれ、口元には微笑みはなかった。

「バンパー・ステッカーは貼ってあったものだ。おれが貼りつけたものじゃない」

彼の衣類は湖に引き落とされたときのまま濡れており、髪もまだ完全に乾いていなかった。ルーシーは毅然《きぜん》と対応しようと固く決意していた。「そんなこと、どちらでも結構よ」

「あんなTシャツを着ていたのも、おまえを苛立たせるためだった」彼の視線はルーシーのチュチュ・スカートとコンバット・ブーツに向けられた。「なんだか麻薬を買う金欲しさに体を売るティーンエージャーみたいな格好だな」

「あのTシャツ貸してよ」ルーシーはいい返した。「あれを着たら、もう少しまし な身なりに見えるでしょうから」

いつもながら周囲の視線を集めそうになり、パンダは声を落とした。「いいかルーシー、今回の件はおまえの想像をはるかに超えた事情が絡んでいるんだぞ」パンダは列が前に進むのに合わせてルーシーと一緒に移動した。「おまえとテッドの結婚式は全世界に報じられていた。だからおまえには特別な警護が必要だった」

ルーシーは怒りをあらわにするつもりはなかった。「だからおまえを警護したっていうんでしょ？　少しも込み入った話じゃない」

二人はタラップの上り口に達した。教会から逃げるルーシーがヒッチハイクした胸を掻く間抜けな男が大真面目な顔で話している。「おれはおまえの両親に雇われた。あらゆる指示を出したのも両親だ。プライベートで、それもハネムーンで警護がつくことにおまえが反対するのはわかっていたから、こっそり警護してほしいと依頼されたんだ」

「ハネムーンですって？」ルーシーは叫びそうになった。「ハネムーンで警護が付く予定だったというの？」

「当然だろ？　そのぐらい想定しないほうがおかしい」

ルーシーは切符を係員に手渡した。パンダはフェリーパスを見せた。

ルーシーはブーツの靴音を鳴らしながら、タラップを上り、彼も真後ろから続いた。「おまえと違って、テッドは警護の必要性を承知していたぞ」

「テッドは知っていたというの？」ルーシーは足を踏み鳴らし、怒りを爆発させた。パンチを食らわせたい気分だった。

「テッドは現実的な人間だからさ、ルーシー。ご両親とて同じだ。最初の晩おれはコンビニからおまえの父親に電話をかけた。身分を明かさないでほしいといわれたよ。もし正体を知ったら、おまえがまたどこかに姿を消してしまうだろうからと。おれはそんなやり方に賛成しかねたけど、こっちは雇われた身なんでね。あくまでも任務に沿って行動したという意味で、おまえに詫びるつもりはない」ルーシーは立ち去ろうとしたが、パンダに腕をつかまれ、船尾に連れていかれた。「ハネムーンが終わり、カップルがウィネットに帰りつけば、警護は終了する予定だった。だが現実には予定が大きく狂った。おまえは行方をくらまし、マスコミは大騒ぎしていた。そりゃそうだ。たいへんなニュースだからな。世間の注目がおまえに集まりすぎていた」

「誰にも気づかれなかったじゃない」

「危ない場面もあったじゃないか。もし一人でいたら、きっとばれていただろう」

「そうともいいきれないわ」二人が船尾に行き着いたとき、フェリーが警笛を鳴らした。男性の乗客の一人が心配するように二人の様子を見ていた。ルーシーは自分が若く見えること、パンダがかなりの威圧感を与える男性だということを思い出し、男性が仲裁しようかしまいか迷っているのだと察した。結局男性はやめておこうと決めたらしい。「テッドのこと友人だといったわね」

「結婚式の三日前にはじめて会ったよ」

「また一つ嘘がふえた」

「知ってのとおりおれは自分の信じるやり方で任務をこなす」

「本物のプロフェッショナルということね」ルーシーはいい返した。「バイクの後ろにクライアントを乗せるというのはボディガード界の常識なの？」

一歩も引かないというようにパンダは顎《あご》を引き締めた。「おまえがフェリーから降りないかぎり、何も説明するつもりはない」

「もう行って」

「なあ、おまえが腹を立てているのはおれも知ってる。気持ちもわかる。だからさ、フェリーを降りてハンバーガーでも食いながら、とことん話し合おうじゃないか」

「話し合うですって？　だったらまず本名を名乗りなさいよ」

「パトリック・シェイド」

「パトリック？　またいいかげんなことを」

「疑うのか？」

「当然よ」ルーシーはバックパックのストラップを親指でつかみながらいった。「あなたはどこに住んでるの？　さっきまでいた家じゃないことは確かね」

「シカゴ市内に住まいがある。これ以上知りたかったら、フェリーを降りろよ」

ルーシーはもっと知りたかったが、その見返りを与えるのはいやだった。「興味があることは否定しないけど、船は降りないわ」出港を知らせる最後の汽笛が鳴り響いた。「私と話をしたいのなら、ここで話しましょうよ。でもまずトイレがどこか確かめなくちゃ。吐き気を催したときのために」

パンダは急き立てるのはやめようと決めたようだった。「わかったよ。ここで話そう」

「だったら、せめてどこか周囲からじろじろ見られない場所を探してよ」そういって、ルーシーは消火器にバックパックを引っかけそうになりながら急ぎ足で船室に入った。そして船室の反対側のドアを通り抜け、引き上げられる直前にタラップを駆け下りた。彼女は間もなく町営の船着き場の物陰から、パンダを乗せたフェリーがエンジン音とともに出港する様子を見守っていた。

彼を出し抜いてやったと気分をよくする一方で、同じ船がパンダを乗せて戻ってくると思うと爽快感《そうかい》もいま一つだった。メグならこんな状況に陥ることもあるだろうが、自分はそんなタイプではない。でも、こうなったことを悔やんではいない。少なくともわずかに自尊心を取り戻せたのだから。

別荘のそばで見かけたイリノイ・ナンバーの黒っぽいSUVが町営駐車場に停まっていた。午後の便でまた島を離れるとしても、それまで時間潰しが必要だったが、町に向かう気はしなかった。

自転車で別荘に戻りながら、遊び場の前を通り過ぎた。赤ん坊の妹を十ブロックほど離れたこういう遊び場によく連れて行ったものだ。母親が亡くなった翌日、十四歳なりの知恵をしぼって、母親を亡くした妹をベビー・スウィングに乗せてやろうとしたっけ。それでも妹は泣きやまなかった。

パトリック・シェイド……なんだか不自然な名前だ。

もし本土まで船をチャーターすれば、彼とまた顔を合わせなくていい。費用はかかるが、価値はある。ルーシーは自転車をUターンさせ、ダイビングの店に戻った。

「今日は予約でいっぱいですよ」受付カウンターの男性がいった。「メリー・Jもディナ・ケンも貸出し中です。明日なら予約できますが……」

「それでいいわ」ルーシーはそう答えたが、内心困惑した。

ひょっとしたら、パンダとまたあんなやりとりを交わす必要はないかもしれない。肝心なことは主張したし、パンダも説明を何度も繰り返す男ではない。

家のなかにはかすかに調理用ガスや、昨晩自分の夕食として作ったハンバーガーの匂いが残っていた。二年間もこんな家を所有しながら、彼はよく自分の存在の痕跡をここまで残さずにいられるものだと妙に感心する。ルーシーはコンバット・ブーツをビーチサンダルに履き替え、前日の晩町で買った本を手にしてぐらつく階段をおりた。

パンダの手でカヤックは岸に上げられていた。ルーシーは船着き場の端に座り、本を読もうとしたが無理だった。心が怯《おび》え、それを鎮めることしかできずにいた。本土に戻って、自分は何をしようというのか？　いったいどこへ行くというのだ？

音が聞こえ、ルーシーは乱れる思いからふとわれに返った。目を上げるとパンダではない一人の男性が家の階段をおりてくるのが見えた。背の高い大柄な男性だ。階段がぐらつくので男性は慎重な足取りでおりている。入念に整えた淡い褐色の髪が、間違いなく高級な整髪用品で手入れされたらしい輝きを放っている。「やあ！」男性は快活な声で挨拶した。

端正な容貌の持ち主ではあるものの、すべてにおいて派手な感じがする。大きな声、ブランドもののスポーツコートのポケットに付いた紋章、ずっしりと重そうな金のブレスレット。知的な男性なら卒業後まず身に着けないようなカレッジ・リング。「パンダが島に戻っていると聞いたものでね」船着き場にいるルーシーのところに近づきながら、男性は彼女のタトゥーや髪にしげしげと見入った。「だけど呼び鈴を押しても誰も出ない」

「留守よ」

「それは残念だ」男性は満面の笑みをたたえながら、手を差し出した。「私はマイク・ムーディだ。ビッグ・マイクと呼ばれている。私の会社の看板を見ただろう？」

ルーシーは握手をしたとたん、彼の強いコロンの香りが肌にまとわりつくようで、後悔した。

「〈ビッグ・マイク仲介会社〉だよ」彼はいった。「島の地所の売り買いいっさいを引き受けている。規模にかかわらず家も船も、はては馬まで売ったことがある。この島のものならなんでも取り扱っている」整った歯並びには歯科医の加工なしには得られない虹色の輝きがあった。「パンダにここを売ったのも私だよ」

「そうなの?」

「きみの名前を聞いてなかったな」

「通称……マムシよ」

「まさか。そんな名前はないだろう。よくいるヒッピーなのかい?」腕のいいセールスマンらしく、そんな言葉も批判的ではなく賛美するように聞こえた。

「ゴスよ」ルーシーは自分の言葉にあきれながら答えた。

「そう、それだ」マイクはうなずいた。「パンダが興味を持ちそうな船が入荷したから寄ってみたんだよ」

ルーシーは努めて人に協力する主義だが、マムシがそんな哲学を持ち合わせているはずもない。「六時のフェリーが入港したら、また寄ってみてよ。きっと彼はあなたと話したがるはずだわ。ピザでもお土産にしてね。食べながらならゆっくり話せるから」

「教えてくれてありがとう」ビッグ・マイクがいった。「パンダはいい男だ。深くは知らないけど、なかなか興味をそそられるキャラクターだ」

マイクはしばし間を置き、ルーシーがもう少し細かい情報を提供してくれるのを待った。

だからマムシも協力することにした。「刑務所を出てから、ずいぶんと変わったのよ」

少しばかり相手を動揺させてみようとしたルーシーのもくろみは思ったほどうまくいかなかった。

「誰でも人生をやり直す権利はある」マイクは厳めしい表情でいった。そしてふと何かを感じたのか、「あんれ？　きみの顔、なんだか見覚えがあるぞ」と続けた。

『あんれ』などという言葉を使う人がいるのかとルーシーが思っている間《ま》に、ビッグ・マイクはルーシーの顔をいっそうしげしげと見つめた。「以前島に来たことは？」

「ないわ。はじめてよ」

ポケットに手を入れるマイクの手首でブレスレットがきらりと光った。「そのうち思い出すさ。私は一度見た顔は忘れないからね」

それがただの自慢であってほしいとルーシーは内心願った。マイクはまだおしゃべりを続けたそうだったので、階段のほうに向けて首をまわしてみせた。「これから片づけ物があるの。送っていくわ」

ビッグ・マイクはルーシーの後ろからついてきた。階段を上りきったとき、彼はルーシーの手をふたたび取った。「何か必要なら、私に知らせなさい。ビッグ・マイクのサービスは販売だけではないよ。嘘だと思ったら、島のみんなに尋ねてごらん」

「覚えておくわ」

ビッグ・マイクはようやく立ち去った。ルーシーが家に戻ろうとすると、リスの動きとは明らかに違うガサガサという摩擦音が森のあいだから聞こえ、足を止めた。枝が折れる音とともに、赤いTシャツがちらりと見えた。

「見えているからね、トビー！」ルーシーは声を張り上げた。「私を偵察するのはやめなさい！」

答えが返ってくるはずもなく、反応はなかった。

サンドイッチを作ったが、ほんの数口食べただけで食欲がうせた。メグに当たりさわりのないメールを一通送り、両親にも同じような内容のメールを送った。テッドにも何かメッセージを送りたかったが、さしあたってどう書き出せばよいのかわからなかった。あと数時間時間潰しを続けなくてはならないので、ぶらぶらとサンルームに向かった。

柱間から天井まで、汚れたペンキ塗りの枠に囲まれた三面のガラス窓のあいだにゆったりとした空間が広がっている。ずんぐりしたカウチがいくつかと一九九〇年代前半に人気のあった柄の布地を使った袖椅子。大きな部屋のところどころに置かれた傷だらけのテーブル類。ここはきっと室内で家族が集まるための主要な部屋だったのだろう。造り付けの書棚には夏を過ごす別荘には溜まりがちなものが積み上げられていた。ページが黄ばんだペーパーバック、古い映画のビデオテープ、干からびた輪ゴムで束ねられた箱に入った複数のボードゲーム。この家の持つこんなたたずまいに最初から惹かれていたような気がする。ライフ・コーディネーターのマーサ・スチュワートのように、不要なものを棄ててガラス窓をピカピカに磨きあげたい衝動に駆られるのだ。

ルーシーはこぼれたコーラを拭き取るのに使っていた汚らしい布巾をつかみ、ガラス窓の隅を拭いた。汚れのほとんどが外側に付着しているものの、室内側も汚れがないわけではない。窓枠に息を吹きかけてもう一度拭いてみる。やはりきれいになる。

ホワイトハウス時代に観察できた家政術は料理だけではなかった。十五分後、ルーシーは二階のバスルームで見かけたゴム雑巾《スクィージー》と皿洗い用洗剤を垂らした、水を張ったバケツと食料品貯蔵庫にあった脚立を準備した。しばらくしてサンルームの窓の一つを拭き終えた。拭き残しの箇所があることに気づき、手を伸ばしてそれを拭き取る。満足して脚立をおりながら、一番下の段を踏み外した。

パンダがコーラの缶を手にしてドアの内側に立っていた。闘志満々といった厳しいまなざしである。「シークレット・サービスの連中はおまえに手を焼いたんだろうな」

8

この家に戻ってきたのが間違いだった。しかもこんな汚れた窓を拭いている様子を彼に目撃されるなど、あってはならないことだった。ルーシーは体を支えるのに脚立《きゃたつ》をつかみ、マムシの皮肉な笑いを試してみることにした。「プライドが傷ついた?」

「ボロボロだよ」彼はあっさりと認めた。

「それはよかった。私だって日常的に訓練を受けた警護のプロを出し抜いてるわけじゃないのよ」

「『出し抜かれた』とはいってない」

「まさしく虚を突かれたわけでしょ?」彼の服はまだ乾ききっておらず、彼は靴を脱ぎ捨てた。顎ひげも湖に引きずり落としたときより伸びて濃くなっているようだった。「フェリーは六時まで来ないはずよ」ルーシーはずれたチュチュ・スカートの位置を直した。「あなたのほうは私と違って船をチャーターする運に恵まれたわけね」

「銃が役に立ったよ」

彼が真面目に話しているのかそうでないのか、はかりかねた。彼のことは皆目何も知らないからだ。彼は親指でコーラの缶の丸みを撫で、ドアフレームにもたれた。「なぜおまえの父親がああもしつこく身分を明かさないよう念を押したのか、いまごろになって合点がいったよ。おまえが以前にも何度か失踪した経験があるからなんだよな」

「何度か黙っていなくなったことはあるけど」

彼はコーラの缶をルーシーの顔のほうにぬっと突き出した。「おれが担当していたら、そんなまねは絶対させなかった」

それはほんとうだった。彼はいっときもルーシーから目を離さなかった。その腕を見込んで両親が彼に再度警護を依頼した可能性はある。「私がここにいるって垂れこんだのは誰なの？」

「いってみれば、それだけおれがおまえを監視していたってことだ」

結局は両親の仕業だったのか。「感動するわ」

彼はルーシーが磨いていた窓を顎で示した。「なぜこんなことをしているか、話してみろ」

「汚くて気持ち悪いから」ルーシーは彼の足元の床を厭わしげに見た。「家じゅうが散らかっているしね。せっかくこんな家を所有する運に恵まれたのだから、ちゃんと手入れすべきだわ」

「やってるさ。二週間に一度家政婦が来ることになっている」

「彼女の見事な仕事ぶりを自分の目で確かめたらどうなのよ」

パンダはまるで初めて見るかのように家のなかをじっくりと眺めまわした。「そういわれてみると、ちょっと汚らしくなったようだ」

「そう思う?」

「別の家政婦を雇うよ」

彼はまたもとのように足首に銃を隠し持っているのだろうか。そんな疑問が脳裏をよぎる。銃のたぐいに対する恐怖はない。長年武器を所持したエージェントの警護を受けてきたが、彼らはおおむねビジネススーツを着用しており、間違ってもジーンズや公序良俗に反するメッセージを記したTシャツなど身に着けることはない。実際、銃そのものが気になっているのではない。彼が銃を所持していること、二週間の警護契約が存在したこと、彼についてほとんど何も情報がないままベッドをともにしてしまったという事実がこうも心を悩ませているのだ。

ルーシーはゴム雑巾を投げるように置いた。「なぜ両親はあなたを雇ったの? もっと評判のいいボディガードもいるでしょうに」

その言葉に彼はむっとした。「おれは仕事では認められている」

「両親も当時はそう判断したということね」マムシは得意げに薄笑いを浮かべた。「ところで、両親はどうやってあなたに連絡をつけたのかしら? わかった。刑務所発行の労働釈放プログラムにあなたの名前があったわけね」

パンダは怪訝《けげん》そうに首を傾げた。「おまえ、どうかしたのか?」

乱暴な物言いをすることで、ルーシーはいつになく昂揚感を覚えた。「ひょっとしたら母の側近が性犯罪者のリストであなたの名前を見つけて、悪ふざけであなたを紹介したとか？」ルーシーはこんないいたい放題をいつまでも続けたかった。アメリカ合衆国大統領執務室に影響が及ぶことなどいっさい気にかけず、思いつくままに意地の悪い言葉を次からつぎへと相手に浴びせていたかった。

「おれのことを知りたいというのなら、教えてやろう」戸口近くのぐらつく木のテーブルの上に、コーラの缶が音をたてて落ちた。

「もういいわ」ルーシーはマムシの新しい薄ら笑いを試してみた。「どうだっていいから」

「年齢は三十六歳。生まれも育ちもデトロイトだ。陸軍の更生プログラムを受けるまで、何度も問題を起こしては少年院送りになった。ドイツで兵役につき、刑事司法制度の学位を取るためにウェイン州立大学に入り――」

「大学を卒業しているの？　話もろくにできないのに」

それを聞いてパンダはいっそう気色ばんだ。「自分の特殊な生育環境を自慢しないからといって、話もできないと決めつけるな」

「私は自慢なんて――」

「その後デトロイト警察隊に加入した。数年前に退職し、企業役員や著名人、スポーツ選手、身から出た錆《さび》で恐喝を受けているウォール街の悪党を専門に警護を担当する個人企業を引き継いだ。おまえの両親がおれを雇ったのは腕を見込んでのことだ。結婚したこともないし、今後するつもりもない。犬が大好きだが、家を空けることが多いので飼うのは無理だ。音楽はヒップホップとオペラが好きだ。ほかに知りたいことがあればいえ。任務執行中以外は、裸で寝ている。これ以上はプライバシーだから話したくはないが、どうだ？」

「パトリック・シェイドもたくさんの嘘の一つなの？」

「いや。それに嘘はそれほどついていない」

「ハンツヴィル刑務所はどうなの？」

「ちょっと待て。あれが口から出まかせだということぐらい知ってただろ？」

知っていたら訊かない。「建築現場にいたというのは？」

「しばらく建築現場で働いたことはある」

「じつは信頼すべき人だったわけね。思い違いをしていたわ」

彼はあくまで非を認めようとしなかった。「おまえの両親がおれを雇い、おれはその命に従った。今日の出来事から判断すると、身分を明かすなというご両親の見極めは正しかったわけだよ」

「過保護な人たちだからね」

「脅迫状も届いていたし、突き飛ばされたことも数回あった。際立って世間の注目を浴びる結婚式でもあったんだから、妥当な警戒があってしかるべきだよ」

「私に害を及ぼした唯一の人間はあなたなのよ！」

彼はたじろぎ、それを見て、ルーシーの気持ちはもっと痛快なはずだった。「それは認める」と彼はいった。「どれほど狂おしい気持ちになったとしても、きみに手出しするべきじゃなかった」

ルーシーは『狂おしい気持ちになった』という言葉に励まされ、さらに攻めつづけた。

「カドー湖に行くというのは誰の思いつきなの？」

「あそこは世間からひっそりと身を隠すにはふさわしい場所だった。あの貸別荘は人里離れた場所にあったし、心の整理をして自分の行動が過ちだったと気づいてほしいというのがご両親の願いだったからさ」

「私を死のマシンに乗せたあなたが、カドー湖に向かうのがいいと判断したというの？」

「あれは計画に基づいた移動ではなかった」

「全部あなたの企てたことかと思ったわよ」

「わかったよ。今度花嫁を警護することになったら、花嫁が逃げ出すことも想定しておくよ」

ルーシーはこんな会話を交わしていることに耐えられなくなり、ドアに向かった。だがそこまで行き着く前に、彼の声が響いた。「あのバイクはオースティンのある男性から譲ってもらったものだ。あれはいい隠れ蓑《みの》になった。おれはおまえの到着の三日前にウィネットに着き、誰にも怪しまれずに地元のバーに出入りできた。そこで何か危険な兆候があれば嗅《か》ぎ取れるかもしれないという期待もあったしね」

「で、何か感じたの？」

「よく耳にしたのは、テッドにふさわしい女性なんていないという女性陣の感想だった。テッドは町民から神様扱いされていたよ」

ルーシーは眉をひそめた。「あの町で嫌われているのは知っていたわよ」

「彼女たちだって、誰かを指していっていたわけじゃないと思うよ。少なくとも当時はそう感じた。その後おれの考えは変わったかもしれない」

もうたくさんだ、とばかりにルーシーは裏のドアに向かったが、急に饒舌になったパンダが真後ろについてきた。「大それた逃避行が始まったとき」彼はいった。「せいぜい持って数時間だとおれは見ていた。おまえが生き方に真剣な悩みを抱えていることなんて知るよしもなかったからね」

そうした彼の表現に、ルーシーはドキリとした。学問的な言葉を口にしたりせず、彼にはあくまで知性とは無縁のだらしない男性でいてほしかった。「悩みなんてなかったわ」ルーシーは大股でキッチンを横切り、ポーチへ出た。だが話したくないルーシーの気持ちとは逆に、パンダはぴたりと寄り添い、話をやめるつもりはなさそうだった。

「おれは翌日にもバイクを手放してSUVに乗り換えるつもりでいた。しかしそうすると正体がばれてしまい、おまえが姿を消す可能性もあった。正直そこまでの熱意はなかったしね。それにおまえだって、バイクに乗るのを楽しんでいたはずだ」

それはそのとおりだが、何も認めたくない、とルーシーは感じた。網戸を押し開け、庭に出た。「残念ながらフェリーが出るのは数時間後。だから私にかまわないでくれないかしら。あなたにだって用事はあるでしょ?」

彼は行く手を塞ぐように彼女の前に立った。「ルーシー、あの晩のことだけど……」ルーシーは彼の鎖骨を見つめた。彼はポケットに両手をつっこみ、彼女のノーズリングをじろじろと眺めた。「クライアントとあんな成り行きになったことは、過去に一度もない」彼の悔恨めいた言葉など聞きたくもなかったので、ルーシーは彼の前を素早くすり抜けた。

「おまえが怒るのは当然だよ」彼は背後から声をかけた。「おれがヘマをやらかした」

ルーシーはくるりと振り向いた。「そうじゃない。二人が関係を持っただけのこと。私は行為そのものについて後悔なんてしていないわ。大人の女なんだし、自由に楽しむ権利はあるんだもの」と少しばかり豪語してみせる。「引っかかっているのは、相手のことを何も知らない状態であんなことになってしまったことよ」

「その調子でぶちまけてしまえ」

「もういい。放っておいて」

「わかった」

しかし言葉とはうらはらに彼はその場を動こうとはしなかった。これ以上彼の謝罪めいた言葉を聞きたくなかったので、ルーシーはサンルームを指さした。「私にかまうのはやめて、気分転換に家の掃除でもしたらどう？」

「窓拭きしろというのか？」

ルーシーはそんな意味でいったのではなかった。窓のことなどどうでもよかった。「面倒なら銃で粉々に打ち砕いてしまえばいい」彼女は鼻で笑った。「でもそれはさすがにやりすぎよね。でもあなたにとってこの家がどんな意味を持つかはともかく、自分の家であることに変わりないでしょう？」そこまで話したとき、階段まで来てしまった。一段おりながら、憤りが湧き起こった。この家を出ていきたくない。ここに泊まり、スクリーン・ポーチで朝食を摂り、カヤックを漕ぎながら、隠遁《いんとん》生活を続けたい。この家は彼にはふさわしくない。もしこれが自分のものなら、この家にしっかりと愛情を注いであげたい。でもここは自分の家じゃない。

勢いよく階段を駆け上った。「この家はあなたなんかにはもったいないわ！」

「大きなお世話だ」

「そうかもしれないけど、でも――」そのときはっとあることがひらめいた。とんでもない思いつきではあったが……。ルーシーは口をいったん閉じふたたび開いた。「あなたはいつ発《た》つの？」

パンダは怪訝そうにルーシーの顔を見つめた。「明日の朝」

「それで……またすぐ戻ってくるの？」

「それは未定だ。新しい仕事が始まるしね。九月ごろになるかな。それがおまえとどう関係あるんだ？」

ルーシーはめまぐるしく思考をめぐらせた。この家や島に対する愛着……ルーシーはごくりと生唾を呑んだ。「もしばらくこの家を使わないのなら……」彼女は必死さを彼に覚られないよう、できるかぎり穏やかな口調で切り出した。「私に貸してほしいの。ここで済ませたい予定もあるし、ここはなかなかいい名所だから」

「どんな予定だ？」

ワシントンに戻ると考えだけで気持ちが動揺してしまうことを、彼に打ち明けるつもりはなかった。だから、ただ肩をすくめていった。「本物の休暇を過ごしたいのよ。料理をしたり、父に頼まれた原稿も仕上げたい。家のクリーニング料金を最初の月の家賃に当ててもらってもかまわないわ」

彼は硬い表情でルーシーを見つめ返した。「それは感心しないね」

ルーシーはそうたやすく引きさがるつもりはなかった。「つまりさっき自分の非を認めたのは口先だけだったということ？　本気の発言だという証拠を見せるつもりはないの？　贖罪《しょくざい》の意志はないというの？」

「贖罪？　こんな形で？」

贖罪ではあっても、許すかどうかはまた別の話だが。

パンダが長々とルーシーの顔を睨み、彼女も負けずに睨み返した。「わかったよ」彼はようやくいった。「一カ月間滞在を許す。家賃は無料だ。それでおれの罪は贖《あがな》われたとする」

完全にとはいかないけれど。「いいわ」

一匹のウサギが庭を横切った。ルーシーは船着き場に逃げ、ブーツを脱いで足を水に浸《つ》けた。空港でのキスでほんの一瞬だけ深い想いを垣間見せたのは彼の罪だ。とはいえこの島にまだしばらく滞在できる見通しが立ったのだから、周囲の期待から逃れたい一心でこの島へ衝動的に渡ってきたことは悔やまないことにしよう。たとえ自分自身を見失ってはいても、とりあえずは自立した生活を送ることができる。

船着き場に照りつける太陽で、チュチュ・スカートが肌にこすれて痛くなり、ルーシーは家のなかに戻った。パンダはルーシーが壊した裏の窓ガラスを修理していた。ルーシーは彼と話さないで済むよう、玄関側から入ることにした。だがその途中、森のなかで赤いTシャツがちらちらと動くのに気づいた。朝から神経を張りつめつづけてきたせいで、このうえ誰かに偵察されていることに我慢がならなくなり、心のなかで何かが弾けた。「トビー!」ルーシーは森に駆けこんだ。「トビー、ここへ戻ってきなさい!」ルーシーは野生のブルーベリーのつるに足を取られそうになりながら、走りつづける少年を追いかけた。

土地勘は少年のほうが勝っていたが、ルーシーはそんなことはおかまいなく、何があっても少年を捕まえるつもりだった。大きなワラビの茂みを飛び越えたとき、背後に何かが近づく音が聞こえた。

パンダが猛スピードでそばを走り過ぎたと思うと、間もなく震え上がった十二歳の少年の襟首をつかんでいた。

「こいつはいったい誰だ?」パンダは訊いた。

ルーシーはパンダの存在、彼のボディガードとしての本能を忘れていた。パンダが少年のTシャツをつかんでいるので、シャツが腋の下に持ち上がり、骨ばった肋骨やサイズのブカブカの迷彩柄のショートパンツのなかの貧弱な腹部があらわになっている。ショートパンツは膝まであり、痩せこけた脚がその下に覗いている。偵察されていた不快感もあったが、それ以上に少年の怯えた目に耐えきれなくなり、ルーシーはパンダの腕に手を触れた。「ここは私に任せて」

「おまえの手に負えるとでも？　こいつは見るからに怪しい」

想像力の欠如したトビーの脳は皮肉を理解できなかった。「ぼ、ぼくは怪しくなんかない」

「この子はトビーよ」ルーシーはいった。「あなたの家政婦の孫よ」

「そうなのか？」

「放してくれ！」トビーは叫んだ。「ぼくは何もしてない」

「それは嘘よ」パンダがTシャツをつかんだ手をゆるめると、ルーシーはいった。「何日も私を偵察していたでしょう。もうやめなさい」

パンダの手がゆるむと、トビーはふんぞり返り、好戦的な態度を取りはじめた。「おれは偵察なんてしていない。あんたが別荘を荒らしてないか見てこいとばあちゃんにいわれたから来ただけだ」

「私はわずか十歳の子に監視されているわけ？」

「十二歳だ！」

それはルーシーも承知していたが、マムシはルーシーほど子どもに対して感傷的にならない。「もっとましなことに時間を使いなさいよ」

少年は顎を突き出し、ルーシーを睨みつけた。「ぼくはあんたの様子を探ったりしてない。

嘘をつくな」

マムシはパンダを見上げた。「いいわ、この子をつまみ出して」

9

パンダは片方の眉を上げた。「つまみ出す?」

密かに見張られることに嫌悪感を覚えるルーシーだったが、少年の根性には敬服せずにはいられなかった。「やっぱり私の手には負えないわ」彼女はいった。「あなたには朝飯前でしょ」

トビーはよろよろとあとずさり、逃げ出そうとしたが、松の葉に足を滑らせ、勢いよく転んだ。這《は》いながら立ち上がり、ふたたび逃げようとしたものの、パンダにショートパンツの尻の部分をつかまれた。「じっとしてろ。まだ話は終わってない」

「放せ、バカ野郎!」

「おい、なにごとだ?」

ルーシーが振り向くと、ビッグ・マイク・ムーディが大きなピザの箱を抱え、小道をこちらに向かってやってくる。ルーシーは土産を持参してパンダを訪ねろと勧めたことをすっかり失念していた。彼は三人の様子を林のなかで見かけたのだろう。

「ビッグ・マイク!」トビーは逃げようともがきながら、地面に足をつけた。

「揉めごとかい？」不動産ブローカーは白い歯を輝かせ、パンダに向かって微笑んだ。「また島で会えて嬉しいよ。別荘で楽しんでくれているんだろうね」

パンダはぞんざいに会釈した。

ビッグ・マイクは空いた手で少年のほうを指した。「どうした、トビー？　何かやらかしたのかい？　トビーは私の友だちなんだ。私が力になれると思うよ」

トビーは怒りの形相でルーシーを睨みつけた。「この女《ひと》を偵察していたっていいがかりをつけられて困ってるんだ」

ビック・マイクは眉をひそめた。「落ち着けよ、小僧。そんなじゃ話もできないぞ」

ルーシーは体がこわばる気がした。トビーに対する不快感はあるものの、少年が「小僧」呼ばわりされるのは感心しない。年代を問わずアフリカ系アメリカ人の男性にそうした呼びかけをすることがどれほど無礼なことか、ビッグ・マイクは知らないか、あるいは知っていても気にかけていないのかどちらかだろう。もし弟のアンドレがそばにいたら、ルーシーもビッグ・マイクに人種的配慮についてとくと説教を垂れていただろう。

だがトビーはそれを侮辱的とは感じていないようだ。パンダが手を離すと、少年はビッグ・マイクのもとに駆け寄った。「ぼくは何もしていないんだよ、ほんとに」

ビッグ・マイクはすでにビザを左手に持ち替えており、コロンの香りをまき散らしながら、右腕を少年の肩にまわした。「ほんとにそうかな？」ビッグ・マイクはいった。「ここにいるマムシ嬢はそうとう気が動転しているようだが」

パンダがフンと鼻で笑った。

ルーシーの顔にしげしげと見入るビッグ・マイクがまだ記憶を手繰り寄せようとしているようで、彼女はうつむいた。

「こんなの濡《ぬ》れ衣《ぎぬ》だよ」トビーはなおも主張した。

ルーシーはコロンの濃い匂いをTシャツに移されただけでもトビーにとっては充分な処罰だと判断した。「今後私の様子をこっそり見にくるのはやめて。また今度こんなことがあったら、あなたのお祖母さんに話をするわ」

トビーは顔を歪めた。「お祖母ちゃんはいま家にいないから、話せない」

どんな生意気な子どもでもビッグ・マイクの人当たりのよい態度の前ではしおらしくなるだろう。「私の考えをいおうか、トビー。おまえはマムシ嬢に謝るべきだ」

ルーシーは無理やり引き出された謝罪に意味を見い出せるとは思っていない。しかしビッグ・マイクは少年の肩をたたいた。「さあ、なんといえばいいのかな？　それともマムシさんを自宅に招いてからにするか？」

少年は足元を見た。「ごめんなさい」

ビッグ・マイクはトビーが心から詫びたかのように、うなずいた。「それでいくらかよくなった。私はトビーを家まで送っていくよ。今後は迷惑かけません。そうだろ、トビー？」

トビーは地面を靴でこすりながら、うなずいた。

「まさかこんなことになっているとは思わなくてね」ビッグ・マイクはまだピザの箱を抱え

ており、それをパンダのほうに差し出した。「お二人さんはこれを食べて。あとでまた寄るので、それから船の話をしよう」

「船?」パンダがいった。

「二〇フィートのポーラー・クラフト社の釣り船だ。まだ買ってからひと夏しか使っていないのに、ただ同然で売りに出すことになった。あんたが船を買いたがっているとマムシさんから聞いたものでね」

パンダはちらりとルーシーを見おろした。「それはマムシ嬢の誤解だな」

ビッグ・マイクは売り込みのすべはお手のものとばかりに、にこやかな笑顔でいった。

「マムシ嬢はいいかげんなことをいっているようには見えなかったがね。まあ、好きにしなさい。買う気になったら、電話してくれればいい。あの船はほんとにお買い得だよ。ピザを楽しんでくれ。おいで、トビー」ビッグ・マイクは別荘とは反対側に向かって、トビーと去って行った。

二人の姿が見えなくなると、パンダはルーシーを見おろした。「おれが船を買いたがっていると話したのか?」

「買いたいかもしれないじゃないの。私が知っているとでも?」

パンダは首を振り、家に戻りかけ、ピザの箱を持ち上げ、鼻に近づけた。「なぜこのピザは香水の匂いがするんだろう?」

「ビッグ・マイクは自分の縄張りにマーキングする主義なのよ」ルーシーはそういうと、足を速め、パンダを残して一人で家に向かった。

まず森を抜けてくる足音が聞こえ、やがてトビーが帰ってきた。もう夜七時なのに、またしても子どもに食事を用意することを忘れていた。いつもならそういう状況になると、ブリーが奥に引っこんでいるあいだに、トビーはキッチンのテーブルで買い置きのシリアルをボウルに入れて食べている。そうした食料品の買い置きは、病状が悪化する前マイラが最後に本土に買い物に出かけ、〈サムズ・クラブ〉で買いこんできたものだ。

ブリーは階段からおりて何かしなさいとみずからに命じた。なんでもいい、タバコを吸いながらマイラの遺した蜂の巣を見つめ、親友のスターとコテージから別荘までを野生動物のように何度も走った遠い夏の日に思いをはせる以外のことをするの。だが頭のなかにはまともな思考力が残されていなかった。崩壊してしまった結婚生活、空の銀行口座、自尊心……こんな状態で心もとない未来について考えろといわれても無理な相談だ。

このコテージも、マイラの養蜂場もかつては第二の家だった。しかしこの二週間、この家が牢獄のように感じられるようになった。あのころのように別荘に駆け戻り、スクリーン・ポーチで寝そべり、ウォークマンでバックストリート・ボーイズを聞きながら、兄や友だちが船着き場への階段を早足で上り下りする様子を眺められればどんなにかいいだろう。忘れられない最後の夏、デービッドもそうした美しい少年の一人だったが、彼はほかの連中が遊んでいるあいだに釣り船でアルバイトをしていた。

ブリーが蜂たちを見つめタバコの火をつけていると、トビーが森から出てきた。誰かが子どもに付き添っている。大柄で肩幅も広く、胸板もがっしりしている。どこにいてもめだつ魅力的なタイプ。いってみれば――。

ブリーははっと階段から立ち上がった。

「やあ」男はいった。「久しぶりだね」

十三年前のことが瞬時によみがえった。彼の身体的変化などどうでもよかった。最後に彼を見たときの激しい憎しみが生々しく呼び覚まされた。「トビー、家に入りなさい」ブリーはこわばった口調でトビーに命じた。「私もすぐ入るから」

「待ってくれ」マイクはそれが当然の権利であるかのようにトビーの髪をくしゃくしゃと撫でた。「私がなんといったか覚えているよな、トビー？　夏の休暇でやってくる連中は思い込みが激しい。あの家にばかり行くのはやめなさい」

「ぼくは何もやましいことはしていないよ」

マイクは子どもの髪を乱すのをやめ、今度はげんこつでこすった。「遅かれ早かれお祖母さんの件は知られてしまうだろう。それからもうわかったと思うが、おまえにはお祖母さん宛の小切手を現金化することはできない。私はブリーに話があるからトビーはなかに入りなさい」

ブリーはこぶしを握りしめた。マイク・ムーディは元夫と同様に二度と会いたくない人物の一人だ。この島の主要な道路ぞいには彼の顔が映った広告掲示板がいくつもかかっているので、マイクが現在もこの島に住んでいるのはブリーも知っていたが、彼とは絶対に顔を合わせないようにしようと、彼女は決意していた。だが、こうして彼のほうからここへ現われた。

トビーは荒々しい足取りでコテージのなかに入った。マイクは媚《こ》びるような微笑みを浮かべながら近づき、握手を求めてきた。「あいかわらずきれいだね、ブリー。素敵だ」

ブリーは腕を体から離さないようにして、硬い口調で訊いた。「何か用なの？」

マイクは差し出した腕をおろしたものの、見せかけの笑顔はくずさなかった。「挨拶もだめか？」

「ええ、だめよ」

昔のマイクは臭くてイタチのような目をした少年だった。肌も汚らしく、歯並びも悪い肥満児で、毎年島にやってくる別荘族のグループに無理やり取り入ろうとしていた。しかし別荘族が仲間に入れた島の定住民はスターだけだった。マイクはがさつで野暮ったかった。服も、鼻息まじりの笑い声も、寒いジョークも、何もかもセンスがない。そんなマイクを唯一受け入れていたのはデービッドだけだった。

「あいつが気の毒だよ」ブリーの兄弟の一人がマイクを馬鹿にしたとき、デービッドはいった。「やつの両親は揃って飲んだくれで、いろいろ悩みを抱えているんだ」

「悩みなんて誰にだってあるわよ」スターはいい返した。「あんたは自分も仲間はずれだから、あの子を庇《かば》っているだけなのよ」

はたしてそうだったのか、ブリーの記憶ではそんなふうには感じられなかった。会ってすぐデービッドは別荘族の子どもたちを魅了した。愛嬌《あいきょう》があり、カリスマ性があり、端正な容姿の持ち主だった。インディアナ州ゲーリーの貧しい家庭で育ち、奨学金によってミシガン州立大学に進学した。年齢はブリーの兄弟と同じ二十歳だったが、デービッドのほうがずっと世のなかを知っていた。誰もはっきりと口に出していうことはなかったが、黒人の若者と親しくするのがかっこいい、といった意識がみんなにあった。いつしかデービッドはいまに大物になると信じない者はいなくなった。

マイクはブリーの手にしたタバコに向けて顎をしゃくった。「紙巻きたばこなんて吸っていたら、いまに死ぬよ。禁煙したほうがいい」

外見はどうあれ、無粋で人情の機微に通じないところはあいかわらずだ。歪んだ歯も、ニキビも余分な脂肪もなくなってはいるが、押しつけがましさは健在だ。十代の貧弱な、くすんだ金髪も高価なヘアカットやふんだんな整髪料によって整えられている。かつての体に合わないショートパンツやTシャツなどの安っぽい夏物衣料は白のスラックス、高級なポロシャツ、プラダのロゴがついたベルトに替わっているものの、のんびりした島の暮らしには不釣り合いな派手さが鼻につく。なかでも極めつきはずっしりしたゴールドのブレスレットとカレッジ・リングだ。

タバコの火が近づきすぎて、ブリーは指にやけどをしそうだった。「この訪問の目的は？」

「トビーが隣家の住人と揉めごとを起こした」

ブリーは無言で、フィルターの吸い口を親指でたたいた。

マイクはポケットのなかの小銭をじゃらじゃらと鳴らした。「新しいオーナーはマイラが亡くなったことを誰からも聞いてないらしく、いまだにマイラが家政婦を務めていると思っている。しかしマイラが倒れてからはトビーが家の掃除をしているということがわかったよ。おれもさっきまで知らなかった。知っていたらやめさせていた」

ついにタバコの火がブリーの指を焦がした。彼女はタバコを落とし、靴の爪先で揉み消した。十二歳の子どもが大人の仕事を引き受けようとしていたなんて。子どもが姿を消したとき、もっと注意を払うべきだった。ブリーはさらに自分の無能さを痛感した。「あの子によく言い聞かせておくわ」

ブリーは背を向けて家に向かった。

「あれは若気の至りだった」マイクが後ろからいった。「まさかいまでも恨んでいないよな？」

ブリーは歩きつづけた。

「おれはきみに謝りたかった」彼はいった。「手紙を書いたけど、受け取ってくれたかい？」

ブリーは自分の怒りから逃げるのは得意だった。十年間それを続けた。十年間夫のたびかさなる浮気を見て見ぬふりをした。十年間離婚を恐れて対決を避けつづけた。そのあげくがこのざまだ。結局すべてを失った。

ブリーは勢いよく振り向いた。「あなたはいまでも他人の様子をこっそり窺ったりしているの？　まだ昔のように陰で卑劣なまねをしているの？」

「おれはきみに片思いをしていた」マイクはそれですべてが許されるかのように、いった。

「年上の女性に」

一歳年上の少女に。ブリーは爪が食いこむほど強くこぶしを握りしめた。「だから私の母親にデービッドと私が会っていると告げ口したの？　そうすれば自分の思いが叶うとでも？」

「もし二人が別れたら、自分にもチャンスはあるとは思ったよ」

「それは金輪際なかったわね」

ふたたびマイクはポケットに手を入れた。「おれはまだ十七歳だったんだよ、ブリー。過去は変えられない。おれは過ちを犯した。いまとなってはただ詫びるしかない」

ブリーとデービッドはあの晩浜辺の砂丘で、人目を避けて愛し合っていた。マイクがこっそり様子を見ているなどとはまるで気づいていなかった。その結果ブリーは同じ日の午後には島から追い出され伯母レベッカの忌まわしいバトルクリークの家に流刑になったのだった。その後一度もこの島に戻ってくることはなかった。マイラが亡くなりブリーに孫の後見人になってほしいと遺言を残したことを三週間前に知り、この島に戻ってきたのだ。

マイクはポケットから手を出した。「トビーの面倒を一緒に見させてほしい」

「あなたの協力なんて必要ないわ。放っておいてちょうだい」

マイクは親指でゴールドのブレスレットをさすった。「おれはあの子を可愛がっている」

「貧しい孤児の面倒を見ればあなたの社会でのイメージ・アップにはなるでしょうね」

マイクは一瞬たりとも恥じる様子は見せなかった。「きみに歓迎されないことは覚悟していた。それでもなんとか和解できたら、と思ったんだ」

「それは甘い考えね」

マイクは雑草の生い茂る庭や壁の剝げかかった白いペンキやぐらつくトタン屋根のめだつ小さな養蜂直売所をじっと見つめた。突風が吹き、木の葉が揺れたが、高級整髪料で手入れされた彼の髪の毛はびくともしなかった。「ここを売りに出したとしてもいくらにもならないだろう。湖水の景観を楽しむこともできないし、浜辺へのアクセスも悪く、コテージは改修が必要だからね」

マイクはわざわざ指摘するまでもない事実を並べ立てていた。愛情ばかりか不動産にもあぶれた女――それがブリーだった。彼女が夫とともにブルームフィールドに買った五〇〇万ドルの豪邸も債務不履行のため債権者の銀行に所有権が移された。最後に聞いた情報によれば一三〇万ドルで売りに出されているが、いまだ買い手がつかないという。

マイクは手入れもされていない荒れ果てた庭へゆったりした足取りで向かった。見るとトマトの若い苗が雑草の勢いに負けず生き残ろうと頑張っている。「もしきみがトビーを島の外へ連れ出すと、あの子は唯一の拠りどころをなくすことになる」

「まさか私がこんなところに定住するなんて思っていないでしょうね？」ブリーは余裕しゃくしゃくといった調子で答えたが、じつのところここに住む以外選択肢はなかった。

マイクはまたも空とぼけた顔で、痛いところを突いてきた。「噂《うわさ》では離婚の慰謝料もほとんどもらってないらしいね」

ほとんどどころかびた一文受け取っていない。実家からの支援もない。兄弟それぞれ経済的問題を抱えており、たとえそうでなくてもスコットに関して兄妹の苦言に耳を貸そうとしなかった手前、いまさら金の無心などできない。遺産は……母が亡くなって一年もしないうちに使い果たした。

「ここをきみが相続することになった」マイクはいった。「マイラがトビーの交友関係を制限していたせいで、あの子は友だちがあまりいない。それでもトビーのルーツはこの島にある。すでに波乱の多い人生を経験しているあの子をよそへ連れ出すことは、デービッドも望んでいないと思うよ」

ブリーは月日を隔てたいまでもマイクがデービッドの名前を口にするのは我慢がならなかった。「もう二度とここへ来ないで」ブリーはマイクを一人残し、くるりと踵《きびす》を返した。

トビーはキッチンの落ち葉の形のテーブルで、またシリアルを食べていた。キッチンなどコテージのすべての部屋は使い古された風情を醸《かも》し出すスタイル、ピックルド・オーク・キャビネットや寄木のカウンタートップに模様替えされたらしい。開放型の棚にはマイラの蜂蜜の瓶のコレクションや陶器の蜂が並んでいる。キッチンのシンクの窓越しにマイクが地所の値踏みでもするように庭をじっくりと調べている様子が見える。そしてようやく彼は歩み去った。

デービッドはあんなことがあったあと、手紙をよこした。

きみをずっと愛していたよ、ブリー。でもこれで終わりにしよう。ぼくはきみと家族の諍《いさか》いの原因になりたくはない……。

ブリーは気持ちがくじけていた。スターと電話で話すことだけが唯一の心の慰めになっていた。マイラの娘はブリーの親友で彼女がどれほどデービッドを愛しているか、彼がブリーにとってたんなる夏の戯れの相手ではないことをよく知る唯一の人間だった。ブリーが去って六週間後、スターはデービッドの子を身ごもった。デービッドは結婚するためにために大学を中退した。ブリーはその後二人と一度たりとも話をしていない。

トビーがシリアル・ボウルを持ち上げて残りの牛乳を飲んだ。子どもは皿をテーブルに置いた。「ばあちゃんはあんたが金持ちだと話していたけど、嘘でもついていたんだろ?」

「前は裕福だったわ」ブリーは窓の外を見つめた。「もう文無しだけど」

「なんで?」

「自立する方法も考えず、だんなに依存しきっていたから」

「あんたがすってんてんなのは知ってたよ」それは責めるような口調で、ブリーはまたしても少年の憎しみを思い知った。そういう自分もトビーが大好きとはいえない。「いつここからいなくなるの?」トビーはいった。

その質問をされるのははじめてではなく、ブリーもできることなら答えてやりたかった。

「わからない」

少年はまた椅子の背にもたれた。「ここで一日じゅうのらくらしているわけにはいかないだろ」

それは少年のいうとおりで、ブリーとしてもここは自分の心づもりを示しておくべきだった。とりあえず何か具体的な計画を。「もちろん、考えているわよ」ブリーはいった。「マイラの蜂蜜を売るの」


ルーシーはパンダと仲よくピザを分け合って食べるつもりはなかったので、スニーカーを履いて外に出た。ランニングは嫌いだが、自分が怠け者だと感じるのはもっといやだし、こんな惨めな一日を過ごしたあとは鬱憤《うっぷん》を晴らす必要がある。

グース・コーヴ・レーンからハイウェイに出た。走り着いたのはさびれた農作物販売所だった。見るとその後ろに青いコテージがある。背後から走り寄る人の気配を感じたが、それが誰かを振り返って確かめる必要もなかった。「もううちの両親から警護報酬を受け取る立場じゃなくなったんでしょ？」ルーシーは横を走る彼にいった。

「習慣でつい追ってしまう」

「私は走るのが嫌いなの。とりわけあなたと走るのは」

「またそんな憎まれ口を。この道は狭すぎるな。もっと路肩に寄れよ」

「ここは一マイル先からも車の近づく音が聞こえる場所。一人になりたいからここへ来たのに」

「おれがいると思わなきゃいい」パンダはルーシーと合わせるようにスピードを落とした。

「ほんとにウィネットには戻らない気か?」

「なぜいまさらわざわざ訊くの?」

「いずれおまえの気が変わると確信していたからさ」

「おあいにくさま」

「誰だって読みを間違えることがある」

「読みをはずしてばかりのくせに」ルーシーは道を横切り、Uターンして家に戻りはじめた。

彼は後ろをついてこなかった。

帰ると自転車で島の南端のビーチへ行き、湖の向こうで沈みゆく太陽を眺めた。やっと家に帰りつくと、パンダがヴィクトリア朝ふうキッチン・テーブルを囲む不揃いな六脚の椅子の一つに座っていた。ルーシーはこの椅子がこのところいやでたまらなくなっている。剝げた緑のペンキや太すぎる脚だけが気になるばかりか、脚を支えるために立てかけられた段ボールに象徴されるような、かつては活気に満ちていたこの家の衰えに心が痛むからだ。

パンダはピザの箱を広げていたが、ピザはほんの数枚しか減っていない。彼はルーシーが入ってくると目を上げた。テーブルの上にかかったティファニーふうのシェードから落ちる光がそうでなくとも浅黒い彼の肌に暗い翳《かげ》りをもたらしている。ルーシーは顔見知り程度の人物でも見るようによそよそしい目を向けた。「私はあなたの寝室を使っているの。あなたは明日発つんだし、ひと晩のために部屋を明け渡したくないわ」

「あそこはおれの部屋だ」

彼の部屋は一階で唯一の寝室なので、そこにいれば彼と安全な距離を保っていられるように感じる。「ほかの部屋のベッドメイクなら喜んでしてあげるけど？」とルーシーはいった。

「断わったらどうする？」

「仕方ないから部屋を移動するけど、私の使った汚れたシーツを使うはめになるわよ」

パンダはワルぶってフンと鼻を鳴らした。「まあ検討してみるよ」

ルーシーはわざと堅苦しい言いまわしで、切り返した。「早く結論を出していただけるとありがたいわ。長い一日だったので、早く部屋に落ち着きたいの」

パンダは鼻で笑わずにいられず、肩をすくめた。「好きなところで寝ればいいさ。おれはかまわない。ベッドメイクは手伝ってもらわなくていい」そういい残しドアに向かったが、ふと振り向いた。「一つ言っておく。家に置かれたものを勝手にいじったり、動かしたりするな」

その点は多少参考にするわよ、とルーシーは心中つぶやいた。

しかしそれでも彼は気が済まなかったのか、ルーシーが寝室の灯りを消したあと、ドアをノックした。「歯ブラシを忘れた」彼がドア越しにいった。

ルーシーはベッドから出て、洗面所の戸棚に歯ブラシを取りにいき、ドアを開錠して隙間からそれを手渡した。

歯を食いしばった表情には強い怒りが感じられた。「ドアをロックしたのか？」それはまるでドライアイスの煙のような、冷たくぐもった声だった。

「つい習慣でね」ルーシーは落ち着かない様子で答えた。

「施錠したというのか？」

夜の別荘が気味悪く怖かったと認めれば子ども扱いされてしまう。ルーシーは肩をすくめた。

パンダは眉根を寄せ、軽蔑するように口を歪めた。「おれが本気で部屋に入る気なら、ロックなんて必要ないだろ。でもそこまでする気はさらさらないね。だっておまえはそんないい女じゃないからさ」

ルーシーははっと息を呑み、勢いよくドアを閉めた。

パンダは何かを殴りたい、むしろ自分自身にパンチを食らわせたい気分だった。自分は何度ヘマをやれば気が済むのか？ だがそこまで怒りをあおったのはあいつなんだ。

〝あの女のせいなんだ。あいつが怒らせるからつい殴ってしまった〟

警官時代、家庭内暴力の通報のたび、女性を殴った卑劣漢のなかにはこうした言葉でいい逃れをしようとする者が多くいた。女性を攻撃するのに拳骨でなく言葉を使ったからといって、相手を傷つけたことに変わりはない。

パンダは頭を抱えた。これまで得意分野で実力を発揮することを主義として掲げてきたが、ルーシー・ジョリックに関わって以来、そんな信条がすべて裏目に出てしまっている。そもそも事の始まりからして間違っていた。路地で彼女をバイクに乗せたあと、家族のもとに送り届けるべきだった。彼女を怯えさせる目的でしたこともすべて仇となり、みずからを恥じる結果となった。ミスが次のミスへとつながり、最後に取り返しのつかない過ちをおかしてしまった。あの晩の出来事だ。

カドー湖でも彼女に手を触れないでいるのは大きな試練だったが、モーテルでの最後の夜は抑制がきかなくなってしまった。背中にしがみつかれた状態で長時間バイクを走らせ、心細くなるとあの緑色の斑点のある瞳がきらりと光るさまを幾度も見つめすぎた。

パンダはふたたびドアをノックしたが、しばらくして腕をおろした。いまさら詫びてなんになる？　いまの彼女は何よりこの顔さえ見たくはないだろう。

パンダはカビ臭い廊下を進み、つい衝動的に買ってしまったこの幽霊屋敷の階段を上りはじめた。これまで生きてきた人生は自分では処しきれないほどの厄介な難題を残してくれた。これ以上の厄介ごとはたくさんなのだ。ことに前大統領の娘となんて、論外だ。

いまはもう一刻も早く島を出なくては、と心が逸《はや》るばかりだ。

翌朝ルーシーは自分の寝室の引き戸を通ってそっとデッキに出ることでパンダと顔を合わせないようにした。自転車で町へ出て〈ペインテッド・フロッグ〉の外のカフェ・テーブルでコーヒーとマフィンを食べた。近くに座った十代の女の子たちから髪型やタトゥーをじろじろと眺められた以外、誰もルーシーに注目しなかった。ルーシー・ジョリックという存在を置き去りにしてきたと思うと、気分が浮き立った。

食べ終えると、ルーシーは島の北端に向かった。島の荒れ果てた断崖がたまらなく心を惹きつける。ここは富裕層や著名人が立ち寄ることもない、配管工やら靴のセールスマンたちの集まる場所なのだ。州立の大学に通う学生やウォールマートのバギーを押してくるような家族が集まるリゾート地。もし自分もニーリーやマットに出逢っていなかったら、きっとこんなところで夏休みを過ごしたいと夢見ていたことだろう。

独立記念日まではまだ二週間あるというのに、もうボートやヨットが海に出ている。農園の前を通り過ぎたかと思うと『島一番の燻製《くんせい》白身魚』と手書き看板を掲げた丸太小屋があった。左手にはガマの生えた小さな内陸湖、右手には沼があり、その向こうにはミシガン湖が洋々とした広がりを見せている。道を進み木陰をもたらしている広葉樹の林が少しずつ針葉樹の森へと移り変わったかと思うと、突如森が途切れて道が狭まり、地面がむきだしの地点に行き着いた。

太古の昔氷河によって押し流された硬い岩石からなる地表に、灯台が高々とそびえ立っている。ルーシーは自転車を降り、小道に沿って進むことにした。入口近くの木のプランターに植えられたオレンジ色のホウセンカの手入れをしている灯台守に会釈する。建物の向こうには防波堤が突き出ている。今日の湖は波が穏やかだが、嵐になればここはきっと岩に波がたたきつけることだろう。

ルーシーは朝の光ですでに温まった丸石のあいだに腰をおろした。本土に向かってはるかな湖上を進むフェリーが小さな点のように見える。パンダがあの船に乗っていてほしいという強烈な願いが湧き起こる。もし彼がまだこの島にいるのなら、ルーシーはあの家を明け渡さなくてはならないが、ここを去りたくないのだ。昨夜彼に浴びせられた屈辱的な言葉を思い起こすといまでも怒りがこみ上げる。彼女は他人から邪険に扱われたことがなかったが、パンダはあてつけがましいほど棘のある言葉をぶつけてくる。

なぜ、ああも暴言を吐くのか、本気の発言なのか、そうでないのかはどうでもよかった。彼の言葉は二人の旅路に対するルーシーの忘れがたいノスタルジーを断ち切った。かえってそれでよかったのだ。

ふたたび自転車に乗るころには、いつものように今日のスケジュールを立てる元気を取り戻していた。朝涼しいうちに湖に出るか、島の探検をしてみよう。午後は父に約束した原稿の第一章に取りかかることにする。

グース・コーヴ・レーンの出口ランプに近づいたとき、先日見た黄味がかった青い家がちらりと見えた。起伏の多い湖岸線のせいで遠く離れて見えるが、ここはトビーとトビーの祖母が暮らす家に違いない。レミントン家の別荘からはほんのひと走りすれば行き着く距離だ。

車両進入路の片側に危うい角度に傾いた郵便受けがあり、反対側にはすたれた農作物販売所がある。町の中心地から数マイル離れてはいるものの夏の収穫物を売るにはまずまずの立地だといえる。なぜならハイウェイで島一番の繁華街である南部にも通じ、ルーシーが前日日没のころ出向いた北端へも行きやすい位置にあるからだ。壊れたチェーンの向こうに色褪せた〈蜂蜜屋　回転木馬〉という看板が見えた。

ルーシーは衝動的に進入路へと入っていった。

10

ブリーは悲鳴を上げ、蜂の巣から飛びのいた。

「ああ……やめて……どうしよう」彼女はうめきながら背をまるめ、身震いした。繁殖箱の底にあったかたまりは無数の蜂の残骸などではなかった。あれは、間違いなくネズミだった。それもネズミの死骸だ。蜂が巣を敵から守るために作り出すねっとりした物質プロポリスによってネズミは固まってしまったのだ。

ブリーはぶるぶると震えながらごわつく革製の養蜂用手袋をはずし、庭から引き揚げた。トビーから聞いた内容によると、ウェンツェル氏が蜂に濃い糖のシロップを与えたらしく、巣のためにもっと繁殖用の箱を用意しなくてはならない状態になっている。まだ開いてみたのは三箱目。残りの箱にはいったい何が入っているのか?

結局スターは正しい選択をしたのかもしれない。スターは母親の養蜂業の手伝いを嫌っていた。しかしブリーは逆に最初から蜂に魅了され、毎年夏になるとマイラの手伝いをした。どことなくスリリングな雰囲気、兄弟の誰もが持たない技能を身につけているといった優越感が心地よく、巣の序列や、群衆の厳しい規律、女王の存在に心惹かれていた。しかし何より、気性の激しい自己中心的な母親と違って、寡黙で人との交わりを好まないマイラと一緒にいられることが嬉しかった。

ブリーはほとんど毎晩マイラの遺した養蜂に関する書物を読みあさっているが、そうした指導書や毎年夏にマイラの手伝いをした豊富な経験をもってしても、この重責を果たすのは困難に思われた。数年前には養蜂についての講習を受けもしたが、夫のスコットが庭で蜂を飼うことを拒んだので知識を生かすことはできなかった。それなのにこうして十五もの蜂の巣を齧歯《げっし》類や寄生虫から守り、巣のなかが過密状態にならないよう日々世話をしなくてはならなくなった。

ブリーは片方のスニーカーの爪先で足首を掻いた。マイラが残した帽子とベール付きの養蜂用の上着は体に合ったが、お揃いのオーバーオールはブリーのようなひょろ長い体型の人間に合うはずもなく、自分のカーキ色のスラックスで代用している。薄い色の衣服を着たほうが蜂に攻撃されにくいのは、黒い色がラクーンやスカンクといった捕食動物を連想させるからだという。うっかりスラックスの裾《すそ》をソックスにたくしこむのを忘れたせいで、刺された足首が疼《うず》いている。

なんとかトビーを説き伏せネズミの死骸を片づけられないかと考えてみたが、トビーは母親に似て蜂が嫌いなので、無理そうだった。昨日の偵察騒動のあと、ブリーはトビーの様子に注意を払うようにしていたが、また姿が見えなかった。かわりに真っ黒に染めた髪を汚らしいドレッドロックにした十代の女性が家の横から入ってくるのが目に留まった。黒のタンクトップにショートパンツ、不格好なブーツといういでたち。背は五フィート四インチ程度でブリーよりは小柄、華奢《きやしゃ》な目鼻立ちにふっくらとした唇が特徴的だ。あれほど見苦しい髪やドレッドロック、どぎついメークをしていなければ、ひょっとすると美人のたぐいかもしれない。どこか見覚えのある感じがするものの、以前に出逢ったことがないのは確かである。

ブリーは帽子の上にベールを上げた。若い女性の様子にブリーは不安な気持ちになった。女性のタトゥーやノーズリングのせいだけではなく、昨日まで誰にも邪魔されず過ごせたのに、なぜいまになってと思ったからだ。生来人目につかないのが好きで、ここでも静かに過ごしたいと願っていた。

「どうやらあなたはトビーのお祖母さんではないようね」女性はいった。

毒々しい外見にもかかわらず、女性の態度は威嚇《いかく》的ではなかった。ブリーは手袋をはずしマイラが素手で蜂を鎮めるために使っていた燻煙機の隣りに置いた。ブリーはまだとても燻蒸まで手がまわりそうもない。「トビーの祖母は五月のはじめに亡くなりました」

「ほんとに？　それはなかなか興味深い話ね」女性は手を差し出したが、若い女性には似つかわしくない態度に思えた。「マムシです」

マムシですって？　ブリーは手を握り返したが、どうにも腑《ふ》に落ちなかった。社交界ではよく知らない間柄であっても、挨拶はハグが常識だ。「ブリー・ウェストよ」

「はじめまして、ブリー。トビーはいるかしら？」

なぜこの女性がトビーを知っているのだろうか？　ブリーはまたしても自分の無能さを見

せつけられた気がした。トビーの居どころも、子どもの姿が見えないとき、どこにいるかも知らないのだから。「トビー！」

返事はなかった。

「あの子はきっと森にいるのよ」その言葉ににじむ優しさに気づき、この女性はティーンエージャーではないのだと、ブリーは感じた。「あなたはトビーのお母さんなの？」

ブリーの赤毛と白い肌は兄妹から『死骸』とあだ名をつけられるほどなので、トビーの人種的特徴を考えると女性の言葉は皮肉なのだろうと思った。しかし女性の表情は真顔だ。

「いいえ……私はあの子の後見人なの」

「そうだったの」女性の揺るがぬ視線に、ブリーは心の奥底まで見透かされるような落ち着かなさを覚えた。

「何かご用でも？」自分でも無愛想と感じつつ、ブリーは養蜂作業に早く戻りたかった。それよりタバコを吸いたいという欲求に駆られていた。

「ご近所だから挨拶でもと」女性がいった。「レミントン家の別荘を借りているの」

レミントン家の別荘？　私の家。とするとこの女性はトビーが偵察していたという女性なのだろうか？　ブリーは素知らぬふりを装った。「レミントン家？　私は……この島に来てまだ二週間なので」

「森の反対側よ。小道があるわ」

ブリーとスターが数えきれないほど何度も駆け抜けた小道だ。

女性は蜂の巣に視線を向けた。「あなたは養蜂家なの？」

「トビーの祖母が養蜂家だったの。私は蜂の巣を存続させようとしているだけ」

「養蜂の経験は長いのかしら？」

ブリーは笑った。その声があまりにしわがれているので、ブリー自身、にわかに自分の声とは信じられなかった。「全然。子どものころに世話をしたことがあるけれど、ほんとに久しぶりなの。幸い蜂たちは元気だし、巣は完成されているし、春が寒かったので群れが分封《ぶんぽう》することもなかったのよ。私がよほどのヘマをやらなきゃ、巣は守れるはずよ」

「それは素晴らしいことね」女性は心から感動した様子でいった。「明日トビーを借りてもいいかしら？　家具を動かすのを手伝ってもらいたいの。何度か訪ねてきたところをみると何か仕事がしたいのかなと思って」

トビーは訪ねていったのではなく、偵察していたのだ。「あの子が……何かやらかしたのかしら？」

「あんな天使のような子が？」

皮肉っぽくつり上げた女性の眉を見てブリーはあっけにとられ、気づけばまた笑い声を上げていた。「どうぞ使ってちょうだい」

マムシと名乗る女性は森のほうを向き、口のまわりを手で囲んだ。「トビー！　明日の午後家に来てほしいの。お小遣い稼ぎがしたかったら、私のところにきて」

返事はなかったが、女性は気にしていない様子だった。ふたたび女性は蜂の巣を見た。

「私はずっと蜂に興味を持っていたの。でも何も知識がなくて。あなたの作業をときどき見学させてと頼むのはおこがましいかしら？」

そうした言いまわしやマナーが外見と不釣り合いで、ブリーは驚いた。気づけばうなずいていたのはそれが理由かもしれなかった。「よろしければどうぞ」

「よかった。近いうちに見せていただくわ」女性は微笑みながらもと来た道へ帰っていった。

ブリーは蜂の巣のほうへ向き、急にあることを思いつき、はたと足を止めた。「ネズミは苦手？」ブリーは声を上げた。

「ネズミ？」女性は止まった。「好きではないわ。なぜ？」

ブリーはためらい、やがて列の最後の巣を指さした。「養蜂に興味があるのなら、珍しいものを目にするのもいいかもしれない。プロポリスって聞いたことがある？」

「いいえ。なんなの？」

「このミツバチが採取してきた濃くて粘着質の物質は巣の補修に使われるの。抗菌成分が含まれていて、大量販売を手掛ける養蜂業者のなかにはこれの収穫をビジネスにしているところもあるほどなの」ブリーとしては業界に詳しいところを見せたかった。「蜂たちは巣への侵入者を封じこめ巣の細菌感染を防ぐためにこれを使うこともあるの。行ってその目で確かめてみたらどう？」

女性は素直にネズミを殺す蜂の巣の場所に近づいていった。悪臭のするかたまりの前で立ち止まり、巣のなかを覗いた。「キモい」

とはいいながらも、逃げ出すことはなく、死骸をまじまじと観察している。ブリーは立てかけてあったシャベルをつかんだ。「それをすくい取って溝に投げこんでくれれば……」

女性は肩越しに振り向いて見た。

ブリーは努めて明るく説明を続けた。「実際にはプロポリスがネズミの神経を麻痺《まひ》させたの。これってすごいことだと思わない？」

「あなた、何とかいいくるめようとしていない？」

女性の揺るがぬ視線にブリーの虚勢はもろくも崩れた。「じ、自分でも処理できるわ。やるしかないの。でも……私はネズミが苦手だし、あなたはなんだか何にでも立ち向かえる人に見えたから」

女性は瞳を輝かせた。「そうかしら？」

ブリーはうなずいた。

「いいわ」女性はシャベルをつかむとネズミの死骸をすくい上げ、溝のなかに放りこんだ。いいくるめてさせたとはいえ、誰かがこれほど親切に手を貸してくれたのははじめてのことで、そうした好意によって感動した記憶は過去に一度もなかった。

ルーシーはトビーと祖母のことを知りたくて、コテージに寄ってみた。もしかすると別荘に帰るのを少しでも先延ばしにしようとする心理が働いたかもしれない。何しろパンダのSUVがいまだ駐車していたら、すぐに荷作りして島から出ていかなければならない。しかしルーシーがどれほど緊張していようとも、トビーの後見人のビリビリした状態ほどひどくはなかった。

ブリーはひどく痩せてはいるものの美しい女性だった。白く澄んだ顔色と鋭角的な目鼻立ちは、ヴィクトリア王朝風のドレスを身にまとった姿をイメージさせる。レースのハイカラーに包まれた長い首。赤褐色のまとめ髪。痩せた肩に背負いきれないほどの重荷に苦しんでいるのではないかということが、なんとなく感じられる。その重荷にトビーはどう関わっているのだろうか？

それこそ大きなお世話というもので、トビーを別荘に招くという思いつきなど口にしないほうがよかったかもしれないが、お祖母さんが亡くなったことを聞き、思わず口走ってしまったのだ。不幸な境遇にありながらも必死で頑張っている子どもに、ルーシーは弱い。結婚式から逃げ出して真っ先に出逢った男に運命を委ねてしまったことを見ればわかるように、自分にはどこか衝動的なところがあると思う。

ルーシーはコーナーを曲がり、息を凝らして車両進入路に入った。

彼の車はなくなっていた。これで彼とふたたび顔を合わせる必要がなくなった。裏手に自転車を立てかけながら、あんなふうに衝動的にパンダと関係を持ってしまったのは、結婚式を逃げ出した口実が欲しかったからではないのかという思いが心に浮かんだ。そうすることでテッドのように素晴らしい男性に背を向けたのは自分がここまで見さげはてた女だからと納得できたからではなかったのか？　そこまで考え、ルーシーは安堵感とともに不穏な気持ちに襲われた。ああした柄にもない行動の説明はそれでつくとしても、やはり本来の性格の反映とはいいがたい。

こうした苦痛に満ちた人生の短い一章を永遠に封じこめてしまいたいという強い決意とともに、ルーシーは壊れたバスケットのガラクタの下に入っていた鍵を使って家に入った。バスケットのなかには期限の切れたピザのクーポンやフェリーの古い運航予定表、使えない懐中電灯用の電池、十年前の島の電話帳が折り重なっていた。

キッチンへ行ってみると、トビーがテーブルでシリアルを食べていた。

「どうぞゆっくり寛いで」ルーシーは鷹揚《おうよう》にいった。ドイツ製コーヒーメーカーは洗ったばかりのように見えるが、子どもがそんな気を利かせるとも思えない。そう考えるとこれは唯一パンダがここにいた形跡かもしれない気がした。

トビーはあいかわらず敵対心むきだしの表情で睨みつけてくる。「いくらくれる?」

「それはあなたの働きによるわね」

トビーは続けてたっぷりと盛ったチェリオス（米国製のオート麦シリアル）をモグモグと噛《か》んだ。「たんまりはずんでくれよ」

「あなたの仕事ぶりで決めるわよ。あなたが持ち歩いているこの家の鍵、そろそろ没収させてもらうわ」

トビーはあくまで虚勢を張りつづけた。「この家に入るのに鍵なんていらないよ」

「あらそう。スパイダーマンのパワーを使ったわけね」ルーシーは少年のほうへつかつかと歩み寄り、片手を出した。

トビーは腕の蚊《か》に刺されたあたりを掻き、嘘をそのまま押し通そうかやめるかしばらく決めかねていたが、ついにポケットに手を入れた。鍵を差し出すと、シリアルをスプーンでつついた。「お祖母ちゃんのこと、なんで怒らないの？」

「怒ってないとなぜ決めつけるの？」

「だって怒った顔してないもん」

「私はポーカー・フェイスが得意なの。殺人鬼には必須の能力だからね」

「殺人鬼？」

「まだ実行してないけど、なりたい心境よ。今日にでも」

子どもの口の片側がつり上がり、笑みに近い表情が浮かんだ。トビーは慌てて口もとを引き締めた。

「それ、ユーモアのつもりかもしれないけど、ぜんぜん笑えないよ」

「そこは感性の違いよ」関わるなとみずからに言い聞かせていたのに、かまわずにはいられない。自分自身の問題を解決できずにいる人間はえてして他人のことに首をつっこみたがるもの。そのあいだは悩みを忘れて楽になれるからだ。ルーシーは鍵をポケットにしまった。

「ブリーはいい人に思えるわ」

トビーはすげなく鼻で笑った。「あの人はぼくの父親が帰るまで泊まっていくだけさ。父さんは電波塔を造る人なんだ。携帯電話の塔とかの。この世であんな危険な仕事はないっていわれてる」

この子は嘘をついている。ルーシーには相手が孤児であれば直感的にわかってしまう。彼女は蛇口から水を汲み、半分を飲んだ。残りをシンクに流しながら、かつてトビーのような子どもの問題に対処することに情熱を注いでいた自分を思い起こした。そうした作業に手腕も発揮できたし、ロビイストになるため任務を離れるのは心がちぎれるほど辛かった。しかしケースワーカーで救える子どもは数人だけ。ロビイストになって数千もの児童の救済を果たせた。ロビイストを辞めたくなると、いつもそのことを思い返すようにしていた。

「一ついっておくわ、トビー。私には弟が一人、妹が三人いるの。だから子どもが嘘をつくとすぐわかるの。嘘をつきとおすつもりならそれでもいいけど、それだとあなたがほんとうに必要としているときに救いの手を差し出すことができないわ」トビーは誰の助けも借りるつもりはない、といいかけたが、ルーシーはそれを遮った。「そしたら私のほうもあなたに手伝いを頼むわけにいかない。だって嘘のうえには信頼関係が成り立たないもの。わかるでしょ?」

「そんなもん、どうだっていいよ」

「あなたとは無理みたいね」シンクに汚れた皿が残っていないところをみると、パンダが食事をしなかったのか、皿を自分で洗ったか、どっちかだろう。ルーシーはカウンターの鉢からバナナを一本手に取った。

「父さんはほんとうに塔造りの職人だったんだよ」トビーはルーシーの後ろから小声でいっ

た。「ぼくが四歳のとき、死んじゃった。身動きの取れなくなった仲間を助けようとしていたんだ。これは嘘じゃないよ」

ルーシーはあえてトビーに背を向けたまま、バナナの皮を剝いた。「それは気の毒ね。私は実の父親が誰かも知らないの」

「お母さんは？」

「私が十四歳のとき、亡くなったの。立派な母親ではなかったわ」ルーシーはトビーの顔も見ず、一心にバナナを見つめた。「でも引き取って育ててくれる人が現われたから私は幸運だった」

「ぼくのお母さんはぼくが生まれて間もなく家出した」

「きみのママも立派な母親じゃなさそうね」

「お祖母ちゃんは立派だったよ」

「じゃあ、亡くなって寂しいでしょう？」ルーシーがバナナを置き、ようやくトビーのほうを向いてみると、トビーの大きな茶色の瞳に涙があふれそうになっていた。きっと見られたくない涙なのだろう。「今日は予定がぎっしりだから、そのつもりでね」ルーシーはきびきびした足取りでサンルームに向かった。「さあ、取りかかりましょう」

その後数時間トビーに手伝ってもらいながらルーシーは、壊れた家具やカビだらけのクッション、ひからびたカーテン類などを車両進入路の端まで運んだ。そのうち誰かに頼んで持っていってもらおうというつもりなのだ。パンダにとってこの家は大事なものではないかもしれないが、自分はこの家に敬意を払っている。だから彼が気に入らなければ訴えたらいい。筋力不足を目的に対する真剣さで補おうとするトビーの様子に、ルーシーは心底感動した。いまでは関係のある児童以外、子どもと一対一で作業することはなくなっている。

ルーシーはトビーと力を合わせてもう画面も映らなくなっている古いテレビを運び出した。ルーシーがサンルームの本棚から手渡す何十年も前の雑誌やペーパーバックをトビーが裂きちぎってゴミ袋に詰め、残った書籍を入れ直すそばから棚を拭いていく。奮闘むなしくキッチンの不格好なテーブルは重すぎて運べないことがわかり、二人はうんざりしてやる気をなくした。

今日はここらで充分と判断し、ルーシーはこすり洗いの終わったスクリーン・ポーチにお金を持っていった。ルーシーの差し出した金額を見てトビーは目を見張った。少年はそれを急いでポケットにしまった。「呼んでくれればいつでも来るよ」トビーは熱意をこめていった。「家の掃除もやる。前はたしかにあまりうまくやれなかったけど、もうコツがわかったから任せてよ」

ルーシーは同情のまなざしを向けた。「パンダは大人の家政婦を雇うことになるでしょうね」うなだれるトビーを慰めるように、彼女はいい添えた。「でもじつはほかにやってもらいたい仕事があるの」

「大人に負けない仕事がやれる自信はあるよ」

「パンダはそれを認めないでしょうね」

トビーは足音荒くポーチを横切り、網戸を乱暴に閉めて立ち去ったが、かならず戻ってくるとルーシーは確信していた。はたして予想どおり、翌日も少年はやってきた。

その後数日かけて二人は蜘蛛《くも》の巣を払ったり、床磨きをしたりした。ルーシーは何より気になっていた外のクッションをビーチタオルで覆い、玄関側廊下では重くて不格好に思えたベイカーズ・ラック（パン屋のラック風戸棚）がポーチにはぴったりだとひらめいた。カウンターの上に散らかっていた陶器のブタや欠けた蓋《ふた》付きの缶、その他のガラクタ類は次つぎとなくなった。青い鉢には熟れたイチゴを盛り、ゼリーの容器にはガレージの後ろで生えていた蔓薔薇《つるばら》を活けた。ホワイトハウス出入りの生花店の持ってくる花束とは比べものにならないけれど、これはこれで素敵だと思う。

パンダが去って四日目が終わろうとするころ、二人は薄暗い書斎の汚らしいカーペットを剝がしていた。「まだパンある？」作業を終えると、トビーが訊いた。

「あなたが最後の一枚まで平らげたんじゃないの」

「また焼く？」

「今日は無理よ」

「もっと作ってよ」トビーはそんなふうにねだりながら、ルーシーが最近貼った鎖骨から伸び上がり耳たぶあたりで口から火を噴く派手な竜のタトゥーにしげしげと見入った。「ところで、姉ちゃんはいくつなんだい？」

ルーシーは十八だと言いかけて、やめた。少年に嘘をつくなと求めた以上、自分も正直でなくてはいけない。「三十二歳」

「おばさんじゃん」

二人は外へ移動し、トビーに梯子を支えてもらいルーシーは書斎の窓に茂った蔓草を引き抜いた。この部屋に陽が差しこむようになれば、原稿を書くのにちょうどいい場所となるだろう。

窓越しに、温かみのある蜂蜜色の硬材の床が見えた。初めて足を踏み入れた瞬間から、この家に惹きこまれた。パンダにはもったいない住処《すみか》なのだ。

ブリーはコテージの裏にある洗濯室で汚れた衣類を脱いでじかに洗濯機に放りこみ、下着だけになった。蜂の活動を抑えるために使う発煙器のせいで、キャンプファイヤーに参加したときのような臭いが全身にこびりついている。体にバスタオルを巻きつけ、シャワーを浴びるためにバスルームに入った。生まれてこのかたこれほど過酷な労働を経験したことがないので、全身が痛かった。

ここ数日間、ブリーは夜明けから日暮れまで外に出て、蜂の巣が夏を迎えるための準備にかかりきりだった。手引書を頼りに、枠をはずし、女王蜂の様子を確認し、古くなった巣板を新しいものに取り換え、巣箱をふやした。さらには販売所を徹底して掃除し、昨年採取した何百個もの蜂蜜の瓶のほこりを払った。それが済んでようやく、ブリーはマイラのラベルを瓶に貼った。

蜂蜜屋　回転木馬
ミシガン州チャリティ島

ブリーはかつて画家になることを夢見ていたことがあり、ラベルに描かれた華やかな回転木馬の絵は十六歳のときマイラの誕生日に贈った水彩がもとになっている。マイラはその水彩画がたいそう気に入り、ぜひラベルに使わせてほしいと希望したのだった。

ブリーはタオルで体を乾かしながら、蜂に刺された無数の刺し傷をそっとぬぐった。何日か経過している刺し傷がむず痒《がゆ》いものの、今日は一度も刺されずに済んだ。たったこれだけのことでも、誇れるものがあると妙に嬉しい。

バスルームから出てくると、トビーがリビングのカウチにもたれながらニンテンドーのポータブル・ゲーム・プレーヤーで遊んでいた。ここへブリーが到着した際、お土産として持ってきたものだ。この部屋も長い時の流れでいくらか変化している。薄桃色の壁紙、青と紺の花柄のカーペット、厚い詰め物をした家具類。暖炉の炉額《ろびたい》の両脇に一対の陶器のシャム猫。ブリーとスターはその二匹にビーヴィス、バットヘッドという名前をつけた。

もう時刻は十一時に近く、トビーを寝かせなくてはならない。しかしそれを指摘しても、トビーは聞こえないふりをするだろう。ブリーは汚れたシリアルのボウルを手に取った。

「明日蜂蜜販売所をオープンするわ」そう述べたものの、語尾は上がり気味で、疑問文のような響きを伴っていた。

「誰も反対しないよ」トビーはゲームから目を離すことなく、答えた。

「ここは南側のビーチに向かう主要道路に面しているから交通量も多いわ。少し工夫さえすれば、きっと注目してもらえるはずよ」とはいったものの、確たる自信はなかった。「あなたに手伝ってもらうことが出てくるかもしれないから、早く寝たほうがいいわ」

トビーはまるで反応しなかった。

ここは断固たる態度を貫くべきなのだろうが、判断がつかず、仕方なくキッチンに退避した。朝食後何も食べておらず、空腹感はなくともとりあえず冷蔵庫を開けてみた。棚には牛乳とランチョン・ミートの缶しか入っていなかった。冷蔵庫のドアを閉め、缶詰やシリアル、パスタ、豆などを貯蔵した食糧庫を見やった。そこにあるどれにも食欲をそそられなかった。ただ一つを除いては……。

自分で室内に持ちこんできた蜂蜜の瓶が一つ、カウンターに置かれていた。日光を浴びると金褐色に輝く液体が、キッチンの人工的な光のもとでは黒っぽいメープル・シロップのように見える。ブリーはその瓶を手に取り、奇想を凝らした回転木馬の絵のラベルに見入った。おもむろに蓋をひねると、かすかに空気の弾ける音がした。

人差し指で蜂蜜に触れてみた。目を閉じ、その指を唇に運んだ。

子ども時代の夏の思い出がいっきによみがえってきた。桜の花のひそやかな香り。タンポポ、クローバー、イチゴの匂い。スイカズラの息吹、ツツジのかすかな気配。すべての芳香がまるで六月の朝のようにくっきりと新鮮に感じられた。ほかの指も一緒に蜂蜜のなかに深く浸し、日照時間が延びる夏の午後ラベンダーの畑やキイチゴの実にいそいそと出向いて蜂たちが創り出した豊かな深い味わいを堪能した。やがて蜜の味には夏の終焉《しゅうえん》を告げる八月の香りが混じる。蜂蜜からアザミやセージ、アルファルファの豊かで濃密な味があふれ出る。疲労感が薄れていき、ブリーは束の間生命《いのち》の不思議、秘密が指先に絡みついているような気がした。

翌朝トビーは起きてくれず、ブリーは仕方なく一人で仕事に取りかかった。古い手押し車に貯蔵庫で見つけた刷毛《はけ》やローラー、ぼろきれ、ペンキの缶を積みながら、腕が痛んだ。ぎこちなく手押し車を操りながら、車道へ運んだ。樹齢百年の樫の木陰に建つ直売所はすっかり色褪せ、風化してしまっている。勾配のある屋根と素朴な床で三方の壁面が支えられ、長い木製のカウンターの下には割れた二本の棚板が通してある。奥に設置された小さな貯蔵室を除けば、キッチンにすっぽり収まるほどの面積しかない。

ホンダのミニバンが風を切るようなスピードで店の前を通り過ぎ、後続の車も同様に走り去った。どの車も、シーズン前に島一番の水浴場として名高いサウス・ビーチの湖水を目指す家族を乗せているのだろう。ブリーはその後二度家に道具を取りに戻った。間に合わせの看板として段ボールに描いたポスターと前年採れた蜂蜜の瓶一ダースだ。今年の分は八月まで収穫が望めない。できればそのころまでにはこの島を引き払っていたいものだと思いつつ、どこかあてがあるわけではなかった。トビーを起こしてやろうと意気ごんで部屋に行ってみると、ベッドはもぬけの殻だった。

ちょうど地面に段ボールで作った看板を埋めこんでいるところに最初の車が停まったので、ブリーは胸を躍らせた。「ちょうどいいときに開店してくれてよかったわ」女性がいった。「数週間前にマイラの蜂蜜を切らしてしまって、関節炎が再発してしまったのよ」

この客は二瓶を購入してくれた。ブリーは好調な滑り出しに有頂天だったが、その後立ち寄る客もなく、幸福感はじょじょに失せていった。

ブリーは暇つぶしに蜘蛛の巣を払ったり、古い鳥の巣をどけたり、緩んだ板を元に戻したりした。そしてついに業を煮やして納屋で見つけた外壁用のペンキ二缶を開けようと決意した。マイラがこの目的のために選んだらしいバターのような黄色だ。ブリーは自分でペンキ塗りをした経験はなかったが、ペンキ職人の作業を観察したことはあった。しかし実際どの程度の技術を要するのかはやってみないとわからなかった。

想像以上にむずかしい、というのが数時間やってみた感想だった。首の筋肉は引きつり、手には棘《とげ》が刺さり、脚に裂傷ができた。ペンキだらけになりながら額を腕で拭っていると車がスピードを落として近づく気配がした。振り向くと最新型の赤いキャデラックが停まった。やっと客が来たという胸の高鳴りは、その車の主が誰であるかわかったとたん、鎮まった。

「そんなじゃペンキを板の上に塗っているのか、自分の体に塗っているのかわからないよな」

マイクの気にさわる浮かれた笑い声がまるで黒板に爪を立てたように神経を逆なでし、ブリーは近づいてきたマイクに鋭い調子でいい返した。「いいから、放っておいて」

マイクはそれでも退散せず、塗りかけのペンキをじっくりと眺めた。「これじゃあペンキが足りなくなりそうだな。木が塗料を吸いこんでいるからね」

それはブリー自身すでに気づいていたことではあったが、ペンキを買い足す資金がないので、どうしたものかと思案していたのだ。マイクはほとんど空になったペンキの缶を高価なコードヴァンのローファーの爪先で突き、傾いだ棚を調べるためにそこから離れた。「なぜトビーを手伝わせないんだ？」

「それはあの子に訊いてよ」ブリーはペンキのローラーをトレイに落とし、その勢いで唯一のまともなサンダルの上にも黄色のペンキが飛び散った。

「訊いてみよう。どこにいる？」

ブリーはこれほど憤懣やるかたなしの状態でなかったら、答えたくもなかった。「最近仲よくなった隣人と一緒でしょ」

「きみを手伝うのが筋じゃないか」マイクは地面に並べた蜂蜜の瓶から一本を選び、札を放りこみ、車に戻った。

走り去る車を見ながら、ブリーは体が震えていることに気づいた。彼を見るだけで辛い記憶が生々しくよみがえる。デービッドとの逢引をマイクにこっそり見られた夜以来、彼女の人生の歯車が狂いはじめたのだ。

直売所の裏は手つかずの状態なのに、ペンキがなくなった。缶の底を刷毛の先でこすっていると、キャデラックがふたたび現われた。マイクと並んで助手席に座っているのは不機嫌な顔をしたトビーだ。トビーが車から降りると、マイクはパワーウィンドウをするすると下ろした。「この子は今日きみの手伝いをする予定でいたことを忘れてしまったそうだ」

乱暴に車のドアを閉めた様子から見て、トビーが何かを忘れたとは思えない。

マイクも車を降り、トランクのほうへ向かった。「おい小僧、こいつを運んでくれ」

トビーはまだ十二歳だが、『小僧』扱いするのはどうにも納得できない。デービッドも釣り船の客から『小僧』と呼ばれて反論したため雇い主から職を追われたことがあった。だがトビーは逆らいもせず、マイクの頼みを聞いた。トビーはマイクを恐れているのだろうか？

トビーが車のトランクから引き出した二個の塗料缶にブリーは目を注いだ。「これはなんなの？」

「ペンキが切れかかっているようだったからね」マイクは塗装用のバケツと刷毛数本、ペンキ用ローラーをトランクから出した。「ほかにも買い足しておいたよ。大袈裟《おおげさ》に考えなくていい」

ブリーは全身の筋肉をこわばらせた。「あなたにペンキを買ってもらう筋合いはないわ。何かを買ってもらうなんてまっぴらごめんよ」

マイクは肩をすくめ、トビーのほうを向いた。「さあ缶を開けよう」

「やめて」ブリーはいった。「ペンキもほかの物もすべてお返しするわ」

トビーは嫌悪感むきだしの表情でブリーを睨み、ブリーが土の上に置いたドライバーを手に取り、上蓋のあいだに差しこんだ。

「トビー、本気なの。その缶を開けないで——」

蓋が弾けるように開いた。

ブリーは他人を意のままに動かせたことがない。トビーはいうことを聞かず、マイクに干渉するなといっても通じず、スコットの浮気をやめさせることもできなかった。

マイクはローラー・パンに塗料を注いだ。「トビー、あの刷毛を使って縁取りの部分の重ね塗りをやれ」

トビーは口答え一つしなかった。ブリーの頼みにはけっして応じないくせに、人種差別の権化のようなやからから何かを命じられても、まるでいいなりだ。

「ぼくも手伝うよ」マイクはいった。「でもさ……」彼は清潔そのものといったグレーの夏用スラックスを大袈裟な仕草で示した。「まあいいや」マイクはローラーをつかみ、バター色のペンキに浸し、塗りはじめた。

ブリーは目の前で起きている出来事に不快感を覚えながらも、どう阻止すべきか判断がつかなかった。求められもしないのに、他人に干渉する。マイク・ムーディは昔と少しも変わっていない。

「それにしてもこれはいい色だ」マイクはいった。

ブリーも好きな色ではあったが、マイクと気軽におしゃべりに興ずるつもりはなかった。

「私と並んで作業するのはやめて」ブリーはいった。「あなたのコロン、臭いんだもの」どうやらこれでついに彼の見せかけの愛想のよさを掻き乱せたようだった。「さっぱり意味がわからんね。こいつがいくらするか知っているのかい？」

「いいセンスはお金では買えないものなのよ、マイク。同様にマナーもお金では身につかないのね」

トビーは怒りで顔を歪めながらペンキ用の刷毛を投げ出した。「マイクにもっと感じよく接してあげなよ！」

マイクは戸惑った様子も見せなかった。「何か飲みたいな。きみはどうだい、ブリー？レモネードか何かあるかい？　夏はイライラしたら冷たい飲み物を飲むのが一番だしさ」

苛立《いらだ》っているのはトビーとブリーだけで、マイクの見せかけの愛想のよさはびくともしなかった。しかしそんな彼がふと塗装をやめた。ブリーの思いが伝わったからではなく、近づいてくるピックアップ・トラックに気づいたからだった。どうやらその車に見覚えがあるらしく、停まるよう合図した。

トラックが停まると、マイクはセールスマンらしい満面の笑みで出迎えた。「やあ、ジェイソン」マイクは運転席に座る長い髪の若者に声をかけた。「ブリー・レミントンに会ったことはあるかい？」

彼女は結婚してブリー・ウェストとなり、十年レミントン姓を名乗っていない。

若者はブリーに軽く会釈した。マイクはトラックの屋根に手を乗せた。「ブリーがマイラの蜂蜜販売を受け継ぐことになったんだ。お母さんに何個か買っていっておあげよ。きっと喜ぶぞ。マイラの蜂蜜が片頭痛に効果があるのは有名だしさ」

「そうするよ」若者は答えた。

その日の午後はそんなふうにして過ぎていった。ペンキをローラーで塗っていたマイクが通りかかったお客の車を停めるといったことが何度も繰り返された。ブリーはできるだけマイクとの距離を保つようにした。マイク・ムーディがどれほど善い行ないを演じて見せようとも、それには裏があることを、経験を通して知っていたからだ。

日が暮れるころ、直売所はバター色のペンキの二度塗りが完了し、つやつやと光っていた。蜂蜜は十八個も売れたが、車に向かうマイクに「ありがとう」と礼をいう気持ちにブリーはなれなかった。

ルーシーはポーチまわりの雑草を抜きながら、トビーが現われるのを待っていた。これで三日、トビーの姿を見ていない。ビッグ・マイクがやってきて少年を連れ去った日から一度もだ。コテージに様子を見にいってみよう。毎日自転車で出かけはするものの、町へは一週間近く立ち寄っていないので、食料品が切れてきた。町から帰ったら、原稿に取りかかろう。今度こそほんとうに。頭で考えているだけではなく、実際に机の前に座り、キーボードをたたくのだ。

裏道を抜けることはやめ、ハイウェイを使って町へ向かった。カーブを抜けると直売所が目に飛びこんできた。以前のみすぼらしい灰色から淡い黄色へとすっかり姿が変わっている。カウンターには金色に輝く蜂蜜の瓶が並び、ブリーは上に蝶番《ちょうつがい》のついたインディアン・テントの形の木の看板の片側に奇抜な回転木馬の図柄を描いている。さらに近づいてみると、ロイヤルブルーの手書き文字が見えた。

チャリティ島名産品
蜂蜜屋　回転木馬
美味《おい》しい蜂蜜で豊かな人生を

トビーは足をぶらぶらさせながらカウンターに座り、絵を描くブリーを不機嫌な顔でじっと見つめている。ルーシーが自転車から降りるとブリーは絵筆を置いた。片側の頬にはピンクの絵の具のはね跡が残り、もういっぽうの頬にはライムグリーンの絵の具のこすれた痕がついている。ノースリーブのトップからのぞく白くてソバカスの多い腕にはどぎつい赤の絵の具が固まって付着している。

トビーはカウンターから飛び降り、ルーシーの元へ駆け寄った。「やあマムシ。何か頼みたい仕事があるのかい？」

「今日はないわ」ルーシーはそう答えながら、看板に見入った。「素敵な絵ね、ブリー。プロの画家並みだわ」

「ありがとう。でもただのしろうとよ」ブリーはそう答え、塗りたての絵がにじまないよう注意しながら重い看板を道路際へ運ぼうとした。

ルーシーは急いで駆け寄り、手を貸した。「ここまでするのは大変だったでしょう？　とても素晴らしい出来栄えよ」

「明日の朝は早く行けるよ」トビーが大声でいった。

ブリーは看板の位置を直した。「明日の朝は私が巣の様子を見るあいだ、店番をしてちょうだい」

「店番なんて冗談じゃない！」トビーが叫んだ。

ルーシーはブリーの援護にまわった。「私も明日はほかの用事があるから無理よ」

ブリーは看板から離れた。看板の反対側もほぼ同じ絵や文字が描かれているが、少しだけ内容が違っている。

蜂蜜屋　回転木馬
夏の日の想い出に

「今日はたった十組しかお客さんが来なかったよ」トビーが文句をいった。「昨日のいまごろは十組な

「まだお昼前だもの」ブリーはハイウェイをじっと見おろした。「昨日のいまごろは十組なんて来てなかったし、看板を出したから効果が期待できるわ」

そんなブリーの口調に自信は感じられず、トビーは納得しなかった。「もっとまともな職を探しなよ」

ルーシーはブリーがぴしゃりといい返すものと期待したが、ブリーは聞こえなかったふりをした。ルーシーは危うくかわりに子どもを叱りつけようとしそうになって、ぐっとこらえ、こういった。「私も町で買い物を済ませたら、帰りに蜂蜜を何個かもらっていくわ」

ブリーはどぎまぎした様子でいった。「いいのよ、気を遣わなくても」

「気なんて遣ってないわよ。蜂蜜は大好物だもの」

「あんたの焼くパンに載せたらきっと美味《うま》いよ」トビーがいい、ブリーを責めるような調子でいい添えた。「マムシは完全に手作りのパンが焼けるんだぜ。これがほんと美味いんだ。あんなに美味いパン、食ったことがないよ」

「自分でパンを焼くの？」ブリーがいった。

「たまにね。今度持ってきてあげる」

「それは——ありがとう」ブリーはポケットに手を入れ、タバコの箱を出し、タバコに火をつけた。トビーはそれを厭わしげに見やった。ブリーは申し訳なさそうに顔をしかめた。「もうやめたつもりだったんだけど。つい吸ってしまって」

他人がストレス解消に何をしようとそれを批判する権利はない、とルーシーは思っている。ダーク・グリーンのセダンが猛スピードで店の前を通り過ぎた。「やっぱり看板がいけてないからなんだよ。こんなじゃ誰も買いにこないって」

ルーシーは我慢できなくなった。「ブリーを困らせるのはいいかげんにやめなさい」しかしこれがかえって仇となった。トビーはしかめ面で車道から家に戻ってしまった。

ブリーはタバコの煙を深々と吸いこんだ。ヴィクトリア王朝風の絵画に描かれているような人物が煙を吐き出している様子を目にするのは妙な気分だった。ブリーは走り去るトビーの後ろ姿を見つめた。「私は子どものことは皆目わからない。見てのとおり、わが家の家族関係は少しこじれているわ」

「あの子は怯えているのよ」ルーシーがいった。

「こんな私をあの子の後見人にしたマイラの気持ちが理解できない」

「きっとマイラはあなたのこと、すごく考えてくれたんじゃないかしら」

「私が子どものころ、私はマイラと仲がよかったの。でもトビーの母親スターが家出してからは、数カ月に一度電話で話をするだけになってしまった。スターと私は……親友同士だったの」ブリーはたったこれだけ自分のことを話しただけなのに、それを羞《は》じるかのように頬を赤らめた。

古いクラウン・ヴィクトリアがスピードを落とし、ブリーの描いた新しい看板の前で停まった。ルーシーは客に応対するブリーから離れ、自転車で町へ向かった。

食料品とポーチに置いたベイカーズ・ラックに置くためのハーブふた鉢を買うとバックパックが重くなりすぎ、家に戻る途中蜂蜜販売所に寄って、明日蜂蜜を買いにくるとブリーに伝えた。

「ほんとに、気を遣わないでちょうだい」ブリーの顔に微笑みが広がった。それはルーシーが初めて見た表情だった。「看板の効果が出はじめたわ。あれから三台車が停まり蜂蜜が六個売れたのよ。だからあなたの分はただにしてあげる」

ルーシーは申し出を辞退しようと思ったが、これがトビーのことで味方になってくれたことに対するブリーなりの礼のつもりなのだろうと察した。また別の客の車がスピードをゆるめた。ルーシーはブリーに手を振り、自転車で走り出した。

グース・コーヴ・レーンにさしかかるころには、明朝一番にパンを焼きそれをブリーに持っていってやろうと頭で予定を立てた。カーブをまわり、車両進入口に入ってブレーキを踏むと、家のそばに停まっている車が目に飛びこんできた。

イリノイのナンバープレートをつけたダークグレーのSUVだ。

11

ルーシーは憤慨しながらドアを乱暴に閉め、バックパックをどさりと下ろし、玄関の廊下を勢いよく進み、もとベイカーズ・ラックの置かれていた居間の前を足を踏み鳴らしながら通り過ぎた。こんなところにそもそもトラックを置くほうがおかしいのだ。

パンダはサンルームにいた。背中を窓側に向けてルーシーをひたと見つめた。彼の様子は見違えるほど変化していた。長くぼさぼさに伸ばしていた髪もすっきりとカットされ、撫でつけられている。これまでにないほどひげもきれいに剃《そ》ってあり、きちんとアイロンのかかったグレーのドレスシャツ、ルーシーの結婚式のとき着ていた安っぽいスーツとは比べものにならない端正なダークグレーのパンツを身にまとっている。ルーシーは立派なビジネスマンのような身なりにどぎまぎしたものの、そんなことで誤魔化されるつもりもなかった。こんなりゅうとした身なりはしていても、この男の本性は無法者の暴走族。私を利用したあげく、こともあろうに私の女としての能力をさげすんだやつなのだ。

パンダの視線はルーシーの首まで伸びる火を噴く竜のタトゥーから、偽物の眉ピアスへ向けられた。やがて二つのことがはっきりした。彼がルーシー同様この再会を喜んでいないこと。彼には連れがいたことだ。

彼と並んで一人の女性が立っていた。女性の目は磨き上げられたガラス越しに見える入江の景観に注がれていた。ルーシーは冷ややかにパンダを睨んだ。「パトリック」彼のほうもルーシーが再会を喜んでいないのを承知しているらしく妙によそよそしい態度である。それがまた余計に癪《しやく》でならなかった。彼には被害者ぶる権利はないはずだ。

だっておまえはそんないい女じゃないからさ。

「家のなかをいじるなと、あれほど注意しておいたのに」彼は露骨なほどに不快感を表わしたが、ルーシーは気にしないことにした。

「悪かったわ。でも保健所からお達しがあったのよ」ルーシーが野球帽を脱いだので、染めたばかりの紫色のドレッドが現われた。本棚のガラクタ類もなくなり、棚はきちんと整理され、とうの昔に捨てるべきだった垢《あか》だらけのラグも片づけられている。ごたまぜのみすぼらしい家具類は排除し、チェスト一つとテーブル数脚、トビーと一緒にリビングから運び入れたソファと椅子に置き換えた。リフォームしたわけでもないのに、部屋全体が家庭らしい趣に満ちた、心惹きつけられるスペースへと変化した。

妙に姿勢のいい女性はまだ窓から離れなかった。女性はサイズの大きすぎる黒のチュニックに黒のパンツを合わせ、ピンヒールを履いている。ストレートの黒髪は肩に届く長さで、指輪をはめていない手が手首に比べて大きすぎるといった印象だ。

「パンダはあなたの思慮深さには太鼓判を押すといったわ」女性の声は低音域で少しハスキーではあったが、専制君主のような偉ぶった口調からして本来は声高にものをいうタイプに思えた。

「ご心配なく」ルーシーはいった。「私は退去しますから」

「退去されては困るのよ」女性は脇におろした手を握りしめたが、それでもまだ振り向かなかった。

ルーシーはパンダに悪意をこめた視線を投げた。「もしパンダに何かされそうになったら、警察を呼べばいいのよ」

「私以外にもう一人女性がいないとまずいの」女性は鬼軍曹のように、不気味なほど低い声でいった。「あなたも最近いろいろとあったようだけど、ここにいたらきっとあなたのためになると保証するわ」

つまりパンダはルーシーの身分をこの女性に明かしたのだ。彼が倫理的基準の持ち主でないという証《あかし》がまた一つふえた。

「通常なら、あなたに報酬を払うところだけれど」女性はいった。「でも……それは少しばかり失礼かしら」

少し？　この女性にはどうやら前大統領の家族と同じ場に居合わせることに対して、畏《かしこ》まる気持ちなどはないらしい。それは彼女が著名人との接触に慣れていることを意味する。ルーシーは好奇心に負けて訊いた。「なぜ、それがそんなに重要なの？」

女性は少し顔を上げた。「説明する前に、秘密保持契約にサインしてはくれないでしょうね」

ルーシーは信じられない思いでその言葉を聞いた。

「ルーシーにもいろいろと欠点はあるが――」パンダはそこを強調するように発音した。「身を隠しているという点ではご同様の彼女が他人の正体を明かすはずがないよ」

「とあなたは主張しているわけだけどね」女性は首を上げた。「まあ、あなたを信頼するしかなさそうね。人を信じるのは苦手だけど」窓のそばに一羽のカモメが舞い降りた。そして女性が振り向いた。ゆっくりと……ドラマチックに……ギロチンに向かう悲劇の王妃のように。

顔の大部分が大きなサングラスで覆われていた。背が高く堂々とした立派な体格。大きすぎるチュニックに包まれた体はふくよかすぎる感じ。人目を引く宝石などは身に着けていないものの、こんな暑い六月にふさわしくない黒ずくめの服装がかえって奇異な印象を与える。サングラスをはずす手がわずかに震えていた。女性はつる《ステム》の部分をつかみ、顎《あご》を持ち上げ、ルーシーをひたと見据えた。

女性は魅力的な顔立ちをしていた。アーモンド形の目、美しい頬骨のライン、力強い鼻梁《びりょう》。ふっくらした唇にリップグロスを塗り、くすんだ肌に少し化粧でもほどこしていればより艶やかに見えたことだろう。もっともこちらとて茶色の口紅を塗り、上下のまぶたに真っ黒なアイラインを塗りたくっておきながら、誰かの化粧についてどうこういえた立場ではない。

こうして芝居がかった大袈裟な動作で目の前に立った様子からみて、女性はこちらの発言を要求しているのだろうが、何も思い浮かばない——。

だがしだいに状況が理解できてきた。それは思いもかけない展開だった。

「ルーシー、きみもテンプル・レンショーの評判は聞いたことがあるだろう?」パンダが事務的な口調でいった。有名人のフィットネスの鬼コーチであり、テレビ番組『肥満の島《ファット・アイランド》』で名の売れたカリスマ・インストラクターである。この番組は参加者を『誰にも見てもらえない』僻地《へきち》に追いこむことで、辱めを与える過酷なリアリティ・ショーだ。テンプル・レンショーは参加者のプライドを傷つけ、零落した心境にさせることでキャリアを築いた。彼女のパンサーのような艶やかな肉体の写真が、彼女の名前が入ったフィットネス・ドリンクのラベルやエネルギーバー、一連のスポーツウェアのラベルにも使われている。しかしこうした写真の面影は目の前の黒いゆったりした服を着た女性にはほとんど感じられない。頬はまんまるで顎の下にもぽっちゃりと肉がついている。

「ご覧のとおり」テンプルはいった。「私は太りすぎよ」

ルーシーはごくりと生唾を呑んだ。「太りすぎとはいえないわ」テンプルはこれでもフェリーを降りる旅行者たちと比べて、まだだいぶ見よいといえる。だが、万人に知られたしなやかな柳のような肢体とはあまりにイメージが違うかもしれない。

「思ったままをいえばいいのよ」テンプルはいった。

パンダがテンプルを弁護した。「テンプルは春のあいだに個人的に辛い目に遇って、そのせいで少し――」

「言い訳なんて要らないのよ」鬼軍曹のような声が野太い怒鳴り声となって響いた。「私はうすのろのデブよ」

ルーシーはパンダを見た。「あなたがこの件にどう関わっているの？」ひと息置いて訊く。

「武器は身に着けているの？」

「テンプルは体型を取り戻すためにおれを雇った」彼はいった。「おまえは関係ない」

「彼女のトレーナーをやるというの？」

「正確にいうとそうではない」

「私にトレーナーは要らないわ」テンプルは強い口調でいった。「厳格に監視してくれる人が必要なの」

「厳格に監視？」ルーシーの頭のなかを鞭《むち》やヘラのイメージが次つぎと駆けめぐった。パンダはそんなルーシーの心理を読んだかのように、口を歪めて苦笑いした。ルーシーは彼に背を向けた。「厳格な監視って……実際に何を意味するの？」

「パンダと一緒に考え出した計画なの」テンプルがいった。「〈ファット・アイランド〉は九月に録画が始まるの。それまでにまる三カ月。私はいま抑制がきかない状態に陥っているので、私が本来の調子を取り戻すための態勢の一環としてパンダを雇ったの」

ルーシーの視界の隅でテンプルの『厳格な監視役』がきちんと整理された本棚をつぶさに

調べているのが見えた。人差し指で〈ミシガン湖の灯台〉という本を横へ押しやり、本の並べ方をわざと崩している。

「それをここで実行しようとしているの？」ルーシーが訊いた。

「こんな姿でスパに行くこともできないでしょ。完全に人目を避けなくてはならないの」テンプルは苦々しい口調で付け加えた。「今度は自分が〈ファット・アイランド〉に行く番だといいたいのなら、いえばいいわ」

　そのあいだにパンダは高級なステンレスの時計をキラリと光らせながら親指を使って〈北米大陸の鳥類野外観察図鑑〉の本を倒した。ルーシーはいまだ彼の〈GQ〉（男性向けファッション・カルチャー誌の一つ）的な外見に違和感を覚える。

「パンダは過去に私の警護を務めたことがあるの」テンプルがいった。「彼がこの家を所有していることを思い出して、私がここでの滞在を主張したの。これはまさしく〈ミッション・インポッシブル〉、特命なの。私はプライベート・ジェットに飛び乗り、彼が私を軍用飛行場まで迎えにきて、彼の車の後部座席に押しこむようにしてここまで連れてきたのよ」

「あなた方二人がここへ来た理由はわかったわ」どこか腑に落ちぬものの、ルーシーはいった。「でもなぜ私がここに留まると？」

「それはあなたに私の身代わりになってもらいたいからよ」

「身代わり？」

「私は特別な食べ物が必要なの」テンプルがいった。「パンダは消化を助けるお茶だのシバ麦だのを買いに町へ出向くタイプには見えないし」

ルーシー自身でさえ、自分がそんな食物を買う女性とは思っていない。しかしいかに滑稽《こっけい》であろうとも話の要点は見えてきた。

パンダは靴でフロアランプを軽くつついた。ルーシーはきちんと磨き上げられたスタイリッシュなそのローファーをブーツで踏んづけてやりたい気分だった。

「ここには数週間滞在する予定なの」テンプルがいった。「もし私が〈ウィメンズ・ヘルス〉や〈ヴォーグ〉のような雑誌を買いたくなったらどうすればいい？　乳液や整髪用品は？　タンパックスだって必要になるでしょ？」

パンダは隅から押し出そうとしていた背が梯子型の椅子の前で足を止めた。

「そんな物はネットで注文できるわ」ルーシーが指摘した。

「もちろんそうするつもりよ。でも急に必要になることもあるかもしれないでしょ。出すゴミの量は一人でも二人でもそう変わりはないし。私は洗濯ものを外に干したい派なの。それは明らかに女性の衣類なわけだし。泳ぎもしたい。万一誰かの船が入江に入りこんで私の泳いでいる姿を見ても、この家にあなたが住んでいるなら、まさかもう一人女性がいるなんて誰も疑わないでしょ。家にもう一人女性がいないと私の存在が他人に知られてしまう可能性はすごく高いわ。そんなことになったら、私のキャリアはもうおしまいよ。これでご理解いただけた？」

それにしてもなぜ、テンプルはその役目を友人に託さなかったのだろうか、とルーシーは思った。そこであらためて感じたのは、テンプルには見るからに仲のよい女性の友人がいそうもないタイプだということだった。

テンプルはサングラスのステムをチュニックの襟元に掛けた。「ルーシー、あなたが本来有力な人物だということは私も承知しているの。だからこんな申し出は苦痛に違いないでしょう。それにあなたはここで一人静かに過ごしたかったはずね。私が現われたことを、不当な侵入ととらえても当然よ。だからその埋め合わせとして……」テンプルは採点でもするようなまなざしでルーシーのドレッドからブーツまでじろりと眺めまわした。「無料でトレーナーをやってあげるわ」

ルーシーは仰天のあまり言葉を返せなかった。

「通常私はクライアントから一時間当たり六〇〇ドルの料金を取るの。常軌を逸した金額だとは認めるけど、高いからこそみんな真剣にトレーニングに取り組むのよ」ルーシーの上腕を見たテンプルは眉をひそめたが、それは血まみれの薔薇のせいではないとルーシーは勘付いた。テンプルの視線はショートパンツから覗く太腿へと移動した。自分で焼いたパンを食べることで、太腿《ふともも》もやっと元のサイズに戻りつつあった。「あなたの目標も掲げられそうね」

「残念ながらルーシーは怠惰について、真面目に考える気がない」パンダが皮肉な口調で反論した。「厳しいトレーニングをこなせるとも思えないしさ」

「そうよ。お断わりするわ」ルーシーは慌てていった。「申し訳ないけど、力にはなれない」

パンダがここに留まるのなら、無理だ。

「なるほどね」テンプルは自信満々といったお決まりの笑顔を崩さなかった。ルーシー自身も頻繁に用いる人前での表情だ。「できれば引き受けてほしかったのよね……」テンプルは唇を舐めた。「もし誰かに姿を見られたら……私がここにいると知られてしまったら……」テンプルはまた少しだけ顔を上げた。「パンダもあなたは立ち去るはずだといってたわ」

ルーシーはパンダに行動を読まれていると思うと愉快ではなかった。

テンプルの顎はさらに上を向いた。「そもそも……こんな計画に頼ろうとすることが間違いだった。私……」

その瞬間すべてが崩れ落ちた。白雪姫の継母王妃のような勝ち誇った笑顔は消え、テンプルはうなだれた。肩はがっくりと下がり、ピンと伸びた背中もたわみ、目には涙が光っていた。横柄な女性の身勝手な計画が頓挫《とんざ》して失望する姿を見れば、気味がいいはずだった。しかしそれは見ていて痛ましい光景だった。テンプルは明らかに感情を取り乱すことに慣れていないうえ、他人に協力を乞うことにも経験がなさそうだった。理由は何にせよ、そもそも体重コントロールを狂わせた何かがいまも彼女を苦しめているのは間違いなさそうだ。

ルーシーも島を離れたくはなかった。島を出ればマムシとしての生活ともお別れで、まだこんな暮らしを続けたいという未練がある。ワシントンに戻れば来週にもパンプスを履き、名だたる優良企業への訪問を再開していることだろう。自分としてはまだまだ好きなときにカヤックに乗り、みずから掃除した書斎で原稿を書くような生活を続けたい。自分で焼いたパンに蜂蜜を塗って食べ、モーニング・コーヒーを船着き場に運んで飲み、ブリーが蜂蜜販売所でまともにやっているか様子を見に行ったりしたい。それにあのちびっこスパイ、トビーに会えなくなると思うと寂しい。

テンプルとは対照的にパンダはルーシーの決断を聞き、ことのほか安堵《あんど》したようだった。「ルーシーがいるときっと気が散るだろうからね」パンダは雇い主にいった。「そのほうがいい」

そのほうが彼に、、、とって都合がいい、ということだ。ルーシーとしても〈ファット・アイランド〉の鏡の女王と同じ屋根の下で暮らすのは御免こうむりたかった。極悪ボディガードと一緒なのだから、なおのこと願いさげだ。でもここはスペースにもゆとりのある広い家。打ちひしがれているテンプルの気持ちも痛いほど理解できる。「出発を一両日延期する程度のことなら、協力してもいいわ」ルーシーは妥協案を切り出した。「でもそれ以上は約束できない」

パンダはルーシーが去るのを期待していたのか、不機嫌な顔をした。「よく考えたほうがいい」

「いてくれるの?」テンプルの様子は一変した。背筋は伸び、瞳は輝き出した。「なんとお礼をいったらいいのかわからないほどよ。それに……あなたの肉体にとっては、とてもいい選択よ」

ルーシーはテンプルの言い分を受け入れかねたが、それより自分の縄張りを確保する闘いのほうがずっと重要だった。「二階の共同寝室をきちんと掃除すれば、あなたのワークアウト室にぴったりよ。パンダはそばにいてほしいでしょうしね。二階には寝室が四つ、大きな浴室が二つあるの。だから二人なら充分な広さでしょ？」ルーシーは一階の寝室を明け渡すつもりはなかった。そこなら引き戸を通って二人と顔を合わせることなく、直接外に出られる。うまくすれば二人とはキッチンで会うだけで済むだろう。それにテンプルがキッチンにこもることは、なさそうだ。

ルーシーはパンダのしかめ面を無視して、テンプルに屋内の案内をしてやった。「二階は手入れされていないけど、ダンプカーや燻蒸車のお世話になるほどじゃないわよ」

パンダは自分も案内に同行するといい張り、ルーシーが変えた場所を目にするとますます表情を険しくした。「あそこに掛かっていた鏡はどうした？」

「鏡？」

「それとコートラックは？」

「どんなコートラック？」その二つはここに詰めこんであったほかのガラクタ類と一緒にガレージに放りこんだ。

二階に上がるころ、ルーシーはテンプルを味方につけていた。「あなたたしかこの家を買って二年だといってなかった？」共同寝室の室内をつぶさに調べながらテンプルが訊いた。

「なぜ掃除をしていないの？」

「ありのままにしておきたいから」パンダは頑《かたく》なな表情で答えた。

テンプルは厭《いと》わしげに不揃いな二つの二段ベッドを眺めた。両方ともむきだしのマットレスの端っこがめくれあがっている。テンプルは大きな窓が三つついた広い壁面に向かった。窓はすべて色褪せた裏がビニール地のカーテンで覆われている。テンプルはほこりだらけのカーテンを引き開けた。「ほんとうに窓からの眺めは素晴らしいわ。あなたのいうとおりよ、ルーシー。ここはワークアウト・ルームにぴったりだわ」

ルーシーはいわずもがなのことを明言した。「管理人が亡くなったのでしばらく清掃されてはいないけど、パンダが替わりの家政婦を雇うはずよ」

「ここに誰かを出入りさせるわけにはいかないわ」テンプルは断固とした口調でいった。彼女はカーテンを元に戻し汚れた指をこすり合わせた。「掃除はパンダと私でなんとかやるわ。自分の身のまわりのことを片づけるのはきっと新鮮な経験になるでしょうよ」そういい、皮肉っぽい調子でいい添えた。「でもやり方を覚えてるかしら」

かつてのルーシーなら進んで手伝いを申し出ていたことだろうが、マムシはテンプル・レンショーのパーソナル・アシスタントを引き受けるつもりはなかった。ルーシーは不揃いのシーツが何枚も重ねてあるリネン・クローゼットの場所を教え、あとは二人でやってとばかりに部屋を出た。

階下におりるとバックパックから食料品を出しながら、これでよかったのかもしれないとみずからに言い聞かせた。汚れた皿を洗っていると、廊下からテンプルの声が聞こえてきた。「いいからパンダ、気を遣わないで」懇願するような声音に、ルーシーは好奇心を掻きたてられ、顔を覗かせた。

二人は玄関ドアのそばに立ち、パンダがテンプルのバッグのなかを調べている。重厚なシルバーの飾りがついた贅沢《ぜいたく》な黒のサッチェルだ。テンプルはチュニックの首元をいじった。「正直いって、パンダ、こんなことまでやる必要ないわよ。私もここには明確な目標を持って乗りこんできたわけだから」

「ならこうなることは当然見通していたはずだよな」パンダの手はチョコレートを引っ張り出した。テンプルは首を傾げ満面の笑みを返した。「おめでとう。最初のテストに合格したわ。これこそひと夏法外な額の報酬を払ってあなたを雇い入れた理由なの」

パンダは包み紙を引きちぎり、大きなかたまりを端からパクリと嚙んだ。「おれにかっこつける必要はないよ、テンプル」

テンプルは未練たらたらといった視線でキャンディ・バーを見つめた。作り笑顔もみるみるしぼんだ。離れた位置から見ていたルーシーにもテンプルの渇望が見て取れた。パンダはチョコレートをもうひと口ほおばり味わうようにゆっくり嚙んだ。これはいつまでも恨みの種にされそうな残酷な態度といえた。「何か見つけたら」彼はいった。「いまのようにおれがすべて食い尽くす」

テンプルは激怒した。「ここまでされるいわれはないわ!」

「いうだけ無駄だよ」パンダの口にチョコレートの最後の一片が消えていった。彼は包み紙をまるめポケットに入れた。「スーツケースを開けろよ」

「禁じられたものは何も入ってないわ」テンプルはきっぱりといった。

「それが事実ならいいが」

はたして事実ではなかった。パンダはもう一個大きなチョコレート・バーを発見した。大柄な男性にとってもかなりの量ではあったが、彼はひと口残らず食べ尽くした。テンプルは怒りを爆発させた。「ここまで意地悪しなくてもいいのに」

「あんたはおれの温厚な人柄を見込んで雇ったわけじゃないだろ？　これは楽しいピクニックとはわけが違うんだぞ」

「わかったわよ」

テンプルは素早く彼の前を通り過ぎようとしたが、腕をつかまれた。「ボディ・チェックもしてやろうか？」

テンプルはポケットに手を入れ、フンと鼻で笑った。「ただのミント菓子《ティックタック》よ。これは無害よ。こんなこと、もうやめて」

「一分で済む」パンダがボディ・チェックを始めるとテンプルは憤激の声を上げた。「私に指一本触らないで！」

「静かにしててくれ」パンダはもういっぽうのポケットからマーブルチョコの袋を取り出し、おまけとしてミント菓子も取り上げた。「半端な同情は禁物。きみはいつもテレビでそういってなかったっけ？」

「お説教してもらうために七万五〇〇〇ドルもの報酬を払っているんじゃないのよ！」

七万五〇〇〇ドル？　ルーシーは耳を疑った。つい両親が彼にいくら払ったのかと気になった。しかも自分も一〇〇〇ドル払う契約をしている。彼はそれこそ濡れ手に粟で、笑いが止まらないことだろう。

「これは説教じゃない」彼はいった。「ただの所見だ」どうやら彼の胃袋も限界に達しているようで、マーブルチョコをチョコレートの包みと一緒に自分のポケットに入れ、スーツケースを閉めた。

「いいから!」テンプルはスーツケースをつかみ、階段のところまで運んだ。

「見るだけみて気が済んだか?」パンダはルーシーが覗いていたドアに背を向けたまま いった。

「にわかには信じがたい光景だわ」ルーシーは答えた。「なんという騒動なのよ」

パンダはかつてベイカーズ・ラックの置かれていたあたりをしばし眺めた。「好きなときに去ればいいのに、なぜ残ることにしたんだ?」

ここがわが家だからよ。

「人を見る目がなかった自分への罰がまだ終わってないから」ルーシーはキッチンに戻った。まだ午後四時だったが、朝食から何も食べていないので、フライパンを熱し、オイルを足して町で買ってきたポークチョップを一つ放りこんだ。ほんとうはグリルで焼いたほうが美味しいのだが、錆びついていたグリルを先週捨ててしまったのだ。

ちょうどいい具合にこんがりと焼き目がつきはじめたころ、まだビジネススーツ姿のままのパンダが急ぎ足でキッチンに入ってきた。彼はタオルをつかみ、フライパンの柄をそれで巻き、勝手口から外へ出た。

「ちょっと！」ルーシーは庭を横切って進む彼のあとを慌てて追った。「私のポークチョップを返してよ！」

パンダはガレージ横に置かれた生ゴミ入れの蓋を開け手首をひねって、ルーシーのポークチョップを奈落の底に落とした。「テンプルが食べられるもの以外、料理は禁止だ」

「料理は禁止？　禁止とはどういう意味なの？」

「匂いが家じゅうに広がるだろ？　テンプルはこれから体の浄化、ダイエットをしようとしている。食べ物の匂いを嗅がせるのは彼女にとって酷だよ」

「なによ！　そっちは彼女の目の前で何千カロリーの食べ物を呑みこんでみせたくせによくいうわ！」

「あれは成り行き上仕方なかった。きみがやってることとは違う」

ルーシーは両手を上げた。「あきれてものもいえないわ！」

パンダは口を歪めた。「だったらママに連絡とって、SEALでも送りこんで警護してもらえばいいじゃないか」

私はほんとうにこの男とキスをしたのか？　あんな――あんなことまでさせたというのか？　マムシなら怒り心頭だろう。彼女は灰色に色づけした欠けた爪をパンダの顔の前に突き出した。「この礼はかならず返すからそのつもりでね」そういい残して彼女は立ち去った。

あらためて仕返しなどされなくとも、すでに罰は受けている。彼女と再会したこと自体が拷問なのだ。彼女を初めて見た瞬間のことはいまでもくっきりと記憶に刻まれている。あれはリハーサル・ウェディングの晩のことだった。彼女はブルーグリーンのドレス姿でテッドに寄り添っていた。髪の色は現在よりずっと明るい色だった。なんとアメリカ人らしくお似合いのカップルなのだろうと感嘆するしかなかった。それから約二週間後、カドー湖でルーシーが初めて家族に連絡したとき、彼女が本気でテッドの元へ戻るつもりがないことを知った。愚かしいことに。

だっておまえはそんないい女じゃないからさ。

われながらなんと浅はかな強がりを口にしたのかと思う。無能なのは自分なのに。慌ただしく、ぎこちなく、抑制がきかなかった。ルーシーにはポルノスターのわざとらしいポーズとは無縁の自然で大らかな魅力があった。

彼は自分が戻ってくるのを知ったらルーシーはただちにここを引き払うものと思いこんでいた。しかし彼女はフェリーには乗らず、キッチンでポークチョップを作りはじめた。これで悩みを抱えた女性を二人預かるはめになってしまったわけだ。二人とも隠遁《いんとん》の場所としてこの家を使いたがっている。二人のうち一人はわがままで要求がきついが、以前に対処した経験もあるから、今回もなんとかなるだろう。もういっぽうは違った意味で悩みの種だ。こちらに何を望むかといえば、衣服を剝ぎ取ること。

彼は脳裏に浮かぶルーシーの裸体のイメージを消し去り、目の前の任務に集中しようとした。この家に滞在するのはもっとも気の進まないことだったが、面倒を見るのに高額の報酬をテンプルが払うと申し出てきたのだ。ほかの場所を提案してみてもここしかダメの一点張りで困り果てた。いまとなってはこの家のことをテンプルに話さなければよかったと悔やまれるばかりだが、まさかこの家に来たいと主張するとは夢にも思わなかったのだ。あのテンプルがいっきに三〇ポンドも激太りしてキャリアの危機に瀕するとは、まさに青天の霹靂《へきれき》だった。本来移動を伴う仕事が好きで、少しでも気持ちが昂《たかぶ》るような要素のある任務につきたいと願っている。今回そういう意味では不毛な仕事だが、大金を稼げるチャンスでもある。それにテンプルはビジネスを引き継いだ当初からの顧客でもあり、恩がある。

警護エージェンシーを引き継いで間もなく、テンプルの本の出版元からシカゴの書店の日常警備を依頼され、テンプルのサイン会のガードをしたのが初顔合わせだった。パンダは居合わせた大勢の客のなかで引きつった表情の男性に目を留めた。パンダはその男性を注視しつづけた。はたしてサイン会の終了間際に男が椅子一列を飛び越え、テンプルの顔に切りつけようとしたのをパンダが制止したのだった。それ以来テンプルは警備の必要があるとかならず彼に担当を依頼してくるようになった。彼女のおかげで、裕福なクライアントのご贔屓《ひいき》にあずかるようになり、事業は好調を保っている。のんびり過ごす暇はないが自宅としてレイク・ショア・ドライブの高級アパートを借りる余裕もできた。さらにはこの別荘も購入し、母親をイリノイ州一番のアルツハイマー施設に入れることになった。

彼の胃腸がグルグルと鳴った。これは空腹のためではなく、大量のチョコレートを消化しようとして胃腸がフル稼働しているせいだ。それほど甘いもの好きではないので、テンプルが隠し持っていたのがせめてポテトチップスだったらと思わずにいられない。

気づけばいつしかまたルーシーのことを考えている。内装はくれぐれも変えないようにと注意しておいたのに、結局ルーシーはしたいようにやっている。そしてその変化に自分は気持ちを乱されている。なぜルーシーはテンプルの要請に応じたのか？ その理由は判然としないが、一刻も早く彼女を退去させるべきだということだけは間違いない。そのためには、自分のダメさ加減を彼女に思い知らせなくてはならない。

ただし、それを考えると気持ちが沈んでしまうのはどうしたものか。

鏡の女王はただのわがまま王妃ではなかった。翌朝テンプルはパンダと一緒に二段ベッドを分解し、外へ運び出した。「これも立派な有酸素運動よ」テンプルはベッドの横板を玄関まで運びながらルーシーにいった。

テンプルは髪をゆるいポニーテールにまとめ、黒ずくめの服装からゆったりとしたワークアウト用の紺色のパンツとサイズの大きすぎるVネックのニットトップに着替えている。どちらも彼女のスポーツウェアブランドの商品のようにスタイリッシュではない。「あなたとパンダの関係には何かいわくがありそうだと私は睨んでいるの」テンプルがいった。

ルーシーはテンプルの前に出て玄関ドアを開いた。「おあいにくさま」

テンプルはルーシーの冷静な反応に気おくれするような女ではなかった。「彼が私の求める任務を果たしさえすれば」テンプルはトラックの積み荷を戸口に運びながらいった。「それ以外の時間にあなたたち二人が何をしようと私はかまわないわよ」

ルーシーは上から目線の物言いに違和感を覚えたが、反論する前に極悪女王とベッドの横板は玄関階段をおりてしまった。

朝食を用意しようとキッチンに行ってみると食糧庫に南京錠がかかっていた。しかし空腹な状態でパンダとやり合う気力もなかったので、とりあえずコーヒーを淹《い》れた。だがそんなもので空腹が充たされるはずもなく、冷蔵庫を漁っているとブラックチェリー・ヨーグルトとホットドッグを見つけた。それを食べ終える前に、車両進入路にトラックが入ってくる音が聞こえた。直後に二階のドアの閉まる音が響いた。おそらくテンプルがどこかに身を潜ませたのだろう。間もなくパンダとドライバーがジム用器具を運びはじめた。

ルーシーはブリーとトビーのためにパンを焼くつもりでいたが、昨晩のポークチョップ事件があったあとなので、あんな成り行きになるのは二度とごめんという気持ちで、何も持たずに養蜂場を訪ねた。

ブリーは脚立《きゃたつ》に上り、専売所の淡い黄色の壁のてっぺんに色とりどりのリボンの花輪を描いている最中だった。よく回転木馬の上にあるような少し風変わりな装飾である。色合いはブリーが蜂蜜の瓶三個をピラミッド状に飾ったカウンターに掛けた昔風のモスグリーンのキルトとお揃いの色だ。

ルーシーが自転車を降りると、カウンターの後ろからトビーがひょいと出てきた。「昨日パンダの車が通りかかるのを見かけたけど、何か手伝うことはないの?」

トビーの存在は思っていた以上に厄介な事態を招きそうだ。「しばらくなさそう。じつは……友人の一人が泊まりに来てね。当分のらくらと退屈な日が続きそうよ」鏡の女王を友人と呼ぶと考えただけで、身震いしそうになったが、トビーが前ぶれもなく別荘に姿を現わす場合に備えて、根回しをしておく必要があった。実際近いうちに別荘にやってくるだろう。

「でもぼくに手伝いをさせてくれるよね?」

「トビー、しつこくせがむのはやめなさい」ブリーは脚立から下りながら、疲れたような微笑みをルーシーに向けた。油絵具の瓶を並べたトレイは脚立の上に載せたままだ。午前中からすでに気温が上昇しているが、ブリーは体脂肪がないためTシャツの上から薄いグレーのセーターを羽織っている。肌がうっすらと日焼けし、頬骨の上にはちらほらとソバカスもできているが、それでも疲労の色は隠しようもない。「この子がなるべくお邪魔しないよう、私も気をつけるわ」

常づねトビーを持て余しているブリーの言葉をあてにはできなかったが、ルーシーはトビーの肩に腕をまわした。「じつをいうと友人は子どもが苦手なの。だからあの家に来るんじゃなくて島の案内をしてくれないかしら? まだ見てない場所がたくさんあるし」

「べつにいいよ」

ルーシーは〈蜂蜜屋　回転木馬〉の看板と引き直された店の境界線にしげしげと見入った。「素晴らしい出来栄えだわ。看板の効果のほどはどうなの？」

「今日の午前中で七個売れたわ」ブリーは手首の刺し傷を掻き、ラズベリー色の絵の具のしみを拭いた。「もっと製品をふやそうと考えているの。石鹸《せっけん》とか蜜蠟《みつろう》のキャンドルとか。作り方はなんとかなりそう」

「そこまでやっても生活費をまかなえる資金には足りないだろ」トビーがいつもの好戦的な口調でいった。「ここから出ていったほうがいい」

ルーシーは素早く口をはさんだ。「二人で直売所をほんの数日で再開させられたじゃないの。自信を持ちなさいよ」

「ばあちゃんのおかげだよ」トビーがいい返した。「ばあちゃんが作った蜂蜜なんだからさ」

少年は足を踏み鳴らしながら家に戻っていった。「これからビッグ・マイクに電話するんだ！」トビーは叫んだ。「船に乗せてくれるんだって」

「ダメよ！」ブリーは車道に向かって走った。「トビー、マイクに電話しないで！　わかるでしょ、トビー！」

トビーはすでに姿を消していた。

ブリーは憔悴《しょうすい》したあきらめの表情でポニーテールからほつれ出た髪のひと房を押しこんだ。そしてカウンターの奥の棚からタバコの箱を取り出した。「こういうのが苦手でね」

「あの子はわざと意地悪な言い方をしているのよ」ルーシーはいった。「そのほうがタフに見えるから」

「私たちはおたがいに傷つけあっているわ」ブリーは肺に吸いこんでいるものより、宙を漂うもののほうが有害であるかのように、煙を手で払った。「ごめんなさい。なんだか自己憐憫《れんびん》みたいになってしまって」ブリーはしげしげとルーシーの顔に見入った。「あなたの顔、なんだか見覚えがあるのよね。どこかで会ったことがあるような気がするの。でも会ったはずないのは確かよ。あなたを最初に見たとき、まだ子どもかと思ったわ」

「じつは三十一歳よ」

ブリーの視線はルーシーの髪から眉ピアスへ、そして竜のタトゥーに飾られた首へとさまよっていった。

「ある意味未成熟だからかも」ルーシーは釈明するような調子でいった。

「そうなの」

しかしブリーはどこか合点のいかない様子である。ルーシーはこれ以上身分を隠したままでいるのはおかしいと感じはじめた。そして一か八か切り出した。「じつはこれ……変装なの」少し口ごもりながら続けた。「私は……ルーシー・ジョリックよ」

ブリーは目を見開き、背筋を伸ばし、タバコを落とした。森の向こう側に住む変わった女性の前での喫煙はともかく、大統領令嬢の前では許されざる行為だからだ。「あら……私……」

「じつは事情があってしばらく身を隠す必要があったの」ルーシーは肩をすくめながらいっ

た。「ここはいいところに思えて」

ブリーは思わず知らず相手を凝視していることに気づいた。「ごめんなさい。ちょっと……思いがけなくて」彼女はまたほつれた髪をもとに戻そうとした。「なぜ私に告白したの？　私は何も勘づいてなかったのに」

「ここに何度も通ってきているのに、何もいわないのは間違っているように思えるからよ。こう見えても私、正直であることにこだわりを持っているの」

「でも……まだよく知りもしない私に？　誰かに話してしまうかもしれないのに」

「口は軽くないと見込んだの」ルーシーは話題を変えたかった。「さっき自己憐憫なんていってたけど、よかったら身の上話をしてくれない？」

車が一台スピードを落としたが、停まることなく過ぎ去った。ブリーはそれを目で追いながらいった。「退屈な話よ」

「正直にいうけど、他人の悩みを聞くことで元気になることもあるの」

ブリーは笑い声を上げた。そして緊張感がほぐれた。「その感じ、わかるわ」彼女はショートパンツで両手を拭いた。「ほんとうにこんな話を聞きたいの？」

「聞いて悪人扱いされないのなら」

「一応予告はしておいたから、あとで文句いわないでよ」ブリーはうわの空で腕に付着した絵の具をこすった。「去年の十一月、あるカントリークラブで催されたランチョン・パーティから帰宅すると、夫が車に荷物を積んでいたの。もうこんな特権階級のような暮らしに飽きあきした、と夫はいった。だから離婚してもらいたい。ついでにいうと別の女性と新たな人生を歩みたい。相手は十九歳のアルバイトの女性だけど、相性抜群でおまえとは比べものにならないほど女らしいって」

「あらら」

「災難はこれだけじゃなかったの」樹木のあいだからこぼれる木漏れ日がブリーの顔に光と影を落とし、それが彼女の表情に大人っぽさと少女のような若さとを同時に加えていた。「十年間の結婚生活でおまえには世話になった、と夫はいったわ。だから負債を返済した残りはすべておまえにやる、と。負債のことなんて私はいっさい知らなかったけど」

「いい人じゃないの」

「彼は出逢った当初からいい人なんかではなかった。それは承知のうえだったわ。でも彼は美男だし、頭も切れて、大学の仲間もみんな彼に夢中だった。おたがい昔から家族ぐるみの付き合いもあったの。彼はデトロイト崩壊まで、若くして昇進を果たしたGMのエグゼクティブの一人だった」ブリーは吸殻を草むらに投げ捨てた。「スコットとアルバイトの女性は幸福を求めてシアトルへ旅立ち、負債は全財産に匹敵する額にふくらんでいたわ。私は大学を一年で中退して就職した経験もないから、どうやって自活していいのか途方に暮れた。しばらく兄弟の一人の家に居候したの。ほとんど部屋に閉じこもっていたら義理の姉に、他人の好意に甘えるにも限度があると嫌味をいわれたわ」

ブリーは大統領令嬢の前で喫煙する決まりの悪さを忘れ、もう一本タバコに手を伸ばした。

「ほぼ同時期に、マイラの弁護士が連絡してきて、彼女が亡くなりコテージを遺し孫息子の養育を私に託したことがわかったの。私は何年も前にマイラが私を訪ねてきたとき、トビーに数回会っただけ。それなのにこうして自分の領土を所有することに」ブリーは自嘲めいた笑い声を上げた。「こんな情けない話、聞いたことないでしょ？　私は恵まれた環境で育ったけど、肝心の気骨というものをはぐくんでもらえなかったのよ」ブリーはタバコに火をつけるのをやめ、箱に戻した。「あなたが築き上げた人生を振り返って、どんな思いを抱いているのか私には理解できるわ」

「結婚式から逃げ出したこと？」

「まさしくそれよ」ブリーは憧れるようなまなざしを注ぎながらいった。「すごい度胸だわ」

「あれは度胸なんかじゃないわ」

「肝っ玉が据わってなきゃできないことよ」ちょうどそのとき、一台の車が来て停まった。ブリーはタバコの箱をポケットにしまいこんだ。「私を信頼してくれて、ありがとう。あなたを売るようなまねはけっしてしないわ」

ルーシーもその約束が守られるよう願った。

帰り道でルーシーは蜂蜜を買うのを忘れたと気づいたが、それをたっぷりと塗るためのパンを焼ける見通しが立たないので、引き返すのはやめた。車道の端に共同寝室から運び出された、分解済みの二段ベッドや古いマットレス、見苦しいビニールのカーテンが搬出を待つように積まれている。配送トラックはすでに走り去っており、家のなかに入ってみると上の階で何か重いものを引きずる音が聞こえた。それがパンダの死体ならいいのに、と願うのはあんまりだろうか。

外へ出る途中キッチンを通り抜ける際気づいたのは、古い冷蔵庫がなくなっていたこと。それがあった場所にはハイテクのステンレス製観音開きの冷蔵庫が置かれている。中途半端な朝食をとったせいで、空腹だったので、冷蔵庫のドアを開けてみた。

ルーシーの食料品は何一つ残されていないことが判明した。ピーナツ・バターやゼリー、ハムも絶妙に発酵されたスイス・チーズも。ブラック・チェリーのヨーグルトも、サラダ・ドレッシングも、スィート・ピクルスも。昼食に食べようと思っていた残り物も消えていた。パンダのマーマレードでさえ、なくなっている。

冷凍庫内も同様にひどいことになっていた。ルーシーが週末の楽しみにとストックしていたミートソースとチーズをはさんだ惣菜パンやワッフルは影も形もなく、かわりに包装されたダイエット食品がずらりと並んでいた。野菜ケースを開けてみると、ニンジンも、ブルーベリーも、昨日買ったばかりのロメインレタスもない。冷凍ワッフルはともかく、レタスまで奪おうというのか?

ルーシーはいきり立って、階段を駆け上った。

12

戸口に立つ前からジム独特のゴム臭が漂ってきた。共同寝室は昨夜のうちにがらりと様子を変えていた。清潔なゴムのマットレスの上に新ぴかのエクササイズ用器具が置かれ、むきだしの床はきれいに清掃がなされ、開け放った窓から陽光が射しこんでいる。パンダはたわんだ窓用網戸と格闘中だ。体をひねっているため、Tシャツが引き上げられ、固く引き締まった腹部が覗いている。Tシャツには淫《みだ》らなメッセージはなく、それに幾分失望しているのは自分がマムシに身をやつしているせいだと思うことにした。

テンプルはうめきながら楕円形のマシンの上でひたいから汗を流している。こめかみに汗が流れ、濡れた黒髪が首に垂れている。ルーシーはワークアウトのおぞましいシーンに見入った。「冷蔵庫から私の食糧がなくなったんだけど」

テンプルは背を丸めながら袖でひたいの汗を拭った。「パンダ、これ、なんとかしてよ」

「喜んで」パンダは網戸を取り付けるとルーシーの後ろから素早く部屋を出た。きっとここから出る口実を探していたに違いない。ルーシーは口を開き柄にもなく激しい抗議の演説を始めるつもりでいたが、その前に彼に肘をつかまれ廊下に連れ出された。「下で話そう。大声で話すとテンプルが動揺するから。本人の大声は問題ないんだが」

「聞こえたわよ」テンプルが室内から叫んだ。

「承知のうえだ」パンダが叫び返した。

ルーシーは階段に向かった。


思い過ごしかもしれないが、古いベージュの階段のカーペットを荒々しい足取りで駆けおりるルーシーのコンバット・ブーツの靴底からほこりの爆弾が爆発しているようにパンダには見えた。そのうちこれも剝ぎ取るつもりなのだろうが、ここは断じて譲れない。

ルーシーは最後の階段をおりた。たしかここには紫がかったペンキを塗ったチェストがあったはずだが、それもなくなっている。すぐそばには枝角のコートラックと棚のようなものが置いてあったはずだが、棚はいつのまにかポーチに移され、買った覚えもない植物が載せてある。

なぜルーシーはここを立ち去らないのだろう？　きっと執着心のせいだ。裕福な環境で育った連中は特権意識があるので、欲しいものはなんでも手に入ると思いこんでいる。この家のように、それが他人のものであろうとも。だがルーシーを甘やかされたセレブ呼ばわりしたくても、それが事実に反することは自分が一番知っている。彼女は本質的に慎み深い人間だ。いまは心理的に本来の状態ではないが。

キッチンに向かうルーシーの妙な黒のショートパンツがゆったりタイプではないので、小さなお尻の筋肉がピクピクと動くのが見える。ルーシーにもテンプルが着ているようなオーバーサイズの衣服を身に着けていてほしいと思う。そうすれば考えたくもないものを目にしなくて済む。それなのに現実にはあの黒いショートパンツと肩に黒の革ひもが付いた変なグレーのトップを着ている。

ルーシーはキッチンに着くなり、くるりと振り向いた。その拍子に革の肩ひもがねじれた。

「私の食糧を捨てる権利はないはずよ！」

「だったらおれの家具を勝手に捨てるなといいたいね。それにあんなゴミみたいなものを食うのはやめとけ」パンダはきちんと片づけられたカウンターを見ていっそう険しい表情になった。今度はフランス料理のウェイターの姿をした豚の置物がなくなっている。

「ブルーベリーもレタスもゴミじゃないわ」ルーシーは叫んだ。

「有機野菜じゃない」

「有機野菜じゃないから、捨てたというの？」

ルーシーは本気で怒っている。よし。こうやって怒りをぶつけられているあいだは、和気あいあいとしたおしゃべりに誘いこまれなくて済む。いつも気が進まないふりをするのも辛い。パンダはカウンターの上で手を広げた。ルーシーの髪は黒すぎて生気がないように見える。小汚いドレッドロックも見るに堪えない。ぼってりとマスカラを塗りたくったまつげは死んだ毛虫のようだ。シルバーのピアスの片方が眉に、もう片方は鼻に通されている。これらが偽物であってほしいと心の底から思う。あの小さな口にあんな醜い茶色の口紅を塗るなんて、人間性を傷つける犯罪だ。しかし何より許しがたいのはタトゥーだ。細長い首に火を噴く竜なんて似つかわしくないし、上腕の棘に至っては正気の沙汰《さた》とは思えない。ただしたたる血のいくつかは幸い剝《は》げてしまっている。

「農薬や化学肥料で自分の肉体を汚染させたいのか？」彼はいった。

「ええそうよ！」ルーシーは食糧庫のドアを勢いよく指さした。「鍵をちょうだい」

「無理だね。おまえがテンプルの強引な主張を受け入れたんだから」

「テンプル・レンショーにいい負かされるつもりはないわ」

パンダはその気になればいくらでもいやな奴を演じることができる。陶器の豚がなくなり、むきだしの肩の上で革ひもがよじれていれば機嫌も悪くなるというものだ。「テッド・ビューダインにもいいたいことがいえなかったおまえが？　相手はあんな最高に善良な男なのに」

ルーシーはいやな奴の前では手も足も出ない。小さな顎を突き出すように上げたものの、その表情には良心の呵責《かしゃく》の名残りが感じられた。「どういう意味なの？　テッドにいいたいことがいえなかったって？」

これこそみずからに禁じていた個人的な領域に踏みこむ会話ではないのか。そうわかっていても、パンダは引き返せない気持ちになっていた。「結婚したくないという気持ちは婚礼当日になって突然湧き起こったものじゃなかったはずだ。おまえはかなり前から、結婚に対して何か間違っているのではないかという違和感を覚えていたが、それをテッドに面と向かっていうことができなかった」

「何か間違っているという意識はなかったわ！」ルーシーは大声でいった。

「たとえば朝何を食べたいか、自分の本心を確かめたくなかったということさ」

「それがベーコンと卵ではなかったことは確かよ」

パンダは卑劣な感じでせせら笑った。だがついルーシーの肩の革ひもに目が釘付けになり、いつものような効果はなかった。あのひもをグイと引っ張れば……。

「とにかく食糧を返してもらいたいの」彼女はいった。

「ゴミ箱のなかにあるよ」パンダは引き出しの壊れた取っ手を調べるふりをして、ゆっくりとカウンターから離れた。「食糧庫はいつでも開けてやる。ただし、テンプルのまわりでゴミを食うのはやめてくれ」

「ゴミ？　コーンフロストは酸化防止効果があるとでもいうの！」

彼女の言い分はもっともだった。パンダは冷蔵庫に向けて首を傾けた。「あそこに入っているものは自由に使っていい。一週間に二度配達があるし、今日はあとで果物や野菜が届くことになっている」

「テンプルの有機野菜なんてまっぴらごめんよ。私専用の食糧がないといや」

パンダにもその気持ちは理解できた。

階上でトレッドミルの動きはじめる音がした。パンダは訊くなと自分に言い聞かせたが……。「どこかにおまえの焼いたパンはないのかい？」

「焼きたてのシナモン入りレーズンパンが見つからないの？」ルーシーはいい返した。「お好きなだけ召し上がれ。あらそういえば、あれはオーガニックじゃないから食べられないのね」

ルーシーは足音荒く外へ出て、ドアを乱暴に閉めた。

パンのことについてルーシーは嘘をいった。ドアを乱暴に閉めたのも、十四歳以後一度もなかった。どちらも胸がすくような爽快感《そうかい》があった。

残念なことにイエロー・パッドを持参していないが、今度こそ原稿を書きはじめようと決意していた。キッチンを通って屋内に戻る気がしなかったので、家の裏へ回り、自分の寝室の前のデッキへの階段を三段上った。風を通すため引き戸を開けたままにしていたので、網戸がレールの途中で引っかかっていた。それをぐいと突いて、室内に入った。

パンダがすでにそこにいた。

「この寝室を返してもらいたい」彼はクローゼットからスニーカーを持ち出しながらいった。サイズは12だということは、たまたま知っている。

「私はこの家をひと夏借り切ったのよ」ルーシーは反論した。「だからこうやって勝手に入るのはやめて。この部屋を明け渡すつもりはないわ」

パンダはドレッサーに向かった。「ここはおれの部屋だ。おまえが上で寝ればいい」

自分専用の出入り口がないのに？　絶対にいやだ。「なんとしてもここを動くつもりはないから」

パンダはかつて下着を入れていたと思しき引き出しをグイと開けた。現在はルーシーのものが入っている。彼はそこに手を入れ、真っ黒なTバックを引っ張り出した。

「あなたのはその下の引き出しに入っているわ」ルーシーは慌てていった。

彼はすべすべした股の部分を親指で撫でた。二人の視線が合うと、ルーシーはまたしても激しい性的電流を感じた。女性の肉体がいかに頭脳と乖離《かいり》しているかがこれでわかる。

「どうしても解《げ》せないことがある」彼の大きな握りこぶしがTバックを呑みこんだ。「おまえがおれをどう思っているかはわかっている。そんなに嫌いならなぜいつまでもここにいる？」

「あなたへの無関心より、この家に対する愛着のほうが勝っているからよ」ルーシーはきっぱりといいきった。

「ここはおれの家だ。おまえのものじゃない」パンダはルーシーの肩を見つめながら、いい返した。ルーシーは彼がなぜそこを見つめているか不思議に思った。「いっておくが、今度家のなかをいじったら、出ていってもらうからな。テンプルがなんといおうがだ」

彼に最終的決定権を与えても涼しい顔をしているのは大人の対応のはずだったが、いまだ彼の手のなかにTバックがある状態では、大人の対応をしているとはいいがたかった。「テンプルに対して徹底的なサービスを貫くつもりはあるの？」

ふたたびパンダの視線はルーシーの肩のあたりに戻った。「どう思う？」

質問で返され、戸惑ったルーシーは部屋を横切ってTバックをつかみ取った。「テンプルはそうやすやすといいくるめられる相手ではないと思うわ」

「だったらそれが答えだ」

ルーシーはそれを聞いても、腑に落ちなかった。

「ただ私の考えをいってみただけ」ルーシーはTバックを引き出しにしまい、書くために必要なものを手にして、入ってきた戸口から外へ出た。

私の母は——書くべきことがありすぎて選ぶのがむずかしい。

私の母が努力家であることは広く知られたことです。

あるいは……。

私の母の信条は努力です。

ルーシーはペンをクリックした。

アメリカ合衆国は努力により立国されました。

ルーシーはもう少し気持ちのよい書き出しはないものかと考えてみた。

母も努力の人です。

ルーシーは紙を丸めた。原稿を書く試みはパンダとの対決以上に難航したが、今回はそれを空腹のせいにすることができた。ついにイエロー・パッドを放り出し町へ自転車で出かけ〈ドッグス&モルツ〉でチリ・ドッグ二個と何種類ものフライ類を貪《むさぼ》り食った。これほど大量の食事は数カ月ぶりのことだった。でも今度いつ食べられるのかわからないのだから、仕方ないのだ。

家に戻ると、テンプルがほぼ何も物が置かれてないリビングで一人テレビを観ていた。裸足の足元には〈ファット・アイランド〉のDVDが二枚、床の上に置かれていた。テンプルが座っている茶と金のラブシートはルーシーが残した数少ない家具の一部であるが、まわりががらんとしているのは、ルーシーが家具の整理を進め、いくらかましな家具をサンルームに移動してしまったからだ。

テンプルはテレビリモコンを取り、自分の映像のところで休止ボタンを押した。「いま十五分間の休憩中なの」テンプルはチョコレートに噛みついた瞬間をルーシーに見られたような、バツの悪そうな様子でいった。「三時間ワークアウトを続けたわ」

度を越えた満腹状態のルーシーの胃袋が、チリ・ドッグを消化するためグルグルと苦しげな音をたてた。「そんな言い訳必要ないわ」

「これは言い訳じゃない。ただ――」テンプルは疲れはてた様子でラブシートの背にもたれこんだ。「そんなつもりはなかったけど、言い訳に聞こえたかもね」テンプルは映し出された自分自身の静止画像を指さした。「あの体を見てよ」それは聞いているルーシーもげんなりするほど自己嫌悪に満ちた声だった。「あれをみずから棄てたのよ」再生ボタンを押すと、憤怒の形相で相手を痛烈に非難している映像が映し出される。相手は顔も体も汗にまみれ、必死で涙をこらえている中年女性だ。

「ドアはあそこよ！　やめたいんなら、止めないわ！　意志がない人はいなくなって結構！」テンプルのほっそりとした首の血管が浮きあがり、きれいにグロスを塗った唇がせせら笑いに歪む。「船に乗って島から出ていきなさい。そして自分の負け犬ぶりを世間にさらせばいい」

女性はこらえきれずに泣き声をあげはじめたが、テンプルの非難は容赦なく続いた。見ているだけでも辛いシーンだ。いったいどこまで心理的に追い詰められたら、みずから進んでこんな暴言に耐えうるのかと想像すると、もっと心が痛む。

女性の涙はテンプルの嘲弄《ちょうろう》をいっそう煽《あお》るだけだった。「大声で泣きわめけばいい。これがあなたの人生の歩みなんだから。問題があっても解決を図《はか》らず、ただ嘆くだけ。そんな生き方を続ければいい！　島を出ていきなさい！　挑戦を待ち望んでいる人たちは何万というんだから」

「いやよ！」女性は叫んだ。「私はやれるわ。やり通してみせる」

「だったら、実行あるのみよ！」

女性が死にもの狂いでパンチバッグを殴りはじめる場面で、テンプルは一時停止ボタンを押した。ルーシーは自己嫌悪が最良の動機づけだとは思っていないが、テンプルは主義が違うようだ。「アイリーンはこのエピソードを収録して四カ月後、初めてハーフマラソンを完走したわ」テンプルは誇らしげにいった。「特訓が終了するまでに彼女は一〇〇ポンド以上の減量に成功したのよ」

アイリーンはもし常時目の前でテンプルに喚《わめ》き散らされなかったら、はたして自力でどのぐらい減量できたのだろうか、とルーシーは考えた。

「最後は見違えるように輝いていたわ」テンプルはテレビを消し、腰を上げた。すっくと立ち上がろうとしてわずかによろめいた。「私は常に批評家たちにこきおろされているの。彼らは私とジュリアン・マイケルズのようなタイプのトレーナーを比較したがるわ。彼女には人としての情があり、私にはそれが欠けているとね。とんでもない。私には雅量もある。懐の深さもね。でも人を甘やかすことは、助けにならないの。私はいつの日か彼女と比肩する結果を残してみせるつもりよ」テンプルはグイと階段を見上げた。「これから上半身を鍛える運動に入るの。その腕を見るかぎり、あなたも一緒にやったほうがよさそうね」

嗚咽《おえつ》する女性の顔がルーシーの脳裏に浮かんだ。「私はまだそんな気になれないわ」

テンプルは苦笑いした。「あなたはいつだって、そうやって逃げるのよ。そうでしょ? いつも何か口実を見つけて自分のことをあとまわしにしようとする」

「あとまわしになんてしないわ」テンプルの威圧的な強い視線のせいか、あるいはチリ・ドッグを二個も食べたせいかはわからなかったが、ルーシーの答えに説得力はなかった。「私だって運動はしているのよ」彼女は明言した。「運動は好きじゃないけど、やってるわ」

テンプルは刑務所の監視員のように腕組みをした。「どんな運動?」

「腕立て伏せや腹筋運動。よく歩くし。ときにはランニングも」

「ときどきやっても運動しているとはいえないわ」

「冬はジムにも行くわ」多いときで週三度、ほぼ週に二回程度だが。一週間以上間を置かないようにはしている。

テンプルは腐った肉でも見るかのようにルーシーの体に手を向けた。「こんな結果で満足しているの?」

ルーシーは考えてみた。「まあ、そこそこ」

「それは自己欺瞞《ぎまん》だわ」

「そんなことはないわ。もう少し引き締めたいかな。女性ならみんなそう思っているはず。でもそれなりにやってる。細かくいえば理想的でない部分もあるわよ。そこまでこだわるかといえば、全然ね」

「この国の女性は誰でも自分の体には悩みを持っているわ。体に悩みのない女性なんてこの国では暮らしていけないの」

ルーシーはそのときあることに思い当たった。いっぽうで家族への恩義を感じつつ自分自身の思いも大事にしたいという葛藤《かっとう》を抱えるあまり、自分の体のイメージについて思いが及ぶだけの余裕もなかった。「ヘビーなワークアウトに興味はない。私には私なりの運動哲学があるの。身の丈に合ったアプローチよ」

テンプルはゴキブリが体に這い上がってきたかのような嫌悪感を表情ににじませた。ルーシーは説明しても無駄と知りつつ、重ねていった。「運動はたしかに重要ではあると思っているけど、トライアスロンのトレーニングなんてやらない。あくまで健康のためよ。単調でつまらないと感じたら、やめてしまうもの」

「もっと自分を駆り立てなくてはだめ」

「意志が弱くても、まあこれで満足しているわ」テンプルにも、『身の丈に合った』アプローチをすれば、それほど落ちこむこともなくなるのではないかと提案しようかと考えた。鏡の女王の体重増加にはそれなりの理由があるのではないか。人への援助や対策を専門とするソーシャル・ワーカー精神が刺激され、ルーシーはテンプルが鉄の意志を失ったきっかけはいったい何だろうという疑問を抱いた。

しかしテンプルにはルーシーの肩の力を抜いたやり方など理解できないようで、黙りこんでしまった。ルーシーはその沈黙を利用して話題を変えることにした。「十二歳の子と知り合いになって、その子ったら招かれてもいないのに急に顔を出す癖があるけど、あなたがここにいてもなんとも思わないはずだからね」

テンプルは懸念で目を見張った。「そんなことになったら、冗談じゃない」

「地所のまわりに電流フェンスでも張りめぐらさないかぎり、あの子を止めることなんてできないわよ。あの子には友人が泊まりにきていると話しておいたわ。だからあの子が来ても、あなたの存在を訝《いぶか》ることはないわよ」

「あなたはわかってない！　私は誰にも姿を見せられないの！」

「あの子があなたのファンと関わりあるはずないし」

「パンダ！」テンプルは金切声をあげた。「パンダ、ここへ来てちょうだい」

パンダは時間をかけながらゆっくりと入ってきた。

テンプルはルーシーを勢いよく指さした。「私はこんなことに関わっていられない。あなたがやって！」テンプルは足を踏み鳴らしながら出ていき、ドスドスと階段を二段おきに駆け上った。

パンダは問題に触れることなく、リビングを見まわした。「おれの家具はどこへいったんだ？」

「家具って？」

「以前ここにあった家具だよ」

「どんな？」

「『どんな』ってなんだよ」

ルーシーは怪訝《けげん》そうに目を細めた。「ここにあった家具の特徴をいってよ」

「カウチ。椅子が何脚か。どこへやった？」

「カウチの色は？」

パンダは歯ぎしりした。「カウチ。カウチ色の。あれをどうやった？」

「色とか形とかいってくれれば」ルーシーは大袈裟なほど辛抱強く続けた。「思い出せるかも」

「普通のカウチだよ」パンダは大声でいった。

「覚えていないのね」ルーシーは勝ち誇ったようにいった。「あなたはこの部屋がどんな様子をしていたか覚えていない。この家がどんなだったか記憶がない。この家はあなたにとって、まるっきり意味のない場所なのよ」

パンダの顎で筋肉がピクリと動いた。「前にはカウチがあって、それがなくなっていることぐらいわかるさ」

「あれはなくなったんじゃない。サンルームにあるわ。あなたが見覚えもない椅子やそのほかの物と一緒にね。あなたはこの家のことなんて、どうでもいいのよ。だからあなたにはこの家を持つ資格がないっていうの」

「とにかくここはおれの家だ。あの豚をもとに戻せよ」

その言葉にルーシーは止まった。「あなたの豚？」

「キッチンにあった豚」

「ウェイターのエプロンをした、耳がない醜い豚のこと？」

「耳はなくない。欠けてるだけだ」

これにはルーシーも呆然《ぼうぜん》とした。「あんな馬鹿げた豚の耳のことは覚えているのにカウチの色は思い出せないのね」

「おれは陶器の作品のほうが好きなんだ」

「パンダ！」テンプルが階上から金切り声を上げた。「上へ来てちょうだい」マムシは階段の上を窺った。「素敵よね」彼女はいった。「あなたも見事にテンプル・レンショーの不平に慣れたのね」

彼は大股で廊下へ進んでいった。「今度おれがキッチンに入る前に、あの豚をもとの位置に戻しておいたほうがいい。そうじゃないと、おまえの食糧はすべて没収する」

「あなたの豚は醜いわ！」ルーシーは後ろから叫んだ。

「おまえの母親もな」彼が叫び返した。それを聞いてルーシーは激怒した。彼に対してではなく、つい笑いそうになった自分にである。


ブリーが夕刻店を閉めようとしていたとき、白いピックアップ・トラックが速度を落とし、やがて停まった。ドア一面に『ジャンセン・ハーブ園』という文字が書かれている。

日没も近づき、売れ残りの蜂蜜を手押し車に積んだ段ボールのカートンに入れ終えたばかりだった。朝も六時前から起き、雑草のはびこるマイラの庭の除草に励むうちにその後食事することも忘れていたので、体は消耗しきっていた。それでも今日はいくつかいいことがあった。蜂蜜は十八瓶売れ、放置されていたにもかかわらず収穫できたイチゴとアスパラガスも売れた。おまけに友だちまでできた。ルーシーのような有名な人物を友人と思うだけでもおこがましいというものだが、それでも嬉しい気持ちに変わりない。

トビーはいつものように姿が見えなかったが、トラックのドアが開くと、車道を駆け下りてきた。「ビッグ・マイク！」

マイク・ムーディがトラックから降り、ブリーは抱えていた蜂蜜の瓶を危うく落としかけた。疲れきっているというのに、勘弁してもらいたいというのが実感だった。それにしても記憶にあるあのニキビだらけの太った少年と現在の美男ぶりがいまだ同一人物には思えないでいる。うっかりすると、あの大口たたきのずる賢い卑劣漢を愛想のよい中流家庭のお父さんと見誤ってしまいそうだ。

マイクは満面の笑顔でトビーに手を振った。「おい小僧、お土産持ってきてやったぞ」

「なあに？」トビーが叫び、マイクはトラックの荷台にまわった。

「どうだい？」マイクはテールゲートを開き、ピカピカ光ったシルバーのマウンテン・バイクを軽々と下ろした。

これこそマイクの真骨頂というもの。ここからどんな成り行きが待っているのか、ブリーはいやというほど知っている。

トビーは目をそらした途端、自転車が消えてしまうとでも感じているのか、まばたきもせず一心に見つめている。ブリーは受け取るのはやめてとトビーにいいたかったが、口に出すことはできなかった。こんな不意打ちのプレゼントを前にして、子どもを説得できるはずがない。

まさかこれほど素晴らしいことが自分の身に起きるなんて、という信じがたい思いにトビーは小声で口ごもった。「ぼくに?」

ブリーは涙ぐみそうになって、慌ててこらえた。この少年は初めて戦利品でなく、純粋な贈り物を手にしたのだ。私の力では贈ってやれなかったプレゼントを。

ハンドルバーに手を伸ばしたとき、ブリーはなぜこのプレゼントを受け取るべきでないのか、はっきりと認識できた。この自転車は親愛の気持ちから贈られるのでなく、いかにもマイクらしい強引さからくるものだからだ。子どものころも同じようなことをやっていた。彼はよくスキットルズやレモンヘッズのキャンディの袋を持って現われた。これは自分をのけ者にしようとするグループに入れてもらうためのいわば入場料のような意味を持っていたのだろう。

「新品だぞ」マイクがいった。「昨日本土に出かけて見つけたんだ。こんなバイクを使うのにふさわしいのは誰だろうと考えてね。たった一人の名前しか思い浮かばなかったよ」

「それがぼくなの?」トビーは長く静かに溜息をついて、いった。口は半開きのまま、目は自転車に釘付けだった。デービッドも昔信じられないような出来事に遭遇すると、こういう表情をしていた。よみがえる想い出で、ブリーの胸は痛んだ。

マイクはトラックからいくつかの道具を下ろし、トビーと男同士でサドルの高さを調整した。ブリーは怒りで吐き気を覚えた。デービッドの息子に自転車を贈るのはこの自分。トビーの境遇をいくらかでも幸せなものへと導くべきなのは自分であるべきなのだ。強すぎるコロンの匂いを漂わせブランドもので身を飾り、おもねるような愛想をたたえた札付きの画策屋の思いどおりにさせてなるものか。

トビーは自転車にまたがった。ひょろ長い脚がペダルに乗せられると、マイクは車道を指さした。「試乗するには暗すぎるから、自動車進入路をひと回りしたら、森の小道をまわっておいで」

「ありがとう、マイク。ほんとにありがとう!」トビーは走り出した。

マイクはまだブリーの存在に気づいていなかった。テールゲートを閉めて、ようやく彼女のほうを見た。ブリーは顔をそむけ、蜂蜜をカートンに詰めた。

「きみにもお土産があるんだよ、ブリー」マイクは後ろから声をかけた。「商売の役に立ちそうだと思って選んだよ」

「何もいらない」ブリーは手押し車をつかみ、生い茂る雑草のあいだを抜けるようにして前に進んだ。直売所の後ろにある倉庫のドアも修理が必要だ。そこを直せばこうやって一日に何往復もしなくてよくなる。

「見もしないで断わるのかい?」

「興味ない」手押し車の前輪が轍《わだち》にはまり、蜂蜜の瓶がぶつかり合ってガタガタと音をたてた。

「なにごとも新規蒔《ま》き直しが可能だとは思わないか？」

子どものころのマイクは誰かに詰め寄られると、ただ泣き言をいうしかなかったが、いまの彼は声に落ち着きがあり、ブリーはそれが気に食わなかった。「豹《ひょう》の斑点は死ぬまで消えないの。人間の性《さが》は変わらないってこと」ブリーは轍から車輪を出そうともがいた。「私の気を引くためにトビーを利用するのはやめてちょうだい」

マイクはブリーの手をどけ、取っ手をつかんで手押し車を車道に押し出した。「マイラから聞いたが、きみは十八の小娘に亭主を寝取られたそうだな」

スコットの『運命の女性』は十九歳だ。しかしそんなことを訂正してみたところで面子《めんつ》を保てるわけでもない。「結婚相手を選び間違えると、起こりうる展開よ」

マイクは手押し車を止めた。「まさかいまでもデービッドと結ばれるべきだったと思ってはいないんだろうね？」

マイクは昔と比べ洞察力が深くなったと感じ、ブリーは怒りに駆られた。「あなたにデービッドの話題を持ち出す資格はないわ」

「彼はきみと結婚するつもりなどなかった。きみが相手だと、あいつは萎縮《いしゅく》していた」

見かけは変わっても、マイクはあいかわらず疎《うと》い男だ。デービッドのようにずば抜けた知性と自信のかたまりのような男性が私のような平凡な女の前で萎縮していたはずはないのだから。

「WASPの令嬢と貧民窟出身の若者……」マイクはブレスレットの下に親指を差しこんだ。コロンの匂いをけなされたから気にしたのか、マイクの体からはほのかにペパーミントの香りしかしなかった。「デービッドはきみに惹かれてはいたけど、それだけでしかなかったよ」

ブリーはマイクの頰を平手打ちしたいという衝動に駆られた。「知ったかぶりはやめて」

「あいつがスターと結婚して島に定住するようになって、誰が話し相手になったと思う？」

「あなたがデービッドの親友だったとでもいうつもり？　あんなまねをしておいて？」

「過去にこだわっていても、いいことは一つもない」マイクは信じがたいことに、同情のこもる口調でそういった。「必要以上に苦労するだけだ。手助けするからおれを役立ててくれ」

「私を手助けしたければ、とにかくお節介はやめて」ブリーは手押し車を置いたまま、大股で歩み去った。

「いまでもやっと持ちこたえている状態なのに」マイクは声を上げず、静かにいった。「旅行者がいなくなったら、どうするつもりだ？」

「みんなと一緒に島を去るわよ」

「行くあてでもあるのか？」

あてはなかった。兄たちはブリーを愛してはいても同居は望んでいない。彼女一人でも無理なのに、まして十二歳の子どもと一緒ではなおさらだ。身寄りがない境遇についても、マイクに知られてしまっているようだ。

ブリーの耳にマイクの足音が迫ってきた。彼女の怒りにまかせた急ぎ足よりずっと自信に満ちた規則正しい歩調だ。「この島にいれば、友人が必要になるだろう」玄関の階段でマイクが追いついた。「マイラは亡くなった。デービッドもスターもいない。それにきみにはほかにも親しい人はいないようだ」

頼れる友人など一人もいない。スコットが去って以来友人たちは体よく『援助』にかこつけては夫婦の破局の顚末《てんまつ》を根掘り葉掘り聞くためだけに連絡をよこした。ブリーはくるりと振り向いてマイクと向き合った。「私をあざ笑っているんでしょう？　あなたは富と事業の成功を手に入れ、私は落ちぶれた。それを見てさぞやいい気味と思っているはずよ」

マイクは真顔になった。「かつて思いを寄せていた相手が苦しい状況に置かれているのを見て、きみは楽しいか？」

ブリーはデービッドとスターのこと、二人に傷つけられた過去を思い返した。二人に対する憎しみ、恨み。それと同じだけの二人への恋しさ。二人の面影を振り払うように、ブリーは元夫スコットと十九歳の不倫相手のことだけを考えた。「当然そうよ」

驚いたことにマイクはそれに対して笑い声を上げた。「認めたくないだろうが、きみにはおれの助けが必要なはず。悪いことはいわないから、嘘でも友だちのふりをしろ。日曜日に教会に行こう。九時半に迎えに行く」

「教会？」

「きみが地元民とまた近づきになるには教会が一番なんだよ。そのためにはグラウンドルールに従うことが必要だ。地域民のことならおれにまかせてくれ」おどけた顔でいうマイクの妙に真剣な目に、ブリーは懸念を覚えた。「礼拝中に意味不明の言葉を口にする連中がいてもからかってはいけない。もしネッド・ブレーキーがヘビと一緒に現われて聖書の一句を諳《そらん》じはじめても、礼儀正しく接するんだ。ここの教会はきみの元いたブルームフィールド・ヒルズの教会とわけが違う。チャリティ島の住民の信仰は深く敬虔《けいけん》なものだ」

ブリーは彼の表現した教会の様子が想像もできなかった。

マイクは微笑んだ。それはブリーの記憶にあるような不快な笑みではなかったが、満面の笑顔だった。ブリーは受け入れられない気持ちだった。「これからこのトラックをハンク・ジェンキンスに返しにいく。日曜日に会おう。もしどうしても気が向かないなら、今後きみは島民と付き合うつもりはいっさいないと伝えておくよ」

「行かないわ」ブリーは鋭い口調でいった。

「本気かい？」マイクはそれでも愛想よく笑っていた。「冬は長いし、島民たちはどぶに車輪を取られて困ったり、燃料のオイルを切らしたりすることがあっても、おたがい支え合って暮らしている。例えばトビーみたいな子どもが病気になって島を離れなくてはならなくなったりもする」マイクは顎を撫でた。「世のなか、思わぬ成り行きにならないともかぎらないんだから、先のことまで考えて結論を出すべきだよ、ブリー」

これは脅迫だ。ブリーは歩み去るマイクに何かを投げつけてやりたい気分だったが、物を投げたり声をあげる性分ではない。自分はもともと凡庸な女学生でスコットのファンにすぎなかったのだ。

マイクが去ると、ブリーは手押し車と商品展示に使っているキルトを取りに戻った。そのとき初めてマイクが置いていったプレゼントに気づいた。彼のいう商売に役立つはずのものがそこにあった。スキットルズやレモンヘッズといったキャンディなどではない。マイク・ムーディはメジャー・リーガーに昇格した。現在の彼の贈賄の流儀は新品のＭａｃのノートパソコンだった。

13

ルーシーはティーンエイジ・ミュータント・ニンジャ・タートルズのビーチタオルを腰に巻き、室外シャワーから足を踏み出した。船着き場から水泳にいってみたのだが、湖水はまだ冷たすぎたので、長くは浸かっていられなかった。反り返った木のドアの掛け金をかけたとき、パンダがスクリーン・ポーチの階段をおりてきた。汗のにじんだTシャツや湿った髪を見れば、テンプルのワークアウトをやり終えたばかりであるのは間違いない。

「寝室を返してくれ」ルーシーの水に濡れた肩やあまりにも薄い黒の水着のトップにしげしげと見入りながら、パンダはいった。

ルーシーはタオルを腋《わき》の下まで引き上げた。「あなたはテンプルのボディガードなんでしょ？　彼女のそばにいなきゃ意味ないわよ」

「テンプルはぐっすり眠るし、食糧庫には鍵がかかっている」パンダは日陰から日向にゆっくりと歩いてきた。「上には寝室が三部屋空いている。好きな部屋を選べよ。なんなら全部使っていい」

パンダは正義を尊び、ルーシーはフェア・プレーの精神を大切にしている。しかし今回はそれを振りかざすわけにはいかなかった。「いまは私の部屋だし、譲る気はないわ」

「いいのか？」パンダが前に屈みこんだので、清潔な汗の匂いとともに男らしい威圧感が迫ってきた。「法的手続きを取れば簡単に追い出せるんだぞ。おれはおまえより体が大きいし力もある。それにおれはポリシーもないってこと、忘れるなよ」

完全な真実ではなくとも、それに近い。ルーシーは妙な胸騒ぎを覚え、胸の前で腕を交差させた。「それは可能でしょうけど……そうなるとテンプルにどう説明するつもり？」

パンダの表情には悪意めいたものがあるように見えたが、よく見ると……不機嫌な顔である。「おれの部屋のベッドに載っているのは真新しいマットレスだ」

「いよいよ問題の核心に迫るわけね」あのマットレスは寝心地がいい。軟らかすぎず、硬すぎず、上にしゃれたふんわりした新しいフェザーの上掛けもかかっている。それでも下の寝室にプライベートな出入り口が付いていることが一番の魅力であることに変わりない。「ほかは放置しても、あの部屋だけには、まともな家具を置いているみたいね」

パンダは睨み返したが、説得力はなかった。「寝室をあきらめるなら、それなりの見返りがほしいね」彼の視線はルーシーの鎖骨のあたりをさまよっていた。「何をくれる？」

えっ、本気なの？　ルーシーは戸惑った。「家具選びは手伝うわ」

「ダメ」

「窓を磨き上げてあげる」

「窓なんてどうだっていい」

ルーシーは懸命に考えたが……何もひらめかなかった。「パンは？」

数秒が経過し、パンダはゆっくりと離れ、顔を上げた。「まあ、悪くない」

「明日テンプルを一時間ほど入江に連れ出してくれたら、帰ってくるころ玄関ポーチの植物の後ろに焼き立てパンを隠しておいてあげる」

パンダは考えこんだ。「家に入ったとたん、テンプルは匂いを嗅ぎつけるだろうな」

「キャンドルを点けておくわ。窓を開けてパンを焼くし。空気清浄機も使う。何が心配なの？」

「無理だろ？」

「まかせてよ」

「よし取引成立だ。欲しいときにいつでもパンを焼いてくれれば、寝室は使っていい」パンダは踵を返し、湖水に向かった。

彼の姿が見えなくなると、ルーシーは考え直しはじめた。彼がどれほど仕事熱心かこの自分が一番知っているではないか。そんな彼が、マットレスが上質だという理由だけでテンプルを二階に取り残したりするものだろうか？　それはありえない気がした。

考えれば考えるほどパンダの脅しは寝室を取り戻すことが目的ではなく、パンを焼かせるためだったのではないかと思えてきた。どうやら食糧不足に悩まされているのは彼女だけではなさそうだ。

パンダに謀《はか》られ、ルーシーは足を踏み鳴らしながら家に入った。自分はその罠《わな》にまんまとはまってしまったのだ。

パンダは水面に浮きあがり、また潜った。自分はいつあの晩の発言についてルーシーに詫びるつもりなのだろうか？　忘れられない忌まわしい記憶ならほかにいくらでもあるのに、自分が口にした言葉がまるで青虫のように脳裏にこびりついている。

だっておまえはそんないい女じゃないからさ。

ぜひとも謝罪するべきだが、すでに箍《たが》が緩んでいるのを感じているので、謝ると二人のあいだが和気あいあいとしてしまうのではないかと思うのだ。それは困る。何しろ得意な領域では本領を発揮すべきというのをモットーにしているのだから。

パンダは船着き場まで泳いで戻りはじめた。猛烈に腹が減ってテンプルの見張り役がどうにも辛くなってきた。なんだか調子が悪い。焦点がぼけ、昔のように酔っぱらってしまいたい衝動に駆られることもある。腹がまともに満たされてこそ、仕事で本領を発揮し、地位を永続させることもできるというものだ。こんなに腹が減っていなければ偽物の竜のタトゥーを貼った女に手を焼くこともないだろう。

空腹感。これが目下の悩みだ。

パンダの策略にまんまと引っかかったとはいえ、とにかくルーシーはパンを焼くことにした。翌朝放し飼いの鶏卵とやらを二個と、砂みたいな味のオメガ3入り亜麻のパンひと切れを食べ終えると、パンダに鍵をもらいパンの材料を持ち出した。「あなたのちゃちなたくらみなんかお見通しよ、パトリック」ルーシーは食糧庫から出て、彼にいった。

「あいかわらず、わけのわからんことばかりいってるな」パンダは砂の味のするパンに手をつけず、小さな無脂肪の全粒粉トルティーヤの入った包みを引き寄せたが、考えこみ、トルティーヤを置き、コーヒーをもう一杯注ぎ、二階へ持って上がった。

彼とテンプルが午前中のワークアウトをこなしているあいだ、ルーシーは材料を混ぜ、捏《こ》ねた。生地に弾力性が感じられるようになるとオイルをまぶしたボウルに入れ、清潔な布巾で覆う。それを食器棚の上段に隠し、発酵させる。

町で少し植物を買いたいと思ったが、バックパックには入れにくいので、そっと二階に上がり、パンダが選んだ寝室に入り、彼のキーをこっそり持ち出した。彼の車に向かっていると、テンプルが後ろから急いで出てきた。ワークアウトで頰は紅潮し、グレーのニットトップは汗じみができている。まるきりの素顔だが、アーモンド形の瞳と力強い顔立ちの持ち主なので、充分美しい。「町で買い物を頼んでもいいかしら?」テンプルはいった。「爪切りを持ってくるのを忘れたの。ネイルリムーバーもお願い。〈ウィメンズ・ヘルス〉の新刊が出ていたら買ってきてくれる?」

「わかったわ」

テンプルは握りしめていた湿った二〇ドル札を手渡した。「パン屋とかコーヒーハウスはあるかしら?」声を抑えていてもなお、傲慢《ごうまん》さが感じられる口調だ。「〈ペインテッド・フロッグ〉という店があるわ」「チョコレート・マフィンを一つ買ってきて」単刀直入な要求だ。「あるいは見た目で美味しそうだったら、糖衣をかけたブラウニーでもいいわ。深刻な窮乏感に陥らないために、甘いものが必要なの」不快なほどの横柄さ、癪に障るほどの傲慢さのなかにもの悲しさがにじんだ。「窮乏感は本格的な減量の敵なのよ」

ルーシーはテンプルのダイエット監視役ではないので、札をポケットに入れた。窮乏感については、ルーシーも同感だった。彼女自身は甘いものの虜《とりこ》ではないが、こうしてスィーツ類を禁じられてみると、やたらに気になってくる。

パンダのSUVは新車の匂いがした。車を敷地から出しながら、気づけばグローブ・ボックスに目がいった。蜂蜜の直売所の前を通る際、ブリーに手を振りながら、またちらりとグローブ・ボックスに視線を走らせ、開けるなと自分に命じた。

〈ペインテッド・フロッグ〉の店先では展示ケースのなかにパティスリーが奇抜な帽子のように並べられていた。ふんわり焼けた砂糖がけのマフィンが四種類、白いレース状ナプキンに置かれた艶やかなレモンバー、フリル状の紙に包まれ奇抜な糖衣をかけたカップケーキ。ルーシーはテンプルのために濃厚で、やや小ぶりなチョコレート・マフィンを選んだ。ついでにトーストしたペカン・ナッツとねっとりしたキャラメルをのせたタートル・ブラウニーを自分用に選んだ。いつもはあまりドーナツを食べることはないのだが、急にババロア・クリームのドーナツが食べたくなった。最後にブリーとトビーへのお土産に、〈ペインテッド・フロッグ〉の特大チョコレート・チップ・クッキーを注文した。

ルーシーは残りの買い物を済ませるあいだにときどき立ち止まってはブラウニーとドーナツを食べ、〈ドッグス&モルツ〉に寄り、フライを買った。パンダやテンプルに内緒で今度いつ食べる機会が訪れるかわからないのだから。

トビーはクッキーをもらって大袈裟なほど喜び、ブリーは贈るほうが照れるほど感動してくれた。ルーシーは蜂蜜を買い、車で家に向かった。しかしその前に車はみずからの意志を持つかのごとく勝手に道の端に停まった。

ルーシーはグローブ・ボックスを凝視した。テッドならこんな状況で、どうするだろう？ 元フィアンセは卑劣さとは無縁の人間である。彼女は仕方なくメグを思い浮かべ、金具を開いた。

装塡《そうてん》した銃やひょっとしたらコンドームとか赤いTバックの下着などが入っているとなかば予想していたのだが、なかにあったのは車両取扱い説明書とタイヤ空気圧規格の書類、車検証だけだった。この車両の所有者はイリノイ州クック郡シカゴ市レイク・ショア・ドライブ在住、パトリック・シェイドとある。

ルーシーは買った植物をポーチに運び、引き戸から寝室に入り、鏡の女王用のマフィンを浴室のシンクの下に隠した。テンプルにはこの密売品を自分で見つけ出してもらおう。パン生地をふたたび捏《こ》ね、二つの塊に分けて成形し、最終発酵のために二つの焼き型に入れ食器棚にしまった。その後船着き場に行き、カヤックに乗った。パンダはテンプルを一人で湖に出すようなことはしない。というわけで新しいカヤックがすでに届けられていた。

戻ってみるとテンプルとパンダが巨大なキッチンのテーブルで大腸洗浄剤並みの味と思しき昼食を摂っていた。お揃いの皿の上にはカウンターの上に置かれた冷凍食品ケースから取り出した貧弱な量の食べ物が載っている。パンダはひと口大のドライサーモンをフォークで突いた。テンプルはスライス・レモンの浮かんだ水を口もとに運んだ。そして、どこから見つけ出したのか布製のナプキンで口を拭った。「食べ物は美味しそうな外見が重要だと思うのよね」と彼女はいった。

「パンダの吐き気を催すグリーンのテーブルで食べたら、何も美味しく見えないわよ」ルーシーはいい返した。

「このテーブルは捨てるな」彼はいった。

「あとで後悔しても知らないからね」ルーシーは寝室に向かい、テンプルの正当な買い物の入った袋を持ってキッチンに戻った。それをパンダはテンプルが受け取る前に横からつかんだ。なかを探り、爪切りと雑誌しか入っていないことを確かめ、気が済んだ様子を見せた。禁止された物はシンクの下とはつゆ知らず、雇い主に袋を渡した。

鏡の女王は尊大な視線をパンダに向けた。「まあパンダ……それは少しルーシーに失礼だと思わないの？」

「かもしれない。気にしないでくれ」

ルーシーは鼻で笑った。

テンプルは袋を脇へ置いた。「正直にいうわ。二人は一緒に寝ればいいんじゃない？　あとはどうにかなるわよ」

パンダはつぶしたブロッコリーを載せたフォークを口に運ぶ途中で止めた。ルーシーはむせそうになった。パンダが先に正気に戻った。「きみはよく話が横にそれる」

「そうかしら？」テンプルはテーブルに肘をつき、指で顎をたたいた。「私は人の心を読むことでキャリアを成功させたの。あなたたち二人の相性はホットすぎてそばで見ているほうが気恥ずかしくなってしまうくらいよ」

「思い過ごしだよ」パンダがいった。「きみが感じ取っているのはむしろ敵意さ。性格も人生観も違う二人だ。片方は頭の固い現実派。もう一人はそうではない」

ルーシーはそんなたわごとを黙って聞いていられなくなった。「そうよ、私たちは寝たの、テンプル。全然パッとしなかったわ」

「やっぱりね！」テンプルは勝ち誇ったようにいった。「この人、身勝手なセックスをするでしょ？　自分だけの快楽を求める男よ」

「違う！」

「ほんとに自己中心的なやり方よ」ルーシーはいった。「あっという間に終わった。一度で、もうたくさんよ」

パンダがフォークを落としたので皿が音をたてた。

テンプルは彼を無視した。「それは意外ね。ワークアウトに関していえば彼は驚くべきスタミナの持ち主よ。もしかしたら……」

「いいかげんにしてくれ」パンダは勢いよく立ち上がった。「もうたくさんだ。この話は終了だ」

パンダが裏口から出ていくと、ルーシーはパンダが空けた席に座った。「ワークアウトの活動が寝室にも反映されるものかしら」

「そのはずよ」テンプルがいった。「どっちも血流だから」

パンダがドアを閉める音が響き、ポーチの床に彼の足音の名残りで反響が残った。テンプルの声は差し迫ったささやき声に替わった。「私のマフィンは買ったの？」

「私の寝室の浴室のシンクの下に袋があるわ」

「どんなの？」

「チョコレート」

「なら文句ないわ」テンプルは窓越しにパンダの様子を窺い、家からの距離を判断した。

「彼ってほんとにイケてなかったの？」

「そんなことないかな」ルーシーは彼がほとんど食べ残した食事を脇へ押しやった。「彼から性的魅力がないといわれたわ」

テンプルの黒い眉がつり上がった。「ほんとにそんなことといったの？」

ルーシーはうなずいた。

「面白いわ」テンプルはいった。「もう一度試してみたらどう？」

「ばかいわないで」

テンプルは考えこむような目をした。「パンダは魅力的な男よ。私だって最初に会ったとき秋波を送ったのよ。だのに彼はそれを無視した。そして私も別の人に出逢って……」テンプルの表情が曇った。「あれが災厄をもたらしたの。もっとパンダを口説いとけばよかった」

その災厄が原因でテンプルは激太りしたのだろうか？　ルーシーは考えた。

テンプルは窓の外をもう一度チェックし、立ち上がった。「あのマフィンを取ってくるわ。もし彼が戻ってきたら、何かをさせて時間を稼いで」

「何をやればいいのか詳しくいってちょうだい」

「服を脱ぐの」

「あなたが服を脱げばいいでしょ」ルーシーが反論した。

しかしどちらも服を脱ぐことにはならなかった。パンダがまたキッチンに現われたからだ。

「井戸端会議が終わったのなら」パンダは戸口からからかうように声をかけた。「ワークアウトを再開しよう。それとも、体についた余分な脂肪は勝手に溶け出すとでも思ってるのかい？」

「意地悪なんだから」テンプルはルーシーの寝室を恨めしそうに見ながら、パンダの後ろから入江に向かった。

ルーシーがパンの焼き上がりを待っているあいだ、テンプルとパンダがカヤックを漕ぐ様子が垣間見えた。テンプルはルーシーと違い、意図的に船を流れに向けて漕ぐ。パンダは五大湖を放浪している海賊の襲撃に備えてクライアントにぴたりと寄り添いながら漕いでいる。ドーナツとフライドポテトを食べたせいで、ルーシーは空腹ではなかったが、焼き上がったばかりのオートミールパンの端をスライスし、ブリーの蜂蜜を振りかけてみずにはいられなかった。ポーチのベイカーズ・ラックに置いた買ったばかりの鉢植えの後ろに二斤のパンを隠した。残ったパンの隠し場所をどこにするかは、パンダが考えるだろう。

パンを焼くときには窓を開け放ち、残り香は古いホイップクリームのプラスチック容器の蓋をガスバーナーで焼いて誤魔化した。テンプルは帰宅した際ルーシーの部屋の浴室に隠したマフィンを取りにいくことに躍起になるあまり、有害な臭いに気づきもしなかった。しかしパンダは匂いを嗅ぎ取っていた。彼はこんなやり方しかなかったかとばかりに、ルーシーを責めるような目で睨んだ。やがて彼の視線はルーシーがガレージから持ち出し冷蔵庫の上に置いた陶器の豚をとらえた。彼はルーシーが豚の首にかけた首吊りの輪をじろじろと眺めた。綱の編み方は弟のアンドレから教えてもらったものだが、訊かれれば、インテリア・デザインを競う番組〈HGTVデザイン・スター〉で見たアィディアとでもいうつもりだった。

パンダは何も尋ねなかった。

テンプルは野球帽を取り、腕を伸ばした。「これから二階で昼寝をするわ。一時間したら起こしてちょうだい」

いのだ。

「昼寝はいいね」テンプルはマフィンを取りにいきたいし、パンダはパンに早くありつきたいのだ。

テンプルは首の凝りをほぐすようなふりをした。「ルーシー、あなたが読んでいた雑誌を借りてもいい？　くだらない有名人のゴシップを読んでいると眠くなるからちょうどいいの」

「いいわよ」ルーシーはゴシップ雑誌など持っていない。チョコレート・マフィンは隠し持っているが、そのことで気が咎《とが》めることはない。マフィンをひと切れ食べたところでたいした影響もないだろうし、鏡の女王にもみずから課した責苦に耐え抜いたご褒美が必要だ。

テンプルがルーシーの寝室に行ってしまうと、パンダはポーチに向かった。ルーシーは食べすぎで胃がもたれ、みぞおちのあたりをさすった。

「人でなし！」テンプルが金切り声を上げた。

やれやれ。声はルーシーの寝室から響いてきた。ルーシーは裏口から首を覗かせた。パンダはポーチにいなかった。首を伸ばし、網戸の向こうにあるオープンデッキのほうを見やると、はたしてルーシーの部屋に入る引き戸が開いていた。

そろそろどこかに隠れたほうが身のためだ。

「ルーシー！」

パンダの不吉な唸《うな》り声が響いたとき、ルーシーは急いで選択肢を検討した。車で逃げるか、水上の手段を使うか？

車で逃げることにしたが、玄関に行き着く前にパンダがテンプルを従えて猛烈な速さでリビングを横切って迫ってきた。「冗談のつもりか？」彼はわめいた。「きみは故意にテンプルのダイエットを妨害した。わからないのか？　テンプルのキャリアがかかっているんだぞ」

「手際が悪かったわね、ルーシー」鏡の女王は傲慢な口調でいった。「私がどれほど協力的な支援環境を望んでいるか、あなたは理解してくれていると思っていたのに、頼りにならないってことがはっきりしたわ」テンプルはつんと頭をそびやかし、飛ぶように階段を駆け上った。

ルーシーはそんなテンプルの後ろ姿をまじまじと見つめ、すべてをぶちまけようと口を開いた。だがパンダがその口を手でふさいだ。「いまはダメだ。おまえに腹が立って聞く気になれてはいない」パンダはポーチに向かった。

なぜこんなことを私が我慢しなくてはいけないの？　ルーシーは納得がいかず、急いで彼を追った。

荒々しい足取りでポーチを横切る。「勘違いもはなはだしい――」

「すげえ」その声には感嘆が込められていた。「まだ焼きたてのぬくもりが残ってる」

ルーシーの見守るなか、彼は鉢植えの後ろにあった最初の一斤を持ち上げた。パンの端がなくなっていることに気づいたものの、うろたえてはいないようだった。マフィンの持ちこみについても、じつのところそれほど気にしていないのかもしれなかった。「ナイフは持ってないだろうね？」彼はいった。「ちくしょう」彼はパンをひとかたまり引きちぎり歯の奥に入れた。「これは美味い……」彼はそれを呑みこんだ。「今週食べたどんな食べ物より美味いぞ」

「それはいいから。私は今後いっさい――」

「どこかもっとましな隠す場所を探そう」

ルーシーは腰の上で手を広げた。「私の部屋の浴室のシンクの下だけは無理ね！」

「書斎の机はどうかな？　ドアを見張っててくれよ。テンプルの気が変わって下におりてこないともかぎらないからさ」彼はもうひと口かぶりついた。「二度とテンプルのいいなりになるなよ」

ルーシーは両手を上げた。「あなたたち、どっちもどっちよ」そういえば……というわけで、ついでに訊く。「あのマフィンはどこへやったの？」

「約束どおり、目の前で食ってやった。急いで呑みこんだから、味わう暇もなかったよ」

それで口角にチョコレートが付着している理由がわかった。

「あなたもテンプルのやっているダイエットが常軌を逸していることぐらい承知しているんでしょう？」ルーシーはいった。

「そのうち自分自身で気づいてほしいと願うばかりだが、それまではおれは任務をこなすしかない」彼は二斤目をちぎった。「これからはおまえのボディ・チェックをする」

「ボディ・チェック？」

「個人的な意味合いはない」

個人的な意味合いはない！　まったく！

14

「なんで教会なんて行くんだよ？」トビーはいった。

「親友のビッグ・マイクのお供だと思えば？」ブリーはわれながら料簡《りょうけん》の狭い人間だという気がしたが、つい皮肉を口にした。唯一手元に残っているヒール——ストラップのついたブロンズのピンヒールに足を入れた。履くとほぼマイクと同じ身長になる。おまけに礼拝の最中に逃げ出すヘビをそのヒールで刺すこともできる。

　この五日間ブリーはなんとか教会に行かないで済む理由を必死で考えたが、マイクに押し切られた。トビーの保護者でいるかぎり、マイクのひと言で地域社会に受け入れられなくなるのは困るし、マイクが住人との付き合いに長《た》けていることもよく承知している。彼は世間では大物扱いされているが、じつは狭量で器の小さな人間であり、長年の修練を経て人の気持ちを巧みに操るすべを身につけただけなのだ。

「あんたがビッグ・マイクに意地の悪い態度を取るから教会に行くしかないよ」トビーがいった。「きっとマイクに呪われて地獄に落ちるよ」

　もうすでに落ちているわよ。

そのときマイクの赤いキャデラックが車道に入ってきた。トビーにあまり気を許すなと伝えたかったが、どう言葉にすればいいのか決めかねていた。「マイクはあなたによくしてくれているわ」ブリーはためらいながら言葉を選んだ。「でもね……人は見かけとは違う意外な部分を持ち合わせていることもあるの」

トビーはあきれたような軽蔑《けいべつ》のまなざしを投げ、シャツの裾をはためかせながらドアから走り出た。よかれと思っていっても、しょせん聞いてはくれない。

髪はゆるくしゃれた感じにまとめ、委託販売に出さなかった残り少ないドレスのなかの一枚を着た。ノースリーブのキャラメル色の体にフィットするドレスで、アクセサリーはフープ・イヤリングを選んだ。いまでもバングルを着けていないと腕がむきだしになった気がする。数カ月前に高価なジュエリーや二カラットの婚約指輪も売り払ってしまった。結婚指輪は……スコットが去った晩カントリークラブまで車で行き、十八番のグリーン近くの池に投げ捨てた。

マイクは車から身軽に降り、彼女のためにドアを開けてくれた。ブリーは彼から贈られたラップトップ・パソコンを差し出した。「ありがとう」彼女はいった。「でもこれはもっとましな使い道があるはずよ」

トビーは後部座席に乗りこんだ。車の内部は上質の革とかすかなコロンの匂いがした。ブリーは外気を入れるために窓を開けた。

マイクは受け取ったパソコンを何もいわず後部座席に置いた。ハイウェイに入る前にトビーが自転車のことを話しはじめた。やっと息を継ぐために黙ったとき、マイクがいった。

「明日独立記念日のパレードで乗ればいいじゃないか」

「乗ってもいいの？」トビーは、ブリーにではなくマイクに訊いた。

「いいとも」マイクはブリーに目を向けながら答えた。「山車《だし》は昨日仕上げたんだ。今年のテーマは『島は太陽』だ」

「受けそうなテーマだね」ブリーもかつては、島の素晴らしい夏の幕開けを知らせるようなパレードが大好きだった。

「うちの山車は毎年スケールがナンバーワンなんだよ」マイクは自慢した。「乗っけてあげようか？」

「やめておくわ」

マイクは首を振り、顔をほころばせた。あいかわらず空気を読めない男である。「いつだったか、きみとスターが回転式の山車に乗ることになったことがあっただろう？　スターが山車の後ろから落ちて、ネイト・ロリスのトラクターに轢《ひ》かれそうになったよね？」

スターと一緒に涙が出るほど笑い転げたっけ。「記憶にないわ」

「まさか忘れてないだろう？　スターはいつもどうにかして山車に乗ろうとしていたな」

それはブリーも同じだ。〈ドッグス＆モルツ〉や〈コロンブスの騎士〉、もう火事で焼失してしまった老舗《しにせ》のバーベキュー・レストランなどの山車に乗った。スターはボーイスカウトの山車に乗ったこともあるぐらいだ。

トビーが後部座席から不意に声を張り上げた。「ぼくの母さんは見さげはてた人間だと、いつもばあちゃんがいってたよ」それがひどくドライな言い方だったので、ブリーはショックを受けた。しかしセールスのプロは動じることなく、答えた。

「そんな言葉は悲しい気持ちの裏返しなんだよ。おまえの母さんは落ち着きのない人で、ときには大人げない行動を取ったりもしたけど、見さげはてた人間じゃなかったよ」

トビーはべつだん悪意をこめるでもなく、座席の後ろを蹴《け》った。「ぼくは母さんが嫌いだよ」

トビーの母親に対する反感には心乱れはしたが、ブリー自身も同じ気持ちを抱いている。とはいえスターへの恨みも、最近ではインフルエンザの悪化のピークではなく鼻風邪の名残り程度になってきている。

ふたたびマイクが急場をしのぐ役を買って出た。「おまえは母さんのことを何も覚えていないだろう、トビー？　人間だから、たしかに欠点はあったさ。でも長所もたくさんあったんだよ」

「ぼくやばあちゃん、父さんを置き去りにしても？」

「おまえの母さんは出産後抑鬱《よくうつ》という病気にかかった。赤ちゃんを産んだあと、そういう症状に苦しむ女性もいるんだよ。おまえの母さんもきっと最初はしばらく家を離れるぐらいのつもりだったと思う」

マイラはスターの出産後抑鬱についてブリーにひと言も触れなかった。あの子は赤ん坊に縛られるのに耐えきれなくなって自由に『男遊びがしたくて』家出したのだと話していた。

町に到着すればスターの話題も終わるだろうとブリーは希望をこめて思った。しかし分別のないおしゃべりなマイクはなおも続けた。「おまえの母さんとブリーは大の仲よしだった。母さんの長所ならブリーがよく知っているよ」

ブリーはぎくりとした。

「そんなの嘘だ」トビーがいった。

ブリーは無言でいるわけにいかなくなった。何かいわなくては。彼女は無理やり口を動かした。「あなたのお母さんは……とてもきれいな人だったわ。みんなが……憧れるような」

「そのとおりだ」束の間ブリーに向けられた視線には疑いもなく叱責《しっせき》が込められていた。悪行をおかしたあのマイク・ムーディが気の利いたことをいえなかったというだけで、私を責めようというのか。しかしトビーはそんな空気に気づかなかった。

車は教会に到着した。米国聖公会の教会であり、チャリティ島では最大の立派な信徒集会である。

ブリーはマイクを見た。「へビや恍惚《こうこつ》状態の話はほんとうなの？」

マイクは破顔一笑した。「起こりうることだね」

私はただからかわれていたのだ。そう気づいて、ブリーの気持ちはほぐれはじめた。

ブリーは子どものころメソジスト派の教会の礼拝に出ていたことがあった。しかし戒律だらけで解けない疑問も多く、結局重荷に感じるようになり、結婚して間もなく教会に行かなくなった。マイクはイエスが大衆を祝福しているステンドグラスの下になる端の席を見つけてくれた。

礼拝のリズムに気持ちが解きほぐされ、ブリーは昂揚感に包まれていった。この時間だけは蜂の巣のこと、トマトの水やり、生い茂る雑草のことも忘れていられる。誘惑しようとする客や失望を与える少年のことも。自分がこの世で誰一人頼る人のない孤独な人間ではないかもしれない、大きな存在が見守ってくれているかもしれないと感じるだけで心が安らいだ。ときおりマイクのきちんとした紺色のスーツのジャケットの袖がブリーの腕に触れた。彼の厚いゴールドのブレスレットや大きなカレッジリングを見なければ、誰かほかの人だというつもりになれた。忠実で頼りがいのある、堅固な価値観と誠実な心を持つ人間に。マイクは祈るために目を閉じ、聖職者の説教に熱心に聞き入り、聖歌の歌詞を讃美歌集を見ないで歌った。

礼拝後マイクは人波をかき分けて、ある男性の背中をたたき、別の女性におべっかを使った。はたまた教会執事とはマーケットの運営の話をし、こんな調子で教会をセールス・チャンスにしていた。誰もがマイクをちやほやしたが、まんざらただの追従でもなさそうだった。みなマイクに対して心底好意を抱いているといった様子なのだ。ブリーも大人になったマイク・ムーディの変わりようには戸惑いさえ覚えはじめている。とはいえあいもかわらず自分の態度がいかに思慮に欠けるものかはとんとわかっていないようだ。たとえば高齢の女性に

『お嬢さん』と呼びかけてみたりと勘違いの対応をしたりする。しかしそのいっぽうで、松葉杖をつけた子どもが歩行に難儀しているのをいち早く見つけて駆け寄り手助けする。見ているほうは面食らうばかりだ。

マイクはブリーを全員に紹介した。教会区民のなかには彼女の家族を記憶している人もおり、ブリーのことを覚えている女性もいた。みな愛想はいいが差し出がましく立ち入った質問を口にした。トビーにどんな暮らしをさせているの？　島にはあとどのぐらい居られるの？　コテージの屋根が雨漏りするのを知っている？　ブリーは結婚生活を送るうちに用心深くなっており、マイクの騒々しいおしゃべりにも助けられて、どうにか相手からのあからさまな詮索《せんさく》もかわすことができた。

そうした会話を通して、マイクが島で最大の慈善団体の代表を務めていることもわかった。それは取りも直さず彼の事業の評価と販売促進の効果が高まることにつながる。なぜなら募金集めのチラシには彼の顔写真がかならず貼られているからだ。さらにリトル・リーグと各年代のサッカーチームのスポンサーでもある彼にとって、スポーツで活躍する子どもたちは歩く広告塔でもある。

「昼飯でもどうだい？」車に戻るとマイクはトビーに尋ねた。「〈アイランド・イン〉か〈ルースター〉は？」

「〈ドッグス＆モルツ〉じゃだめ？」トビーが尋ねた。

マイクはブリーに視線を向け、頭から爪先まで眺めまわした。「ブリーは盛装しているから、どこかもっと気の利いた店にしよう」

ブリーはマイクに昼食を奢《おご》られたり、マウンテン・バイクやノートパソコンを贈られたくなかった。何であれ、彼に借りを作りたくないのだった。「今日は遠慮しておくわ」イグニッション・キーをまわしたマイクにブリーはいった。「キャンドル用の蜜蠟を溶かさなくてはいけないの」

トビーは案のじょう異議を唱えた。「そんなのおかしい。あんたはなんでも台なしにしてしまう」

「おい小僧、こんなことで無礼な言葉はやめろ」マイクが口をはさんだ。

「お願いだからトビーを〝小僧〟と呼ぶのをやめて」ブリーはこわばった口調でいった。

マイクはブリーのほうを見やった。

トビーはブリーの座る座席の後ろを蹴った。「ぼくは子どもだし、マイクはぼくの友だちだ。だからマイクの呼びたいように呼べばいい」

トビーはデービッドの息子だ。ブリーはこの件で一歩も引くつもりはなかった。「そんなことは断じて見過ごせないわ」肩越しに振り向くと、母親スター譲りのまつげの濃い金褐色の瞳が睨み返してきた。「それはアフリカ系アメリカ人の社会では、ある暗示――不名誉な連想――につながる言葉なの」

マイクはようやく意味を呑みこめたらしくたじろぎを見せたが、トビーはますます喧嘩腰になった。「べつにいいじゃん。ぼくはアフリカ系アメリカ人の社会の住人じゃない。チャリティ島に住んでるんだから」

　自分のように際立って白人の特質を備えた人間がどうやればデービッドの息子に人種の誇りを根気強く教えこめるというのか？

　口論の種を蒔いた張本人であるマイクは駐車場から車を出すことに集中した。ブリーはさらに主張を続けた。「白人はかつて黒人男性を――年配者も含めて――〝小僧〟と呼んだの。劣等感を抱かせるためにね。だからそんな呼び方をするのは、すごくがさつなことなの」

　トビーはしばらく考え、やはり口をとがらせた。「マイクはぼくの友だちだから、ぼくに対してわざといやな態度を取るはずがない。悪気はないんだよ」

　マイクは首を振った。「いや、ブリーの主張は正しい。おれが悪かったよ、トビー。うっかり忘れていたんだ」

　うっかり忘れていたのは自分の人種主義なのか、それともトビーが黒人の混血であるという事実なのか？

「だから何？」トビーがつぶやいた。「ぼくには白人の血も流れてるから、そんなことを問題にする意味がわかんないよ」

「問題どころか大問題よ」ブリーは頑なにいい張った。「あなたの父親は自分が受け継いだ血を誇りに思っていたからあなたにも同じように自尊心を持ってもらいたいの」

「お父さんがもし誇りを持っていたのなら、なぜお母さんと結婚したの？」

　それはスターがいつもブリーのものを欲しがる女だったからだ。

「お父さんはお母さんに夢中だったからさ」マイクがいった。「お母さんもお父さんのことをひと目で好きになって、ずっと愛していたよ。おまえのお母さんはそれまで見向きもしなかった読書もするようになってさ。お父さんのおかげでお母さんはそれまで見向きもしなかった読書もするようになってさ。二人が見つめ合う様子をおまえにも見せてやりたかったな。まさに二人だけの世界って感じだった」

ブリーは頬を平手打ちされたような気がした。マイクはなおも続けた。「二人はおたがいが愛し合っていることになかなか気づかずにいた」マイクはいった。その口調には普段とは違う断固としたものがあった。「最初お父さんの恋人はブリーだったが、はっきりいわせてもらえば、おまえのお母さんを見るようなまなざしでは見ていなかった」

彼の本領である計算ずくの残忍性がようやく再浮上してきた。彼は道路から目を離すことなくいった。「ブリーは仕事の予定があるからコテージで降ろす。そのあとおまえを〈ドッグス&モルツ〉に連れていく。それでいいかな、ブリー？」

ブリーはかすかにうなずくしかできなかった。

家に入るとブリーは力なくカウチに座りこみ、炉額の上のシャムネコをうわの空で見つめつづけた、若き日の情事に思いをはせることのほうが多くなっている。しかしデービッドとの情事は始まりも破局もくっきりしていたが、結婚生活の顛末は暗くもやもやとしたものが残っている。

ブリーはヒールを脱いだ。毎日履いているサンダルのせいで、素足はいくらか日焼けしている。といってもせいぜいうっすらと肌が黄味を帯びソバカスが少しふえる程度で、こんな自分が黒人の少年の養育を任される身の上になるとは、つくづく皮肉なことだなと思う。

マイクとトビーにはあんなことをいったが、今日は蜜蠟を溶かす作業にとりかかる気は起きない。そんなわけで着替えを済ませると紙を出して手作りメッセージカードのアイディアをスケッチにまとめはじめた。しかし気持ちが入っていないのでこれといったアイディアは浮かばなかった。そのうちにトビーがドアを押し開くようにして帰宅し、自分の部屋へ向かっていった。ブリーは耳を澄まし、キャデラックが走り去る音を確認しようとした。しかし何も聞こえてこなかった。

「きみの怒りを買っていることは自覚しているよ。でもそれはいまに始まったことじゃないだろ?」マイクが戸口から声をかけた。

「そんな話題はたくさんよ」ブリーはテーブルから立ち上がった。

紺色のビジネススーツを着たマイクはいつも以上に大きく見え、身長のあるブリーにものしかかるような圧迫感を与えた。「今日トビーに話してやったデービッドとスターのことは事実だよ」

ブリーは画材を集めはじめた。「それはあなたの見解でしょう?」

マイクはうわの空でネクタイを引っ張った。「デービットとのことをロミオとジュリエットの物語になぞらえたいようだが、きみはグロス・ポイントの白人資産家の娘でデービッドはゲーリー出身の黒人。現実には身分の格差があった」マイクは車のキーを右から左、左から右へと持ち替えた。「デービッドはきみに惹かれてはいたが、愛してはいなかった」

ブリーはノートパッドをくたびれた引き出しにしまった。「もう気が済んだ?」

「ところがスターとの関係はまるで違っていた」マイクの存在で部屋が狭く感じられ、ブリーは息苦しささえ感じた。「二人はともに富とは無縁で野心家で、カリスマ性があり、やや冷酷な面も持ち合わせていた。二人はきみとデービッドとのあいだにはなかった絆《きずな》の意識で結ばれていた」

「だったらなぜスターは姿を消したの?」ブリーが力を込めて押し閉めたので、古い引き出しが大きな音をたてた。「二人がそれほど熱烈に愛し合っていたのなら、なぜスターは失踪なんてしたのよ?」

「デービッドはスターがいくら止めてもウィスコンシンの仕事を受けることにした。スターはデービッドが家を空けることがいやでたまらず、デービッドに罰を与えようとした。最初はほんの数日の家出のつもりだったんじゃないかな。風の向くまま気の向くまま旅に出るなんて無謀すぎるからさ」

ブリーはそんなマイクの話を鵜呑みにするつもりはなかった。「誰か男性と一緒だったと噂《うわさ》で聞いたわ」

「流れ者だよ。スターは誰彼なく車に乗せてやる癖があったからね。男はヒッチハイカーだったんだろう」

ブリーはマイクの意見を信じたくなかった。それよりはマイラから聞いた、スターはデービッドに飽きて棄てたという話のほうが、よほど信憑性《しんぴょう》があった。ブリーは胸に屈辱感が湧き起こるのを感じた。「なんでいつまでも同じ話を蒸し返すの？　もう遠い過去の話よ。私にはなんの意味もないの」

マイクはそんな言葉を信じるはずもなかったが、反論はしなかった。「おれはこう見えて信仰心がある人間だ」彼は感情を交えない口調でいった。「だから罪と悔悛《かいしゅん》は重視する。自分の罪の贖《あがな》いについてはできうるかぎり努力したつもりだけど、何も変わらなかった」

「この先も変わらないわ」

マイクのブレスレットに陽の光が反射した。彼はブリーにではなく、むしろ自分自身何かを納得するような感じでうなずいた。「これからはきみに干渉しないようにするよ」

「わかったわ」そういいつつブリーは彼の言葉を信じていなかった。彼は他人にお節介をしないではいられない性分だからだ。

かつてのマイクは人と目を合わせようとしない少年だったが、いまの彼は違う。彼の揺るぎない視線に、ブリーは戸惑いを覚えた。「トビーの様子だけは知らせてくれると嬉しい」そういった彼の声にはどきっとするような威厳があった。「自転車に乗ってパレードに参加しろとトビーに勧める前にきみの意見を聞くべきだった。なにしろよく考えずことを進めてしまう悪い癖があるものでね」それは自分の欠点を隠そうとするでもなく、自分を責めるでもない淡々とした言い方だった。「パレードは十時に行進開始になる。トビーは九時までに学校の駐車場に集合しなくてはいけない。トビーはおれが迎えにくるけど、開催委員会の会長だから早めに行く必要があるんだ」

サンダルのすり減った部分を見おろしながらブリーは答えた。「それは大丈夫よ」

「よし」

それだけだった。セールスマンの売り込みもなし。レモンヘッズ、スキットルズ、エスキモー・パイといったお菓子の差し入れもなし。マイクはトビーに軽く挨拶の声をかけると、すぐに立ち去った。残されたブリーはほんとうに孤立無援におちいったような不安に駆られた。

そんなはずがない。彼はまた戻ってくる。マイク・ムーディは相手の意向がどうであろうと、かならず戻ってくる男だ。

15

「私は行かないわ！」テンプルはジムの床から声を張り上げた。ヒップホップをBGMにしてルーシーの足元で度胆を抜くような片腕の腕立て伏せを続けている。パンダもワークアウト用の音楽にオペラは向かないという指摘に反論はしない。

「外出は必要だわ」ルーシーは鏡の女王の鼻先で褐色のショートヘアのかつらをぶらぶらと揺らした。これはテンプルのクローゼットから見つけたものだ。「こんなふうに閉じこもってばかりいるのは健全ではないわ。私が昨日スイカズラを何本か持ち帰っただけで癇癪《かんしゃく》を起こしたことでもわかるでしょ」

「あれ、ジョリー・ランチャーズ・キャンディのような匂いなんだもの」

「いうだけ無駄だよ」パンダは巨大なウェイトをラックに戻しながらいった。「なにしろテンプルは尋常ならざることを売り物にしている人物だからさ」

テンプルが腹筋からジャンプ・スクワットに切り替えるため、立ち上がった。濡れた黒髪がうなじに貼りつき、顔も汗で光っている。「私の置かれた状況を理解してくれていたら、そんな発言なんてできないはずよ。あなたには皆目わからないでしょうね。有名人税がどんなものか」

ルーシーはトビーの真似をして目玉をぐるりとまわした。

テンプルは間違いに気づき、否定するように手を振った。「あなたは有名人の家族でしょ。私の場合とは違うわ」

パンダは鼻で笑った。彼の汗にまみれたTシャツが胸に貼りつき、すね毛が汗で濡れ、肌に触れている。まだ開始から一週間しか経っていないが、すでに充分たくましい彼の肉体がぞっとするほど隆々とした筋肉質に変わりつつあるのがわかる。なぜ自分の肉体をそこまで酷使するのかルーシーが尋ねると、もしやらなければ何に時間を使えばいいかわからないからという答えが返ってきた。強制的な隔離状態はテンプル同様彼にもこたえているようで、日を追うごとに二人の機嫌が悪くなっている。

「私は島に来て一カ月になるけど」ルーシーは辛抱強くいった。「困ったことは一度もなかったわ」

「そんななりをしていたら、みんな恐ろしくて近づきたくもないでしょうよ」

ルーシーはこの変装のアイディアを気に入っている。剝げはじめたので昨日新しく貼り替えた棘としたたる血のタトゥーをしばし感嘆するように眺める。あと数日したら竜のほうも貼り替えなくてはならないだろう。もう一方の腕にもタトゥーを貼ったほうがいいかもしれない……。「まさかチャリティ島の独立記念日のパレードでルーシー・ジョリックやテンプル・レンショーに会うなんて誰も予想してないわよ」とルーシーはいった。「予想もしてないんだから、目を留める人もいないって」

昨日直売所に立ち寄った際、トビーは自転車の飾りつけをしており、ブリーはトビーの祖母がパレードで着ていた汚れた蜂の衣装を調べている最中だった。「問題は……」ブリーは蜂の触角の位置を直しながらルーシーにいった。「客を呼びこむために、こんなものを着るほど捨身になれるかどうかだわね」

昨晩までルーシーは一人でパレードを見にいこうと考えていたが、テンプルがサンルームにボードゲームの盤を投げ、パンダからはフランス料理店のウェイター姿の豚に縄をかけるのをやめないと湖に突き落とすと脅されるに至って、計画を変更することにした。「厳しい指摘をさせてもらうけどね、あなたたちはここへきてまだ一週間なのに、不機嫌でガミガミ怒鳴ってばかりいる厄介な状態になっているわ。目標到達ははるか先だというのに」

パンダの投げたタオルがジムの反対側に音をたてて飛んだ。「おれは世界一協力的な人間のつもりだが、ルーシーの言い分は正しいよ、テンプル。ここらでひと息入れないと誰かが死ぬ。おれは死ぬのはごめんだ」パンダは水のボトルを手に取り、喉を鳴らして飲んだ。

「あなたは本気で、かつらなんていう怪しげな防護に自分の未来を託せというつもりなの？まっぴらだわ」テンプルのジャンプ・スクワットが腹筋を鍛えるサイド・プランクスに切り替わった。

ルーシーは溜息をついた。鏡の女王は自分本位で神経質で気むずかしい人物なので、よほどこちらも根性を据えてかからないと手に負えない。だがソーシャル・ワーカー魂がその邪魔をしてしまうのだ。怒鳴り散らす態度の下にあるものは、制御不能になった人生に対処しようともがいている迷える魂。みずからがどれほど正気を失った状態にあるか自覚していながら、どうすることもできない。

ルーシーと鏡の女王には多くの共通点がある。だが女王のほうは自分の人生に望むものがはっきりしている。いっぽうのルーシーは自分がしたくないものははっきりしていて、募金の増額を求めるために企業訪問したり、児童救済のための法制定を求める活動はしたくないと思っている。そのことを考えただけで気分が沈みこんでしまう。

パンダはボトルを脇に置き、ルーシーをひたと見つめた。「テンプルの変装にカツラだけじゃなくて何か加えたらどうなんだろう？」

「どういう意味？」

「それはだね……」パンダはテンプルのほうを向いた。「あんたの友人、大統領の娘は身分を隠すことにかけちゃベテランだ。いっとくけど現在の度胆を抜くようなやつを指しているんじゃないんだよ」パンダはルーシーのネオンピンク色のドレッドに見入った。「説得すれば秘密を教えてくれるだろう」

一時間後三人は町に向かっていた。テンプルが後部座席に体を屈めて座り、長い髪はブラウンのショートヘアーのかつらで隠し、顔はサングラスとめだたない麦藁帽《むぎわらぼう》で覆った。ルーシーはどくろと薔薇《ばら》の飾りがついた黒のタンクトップ、わざとほつれを作り安全ピンのアクセントをつけたデイジー・デュークスのジーンズにノーズ・リング、眉ピアスといったいでたちだ。パンダはナイキの黒い野球帽をかぶっているが、帽子の縁からわずかにカールした髪が出ている。アヴィエーター・サングラスはいかにもシークレット・サービスのように見えてしまうのでルーシーから頼んで掛けるのをやめさせた。

テンプルのグレーのヨガパンツは彼女が到着した日よりゆるくなっているが、紫色のニット・トップはルーシーが念のためにと妊婦に見せる詰め物を入れさせたため、腹部を強調するようにぴたりと体に密着している。

〈浜辺の散歩道〉通りはパレードの開催に合わせて車両通行止めになっているので、パンダは横丁で駐車場を探した。「忘れないでくれよ、テンプル。片時もおれのそばから離れるな。ルーシー、おまえはテンプルを周囲の視線から守るため寄り添っていてくれ。誰とも話はするな。万一話しかけられることがあったら、テンプルは東部内陸から来た妊娠中の友人ということにしておけばいい」

「私の考えた設定のほうがまだましね」ルーシーがいった。「テンプルはあなたの子を宿してて、あなたの最初のチャンスをぶち壊しにしようとしている、っていうほうがよくない？」

パンダは無視した。「ゆめゆめ勝手に行動しようなんて思うなよ、テンプル。持ち運びトイレを使うときも付き添う」

テンプルはサングラスを下にずらし、彼のうなじをじっと見つめた。「持ち運びトイレなんて使うくらいなら死んだほうがましだわ」

「私が付き添うから大丈夫」ルーシーがいった。

テンプルは車窓の向こうで歩道を行き来する人びとを不安げに見た。ローン・チェアを運んでいる人もいれば、ベビーカーを押したりしている人もいる。「疑うのもいいかげんにしてよ。こんなハードなトレーニングをこなしてきたのに、屋台の食べ物で台なしにするはずがないでしょ」

「それなら安心だ。でもルールは変えない」

ルーシーはショートパンツのウエストバンドを引っ張った。ダイエット・フードしか置いていない家に住みながら、結婚式前に落ちた体重がいつの間にか戻っている。彼女はもう一度テンプルの変装をチェックし、テンプルの不満げな口もとに気づいた。「いいかげんにしたらどうなの？」

テンプルは眉をひそめた。「なんの話？」

「あなたがやっている運動。太腿を絞り、腹部を引き締めるようなエクササイズよ」

「自分なりにアレンジしたケーゲル体操よ」テンプルは得意げに笑った。「骨盤底筋のことが気になる人にとって欠かせない運動」

「神に誓って」パンダが言明した。「次の仕事が女性がらみなら、たとえそれが雌の動物だとしても、絶対に断わることにするよ」

ルーシーは微笑んで座席の背もたれに腕を置いた。「いいことを教えてあげるわ、テンプル。パンダがそばにいると、彼一人に周囲の視線が集中するのよ」

「だったらルーシーと二人きりでいたほうがいいってことじゃないの」テンプルはきっぱりした口調でいった。

「そううまくいけばいいけどね」パンダがさりげなくいった。「きみらはちょっとでも目を離すと駄菓子を食べあさるだろうからさ」

彼の指摘は的を射ていた。ルーシーの体重増加もそれが理由なのだ。ダイエット食品しかない環境に不満が募り、町へ出ては貪り食うようになっている。これまでのところ、パンダのボディ・チェックはポケットのなかを見せ、体をたたいて見せることでかろうじて逃れられている。幸い彼に強引に調べられることはなかった。

「思い込みが病的ね」パンダがゆっくりと狭い駐車場に車を入れる際、テンプルがきっぱりといった。「あなた、セラピーを受けたほうがいいわ」

ルーシーはテンプルの顔をつくづくと眺めた。「気を悪くしないでほしいんだけど、あなたも一緒にカウンセリングを受けたほうがいいかもね」

パンダは今日になってはじめての笑みを浮かべ、イグニッションを切り、また説教を始めた。「今日の外出の目的は、みんなでパレードを観て港を散歩し、車で気分よく家に戻ることだから、くれぐれも忘れるなよ」

今度はルーシーが鼻で笑った。

「まあそうなればいいってことだ」パンダは確信なさそうにいった。

三人は揚げものの匂いが漂ってこず旅行者たちの集まりからも離れた〈浜辺の散歩道〉通りのはずれで見物することにした。ルーシーの予想したとおり、もっともまわりの人びとの視線を集めたのはパンダだった。とはいえルーシーのほうがテンプルより人目を引き、鏡の女王は苛立《いらだ》った。「バカげた考えだということは承知のうえでいうけど」テンプルはささやいた。「私は誰よりも注目されることに慣れているの」

ルーシーは声を上げて笑い、ささやき返した。「そろそろワークアウトにメンタル・ヘルスの要素を取り入れるべきなんじゃないの？」

「もし私が正気なら」テンプルは溜息まじりにいった。「こんな自分をまともに認知できないでしょうよ」

テンプル・レンショーはそういう女性なのだ。女王気取りの不快で気むずかしい女性と決めつけたとたん、彼女は哀切なひと言を口にする。深い洞察力を持ちながら、無器用でものごとに疎い面があるから、憎めないのだ。

パレードには風の強すぎる日だった。街灯からぶらさげたペナントが風にはためいていた。屋台のテントも詰めこみすぎた胃袋のようにふくらんでいた。パレードの先頭には地元の政治家が立ち、楽隊と騎馬隊がその後ろに続いた。先頭の山車が視界に入ってきた。ジェリーズ・トレーディング・ポストがスポンサーの山車はネイティブ・アメリカンのシーンだ。次の山車は風にはためくクレープペーパーで作った椰子《やし》の木と草で編んだ帽子に〝不動産・船舶ビッグ・マイク仲介会社〟という看板がかかっている。ビッグ・マイク・ムーディが前面に立ち、観衆に向かって手を振り、いかにも楽しげにキャンディ・バーを投げていた。〈ドッグス&モルツ〉の踊るホットドッグに続いて〈ジェイクズ・ダイブ・ショップ〉の海賊、〈アイランド・イン〉の巨大な魚があとを継ぐ。ガールスカウトの後ろから来る蜂に気づくまで、ルーシーはブリーのことを忘れていた。はずむ黒い球のついた触角が頭部にぴったりついた黒のフードから突き出ている。〈蜂蜜屋　回転木馬〉と書かれた看板が風にさらわれそうになったが、ブリーはしがみついた。ルーシーが手を振ると、ブリーは少しだけ恥ずかしそうな表情を浮かべた。

その後ろに自転車の軍団がやってきた。トビーは興奮のあまりルーシーの姿も目に入らないようで、バランスを崩しかけた。トビーはテンプルが来てから二度訪ねてきたが、二回ともルーシーが自転車でサイクリングに連れ出したのでテンプルと顔を合わせずにすんだ。ルーシーがふざけて投げキスをすると、トビーは愛想よく満面の笑みを返してきた。六名のアメリカ在郷軍人会のお年寄りたちが通り過ぎた。そうした光景を目にし、たくさんのアメリカ国旗に囲まれ、ルーシーは母が恋しくなった。彼女は大声で声援を送った。

パンダは身をかがめてささやいた。「めだたないようにしてろ」

だが、もう正体を知られてしまうことは気にならなくなっていた。テンプルでさえ、それほど心配そうではなくなった。「ここには重症の肥満者がけっこういるわ」テンプルがいった。「まるで現実の〈ファット・アイランド〉みたい」

「目を閉じてケーゲル体操を見せてあげたらどう?」とルーシーがアドバイスしようとした

が、テンプルは断固としてそれを阻止した。

　パレードが終わってもそのまま帰宅する気になれなかったが、群衆のなかに混じると考えただけでテンプルは不安がった。そこでルーシーが灯台に行ってみようと提案した。パンダはルーシー以上にグース・コーヴに戻りたくないようで、待ってましたとばかりに賛成した。

　灯台周辺はパレードのコースより風が強く、ロープが旗竿にぶつかって音をたてていた。祝日なので灯台は解放されていたが、ほとんどの観衆はまだ町なかにいたので駐車場には車が数台しか停まっていなかった。三組の観光客がタワー内の曲がりくねった金属の階段を上り、黒い円蓋《ドーム》と大きなレンズの下に広がる柵のある展望台デッキを観覧中だった。風で飛ばされるのでみな帽子は車内に置いてきているようだ。テンプルはカツラを手で押さえた手を伸ばした。「なんて素敵な眺めなのかしら」

　飛ぶように駆け抜けていく雲の後ろでは真っ青な空が輝いていた。金属の柵は昼下がりの気温であたたまっているが、防波堤には強風とともに荒波が打ち寄せている。三角波の立つ海面には大型の遊覧船がちらほら見えるだけである。テンプルは二人から離れ、展望台をまわった。

「五大湖の眺めを知らない人が気の毒に思えてくるね」パンダがアヴィエーター・サングラスをかけながらいった。

　ルーシーもまったく同感だったが、それを口に出して彼に伝えたくはなかったので、ただうなずいた。

アジサシが競い合うように海面に群れ、餌を探しており、その上でカモメが獲物を横取りしようとしきりに空中に円を描いている。パンダは柵の手摺に腕を乗せた。「謝らなくてはいけないことがある」

「謝る理由ならいくらでもあるわね」

まっすぐ前を見据えた彼の瞳は黒いレンズの後ろに隠れていた。「三週間前にいったあの言葉……あの晩……おれはおまえがドアをロックしたことで腹を立てた。おまえのせいじゃないことでムシャクシャしてもいた」

ルーシーも、彼の暴言は彼自身の事情がからんだものではなかったかという気はしていたのだが、それでも心は傷ついた。「ごめん、覚えてない」

「モーテルで過ごした晩……おまえは素晴らしかった。むしろ失態は――」

「ほんとうに」彼女はいった。「そんな話、聞きたくもないの」

「おれが悪かった。何度でも謝るよ。申し訳ない」

「謝る必要ないわ」ルーシーは表情をやわらげるつもりはなかったが、謝罪してくれたことは嬉しかった。

テンプルが二人の後ろで展望台を三度もまわっていた。「もう下りるわ。いいかしら?」

パンダは柵の上から下を眺めた。「ファースト・フードも見当たらないから、下りていい」

テンプルはいなくなった。ルーシーはまだ下りたくはなかったが、パンダと話すのも気が進まなかった。数歩距離を置くことにしたのだが、パンダはそうしたほのめかしに気づかず、なおも話しつづけた。「ルーシー、おれだってわかってるさ——」

「テンプルは自分自身を取り締まるすべを考え出すべきなのよ」ルーシーは彼の言葉をさえぎるようにいった。「遅かれ早かれ、あなたも手綱をゆるめなくてはならなくなるはずよ」

「そうだな。来週あたりには」

一陣の風がしわだらけの新聞紙を駐車場に運び、彼と会話を交わさないという彼女の決意が揺らいだ。「あなたはテンプルが好きよね？」

パンダは手の付け根だけを手摺に乗せ、はっと身を起こした。「好きというより世話になっている感じかな。彼女のおかげで贔屓客がふえた」

「好意もあるはずよ」

「そうだね。テンプルには常軌を逸した部分もあるけど、根性あるしね。おまえと似ているよ。ただしおまえのはテンプルほどあからさまでなく、もっと内面的なものだ」

「自分はまったくの正気だとでもいうつもり？」

パンダは柵から身を乗り出して、灯台から出てきたテンプルの姿を追った。「少なくともおれは人生に望むものがはっきりしている。そこはおまえよりはましみたいだ」

ルーシーは当たりさわりのない会話を続けるのをやめることにした。「それは何？　何を望んでいるの？」

「仕事をしっかりこなし、期日までに勘定を済ませ、善人が悪党に傷つけられないように守ることかな」

「それなら警察官でいても叶う望みでしょうに、なぜ警察を辞めたの?」

パンダは思いのほか長くためらったあと、答えた。「給料が安かったから」

「そうじゃないでしょう? 犯罪者と戦うことは警備より面白いはずよ。テンプルが脂肪と闘っているように。何が真の理由なの?」

「燃え尽きたんだ」パンダは波打ち際を指さした。「捨て石基礎。腐食を防ぐために水中に投げこまれる石はそう呼ばれる」

この言葉はつまり、もう質問はするなという意味なのだ。ルーシーも異存はなかった。一日目としては充分な情報が得られたのだから。「もう下りるわ」

パンダも後ろから下りてきた。陽射しのなかへ出ていくとテンプルが風に向かってフェンシングの突きのような動作をしているのが目に入った。別の観光客が到着していた。一人の母親が防波堤のそばで息子といい争っており、年端のいかない妹はカモメを追っていた。

神経質になった若い女性が息子にいうのが聞こえた。「もうジュースの箱はないのよ、キャボット。車のなかであなたが全部飲んでしまったからね」

「ソフィーが飲んじゃったんだよ」男の子は足を踏み鳴らした。「ママはグレープをソフィーにあげたじゃん! ぼくが好きなのに!」

男の子が母親の注意を独り占めしているあいだに、幼い女の子が腕を振り、髪の毛をたなびかせながら、風に向かって走った。女の子は五歳ぐらいで、兄の癇癪より、楽しい祝日や岩に打ち寄せる激しい波しぶきに興味を示していた。

「いい加減にしなさい、キャボット」母親はぴしゃりといった。「少し我慢して」

妹は腕を振り上げ、岩の多い波打ち際に走り寄った。小さな胸にピンクのTシャツが貼りついている。

「でもぼく、喉が渇いたんだよ」男の子がぐずった。

思いがけないほど荒々しい風が吹きつけ、ルーシーは後ろに一歩下がった。視界の隅で幼い女の子がよろめき、バランスを崩して小さな叫びとともに水際を縁どる危険な丸石につまずくのが見えた。女の子の小さな腕が宙をひと掻きし、ルーシーはあっと息を呑んだ。女の子は何かにつかまろうとしたが、岩は滑りやすく、間もなく女の子は荒波に呑みこまれた。

女の子の頭部が激しい波の下に沈む前に、パンダは走りはじめた。ルーシーも彼の後ろから走った。母親もようやく何が起きたかに気づき、悲鳴を上げた。すぐ走りはじめたが、波打ち際まではそうとう距離があった。

パンダは滑りやすい玉石の上に這《は》い進み、子どもの位置を見つけようとした。波が彼の脚に当たって砕けた。彼は何かを発見したようで、とがった岩を蹴るようにして力強く水面下に飛びこんだ。

ルーシーは濡れた岩によじ登ったが、自分も滑り落ちないようにするのがやっとだった。

パンダが水面に顔を出したが、子どもは一緒ではなかった。

ルーシーの背後で母親が泣き叫ぶ声がかすかに聞こえていた。パンダはふたたび水に潜った。ルーシーは水中にピンク色のものがないかと目を凝らしたが、見つけられなかった。パンダが水面に顔を出し、空気を吸いこみ、また潜った。

そのときルーシーの目は何かをとらえた。ただの反射かもしれない。それでもそれが探し求めているものでありますように、と祈るような気持ちだった。「あそこよ!」パンダがまた水面に顔を出したとき、ルーシーは叫んだ。

その声を聞き、パンダは体をひねってルーシーの指さしたほうへ向きを変え、水中に潜った。

パンダはじりじりじりするほど長時間潜っていた。ルーシーは彼の姿を目で探そうとしたが、彼はかなり深く潜りこんでいた。

押し寄せる大波が岩に砕け散り、その轟音《ごうおん》が響き渡ったが、母親の悲痛な泣き声は波音にも掻き消されないほど激しいものだった。一秒が一時間に思えるほど長く感じられた。やがてパンダが水中から姿を現わした。彼の腕はしっかりと子どもの体を抱きかかえていた。幼い女の子の頭部は彼の白いTシャツに力なくもたれていた。ルーシーは時間が止まったように感じた。ほどなくして、女の子はむせはじめた。

パンダは激しくうねる水面から女の子の頭部を離すように掲げた。女の子は咳きこみ、嘔吐《おうと》した。やがて手足を激しく動かしはじめた。パンダは女の子の耳元に口を当て、話しかけた。すべての動作をゆっくりと行ないながら、女の子の呼吸を落ち着かせようとした。子どもが現在の状況に動揺して、荒波をかき分けて防波堤に戻ろうとしないようにという配慮からだった。

女の子はパンダの首にしがみつき、彼の体に顔を埋めた。彼は話しつづけた。女の子の呼吸は鎮まりつつあった。彼が何を話しかけているのか、ルーシーにも想像がつかなかった。ルーシーは岩によじ登ってきた母親を振り返っていった。「あの子に手を振ってあげて」

母親はしわがれた声を振り絞っていった。「大丈夫よ、ソフィー！」母親は風に向かって叫んだ。「何も心配しなくていいのよ」母親の後ろで男の子がショックに目を見開き、この様子を見守っていた。

荒波の音に掻き消されて母親の声が届いたかどうかはさだかではなかったものの、子どもはパンダにつかまれた体を離そうともがくことはなかった。パンダも疲れているはずなのに、女の子に話しかけつつ、うねる荒波をかき分けながら少しずつ岸に向かおうとしていた。母親はルーシーの前に進み出て防波堤の突端まで行こうとしたが、履いている薄いサンダルにはルーシーのブーツのようなグリップはなかった。「後ろに下がっていて」ルーシーは指示した。「私があの子を受け取るから」

パンダが近づいてきた。彼はルーシーの目をひたと見た。ルーシーがしゃがみこむと、波が体にぶつかった。彼女は足を踏ん張り、手を伸ばした。彼は子どもの体を持ち上げ、神業的な力強さでルーシーの腕に子どもの体を押しつけた。ソフィーは新たな他人に体をつかまれ、やみくもに抵抗したが、ルーシーはパンダが水から出るまで子どもをしっかり抱えつづけた。母親が必死で岩をよじ登ろうとしたが、ソフィーはパンダに抱きついた。彼は子どもの体を抱き上げ、岩の上から小道まで運んだ。彼の力強い日焼けした腕が小さなピンクのTシャツと妙に不釣り合いに見えた。

そのときになってもソフィーはパンダにしがみついていた。彼はしゃがんで、子どもの体をゆするようにあやした。「もう大丈夫。終わったよ。湖の水を少しは残しておいたかい？もしかして全部飲みこんじゃった？　そんなに飲んだら、湖が消えてなくなっちゃったかもしれないよ……」

パンダはそんな感じでずっとばかげたことをしゃべりつづけていた。女の子は湖が消えたと聞いて、思わず後ろを振り返り、それが嘘だと知り、抗議しはじめた。

母親はだいぶ経ってからわれに返った。二度と離さないというように強くわが子を抱きしめる一方で、涙ながらにパンダに感謝の言葉を述べるということを何度も繰り返した。離れたところでテンプルがフェンシングの突きのような歩行をやめ、ジョギングしながらこちらに向かってくる。ここで起きたことには気づいていないようだ。

子どもの母親が、自分たちがどこから来たのか、夫がなぜ一緒ではないのか興奮さめやらぬ調子でまくしたてるのをパンダは辛抱強く聞いていた。彼はふたたびソフィーと兄の男の子に話しかけた。ようやく母親が運転できる状態になったと判断すると、子どもたちが車に乗るのに手を貸した。母親はぎこちなくパンダを抱擁した。「あなたは神様のお遣わしになった天使よ」

「恐れ入ります」パンダはいかめしい警官のような顔で答えた。

一家の乗った車はようやく駐車場を出た。パンダのうっすら伸びたひげからはまだ湖の水がしたたっていたが、髪の毛の先端はすでにカールしはじめていた。「あのね」ルーシーはいった。「もうあなたのこと、怒ってないから」

パンダは疲れたような笑みを返した。「しばらく待ってくれ。そいつを受け止めるには時間がかかりそうだから」

ルーシーの心のなかで固く締まった小さなつぼみが開くように、あたたかいものが広がった。

テンプルが赤い顔で息をはずませながら近づいてきた。「なぜびしょ濡れなの?」

「説明すると長くなる」彼は答えた。

車で帰宅の途につき、道すがらルーシーは気持ちの昂った母親への彼の対応について思い返していた。だがそれ以上に、彼のソフィーに対する優しさに心打たれた。それはルーシーの抱いていた彼のイメージとあまりにかけ離れたものだったからだ。あんなソフィーの生意気な兄に対してさえ……自分が周囲の注目の中心にいないとわかって不満を爆発させたとき、ルーシーは喉を絞めつけてやりたくなったが、パンダは懸命に『男』なら誰でも身に着けておくべき救命テクニックについて説き聞かせていた。

パンダはカメレオンだ。あるときはろくに話もできないむっつりした暴走族。お次は世界一わがままなクライアントに黙々と仕えるボディガード。今日はスーパーヒーローであり、児童心理学者でもあった。

彼といると気持ちが動揺し、同時に気持ちがやわらぎもし、また困惑する。人は簡単にタイプに分けきれるものではないことは知っているが、彼ほど型にはまらない人はそうそういるものではない。

ルーシーはその晩、夕食の皿の固いチキンの上にしなびたインゲンがだらりと垂れているのを見て、げんなりした。テンプルは冷蔵庫のほうを物欲しげに見つめ、水の出口から魔法のようにホット・ファッジでも出てこないかと目を凝らしている。

パンダは夕食のあいだ、ずっと寡黙だったが、皿を押し返した。「きみたち二人にサプライズを用意した」

「それがペストリーがらみならいいのに」ルーシーがいった。「それとも私にほんとうの食べ物を使った料理をさせてくれるとか」ルーシーが唯一作っていいとされているのはサラダのみ。すべて野菜で、チーズもオリーブも、クルトンも、クリーミーなドレッシングもNGなのだ。

「違う」パンダは座ったまま椅子を後ろに引いた。「花火を見に湖水へ出るんだ」

「私はパスするわ」テンプルがいった。「三人で二艘《そう》のカヤックに乗るのは楽しくなさそう」

「カヤックじゃないよ」パンダは椅子から立った。「船着き場に集合。何がなんでも来ること」

テンプルが夕食を食べ終える間に、ルーシーはスウェットシャツを手に取り、パンダの考えを確かめようと外へ出た。二〇フィートはあろうかという見慣れない黒塗りのキャビン・クルーザーが船着き場に係留されていた。「これはどこから来た船？」ルーシーは訊いた。

パンダはデッキのロッカーから一対の救命具を取り出した。「数日前にマイク・ムーディと話をした。おれたちがパレード見物に出かけているあいだに彼のところのスタッフが運んできてボートハウスに隠しておいてくれたんだ。夏の終わりまでこの船を借りることにしたよ」

「これ、なんなの？」テンプルが階段をおりながら訊いた。

パンダの説明を聞いたのち、テンプルは水上スキーによって消費されるカロリーを計算しはじめた。

ルーシーは我慢ができなくなり、いった。「取引しない、テンプル？　もし今夜これ以後『カロリー』という言葉を使わないでくれたら、明日一緒にワークアウトしてあげてもいいわよ。少しの時間なら」ルーシーは慌てて付け加えた。

「了解よ」テンプルが答えた。「ほんとにルーシー、厳しいエクササイズによって得られるものって――」

「エクササイズも体脂肪もセルライトもそのたぐいはすべてNGワードよ」ルーシーはいった。「基本的に怠惰について語るのはオーケーよ」

「それなら任しといてくれ」パンダはエンジンをかけた。

器用なパンダは船の操縦も手慣れたものだった。どうやらもたついてしまうのは人間関係だけのようだ。風がやみ、すっきり澄んだ空に星がまたたきはじめていた。船が視界の開けた水域に達すると、彼はスロットルを踏みこみ、町の港の境界を越えた。そこをまわると、いましもショーを開始しようとしている遊覧船の一連隊に遭遇した。上下に揺れる船の灯りはまるで蛍のようだった。なかにはヨット・クラブの三角旗をはためかせている船もあるが、あとはみな愛国心を示すペナントを掲げている。

三人を乗せた船が港のなかに入り、ほかの船から一定の距離を置きつつショーはしっかりと見物できる位置に着くと、パンダは船首を流れに向け、錨《いかり》をおろし、エンジンを切った。突如静寂に包まれ、湖水の彼方から笑い声や音楽が聞こえてきた。

テンプルはクッションをつかみ、一人で船首に向かって這い進んだ。

16

一発目の花火が頭上で弾け、空に赤と紫の傘が大きく広がった。ルーシーは船尾に沿って置かれたベンチに頭を乗せた。パンダも同じことをした。二人は心地よい沈黙のなかで空を見上げた。「今日のソフィー救出はなかなか立派だったわ」ルーシーは星の飛び散る空を見つめながら、ようやく言葉を発した。

パンダが肩をすくめる気配が感じられた。「おまえも泳ぎが上手いから、もしおれがいなかったらきっとあの子を救出しようと飛びこんでいただろう」

ルーシーはそんな彼の確信に満ちた言葉が好ましかった。彼の顔をちらりと見やると、彼の瞳に銀色の流れ星がきらめいていた。「波は荒かったわ。私だったら助け出せなかったでしょうね」

「人としてなすべきことをしただけだ」パンダはそっけなくいい、付け足した。「わが子から目を離す親が多すぎるよ」

なぜそうも厳しい口調なのかルーシーには理解できなかった。「子どもは動きが速いの」彼女はいった。「一瞬たりとも目を離さずにいるのは無理よ」花火の上がる低い轟《とどろ》きに混じって帆船の帆柱が揺れるジャラジャラという音や、船体に波がぶつかる音がした。「あなたが子どもを理解していることが意外だわ」

パンダは足首を組んだ。空に咲いた紫色の放射線状の花が星屑《ほしくず》を散らしながら落下し、オレンジ色の芍薬《しゃくやく》の花が開いた。「警察官でいるかぎりかならず子どもと関わることになる」

「ギャング関係？」

「ギャング、育児放棄、虐待。いくらでもある」

ルーシーも仕事を通して問題に巻きこまれた子どもたちに接してきたが、彼はそれとは比べものにならないほど多くのケースを経験してきたに違いないという気がした。それは奇妙な感覚だった。これまでパンダを自分とはかけ離れた異星人のように感じてきたため、二人に共通の要素があるなどと考えたことがなかったからだ。「ソフィーはあなたと離れたくなかったみたいね」

銀色のしだれ柳が暗い空にきらめきを放っていた。「可愛い子だったね」

夜の闇や花火のせいなのか、悲惨な事故をまぬがれた安堵《あんど》感の余波なのか、ルーシーは自分でも思いがけない言葉を発した。「あなたはいつかいい父親になりそうね」

返ってきたのは短く辛辣《しんらつ》な笑い声だった。「そんなことにはなるはずがないよ」

「運命の女性に出逢えば気持ちが変わるんじゃない？」思いのほか感傷に走りすぎたと気づき、ルーシーはマムシを登場させることにした。「運命の相手に会えばビビッとくるの。本能的なものだから、選ぶ余地はないわよ」

「おれには無理」彼は笑った。「これも現代科学の恩恵かな」

「どういう意味？」

「精管切除《パイプ・カット》。おれのような男には願ってもない技術といえる」

集中砲火のような連続打ち上げ花火が夜空を切り裂いた。彼の言葉がまるで腑《ふ》に落ちなかった。今日子どもと一緒にいた彼の様子を見て、彼がどれほど自然に接しているかは知っている。そんな彼が未来への可能性を断ち切ったとはとても思えない。「年齢的にもまだそんな決断を下すべきじゃないと思うけど？」

「子どもに関していえば、おれは百歳も同然だ」

ルーシーも長らく児童養護の仕事に携わってきたので、警察官が直面する問題の大きさも認識していないわけではない。そんなルーシーから見て、彼の脳裏には何かどうしても消し去ることのできない記憶が刻まれているのではないかと思えた。「数えきれないほど多くの遺体を目にした」彼はいった。「十代の子だけじゃない。乳児もね。まだ乳歯も生え変わっていない五歳の子もいた。手足の吹き飛ばされた子どもたちの遺体も」ルーシーははっと目を上げた。「人生最悪の瞬間を迎えた両親の姿をいやというほど目撃したよ」彼は続けた。

「おれはけっしてあんな目には遭わないと心に誓った。人生最良の決断だったさ。毎晩悪夢にうなされて冷や汗をかいて目を覚ましていては仕事もろくにこなせない」

「あなたが遭遇したのは最悪のケースでしょ？　普通に育った大多数の子どももいることを忘れないで」

「普通に育ちたくともそれさえ叶わない子どももいる」

「人生は不確定要素だらけなんだから仕方ないでしょ」

「いや、たしかな要素も、保証された人生もある」

空はグランド・フィナーレの花火で彩られていた。花火のパチパチと弾ける音、最後に花火が落ちていくヒューッという音が二人の会話を掻き消した。ルーシーは自分が子どもを育てることに向いていないと率直に認める人の意見を尊重することにしているが、それでもパンダがそういうタイプではないように思える。

そこでふたたびルーシーらしさが目覚めた。パンダの父性拒否の発言はルーシー個人にはなんら関わりのないことで、パンダのような考えの男性はけっして珍しくはないとあらためて苦々しく思い返しただけではあったが、テッドとあんな形で破局してしまったとはいえ、結婚して子どもを授《さず》かりたいという願望は持っていた。もし父親になりたくないという、パンダのような男性に恋をしてしまったとしたら？　これもまた、テキサスの教会から逃げ出したりしなければ、けっして直面するはずのなかった可変的要素の一つだ。

テンプルが船尾から前に移動してきたので、三人は帰路についた。パンダは船に残るといったので、ルーシーとテンプルだけで家に戻った。「花火って独特のものがあるわね」階段を上りきると、テンプルがいった。「花火を見ていると切なくなるの。変でしょ？」

「感じ方は人それぞれよ」ルーシー自身もけっして浮かれた気分ではなかったが、それは花火のせいではない。

「ほとんどの人は花火を見ると気分が盛り上がるけど、色鮮やかな美しさがあまりにはかなくて見ていると悲しくなるの。気をつけないと私たちも同じ運命をたどるのよ。去る者日々に疎し、というでしょ。人はときおりわが人生を振り返るべきね」

ルーシーはポーチの引き戸をガラガラと音をたてながら開けた。キッチンのティファニーもどきの照明の灯りが窓からもれていた。「体が飢えているから気分が落ちこむのよ。ちなみに、あなたの外見は素晴らしいわよ」

「よくいうわ」テンプルはルーシーが真紅のビーチタオルで覆った長椅子にどさりと座った。「私は豚よ」

「自分を卑下すべきじゃないわ」

「ありのままをいってるだけよ」

風でハーブの鉢が倒れていたので、ルーシーはそれを元に戻すためベイカーズ・ラックのところまで行った。ローズマリーとラベンダーの香りを嗅ぐといつもホワイトハウスの東側の庭園を思い出すのだが、今夜は違うイメージが湧いた。「傷つきやすいことは罪ではないわ。失恋したんですって？　失恋した女性はみんな心の痛手が原因で抑制が利かなくなるものよ」

「ハーゲンダッツをまるまる一カートンたいらげることで、傷ついた心を癒していたとでもいいたいの？」

「よくある症状の一つでしょ？」

「自分の意志できっぱりやめたけどね」テンプルは苦々しそうにいった。

ルーシーはじょうろを手に取った。「自発的に断っても、苦悩が薄れるものじゃないわ。これは経験したことだからいえることだけど」

テンプルはみずからの試練で頭がいっぱいの状態にあり、ルーシーの苦しみを思いやるだけの余裕がなかった。「マックスったら――」テンプルは指先を素早く動かし、引用の言葉を強調した。「『マックスは私を腑抜けと罵《のの》ったわ。信じられる？ この私が腑抜けですって？ テンプル、解決策はかならずあるからね』ですって」テンプルは両手をだらりと垂らした。「とうてい無理なのに」

「無理なの？」

「絶対に無理。この世には解決できない問題が存在するのよ。でもマックスは……」テンプルは口ごもった。「マックスはグラスに半分飲み物が入っているとモカ・キャラメル・フラッペチーノが半分残っていると考える人なの。そんなおめでたい楽観論は通用しないのに」

二人を隔てているのはたんに地理的な距離なのだろうか、とルーシーは考えた。マックスは西海岸、テンプルは東海岸とか。あるいはマックスが既婚なのか。あえて尋ねまいとは思いつつ、やはり気になる。

しかし持前の如才なさは抑えようもなかった。ルーシーはじょうろを置き、長椅子に向かった。「〈ファット・アイランド〉はあまり観たことがないけど……」じつをいうとほとんど一度も観たことがない。「たしか心理学的カウンセリングが組みこまれているんじゃなかったかしら?」この記憶は間違っていない。ショーには赤のビキニを着た心理カウンセラーがテイキハットに並んだ参加者に一人ずつカウンセリングを行なっていた。それらはもちろんすべてが収録される。

「ドクター・クリスティ、変人よ。長年指を喉に突っこんで嘔吐しつづけているから、食道がひどくただれているの。精神科医なんてみんな頭がいかれた人ばかりよ」

「人生経験が仕事に役立つことはあるものじゃない?」

「私には精神科医のカウンセリングなんて必要ないのよ、ルーシー。でもあなたが私の病んだ部分を指摘してくれるのは歓迎よ。私に必要なものは意志力と自立心だから」

ルーシーはこの件について善人を演じるつもりはなかった。「でもやっぱりあなたにもカウンセリングは必要よ。パンダだって永久に見張り役を務めてくれるかわからないし。もし問題解決できないと——」

「もし自分の心の闇を解明できないと——とか、なんたらかんたらいうんでしょ? もう、ドクター・クリスティにそっくりだわ」

「彼女はまだ過食嘔吐しているの?」

「やめたわ」

「だったらドクターの話も聞くべきよ」

「もうわかった」テンプルは肋骨が折れてもおかしくないほど強く腕組みをして、ルーシーに反発した。「私にもカウンセリングが必要ですって? あなたはソーシャル・ワーカーでしょ？」

「しばらく前にやめたわ。いまはロビイストとして活動しているの」

テンプルはそうした区別など無意味とばかりに手を振った。「さあ、カウンセリングをやってちょうだい。いってみなさいよ。高脂肪、高糖質、高炭水化物の食べ物をどうやれば欲しがらなくなるのか、教えてよ」

「その答えは自分で見つけ出すしかないと思うわ」

テンプルは長椅子から勢いよく立ち上がり、反抗期の少女のように乱暴にドアを閉め、家のなかに入っていった。ルーシーは溜息をついた。よりによって今夜こんな成り行きになるのはこたえた。対話はもうたくさん。ルーシーは静かに室内に入った。

寝入ったところで電話が鳴った。ルーシーはベッドサイドの照明を手探りし、電話をつかんだ。

「ねえルース、寝てなかったでしょ？」メグの甲高い朗らかな声はどこか不自然だった。

「で、そっちはどうなった？」

ルーシーは目にかかった髪を払い、ベッドサイドの時計を見た。「もう午前一時よ。どうもこうもないでしょ？」

「ほんと？　ここはまだ十二時よ。でもあなたがどこにいるのかさっぱりわからないから、時差なんてピンとこないわよ」

ルーシーはその言葉の辛辣さに気づいたが、メグには他人を批判する余裕はない。ルーシーが親友に居どころやこちらの状況もほとんど知らせていないのは事実だが、メグはあたりさわりのない会話を続ける。それでもメグが心配してくれているのは感じた。「そのうち話すわよ。話せる時期がきたらね。いま現在は少しばかり……何もかもが混乱している状態よ」ルーシーは横臥《おうが》の体勢になった。「何かあったの？　心配ごとでもある？」

「そうなの、ちょっと問題があってね」そういって、メグはまた黙りこんだ。「あなたの意見を聞かなくてはいけなくなったの。じつは――」メグは急に半オクターブほど声のトーンを上げ、いっきにしゃべった。「もし私がテッドと付き合うことになったら、あなたはどう思う？」

ルーシーはベッドの上に起き上がった。完全に目は覚めたが、聞き違いでもしたのではないかと耳を疑っていた。「付き合う？　それは――？」

「そう」

「テッドと？」

「あなたの元フィアンセよ」

「誰のことかわかってるわよ」ルーシーはシーツを剝ぎ取り、ベッドの横に足をおろした。「あなたとテッドが……カップルになるの？」

「違う！　カップルになんてならないわ」メグは度が過ぎるほど早口でいった。「絶対に。たんなる性的な関係を指しているの。もう忘れて。私もいま思考力が鈍っているし。こんな電話するんじゃなかった。ほんとに、私、何を考えてたのかしら。これは完全に友人への裏切り行為よね。私ったら——」

「ううん、私、あなたが電話をくれて喜んでいるの！」ルーシーはベッドから立ち上がった。胸が高鳴り、心は舞い上がっていた。「ああメグ、素晴らしいわ。テッド・ビューダインは女性にとって理想のベッド・パートナーですもの」

「それはどうだか知らないけれど——ほんとうに？　かまわないの？」

「ばかいわないでよ」ルーシーはこの驚くべき天からの贈り物に目もくらむような歓喜で有頂天になっていた。「私はいまでも罪悪感に苦しんでいるのよ。彼がもしあなたとベッドをともにしてくれたら……。彼が私の親友と深い仲になってくれたら！　それはローマ法王から正式に赦罪《しゃざい》されたようなものよ！」

「そんなに嬉しそうにいわなくていいのに」メグがそっけなくいった。

ルーシーは床に脱ぎ捨てたショートパンツの上を跳ぶようにまたいだ。

そのときメグの声の背後で誰かの声がした。それは豊かで落ち着いたテッドの声だった。

「ルーシーにぼくからもよろしく伝えてくれ」

「私はあなたのメッセンジャーボーイじゃありません」メグがいい返した。

ルーシーはごくりと生唾を呑んだ。「彼がそこにいるの？」

「イエスと答えるしかないわね」メグが答えた。

ルーシーはあらためて罪悪感に苛《さいな》まれた。「だったらテッドによろしくと伝えてちょうだい」ルーシーはベッドの縁に力なく座りこんだ。「それからごめんなさい、と」

メグは電話機から離れて話したが、ルーシーはその声を聞き取ることができた。「ルーシーは絶好調だそうよ。次から次へと男を替えてるらしいわ。あなたと別れたのは人生最高の行動だったって」

ルーシーははっとして立ち上がった。「聞こえたわよ。そんなの嘘だって彼にはすぐわかるはずよ。彼、鋭いから」

メグの嘘に対するテッドの反応は明瞭だった。「嘘つきだな」

「あっちへ行って」メグは怒鳴った。「気持ち悪くてあなたを嫌いになるから」

ルーシーは電話機を握りしめた。「テッドに『気持ち悪い』っていったの？」

「いったかも」メグがいった。

ルーシーは動転し、茫然自失となり、言葉を失った。やがてなんとか気を落ち着かせようと言葉を発した。「なんてことなの……。まさかこんなことが実現するなんて思わなかった」

「実現？」メグは困惑したような声を出した。「なんのこと？」

「なんでもない」ルーシーは息を大きく吸いこんでいった。「あなたが好きよ。楽しんでね！」ルーシーは飛び跳ねながら電話機を胸に押し当て、踊りまわった。

メグとテッド。メグとテッド。メグとテッド。

願ってもない組み合わせ。

なんと最高の、似合いの二人だろう！　テッドは遊び人ではない。心から惹かれた女性としか肉体関係を持たないのだから、彼はメグに魅了されているということだ。気まぐれで落ちこぼれのメグ。予定も組まず漫然と世界じゅうを旅行し、他人の意見にはまるきり関心のないメグ。

　メグ・コランダとミスター・パーフェクト。メグの歯に衣《きぬ》着せぬ物言いと、彼の滑らかな人当たり。衝動的なメグ、用心深いテッド。ともに知能は高く、誠実さや思いやりも持ち合わせている。それこそ天の思し召しとしかいいようのない、途方もなく予想外の組み合わせだが、二人の会話を聞くかぎり、あの二人はそのことにおたがい気づいていないらしい。少なくともメグのほうは認識していないようだ。テッドの心のなかは窺い知れない。

　二人のあいだで起きうる諍《いさか》いは容易に想像がついた。ぶしつけな物言いをするメグに対して、テッドは涼しい顔で受け流しながら、心のなかではむっとしているといった感じだ。二人のことを考えているうちに、自分自身とテッドとの関係について、これまで見失っていた部分がようやく納得できた。二人のあいだで唯一ぎこちなく感じたのは、テッドのパートナーという立場に恥じない立派な態度を貫かねばという緊張で、彼と一緒にいると寛《くつろ》げなかったことだ。メグなら、そんなことを気にするわけもない。

　あの二人はたがいに完璧な相手なのだ。ただし二人がとんでもないヘマをやらかさねばの話で、メグが関わるとそうなる可能性はおおいにある。しかし二人の未来がどうなろうと、一つだけ確かなことがある。メグとテッドがベッドをともにすることになれば、ルーシーはようやく罪悪感から解放されるのだ。

その後ルーシーはなかなか寝つけなくなった。効きの悪いエアコンのせいで、部屋が暑かった。引き戸を開け、デッキが滑りやすいのでビーチサンダルを履き、外へ出た。

空には黒い雨雲がかかっている。ルーシーは湿ったキャミソールの胸元をつまんだ。風に吹かれ、謎めいた暗い湖面と遠い稲妻を見つめながら、ルーシーは胸につかえていた重い罪悪感からようやく解き放たれた気がした。

視覚が何か動くもの——人影をとらえた。広い肩、細い腰、めだつ長い脚。人影はしっかりとした歩調で家の側面をまわってくる。彼はピクニック・テーブルのところまで来ると立ち止まって振り向いたが、ルーシーは光のまったく射さない深い闇のなかに立っていたので、姿は見えないはずだった。彼はさらに歩調を速め、庭を通り抜けた。階段のところまで行くと、もう一度振り返った。そして水辺へ向かった。

彼も眠れないのかもしれない。それにしてもなぜこそこそするのか？　その理由を見届ける必要がある。デッキから降り、庭を通る際、屋外ゲームのホースシューステークスの馬蹄《ばてい》につまずき、思いきり足をぶつけた。しかしマムシがこれしきのことで決意を翻すわけにはいかない。

少し足を引きずりながら、ルーシーは階段に向かった。階段の下に彼の姿は見えなかった。船着き場の縁に一本だけある電柱があたりを照らしているだけだった。その光景はグレート・ギャツビーのシーンを思い出させた。あの本には多くの英語教師が特別の思いを抱いていた。けっして十代の若者が進んで読みたがる小説ではなかったが。

船着き場に向かって階段をおりながら、ルーシーはビーチサンダルのパタパタという足音がしないよう注意したが、こうも風があると無理だった。下までおりきると、きしむ板の上をそろそろと渡り、風化したボートハウスの開いた戸口からもれる黄色い灯りのほうへ向かった。

強風で打ち寄せる荒波の生臭さと古いロープの臭い、木にしみこんだガソリン臭が混ざり合った臭気があたりにたちこめている。ルーシーには聞き覚えのないオペラの音楽が静かに流れてくる。ボートハウスに一歩足を踏み入れると、パンダが彼女に背中を向ける形で足をクーラーボックスに乗せ、モータボートの船尾のベンチに座っているのが見えた。Tシャツにショートパンツ、手はポテトチップスの大袋の奥深くに差し入れられている。「分けてやってもいいぞ」彼は振り返りもせず、いった。「内緒にしてくれればな」

「私の人生唯一の楽しみがあなたとの会話だとでもいうの？」ルーシーはいい返した。ふと乱暴な物言いがしたくなり付け加えた。「正直いうと、あなたは知性が欠如してるから面白くないのよね」

彼はクーラーボックスに乗せた足首を組み直した。「これでも博士号と顧問資格は持っているんだがね」

「あなたが博士号や顧問資格なんて持っているはずないわ」ルーシーはボートに入りながら、いった。

「そのとおり。おれの頭脳では修士号を取るのが精いっぱいだったからね」

「修士号？　大嘘だわ」ルーシーはパンダの隣りのクッションに座った。

彼は薄笑いを浮かべた。

ルーシーはじろじろと彼の顔を見た。強く厳しい視線だった。「まさか、修士号の話は本当じゃないわよね？」

彼は謝るような顔でいった。「アイヴィーじゃなく、ウェイン州立大学だけどさ」彼はポテトチップをパリッと音をたてて嚙み、音楽を止めた。「おれたちみたいな労働者でも受講できる夜間週末コースでの取得だから、おまえの世界じゃ通用しないだろうな」

ルーシーは裏切られたような気持ちで、彼を睨んだ。「なんかむかつく。私はおバカなパンダのほうがよかった」

「ものごとはいいほうに考えようよ」パンダはチップスの袋を差し出しながらいった。「おれなんてテッド・ビューダインの足元にも及ばないんだからいいじゃないか」

「あんな天才はどこにもいやしないわよ」ルーシーは袋に手を入れ、こぶしに乗る量のチップスをつかんだ。「彼と私の親友が付き合うことになったわ」

「メグ？」

「なんでメグを知っているの――？」チップの塩が舌先に触れ、ルーシーはうめいた。「なにこれ。すごく美味しい」

「きみらのリハーサル・ディナーでメグと盛り上がったんだ」

「意外ではないわ。あなた、彼女のもろタイプだもの」ルーシーはチップスを口に詰めこみながらいった。

「メグはおれのタイプでもある」ボートハウスが雷鳴に揺れるなか、パンダはいった。「でもテッドとは想像できないな」

でもルーシーには二人がお似合いに思えた。いまはそれが何より重要なのだ。激しい雨音が屋根に響きはじめた。ルーシーは続けてチップスをつかみ、彼の足の隣りに爪先を乗せた。

「ほかにも美味しいものをここに隠してる？」

「まあね」彼の目はルーシーのむきだしの脚に注がれていた。しかし見えているものが気に食わない様子だ。脚はいつもより日焼けしてはいるものの、とくに問題はない。さっきの打ち身が黄色くなりはじめてはいるが。そういえばぶつかった拍子に親指の青いペディキュアが一部欠けてしまった。青のペディキュアは二十代以降一度も使ったことがなかった。トレーシーが赤ん坊のころ二人きりで暮らしていたとき、バトンの足の爪にこれと同じ青のペディキュアを塗ったこともあった。

彼の視線はルーシーの脚から縞《しま》のパジャマ・パンツに移った。彼のひそめた眉を見て、ルーシーはブラもパンティーもつけていないことを思い出した。「かわりに何をくれる？」彼はルーシーの太腿《ふともも》あたりを見つめながら顔をしかめたまま、いった。

「くれる？」ルーシーはパジャマのボトムの穿《は》き口あたりのやわらかいコットンを引っ張った。それが浅はかな考えだったようで、下に引くことで腹部があらわになってしまった。ひょっとすると彼の態度に仕返しするための意図的なものもあったかもしれない。パトリック・シェイドに関するかぎり、もはや自分自身の考えがわからなくなってしまっている。ルーシーはデッキに足を下ろした。「あなたにいくつパンを焼いてあげたかしら?」

「パンは家賃がわり、ジャンクフードの分は含まれてない」

「よくいうわ」

「分けてやってもいいんだぞ」彼の視線はふたたび動きはじめ、彼女の体の上を滑りながら鎖骨にたどりついた。視線はさらに薄い生地からなかが透けて見える胸元へと戻る。彼の表情から批判めいたものがなくなり、ふたたび雷鳴がボートハウスを揺さぶったとき、彼女の心のなかで何かが変わった。それは嵐とは関わりのない危険な震動、響きを伴っていた。

二人の視線が絡まり合った。彼は裸足でクーラーボックスの蓋《ふた》をはずした。本来なら誘惑的にはとても思えないはずの仕草だった。ルーシーは目をそらし、ボックスのなかを覗いた。しかしそこにあったのは氷とビールやソーダではなく、チップスやプレッツェル、ドリトス、リコリス・ホイップス、麦芽乳のボール、チーズ・カール、ピーナッツ・バターだった。「まさに黄金郷《エル・ドラド》ね」ルーシーはささやいた。

「禁断の実だよ」彼は答えた。しかし見上げてみると、彼は秘密の食べ物ではなく、彼女を見つめていた。

ぐらつく古いボートハウスが薄明りの魅惑的な秘密の洞窟《どうくつ》になっていた。雨漏りのする屋根から雨粒がしたたり落ちて彼女の肩を濡らした。彼は手を伸ばし、指先で雨のしずくをたたき、その水を鎖骨のくぼみに落とした。ルーシーは鳥肌が立つのを感じた。「やめて」彼女は確信もなくそういった。

彼はルーシーの言葉がわからないふりはしなかった。雨粒が彼女の太腿に落ちた。彼はそれを見たが、目をそらしクーラーボックスに手を伸ばした。「おまえはこいつに興味はないよな？」そういいながらピーナツ・バターを取り出す。

「とんでもない」ルーシーは自分でもピーナツ・バターのことを話しているのか、より危険なものについて話しているのかわからなくなっていた。

つないだボートが揺れ、風向きが変わりボートハウスの開いた入口から雨を含んだ強風が入ってきた。屋根からの雨漏りが床に落ち、秘密の食べ物をさらに濡らした。「来いよ」パンダはクーラーボックスをつかんで入口でひょいと頭を下げながらボートのキャビンまで運んだ。

二人の関係は今日変化し、彼の後ろについていくことは危険をはらんでいた。彼女のなかには彼をだめな人間と位置付けておきたい心理があったのだが、今日でそれも変わった。そのいっぽうで素晴らしい肉体に加えて不妊手術の話にもそそられるものを感じていた。

マムシはパンダについていった。キャビンには狭く小さな調理室と船首にV字形の寝台があるだけだった。パンダはクーラーボックスを置き、紺色のビニール・クッションに座った。気だるい微笑みを向けながら、彼はピーナツ・バターの瓶を開け、プレッツェルでそれをすくい、ルーシーに差し出した。

同意承諾する大人が二人……相手は不妊手術を受けたという……元婚約者はまさに今夜この私の親友と結ばれようとしている……これこそ絶好の条件ではないのか?

ルーシーはプレッツェルを受け取り、パンダの向かい側に座った。「ピーナッツ・バターもあんまり好きじゃないんだけどね」

「問題は欠乏感だね」彼はいった。「何かを禁じられるとかえってそれを欲しい気持ちが増してしまう」狭いスペースでこうしてひたと見つめられれば、彼の意図は手に取るようにわかる。

彼が手にしているのは淫《みだ》らな小道具。先端にピーナッツ・バターをたっぷり塗ったプレッツェルのスティックだ。たいていの女性はこれを最大限に生かすだろうが、マムシはそんな気分にはなれなかった。

「こっちが先だったぞ」彼はリコリス菓子の袋を開けたが、中身を出さなかった。そして彼女を見つめた。胸や脚でなく、瞳を見据える視線が親密な雰囲気をいっそう濃いものにした。彼女はそれを歯で嚙《か》みちぎった。「食べるのは私だけよ」

彼の発したものは、息まじりの声だった。「こんなこと、やめておいたほうがいいよな」

「そうね」

「おまえを抱きたい気持ちを極力ごまかしてきた」

ルーシーは肌を棘《とげ》で刺されたような刺激を感じた。「それでどうなった?」

「うまくいかないさ」

キャビンは暑く狭苦しかったが、ここを出たいという気持ちにはなれなかった。体がかっと火照っていた。くすんだ瞳、インクのような髪、たくましい肉体を持つこの男が欲しい、とルーシーは思った。だが自分から動くつもりはなかった。

彼にとってそれは問題ではなかった。彼は頭を下げ、二人の距離を縮め、食べかけのプレッツェルを脇に置いた。「おまえのおかげで気がおかしくなりそうだ」彼はいった。

「そう聞いて嬉しいけど」彼女は答えた。「いまは会話する気分じゃないの」

彼は無法者のような笑みを浮かべ、クッションにもたれ、ルーシーを船首のほうへ引っ張った。洞窟にかすかに漏れ入る光のなかでさえ、彼の歯がきらめくのが見えた。彼はルーシーを組み敷き、首を下げてキスをした。

ルーシーは口を開いた。二人の舌が突いたりよけたりの卑猥《ひわい》なダンスを始め、罪への甘美な前奏曲を演じた。彼の手はキャミソールの下にもぐり、彼女の手は彼のTシャツの下をまさぐった。彼女の手は彼の筋肉、腱《けん》、骨を感じ取った。彼はキスをやめ、今度は薄いコットンの上から乳首を嚙んだ。彼はあらわな太腿を彼女の脚のあいだに差し入れた。彼女は太腿を彼の肌に擦りつけ、彼の体に腕をしっかりとまわした。

稲妻が間近で光り、一瞬正気が戻った。ルーシーは彼の肩の上で唇を動かした。「コンドームがなくちゃ無理」

乳首に当たる彼の息があたたかだった。「話はしたくないといってなかった?」

「パイプ・カットしてあったとしても、やっぱり――」

「余計な心配はしなくていい」そういった彼の声はざらついていた。

彼はコンドームを持ってきているのか？　言外の意味を探ろうとして、ルーシーは一時的に気が散ったが、彼がまたキスを始め、疑問はどこかに消えてしまった。

雷鳴が頭上で鳴り響いた。ボートはつながれたまま揺れた。二人は服に手をかけ、裸になり、たがいの肉体を探りはじめた。メンフィスでの夜はテッドとの絆を断ち切るための、たんなる性的な結ばれ方だったが、今夜はそうではない。相手のことをほとんど知らないまま結ばれたあのときとは違い、いまは彼をよく知っている。

彼女の胸は彼の手のなかにあった……彼の腰は彼女のてのひらを押さえつけていた……二人の舌が絡まった。彼の指が彼女の脚を押し開いたとき、彼女は抗《あらが》うことなく応じた。彼の指先は襞《ひだ》のあいだを分け入り、さらに奥を探り、手触りや湿り気を確かめた。彼女は彼の指先のなすがまま、もだえ、うめいた。そしてついに耐えきれなくなると今度は侵略する側に転じた。横臥の体勢で頬や両手、唇を使い、彼のそそり立つものを味わい、感じ取った。

限界まで耐えた彼は、ふたたび彼女をねじ伏せ、組み敷いた。そして何かをぎこちなく手探りした。そして上に乗り、彼女の膝《ひざ》の下に手を入れ、両脚を開かせ、高く上げた。彼のたくましいものが彼女の体に押し当てられた。それは芯まで硬く引き締まり、力強さにあふれていた。

かすかにしわがれた声が卑猥な言葉をつぶやいたと思うと、小さく淫らな命令を下した。

そして内部に進入した。

外では嵐が吹き荒れていた。ボートハウスのなかでも同じく激しいものが荒れ狂っていた。そしてついにそのエネルギーが爆発した。

なんて可愛らしいんだ。彼は薄明りのなかで眠るルーシーの顔にしげしげと見入った。白い肌にふさふさとしたまつげが映え、黒髪が肌の白さをいっそう際立たせている。拳骨《げんこつ》で頬のラインをなぞってみる。強気な言葉とはうらはらに、ほんとうの彼女はか弱く、戸惑いのなかにある。

警告のサイレンが彼の頭に響き渡った。爆発。砂の粗粒。ウィスキーの味、苦痛を伴う記憶の断片。彼は暗闇を押しのけた。

ルーシーが目を開け、彼の顔をじっと見つめた。「よかったわ」

よかったどころか、いいようもないほど甘美だった。

「よかった？」彼はクッションの横から腕を垂らし、キャンディの袋に手を触れた。リコリスのスティックの一本が外に落ちた。彼はそれを拾いながら、ルーシーの耳に軽くキスをした。「前言撤回したほうがいいぞ」

「なぜ？」

彼はリコリスを彼女の顔の前でぶらぶらと揺らした。「おれがたちの悪い野郎だということをすぐ忘れちまうらしいな」

ルーシーは身じろぎし、緑の斑点のある瞳を興味で輝かせた。「私も面倒なことに巻きこまれちゃったみたいね」

「最高だろ」

彼は二人の下唇を合わせると、リコリスで乳首や腹部の軟らかい肌をさっと撫でた。開いた太腿、そのあいだも。

「意地悪」それをやめると、ルーシーはうめいた。「もっとやって」

彼はその求めに応じた。やがて彼女がリコリスを手で払いのけ、ふたたび愉悦に没入した。だがこうした行為によってルーシーの隠れた支配感覚に火がついたようで、しだいに大胆さが現われてきた。もうたくさんだと彼がいうと、ルーシーは懇願しろと命じる。これに対しては罰を与えることで応じるしかなかった。

彼はルーシーをクッションの上でうつ伏せにさせ、そっと尻をたたくことでさらに仕返しを求めた。求めようとした。というのもどちらが罰しているのか、罰されているのかしだいに曖昧《あいまい》になってきたからだ。

ボートハウスの外では嵐はおさまりつつあった。しかしなかでは疾風が吹き荒れはじめていた。

17

ルーシーは小うるさい伯母のように鼻を鳴らしていった。「あんな倒錯っぽいこと、私には無理よ」

「やっぱりな」パンダは果たして自分は過去にこれほど行為に溺《おぼ》れたことがあっただろうかと、記憶をたぐっていた。二人は窮屈な船の寝台でビニールのクッションに肌を密着させながら横たわっていた。パンダは彼女の体のあたたかさを皮膚で感じたが、まだ物足りなかった。彼は腕を引き抜き横臥して、船首に取り付けてある充電器の電力を使った小さな照明を点灯した。

同じく横臥するルーシーの肩からウエスト、腰へ続く裸体のラインが金色のカーブを描いていた。滑らかな細長い首に竜のタトゥーが妙に異質に感じる。幸いにノーズリングを着けていない小さな鼻にしわが寄り、軽蔑を伝えた。「もう二度とあんなことしないでよ」

彼はキスのせいで腫《は》れてしまったルーシーの下唇に手を触れた。「明日の夜中は？」

「ほかにすることがなかったらね」

「気のないそぶりをする女は嫌いだ」

ルーシーは彼の腕に走る血管をなぞった。「じつは秘密の食べ物が目的なの。チートスが欲しくて寝たとしたら、どう？」

「現実主義者だな」

「大仰な言葉は使わないで。憂鬱になる」ルーシーが腕を頭の下に敷いたので、彼のひげが当たって擦れ赤くなった胸の皮膚があらわになった。彼女を傷つけるつもりはまったくないものの、心理の奥底では彼女の体に自分の印を残せたことに原始的な満足感を覚えていた。

そんな気だるい気分も彼女の質問で吹き飛んだ。「コンドームはどこに入っていたの？」

彼女がこのことに興味を持たないはずがないのだ。彼は悔やみつつ、いった。「ポケットだよ。もっとチップスを食べるかい？」

「あなたはコンドームを持ち歩いているの？」

「いつもじゃない。たまにだよ。感染症はもらいたくないんでね」

ルーシーは小汚いドレッドロックを引っ張った。「つまりあなたとテンプルがワークアウトのアレンジも必要だと判断したときのために持ち歩いているというの？」

パンダは彼女を黙らせようとワルぶって思いきり鼻を鳴らした。「そのとおり」

「でたらめいわないで。あなたたちはおたがいイライラしすぎていて、そんな気分になれるはずない」

「鋭いな」

ルーシーは険しいまなざしで彼を見つめた。「今夜私がここに降りてくることをあなたは知らなかったのに、準備だけはしていた。つまりそれはあなたが実際それを持ち歩いているとしか考えられないんだけど」

「だからそうだと認めたろ？」

「ええ。でも理由は説明しなかった」

やれやれ。彼は降参した。「おまえを見ていると理性が狂いそうだからだよ。おまえの行動はまったく予測がつかない。おれも自分で何をしでかすか自信がない。だからもう訊くな」

ルーシーは微笑み、腕を持ち上げ、鬱陶しいカールを引っ張った。その優しい表情で彼はかえって冷たい現実に引き戻された。自分は元警官。彼女は前大統領の娘。自分はくず鉄。彼女は純金だ。それ以上に自分は心に大きな空洞を持つ人間で、彼女は天の祝福を得た人間なのだ。「ルーシー……」

「あらまあ……」ルーシーは目をぐるりとまわし、仰臥した。「いよいよ始まったわね。スピーチの時間が」ルーシーは彼の声音を誇張するように真似て、低い声でいった。「これ以上二人の関係が進展する前に、ルーシー、いっておくべきことがある。変な勘違いはやめてほしいんだ。おれは自由な野性児カウボーイ。おれのような男は小娘が飼いならすのは無理」彼女はあざ笑うようにいった。「心配ご無用なのに」

「そんなことをいうつもりじゃなかった」じつのところ、まさしくそうしたことを告げようとしていたのだ。もちろんそれほど辛辣な調子でいうはずもないが、ルーシーはおおよそこちらの考えをつかんでいる。「私はいま現在自分の未来に関して決断がつかず悩んでいる状態だけれど、いつか子どもたちと関わる仕事がしたいという気持ちだけははっきりしているの。だからあなたは対象外。妄想をふくらませてごちゃごちゃ考えるのはただでさえ乏しい思考力の無駄遣いというもの。あなたは私にとって遊びのお相手なのよ、ミスター・シェイド。私の失われた夏のかけらなの。このところをわかってほしいわ」彼女は彼の胸をひょいと突いた。「あなたに飽きたら、次の相手に乗り換えるだけのこと」

「飽きたら？」

「あなたが快楽を与える相手でなくなったらということよ」ルーシーの目は真剣みを帯びた。「これはセックスが目的の関係よ。それ以外何もないわ。そこをはっきり認識してくれないのなら、もうおしまい」

「なんだって？」たしかにその言葉は彼の望んだ内容――彼から彼女に伝えたい内容――ではあったが、彼女の態度が気に食わなかった。結婚式から逃げ出した良家の令嬢にいったい何が起きたのか？「おまえにかぎってセックスだけの関係を望むはずがないじゃないか」彼はいった。

「それはあなたの勝手な思いこみ。私はセックスだけでいいの。それも卑猥であればあるほどいい」ルーシーの目は彼の股間に注がれた。「もっとリコリスある？」

彼はルーシーをふたたび組み敷いて焦らしの行為を再開すべきだったが、ルーシーの軽薄な言葉に苛立ちを感じた。「もう疲れたよ」気づけばそう口走っていた。彼自身自分の口から発した言葉とは信じられなかった。

「歳ね」ルーシーはいい返した。「私よりだいぶ年上だものね」

「それほどじゃないだろ」われながらすねたガキのような言葉だと思ったが、なんとかいいつくろう前に、彼女が素肌でビニールをきしませながら寝台から滑り出た。

「三十六を過ぎると下り坂だというじゃない？」ルーシーはさえずるようにいった。「いいのよ。気が変わったから」

彼としてはこのまままだ続けたい気持ちがあったが、彼女はすでに鼻歌交じりで衣類らしきものを身に着けはじめた。最初に頭から露出度の高い白いトップをかぶった。その縁の部分が赤い乳首に引っかかって、一瞬そこに留まった。そして下に滑り降りた。次にゆっくりと時間をかけ、揺するようにしてボトムに足を入れた。ルーシーはキャビンのドアに手をかけながら、振り向いた。

「少し休んでね、愛人君。ちょっとビッグな計画も思いついたの。あなたについてこれるかしら？」

ドアから去るルーシーの後ろ姿を見ながら、パンダは微笑んだ。束の間、幸せを感じた。

ルーシーは身の内にみなぎるエネルギーを感じながら、飛び跳ねるようにして階段を上った。雨はやみ、雲のあいだから月の光がこぼれていた。男性にあんな話し方をした経験は一度もなかった。まさしく気持ちのままにいいたい放題で、相手がそれを聞いてどう感じるかなど頭になかった。

ルーシーは走りながら芝生を通り抜けた。今度は屋外ゲームの馬蹄につまずかないよう迂回した。パンダがしたようなことを、テッドがするとは想像もできなかった。でも相手がメグならするかもしれない。そんなことは考えたくはないけれど。ルーシーは顔をしかめ、イメージを振り払った。

自分とパンダ……およそ不釣り合いな二人の男女……一人はパイプ・カット……これこそ失われた夏にもっともふさわしい要素だ。徹底的に自堕落さを追い求める絶好の機会なのだ。デッキに上りながら、ルーシーはふとバケット・リストのことを思いついた。死ぬまでにやり遂げたいことのリストだ。そして自分がもし別の家庭に育っていたら当たり前すぎること、いわば逆バケット・リストを実行しているのではないかと思い当たった。とんでもない髪型、似つかわしくない衣服、タトゥー。完璧な恋人を棄て、既成社会からドロップアウトし、今度はふさわしいとはいいがたい愛人までつくった。これまでは無意味な異性との交際はよくないと信じてきたが、大統領の娘にとってそれがあるまじきことだからこそ意味があるのではないかと思えてきた。ルーシー・ジョリックに野生の猿のようなセックスは似合わない。

以前のルーシーにはたしかに似合わなかった。

これが解決の糸口となるのか？　失った生活を実行することが人生の次のステージに進むためにどうしても必要なことなのだとしたら？

ルーシーはスライド・ドアを施錠し、乾いた衣類に着替え、ベッドに乗った。だが頭が冴えて眠れそうになかった。逆バケット・リスト……。

ルーシーはベッドを降り、イエロー・パッドをつかんだ。今度は書く言葉に迷うことはなかった。そしていっきに完璧なリストを書き上げた。これこそ自分に必要なものだった。

ルーシーは照明を消し、一人満悦の笑みを浮かべた。ふとリコリスの鞭《むち》を思い出し、身震いした。彼女は枕に顔を埋め、ふたたびベッドを降りた。そしてスライド・ドアを開けた。

ルーシーは確信した。もう自分は優等生ではない。そう思うと、とても気分がよかった。

「読書の時間よ」ブリーはコテージの小さなフロント・ポーチに出るドアを開きながら、この二週間いいつづけてきた言葉を発した。これをやってみようと思いついて二週間たったのだ。

「いまは夏なんだよ」トビーは文句をいった。「夏は読書する季節じゃない」だがぼやきつつもリビングのカーペットから離れ、ブリーの後ろについてきた。

ポーチは古い籐《とう》の椅子二脚と小さな木のテーブルがやっと置けるだけの広さしかない。ブリーは寝室にあったランプをここに運び、トビーが寝てから読書を楽しもうと思っていたが、一日が終わるころには疲れはて、その前に眠りこんでしまう。蜜蠟《みつろう》のキャンドルを作り、葉書に絵付けをし、蜜蠟の家具磨きの試作を行なうあいだに休憩として大人の読書リストの作品が読めればラッキーといったところだろう。

ブリーは読みかけの本を開きながら、なぜみずからにこのような務めを課そうとするのか、自問した。そうでなくとも心配ごとが多すぎるのに。もう七月の半ば。八月初旬まで今年の収穫を開始できそうもない。それも運がよければの話で、あいかわらずお金の面では追いつめられた状態が続いている。新製品を創り出そうとしているが、それには材料代として資金の投資を伴うし、そのうちどれほどの製品が売れるかもわからない。トビーの嫌悪感に多少なりとも変化の兆しがみられるようになったと同時に、自分のなかにあった少年への憤りも薄らいでいる気がする。

トビーが汚らしい裸足をクッションの縁に乗せたので、籐の椅子がきしんだ。「ぼくは読むのは得意なんだ。子どもに読み聞かせるみたいに音読しなくていいよ」

「大きな声で読むのが好きなの」彼女はいった。「そうすればあなたと同時に自分も学べるし」

「いまさら学ばなくてもぼくは何でも知ってる」

それはたわごとだった。トビーの知識は限られたものだ。それでもブリーは毎日が勉強だと感じている。

島の図書館司書の助けを借りて、ブリーは異人種間養育について書かれた本を見つけ出したが、それらは主として白人の家庭で黒人の子どもを養子にすることが適切か否かについて論じられたものばかりで、役には立たなかった。あとは髪の毛の手入れとかそうした些末《さまつ》なことに関する説明ばかり。そんなことなら、トビーがきちんと自己管理できている。ブリーの基本的な疑問——自分のように色白の女性がこの金褐色の肌を持つ子どもに対して、人種的プライドや個性をはたして教えこむことができるのか——こうした疑問に答えてくれる本は見つからなかった。

ブリーは本能に従って手探りしながらやっている。

トビーは椅子のアームに片方の脚を乗せ、ブリーが読みはじめるのを待っていた。これまでに読み終えたのは、子どもになじみのあるフレドリック・ダグラスやT・ワシントン、マーティン・ルーサー・キングの短い伝記と黒人ベースボール・リーグの物語だ。〈人種差別廃止論者の逗留《とうりゅう》の真実〉についての本を見つけたとき、トビーが抵抗したので、自分自身に向けて音読した。数ページ読み進む前に、トビーは「少女向きの本」という先入観を棄て、最後の章に達するころには先を読んでくれとうるさいほどせがむようになった。

早朝から続いた一日の労働でブリーは疲れていたが、一時間近く本を読んだ。ようやく本を閉じたとき、トビーは足の親指をつつきはじめた。「週末に観る映画はある?」

「〈モハメド・アリ　かけがえのない日々〉があるわ」ブリーは顔をしかめた。「モハメド・アリとジョージ・フォアマンの有名なボクシングの試合についての映画よ」

トビーは足の親指のことなど忘れ、顔を輝かせた。「ほんと?」

「そうよ。でも私は嫌い。かわりに〈プリティ・プリンセス〉を観ましょうよ」

ブリーはひそかににやりとした。それは心からの笑いで、否定的な感情に絡みついた輪がまた一つ緩むのを感じた。ときおり、ほんのたまだが、トビーはルーシーに向ける笑顔と同じ表情で笑いかけることがある。

「あの子がくだらないたわごとを口にしても受け流すのよ」とルーシーはアドバイスしてくれた。「同時に、チャンスがあればあの子の体に触って。きっと離れようとするでしょうけど、とにかくやってみて」

トビーがキッチンのテーブルに座っていたとき、肩に手を置こうとしてみたが、あまりに不自然で、ルーシーの予想どおりトビーは身をよじって離れようとしたので、途中でやめた。しかしそのほかのことは、あきらめるつもりはない。柄にもなくそのことにこだわる気持ちが強い。トビーは、望む望まないにかかわらず、父親から受け継いだ民族的遺産について知ることになる。

「絶対いやだ！」

トビーは床に足を下ろし、爪先で足首を掻いた。「一緒に映画を観てくれなくていいよ。絵を描いたり、何かほかのことをすればいいんだよ」

いまはその『何か』に返却できない空き瓶にマルハナバチを描いたり、クリスマス・オーナメントの到着を待つということが含まれる。図書館のコンピューター経由で注文したオーナメントのことが頭をよぎるたびに、不安で吐き気さえ覚える。毎日来店客はふえているものの、はたして八月にクリスマスのオーナメントが売れるのだろうか？

「いつも一緒に映画を観ているじゃないの」彼女はいった。

「うん、きっとあんたは観たほうがいいよ。白人だし、いろいろと学ぶところもあるだろうからさ」

ブリーはルーシーの皮肉めいた表情を真似していった。「物知りなのね、ミスター・ブラウン・マン」

男《マン》と呼ばれるのを好むトビーはにやりと笑った。ブリーも微笑み返し、トビーはそのまま笑みを浮かべたままだったが、はっとわれに返り、慌ててしかめ面を作った。「明日マイクと乗馬をしにいくよ」

ブリーはマイクが悪しき魂胆ではなく、純粋な好意からトビーを可愛がっているとは思えないでいる。それでもマイクは干渉しないという約束を守り、教会に一緒に行った二週間前を最後に、トビーを迎えに行くというそっけない会話を交わした以外、一度も接触してこなくなった。

トビーはブリーを睨んだ。「マイクにあれほど意地悪な態度を見せなかったら、あんたも誘ってもらえたのにさ」

「直売所をほったらかしにはできないでしょ」

「そのつもりになれば、できるよ。ルーシーがかわりに店番してくれるさ」

トビーはブリーがルーシーと呼ぶのを立ち聞きして以来、ずっと本名で呼んでいる。しかしそもそも十二歳児の頭には前大統領令嬢という概念がないので、マムシなんて本名じゃないと最初から怪しんでいたと意見をいっただけだった。

ルーシーとの親交が深まるにつれ、ブリーにとっては店の手伝い以上に友情そのものが大きな意味を持つようになっていた。ルーシーはブリーが休憩を取れるよう店番をやってくれ、直売所の裏に建てられた保管用の納屋の大きな木の扉を直す方法を一緒に考えてくれた。おかげで、商品を持ってコテージと販売所を行き来する必要がなくなった。またブリーが悪戦苦闘しつつトビーとの関係を築こうとしている姿をルーシーはあたたかく見守っていてくれている。

トビーは籐の椅子で前かがみになりながらいった。「マイクは今週また教会にぼくを連れて行くつもりなんだって。だからあんたの了解をもらってこいというんだ。でもぼく、行きたくないよ。だって教会は退屈なんだもの」

ブリー自身は米国聖公会の教会が気に入ったので、ぜひまた行きたいと思っていたが、マイクと顔を合わせたくはなかった。ブリーは〈滞在の真実〉の本の表紙を手でもてあそんだ。

「退屈じゃない教会を探しましょ」

「教会はどこも退屈だよ」

「そうともいいきれないじゃないの。私はどこか新しい教会に行ってみようと思っているの」

「ぼくは新しい教会なんて行きたくないよ。それぐらいならビッグ・マイクと古い教会に行く」

「今週はだめよ」ルーシーからある提案をされたとき、ブリーは半信半疑だったが、行ってみる気になった。「日曜日にはハート・オブ・チャリティに行きましょう」

トビーは怒りで目を見開いた。「そんなのだめだよ。あそこは黒人の教会だ」

読書で啓発したはずが、このざまだ。実際、こんなことをしてどんな意味があるというのか？　トビーにとって父親から受け継いだ種族の血が無意味であるのなら、どうして自分がここまでこだわる必要があるだろう。

ブリーにとってそれは大事なことだからだ。

ルーシーはブリーのハンドクリームの製作の手伝いのために使うアーモンド・オイルの香りを嗅いだ。自転車のハンドルからぶらさげた袋に入れた焼き立てのパンの匂いでさえ消してしまうほど、濃厚な香りだ。毎日ブリーの直売所に通ってブリーを休憩させ、蜂蜜ベースのキャラメル製作にひと工夫を加えたりしている。いったん出来栄えに満足するのだが、それをチョコレートに浸してみたり、岩塩を載せてみたりしている。いまのところ、試みは上出来とはいえないが、希望はある。家のオーブンが適温に調節できないからという口実を使って、ブリーのキッチンでパンも焼いている。自分自身の秘密についてはブリーが口外しないことを信じているが、テンプルのことまで漏らしてしまうわけにはいかない。

原稿作りだけは実行できていない。どんな書き出しにすべきか、決まらないからだ。ニーリーは世界でも屈指の魅力的な女性だが、どう書きはじめても、結局数行書いただけで投げ出してしまうのだ。父の求めているものは、ウィキペディアにあるような事実の続きではなく、私生活にまつわる秘話である。これまで思いついた内容はまるで方向性が違っていると は思うものの、実際どう違うのかまではわからない。

原稿を作ったり、直売所の手伝いをしていないあいだは、逆バケット・リストについて思いをめぐらせている。遅くまで夜更かしして、思いきっていたずら電話を二件もかけてしまった。「これは留守番電話です。当社では堆肥一ポンドから配達を承っております。車道を除くどちらへでもお届けいたしますので、いつでもご用命ください。当社の電話番号は――」そこまで聞いて、ルーシーは電話を切った。

まったく子どもじみた行為だが、少しは楽しかった。発信者をたどられないようにパンダの電話を使った。

家に近づくと、二階の窓の近くを通り過ぎるテンプルの姿が見えた。先週トビーが予告なしに現われ、船着き場への階段を一〇ポンドのウェイトを持って上り下りするテンプルを見てしまった。テンプルは予測どおり動揺《どうよう》した。最初は自分が見られたことに、次にはトビーが自分のことを知らなかったことに狼狽《ろうばい》した。

「この子は十二歳なのよ」ルーシーはテンプルにいった。

「それがきっかけになるの。子どもが名前を知らないと思って油断していると、今度は中年の主婦が現われる。結局キャリアがだめになるというわけよ」

「ばかげてるわ」マムシがいった。「年甲斐もなくいかれてるのね」少し語調をやわらげていい添える。「もう一五ポンドは体重が減ったんだし――」

「やっと一四ポンドよ」

「どう思うかはあなたの勝手だけど、あなたは充分美しさを取り戻したわ」ルーシーはテンプルの冷笑を無視した。「ここへやってきた目標を着実に達成しつつあるんだから、もっと上機嫌でいてもおかしくないのに、逆に意地悪になっちゃってる。パンダの監視の目から離れたら、どうやって本物の食糧と向き合うつもり？」

「なにごとも状況次第で変わるものよ。自分でなんとかするわ」テンプルは荒々しい足取りで立ち去った。

ルーシーは多くの女性たちが失恋をきっかけに過食に走ることを知っている。テンプルはほとんどマックスのことを話さないが、テンプルの苦悩の元凶がマックスであることは間違いない。

パンダの車が車道に入ってきた。彼はときどき短時間テンプルを一人にして、ランニングをしたり、カヤックに乗るため家を出るようになった。ここ数日をみても、町へ二度出かけている。ルーシーは自転車を降り、車から出るパンダの様子を見た。

ぴったりしたグレーのTシャツを着ているので筋肉がくっきりめだっている。腹部は一時的に隠れているものの、あのなかにどれほど引き締まった見事な腹筋が隠れているか、ルーシーは知っている。反対に彼女自身はまた体重が五ポンドふえた。ずっと体重の心配など無縁だったのに、ダイエット・フードに囲まれた家で過ごすようになって、不健康な状態に追いこまれているのだ。本物の食物を目の前にすると、たとえば蜂蜜キャラメルの失敗作などがあると抑制が利かなくなる。

それでもいま現在好んで着ている衣類に体重増加は影響を及ぼしていない。水着より胸元のあいた紺と黒の安っぽい絞り染めのブラトップと腰骨の上を覆うショートパンツといういでたち。見られるうちは見せてもいいと思っている。

パンダはゆったりとした歩調で近づきながら、みすぼらしいトップから厚底のビーチサンダルまでをじろじろと眺めた。彼はガレージに向けて首を傾けた。「行こう」

「行く?」ルーシーはなにげない様子でノーズリングをはずし、ポケットにしまった。

「例のことだ、わかってるくせに」

「私がいつでも同調するとはかぎらないでしょ」

「こなすべき仕事があるんだよ」

ルーシーは頭を傾け、ドレッドの一つをつかんだ。「勝手にやれば」

「ばかいうな」彼はルーシーの腕をつかみ、無理やり彼女を家の横からガレージに連れていった。歪んだサイドドアに着くと、それを足で蹴り開けた。「入れ」

「入りたくない。私は――」

「つべこべいうな」彼は後ろ手でドアを閉めた。

蜘蛛《くも》の巣の張った窓からくすんだ午後の陽射しがかろうじて入ってくる。散らかったガレージには古い家具や箱、壊れたビーチ・チェア、穴の開いたカヌーなどが置かれている。空気はほこりとオイルの臭いがし、パンダはブルーベリーと夏の香りがした。彼はルーシーの体の向きを変え、肩に手を当て、壁に押しつけた。「脚を開け」

「怖いわ」

「上等だ」

「誓って、密輸品なんか隠し持ってない」

彼は威嚇《いかく》するような声で怒鳴った。「だったら心配するな」

「し、心配してない」ルーシーは両手をざらついた壁に当てたが、脚はまだ閉じたままだった。

彼は足の先でそれを開かせた。「カマトトぶるな。知ってるくせに」耳に当たる髪の毛を彼の息が乱し、低い彼の声はしわがれていた。「おまえのほうがよほど好き者なのに」

彼の手が腋の下から太腿へと滑り降り、ルーシーは目を閉じた。「いったでしょ」彼女はいった。「やましいことはないって」

「なぜおれはそれを信じないのかな?」後ろから彼の手が伸びて鎖骨の下で止まった。その手が下に降り、乳房を包んだ。

ルーシーは肩越しに彼を見た。「このあいだと同じことはいわないでよ」

「なんといったっけ?」彼はルーシーの耳に鼻先をこすりつけた。

「『ここには何もない』っていったわ」

彼は微笑み、ブラ・カップのなかに親指を入れ乳首を探した。「大嘘だな」

彼が胸へのいたぶりをやめ、新しいテリトリーへと移動するころには、彼女の膝はゆるみ、肌は熱くなっていた。彼の手はヒップと太腿を両手で撫で、主たる目標にたどりついた。

「何かを感じるな」

感じるのは彼だけではなかった。「これは不法よ」彼女は腰を揺すりながらいった。

「逮捕に逆らうからだ」彼の手がショートパンツのジッパーをつかんだ。「これから体腔検査を行なう」

「いやよ。それはやめて」それはこのうえなく真実みのない抵抗の声だった。

「おまえはブツを持ちこんだ」彼は彼女の膝を曲げさせ、ぴったりしたショートパンツとパンティーをいっきにおろした。

「犯罪をやめようと努力しているんだけど、むずかしいのよ」

「おまえには無理だな」彼は目的を達するために彼女の体を壁に押しつけた。

彼の見落としのない検査に、ルーシーは驚きさえ覚え、弱い抗議の声も上げられなかった。

「そんなところにキャンディ・バーを隠してあるはずがないでしょ」

「思いがけないところに隠してあったりするものさ」彼はかすれた声でいった。二人の息はともに荒くなっていた。

「警察の蛮行だわ」彼が自分のショートパンツのジッパーを手探りしているあいだに、ルーシーはどうにか言葉を発した。

「ほんの一瞬痛いだけだ」

痛みなどない。一瞬どころか……パンダの持続力はすさまじい。

「身がまえろ」彼は腰を傾けた。

「待って……」

「もう遅い」彼は後ろから進入した。

彼のうめき声と彼女の喘《あえ》ぎが混じり合った。彼は唇を彼女のうなじに押し当てた。彼の大きな手に体を支えられ、ルーシーは腰を突き出した。ほこりと他人の古い家具に囲まれながら、二人はゲームを楽しんだ。相手の体を使い、また自分の肉体を与えることを繰り返しながら二人の肢体は絡み合った。それは原始的なセックスだった。きわどく卑猥な、官能に溺れるふしだらな性行為だった。


「おなかをみないで」ルーシーはパンティーを穿きながらいった。

彼は指で彼女の頬を撫でた。「なぜかな?」

「丸いから」

「ああ」

「そんな声出さなくていいわよ」ルーシーはショートパンツに脚を入れ、腹を引っこめ、ジッパーを上げた。そもそもボディ・チェックを始めたのは彼女のほうだった。彼が町から帰ったあと、ガレージに連れこんで身体検査したのだった。彼がスナック・フードのスリム・ジムをこっそり持ちこもうとしているとタレ込みがあった、と。おれの男《ジム》にはスリムなところはない、とパンダは答えた。ルーシーは彼の体を壁に押しつけ、「それを判断するのは私よ」といった。結局彼の言い分が正しいということが判明したのだが。

「あなたのせいで私は太るの」ルーシーはいった。「家のなかにクソダイエット・フードしかないことで、おかしくなってるの」

彼の眉は満足げに上がったが、ルーシーが品のないいいまわしを使ったことには触れなかった。「船のなかで食わせてやってるジャンク・フードはどうなんだよ？」

「たしかにね」ルーシーはいった。「もしまともな食物があれば、内緒で隠したジャンク・フードを貪り食ったりはしないわよ」

「そのとおり。おれのせいだ。だから約束する。これからはチップスも、リコリスのホイップもなし。行ないを改めることにするよ」

「できもしないのに、約束なんてやめなさいよ」

パンダは笑いながらルーシーを抱き寄せた。これからキスをしようとでもするように。しかし、二人は行為のときしかキスをしない。それは体の交わりを模倣するような深い舌の絡め合いだ。パンダとのセックスはまるでポルノ映画のようだが、違うのは第三者がいないこと。彼はルーシーを離れ、ぶらぶら歩きながら積み重ねたガラクタを見た。彼はこのところふたたびそわそわ落ち着かない様子を見せるようになっている。ルーシーと違い、この島で強制された監禁状態に置かれることは彼にとって苛立たしいことなのだ。もっと活動したいのだろう。

ルーシーが厚底のビーチサンダルを履いていると、彼は割れた貝殻のフレームがついた鏡をじっと眺め、尋ねた。「これは階下の浴室にあったものじゃないのか？」

「違うわ」ルーシーは嘘が楽しかった。新鮮な体験だからだ。

「でたらめいうな。こいつは昨日まであそこにあった」

「パンダって、元警官にしては鑑識眼がないのね」

「とんでもない、大ありさ。いいかげんに家具の配置を変えるのをやめてくれよ。おれの豚を手荒に扱うのもやめろ」

「あなたは眼帯が嫌いだったっけ？　思うに――」ルーシーはパンダが汚らしいガレージの床の上から折ったイエロー・ノートパッドを拾い上げたのを目にして口ごもった。彼女は慌てて彼のそばに駆け寄り、手を差し出した。「あなたがショートパンツを剝ぎ取ったとき、私のポケットから落ちたんだわ」

「剝ぎ取っただなんて――これはいったいなんだ？」疑り深い人物らしく、彼は紙を開いて読みはじめた。

「返してよ！」ルーシーは紙を取り戻そうとしたが、彼は手の届かない位置まで持ち上げ、読んだ。

「逆バケット・リスト？」

「他人に見せたくないメモなの」

「誰にもいわないよ」彼はページをめくり苦笑いした。「正直、読むのも恥ずかしいよ」

彼がついに紙を下におろしたときは、もはや止める手立てはなかった。彼はすべてを読んだ。

逆バケット・リスト

家出＊
だらしない服装＊
どこでも寝る
機会があればいつでも下品な言葉を遣う＊
人前で酔っぱらう
人前でいちゃつく
マリファナを吸う
喧嘩《けんか》を売る＊
いたずら電話＊
化粧を落とさず寝る＊
裸で泳ぐ
朝遅くまで寝ている＊
体を掻く、げっぷ、その他＊

「化粧を落とさず寝る」パンダは口笛を吹いた。「こんな生活は危険ゾーンだよな」

「それがどれほど肌にダメージを与えるか、わかる?」

「もうわかったよ。面倒なことは聞きたくない」彼は紙を指さした。「この*印はなんだ?」

よい子のルーシーなら話題を変えようしていただろうが、マムシは彼にどう思われようと頓着しなかった。「*マークは十四歳までに経験済みだけど、残念ながらやめてしまったこと。それをぜひ元に戻したいと考えてるの。愚かだというのなら、そう思ってくれて結構よ」

パンダは口角をつり上げた。「愚か? いたずら電話? いたずら電話をばからしいと?」

「きっと実行することはないわ」ルーシーはそらとぼけていった。

彼は絞り染めのブラ・トップに見入った。「『だらしない服装』はやれてるな。文句ないだろ?」

「どうも。いくつかはインターネットで注文しないと手に入らなかったけど、これはうまくいってる」

「そうだな」彼は紙を指で弾いた。「マリファナを吸うのは違法だ」

「ご心配はありがたいけど、止めてもお節介はやめないでしょうね」

彼はさらにリストを読みこんだ。「裸で泳いだことはないのか?」

「告訴すれば?」

「今度試してみるときがあったら、ぜひ知らせてほしい」

「もしクソ覚えてたら——ね」

「下品な言葉を使うなら、ふさわしいタイミングで使え。そんなばかげた使い方はしないんだよ」彼は眉をひそめた。「人前でいちゃつく？　おれはやらないぞ」

「いいわ。ほかの相手とやるから」

「ばかいうんじゃない」彼は怒っていった。「『どこでも寝る』なら付き合ってやってもいいぞ」

「だめよ。『どこでも』というのは『誰とでも』という意味を含むんだもの」

「もうテッドのことは忘れたのか？」

「彼は入らないわ。プロポーズしたんだから」

パンダは何かいいたげな顔をしたが、黙り、欄外にルーシーが書いたいたずら書きを指さした。「こいつはなんだ？」

ルーシーは鼻で笑った。「ハロー・キティ」

彼は破顔一笑した。「悪党め」

ベイカーズ・ラックのバジルは元気がなくなってきた。ルーシーは長椅子から立って水をやり、ゼラニウムの枯れた葉を何枚かつまみ、元に戻した。指でペンを揺すりながら、書きはじめた。

私の母親が児童問題に尽力するようになったのは、十代のころ病院に入院している子どもたちや難民キャンプの子どもたちを訪問した経験がきっかけになった……。

これについては祖父が詳しく書いているし、ルーシーが重複する内容を書くことを快く思わないだろう。

ルーシーはページを引きちぎり、ポケットから逆バケット・リストを取り出し、新しい項目を書き加えた。

宿題を無視する。

そしてそれに＊印を付けた。

ブリーはこれほど場違いな感じを抱いた経験はなかった。アフリカ系アメリカ人が白人の教会の礼拝に出席するのは問題ない。それは白人信徒会に許容する喜びをもたらすからだ。しかし島唯一の黒人用教会でただ一人白人が黒人に混じって出席するのはさすがに居心地が悪かった。ブリーは普段からめだつことが嫌いだ。できれば周囲に溶けこんでしまいたい。しかしハート・オブ・チャリティ伝道教会の中央通路ぎわの席に案内されあたりを見渡すと、ほかには白人らしき人物は一人も見当たらなかった。

案内人は会報を手渡し、二列目の信徒席を示した。後ろの席に座るつもりでいたのだが。着席するとブリーはいっそう落ち着かなくなった。白人の世界に一人足を踏み入れる黒人の気持ちは、こういう感じなのだろうか？　自分自身の身の上が不安定だからこんなふうに思うのか、あるいは読書によって必要以上に人種を意識しすぎているのだろうか？

ハート・オブ・チャリティ伝道教会は島で二番目に古い教会だ。ずんぐりした赤レンガの建物で、見かけは褒められたものではないが、内陣だけは最近改築されたように見える。壁はアイボリー、高い天井は淡い茶色の木材のパネル張りだ。祭壇は紫色の布で覆われ、前面の壁には三枚の銀色の布がかかっている。信徒席は狭く、あたりには香水やアフターシェーブ、百合の香りがたちこめている。

近くの席の人びとはようこそというように微笑みかけてくれた。男性はスーツ姿、年配女性は帽子を着用し、若い女性は鮮やかな色の夏服を着ている。

最初の讃美歌が終わると、聖職者と見えるがじつは執事の女性が挨拶を述べ、今後の予定について説明した。女性に見つめられ、ブリーは顔を赤らめた。「今日は参詣者がいらしています。どうぞ自己紹介を」

ブリーはこうなることを予測していなかったので、すぐには言葉が出なかった。そのあいだにトビーがかわりに答えた。「ぼくはトビー・ウィーラーです」少年はいった。「こちらはブリーです」

「ようこそトビーさん、ブリーさん」女性はいった。「神の祝福により、今日私たちはあなた方をお迎えできました」

「なんだっていいよ」トビーは信徒たちが「アーメン」の唱和をするあいだ、ひそひそといった。しかし冷笑的なトビーと違い、ブリー自身は心が安らいでいった。

礼拝は熱意のこもるものだった。ブリーが慣れ親しんだものは冷静で哲学的な宗教であったが、この教会の礼拝は声高に嘆願し、神を賛美するものだった。礼拝後、数を忘れるほど多くの人びとがブリーに挨拶にきたが、そのなかの誰一人として、あなたのようなまったくの白人がなぜこの教会を訪れたのかと尋ねることはなかった。一人の女性はトビーに日曜学校のことを説明し、町のギフト・ショップで見かけたことのある牧師がまた来てくださいと述べた。

「どうだった？」ブリーは古い愛車シボレー・コバルトに戻りながら、トビーに訊いた。

「悪くはなかったよ」トビーはシャツの裾《すそ》をズボンから引っ張り出し、答えた。「でも友だちはみんなビッグ・マイクの教会に行ってる」

トビーの話に出てくる唯一の友人は双子で、今年の夏は島に来ていない。マイラは友だちとの交友を禁止するため、礼拝にも連れて行かなかったという。「ここならお友だちができるかもしれないわよ」彼女はいった。

「友だちなんて欲しくないよ」トビーは車のドアを乱暴に開けた。「マイクに電話して来週はおじさんと一緒に教会に行く約束をするんだ」

ブリーはいつものように敗北感に打ちのめされると思った。しかしそうはならなかった。

子どもが車のドアを閉める前にそれを押しとどめ、体を屈めた。「私があなたの保護者なのよ。私がここを気に入ったんだから、来週もここに来るの」

「そんなのフェアじゃない！」

トビーは車のドアを力ずくで閉めようとしたが、ブリーも離さなかった。そしてルーシーの語調を真似て自分の主張を通した。「人生はフェアじゃないの。それに慣れなきゃだめよ」


「ブリーの考えることは人種のことばっかりなんだよ」トビーは濃いまつげに囲まれた金色の瞳を光らせながら、憤懣《ふんまん》やるかたなしという様子でルーシーにこぼした。「ぼくには黒人の子ども以外の面もあるのにさ。ブリーは偏見のかたまりだよ。あれは人種識別だ」

「それをいうなら人種差別」ブリーがカウンターの後ろから大声でいった。大事なマルハナバチのクリスマス・オーナメントの陳列のため、新しい棚を固定している最中だった。前回の分が好評だったので、二度目の仕入れだった。

「エームズは人種差別」トビーは繰り返した。「〈ルーツ〉のエームズみたい」

「サディスティックな農場の監督係よ」ブリーは顔を一瞬上げ、説明した。

「わかったわ」ルーシーは微笑んだ。ブリーは今週トビーと一緒に〈ルーツ〉のミニ・シリーズを観ており、二人ともストーリーに夢中になっている。「子どもは先祖から受け継いだものを知るべきよ」ルーシーはいった。「アフリカ系アメリカ人であるということもあなたの受け継いだものの一つなの。うちの弟アンドレもそう」

「でも白人はどうなの？」トビーは反論した。「それはどうなのさ？」

ブリーがまた頭をもたげた。「いったでしょ。お祖母さんの実家はヴァーモントの農家だって」

「だからあんたはヴァーモントの農業の本を読んでるんだな？」トビーがいい返した。「どうしてぼくの血の半分のほうがもう半分より重要なんだ？」

ブリーは一歩も引かなかった。「どっちが重要かじゃない。どちらが意味深いかということなの」こういってカウンターの下にまた戻った。

つまらないいい合いはするものの、二人の関係が変わったことにルーシーは気づいた。ちゃんと目を合わせ、意見がぶつかることが多くとも、より頻繁に会話を交わすようになっている。ルーシーはブリーの変化にも気づいている。背筋は伸び、タバコを吸う回数も減り、自信を持って発言するようになった。彼女の作る蜂蜜の健康効果なのかもしれない。

今日はテンプルに五時間ものエクササイズをやめ、ルーシーの主張する『ほどほど』を受け入れてみたらどうかとアドバイスしてみたが、案のじょうテンプルは受け付けなかった。

ルーシーはブリーのキッチンでのパン作りに成功している。いまはインディアン風の椅子を明るい青紫、薄い青、薄桃色、浅葱《あさぎ》色というイースター・エッグの色に塗る手伝いをしている最中だ。これが出来上がれば、直売所にいい日陰を提供してくれている大きな楢《なら》の木の下にゆったりと寛げる場所ができるだろう。その鮮やかな色が通り過ぎる車のドライバーの目に留まればいい、とブリーは望んでいる。

さっそく椅子の効果が出たのか、車が背後で停まる音がした。振り向いてみると、それはイリノイ・ナンバーのダークグレーのSUVだった。ルーシーの胸はときめいた。パンダはここのところテンプルの監視をゆるめ、町に出かけることが多くなっているが、この直売所に寄ったのはおそらくこれがはじめてだ。車を降りた彼はゆったりと近づいてきた。「ここで油を売っているわけか」彼はトビーに会釈した。「やあ、トビー。ルーシーは今日もパンを焼いているかな？」

トビーはパンダに気楽な感じで接するようになっている。先週など一緒にカヤックに乗ったほどだ。「全粒粉のパンだよ。でも美味いよ」

「だろうな。おれ、耳のところが好きだからさ」

「ぼくも」

「できたわ」最後に一度強く金槌《かなづち》を打ちつけ、ブリーがカウンターの後ろから顔を出した。「あら、ごめんなさい」ブリーはパンダに気づくと、そういった。「うるさかったでしょう？いらっしゃいませ」

ルーシーは一歩前に出た。「ブリー、こちらはパトリック・シェイド、通称パンダよ。こちらはブリー・ウェスト」

「ウェスト？」パンダの顔から笑みが消えた。そして不自然なほど黙りこんだ。彼は無愛想に会釈し、そのまま何もいわず車に乗り、走り去った。

18

SUVが走り去ると、ブリーは直売所に並んだ棚に戻り、クリスマスツリーの木の枝のディスプレイにクリスマス・オーナメントをぶらさげはじめた。その下にはバームの瓶、蜜蠟のキャンドル、花の形の石鹼《せっけん》が並べられている。ブリーはオーナメントを整然とではなく、歪んだバランスでぶらさげた。

トビーが飲み物を取りに行ったので、ルーシーは先刻の出来事についてブリーに疑問をぶつけてみた。「パンダと知り合いなの？」

枝のディスプレイが不安定な感じに傾きはじめた。ブリーはオーナメントのうちの二つを手に取り、飾る場所を変えた。「初対面よ」

「でも知り合いなんでしょ？」

ブリーは別のオーナメントを動かした。「いいえ」

ルーシーはその言葉が信じられなかった。「もうそろそろ私を信頼してくれてもいいころよね？」

ブリーは石鹼の籠《かご》を数インチ左にずらした。深く息を吸うブリーの肩が上がった。「私は彼の家の住人だったの」

ルーシーは驚きで目を見開いた。「レミントン家？」

ブリーはポケットのなかのタバコを手探りした。「サブリナ・レミントン・ウェスト。私のフル・ネームよ」

「どうして前にいってくれなかったの？」

ブリーはかつての自宅があった森のほうをじっと見つめた。あまりに長いあいだ黙りこんでしまったので、答えるつもりがないかとルーシーは思った。ブリーはようやく重い口を開いた。「そのことを語るのも、考えるのもいやなの。いつもそのことが頭から離れないくせに、そんなことをいうのはばかげているけど」

「なぜなの？」

ブリーはポケットに両手をつっこんだ。「あの家にまつわる思い出がありすぎるのよ。それも複雑な思い出が」

ルーシーも複雑な思い出がどんなものか、知っている。

「子どものころ毎年夏はあの家で過ごしたわ」ブリーはいった。「十八歳になるころ、ここへは来なくなったの。でも私以外の家族はその後何年もここへ来ていたけど、やがて父と母が介護施設に入り、別荘を維持するのにお金がかかりすぎるからということで兄が売りに出したの」

「それをパンダが買ったわけね？」

ブリーはうなずいた。「彼のことは知っていた。でも会ったことはなかったわ。ついに対面して、ショックだった」ブリーは割れた爪をしげしげと見た。「私はいまでもほかの誰かがあの家に住んでいるということが受け入れられずにいるの」ブリーは詫びるような表情でルーシーを見た。「話すべきだったわね。でも私、秘密を打ち明けることに慣れていないの」

「説明する義務はなかったのに」

「そんなことはないわ。あなたには想像つかないでしょうけど、あなたの友情は私にとってかけがえのないものなんだもの」ふたたびブリーはポケットをたたきはじめた。「タバコ、どこへ置いっちゃったのかしら？」

「コテージに置いてきたじゃないの。忘れた？　禁煙するといって」

「まいったわ」ブリーは淡い黄色の椅子に力なく座りこみ、喧嘩腰といってもいいような強い口調でいった。「私だって、スコットが浮気をしていることは知っていたわよ」

ルーシーはしばらくしてやっと話題が変わったことに気づいた。「ご主人のこと？」

「名ばかりの夫よ」ブリーは苦々しそうに口を歪めた。「恋愛中は彼にちやほやされて有頂天だったけど、結婚して二年もしないうちに彼の浮気が始まった。私はすぐに見抜いたわ」

「さぞ辛かったでしょう？」

「たしかに辛かったわ。でも大目に見てあげていたの。彼は修士、博士を目指していたしね。私は彼と結婚するために一年で大学を中退したから、知性が足りなくて彼の興味を受け止める力がないと判断したの。でも浮気は続いたし、相手の女性はみんな知性なんてなかった」

「そのことを彼に告げたら、なんといわれたの？」

ブリーは椅子に片肘をつき、アームの端にぴったりと手を巻きつけた。「彼にはいわず、知らないふりをしていたの」ブリーの声には苦悩があふれていた。「信じられる？　なんて意気地がないのかしら」

「いわなかったのはそれなりの理由があったからでしょ？」

「そうよ。人生をあきらめたくなかったの」ブリーはぼんやりと道路を見やった。「私は女性解放運動とは無縁の女なの。自分のキャリアを持ちたいという野心もなかった。子どものころに身のまわりにいた女性たちのようになりたかった、夫、子ども。スコットが子どもの話をするのさえ拒んだぐらいで、かえってよかったわ」ブリーは椅子から立ち上がった。「美しい家も欲しかった。お金の心配もしなくていい、自分にふさわしいものが何かを知っている。そんな安定した生活を望む気持ちが強すぎて、それを得るためなら自尊心などかなぐり捨てるつもりだった。一年前……ついにそんな生活が終わったときでさえ……」ブリーは話すのをやめ、もの悲しい表情で胸の前で腕を交差させた。「配偶者を見棄てたのは私じゃない。夫が私を置いて出ていったのよ。夫に何をされても我慢する貞淑な妻の私は、まだ未練たらたらだった」

ルーシーは同情で胸が痛んだ。「ブリー……」

ブリーは目を合わせようとしなかった。「世のなか広しといえども、ここまでされて黙っている女なんている？　私のプライドはどこへ行ったの？　気骨はどうしたの？」

「あなたはそれをいま見い出しているのかもしれないわよ」

しかしブリーは自己嫌悪のあまり、慰めの言葉を受け入れなかった。「鏡を見ると疎《うと》ましさしか感じないの」

「鏡を拭いて、もう一度見てごらんなさい。商売を順調に立ち上げ、気むずかしい一面を持つ子どもの養育にも責任を持とうとして頑張っている素晴らしい女性が、私には見えるわ」

「ぱっとしない商売よ。便の悪い場所に建つ壊れかけた直売所だもの」

「壊れてなんていないわ。見てごらんなさい。ここはタージ・マハールの直売所よ。蜂蜜の味は極上だし、新しいお客がいつも立ち寄ってくれている。あなたは製品をふやし、利益も出しているじゃないの」

「利益は新しい瓶やクリスマスのオーナメントの仕入れに投じなくてはならないわ。もちろん、石鹸の型、ローションに使うココア・バターも。労働者の日が過ぎて観光客がいなくなったら、どうするの？　冬が来てトビーが本格的な反抗期に入ったらどうなるの？」

ルーシーもそれに対して気休め的なことはいえなかった。「あなたはいろんなことを自力で解決してきたじゃない。そういう問題に対してもきっと答えを見い出せるはずよ」

ブリーがルーシーの意見を受け入れるつもりがないことは見て取れた。他人の気持ちを楽にしてあげたいというみずからの欲求が主張した。「スコットが今日ここへ現われて、おれが間違っていたと謝ったらどうする？　きみを取り戻したい、二度と裏切らないと約束するなんていったら？」

ブリーはしばし考えた。「もしスコットが現われたら？」そしてゆっくり問い返した。「もしスコットが現われたら……」ブリーは歯を食いしばるようにいった。「おととい来やがれというわ」

ルーシーはにやりと笑った。「同感よ」

ルーシーはパンダが午後のワークアウトを終えるのを待ち、二階へ行った。ブリーの打ち明けてくれた事情から、彼女の反応については納得できたものの、パンダのあの様子は解せない。彼は自分で選んだ狭い寝室の真ん中に立っていた。ここは部屋の大きさに比べて家具が多すぎる感じだ。彼が汗で濡れたTシャツを頭から脱ぐと、ルーシーは汗ばんだ発達しすぎの胸筋に目を奪われて、目的を忘れかけた。だがそれもほんの一瞬のことだった。「なぜブリーに失礼な態度を取ったの？」

パンダはスニーカーを脱ぐためベッドの縁に座った。「なんの話かな？」

「とぼけないでよ」スニーカーの片方が床に落ちた。「ブリーに紹介したとき、あなたはさっさと車に乗りこんでこそこそ逃げ出したわ。挨拶もせずに」

「おれは礼儀が身についてないからさ」スニーカーのもう片方がドサリと床に落ちた。

「必要なときは誰にでも完璧なマナーで接しているわ」

彼はソックスをまるめた。「シャワーを浴びなくちゃ」

「話が終わってからにしてよ」

しかしパンダは無視してルーシーの前を通り抜け、シャワー室に入り、ロックをかけた。彼は午後もずっとルーシーを避けていた。彼女は仕方なく黒のマニキュアを塗り直したり、前髪を赤紫に染めたり、竜のタトゥーを貼り替えたりして過ごした。その次は二階へ上がってテンプルの邪魔をしたが、これが大きな過ちだった。容赦ない厳しいワークアウトを強いられ、『ほどほどの運動』論がいかに愚かなものか辛辣に説教され、ルーシーは精も根も尽き果て、げんなりした。

ルーシーは夕食に何か作ってあげると申し出たが、テンプルはグリーン・サラダしかいらないと断わった。結局夕食はパサパサした七面鳥の肉、どろどろした玄米、すりつぶしたウドといった冷凍食品を食べることになった。ルーシーはそのまずさにのけぞり、思わず十四歳以降封印してきた表現を使ってしまった。「ゲロ吐きそう」

「太ることとどっちがましかしら?」テンプルが独善的な口調でいった。

「そういう言い方がまたむかつくのよ」ルーシーがつぶやいた。

パンダが片方の眉を上げた。テンプルはテーブル越しにルーシーの腕をたたいた。「誰かさんはPMS(月経前緊張)みたい」

パンダはテーブルに肘をついた。「この先PMSや月経痛、吹き出物の話題を持ち出したら、何かをぶっ飛ばす」

テンプルは手を振りながら、ドアを指差した。パンダは怖い顔で睨みつけた。ルーシーはまだパンダと二人きりになれずじまいで、テンプルの前で直売所での出来事に触れることははばかられた。やりきれないルーシーは憤懣を別の対象にぶつけた。「このテーブル大嫌い」

「おあいにくさま」パンダがいい返した。

テンプルが鼻を鳴らした。「この人はみすぼらしいものに囲まれているのが好きなの。忌まわしい幼少期への郷愁かしら」

「忌まわしいってどの程度？」ルーシーがいった。「彼は何も話してくれないの」

「おれの親父は麻薬売人で、おれが二歳のとき取引相手と揉めて銃殺された」パンダは感情のこもらない声でいった。「母親は麻薬中毒で、アパートにはネズミがいた。テンプルはそこが気に入ったらしい」

「そしてパンダは飢えそうになって食べ物を盗んだの」テンプルが妙に上機嫌でいった。

「悲惨じゃない？」

ルーシーは皿を押しやった。彼女の知らないことまでテンプルが知っていることが納得いかなかった。「ほかに何を知っているの？」

「彼は大学を優等で卒業したわ」テンプルがいった。

パンダは眉をひそめた。社会の厄介者といった自己のイメージを覆す情報に対して、明らかに不快感を抱いた様子だ。「どうやってそれを知った？」

「グーグルで検索したのよ」テンプルは鼻で笑いながらいった。「身元調査もしないで、雇用を継続できるとでも？」

「おれをググったというのか？　まるで一流の探偵だな」

「彼は陸軍にもいたことがあるの」テンプルが続けた。「残念ながら浮いた話一つなかったわよ。何人も女を泣かせたことは確かでしょうけどね」

「あるいは墓標のない女性の墓とか」ルーシーはいった。パンダは薄笑いを浮かべただけだった。

なぜテンプルは毎日一緒にワークアウトを続けながら、彼の裸に興味がないのだろう？ テンプルは休憩のたびに窓から外を眺めている。ルーシーは彼の首の横の長い腱に見入った。その部分を噛むのが好きなのだ。パンダはその視線に気づき、何を考えているかお見通しだとでもいうような表情を見せた。

パンダはその夜ルーシーの引き戸から姿を現わさず、ボートハウスは暗いままだった。そんなことは二人の関係が始まって以来はじめてのことで、ルーシーはつい考えごとにふけった。……もし彼とブリーの関わりが不動産にまつわるものでしかないのなら、なぜ彼は語ろうとしないのか？

翌朝はルーシーの沈んだ気分に合わせたかのように、そぼ降る雨が窓を濡らした。彼が私に知られたくない秘密は何だろう？ ルーシーとすればパンダとはごまかしのないすっきりした関係でいたかった。逢っていないあいだに、ああなのかこうなのかと勘ぐったりしなくて済むよう、秘密や謎はあってほしくない。ルーシーは二階の奥のクローゼットからレミントン家が残したと思しき古い黄色のレインコートを引っ張り出した。もしかしたらこれはブリーのものだったかもしれない。濡れた芝生の上を歩きはじめたが森へは向かわず、家の北側に広がる土地を目ざした。最初は彼の地所とは知らなかった岩の多い区域だ。急な坂道のてっぺんまで登ると、息が切れた。

パンダは考えごとをする場所としてここを使っているらしく、思ったとおり崖のふちに立っていた。彼は高級そうなダークグレーのレインジャケットとジーンズを着ていた。頭には何もかぶらず、髪は雨に濡れ、風で乱れていた。ルーシーは雨に濡れた彼の浅黒い顔を見つめた。彼はルーシーを見て、嬉しそうな様子は見せなかった。

「昨日はセックスがなかったわ。もうあなたなんてクビにしようかしら」

ルーシーが説明を求めてくるであろうことは、パンダも予測していた。しかしその前に少し時間稼ぎがしたかった。しかし読みが甘かったようだ。この島から出て行かなければ――彼女から離れなければ、自制が利かなくなってしまう。一度テンプルに契約解除を申し出てみたが、断わられてしまった。今回の仕事が終わったら、また自分の専門であるクライアントの警護という任務に戻るつもりでいる。

レインジャケットの襟が風にあおられた。「クビにしないほうがいいと思うよ」彼はいった。「おれ、じつはセックス・テープを持ってるんだ」

ルーシーは笑わなかった。黄色のレインコートを着て奇妙な髪型の上から黒の裏打ちがあるフードをかぶり、袖口から三インチほど黒の裏地が折り返されているので、まるで濡れたマルハナバチのように見える。「嘘よ」彼女はいった。「なぜブリーと会ったとき、麻薬幻覚者みたいなおかしな行動をとったのか話してよ」

「おれがセックス・テープのような大事なことで嘘をつくと思うか？」

「いますぐ話して。ブリーの家族があの家の所有者だったことはわかった。彼女がすべて打ち明けてくれたから」

ルーシーが訪ねていくコテージのブリーという名の友人とサブリナ・レミントン・ウェストとの関係にはもっと早く気づいておくべきだったとパンダは悔やんだ。しかし今回の頭を使わない任務で思考力がすっかり鈍ってしまった。「ビデオカメラは小型だし」彼はいった。

「おれ、隠しカメラはお手のものだからさ」

ルーシーは今度も笑わなかった。まったくの本気らしく、彼はそれがいやだった。「ブリーはあなたと初対面だといっていたわ。それなのに、なぜあんなふうに逃げ出したの？」

パンダはもっともらしい説明を思いついた。「昔の彼女に似てたんだよ」

「昔の彼女って？」

彼はルーシーの頬に流れる雨粒を気にせず、鼻で笑ってみせた。「おれはおまえの忌まわしい過去を探ったりしないんだから、おまえも余計な詮索《せんさく》はよしてくれ」

「あなたが私の過去を知ろうとしないのは、聞いても退屈するのがわかっているからでしょ？」そこで言葉を切った。「大事なことだから知りたいの」

彼は眉をひそめた。「あの女におまえは正体を明かしてしまった。口外しないと本気で信じているのか？」

「一カ月経つけど約束は守ってくれているわ。それに私、なんとなくテンプルの仲間として暮らしているけど、島ではブリーしか友人がいないの」

おれは除外なのか？「この島に友人なんて必要か？」彼はいった。「あと数週間で島を去るのに」彼は口論をしかけた。「おまえはたやすく人と近づきになりすぎる。いつでも好きなときに自転車でふらりと町に出かけ、誰にでも好きなだけ話しかける。もっと用心しろよ」

「私はおしゃべり好きだから。でもこの会話の主題は私じゃなくてあなたなの。もし真実を話してくれないのなら、詮索を始めるわよ。私の情報源はグーグルなんかよりもっとパワフルよ」

パンダはルーシーが崖の縁に近づきすぎるのが気になって仕方がなかった。しかしもし後ろに下がれといえば、きっと頭を食いちぎられてしまう。彼は最初に出逢ったころの物静かで素直なルーシーが懐かしかった。「なぜそうも気にする？」彼はいった。

「私は秘密が嫌いなの」

「探るなよ、ルーシー」

彼女のフードが風で後ろにはずれてしまった。「私はこう思うの。あなたはなんらかの形でレミントン家に関わりを持っている。だからこそあの家を買ったのよ。あなたが家具を変えようとしない理由もそのためよ」

「あの家にはルーツがあるからそれを大事にしたいということで、自分とは関係ない。独特のたたずまいが気に入っているから、おまえがいくら嫌おうとあのテーブルも棄てたくないんだよ」

幸いなことにルーシーは崖から少し離れた。「それも事実でしょうけど」彼女はいった。「残りを話してよ」

断じて事実を語るわけにはいかない。パンダはルーシーの華奢《きやしゃ》な身体に黄色のレインコートが音をたてて打ちつける様子に見入りながら、胸の奥にしまいこんだ秘密をこの女性にぶちまけてしまうことはできない、とあらためて思った。弟カーティスのこと、陸軍のこと、警官時代、貧しい被害者の児童の母親に子どもの死を伝える辛さ。自分を信頼できない苦悩。それならいっそルーシーの美しさを賛美したい。むさくるしい髪型、偽タトゥーで変装してはいても、生き生きとした表情や緑の斑点のある瞳の魅力はいささかも損なわれていない。

こんなに愛らしく、健やかな精神を持つ女性にはもっと素晴らしい相手がふさわしいのだ、とパンダはあらためて感じた。自分のように暗い過去を引きずる人間には、彼女を愛する資格がない。少なくともルーシーと結ばれる者は、相手を傷つける可能性のない男でなければならない。

「残りなんてないよ」パンダは手を伸ばしてルーシーのフードをかぶせてやった。はずみで雨粒が彼女のうなじを流れ落ちた。「この関係は遊びだといいきったくせに、まさか本気で惚《ほ》れたりしないよな？」

パンダはしげしげとルーシーの顔を眺めた。どんな表情の変化を期待していたのか、自分でもわからなかった。彼女の顔つきがそのままだったことに、安堵と失望とが同時に押し寄せた。「あなたの肉体には惚れたわよ」彼女はいった。「あなたの体は違法ステロイド剤の使用防止広告のポスターみたいになりつつあるけどね。その肉体はとにかく見事のひと言に尽きるわよ。顔は別としてね」

彼女は生命力と知性にあふれながら、大きな苦悩を抱えている。長いあいだ、彼女は本来の個性にはなじまない鋳型に自分自身を合わせ、完璧な娘になろうと懸命の努力を続け、その結果自分を見失ってしまっている。二人の関係についても……あんなばかげた逆バケット・リストなどを作って強気な発言をしてはみても、彼女にはかりそめの情事など似つかわしくない。彼女には本物の恋愛が必要であり、彼女がみずからそういう相手を探さないのであれば、こちらが誰かとのめぐり逢いを取り持つぐらいの努力が必要かもしれない。

笑いを浮かべていたパンダは表情を変え、好色そうな流し目を送った。「おまえは色っぽいよ。裸のときは言うことなしなんだが、服を着ると頭痛の種になっちまう。だからおまえも本物のコミュニケーションを望むなら、裸になればいい」

ルーシーは彼のそんな露骨な物言いに、驚いた様子を見せた。パンダは胸が掻きむしられる辛さを感じながらも、こうするしかないのだとみずからに言い聞かせた。それでも彼女を胸に抱きしめ、頬に流れる雨のしずくを拭き取ってやりたい衝動は抑えがたいものだった。

「面白いことというのね」ルーシーはフードをかぶり、顎を上げた。「秘密は胸にしまっておいて。私もそこまで知りたいわけじゃないから」

ルーシーは歩み去った。残された彼の気持ちは乱れるばかりだった。

雲が抜け、空が明るくなったので、ルーシーはトビーの誘いを受け、マイク・ムーディのヨットに乗ることにした。午後いっぱいマイクのコロンの匂いに包まれて過ごすかと思うといやだったが、考えごとをしながら家のまわりをぐるぐる回っているよりましだと考えたのだ。

パンダはあんな嘘が通ると本気で思っているのだろうか？　わざとらしい侮辱の言葉、ばかげた嘲笑。あれは例によってこれ以上詮索するな、近づくな、という彼なりのサインなのだ。こちらは百も承知なのに。この束の間の情事も、逆バケット・リストに加えるべき項目だ。とはいえああして秘密を抱えこまれてしまうと、彼のことを考えずにはいられない自分に気づき、困惑している。

トビーと一緒に町営の港に係留された青と白の大きなモーター・ボートに乗りこみながら、ルーシーはにこやかな笑みを浮かべた。トビーは期待で目を輝かせている。「乗船許可願います」

「どうぞ、ご乗船を」ほころんだ口もとで美しい歯がきらめいた。カーキのショートパンツ、緑色のロゴが入ったポロシャツにボートシューズといった服装。日焼けした首まわりにかけたストラップには高価なレヴォのサングラスがかかっている。

ルーシーは普段着ている安っぽい衣類を黒の水着とパイルのビーチウェアに替えたが、いつものようにノーズリングはつけた。ルーシーの日焼け止めのクリームやタオル、野球帽を入れたバッグと〈ペインテッド・フロッグ〉で買ったクッキーをマイクが受け取った。同時に乗船を手伝おうともういっぽうの手を差し伸べたのだが、幸い記憶にあったどぎついコロンの匂いはしなかった。金のカレッジリングとブレスレットもなくなっている。

「ご一緒できて光栄です、ミス・ジョリック」

ルーシーは失望した。「ブリーから私のことを聞いたのね？」

「いや、他人の顔は一度見たら忘れない、と先日もいったとおり、やっと数週間前に突然ピンときてね」マイクは竜のタトゥーを顔で指し示した。「じつにうまいこと変装しているなあ」

トビーは釣り道具を調べるために船尾に駆け寄った。ルーシーはバッグから野球帽を出した。「町の人たちは誰も私の正体に気づいてないわ。だから世間に知られずにいるのよ」

「もしきみが身分を明かすつもりがあるなら」マイクは真剣な口調でいった。「自分から話すだろうとぼくは考えた」

ルーシーにはマイクの率直さが新鮮に思え、気づけばいつしか彼に心を開いていた。

船が出港するとマイクはトビーに操舵《そうだ》をまかせた。船は最後に島の南側に着いた。岸辺に近づくと、トビーは自分の竿を取り、マイクにヒントをもらいながら釣り糸を投げはじめた。ルーシーは逆側で泳ぎを楽しみ、パンダのことは考えまいとした。

その後数時間が楽しく過ぎていった。しかし魚は寄りつかず、ついにトビーはあきらめて泳ぎはじめた。ルーシーは波止場で寛ぎながら、マイクに対する第一印象が間違いだったと気づいた。それどころかマイクはまやかしとは無縁の人物。ハンサムで社交的なこのセールスマンは純粋に人の長所を探そうとするたぐいまれな人間の一人なのだ。先週も恋人へのメールを入れながら彼のキャデラックに追突してきた十六歳の少年にさえ同様の対応を見せた。「十代のころは誰でも愚かなことばかりするもんだ」トビーがシュノーケルで潜水しているあいだ、錨の上で揺れる船のデッキでマイクはいった。「ぼくも例外じゃなかった」

ルーシーは微笑んだ。「まさかあなたが、そんなはずないわ」

「いや、残念ながらぼくは愚か者だったよ。ブリーに聞くといい」

ルーシーはブリーが彼のことに触れたことはないと、礼を失しない言い方でどう伝えればいいのか戸惑ったが、マイクは見かけほど鈍くはなかった。「ブリーはぼくのことなんて話題にしないよな？」

「まあそうね」

マイクは持参してきたクーラーボックスのジッパーを開いた。「ぼくはこの島で生まれ育った。大学時代を除けば、ずっとここで暮らしてきた」近くをスピードボートが通過したので、波で船が揺れた。「両親はアル中だった。おまけにぼくは図体がデカいだけの、友だちづきあいもうまくやれない無器用なガキだったんだ」マイクは島の惣菜屋で買ったサンドイッチの袋を出し、造り付けのテーブルの上に置いた。「ブリーは別荘族の娘だった。毎年彼女とその兄たちがやってくるのをぼくは指折り数えて待ち望んだ。あの兄弟はぼくのあこがれの少年たちで、どんな場合でも適切な発言、周囲への適応ができる聡明さを持ちあわせていた。しかしぼくが誰より会いたかったのはブリーだった」

マイクはクーラーボックスからソーヴィニオンの白ワインを取り出し、コルク栓抜きを手に取った。「あのころのブリーを見せてやりたかったな。気を張り詰め悲しげな様子をしているいまのブリーとはまるで別人だった。生命力にあふれ、いつも笑っていた。足取りも踊るように軽やかだった」彼はコルクを引き抜いた。「トビーの母親のスターは島一番の美人と思われていたけど、ブリーがいると影が薄くなったほどさ。ぼくもブリーに視線を奪われた。高嶺《たかね》の花すぎて自分に手の届く相手じゃないことは承知していたけど」

「そんなはずないよ」船尾にかけた梯子《はしご》をトビーが上がってきたのに、マイクもルーシーも気づかなかった。シュノーケル・マスクは頭の上に載せられていた。

「ブリーは辛い経験をしたんだよ、トビー」マイクはプラスチックのコップにワインを注ぎ、ルーシーに渡して、いった。「おまえもブリーの立場から状況を見てあげることが必要じゃないのかな」

トビーは痩《や》せた体から水を垂らしながら、デッキの上に足を踏み入れた。「ブリーは絶対にマイクの味方をしない。マイクがそんなブリーをなんで庇《かば》うのか理由がわかんない」

それはマイクがそういうたぐいの人間だから、とルーシーは心でつぶやいた。彼は追突してきた若者を赦し、アルコール中毒の両親を咎めず、いまも変わらぬ好意を示す彼に冷たく当たるブリーを弁護している。

マイクはポテトチップスの大袋を開けた。「サンドイッチを食べないと、マイクおじさんが食べちゃうぞ」

トビーとマイクはチップスやサンドイッチ、ルーシーの持ってきたクッキーを平らげながらジョークを交わし合った。トビーはいつもの不機嫌はどこへやら、マイクといると別人のようにユーモアたっぷりで饒舌《じょうぜつ》だった。食べ終えると、トビーは後部のベンチにうずくまり、日が沈みはじめるとまどろみはじめた。

マイクが舵《かじ》を握り、船は帰路についた。ルーシーはマイクの隣りで三杯目のワインを飲みながら、沈みゆく夕陽の光が波の上で輝く様子を見て楽しんだ。突然マイクがいった。「ぼくは十七歳のとき、ブリーに卑劣なことをした」マイクはルーシーがエンジン音のなかでも聞き取れる、しかもトビーを起こすことのない声量でいった。「彼女はトビーの父親デービッドと恋仲だった、ぼくは嫉妬から二人を憎むようになった」マイクはスロットルをゆるめた。「ある晩、ぼくは二人を偵察した。そして彼女の母親に見たことをばらした。正確にいうとはっきり見たわけではなく、思い込みではあったけどね。翌日ブリーは島からいなくなった。そして約二カ月前まで一度も島に来なかった。彼女がぼくの顔も見たくない理由はこれで察しがつくだろう？」

ルーシーはプラスチックのコップを握りながらいった。「いまでもまだ彼女に恋愛感情があるの？」

マイクは質問について、考えこんだ。「真の愛というものは双方の思いが通じることだと思うんだ。そういう意味では一方通行でしかない。でもぼくは彼女が苦労する姿を見ていられない」マイクは詫びるような微笑みを見せた。「今日は自分のことばかり話してるね。普段はこんなじゃないんだよ。きみは話しやすくてつい」

「いいのよ」パンダが心閉ざした同じ日の午後、思いがけずマイクから打ち明け話をされてしまった。

船が港に近づくと、マイクは満足げな溜息をついた。「いろんな土地に旅をするけれど、あの眺めに飽きることはないな。ほかの土地に住むことなんて想像もつかない」

「冬になれば気が変わるんじゃないの？」

「毎年マイアミで数週間過ごすんだが、すぐここに帰りたくなっちゃうんだ。クロス・カントリーや氷上魚釣り、スノーモービル。この国のほかの土地では冬は家にこもるだろう？ここミシガンでは戸外で遊ぶ季節なんだよ」

ルーシーは笑い声を上げた。「その調子で砂漠でも砂を売っちゃいそう」

「客に信頼できる相手だと思ってもらえるからね」マイクは横目でルーシーを見た。パンダと違い、マイクの視線は首から上だけに留まっていた。「ぼくは島で一番の金持ちだ」マイクは淡々とした口調でいった。「それを当然のこととは思っていない。この島の住民はトラブルが日常茶飯事だと知っている。そんな島民を助けるためにぼくは尽力しているからこそなんだよ」

「みんなに利用されてしまわない？」

「たまにはカモにされることもあるよ。けど、じつをいうと……救援をほんとうに必要とする人を助けられないぐらいなら、カモにされたほうがましだと思ってる」

これこそマイク・ムーディの人間性を如実に表わす言葉だった。最初に自慢屋に見えたものは真の寛大さだったのだ。パトリック・シェイドと違い、ビッグ・マイクは自分の長所も短所も一切合財をさらけだすことを恐れない人間なのだ。


パンダはルーシーの足音がデッキの上に響くのを聞いた。あいかわらず、玄関を通らず寝室の入口から家に入ってくる。彼女の無事を知っても、憤りの気持ちはほとんど消えなかった。彼女はいったい何をするつもりなのかと心配になって、夜までずっと気が気でなかった。

彼はチェストに置いたペーパーバックのスリラー小説を読んでいるふりをした。引き戸が開いたとき、彼は目を上げなかったが、視界の隅で必要な情報はすべてつかんだ。

ルーシーは風で髪が乱れているのに、妙に上機嫌だった。水着の上にはおった白のビーチウェアの前には食べ物の汚れが付着している。それをウエストのあたりで斜めに結わえているので、片側の乳房の部分がはだけてしまっている。水着のトップの上に生地が載っている様子がポルノ雑誌などよりずっとエロティックだ。

ルーシーは自分の寝室のベッドに彼が横たわっているのを見ても、何もいわなかった。彼は足首を組み、チェストの引き出しに向けて首を傾けた。「この部屋をこぎれいにしたくて、豚を持ってきたよ」

「豚なんていらない」

「そんなはずはない。こんな立派な豚なのに」

「物にはすべてふさわしい場所というものがあるわ」ルーシーは水着の裾を引っ張った。体から日焼け止めと湖の匂いがした。

パンダは本を置き、ごくさりげなくベッドの横に足を下ろした。「長い外出だったね」

「行き先はテンプルに伝えておいたわ」ルーシーはあくびをして、バッグを隅に置いた。「シャワーを浴びたいの」

彼は浴室までついてきて、ドアフレームにもたれた。「マイク・ムーディと釣りに出かけたそうだな。あんなやつと」

それを聞いてルーシーは意外なほど怒りをあらわにした。「マイクをバカにしないで。彼は人として強くなったからこそ、あんなふうに見えるだけ。ほんとうは素晴らしい人なのよ」

パンダはそれを聞いて反発を覚えた。「ああ、やつに訊いてみよう」

ルーシーはビーチウェアの結び目を引っ張った。「なんにも知らないくせに。マイクは寛大すぎるほど心の広い、善良な人なのよ。それにあなたと違って、彼は本音で話すことを恐れないわ」

彼は鼻で笑った。男は性的な目的がなければ本音の会話などしないものだ。

ルーシーはすました表情で口をとがらせた。「頼むから出て行ってよ。シャワーを浴びるから」

シャワーは一緒に浴びる。ルーシーだってそう思っているはず。しかしそのことで彼女と口論したくなかったので、彼はいった。「わかったよ」

彼は後ろ手でドアを閉め、読むつもりのない本をつかみ、去った。

彼は午前一時までパソコン作業を続け、遅れている書類作りをした。だがそれでも眠れなかった。目を閉じるとまぶたの裏に焼きついた彼女の逆バケット・リストの項目が浮かんでくるのだ。「寝る場所を選ばない」

19

ひびの入ったビニールの床の上で、いつものようにデンと鎮座しているキッチン・テーブルを見るたび、ルーシーは嘲《あざけ》られるような気がする。テーブルは足の折れた緑のイボイノシシみたいだ。ルーシーはテーブルの隅を布巾でたたいた。「一度でいいから、コーヒーの粉を散らかさないでコーヒーを淹《い》れることはできないかしら？」

武装した窃盗犯や逃走中の殺人犯、狂犬病にかかったスカンク、アクションへの切望を充たす標的が現われないかと窓の外を窺《うかが》っていたパンダが振り向いた。「一度でいいから、おれのかわりにコーヒーが淹れられないかな？」と彼はいい返した。

「私は食べようと努力しているの」テーブルからテンプルがいった。「二人とも黙ってくれない？」

ルーシーがテンプルのほうを向いた。「あなたにもいいたいんだけど……チェリオスの箱が近くにあったら、そんなに困る？　それとも『女王陛下』にとって誘惑が強すぎるのかしら？」

テンプルはヨーグルト・スプーンを舐めた。「パンダ、この子をつまみ出してちょうだい」

「喜んで」

「放っといて。いわれなくても出ていくわよ」ルーシーは怒ってキッチンを跳び抜けた。

「もっと大事にされる場所に行くわ」そういってゲップでもしてやりたかったが、うまくいかなかった。

「町に新しい幼稚園ができたそうだよ」パンダが後ろからいった。

「あなたが行けば？」ルーシーはドアを乱暴に閉め、ブリーのコテージに向かった。喧嘩をしてよかったことは、子どもじみた態度を取るのがいかに爽快《そうかい》かわかったことだ。

パンダとの関係にある変化が訪れたのだ。それは昨日シャワーを出たとき、パンダがベッドで待っていなかったからという単純な理由からではない。ひと夏だけのかりそめの関係と割り切ろうとしても、パンダに憤りの気持ちを覚えるようになったのだ。自分よりテンプルのほうがよほど彼のことに詳しいという事実は愉快なことではない。秘密を打ち明けてもらいたい。自分を信頼してほしい。彼が自分を守る盾になってくれるとわかっただけでもよしとすべきなのかもしれないが、テンプルのためにも同じことをするのなら、満足できない。

数分後コテージに着くと、ブリーがちょうど直売所の開店準備を始めている最中だった。ブリーが〈蜂蜜屋　回転木馬〉の看板を出しているあいだ、ルーシーは新しい葉書を見ていた。現代の巣箱の先駆けとなった昔風の藁《わら》で作った蜂の巣が満開の桜の木の下に置かれ、まわりに奇抜な感じの蜂たちがブンブンと飛び交っている絵が描かれている。「素敵な葉書ね。最高の出来じゃない？」

「ほんとうにそう思う？」ブリーは樫《かし》の木陰に置いた金属製のテーブルの位置を変えた。ブリーは接客の合間にこの葉書を描いたのだ。

「もちろん。これはきっと大評判になるはずよ」

「そうなるといいけど。あと一カ月で労働者の日。そのあとは……」ブリーは曖昧にお手上げといった仕草をした。

ルーシーは葉書の大量生産のための当初の印刷費を投資させてもらえたらなんとか道が開けるのにと思わずにいられなかった。しかしそれが事業上の提案ではあっても、ブリーのプライドがそれを許さないだろう。幸運なことに、ブリーはハート・オブ・チャリティ伝道教会の聖職者で地元のギフト・ショップのオーナーでもあるサンダース牧師を通して販路を開発できた。牧師がブリーの製品を店で取り扱うようになったのだ。

「昨日マイクの船に乗った感想は？」ブリーがさりげなく訊いた。

「素敵だった。楽しかったわ」

「マイクが船から水中に落ちたとか？」

ルーシーはブリーの辛辣な発言に気づかないふりをした。「まさか」

「それは残念」ブリーは小さな試食用のスプーンが入った袋をつかみ、バスケットのなかに入れた。一緒に並べられているのはチョコレートに浸した蜂蜜キャラメルを一粒ずつ包装したもの。キャラメルはルーシーが苦心の末に完成させた製品だ。

ルーシーは注意深くいった。「マイクのこと、私は好きよ」

「まだ彼と付き合いが浅いからそう思うのよ」ブリーは試食用に用意する、蜂の巣付きの蜂蜜の蓋をこじ開けながらいった。「私は彼がトビーより若いころから知っているの」

「そうね。自分はあまり人付き合いが上手ではなかったと本人も認めているわ」

「どうしてそんなことを知っているの?」

「成り行きでね。彼があなたにしたことを話してくれたの」

ブリーは言葉を失った。「彼がそんなことを?」

ルーシーはうなずいた。「彼は興味深い人物よ。あんな人はめったにいないわ。自分のなしえた功績と同時に過ちについても率直に認められる人よ」

「そう、彼は自慢が大好きね」

「じつはそうではないのよ」

ブリーは蜂の巣蜂蜜とスプーンを並べ終え、実験的に売り出したココア味の蜂蜜を試食してもらうためのプレッツェルも用意した。「トビーがマイクと長時間一緒にいるのは感心しないわ」

「マイクはトビーを可愛がってるのよ」

「そう、二人は相思相愛よね」ブリーは辛辣な口調でいった。

ルーシーは顔を上げた。「嫉妬しているの？」

「当然嫉妬しているわよ」ブリーは蜂の巣に近づきすぎたハエを思いきりひっぱたいた。

「マイクは子どもにシャワーを浴びなさい、早く寝なさいと小言をいわなくていいんだもの。

楽しいことばかり担当して、私は嫌われ役なんだもの」ブリーはそこで言葉を切り、顔を曇らせた。「マイクへの認識は間違っていないはずよ。人は時が経っても変わるものじゃない。でも……」そしていつものように降参といった仕草を見せる。「確信がなくなってきたわ……事情が込み入ってきたのよ。なぜだか」

ルーシーには思い当たる節があったが、言葉にせず、心にしまっておいた。

ブリーは夜、直売所を閉めた。蜂の巣の蜂蜜はどっしりと重い。今日早い時刻にマイラが使っていた手動の採蜜器を掃除した。明日の夜明けに今年の収穫にとりかかるつもりでいる。骨の折れる作業になりそうだが、それよりも来年の収穫がどうなるかのほうが不安である。この島に定住しなくてはならないという覚悟はついたものの、新たな収穫分を売りきらなくては越冬資金がおぼつかないからだ。

ブリーは自分の創り出したものを見渡した。回転木馬の絵で囲みイースター・エッグの色の椅子を並べた、小さなおとぎの国の城のような直売所。自分でも意外なほど、みずから創り出した世界に幸せを感じた。客がペンキを塗った椅子に腰かけ、蜂蜜の味見をしている様子を見るのが好きだ。ローションを試し、石鹸の匂いを嗅ぎ、キャンドルに見入る姿を眺めるのが楽しい。いつまでも夏が続けばいいのに、と思ってしまう。冬が近づく不安や、お金の心配、トビーの養育の悩みがなかったら。ブリーは溜息をつき、林のあいだから見える夕陽を見つめ、コテージに戻った。

家のなかに入って最初に気づいたことは、キッチンに本物の料理のよい匂いがただよっていることだった。「トビーなの？」

トビーはお気に入りのジーンズにTシャツ、野球帽といったいでたちで親指だけ離れたオーブン・ミットをはめている。少年はオーブンからキャセロールの料理を出し、レンジの上のしわの入ったベイクドポテトの隣りに置いた。「夕食を作ったよ」トビーはいった。

「一人で作ったの？　料理できるなんて知らなかった」

「ばあちゃんからいくつか習ったんだよ」トビーがアルミホイルを剝がすと蒸気が立ち上った。「マイクも夕食に招《よ》びたかったけど、仕事で来れないって」

「とにかく忙しい人だからね」ブリーは皮肉っぽくいった。「何を作ったの？」

「カウボーイ・キャセロール、ヌードル、ベイクドポテト。それからルーシーが今日焼いたパンも」

糖質軽めのメニューではないけれど、ケチをつけるつもりはなかった。シンクにたまったヌードルを避け、ブリーは手を洗い、食器棚から皿を二枚出した。テーブルに置かれていた〈南北戦争の黒人兵〉の本を横へ押しやった。「美味しそうな匂いね」

カウボーイ・キャセロールは牛のひき肉、ぶちインゲン豆、カウンターの空き缶からみてトマト・スープを使った料理と判明した。半年前ならこんな料理を食べるはずもなかっただろう。しかしタマネギは生焼け、ひき肉も焼きすぎだが、おかわりして食べた。「美味しいわ」ブリーはフォークを置きながら褒めた。「自分がこんなに空腹だったなんて気がつかなかった。これからは気が向いたら料理を作ってちょうだい」

トビーは褒められることが好きだ。「わかったよ。あんたはなんで料理しないの?」

こんなスケジュールのどこに料理をする余裕があるというのか。しかしじつをいうと料理が好きではないのだ。「私は食べ物にあまり興味がない人なの」

「だからそんなに痩せてるんだよ」

ブリーは酸による漂白加工を施したキャビネットや、黄ばんだビニールの床をじっと眺めた。浮気者の夫が買った豪邸よりこんなみすぼらしいコテージのほうが居心地よく感じるのはなぜなのだろう? 当時湯水のごとく浪費していた金にありがたみを感じたことはなかった。いまこうして努力と創意工夫によってみずから稼ぎ出しているお金のほうがずっとずっと価値がある。

「あなたのお母さんも料理が好きだったわ」ブリーはいった。

「ほんと?」トビーはフォークを動かす手を止めていった。その熱心な表情を見ていると、マイクが勧めたようにトビーに母親の想い出を語り聞かせてやらないのは狭量ではないのかという気がしてきた。

「ばあちゃんはお母さんのこと、頑として話そうとしなかったよ」トビーがいった。

「そう。お母さんはいつも新しいレシピに挑戦していたわ。クッキーやブラウニーだけじゃなく、スープやソースのレシピなんかもね。ときどき私も手伝わされたけど、たいてい私はただお母さんの作ったものを味見するだけだったわ」

トビーは顔を上げ、考えこむ様子を見せた。「こうしてぼくの作った料理を食べてるみたいにね」

「そう、こんな感じよ」ブリーは記憶をたどった。「お母さんも蜂があまり好きじゃなかったわね。犬や猫が好きだったの」

「それもぼくに似てる。もっとほかに憶えてることある?」

お母さんは私の愛する男を盗んだのよ。いやひょっとすると自分は、デービッドに愛されていなかったと認めるよりスターを悪者にしてしまったほうが気楽だから、そう信じたいだけなのかもしれない。

ブリーはナプキンを折りながらいった。「お母さんはカード・ゲームが好きだったわ。ジン・ラミーというゲームがとくに」スターは私を裏切った。でもトビーは母親についてすでにいやというほど否定的なことばかり聞かされて育った。「彼女はジャネット・ジャクソンとニルヴァーナが好きだったわ。私たちは夏じゅう、〈スメルズ・ライク・ティーン・スピリット〉という曲で踊りつづけたものよ。ソフトボールはド下手だった。チームメイトにはしたくないほどね。でも結局チームに入れた。彼女がいると笑いが絶えないからよ。彼女は木登りが好きだった。幼いころ、前庭のあの古い木に登ってよくかくれんぼをしていたものよ」

「ぼくの木だ」トビーがあまりに感嘆を込めていうので、ブリーは胸が痛んだ。

ブリーはもっと早く話してやるべきだったと悔いながら、想い出を語りつづけた。「あなたのお母さんは完璧な人ではなかった。命を軽んずることさえあった。でもこれだけは確かよ。彼女はあなたを置いていくつもりじゃなかった。いつでも帰れるつもりだったのよ」

トビーが深くうなだれているので少年の目に涙があふれる様子を見ることはできなかった。ブリーは手を伸ばしてトビーの顔に手を触れようとしたが、考え直してやめた。「〈ドッグス&モルツ〉にデザートを食べに行きましょ」

トビーは顔を上げた。「ほんと？」

「もちろんよ」ブリーは満腹で動きたくもなかったが、はじめてトビーの人生を明るくする人間でいたいと思った。

二人は車に乗り、町へ出かけた。トビーはジャンボサイズのミックス・アイスクリームを注文した。トッピングはM&Mに粒チョコレート、ピーナツ、チョコレート・ソース。ブリーは一番小さいバニラ・コーンを頼んだ。二人がピクニック・テーブルに座って間もなく、なんのめぐり合わせか、マイクが現われた。「おいトビー、サブリナ」

サブリナ？

トビーはベンチから勢いよく立ち上がった。「ここへおいでよ、マイク！」

マイクはブリーの顔色を窺った。ブリーはここで悪者になりたくなかったので、会釈した。

「ええ、どうぞご一緒に」

数分後マイクは小さなチョコレート・サンデーを持って戻ってきて、トビーの隣りに座った。そのためブリーと向かい合わせになった。トビーがこの場の空気を気まずくしないでとり懇願するような顔をしたのでブリーは胸がよじれるほどの切なさを感じた。マイクはまるきりブリーと目を合わせようとしなかった。

ブリーのアイスクリームは溶けて流れ出したが、もはや舐める気はしなくなっていた。マイク・ムーディに愛想を振りまかないことで心ならずも気が咎《とが》めるのが自分でもいやだった。ルーシーでさえマイクに好意を持っているというのに、自分はどうしても過去にとらわれてしまう。とはいえ、遺恨は晴れつつあるのかもしれない。少年時代のマイクと大人になった彼が同一人物であるとは日に日に思えなくなっているからだ。

夫が赤ん坊を抱っこひもで抱えている若い夫婦が立ち止まってマイクに話しかけ、続けて酸素タンクを引いた老人も声をかけてきた。誰もがマイクと会って、嬉しそうな顔で挨拶をしたがった。トビーはいつものことだという感じで、辛抱強く挨拶が終わるのを待っていた。最後に誰もいなくなった。「トビー、このサンデーはとても美味しいよ。もう一つおかわりしようかな」マイクはポケットに手を入れ、トビーに五ドル札を手渡した。「買ってきてくれるかい？」

トビーがいなくなり、あらためて見てみるとマイクは最初のサンデーをほとんど食べていないことがわかった。「じつは明日きみに会いにいこうと思っていた」

「私のことはもうあきらめたんじゃなかったの？」ブリーは極力すねた感じに思われないようにいった。

「トビーについての相談なんだよ」マイクはアイスクリームを脇に押しやった。「ベイヤー家の子どもたちが島に来ないことになった」

ブリーはしばしその名前に思い当たらなかった。「トビーの親友だという双子のことね？」

「あの子にとって唯一の友だちだよ。双子の両親が離婚することになって、母親があの子たちを引き取ってオハイオで暮らすことになったんだ。トビーはまだそのことを知らないし、知ったらそうとうなショックを受けるだろう」

「最高。さらに問題がふえたわけね。どうすればいいのか途方にくれるわ」彼女はいった。

マイクはナプキンで口を拭いた。「トビーの友だち付き合いを禁じているマイラの育て方については、困ったことだと感じていた。しかしあの人は知ってのとおり変わり者だから、人の意見なんか聞く耳を持たなかった。トビーは学校でこそ友だちと接するが、友だちをコテージに招んだり、友だちの家に遊びに行ったりするなと止められていた。双子と友だちになれた唯一の理由は歩いてすぐのところに住んでいたからだ。マイラは過保護だった」

「私はいったいどうすればいいの？」マイクにアドバイスを求めるのはおかしなことだが、彼のほうはそれを奇異に受け止めていないようだった。

「おれはサッカーチームのコーチをしている」彼はいった。「トビーをチームに入れれば、新しい友だちもできるだろう。ぜひ参加させてやってほしい」

ブリーはすでに養蜂家である。履歴書にサッカー・ママの項目がふえてもいっこうにかまわない。「いいわ」

ブリーがこうも早く承諾したことに、マイクは驚いたようだった。「訊いておきたいこともあるんじゃないか？　コーチはほかにもいる。それに――」

「いいの。あなたを信頼するわ」

「任せてくれるのかい？」

ブリーは荒れた爪を見るふりをした。「あなたはトビーを可愛がってくれているもの」

「買ってきたよ」トビーがサンデーを持ってマイクのそばに戻ってきた。マイクはこそこそと最初のサンデーをナプキンで覆い、プラスチックのスプーンを持って二個目のアイスクリームを食べはじめた。トビーが釣竿について質問し、やがて二人は会話に熱中していった。

その夜ブリーはなかなか寝付けず、起きていた。裏の階段に座り、闇を見つめながらマイクのこと、迫りくる冬のことを考えていた。蜂蜜は当初の予想を上まわる売れ行きで、クリスマス・オーナメントは意外にもヒット商品となった。サンダース牧師が彼のギフト・ショップでブリーの商品を手数料もとらず展示してくれているのだ。元気づけたい教会区民に蜂蜜を配ってあげられるのだから、お返しはいらないと牧師はいう。

できるかぎりの節約を心がけているが、出ていくものもある。瓶の仕入れだけではない。さんざん悩んだ末に高級な手作りのガラス製球状オーナメントを発注したのだ。それに島の景色を描き、ぜひとも三倍の値段で売りたいと考えている。九月第一週の労働者の日まで残すところ一カ月。高額の仕入れは客足が途絶えかけている時期としては大きなリスクとなる。

自宅の衣類を委託販売業者に預けており、そこからの収入がいまでもわずかに入ってきている。運がよければ、その金とひと月分の直売所からの安定した売上金、受け取ったばかりの手描きのオーナメントを売った大きな儲《もう》けを合わせれば、冬を越せるかもしれない。もしトビーの背が伸び、着られる服がなくなり、古い暖房炉が故障して使えなくなり、屋根の雨漏りがひどくなり、車のブレーキを交換しなくてはいけなくなったら……。

冬は長く、この島の住民は依存し合うしかない。

六月には聞き流すことができたマイクの言葉も、こうして秋を直前にすると現実みを帯びてくる。最悪の事態に陥れば、それこそ頼る先がない。マイクがいてくれなくては困る。考えれば考えるほど、彼を無視しつづけるのは分不相応な贅沢に思えてきた。方向転換を図り、もはや彼に対する恨みはなくなったと伝え、安心させねばならない。どれほど気が滅入ろうと。

網戸の向こう側から眠そうなトビーの声が聞こえてきた。「ここで何してるの?」

「ちょっと――眠れなかったの」

「いやな夢でも見た?」

「いいえ。あなたは? なぜ起きてるの?」

「わかんない。ただ目が覚めちゃったんだ」トビーはあくびをして、隣りに座った。少年の肩が腕を擦った。寝起きで汗をかいた少年の匂いに、兄弟同士がおたがいの部屋に忍びこんでは幽霊の話をした子どものころの記憶がよみがえった。

トビーはふたたびあくびをした。「今日はアイスクリーム、ありがとう」

ブリーはこみ上げるものを呑みこんだ。「どういたしまして」

「子どもはたいてい暗闇を怖がるけど、ぼくは大丈夫だよ」トビーは豪語してみせた。

ブリーも怖くない。現実のほうがよほど恐ろしいからだ。

トビーは前にかがんで足首をじっと見た。「近いうちにマイクを夕食に招いたらどうかな?」

ブリーはとんでもない、とばかりに一蹴《いっしゅう》しようとして、ついいましがたマイクとの関係を修復しようとみずからに誓ったことを思い出した。いずれにせよ、こちらはもう過去にこだわってなどいないということをマイクに信じこませなくてはならない。

「いいわよ」ブリーはふと自分はいつからこんな計算高い人間になってしまったのだろうという疑問を抱いた。しかし主義を貫くことができるのは裕福な人間だけなのだ。「そろそろ寝ましょうよ」ブリーは階段から立ち上がった。

「そうだね」トビーも立った。「マイクはカウボーイ・キャセロールを気に入るかな?」

「喜ぶわ、絶対」

二人は室内に入った。自分の寝室に向かうトビーの後ろから、ブリーはいつものように声をかけた。「おやすみ、トビー」

今夜はトビーも挨拶を返した。「おやすみ、ブリー」

ついに八月がやってきて、蒸し暑い日々が続いたかと思えば激しい嵐の日もあった。ほとんど毎晩ルーシーはボートハウスか寝室でパンダと逢った。だが二人の関係は戯れの倒錯の要素が薄れ、心乱れる強い感情をともなうものに変化していた。身体検査もリコリスの鞭もなかった。昼間はよく喧嘩をした。

「昨日挽《ひ》いた粉を使ってこのコーヒーを淹れたのか？」パンダは注いだばかりのコーヒーをシンクに勢いよく流しながら、いった。

「コーヒーを淹れないと文句をいったかと思えば、淹れてもケチをつけるわけね」ルーシーはいい返した。

「おまえが使用説明書のとおりにやらないからだよ」

テンプルは脚立《きゃたつ》式ストゥールの上で薄く切ったリンゴ半分を食べながら、長々と溜息をついた。彼女はいつものように長い髪をポニーテールにまとめており、アーモンド型の目と日増しにシャープになっていく頬骨がくっきりめだっている。彼女が島に来て約六週間が経った。顎の下にたっぷりついていた贅肉は消え、長くうっすらと焼けた脚に厳しい鍛錬の成果が表われている。しかしテンプルは満足するどころか、日増しに神経質になり、すぐ癇癪《かんしゃく》を起こし、悲しげな様子を見せるようになっている。

「それをいうなら、あなたの指図どおりに、でしょ？」

「おまえのでたらめなやり方よりよっぽどうまくいく」パンダがいい返した。

「あなたの意見ではね」

「子どもじみた喧嘩はやめなさい！」テンプルが叫んだ。「お尻をたたくわよ」

「おれが代わってたたいてやろうか」パンダがのろのろといった。

ルーシーはパンダに向けて口をよじり、キッチンを出てカヤックを漕ぎにいった。二人のあいだにある緊張感が厭《いと》わしい。あのころの戯れのムードが懐かしい。楽しくないのなら、かりそめの関係の意味がないではないか。

水が荒く波立ち、一心に漕ぎに集中できるのが幸いだった。

テンプルは日中着ているワークアウト用のウェアと同じ清潔なものを着て夕食のテーブルについた。彼女の肉体は筋肉質そのものだった。黒のレーサーバックのトップは腱をくっきりめだたせ、お揃いのスパンデックスのショートパンツは筋肉が波打ち細くくびれた腹部を際立たせている。テンプルとパンダは似た者同士だ。どちらも体を鍛えすぎで、落ち着きがなく、不機嫌だ。

ルーシーは成長ホルモンによっておかしくなっている二人についてなにごとかぼそぼそつぶやいた。テンプルはルーシーのウエストを眺め、中年太りに対する対策を打たずどうなったかといった例をあげてみせた。パンダは話をやめて、クソまずい食事をせめて静かな気持ちで食わせてくれと怒鳴った。

パンダと違い、ルーシーは町で食べたサツマイモのフライと大きなシュガー・クッキーのおかげで味の薄い冷凍のビーフ・シチューに不満はなかった。テンプルはどこかさめた口調で子どものころにかかった病気と大人になってからの免疫力との関係について語りはじめた。テンプルが水疱瘡《みずぼうそう》にかかったことがあるかとパンダに尋ねたとき、ルーシーは口をはさまずにはいられなかった。「プライバシーの侵害よ。パンダは過去を語らない人なの」

「それがむかつくわけだろ」パンダがいい返した。「おまえは他人の秘密を何もかも知り尽くさないと満足しないんだよ」

しかし彼は他人ではない。愛人なのだ。

「彼の言い分ももっともよ、ルーシー」テンプルがいった。「あなたは他人の心に土足で踏みこもうとするようなところがある」

パンダは雇用主を裏切り、フォークを向けて非難した。「あんたの頭のなかは誰かに踏みこんでもらったほうがいいくらいだよ。日増しに意地が悪くなってる」

「それは嘘」テンプルが反論した。「私は前から意地悪だから」

「以前はここまでじゃなかったわ」ルーシーがいった。「二〇ポンドも減量したというのに――」

「二四ポンドよ」テンプルは傲然《ごうぜん》といった。「あなたたちのおかげじゃないわよ。人がいがみ合っているのを聞くのがどれほど憂鬱《ゆううつ》なことか想像できる?」

「私たちが怒鳴り合っていることとあなたの問題は関係ないわ」ルーシーがいった。「あなたは典型的な醜形恐怖を患っているのよ」

「ひぇー」テンプルは嘲るようにいった。「御大層な言葉だこと」

ルーシーは皿を押しやった。「体じゅうどこも素晴らしくなったけど、あなたの頭は別ね」

「それはあなたの意見でしょ」テンプルは自分の体に向けて力なく手を振った。「いくらでも好きに解釈すればいいけど、私はまだ太っているわ！」

「いつになったら太っていないと認めるの？」ルーシーは叫んだ。「あなたの頭にある体重計のどこまでいけば満足するわけ？」

テンプルは指を舐めた。「豚さんに体重のことでお説教されるなんて、信じられないわ」

パンダはその言葉に反応した。「彼女は豚じゃない」

ルーシーは彼を無視した。「あなたの肉体は美しいわ、テンプル。もう体のどこもブルブル揺れることはなくなった」

「あなたのヒップと違ってね」テンプルはいい返したものの、本気で攻撃するつもりはなさそうだった。

ルーシーは手も付けていない料理を厭わしげに眺めた。「まともな食事を摂るようになればヒップはちゃんと元に戻るわ」

テンプルはパンダのほうを見た。「この人は一種の異星人よ。二〇ポンドも太って平気でいられるんだもの」

「二〇ポンドも太ってないわ」ルーシーは反駁《はんばく》した。「一〇ポンドがせいぜいよ」しかしスイートポテトやクッキーが敵なのではなかった。原稿を何も書いていないことに対する後ろめたさなのだ。そして文字どおり無視している家族、チャリティ島を去ると考えただけで陥るパニックこそが敵なのだ。

パンダはテーブルの後ろから立ち上がった。「失礼してこれから自分を銃殺する」

「やるのなら水の近くでやって」ルーシーはいった。「あと片づけが楽だから」

ルーシーとテンプルはむっつりと黙りこんだまま夕食を途中でやめた。テンプルは窓の外を眺め、ルーシーは大嫌いなキッチン・テーブルの緑色のペンキをつついた。

翌日の午後遅くルーシーがポーチのそばで雑草を抜きながら、町のバーへでも出かけて逆バケット・リスト作りでもしようかと考えていると、車道に車が入ってくる音が聞こえた。どうやら定期的にやってくる配達の車の音ではなさそうだ。ルーシーはスコップを脇に置き、見にいった。

シルバーのスバルから赤毛をショートカットにした体格のいい女性が降り立った。ゆったりとした白いトップに、もう少し脚が長ければよく映えたと思われる、仕事着のような薄茶のカプリパンツ、アスレチック・サンダルといった装いだ。首からかけた革ひもの先には大きなトルコ石がぶらさがり、指にはめた銀の指輪がきらりと光りを放っている。ルーシーは挨拶のつもりで会釈し、女性がみずから名乗るのを待った。その前に玄関の扉が開き、ミスター・ボディガードが出てきた。

女性はルーシーから目をそらし、パンダを見た。「パトリック・シェイド?」

彼は階段の上で立ち止まった。「何かご用ですか?」彼は女性の問いに答えることなく、いった。

女性は車の前に出てきた。「友人の行方を捜しているの」

彼はルーシーのほうを仕草で示した。「ここにいる二人以外の人物をお捜しなら、ほかを当たってみてください」

「彼女はここにいるはずよ。調べはついているの」

客人の恰幅《かっぷく》のよさから、テンプルには敵が多いことをルーシーは思い出した。この女性がテンプルに対して憤懣を抱えたかつてのクライアントだとしたら？　あるいは〈ファット・アイランド〉の視聴者で、テンプルをストーキングしているのだとしたら？

パンダは来訪者を断じて通すまいと、ドアの前に張り付いていた。

「ここを捜し当てるのに、何週間もかかったのよ」女性は頑《かたく》なにいい張った。「いないといわれて、あっさり引きさがるつもりはないわ」

パンダはゆっくりと階段をおりた。「ここは個人の地所です」

彼は声を張り上げこそしなかったが、威圧感は充分すぎるほどあった。女性はそれに屈することなく、追いつめられた感じでいい返した。「なんとしても彼女に会いたいの」

「お引き取りください」

「彼女に私が来たことを伝えてよ。お願い。マックスが来たと」

マックスですって？　ルーシーは目を見張った。これがあのマックスなの？

しかしパンダは女性の名前を聞いても驚きを見せなかった。彼はプロとしてポーカー・フェイスを装っているのか、それとも最初からテンプルの思い焦がれる相手が女性だということを知っていたのか？

もちろん知っていたに決まっている。パンダのような完璧主義者がそれほど重要な情報を見逃すはずはない。

女性は建物のほうを向き、叫んだ。「テンプル！　テンプル！　マックスよ！　無視しないで出てきてちょうだい。話し合いましょうよ！」

その声があまりに悲痛だったので、ルーシーは同情で胸が疼《うず》いた。この声はテンプルの耳にも届いているはず。きっと出てくるだろう。しかし家のなかからは音もせず、人の動く気配もなかった。ドアは閉まったままだった。ルーシーはこらえきれず、家の横にまわり、裏口から入った。

テンプルは自分の寝室のこっそり車道を見おろせる窓のそばに立っていた。「なんであの人がこんなところまで出向いてきたのかしら？」テンプルは厳しいながらもぎこちない口調でいった。「私がこんなに憎んでいるのに」

ルーシーがこれまで謎だと感じていたことがすべて明らかになった。「嘘よ。憎んでなんかいないでしょ。彼女を愛しているはずよ」

振り向いたテンプルの髪の毛がひとすじ、クリップからほどけた。「知ったかぶりしないでよ！」

「あなたが彼女のことでひと夏じゅう悩んでいたことは知ってるわ」

「もう立ち直るわよ。たんに時間の問題よ」

「なぜ破局したの？」

テンプルは鼻孔をふくらませた。「ウブなふりしないでよ。私が女性に惚れたという事実を世間に公表したがるとでも思うの?」

「同性愛者であることを公にした有名人のトレーナーなんていくらでもいるじゃないの。そのことであなたのキャリアが危うくなるはずがない」

「キャリアではなく、私の人生が台なしになるわ」

「どうして? 理解できないわ」

「私はこの事実を受け入れたくないの」

「レズビアンであること?」

テンプルはたじろいだ。

ルーシーは両手を上げた。「ねえ、テンプル。時代は二十一世紀なのよ。愛の形はそれぞれ違っててていいんじゃない?」

「口でいうのは簡単よ。あなたは男に恋をする人だもの」

テンプルが男といったのはパンダを指したのだとルーシーは束の間考えたが、やがてそれがテッドのことだと気づいた。「恋をした相手を選ぶとはかぎらない。レズビアンは珍しくないわ」

テンプルは涙をこらえながら、口を歪めて笑った。「私はそこらの女性とは違う。テンプル・レンショーなのよ」

「だから自分は特別だというの?」

「私は二流のもので手を打つことはしないの。私の本質に反するから」

「マックスが二流だというの？」

「マックスは素晴らしいわよ」テンプルは激しい口調でいった。「あれほどの人に出逢ったことがないほどよ」

「なのに？」

テンプルは頑なに口を閉ざした。だがルーシーはあきらめなかった。「さっさといってしまいなさいよ」

「いうまでもないことよ。法律で認められても現実は変えられないの。同性愛は欠陥、疵物《きずもの》なの」

「わかったわ。あなたは完璧な人間だから同性愛を受け入れられないというのね」

「これ以上このことを話題にしたくないわ」

ルーシーはテンプルに対する同情で胸がいっぱいになった。テンプルはみずから作り上げた基準に縛られて、誰も受け入れられなくなっているのだ。これでは惨めな気持ちになっても不思議はない。

砂利を車のタイヤが擦る音がした。テンプルは目を閉じ、カーテンにもたれた。ルーシーは窓の外を覗いた。「おめでとう。あなたが最高と認めた人の車が走り去ったわ」

パンダが枯れ木を鋸《のこぎり》で切りながら、やり場のない苛立ちを抑えていると、ルーシーが家から出てきて話しかけた。「マックスのこと、なんで話さなかったかと不満なんだろ？」彼はいった。

「ええ。でも守秘義務があることは理解しているし——」

そのとき家のなかから何かがつぶれる大きな音がした。パンダは鋸を置き、室内に入った。ルーシーも彼の後ろから駆けこんだ。玄関の廊下まで行ってみると上で何かがぶつかる大きな音がしたあと、床に落ちる音が響いた。ルーシーは彼の後ろから階段を上った。

テンプルがジムの真ん中で幽閉王国の残骸に囲まれながら立っていた。髪は乱れ、目をぎらぎらと光らせている。ひっくり返ったウェイト・ベンチ。散らばったフロア・マット。壁には穴があいている。テンプルが一〇ポンドのウェイトを持ち上げ、窓から放り投げようとした瞬間、パンダが腕をつかんだ。

それは神々の戦い——ヘラクレス対戦士の女神ゼナの戦いだった。しかしテンプルがいかに力持ちであろうとも、パンダにかなうはずもなかった。彼は瞬く間に抱きかかえるようにしてテンプルの動きを封じた。

テンプルにはもはや抗う力も残っていなかった。彼が手を離すと、足元にがっくりと倒れこんだ。パンダが助けてくれと目で合図してきたので、ルーシーはただ一つ思いついたことを実行した。

たまたまパンダに渡すため、書斎にパンを隠してあった。その日の午後コテージで焼いたばかりのものだ。それをキッチンに運び、包み紙をほどき、嚙みごたえのある耳を切り落とし、食器棚に隠しておいた蜂蜜をその上から振りかけた。

テンプルは壁に倒れかかり、曲げた膝に置いた腕に顔を伏せていた。ルーシーは隣りにひざまずき、パンを差し出した。「これを食べて」

テンプルの赤い涙目はうっかり本音を表わしてしまった。「なぜ私の邪魔をするの?」テンプルはしわがれた声で訊いた。

「邪魔しているんじゃないわ」ルーシーは言葉に詰まりながら、ようやくいった。「これが──生きるということだからよ」

テンプルはそれを食べた。呑みこむのではなく、ひと口ひとくち味わいながら食べた。パンダがドアの支柱にもたれて見守っているあいだ、ルーシーはテンプルのそばで足首を交差させ、何を語ろうかと考えた。結局何もいわずじまいだった。

「美味しかったわ」テンプルは小声でいった。「もっとないの?」

「ないわ。でも今夜は夕食を作ってあげる」

テンプルはがっくりと肩を落とした。「もうこんなこと、続けられない」

「当然よね」

テンプルは両手に顔を埋めた。「すべてが台なしになってしまう。ここまで頑張ったのに」

「あなたが意志を持てば、そうはならないわ」ルーシーはいった。「あなたは元の肉体を取り戻した。今度は考え方を修正すればいいのよ」ルーシーは立ち上がり、パンダと顔を合わせた。「一時間で戻るから、食糧庫を開錠しておいて」

20

ルーシーが町から戻ると、家のなかは静まり返っていた。彼女は食料品とパンダの車のトランクから持ってきた小型の炭火のグリルを取り出した。木炭を燃やすあいだ、ピクニック・テーブルに使い古したテーブルクロスを敷き、不揃いの皿を並べ、とうもろこし四本の皮を剝いた。

キッチンに戻り、グラスにたっぷりとワインを注ぎ、マリーナで購入した釣りたての鱒《ます》の包みをほどいた。新鮮だがきちんと洗い、頭は切り落としてある。鱒の腹にホウレンソウや裏庭に生えているアサツキとレモン・スライスを詰め、全体にオリーブオイルを塗り、グリルに載せる皿の上に並べた。これが正しいことなのかどうかは判断がつかなかったが、テンプルにこのままの生活を続けさせるわけにはいかないことだけははっきりしていた。強迫観念に突き動かされて苦しみを抱え、みずから創り出したこの〈ファット・アイランド〉を出たらあっという間にリバウンドしてしまう、そんな連鎖は断ち切るしかないのだ。

手早くサラダを用意していると、パンダが現われた。このサラダには松の実と熟れた梨、禁断のフェタチーズの粉を混ぜてある。「こうすることが正しいと信じているのか？」彼は訊いた。

「もっといい考えでもあるというの？」

彼は憂鬱な顔で、ルーシーがオリーブオイルとバルサミコ酢から軽めのドレッシングを作っている様子を眺めた。「そもそもおれはなぜこの仕事を受けたと思う？」

「恩があるからでしょ？」ルーシーは詰め物をした鱒を彼に手渡した。「グリルは外に出したわ。焼きすぎないでよ」

パンダは驚きで言葉を失ったような表情を浮かべ、まじまじと鱒を見つめた。「おれはグリルの調理法を知っている男に見えるのか？」彼は尋ねた。

「裏返せるほど焼けないうちから素材を突かないように注意してね。やってみればわかるわよ。男性なんだから」

パンダはなにごとかつぶやきながら、外へ出た。ルーシーはトウモロコシを茹《ゆ》でるために沸かした湯の具合を確かめた。テンプルのダイエットの妨害をするつもりはなく、彼女に喪失感、欠乏感以外の感覚を取り戻してほしいと願う気持ちがあった。

テンプルがふらふらとキッチンに入ってきた。髪は乱れ、目は赤く、鏡の女王より皿洗いのメイドのようだった。ルーシーは買ってきたばかりのソーヴィニヨンの白ワインをグラスに半分注ぎ、黙って手渡した。テンプルはそれを鼻先に近づけて匂いを嗅ぎ、ひと口飲んだ。そして目を閉じてじっくりと味わった。

「今夜は外で食事をするからテーブルに花を飾りたいの」ルーシーは小学校の工作で作った

ようなずんぐりした青い花瓶を手渡した。「そこらへんを探して何か活けてちょうだい」

テンプルは疲れきって反論する気力もなかった。

テンプルが懸命に集めてきたものはキボウシの葉、黒ニンジンの白い花、紫色の眼状斑紋のある黄色い花ブラックアイド・スーザンだった。予想どおり、結果は完璧主義者のテンプルの意に染まないものだった。しかしルーシーは色褪《いろあ》せた雄鶏模様の赤いテーブルクロス、不揃いな食器にこれ以上似つかわしい生け花はないと思った。

ピクニック・テーブルは樫の木の下の湖が望める位置に置かれていた。パンダはルーシーとテンプルに向かい合うベンチに座った。ルーシーはテンプルと自分の皿に茹でたトウモロコシを一本ずつ、パンダの皿には二本置いた。

「バターを買い忘れたの」ルーシーは嘘をいった。「かわりにこれを試してみて」彼女はセサミ・ストリートの柄が入ったプラスチックの皿に載せたライムを指さした。

ルーシーの狙いどおり、トウモロコシの弾けるような甘みと絞りたてのライムジュースの独特の香り、海の塩の深みが合わさってバターなしでも充分に美味しかった。ルーシーはテンプルの心に栄養を届けたいのであって、テンプルの肉体改造の邪魔はしないつもりだった。少し焦げた部分もあったが、パンダに任せた焼き魚は上出来で、なかはしっとりとして風味豊かだった。

「なんて美味しいの」テンプルは祈りの言葉でもつぶやくようにいった。

「アーメン」パンダはテンプルとルーシー以上にきっちりとトウモロコシを食べ、二本目に手を伸ばした。

テンプルは普通見落としがちなトウモロコシの穂軸に見入った。「こんな料理、どこで習ったの？」

ルーシーはホワイトハウスのシェフを話題にしたい気分ではなかった。「見よう見まねの自己流よ」

テンプルは皿の縁に残った松の実を湿った指先できれいに擦り取って食べ終えると、純粋な好奇心が窺える表情でルーシーを見つめた。「こんなことをして、あなたにどんな得があるの？　こんな変人の私のことに、なぜ関心を持つの？」

「不思議なことにあなたのことが好きになってきたからよ」自分のことより他人の世話を焼いているほうが気晴らしになるという別の理由もある。提出期限が一カ月を切ったのに父に頼まれた原稿を一ページも書いておらず、仕事に復帰することは考えたくもなく、家族と話してもいない状態だ。やり遂げたことといえば大量にパンを焼いたこと、蜂蜜キャラメルを完成させたこと、性的に利用するだけの男と行き詰まりの関係を続けていることぐらいだ。

「ルーシーは人の世話ばかり焼いている」パンダがいった。「それはもう生まれつきなんだよ」パンダはルーシーがそわそわしてしまうようなまなざしで見つめた。「赤ん坊の妹を救い、両親の縁結びをした。そうさ、もしルーシーがいなければ、彼女の母親は大統領になれなかったかもしれないんだよ」パンダは手でハエを追い払った。「ルーシーは十四歳でアメリカの歴史を変えたともいえる」

パンダのそんな見解に戸惑いを感じ、ルーシーは立ち上がった。「デザートはどう?」「デザートがあるの?」テンプルはイースターのウサギが本物だと聞かされたような声を出した。

「人生は生きるためのものよ」

ルーシーはキッチンからダーク・チョコレートを持って出てきて、それを小さく三つに切り分けた。「彼の分のほうが大きいわ」テンプルがつぶやいた。やがて、「いまいったことは取り消させて」と慌てて付け加えた。

しかしルーシーとテンプルがそれぞれのチョコレートかじっているいっぽうで、パンダはチョコレートに手をつけずにいた。彼はナプキンを握りつぶし、皿の上に落とした。「これから辞職願を出そうと思っている」

ルーシーはチョコレートを喉に詰まらせた。テンプルの神経衰弱……ルーシーが用意した食事……彼は島を離れるための理由を探していて、格好の口実を見つけたのだ。そしてその過程で彼女と別れようとしているのだ。

「よく辞められるわね」テンプルは指についたチョコレートの汚れを吸いながらいった。

「あんたはまさしくこんな事態に陥らないためにおれを雇った」パンダは穏やかにいった。

「チーズ。チョコレート、穂軸つきのトウモロコシ……おれが任務を果たさなかったってことだ」

「あなたの任務は変わったの」

パンダは寡黙さなど忘れたかのように、熱い口調で訊いた。「いったいどう変わった?」

テンプルは曖昧《あいまい》な仕草をした。「それは私が考えるのよ」

「やめてくれ!」パンダはテーブルを押すようにして立ち上がり、庭を通って考えごとをする場所に向かった。

岩の道を登るパンダを見送り、テンプルはルーシーに視線を向けた。「もしこの男をものにしたいのなら、手早くやらなきゃだめよ。時間切れになりそうだから」

「ものにする? 私はそんなつもりはないわ」

「本心を隠しているのはどっちなのよ?」テンプルはパンダの残したチョコレートに手を伸ばし、理性を取り戻したのか、それを崖に向けて投げた。「パトリック・シェイドはあなたに惚れているわよ。ぶつくさいいながらもね。彼はセクシーさではピカ一よ。それだけじゃない。倫理観もあって、愛情深く人間味のある性格をしているわ。あなたは彼に恋しているでしょう?」

「してないわ!」

「精神科医のお世話になるべきなのはどこの誰かしら?」

ルーシーはピクニック・ベンチに脚を乗せ、皿をつかんだ「これが本物の食事をご馳走したお礼なの?」

「もし人生で出逢った最高の男を失いたくなかったら、手早い駆け引きが必要なのよ」

「駆け引きなんて考えていないわ。それに、人生で出逢った最高の男はテッド・ビューダインよ」

「ほんとうにそう思うの？」

ルーシーは荒い歩調で家に向かった。「あと片づけはやっておいて。私は町へ行くから。今夜はもうエクササイズはなしだからね！」

〈コンパス〉は〈浜辺の散歩道〉の通りから一ブロック裏に入ったところに建つ店だ。店の前には漁網がかけられ、穴だらけの真鍮《しんちゅう》の船のランタンがドアの両側にぶらさげられている。看板には「終日開店　生演奏で楽しいひとときを」とある。パンダに恋をしている、ですって？　でたらめいわないでよ。私だって真実の愛と情事の区別ぐらいつく。

店内はビールと鶏の揚げ物バッファロー・ウィングの匂いが漂っていた。壁にはプラスチックの浮きと、偽物のコンパス、漁網、舵の複製、電灯を支える棚などがかけられている。店の奥にバンド用の広いスペースが確保してあり、木のテーブルはぎっしりより集められている。比較的若年層のたまり場として知られるこの店はちょうどこの時刻から活気を帯びてくる。

ルーシーはスイカのマルガリータを飲みながら、バンドの音合わせを眺めていた。なぜテンプルはあんなことを考えたのだろう？　パンダがセクシーだから？　セクシーな男なら掃いて捨てるほどいる。まあ、彼ほどの男はあまりいないけれど。でも愛はセックスとは違う。

共通の興味があり、一緒にいて寛《くつろ》げて、価値観が同じでなくては成り立たない。そう、パンダとはそれに近い関係だけど……。

ルーシーは筋骨たくましいスポーツマン・タイプの男性がにじり寄ってきたとき、ほっとした。「よう姉ちゃん、名前は？」

「通称マムシよ」

「威勢のいい名前だな」男は見るからに酔っており、へらへらと鼻で笑っていた。

「そうよ」ルーシーは答えた。「怒らせたらぶっ飛ばすわよ」ルーシーも負けずに鼻を鳴らした。

若者が怯《ひる》んだようにあとずさりしたのを見てはじめて、ルーシーは自分のドレッドやタトゥー、脅し文句はごく普通の男性にとって気味の悪いものなのだと気づいた。誰かと話でもしようとこの酒場にやってきた目的は達成できそうもなかったが、お利口さんのルーシー・ジョリックでも他人が怯えるほどの威圧感を与えることができるのだと思うと、爽快な気分だった。

今日は自堕落さ全開のゴシック・ロック・ファッションで身を固めている。尻がやっと隠れる程度の黒のミニ・スカートに、鳩目の縁取りのワンショルダー・ホルターネックのトップ、唯一所有しているハイヒール——鋲《びょう》飾りのついた厚底のサンダルだ。タトゥーはすべてあらわに見え、鼻と眉にもリングをつけ、目のまわりに濃く太いアイラインを入れた姿は、可愛いショートパンツにビーチサンダルといったいでたちの女子大生たちのなかでは異彩を放っている。

ルーシーはあらゆるタイプの犬種を取りそろえたペット・ショップのような店内へ進んだ。ゴールデン・レトリバー、グレーハウンド、ピット・ブル、雑種。どの犬も彼女に視線を注いでいた。ルーシーは仲間に入れてと頼みそうになり、自分が誰かを思い出し、ぐっとこらえた。「あたしはマムシ」ビールをテーブルに置き、空いている席に腰をおろした。「町でささやかれている噂《うわさ》はあらかたホントだから」

ルーシーはいったいどこへ行ってしまったのだ？　パンダは町じゅうのバーを片っ端から見てまわり、最後に〈コンパス〉を思い出した。ルーシーが車で出かけてしまったので、テンプルを一人残し、ボートで町へ来るしかなかった。どうやらテンプルはルーシーが買ったチョコレートをすべて食べ尽くしてしまったようだが、もはやそんなことは知ったことではない。

パンダは群れ集う客を見渡し、すぐにルーシーを発見した。バンドの前でエディ・ヴァン・ヘイレンに似た長髪の痩せた若い男性とダンスを踊っている。あの骨盤揺らしを「ダンス」と呼べるかどうかは別としてだが。リード・ギタリストと金管楽器奏者はボン・ジョヴィの〈夜明けのランナウェイ〉をルーシーに向かって演奏している。いかにも柄の悪い、胡《う》散《さん》臭い女という感じ。安っぽいトップと靴は法すれすれといってもいい。ハンカチ程度の大きさのスカートから伸びた脚は露出が多すぎ、新しく貼った片脚の脛《すね》には巻きつくヘビのタトゥーがある。ほんの二カ月半前、テキサス一と評判の花婿に嫁ごうとしていたしとやかな令嬢の面影はもはやどこにもない。

パンダ自身も周囲の視線を集めていたが、若い娘にはなんの関心もなかった。曲が終わった。ルーシーは若い男の首に腕をまわし、体にもたれかかって長々とキスをした。

パンダは人波をかきわけて前に進み、若者の肩を少しつついた。「消えろ」

ルーシーは少しだけ振り向き、偽のピアスを通した眉をつり上げた。そして若者の体にいっそうしっかりとしがみつき、唇を男の耳元に近づけた。「気にしないで。見かけよりへなちょこだから」

パンダがほんの数秒睨んだだけで、若者は相手の強さを見抜き、ルーシーから離れた。

「あとでな」

ルーシーは急ぎ足で立ち去る若者の後ろ姿を見つめ、パンダのほうを向いた。「私は酔っぱらってるの。せっかくあの子といい線いっていたのに何よ」

パンダは歯を食いしばった。「そうかそりゃ何よりだな。これで例のリストもすべて実行済みってことか」

ルーシーは鋲飾りのついた靴を踏み鳴らした。「冗談じゃないわ。相手がいなくなっちゃったじゃないの。あの子と寝るつもりだったのに。今度はグレー・ハウンドを探すわ」

そうはさせるか。グレー・ハウンドがどこのどいつだか知らないが、断じてほかの男と寝かせてはならない。「いいかいベイブ……おれは自分の女を共有しない主義なんだ」

ルーシーは憤激した。「私はあなたの女じゃないわ。ベイブなんてなれなれしく呼ばないで！」

パンダはそれ以上何もいえないようキスをした。キスは強い酒とシナモンの口紅の味がした。しかし彼の思惑どおりにルーシーはキスにのめりこまなかった。彼女はパンダの下唇を噛み、離れた。「よくやったわ、パトリック。でも無駄。私は新しい友人と盛り上がっているの。あなたなんかお呼びじゃない」

「待てよ。おまえは人前でいちゃつきたいっていってたよな」

「あなたはいやだといったわね」

「気が変わったよ」パンダはダンスが苦手だが、ルーシーの先刻の動きはダンスではなかった。彼はルーシーを引き寄せた。

しかし彼女は応じなかった。「まずお酒を買ってきなさいよ」

「もう飲みすぎてる」

ルーシーは体を突っ張らせた。「お酒がなければ、ダンスはなし。カミカゼを買ってきて」

パンダは歯を食いしばり、バーへ行った。「カミカゼの味がするカクテルを作ってくれ」

彼は刑務所の監視員のようなバーテンダーに注文した。「強い酒は入れないで」

「あんた何者？」バーテンダーが怒ったような声でいった。「宗教かぶれか何か？」

「いいから作れ」

最終的に混ぜ合わされた代物はカミカゼよりオレンジのアイスキャンディのような味だっ

たが、ルーシーが気づくことはないだろうと彼は判断した。席を見やるとルーシーが男の膝の上に座っていた。その若者は背が高く、コミカルなほど痩せていて鼻も長かった。まさしくグレーハウンドだ。

パンダは自分用にビールを買いテーブルにゆっくりと戻った。グレーハウンドはパンダがやってくるのを目にして、急に立ち上がったのでルーシーを落としそうになった。パンダは若者に会釈して、ルーシーに飲み物を手渡した。「またいつもの手を使うつもりだな、ベイブ」

ルーシーはパンダを睨んだ。

「みんな聞いてくれ。一つ忠告しておこう……」パンダはビールをひと口飲んだ。「こいつと離れる前に財布をチェックしな。手癖が悪いんだ」

まわりの若い男たちがポケットのなかを調べているあいだに、パンダはビールを置き、バンドの演奏が場にそぐわないバラードに変わったところで、ルーシーをダンスフロアに誘い出した。ルーシーは薄ら笑いを浮かべた。「無理に人前でいちゃつかなくてもいいのよ。もう済ませたから。二人とね」

「たいしたもんだ」両手で彼女の尻をつかみ、口を耳に近づけた。「人前でおさわりっていうのはどうだ？　それもリストにあるのかい？」

「ないわ。でも……」

彼は手に力を込めた。「ぜひそれもリストに入れとけよ」

パンダは彼女が恥じらいを見せるのではないかと予想していたが、そんな様子はなかった。彼はルーシーをクジラの隣りの壁面に押しつけ、激しくキスをした。今度は反応が得られた。ルーシーは彼の首にきちんと腕をまわしてきた。少し意識が朦朧《もうろう》としているようだった。もしかするとぼうっとしているのは彼のほうなのかもしれなかった。彼はルーシーの耳たぶを唇で引っ張った。「ここを出よう」

ルーシーは頭から氷水でも浴びせられたような反応を見せた。「とんでもない。この店にいるわ」

「考え直してくれ」彼はいい返した。「おれと帰るんだ」

「どうやってそれを実行するつもり？」

なるほど彼女の言葉にも一理あった。実際やってはみたいものの、肩に彼女を乗せて店から強引に連れ出すわけにはいかない。なにごとだと救援に馳せ参じる客もいるだろうし、どこかに銃を隠し持っていそうなバーテンダーもいる。

ルーシーは腰を揺すりながらゆっくりと離れた。そして今度は別のテーブルに移動した。そこに居合わせたのは年代が上の、柄のよくない連中だった。パンダはむかっ腹が立った。ルーシーは大人だ。この状況が本人の望むものなら、どうなっても知ったことじゃない。

パンダは人波をかき分けながら出口に向かったが、はたと立ち止まった。女性客のなかにはルーシーをしげしげと熱心に見つめている者もいる。きっとルーシーが男性客の注目の的になっているのが面白くないのだろう。だが、もしもそれらの客がルーシーが誰であったか思い出そうとしているとしたら……みながいっせいに携帯電話を取り出し、写真を撮りはじめる様子がまざまざと脳裏に描き出された。

彼はクラブ・ソーダを注文し、バーにもたれて彼女の様子を窺った。やがてテーブルの男たちは落ち着かない様子を見せ、彼女に話しかけるのをやめた。彼女が別のテーブルに移っても、パンダが強い視線で睨《にら》みつけているので、歓迎されることはなかった。彼女は引き揚げようとはせず、腰を振りながらパンダのほうにつかつかと歩み寄った。足取りは確かで、視線も揺らいでいない。厚化粧はしていても世界の権力の中枢にかかわる女性のような自信に満ちた表情である。

「あなたが注文してくれた飲み物のおかげで、しらふに戻ったわよ」ルーシーはひどく真剣な口調でいった。「私はすべて承知のうえで行動しているの。だから警護は要らないわ」彼女は顎を上げた。「私はまる十年ガード付きの生活を送った。もうたくさんなの。私たちの関係は終わったんだから、もうかまわないで」

パンダは目の前が真っ暗になるほどの怒りに襲われた。こんな激しい感情が湧き起こったのはあまりに久しぶりのことだった。彼は飲み物をテーブルにたたきつけた。「おお、いいとも」

パンダを追い払うことはできたが、ルーシーの浮かれ気分はしぼんでしまった。なぜ彼は店に姿を現わし、すべてを台なしにしたのだろう。とはいえここまで羽目を外すべきではなかったとは思う。テンプルからすべて見透かしたように彼に対する恋心を指摘され、動揺してしまったのだ。

そんなはずはない。テンプルの勘違いなのだ。私は二カ月半で別の恋愛に走るタイプの女ではない。心に秘密を抱え、それをけっして明かそうとしない男に恋などしない。とはいえ心のどこかで自分から破局宣言などしなければよかったと悔やんでいたりもする。でも、夏が終わろうとしているのだから、彼が近々この島を離れるのは間違いないだろう。

店の外で彼と出くわすことのないよう充分な時間を置いて、ルーシーはバーを出た。駐車場は空きがなかった。彼の車を使ってここへきたので、パンダが先に車で帰ってしまったとなかば期待していたが、そうではなかった。彼はいまでも私の身を案じてくれている。彼といま別れるのが一番いいのだとわかってはいても、こみ上げるものがあった。

ルーシーはまだ家に帰りたくなかった。誰とも話をしたくない気分でもあった。車のほうへ視線は向けたが、車に乗りこむことはできなかった。もしスニーカーで来ていたら、酔い覚ましに散歩でもできただろうが、このヒールは夜間の徒歩には向いていない。それでも空気は暖かく、空には満月が浮かんでいる。ルーシーは車のあいだを抜け、煌々《こうこう》とした灯りのともる店の横へ出た。店舗の建物は入江の上に建っている。もし自分がここのオーナーなら、きっとここにパティオを設けただろう。しかしここにあるものといえば、ゴミ収集箱に物置、壊れたピクニック・テーブルだけだ。地面につぶれたタバコの箱やタバコの吸い殻が散乱しているところを見ると、ここは従業員が喫煙休憩を取る場所なのだろう。

ルーシーは起伏のある地面の上を注意深く進み、ピクニック・ベンチに座った。むきだしの太腿に森の冷気が伝わってくる。大気には湖の匂いと調理油の匂いが混ざり合っていた。バイクの音が聞こえ、ルーシーは束の間パンダが近づいてきたと信じたい気持ちになった。心の暗い沼地に溺《おぼ》れかけている私を円卓の騎士が救出してくれたらどんなにいいか。

ルーシーは湖の向こう岸に見える家々の灯りに目を凝らした。パンダはテンプルとの契約を終了したといい放ったのだから、明日のこの時刻には島を出ていても不思議ではない。しかしいったい自分はどうするつもりなのか？　いつまでここにいるつもりなのだ？　ルーシーは家の裏手の断崖に舞い散る枯葉を踏みながらたたずむ自分の姿を思い浮かべた。そして雪景色に包まれた自分の様子を想像した。春が来て、夏がまためぐってくる。歳月が静かに流れていくだろう。そうして髪には白いものが混じり、顔にはしわができ、ある年の夏ひょっこりやってきて住み着いた変わり者のおばあさんとして生きていくのだ。最後は山のような石化した手作りパンに埋もれた干からびた、遺体が発見されることだろう。

ルーシーは身震いした。大きな声が響き、われに返った。「待てよ。しょんべんするからよ」

「おめえ、いっつもしょんべんしてんな」

「ほっとけ」

足音が砂利を踏みしめる音がした。ひげをだらしなく伸ばし、バンダナを頭に巻いた男が建物の後ろに現われた。連れの男がゴミ収集箱の前で立ち止まったとき、ひげの男がルーシーに気づいた。「おい」

二人はともにブーツに汚らしいジーンズを穿《は》き、ぼさぼさの髪をしていた。この連中は週末だけバイクに乗る弁護士や高校指導カウンセラーなどではなく、本物の暴走族なのだ、ふらつく足取りから見て、二人とも酔っている。

ルーシー・ジョリックならこんな場面に遭遇すれば怯《おび》えるだろうが、マムシはこうした状況に対処するすべは心得ている。「おいってなんなのよ」

「しょんべんしてもいいか？」ひげの男は必要以上に大声でいった。「見たけりゃ、見せてやるよ」

ゴミ収集箱のそばにいる仲間がにやにや笑った。「まさかこんなところで、娘を見つけられるとはなぁ」

マムシはたやすく怯えることはないが、知恵はまわる。バーのなかは騒音が大きすぎて、ここで彼女が声を上げても店内には届かないだろう。ルーシーはこの会話を極力短くしようとした。「私はもっとましな用事があるの」そしてベンチから立ち上がった。

ゴミ収集箱の男はふんぞり返って近づいてきた。「なんならあいつのモノを支えてやったらどうだ？」

彼らの呼吸から強い酒の匂いがしたとき、彼女の不安は大きくなった。だがマムシは恐怖心を表に出さない主義だ。「そんなちっこい物、目に入らないわ」

男たちはやじるように大声を上げげた。ルーシーの膝はガタガタと震えはじめたが、自分の威勢のよさにはわれながら感心した。この夏の経験はまったくの無駄ではなかったのだ。

ただし、辛辣《しんらつ》な切り返しをしたことでかえって相手に親近感を与えてしまった印象はぬぐえない。二人の男たちは近づいてきた。「おめえが気に入ったぜ」ひげの男がいった。

ゴミ収集箱の男は狭くて傾斜のあるひたいと眉間のつながった眉の持ち主だった。「なかで一緒に飲もうぜ」

ルーシーは生唾をごくりと呑みこんだ。「いいよ」

だが二人は動かなかった。酒の匂いと体臭とで、ルーシーは吐き気を覚えた。

「連れの男はいるのか?」ひげの男はかつてパンダがしたように腹部をボリボリと掻いた。違うのはこちらは演技ではないということだ。

「女の連れはいるわよ」ルーシーはいい返した。「男は嫌いだからさ」

彼女としてはスマートに切り返したつもりだったが、男たちが視線を交わし合う様子に不吉なものを感じた。ひげの男がルーシーの体を舐めまわすようにじろじろ見た。「まだいい縁に巡りあってなかっただけだよ。そうだろ、ウェイド?」

「ずいぶん月並みな台詞《せりふ》だねえ」ルーシーはなんとかせせら笑ってみせた。

バーの建物の横側は柵になっているので、この駐車場から出るには二人の男の脇をすり抜けるしかない。島に滞在中一度も身の危険を感じたことはなかったが、今回ばかりは危機に瀕している。ルーシーの虚勢はしだいにしぼんでいった。「酒を買ってこなくちゃね」

「そう慌てるな」ゴミ収集箱の男ウェイドが股のあいだを掻いた。「スコッティー、用を足してこい」

「ダメだ。おっ立っちまったからよ」

二人の放つ悪臭に、ルーシーは吐き気を覚えた。心臓がドキドキと高鳴ってきた。「飲むのが先だよ」彼女はいった。「一緒に買いにいくかい、それともここで待ってる?」

しかし男たちのそばをすり抜けようとしたとき、ウェイドという男に腕をつかまれた。

「ここがいい」男は強く腕を握りしめた。「おめえ、本物のレズなのか?」

「触らないで」喉から発せられた声はそれまでの虚勢のかけらもない緊迫した金切り声だった。

一人の男性が割りこんできた。輝く甲冑《かっちゅう》を身にまとった騎士が建物の角から声をかけてきたのだ。「何か揉めごとでもあるのかい?」

「そのとおりよ!」ルーシーは叫んだ。

「おれの女が酔っぱらってるだけだ」ウェイドが叫び返した。「ほっといてくれ」ウェイドはルーシーの後頭部をつかんで自分の臭いTシャツに押しつけたので、彼女は声を上げられなくなった。

輝く甲冑の騎士は彼女の救出に馳せ参じた勇士などではなく、面倒なことに巻きこまれたくない一人の人間でしかなかった。「そうか、わかった」男性の遠ざかる足音が聞こえた。

もはや自分を守ってくれるパンダも、シークレット・サービスもいないのだ。願いごとは慎重に、ということわざにもあるとおり、世のなか何が待ち受けているかわからない。頭を押さえつけている男の手の力はゆるまない。ルーシーは叫び声を上げるどころか、呼吸もままならなくなっていた。孤立無援でとことん追いつめられていた。

ルーシーはもがきはじめた。相手に強くぶつかり、身をよじったが男の体はびくともしなかった。彼女は喘ぎ、息を吸おうとしたがうまくいかなかった。もがけばもがくほど男は強く押さえつけた。ルーシーは必死に靴のかかとで蹴《け》りつけた。そして固い靴底が命中した。

「くそ、このアマ！　こいつの脚をつかんでろ」

頭部が自由になり、叫び声を上げようとした瞬間、後ろから羽交い絞めにされ、口を手で覆われた。一人が彼女の脚をつかんだ。足が宙に持ち上がったとき、靴が地面に落ちた。彼女は頭のなかで絶叫していた。声にならない叫びは誰の耳にも届くはずがなかった。

「どこでやる？」

「あの林の奥だ」

「おれが先だ」

「ばかいえ。おれが先に見つけたんだぞ」

二人は私をレイプしようとしているのだ。一人が脚を抱え、もう一人が首をつかんで呼吸をさまたげながら二人は林に向かってルーシーを運んだ。ルーシーは男の腕をひっかき、爪を強く食いこませたが、気管に加えられた鬱血するほどの圧力はゆるまなかった。二人はルーシーを林の奥へと運んだ。足首をつかんでいた手の力がゆるんだ。足が地面を擦り、何か鋭いものでかかとが切れた。太腿に手が置かれた。鼻息と罵声《ばせい》が聞こえた。ルーシーはどうにか空気を吸いこみ、消え入りそうな声を上げ、足を蹴った。

「くそっ。こいつをつかまえてろ」

「手を焼かせやがって、メス豚め」

「声を出させないようにしろ」

「てめえ、黙りやがれ」

押しつけられる両手、食いこむ爪。彼女の意識は遠のきつつあった……。

そのとき世界が爆発した。「女を放せ！」

男たちはルーシーを地面に落とし、新たな邪魔者と向き合った。

朦朧とした意識のなかで、ルーシーは空気を吸い、痛みを感じ、かすんだ感覚の彼方でパンダの姿をとらえた。彼は暴走族の一人を地面に打ちのめした。もう一人が彼に飛びかかっていった。パンダはよろけながらパンチを浴びせたが、相手は腕力が強く打ち返してきた。

パンダは男の腹部に強烈な一撃を加え、男は木の幹に倒れこんだ。

これは紳士の戦いではなかった。パンダは手練《てだ》れの刺客だった。地面に倒れた男が起き上がろうとすると、パンダは肘の関節を片足で踏みつけた。男はその痛みで、吠えるような喚き声を上げた。

片足でそのまま踏みつけながら、パンダは後ろを向いた。ルーシーは体を起こし、彼に注意を呼びかけようとしたが、彼はすでに体をよじっていた。脚をピストンのように動かし、暴走族の股間を蹴り上げ、打ちのめした。そのまま屈みこむと倒れた男の首をつかみ、木に頭部を打ちつけた。

肘を折られた男が膝《ひざ》をついた。パンダは男の折れたほうの腕をつかみ、長々と引きずって水辺まで運ぶと、水中に転がした。ルーシーの耳にもかすかに水のはねる音が聞こえてきた。

パンダの息遣いは激しくなっていた。もう一人のところへ戻り、こちらも水辺へと運びはじめた。ルーシーはようやく声を発した。ざらついたか細い声だった。「そんなことすると溺れ死んでしまうわ」

「自業自得だろ」パンダはそういうともう一人を肩に担ぎ、岸部まで運んだ。ふたたび水音が響いた。

パンダは息を弾ませながらルーシーのところに戻ってきた。口角から血がしたたり落ちている。彼はひざまずくと荒業をやってのけたその手で、首から腕、脚、かかとへと優しく撫でおろした。「これから痛むところはあるかもしれないが」彼はそっといった。「どこも骨折はしていないよ。車まで運んでやろう」

「歩けるから大丈夫」自分の声のか弱さに、ルーシーはたじろいだ。

パンダは反論しなかった。ルーシーを抱き上げ、胸に抱き寄せた。優しいこの男と二人の男を打ちのめした残忍で有能な刺客とが、とても同一人物とは思えなかった。

彼はスペアキーを持っていたのだろうか、ルーシーがポケットに入れたキーを出せとは求めなかった。一組のカップルが店から出てきて、二人の様子をじろじろと見た。彼は助手席側のドアを開き、注意深く彼女を座席に座らせた。そのまま周囲に目配りしながら時間をかけてシートベルトを装着させた。

　家に帰り着くまでのあいだ、彼は何も訊かなかった。なぜこんな店に一人できたのだと叱《しっ》責《せき》することも、なぜあんなひどい態度を取ったのかと責めたてることもなかった。彼がなぜバーに戻ってきたのか、彼が現われなければどんな目に遇っていたのか、ルーシーは考えることもできずにいた。ただドアにもたれて背を丸め、いまだ消えない恐怖感に打ち震え、吐き気と闘っていた。

「おれには父親の違う弟がいたんだ」彼は静かな暗闇に向かって話した。「名前はカーティスといった」

　ルーシーは驚いて、彼のほうを見た。

「弟は七歳年下だったよ」ハンドルを握る彼の手が動いた。「夢見がちのおとなしい、想像力の豊かな男の子だったよ」暗い道路で車を走らせながら、彼は静かに語った。「母親は麻薬に溺れているか、さもなければ徘徊《はいかい》している状態だったから、結局おれが弟の面倒を見ることになったんだ」

　これはルーシー自身の幼い日の境遇とそっくり同じだ。ルーシーはドアにもたれ、彼の話に耳を澄ませた。聞いているうちに心臓の鼓動はゆっくりと落ち着いていった。

「最後におれたち兄弟はある里親の家に預けられた。兄弟が一緒にいられるようおれはできるかぎりの努力をした。でもいろいろな事情が絡んで、成長するにつれ、おれは問題を起こすようになった。喧嘩を売ったり、万引きをしたり……。十七歳のときマリファナ半グラムを売ったとして逮捕された。あれはみずから望んで刑務所に入ったようなものだったな」

ルーシーにはその心境が理解できた。「責任から逃れる手っ取り早い方法だものね」

彼はルーシーをちらりと見やった。「おまえも同じような責任を背負わされていたんだったよな？」

「私の人生には二人の守護天使が現われたのよ。あなたの場合は現われなかったわけね？」

「そうだな。そんなありがたい存在はなかったよ」車は夜間閉店した〈ドッグス＆モルツ〉の前を通り過ぎた。ルーシーは体の震えもおさまり、握りしめていた両手をほどいた。彼は車のライトをハイビームに切り替えた。「カーティスはおれが少年院に入っているあいだに殺された」彼はいった。

ルーシーもこうした事情をまったく予想していなかったわけでもなかったが、現実にそれを聞かされるのはやはり辛かった。

パンダは続けた。「走行中の車からの発砲だったよ。守ってやれる兄のおれがいなくなって、カーティスは夜間外出禁止令を無視するようになっていた。おれは葬儀に出席するため一時釈放された。亡くなったとき、弟は十歳だった」

もしニーリーとマットがいなければ、これは自分とトレーシーの身にも起こりえたことなのだ。ルーシーは乾いた唇を舐めた。「あなたはその痛みをまだ引きずっているのね？　兄とはいってもまだほんの子どもだったのに、いまでも自分を責めつづけているのよね。私にはわかる」

「おまえにはわかってもらえるはずだと思ったよ」暗闇のなかで走っているのは二人の乗る車だけだった。

「話してくれて嬉しいわ」ルーシーはいった。

「まだ続きがあるんだよ」

ここ数カ月間、ルーシーはなんとかパンダの秘密を聞き出そうとしてきた。しかしここへきて、この話を聞くことを自分がほんとうに望んでいるのかどうかわからなくなってきた。

道路のもっとも急なカーブに差しかかって、パンダは車のスピードを落とした。「カーティスの精子提供者はうちの母親の妊娠を知ると、五〇〇ドルの手切れ金を渡して別れたんだ。母はその卑怯《ひきょう》者を愛していたから弁護士も雇わなかった。カーティスが二歳になったとき、母親は自分の大きな愛がけっして報われないと覚ったんだ。母はそのときから麻薬に溺れるようになった」

ルーシーは頭のなかで計算した。弟の後見人になったとき、パンダは九歳だった。しかも保護者でもあったのだ。

「おれは成長するにつれ」パンダはいった。「カーティスの父親が何者なのか突き止め、ときおり連絡を取り、こうして子どもを見棄てることがどんなに非道なことなのか伝えるようになった。あいつはおれの話を聞いてもとぼけとおし、こうやっていやがらせの電話を続けると訴えるぞと脅した。結局おれは住所を調べ、やつの顔を見にいったんだ。都会のガキにとって公共の輸送機関を使ってグロス・ポイントまで行くのは簡単じゃなかった。

グロス・ポイント？ ルーシーは奇妙な感覚に襲われ、はっと身を起こした。

「大きな屋敷だったよ。おれには大邸宅に見えた。灰色火山岩《グレー・ストーン》の壁に煙突が四カ所。プールがあって、水鉄砲を持った子どもたちが前庭で駆けまわっていた。男の子たちは十代。女の子が一人。ショートパンツにTシャツを着ていてもみんな金持ちの子どもに見えたよ」

これで謎が解けた。そういうことだったのか。

「レミントン家」彼はいった。「完璧なアメリカの家庭だ」

車のヘッドライトが闇を照らした。

「あの家は一番近いバスの停留所から歩いて数マイルもあったよ」彼はいった。「通りの反対側に身をひそめて、こっそり様子を窺ったんだ。子どもたちはみんなＷＡＳＰらしい細長い体つきをしていた。おれとカーティスは母親に似て肌は浅黒く、髪も黒かった」左手に閉店した直売所が見えた。「見ていると造園業のトラックが屋敷の前に停まり、草刈り機で芝生を刈りはじめた。あの家には四人の子どもがいて、芝生の手入れを任せるだけの余裕があったわけだ」

パンダは車を家の車道に進めた。家が目の前に迫ってきたが、二人を迎え入れてくれる照明一つ灯っていなかった。「おれは別の場所に移動して裏庭の様子も窺った。そうして日が暮れるまでそこにいた」パンダはエンジンを切ったが、車の外に出る様子はなかった。

「まるでテレビのショーでも見ている気分だったよ。その日はやつの妻の誕生日だった。たくさんの風船やプレゼントがあって、すごく大きなガラス・トップのテーブルは花やキャンドルで飾られていた。グリルではステーキが焼かれていた。おれは腹が減って死にそうだったのに、あの家の連中はのほほんと平和そうな顔をしていた。やつはひと晩じゅう妻の肩に腕をまわし、プレゼントとしてネックレスか何かを贈った。それがどんなものかは遠くて見えなかったけど、妻の反応からみて、それはきっと五〇〇ドル以上するに違いないと思ったよ」

ルーシーは彼に対する同情で胸がいっぱいになった。同時にそれとは違うある感情があふれ出たが、それが何かは考えたくなかった。

「異常だったのは、おれが何度もそうやってあの家を見にいったこと。数年間で十回以上行ったよ。車を手に入れてからはもっと行きやすくなった。家族の姿を見ることもあったし、見ないこともあった」パンダはハンドルの上に指を巻きつけた。「ある日曜日、おれは彼らの後ろから教会についていき、後ろの席に座ってあの家族の様子を窺った」

「憎んでいながら、家族の一員になりたいという気持ちがあったのよね」ルーシーはいった。

「だからこそあなたはこの家を買った」

パンダの手がハンドルから滑り落ちた。彼は口を歪めた。「愚かな判断だったよ。魔が差したというか。後悔しているよ」

ルーシーもやっと彼がなぜ家のなかを頑なに変えようとしないのか、理由がわかった気がした。意識してか、無意識のうちにかどちらにせよ、彼はレミントン家の博物館ともいうべきこの家に住みたかったのだ。

パンダは車を降り、反対側へまわってルーシーに手を貸した。気分は落ち着いてきたものの、玄関から寝室まで手を引いてくれたことがルーシーにとってはありがたかった。何もいわなくとも、ルーシーが男たちの汚れを落としたがっていることを彼は理解してくれた。そして服を脱ぐのを手伝ってくれ、シャワーの水栓をひねってくれた。ルーシーがシャワーを浴びていると、彼は服を脱ぎ自分もシャワー室に入ってきた。体を洗ってくれ、タオルで拭き、足の傷の手入れをしてくれる優しさに性的なものはなかった。そしてバーで彼女が発した言葉について一度も触れることなく、あんな場所に一人でふらふら出かけるからあんな目に遇ったんだなどと批判めいたことはひと言もいわなかった。ルーシーをベッドに寝かせてくれたあと、彼は頬に触れていった。「警察に届けを出しに行ってくるよ。錠はかけてある。テンプルは二階にいる。携帯電話はベッドのそばにある。時間はそう長くかからないと思うよ」

ルーシーは大丈夫と胸を張りたかったが、あまりに嘘っぽいので黙っていた。マムシに化けてワルぶってはみても、なんにもならないことは今回のことで証明されてしまったのだから。

しばらく経ち、階段に響く足音にルーシーは目覚めた。時計を見ると午前四時半だった。彼が出かけて二時間近く経っていた。もう少し眠りやすい姿勢を見つけようとして、ルーシは体の痛みにたじろいだ。脇腹に痛みがあり、首は凝って、背中もヒリヒリした。しかしパンダの幼少時の経験に比べれば、なんでもないと思った。

ルーシーはついに眠ることをあきらめ、ベッドを降りた。パンダが上手に絆創膏《ばんそうこう》を貼ってくれたので、足に体重をかけてもほとんど痛まなかった。彼女はサンルームに出て、カウチに寝そべった。

水平線に太陽の光が射すころ、ルーシーはパンダのことから自分自身の愚かな行動についての思いを巡らせた。みずからの行動の背景について考えてみることは何よりも気の重い作業だった。昨夜のぶざまな体験を通して自己欺瞞《ぎまん》のベールが剝《は》ぎ取られ、自分がこれまでかぶってきた偽りの人格がいかに滑稽《こっけい》であるかということが露骨なまでにはっきりした。なんと笑止千万なことか——この私があれほど居丈高で喧嘩腰の物言いをするなんて。これほど自分が情けなく思えたことはかつて一度もなかった。自分のような偽物はこの島を探してもどこにもいるはずがない。強がっていたくせに、自分の身一つ守れなかった。結局男の救いの手を借りなければ、手も足も出せず、半狂乱になって騒ぐしかなかった。嚙《か》みしめる真実は苦い味がした。

ルーシーはイエロー・パッドを見つけた。何度かわざとらしい書き出しを始めたのち、短い手紙を書きつけた。彼に借りが——それも大きな借りができてしまった。彼女は身のまわりのものをいくつかバックパックに投げこみ、朝日が昇ると同時に森に向かった。コテージに着くころ、スニーカーは朝露でしっとり濡れていた。折よくブリーが養蜂場から出てきたところだった。ブリーは髪をとかしてもおらず、服はしわだらけ、両手はべとべとして体から離していたが、ルーシーをひと目見たブリーがはっと息を吞んだところをみるとルーシーのほうがずっと見苦しい様子をしていたのだろう。

ルーシーは肩からバックパックを下ろした。「しばらくここに泊めてもらえる?」

「もちろんよ」そういってブリーは一瞬黙った。「なかへどうぞ。コーヒーを淹れるわ」

その日の午前中、ブリーが直売所にいるあいだ、ルーシーは浴室で髪からドレッドを切り落とした。そしてタイルの床の上で裸になって、アルコールとベビーオイルを擦りつけながら、タトゥーを剝がした。最後にようやく、シールの残りも剝がれ落ちた。

21

パンダはルーシーの手紙を握りしめ、くずかごに投げこんだ。しかし忌まいましいものを棄てたところで、脳裏に刻まれた彼女の言葉が消せるはずもなかった。

ゆうべはいろいろとありがとう。あなたのしてくれたことはけっして忘れません。これからしばらくブリーのコテージで泊めてもらうことにして、そこで新たな観点からものごとを見てみたいと思います。あなたが弟さんのことを話してくれて嬉しい。

なんだこれは？　パンダ様とかの書き出しの言葉もなければ、敬具とかの結びもないのか。メッセージは明白だった。一人になりたいからかまうなということだ、それならこっちも好都合というものだ。

ゆうべバーに戻らなかったら、どうなっていたかを考えまいとして食器棚の扉を閉める手につい力が入った。マリーナに留めた船に戻るころには冷静さが戻り、彼女のことがまた心配になったのだ。とにかく彼女がなんといおうとバーから連れ出す覚悟で戻ったのだった。

パンダはマグにコーヒーを勢いよく流しこんだ。自分で淹れたからちゃんとしたコーヒーだ。やるべき作業もある、ということで彼はパソコンを置いてある書斎に向かった。彼女を置いて出かけたあと、彼は地元の警察官と一緒に彼女を襲った卑劣漢の居どころを捜した。連中を水に投げ入れる際、溺れるほどの水深ではないことはわかっていた。案のじょう、間もなくよろけながらバイクの置かれたバーに戻ろうとしているところを捕まえた。意外ではなかったが、この二人には逮捕状が出ていた。それがあったので、警察署長に被害者の名前からルーシーの名前をはずすよう要請しやすかった。

作業に集中できなかったので、パンダは机から離れた。机は父親テンプルトンの机だが、そのことはあえて深く考えないようにしている。彼は二階に上がって憤懣《ふんまん》をテンプルにぶつけようと考えた。そもそもテンプルがここへ来たいといいださなければ、こんなことにはなっていなかったはずなのだ。

しかし彼はそうはせず、湖に向かった。得意分野で力を発揮し、不得手な分野に足を踏み入れるなというわが信条。いま現在前大統領令嬢に関心を持ちすぎることが何よりも不得手な分野といえるだろう。

オルガニストが聞き覚えのある曲を演奏していたが、ブリーはタイトルを思い出せなかった。彼女は先週のコーヒー・タイムで知り合った女性に会釈した。ハート・オブ・チャリティ伝道教会に対する愛着が心に芽生えはじめている。いまでも自分を部外者と感じることはあるけれど、感情のこもる礼拝に心癒されている。今朝ルーシーと一緒に来れればよかったのだが……。タトゥーも剝がし取ったルーシーに髪をカットしてほしいと頼まれ、ドレッドを切り落としたあたりをカモフラージュするよう、気を配りながらルーシーの髪を切った。その結果ルーシー・ジョリック本人だとひと目で見分けられる容姿に戻ってしまったので、ここへは来られなかったのだ。

養蜂場から出るとあざだらけで蒼ざめた顔のルーシーが立っていたので、最初はパンダに殴られたのかとブリーは思った。ルーシーは手短にその晩〈コンパス〉で起きた痛ましい出来事について説明して誤解を解いたが、それ以上は話してくれなかったし、ブリーもあえて問うことはしなかった。

信徒席に座っていたトビーが振り向いた。今回にかぎって子どもがなぜ教会に行くことに反対しなかったのか、その理由がわかった。「来たんだね！」マイクが隣りに座ると、トビーは耳元で大きくささやいた。「もちろん来たよ」すでに気温が華氏八十度後半に届こうかという暑さなのに、マイクはベージュのスポーツジャケット、淡いブルーのドレスシャツ、青と茶の縞《しま》のネクタイという盛装である。彼がいつから大きなカレッジ・リングやこれ見よがしの金のブレスレットを身に着けなくなったのか、ブリーははっきりと記憶していない。そのどちらについても、見て見ぬふりをしていたのに、いつの間にかなくなっていたのだ。香りも感じのいいシェービング・クリームのような爽《さわ》やかなものに変わっている。

マイクは礼儀正しくブリーに会釈した。かつて彼が抱いていたらしい恋愛感情は跡形もなく消え去っていた。彼がよそを向いているあいだに、ブリーは彼のことをじっくりと観察した。ここ二週間ほどそんなことが続いている。自分が彼を利用していると思うと心苦しいのだ。過去のことはすっかり水に流したとばかりに親しく接することでどんなときも馳せ参じてくれる。自分は偽善者そのものではないのかと、みずからを責める声が心にある。〈ドッグス＆モルツ〉でばったり会ったあの晩以来、マイクは足繁くコテージを訪問するようになった。何度か彼と食事をともにしたが、かつて想像したほどむずかしいことではなかった。彼はほとんどの時間をトビーとのおしゃべりで過ごしていく。ブリーにはマナーを守ったきちんとした態度で接してくれるが、それ以上はない。謝罪もなければ、過去に触れることもない。彼は一度自分の主張を口にしたら、二度と繰り返さない人間なのだ。一度、ルーシーが店番をしてくれるというので、マイクとトビーと三人で釣りに出かけたこともあった。

自分でも意外だったのは、それが夏一番の素敵な思い出になったことだった。三人は一緒に湖に潜った。マイクは泳ぎが素晴らしく上手なので、トビーは水のなかで彼とふざけ合うのが大好きだ。トビーを抱えて投げるマイクの肩の筋肉が収縮するさまを見ながら、ブリーは受精卵の胚児が成長し殻を破って生まれ出るときのような奇妙な昂奮《こうふん》を覚えた。その後錨《いかり》をおろして揺れる船の上でジャンクフードを食べながら、トビーにもっと日焼け止めを塗っておいたほうがいいよと声をかけられ、ブリーはこみあげそうになる涙を必死でこらえた。教会執事のミラー氏が立ち上がって信徒たちに挨拶をした。ブリーとトビーは特別な紹介を必要としなかったが、マイクはここの礼拝に来たのははじめてだった。「おいでいただいて、大変光栄に存じますよ、マイクさん」ミラー執事はいった。「この教会のオルガンを買い替える際にお世話になったことは忘れておりません」

信徒たちは元気よく「アーメン」と唱和した。

「持ち寄りパーティで寄付金集めができていたから、ぼくは購入のお手伝いをしただけですよ」マイクはブリーが最初の参加のとき感じた居心地の悪さなどみじんも感じていないようだ。「島一番の教会料理を楽しませてもらいました」

周囲の人びとがその言葉に賛意を示してうなずいた。彼のことを気に入らない人物は一人もいないのだろうか？

サンダース牧師が開会の祈りを行なうために立ち上がった。ブリーの製品を牧師のギフト・ショップに置いてもらうようになってまだ二週間なのに、ローションや蜂蜜の売れ行きがよく、牧師が続けて納品するよう求めてきた。労働者の日が近づいているため、注文の数量は少なめだが、それでも注文があるだけありがたい。

運悪くその日の牧師の説教は主として罪の赦《ゆる》しについてだった。ブリーはマイクの過去を思い起こさずにはいられなかった。

「おれはこれでも信仰心がある人間なんだ」と彼はいったことがあった。「だから罪と悔悛《かいしゅん》は重視する。自分の罪の贖《あがな》いについては、できるだけ努力したつもりだが、何も変わらなかった」

「この先も変わらないわ」彼女はそう答えた。

こんな清らかな場所に座っていながら、ブリーの気持ちはもはや澄みきってはいなかった。礼拝が終わると、トビーはぴたりとマイクに寄り添った。そしてマイクは米国聖公会のときと同じように信徒たちのあいだを巧みに進んだ。彼はそこにいる全員を知っており、彼のことを知らない人もいなかった。彼はブリーの知らない相手を紹介してくれた。そのなかには取引先の不動産業者や以前取引のあった顧客も含まれていた。

教会を出る時間が来て、三人はまばゆい真昼の陽射しのなかに歩み出た。「トビーにうちに来た新しい犬を見せてやりたいんだが、どうかな？」こうした質問はトビーのいないところでするべきだということをまたも忘れ、マイクはブリーに訊いた。

トビーはすぐに目を輝かせた。棄てられた子犬の件はこの二人が頻繁に取り上げる話題だった。トビーは子犬を本土のペット救護施設へ送らないようマイクを説得していた。結局マイクが折れたのだ。「ブリーも一緒に来てよ」ブリーが許可する旨の返事を返す前に、トビーがいった。「いいよね、マイク？」

ブリーはフープ・イヤリングを引っ張り、マイクの顔を見ないまま、いった。「ルーシーが店番をしてくれているから……早く帰ってあげなきゃ」

トビーはむきになった。「お昼まで店番してくれるって約束してくれたじゃん」

またしても悪役を演じることになってしまった、とブリーは悔いた。「そうね。私も子犬に会いたいわ」

トビーは満面の笑みで歩道を駆けていった。「ぼくはマイクの車に乗る」

マイクはブリーの目をじっと見つめた。サングラスをかけているので、彼の目は見えなかった。「無理に行かなくていいんだよ」

「そんなことわかってる」行きたいのはほとんど本音であるとは、口に出していいづらかった。

マイクはそっけなくうなずくと、トビーに追いついた。ブリーは自分の車で彼の車の後ろをついていった。

マイクの丸太造りの豪邸は島でも人口の少ない西部の高い丘の上に建っていた。どの階にもニスで塗った丸太のポーチかバルコニーかがあった。マイクは二人を裏庭へ案内した。そこは十数人が座れる大きなテーブルが置かれた屋根つきの中庭になっていた。ブリーが湖の眺めに見入っていると、マイクは室内に入り、間もなく子犬を抱えて戻ってきた。短毛の雑種の子犬で、足の先がびっくりするほど大きい。

トビーと子犬の再会を目にして、ブリーも微笑まずにはいられなかった。「犬に自分の名前をつけられて、キング牧師はなんというでしょうね？」

マイクは彼女の意見を真面目に聞くふりをした。「マーティンは特別な犬だからキング牧師も異論はないと思うよ」

「あなたはトビーのために子犬を飼うことにしたのよね？」

マイクはただ肩をすくめただけだった。

自分が彼にとってどんな存在であるにせよ、自分は彼を必要としている。ブリーはそんな思いでなおもいった。「トビーは親友たちが島に来ないとわかってがっくりしているの。そのことを知らせてくれてありがとう。あの子もマーティンにすごく元気づけられているわ」

マイクはスポーツジャケットを近くにある椅子の背にかけた。彼のベージュのスポーツジャケット、ブルーのドレスシャツは文字どおりしわ一つなく、真昼の暑さにもかかわらず腋《わき》の下にも汗じみはなかった。「またしてもドジなまねをしてしまったかもしれないが」彼はブリーの顔を見ることなく、ネクタイをゆるめた。「あの子に楽しみを与えたかったんだ。だから……」

かすかに心苦しさのにじむ表情はよい兆しではなかった。「おれが島にいないとき、マーティンの世話をしてほしいとあの子に頼んだ」

「べつにいいんじゃない？」

彼はネクタイをはずした。「戦略だよ」

ブリーはそこで理解した。マイクの家はトビーが自転車で通うには遠すぎる。冬はとくにむずかしい。それにブリーが日に何度もトビーの送り迎えをするのも、これまた現実的ではない。「つまり犬はコテージで預かれということね？」ブリーは結論づけた。

「すまない」彼はいった。「まずきみに相談すべきだった」

ブリーは子犬の大きすぎる前足に不吉な予感を覚えつつ、しゃにむにうなずき、「いいわよ」と答えた。

トビーは子犬と棒投げでじゃれ合っている。このごろぐんと背が伸びて、唯一のまともなズボンが小さくなってきた。そのうち靴も履けなくなるだろう。ブリーはそんな心配を振り払うようにいった。「お家の話をしてちょうだい」

「島でももっとも単価の高い地域にあって、広大な――」いつもの熱意あふれる口調はどこへやら、マイクは口ごもった。「すまん。自慢をするつもりじゃなかった。不動産販売では売りこみに有利な項目を並べ立てるのが常でね」

ブリーはマイクが手前味噌《みそ》を自覚していたことに驚いた。だが彼はそれを恥じたというより、疲れたような表情を見せた。それをどう理解すべきかわからず、ブリーは家のなかを見せてほしいと頼んだ。

マイクはトビーに引きひもを投げて渡した。「これからブリーに家の案内をするから、マーティンを散歩でもさせたらどうだ?」

トビーがマーティンの首輪に引きひもをつないでいるあいだに、ブリーはマイクの後ろからガラスのドアを抜けてなかへ入った。目の前に広がっていたのは長い壁、梁《はり》のある高い天井に囲まれ大きな石の暖炉が付いた立派な部屋だった。雑誌で見かけるような装飾様式は男性的でありつつチョコレート、シナモン、濃いオレンジといった色をアクセントに寛げる雰囲気を感じさせた。片側の壁には昔ふうのかんじき、活版印刷の地図、鍛造鉄の突出し燭台が並べられ、反対側は湖の景色が見下ろせる見晴らし窓になっている。丸いコーヒー・テーブルの奥には深々と座れる黒のレザーのカウチがあり、黒と金の格子柄のペンドルトン・ウールのブランケットが掛けられている。炉床には小枝で編んだ薪《まき》の籠《かご》と荒く彫られた黒熊の像が置かれている。

「見事ね」ブリーがいった。

「北米の森林スタイルの家を建てたかったんだ。夏は涼しく暗く、冬は暖かで居心地のよい家をね」

「純粋にミシガンふうね」ブリーは微笑んだ。「その目標は立派に達成されたわね」

「室内装飾のプロを雇ったんだ。たいした男さ。そいつとそのパートナーが年に一度やってきて、おれが好きで買ってきたものを棄てるんだ。U2のポスターやぬいぐるみの鯉《こい》のどこがダメなのかいまだにわからないよ」マイクが笑いながらいったので、ブリーは微笑み返したが、マイクは目をそらした。「じつはおれ、目茶苦茶センスが悪いんだ。きみも知ってのとおり」

それは事実だ。優しさはピカ一なのだが。「独身者には大きすぎる家よね」彼女はいった。

「家族をイメージして建てたんだ。当時婚約者がいたものでね」

それを聞いて意外だった。だが考えてみれば、それもありうる話だ。マイクほど魅力があり、社会的にも成功している男性なら、女性の一人や二人と縁があって当然だ。少なくとも子どものころのマイクを知らない女性なら。「私の知ってる人?」彼女は訊いた。

「いや」彼はブリーがよけて通らなくてもいいようにオットマンを脇へどけた。「ペトスキーに避暑にやってくる一家の娘だったよ。あの婚約を破棄したのは自分としては苦しい決断だったよ」

「あなたのほうから婚約を破棄したの？」

「おれのほうが振られたと思った？」

「いいえ、そんなことはないわ」しかしじつをいえば、まさしくそのとおりだった。「あなたが婚約していたことも知らなかったわ」

「価値観の相違が原因だよ。彼女は島やおれの地元の友人、島での生活が好きになれなかった。長所もたくさん持ち合わせた女性だったけどね」

「でも結婚相手としては不足だったわけね」

マイクが元婚約者を貶《おとし》めるはずもなかった。「彼女はそれが相当ショックだったようだ。それを思い出すと心苦しいね」

それはほんとうだろう。大人になったマイク・ムーディは他人を傷つけることを好まなくなっている。

マイクは手を伸ばしてシャツのボタンをはずした。なにげない仕草だったが、それがあまりに男らしくて、ブリーは少し不安になった。その感覚に混乱して、ブリーは普段ならけっしてしない質問をした。「多くの女性と付き合ったの？」

「多くの？　いや、セックスを楽しみはするけど、好意を抱かない女性と寝たことはなかったよ。それが風変わりだというのなら、その評価を甘んじて受け入れるさ」

そんなことで風変わりとは思わない。けじめのある男性だなと感じるだけだ。それでもセックスの話題は出してほしくなかった。その話題を振ったのはもちろんこちらなのだが、そこまで詳しく答える必要はなかった。ブリーとしては彼に……。

ブリーは自分が彼をどう思いたいのかわからなくなったので、彼の携帯電話が鳴ったことでほっとした。

「顧客だよ」マイクはディスプレイを見ながら、彼女にいった。「これには出なくては」

ブリーは隣りの部屋に移動し、テーブルに雑然と置かれた書物に見入った。ジョン・スタインベック、カート・ヴォネガット、自己啓発の本が数冊、聖書。ニュース・マガジン、〈スポーツ・イラストレイティッド〉、〈ＧＱ〉。すべて読まれた形跡があり、そういえば少年時代のマイクも、たくみにデービッドとの会話を書物の話題に持っていこうとしたことがあった。

ガラスのドアを通して、電話で話をするマイクの様子が見えた。彼はトビーにとって唯一男性としての堅実な模範となる人物だ。通常身近にいる兄、あるいは父親がその対象となる。ブリーはもはやマイクのトビーに対する愛情を疑うことはできなくなった。だが、それは続くものだろうか？　マイクがみずから去ってしまったら、トビーはどんな反応を示すだろう？

日々自分の置かれた立場がわからなくなってきている。マイクに対してどこまでが自己利益のためか、純粋な思いなのか自分でも区別がつかなくなっている。何が自分の利益になるか普段の自分ならよくわかるはずなのに……ブリーは一瞬恥じらいを覚えた。

マイクは電話での会話を終えそばに来たが、彼がトビーや子犬のところに戻ることに興味があるのはひと目見てはっきりした。

ルーシーはコテージから見えない隣りの果樹園の桜の木の下に古いタオルを敷き、その上に座っていた。この三日間地元のニュースをチェックしているが、岸に打ち上げられた死体の記事は見かけていない。結局ルーシーを襲った悪党どもは死を免れたのだ。今日は蜂蜜の抽出機を操作し、蜂蜜を瓶に詰め、料理もした。だが夕食を始める前にと、ここへやってきて寝そべり、木のあいだから空を流れる雲を眺めようと思ったのだ。

ブリーの蜜蜂の一匹がちょうどルーシーの腕の近くのクローバーの花に舞い降りて、吻《ふん》を花芯に沈めた。暴行による痣《あざ》が薄れると同時に、心のなかで暗くくすんでいたものがはっきりしてきた。自分は長年似つかわしくないキャラクターを演じつづけてきたのだが、この夏選んだ化けの皮はまるきり使えない代物だということが判明したのだ。タトゥーを貼りつけ、面白半分に大胆不敵な女を演じれば自分の望む自由人にでもなれると、自分は本気で思ったのだろうか？　この夏はただの白日夢、パンダもそのファンタジーの一部なのだ。

ルーシーは横臥《おうが》した。薔薇《ばら》と棘《とげ》のシールがないと、腕が誰か別人のものであるかのように違って見えた。彼女は隣りに置いた真新しいイエロー・パッドを手に取った。今度ばかりはパンを焼いたり、カヤックに乗ったりするために書くのをやめたくなかった。背を伸ばして座り、ちょうどいい位置にパッドを置き、ボールペンをクリックし、本気で書きはじめた。

あの夏にさまざまな出来事が起きたのは、みなさまご承知のとおりです。ニーリーとマット、トレーシーと私との出会いについては多くのジャーナリストや学者、伝記作家、小説家の手によって綴《つづ》られ、不出来ではあってもテレビドラマにもなりました。でもそれらはいつもニーリーとマットが主人公で、私は脇役でした。今回は父が母について書く本ということで、みなさまもこれまでと変わりない内容を期待なさるかもしれません。でも母親について綴るには、まず自分自身について語らなくては始めることができません……。

パンダは島を去るまでの時間潰しに、二階でワークアウトをすることにした。ウェイトを上げたり、ランニングをしていないときは、家のまわりで作業した。勝手口の網戸の破れを直し、腐った窓台を修理し、電話で契約の可能性のある顧客と商談をした。今日は水曜日。ルーシーがコテージに移って三日しか経っていないのに、もう数週間経った気がする。

車で直売所の前を何度か通り過ぎたが、トビーとブリー・ウェストの姿しか見えず、ルーシーはいなかった。パンダはコテージに乗りこんで、ルーシーを家に連れ戻したいという思いに駆られた。

彼は窓から外を見た。テンプルはまた船着き場におりている。あんたはまた私の心配をしはじめている、とテンプルから不機嫌そうにいわれたのはかなり前のこと。近ごろではあまりワークアウトもせず、ほとんど口も利かなくなった。ルーシーが戻ってきて、テンプルの話し相手になってほしいと思う。心のなかを見せないと文句をいうくせに、ルーシーは相手の心理がよく読める女性だから。

もしルーシーが踵《かかと》の傷の手当を怠っていたら？　たしかあのとき彼女は脳震盪《のうしんとう》も起こしていたはず。コテージで何が起きていても不思議はない。それもよくないことが。ブリーはルーシーの正体を知っており、おそらくマイク・ムーディも察していると思われる。二人のうちどちらかが一本電話をかけただけで、マスコミはそれこそ大騒ぎになる。ルーシーの様子をしっかり見守れないのが歯がゆい。彼女を抱けないのも。

彼は昔からずっと一夫一妻主義者だった。長年女性のいない生活に慣れきっており、遅かれ早かれまたその生活に戻ることになるだけだ。だが、戻りたくなかった。彼女の体を上に下に感じながら、体の動きを肌で確かめ、彼女の呼吸が一瞬止まり、小さなうめき声から懇願の声に変わるのを耳で聞き取りたかった。強く彼女を抱きしめ、味わいたかった。あの高らかな笑い声を聞きたかった。話をしたかった。こころゆくまで。

そこまで考えて、パンダははっとした。これまで秘めてきたことをすべて語り尽くせば、優しい彼女のことだ、自分のことより彼のことを心配するだろう。彼女に心配をかけるわけにはいかない。

ブリーは直売所からコテージに戻ってきていた。ルーシーの姿は見えず、トビーは命じられた仕事をこなしていた。こんなにたくさんの仕事をまかせるなんてひどすぎるとトビーは憤慨したように文句をいったが、このところ意地の悪くなったブリーは「子どもを苛《いじ》めるのが趣味なの」といい返した。

「釣り銭をごまかさないでよ」ブリーは念を押した。

トビーは「数字の計算はぼくのほうが上手いからね」とでもいわんばかりの例の得意顔をしてみせた。たしかにそれは否定できなかった。

車道をなかほどまで進んだところで、ブリーはふと足を止め、トビーのほうを振り返った。

「ねえ、トビー!」

「今度はなんの用?」

「あんたのお母さんも算数はすごく得意だったわ」彼女はいった。

トビーはしばらく黙りこんで立ちつくし、やがてそっぽを向いた。「そんなの関係ない」

こんなに無関心なふりをしているが、トビーはじつは両親の話をすごく聞きたがっている。

ブリーはこのところ思い出せるかぎり、両親について語り聞かせてやっている。

デービッドのことを考えるたびにタバコを吸わずにいられなかった癖が、いつの間にかなくなっている。苦悩や疼くほどの悔恨が本人も気づかないほどゆっくりと薄れていったのだ。

養蜂場に行き着く直前、何かの気配がした。森の端に茂る楓《かえで》の木立の枝が動いた。この日の午後は風がなく、もしかするとリスなのかも——。

枝がふたたび揺れ、女性の姿が目に入った。道に迷った旅行者なのか？　ブリーは確かめにいった。

雑草をかき分けながら進むと、特別口汚い罵《のの》りの声が耳に入ってきた。と、そこにいたのは黒髪の女性。キイチゴの茂みに引っかかった紫のヨガ・パンツのもつれをほどこうとしている。視線を上げた女性の顔をひと目見た瞬間、ブリーは見覚えのある感覚にぎくりとした。前大統領令嬢のルーシー・ジョリックが現われたと思ったら、今度はテンプル・レンショーの出現？　何が起きているのだろう？　ブリーは駆け寄って、手を貸した。

女性はパンツのニット素材を引っ張った。「なぜこんな面倒なものを家のまわりに生やしているの？」

ブリーは小学生のような返答をした。「ああ、それってキイチゴのことかしら？」

レンショーは鼻で笑い、また罵りの言葉を発し、手の甲のひっかき傷を口で吸った。

ブリーは〈ファット・アイランド〉を知っていた。自分自身は好きではなかったが、夫のスコットが好きで観ていたからだ。スコットはテンプルが参加者たちを苛めるさまを見て自分の体の管理が良好なことを自慢するのを楽しみにしていた。参加者のカウンセリングを担当しているらしいつまらないビキニ姿の精神科医を見ては、うっとりしてもいた。「あんな色っぽい精神科医なんているんだな」スコットは何度も感心してみせた。「おまえがあんなボインだったら、おれも幸せ者だったのに」

あなたがもう少し良識のある人間なら、妻の私も幸せ者だったのに、といい返しもせず、ブリーは黙って傷ついた気持ちを癒すしかなかった。

ようやくキイチゴの茂みから離れ、テンプルはブリーの肩越しにコテージを眺めた。「友だちを捜しているの」

ブリーはとっさに警戒心を抱いた。「友だち？」

「黒髪で、タトゥーを入れていて、太腿がぽっちゃりした女性」

テンプルが話しているのはおそらくルーシーのことに違いない。ルーシーは素敵な脚の持ち主だが。ブリーはどんな情報ももらすまいと決意した。「ぽっちゃりした太腿？」

テンプルは承諾も得ず、草をかき分けながら勝手にコテージに向かいはじめた。「太腿に余分な肉がついている女性は多いけど、不要な贅肉よ」

ブリーはテンプルの高圧的な態度に辟易《へきえき》としながらも好奇心に駆られてついていった。テンプルはコテージの庭に着くと、蜂の巣箱や熟れたトマトにしげしげと見入った。化粧気のない顔は目の下のクマがめだち、画面で見た長く艶やかな髪は後ろでいいかげんにまとめている。上腕の筋肉や腱《けん》は筋張ってあまり好ましいとは思えず、体に密着したワークアウト用のウェアが不自然なほど筋肉の発達した腹部を際立たせている。テレビで見るよりも見事な容姿をしている。

テンプルは手のひっかき傷を調べた。「ルーシーはここへ来ると書置きをしていなくなったの。彼女と話がしたいのよ」

ルーシーも友人が一人泊まっていると話していたが、詳しく話そうとしなかったので、ブリーもそれきり忘れていたのだ。その友人がまさかテンプル・レンショーだとは夢にも思わなかった。

テンプルはブリーの目を直視した。「で、彼女はここにいるの？」

ブリーは主張をきっちり通そうとするタイプと意見を交わし合うのは苦手だったが、ルーシーがこの女性に会いたいかそうでないかの判断はつけられなかった。「ここには私しかいないわ」

テンプルはポニーテールからはらりと落ちた黒髪を手で撫でつけた。「いいわ。ここで待つから」

「それはちょっと困るわ」

テンプルはブリーの反論を無視した。庭を横切り、階段に座りこんだ。ブリーがよく腰掛けた階段だ。

ブリーは自分の敷地からテンプルを放り出すわけにもいかず、仕方なくトビーの口まねをした。「好きにすれば」

トビーは案じていた。ブリーが島の景色を手描きしたガラスのオーナメントは一個三五ドルで完売したのだが、ブリーはその金を貯めずさらにオーナメントを仕入れて絵を描こうとしているのだ。どうかしている、とトビーはあきれている。労働者の日まであと三週間、その後はぱったりと客足が途絶える。売ろうにも、売る期間が短かすぎる。そのあとどうやって生活費を稼ぎ出せばいいのか？　こんなに辛い夏を過ごしたことはなかった。もうエリーとイーサンに二度と会えないなんて。マイクも最近かまってくれない。お客さんとの約束が多くなって忙しいといっている。

　グレーのSUVが停まった。ドアが開き、運転していたのはパンダだとわかった。親しくなってみるとパンダは怖い人でないとわかってきた。パンダはカヤックに乗せてくれて入江を一緒にめぐったり、湖のほうへも漕いでいったことがある。枯れ木を切り落とすのもやらせてくれた。大人になったらパンダのようにかっこよくなりたいなと憧れたりもする。なんといってもこの世に怖いものなどない、といった自信たっぷりの歩き方がいい。影法師ですらかっこいい。あんな男にちょっかいを出そうとするやつはこの世に一人もいないだろう。

「元気か？」パンダは近づきながら少年に声をかけた。「儲かってるか？」

「午後は六五ドルだよ」

「上々だな」パンダはあたりを見まわした。「今日はルーシーが店番をしているはずだけど」

トビーは肩をすくめた。「どこか行っちゃったみたいだ」

パンダは考えこむような顔でうなずいた。しかしトビーには考える理由が何か知るよしもなかった。「ルーシーは元気か？」

「元気みたいだよ」トビーは膝のかさぶたが痒《かゆ》く、まわりを掻いた。

「変な歩き方してないか？」

「どういう意味？」

「足を引きずってたりしないか？」

「どうかな。してないと思うけど」

パンダは困った様子で頭を掻いた。なんだか様子が変だ。「話はしてるのか？」

「うん」

「それで……おまえは何か話を聞いてないか？」

「いろいろ話してるよ」

「たとえば？」

トビーは考えこんだ。「人は誰でも人種差別の言葉を発するべきじゃないっていってる。ぼくみたいな黒人もいっちゃダメだって。ルーシーの弟も黒人なんだよ。知ってた？」

「ああ、知ってた」

「子どもたちはヒップ・ホップのアーティストをお手本にするべきじゃないともいってたよ。ぼくは立派なお手本だと思うけど。だって大金を稼ぐしさ」パンダはほかにないのか、と訝《いぶか》るような表情で少年の顔を見つめていたが、トビーは何を答えればいいのかわからなかった。

「ルーシーは焼いたパンのなかに漉《こ》したサツマイモを入れたんだけど、あれも美味《うま》かったよ」

　パンダはなおも少年の顔を凝視した。トビーはパンダに早く帰ってほしくなった。「そういえば、ブリーに乗馬が好きだと話していたな」

　パンダは蜂蜜の瓶のところへぶらぶらと歩いていき、さも興味ありげに瓶に見入った。

「おれのこと何か話してなかったか？」

トビーのかさぶたがまた痒くなった。「さあね。してないと思うよ」

パンダはうなずき、また蜂蜜の瓶を見つめ、瓶をつかんだ。パンダが車に乗りこんでから、二〇ドル札を受け取ったことにトビーが気づいた。「お釣り！」

しかしパンダはすでに車を発車させていた。

ルーシーはコテージに着く前に話し声を聞いた。午後は少し原稿を書くつもりでいたのだが、急に甘いものを食べたいという衝動が抑えきれなくなり、コテージに戻ってきたのだった。以前の健康的な食生活に戻すのは簡単だろうと高をくくっていたが、これが想像以上にむずかしい。かつては空腹でないかぎり、めったに何かを口にすることはなかった。だが二カ月間の『ダイエット』を経験して食べ物に対する執着心が生まれてしまった。いまとなっては何かが不安だったり、疲れていたり、悲しかったりするととりあえず何かを口に入れなくては治まらなくなった。こんなふうだから、誰でもダイエットしたあとリバウンドするのは当然だと思う。

話し声が近づいてきたので、ルーシーは腋の下にはさんだビーチタオルを抱え直し、足を止めて耳を澄ませた。

「さあお引き取りを」とブリーが話す声が聞こえた。

「ルーシーに会うまではどかないわ」

「彼女はもう島を出ていったの」

「そんなの嘘だわ。まだ家に荷物が置きっぱなしだもの」

「それはもう要らない荷物だからでしょ」

「いいかげんにしてよ。彼女はどこなの？」

「私は彼女の番人じゃないのよ。知るわけないでしょ」

ルーシーは笑いをこらえながら野ねずみが鏡の女王にはむかう会話に聞き入っていた。はじめて会ったときの自信なさげな女性の面影はもはやなかった。ルーシーは不承不承森から歩み出た。テンプルは勢いよく腰に手を当てた。「そんなところにいたのね！まったくあなたには腹が立つわ」

「かまうのはやめて」野ねずみがいった。

テンプルは大股でルーシーに近づいた。「あなたがパンダを見棄てたことも納得できないけど、私は何もしてないのに、私まで見棄てるなんてひどいじゃないの。あなたがなんの説明もなく出て行ったと聞かされたときの私の気持ちを思いやる余裕はなかったの？　私はあなたに腹が立ちすぎて、二度と話もしたくなかったわよ」

「じゃあ、なぜ来たの？」ブリーは柄にもなく口をへの字に曲げている。

テンプルはくるりと向きなおっていった。「余計な口出しはやめて。あなたは無関係なんだから」

「ここは私の家で、ルーシーは私の客なんだから、私にもおおいに関係があるわ」

ルーシーは仕方なく割って入った。「あなたたち、まだおたがいに自己紹介もしていないでしょう？　ブリー・ウェスト、こちらはテンプル・レンショー。テンプル、ブリーよ」

「こちらがどなたか、私は存じ上げてるわ」ブリーが厳しい口調でいった。

ルーシーは残念そうにブリーを見た。「信じられないかもしれないけど、この人は見かけほど無礼な人ではないのよ」

「私のかわりに詫びたりしないでよ」テンプルはルーシーの顎までカットした新しい髪型に見入りながら、いい返した。これはブリーと彼女のハサミのお手柄である。「まだあなたへの怒りがおさまらないのよ」

「当然よ」ルーシーは認めた。「あなたの言い分は正しいわ。ごめんなさい。せめて置手紙でもしていくべきだったわね」

テンプルは鼻で笑った。「そのとおり。詫びるのが筋よ。いつ帰ってくるの？」

「帰らないわ」ブリーがきっぱりといった。「彼女にはここにいてもらうわ」

「本人の意向も確かめもせずに、よくいうわ」

ルーシーのことをめぐっていい争う二人の会話を聞きながら、ルーシーの気持ちは数日ぶりにやわらいだ。テンプルはブリーに背を向けた。攻撃的な口調はいくらか静まってきたが、懸念のためか眉をひそめている。「いったいパンダに何をされたの？　彼もバーで何があったのか説明してくれたけど、まだ隠していることがあるような気がするの」そしてブリーのほうを向くと、急に慇懃《いんぎん》な口調に変えていった。「申し訳ないけど、ルーシーと二人だけで話がしたいので席をはずしてくださらない？」

ルーシーはしぶしぶ二人の口論に割って入った。「ブリーを睨みつけるのはやめてよ、テンプル。彼女にも聞く権利があるわよ。私だってあなたにいずれ説明するつもりでいたの。ただそのために、あの家に戻る気がしなかっただけなの」

その言葉が逆鱗《げきりん》にふれたのか、テンプルは憤りで眉をつり上げた。「つまり私たちの友情はその程度のものだったということよね」

「そうではないの」ルーシーはビーチタオルを木陰に落としてその上に座った。スパイシーなバジルの香りを嗅ぎながら、ルーシーは〈コンパス〉で起きた出来事を事細かに語って聞かせた。話し終えるとルーシーは膝を胸に抱き寄せた。「自分ではいっぱしのタフな女のつもりだったの」

「そんな悪党を追い払えなかったからといって自分を責めたりするのはやめなさいよ」テンプルがいった。

「追い払える女性だっているわ」

「映画のなかではね」

テンプルが義憤を示してくれたことには心慰められたものの、ルーシーはそれでも自分を許せずにいた。

テンプルはすっと優雅な仕草でルーシーの隣りに座った。「なぜパンダは細かい事情を説明してくれなかったのかしら？」

「きっとクライアントに対する守秘義務を考えてのことよ」ルーシーは辛い気持ちを呑みこ

んだ。「基本的に彼はいまでも私に対してそういう立場を貫いているのよ。責任感ね」

「彼はあなたを守ったわ」テンプルは断固とした口調でいった。「それなのになぜあなたは彼に腹を立てているの？」

「腹を立ててなんていないわ」ルーシーはいった。「自分に対して腹を立てているけど」

「被害者が自分を責めることはよくあることよ」ブリーが口をはさんだ。

「違うの」ルーシーはいった。「夏のあいだ私はタフな女を演じつづけたわ。笑っちゃうでしょ？」

テンプルはそんなルーシーの言葉は無視した。「パンダのことはどうなの？　なぜ彼を見棄てたの？」

「なぜなら彼との関係は私のタトゥーのシールと同じように偽物だから」

「私には偽物には思えなかったけどね」テンプルはブリーを見やった。「二人一緒の様子を見たら、どんなにアツアツかひと目でわかるわよ」

ルーシーはその言葉を笑って受け入れることはできなかった。「私は花婿を祭壇の前に置き去りにしたのよ。その二週間後、別の男と寝たの。素敵でしょ？」

「普通なら感心できないことでしょうけどね」テンプルがいった。「でもパンダが相手なら話は別よ」

ルーシーは誰かに行動の弁護をしてもらうつもりはなかった。「もう人生の現実と非現実を見分けるべき時期がきたの。パンダは非現実なの」

「私にはそうは思えないけどね。それにあなたは彼に恋してる」

「やめてちょうだい！」ルーシーは叫んだ。「信じてよ。私の彼に対する思いは恋じゃないの」この言葉はテッドにこそふさわしいもの。ルーシーはテッドを尊敬していた。パンダのことは絶対に尊敬していない。相手の衣服を剝ぎ取りたいと思いながら、その人を尊敬できるはずがないのだ。大声で笑ったり、怒鳴ったり、わけ知り顔でうなずき合ったりすることと、尊敬は両立しないのだ。パンダとなら悪い子のルーシーもよい子のルーシーも、さらにはマムシに化けたルーシーもさらけだすことができるからだ。そんな面倒なことは必要ない。

ブリーはビーチタオルに近づき、ルーシーがそれ以上説明しなくてすむよう助け舟を出し、「ルーシーはここに泊めるわ」とテンプルに告げた。

「そうはさせないわ」テンプルは勢いよく立ち上がった。「彼女を連れ戻すわよ」

「おあいにくさま。こちらもルーシーにいてもらいたいの」

「こちらの要望はどうしてくれるの？」

「お気の毒さま。会いたくなったらここへ来れば済む話でしょう」

ルーシーは目頭が熱くなった。「あなたたちが私のことでいい争ってくれるのは嬉しいけれど、もうやめてちょうだい」

ブリーはコテージの横へ移動した。「トビーの様子を見てこなくちゃ。冷蔵庫にアイスティーが入ってるわよ」ブリーはルーシーのほうを向いていった。「あなたはここに泊まればいいのよ。この人のいいなりにならないで」

ブリーが姿を消すと、テンプルの頬に笑みが浮かんだ。「彼女が気に入ったわ」微笑みはすぐに消えた。「逃げて何が達成できるというの？　あなたは私に問題を直視しろとよくいってるけど、あなたは困難なことにどう対処するの？　大口をたたく人間はいざとなると逃げるのよ」

「お手柔らかに頼むわ」

「わかったわよ」テンプルはむっとしたようにいった。「あなたがそんな態度を取るのなら、私がかけた電話のこと、話してあげない」

「話してよ」ルーシーは訊いた。テンプルがそれを望んでいるのがわかったからだ。

「あなたには聞く資格がないわよ」

「とにかく話してよ」

テンプルの話を聞き、ルーシーはタオルの上で立ち上がった。「それはたしかな話なの？」

テンプルは怖い顔をした。「あなたが喜ぶと思ったから話したのに。あなたはこうなることを望んでいたんじゃなかったの？」

完全にそう望んでいたわけではない。しかしルーシーはそれを心に秘めておくことにした。

ドアベルが鳴って、パンダはスクリュードライバーを置いた。たったいま会いたいのはルーシーなのに、彼女ならドアベルを鳴らさないはず。キッチンのテーブルと格闘するのを中断したところだった。太い脚をはずす作業はなかなかうまくいかない。

玄関に向かいながら壁に掛かった安っぽい海の絵を見て、顔をしかめた。絵が消えたり、家具がなぜか別の部屋に移動していたりすることにも、だんだん慣れてきた。それにしてもルーシーはなぜこれをどかさないのだろう？　最悪なのは豚だ。先週彼女がつけた不格好な鼻がまだついたままになっている。

パンダは玄関まで来て、横窓から訪問者を確かめた。玄関のドアの前にはブロンドの絶世の美人が立っていた。

どこか見覚えのある顔だった。しかし会ったことはない。体型のせいかもしれない。こんな体は一度見たら忘れられない。大きな胸、細いウエスト、狭い腰。そして見えているのは一部といえども、壮観ともいうべき見事な脚。

ドアを開けながら、パンダは相手が誰だったかを思い出そうとした。だが、彼女の服装を見ると混乱してしまう。ブロンドの髪もきっちりピンで留めてあり、身に着けている衣服の量も多すぎるのだ。

やがて相手が誰かが判明した。パンダは落胆した。

彼女は手を差し出した。「あなたがシェイドさんね。クリスティーナ・コンラッドです」そして、首を傾げて秘密のジョークでも交し合うかのように微笑んだ。「ドクター・クリスティよ」

22

見渡せばどこも女ばかり。おまけに揃いもそろって悪夢のような女たちだ。機嫌の悪いテンプル。そしてドクター・クリスティ。彼女のカウンセラー免許はおそらくインターネットで取得したものだろうが、本人は正式だと主張している。しかしもっとも悩ましいのがルーシーだ。森の反対側で憎むべき敵の娘サブリナ・レミントンと暮らしているのだから。九日経ってもルーシーは何もいってこない。どうせ先のない関係なのだから、と自分に言い聞かせてはみるが、どうにもならない。

テンプルが階下におりてきた。赤い目をして、廊下ですれ違っても声もかけない。パンダはこんなテンプルを見たくなかった。「ランニングに行こうよ」彼はぶっきらぼうにいった。「あとで」テンプルはリビングの椅子にドサリと座り、テレビのリモコンに手を伸ばした。

しばらくしてパンダが新しくできたキッチンの空間を埋める物をどこで探そうかと考えていると、裏庭でドクター・クリスティが本を読んでいるのが見えた。さっきまで泳いでいたはずだが、邪魔をされたせめてもの慰めとして見ておきたかった評判の悪い赤のビキニではなく、ありふれた緑と白のワンピース水着姿だ。

テンプルは外へ出るためにキッチンを通った。パンダは裏庭に向けて首を振った。「招待するんなら、事前に了解を得るべきだろう。おれは家主なんだから」

「あなたが気にするとは思わなかったのよ」パンダがとんでもない誤解だと反論しようとしたが、その前にテンプルはするりといなくなっていた。「コテージに行ってくるわ」

「たまには役に立ってもらいたいよ」

「彼女を取り戻したいのなら、自分でやって」テンプルはそういい残すと、ドアを乱暴に閉めていなくなった。

そうしたいのはやまやまだが、それを実行してその先をどうするかが問題だ。ルーシーは幸せな結末を求めているが、自分はそれをもたらしてやれないからだ。とはいえ、何を話すべきか迷ってはいても島を去る前にぜひとも彼女に会っておきたい。

窓越しにテンプルが庭でドクター・クリスティに近づく様子が見えた。ドクター・クリスティは本を閉じて立ち上がった。テンプルが何をしゃべったかはわからなかったが、最近そんなことはどうでもよくなってきている。

ルーシーがアイスティーの入ったグラスをいくつか直売所に運んだとき、まずテンプルが、そして続けてドクター・クリスティと思しきバストの大きいブロンド女性が現われた。心理学者はグリーンの水着にお揃いのカバーアップという服装だ。ブロンドの髪をきっちり後ろにまとめているので、完璧な頬骨のラインとふくよかな唇がくっきりと際立っている。

ルーシーは四日前テンプルからドクター・クリスティの救援を求めたことを聞かされて以来、こうした成り行きを予測していた。〈ファット・アイランド〉のカウンセラーではなく、もっと評判の高い専門家に依頼するようルーシーが熱心に説得したにもかかわらず、テンプルは聞く耳を持たなかった。

ブリーは木陰に置いたテーブルの上で高価なガラスのオーナメントに島の灯台の絵をすさまじい勢いで描いている。仕上げても売れる期間は二週間しかないからだ。ブリーは一行の訪問にはっとして顔を上げた。

テンプルはいつものようにヨガ・パンツ、タンクトップという装いだ。彼女は唐突に紹介を始めた。「クリスティ、こちらは私の友人ルーシー。あちらがブリーよ」

クリスティはブリーに向かって会釈した。「養蜂家なのね。楽しそう」そしてルーシーに向かって、「お会いするのを楽しみにしていたのよ、ミズ・ジョリック。テンプルからいろいろお噂は伺ってるわ」

「いい噂は一つもなしよ」テンプルはゆったりと萌葱《もえぎ》色のアディロンダック・チェアに座った。

「嘘よ」ルーシーはブリーのテーブルにアイスティーを運びながら、いい返した。

「そうよ」テンプルはつぶやいた。「太りすぎの家出人を模範にしてしまったと認めるのは悲しいけどね」

「ルーシーは太りすぎてなんかいないわ」ブリーがクリスティのポルノ女優のような唇から

目をそらし、いった。

太りすぎかどうかは別として、自分が誰かの模範になるなど夢にも思ったことはなかったので驚いた。とはいえ、このひと夏で大切な人生の教訓を学んだのは事実だ。

テンプルは、ドクター・クリスティがルーシーの正体を他言することはないから心配しないようにと請け合った。その後みな黙りこんだ。クリスティはブリーの製品を詳しく見た。クリスティだけは沈黙にも平然としていたが、ほかの三人は違った。テンプルは足元ばかり見つめ、ブリーは絵筆をもてあそんだ。ルーシーも何かいわねばと考えはじめたが、やがて何も自分がこんな個性豊かな面々のまとめ役を買って出る必要はないのだと思い直した。

テンプルは椅子から立ち上がって好戦的な口調でいった。「私は同性愛者なの」

ブリーは目をぱちくりした。

テンプルはまた座りこみ、またしても足元を見つめた。

ルーシーははっと息を呑んだ。彼女はブリーには思いもよらないことを理解した。これはテンプルの告白なのだ。

またしても、沈黙が広がった。テンプルは顔を上げたものの、誰とも視線を合わせなかった。「私は女性に恋をしているの」

「あの……おめでとうというべきかしら？」ブリーの言葉には疑問符が付き、クリスティに向けてどういうことかと問うような視線を投げた。「あなたたち二人のことなの？」

ブリーの思考がどんな方向に向かったのか、テンプルが気づくのにしばしの時間を要した。

やがてテンプルは身震いした。「とんでもない。クリスティであるはずがないでしょ」

「それはずいぶんね」クリスティはいい返した。

「どうだっていいでしょ」テンプルも反論した。「あなたはレズビアンじゃないんだから」

クリスティはピーチ色の椅子に座った。「だからって、そうあっさりと切り捨てられると不愉快よ」

ブリーはルーシーに視線を向けた。明らかに、この人たちはいったいどうなっているのかと問いたげな様子だ。

「ごめんなさい」テンプルがいった。

ドクター・クリスティは優雅にうなずいた。「謝罪は受け入れるわ」

ルーシーはテンプルのほうへ屈んだ。「で、マックスには話したの」

テンプルはくだらない質問だから答えるだけ時間の無駄とでもいわんばかりにそっけなく手を振った。クリスティは咳払いをした。テンプルはクリスティのほうを向き、つぶやいた。

「マックスは話している最中に電話を切ったのよ。彼女は報復を望んでいるの」

ルーシーは考えこんだ。「それも当然よね。あなたは今後どう対処するつもりなの?」

テンプルはもじもじしていたが、ようやく発したのは虫でも呑みこんだような声だった。

「謝罪するわ」

ブリーがテーブルをひっくり返さんばかりの勢いで立ち上がった。「謝ってはだめ! 謝らないで! そんなことをすると心が腐るのよ」

ドクター・クリスティはポルノ女優のような唇に似つかわしくない妙に真剣な表情でブリーの様子を観察した。「まるで経験からの忠告のように聞こえるわね」

ブリーは見たことがないほど意固地な感じに歯を食いしばった。「離婚を経験したのでね」

「いっそすべて打ち明けてみたらどう？」クリスティが促した。

「何よ！」テンプルがいった。「あなた、私のカウンセラーでしょ！」

クリスティは反論するように手を振った。「私はグループ・カウンセリングのほうが得意なの」

はたしてそれは事実で、その後数時間、ルーシーはドクター・クリスティがグループ・セラピーにおいて見事な手腕を発揮しつつセッションを導く様子を目の当たりにすることとなった。一同はブリーが夫との屈辱的な関係で学んだこと、テンプルの完璧主義について相互に意見を交わし合った。ルーシーは自身のロビイスト活動に対する嫌悪感については本音を吐露するのを控えた。ドクター・クリスティは、人はもっと日常生活からいったん離れ、自分の未来への道筋について考えてみる必要があるのだと、励ますような意見を述べた。ルーシーはドクター・クリスティの意外なほどの力量に感服させられた。

最後に心理学者は普段の診療を終えるのと同じ調子で、セッション終了を告げた。ルーシーはそつなく褒めてみた。「テレビではこんな一面は見せてくれないのね」

クリスティは淡く美しい形の眉を上げた。「そう、あの南国ふうの小屋と赤いビキニのせいで、私の専門性も怪しげに見えてしまうのよね」

「なぜそんな役目を引き受けているの？」ブリーが訊いた。

「十代のころ、私は過食症に苦しんでいたの」クリスティがドライな口調でいった。「摂食障害を専門にするようになったのは、そんな経験があったからなのよ。〈ファット・アイランド〉の仕事を受けたのも有償奨学金返済のためで、一シーズンだけで辞めるつもりだったけど、お金の魅力に取りつかれてしまって」クリスティは細長い脚を組んだ。「プロデューサーの思惑で番組が実際のカウンセリングより私の体を映すシーンを優先させているのは承知のうえで、自分なりに納得しようと努力しているのよ。でもあの番組の参加者たちはそれぞれ感情面に問題を抱えているし、もし私が辞めたらプロデューサーたちはろくに審査もせず代役を決めてしまうはず。ブロンドでビキニが似合いさえすればそれでいいという基準だけで。だから私はやめられないの」

「クリスティは長期にわたる番組の高視聴率は自分のおかげと思っているの」テンプルが辛辣な口調でいった。

クリスティは思いのままをぶちまけた。「視聴率がよかったのはほんの数シーズンだけよ……。〈ファット・アイランド〉の人気が出はじめてから、私は培《つちか》った発言力を行使してショーに本物の行動心理学カウンセリングを取り入れるよう主張したの。テンプルの特訓を受けた参加者たちはみんな身も心もボロボロ、再起不能に陥ってしまう。テンプルもそのことを認識しはじめているんじゃないかしら。現実的に見ても、仕事や家庭のある人が日に二〜三時間のワークアウトをこなすのは無理だし、継続的なサポートもなしに健康的な食事法を長く続けられるはずがないでしょう？」

鏡の女王はぐらつき、前にのめった。「私だってアプローチを考え直している最中なのよ」

「気づくのが遅すぎるっていうのよ」ドクター・クリスティはブリーのほうを向いた。「テンプルが同性愛者と知って、〈ファット・アイランド〉のイメージが変わった？」

「このお上品な人が本音を口にするはずがないのに」テンプルが指摘した。

「あなたもわかってるのね」顎を上げるブリーの赤い髪が陽射しを受けてきらりと輝いた。

「私はあのショーが嫌いだったし、いまも好きではないわ」

クリスティはうなずいた。「ほらね、テンプル。あなたが真の人生を歩む勇気を見い出したところで、地球の自転は止まらないってことよ」

「そんなのたわごと」テンプルはどこかうわの空でいった。

最後に一触即発の話題からなにげない会話に変わり、ドクター・クリスティがブリーに新しい蜂蜜の味見をさせてほしいと頼んだ。テンプルがルーシーを脇へ引っ張っていった。

「クリスティはパンダに惹かれているの」彼女は声の届かない距離まで移動すると、ひそひそとささやいた。「彼に目が釘付けなの」

ルーシーは唇の内側を噛んだ。「パンダはクリスティに魅了されているの？」

「あの容姿を見たでしょう？　男なら誰だって虜《とりこ》になるわよ。ゆうべなんて、髪をおろしちゃってね。番組では一度も髪をおろしたことがなかったのに。早く家に帰って、自分の縄張りを守ったほうがいいわよ」

ルーシーは珍しい生き物でも見つけたかのように、羽ばたく蝶をしげしげと見つめた。

「私の縄張りなんてないわよ」

「ほんとにバカなんだから」テンプルは嘲《あざけ》るようにいった。

しかしテンプルの目にはルーシーを思いやる気持ちがあふれ、つい口走った言葉ではないことが感じられた。「ずいぶん親切で優しい人になったこと」

「よしてよ」

ルーシーはなんとか微笑んだ。


ブリーは午後の後半はずっとずっしりと重い巣枠から搾蜜して過ごし、夕食まで体をきれいにする暇がなかった。ルーシーが食後の皿洗いをやると申し出てくれたので、ブリーもほとんど逆らわず、好意を受けることにした。シャワーに向かう途中、ポーチからマイクとトビーの会話が聞こえてきたので、足を止めた。

「ブリーをデートに誘いなよ」トビーの言葉が耳に入ってきた。「ブリーが最初はつんけんしていたのはぼくも知ってるけど、でも気持ちが変わったんだよ。今日の夕食での様子、マイクも見ただろ？　ずっとマイクの冗談に笑いどおしだったよ」

ブリーはマイクの答えがよく聞こえるよう、玄関のカーテン脇に体を寄せた。

「そんなのあまり意味ないと思うよ」彼はいった。「ルーシーだって笑っていた」

「でもブリーのほうが笑っていたよ」トビーは感想を述べた。「それにブリーはずっとマイクを見ていたよ。とにかくデートに誘えばいいんだよ。〈ドッグス&モルツ〉じゃなくて、〈アイランド・イン〉とかの気の利いた店へ」

「そういうわけにいかないんだよ、トビー」

「どうして?」

「無理なものは無理だから」キッチンから皿のぶつかる音がした。ポーチではマイクの座る椅子がきしむ音がした。「ブリーはこの冬が越せるか心配しているんだ。手助けが必要になった場合を考えて、このおじさんをあてにしているんだ。同じ立場なら、誰だってそうするさ」

ブリーはこれでも抜け目ない人間のつもりでいたのだが……。考えてみればマイクほど事業を成功させた人物に他人の動機を見透かす洞察力が備わっていないはずがなかった。

トビーは引きさがらなかった。「でも、なんで食事に誘えないのか、ぼくにはわかんないよ」

「ブリーにしてみれば断わりたくても断われないからさ」

「きっと喜ぶって」トビーはなおもいった。「絶対に」

「トビー、これはおまえには理解しにくいことかもしれないけど……」マイクは気長に噛み砕いてやるような口調で話した。トビーに何か説明してやるときはいつもそうだ。「おれはブリーにそういう意味で興味はない」

そうなのか?

椅子が擦れるような音がしたと思ったら、ポーチを進む足音がした。「マーティン！」マイクが叫んだ。「戻ってこい！　トビー、あいつを助け出しておいで。このままだとハイウェイに行ってしまう」

ブリーはマイクの最近の無関心な態度を本気にしていなかった。マイクの不変の慕情をあてにしていた。夫のスコットにとって興味の対象ではなくなったのは早かったが、マイクだけは永遠に私を慕いつづけてくれると、自分自身を慰めていた。なんと、浅はかだったことか。

ブリーは胸に手を当てた。これ以上拒絶されたくない。とりわけマイクからは。てのひらにドキンドキンという自分の心臓の鼓動を感じた。彼女はカーテンを押し開き、スクリーン・ドアを開けて、ポーチに出た。

トビーは犬と一緒にだいぶ離れた車道の端にいた。マイクは階段の上にいた。ひたいにライトブラウンの髪が一本こぼれ、着古したジーンズに『ジェイクのダイブ・ショップ』の広告入りのTシャツを着ていても印象的な体つきをしている。背が高く堂々とした体軀《たいく》。ポーチの灯りに照らされる力強い横顔。

蝶番《ちょうつがい》がきしんだ。ブリーはマイクのほうへ進んだ。ポーチを渡って階段のほうへ。「一緒に来て」どうしようもなく激しく高鳴る鼓動に重ね、ブリーはささやいた。

マイクは口を開いた。拒むつもりなのか？

「やめて」彼女はいった。「何もいわないで」ブリーは彼の腕をつかみ、家から離れ少年や犬の視界から逃れるように森へ入った。怯えと極度の疲労、みずから築き上げたものを失ってしまう恐怖に突き動かされていた。

ブリーは高身長のため、普段は人と同じ高さで目を合わせることが多い。しかしブリーはマイクを見上げることにかすかな憂鬱を感じながら足を止めた。木の葉を通して漏れ入る月明かりのなかでさえ、彼の瞳にある抵抗を感じ取ることができた。

「ブリー……」

ブリーは両腕を彼の首にまわし、頭部を引き下ろし、口を口で覆って彼を黙らせた。キスはブリーが長いあいだ望みつづけ、手に入れられなかったものを思い出させた。しかし唇が重なると、そんな思いとは違うものを感じた。忠誠、名誉、優しさ。気品からは遠いもの。結婚生活で感じつづけた羞恥心から解放された爽快《そうかい》な官能的喜び。

全身を熱い血が駆けめぐり五感のすべてに火がついた。彼のキスは喜びを与えようとする男性のキスだった。没我的であり、情欲を刺激するキスだった。

彼の股間は固くなった。ブリーは彼が性的な刺激に目覚めたことを楽しみ、尻をつかむ彼の手に多くの女性の肉体の記憶が刻まれていないことを喜んだ。彼の唇は頰から頰へ移動し、午後皮膚にまといついた蜂蜜の香りを舐め取った。彼の唇に求められ、ブリーは唇を強く押し当てた。

彼は唐突に体を離した。ほんの数インチだが、それで充分だった。

「ブリー、こんなことをする必要はないよ」彼はそういいながら、自分の首に巻かれた彼女の腕をほどいた。「ちゃんときみやトビーの面倒は見るから、こんな賄賂《わいろ》はいらないよ」ブリーは屈辱を受け、当然とはいえ彼がそんな思いを抱いているのかと思うとひどく腹が立った。いい返すために思いついた唯一の主張は真実だった。「賄賂じゃなかったわ」「ブリー、今後はこんなまねをするな」彼は焦れたような、疲れた声でいった。「こんなこと、しなくていい」

ブリーが始めた行為であり、自分の苦痛を彼にぶつけるのは不条理とわかっていたが、言葉が暗い激流に乗ってほとばしり出た。「よく聞いて、マイク・ムーディ。私は長年男の愛を乞いつづけてきたし、今後は絶対に同じことはしないつもりよ。わかってくれる？」

「マイク！」トビーが家から大声でいった。「マイク、どこにいるの？」

彼女を見つめるマイクの目は急に疲れ、老いて見えた。そして彼は歩み去った。「ここにいるよ」彼は森から出ながらいった。

「そこで何しているの？」トビーが尋ねた。

車道の砂利を踏むマイクの足音が聞こえた。「なんでもないよ」

ブリーは木の荒い樹皮に頬を当て、目を閉じた。そして泣くなとみずからに言い聞かせた。

テンプルはドクター・クリスティの主張を聞き入れ、日々のワークアウトを九十分以内に抑えることにした。その結果頑なに会話を拒みつづけているマックスのことでくよくよ悩む時間がふえるので、クリスティと連れ立って毎日午後になると一、二時間は直売所にたむろするようになった。

ルーシーは一日分の原稿を書き終えると、仲間に加わった。

ブリーがクリスマス用の球形のガラスに浜辺の絵を描いているあいだ、あとの三人はブリーのイースター・エッグの椅子にゆったりと座り、グループ・セラピーやガールズ・トークで盛り上がった。女たちはマックスの拒絶に落ちこむテンプルを慰めたり、ロビイスト活動をやめるようルーシーに勧めたりした。自分のような幸運に恵まれない子どもたちを助けたいというルーシーの義務感について理解を示し、ブリーはマイクのことは伏せておいたものの、結婚生活についてはなんでも喋った。

「女友だちがいるっていいものね」ある日の午後、ブリーはいった。「結婚しているあいだは女友だちなんて一人もいなかった。あの人たちは私がスコットの浮気を見て見ぬふりをする理由を聞き出せればよかったの」

「いまのあなたはもうだめな男に振りまわされないわよ」テンプルはあぐらを組みながらいった。

「そうでもないのよ」ブリーは急に顔を曇らせ、そんな暗さを振り落とすかのようにしてクリスティの顔を見た。「今日は仕事がはかどらないわ。ほんとにあなたは――」

「ないわ！」クリスティは断言した。

テンプルとルーシーは顔を見合わせ、ブリーがクリスティにもっと仕事をふやすために赤いビキニを着たらどうかと勧めるさまを面白おかしく眺めていた。

「きっと素敵よ」

「あなたが着ればいいじゃないの」クリスティが激しい口調でいった。「きっと素敵よ」

「私だってあなたのような容姿の持ち主だったら、着るわよ」ブリーはクリスティを告白台に乗せようと試みた。「なぜよりにもよってあなたのような女性が男運が悪いの？　あなたが口説けば落ちない男はいないでしょうに」

ルーシーはとっさにパンダを思い浮かべた。

クリスティはサングラスを勢いよく頭の上に載せた。耳でさえ端正な女性だ。

「はたから見ればそうかもしれないけど、そう簡単にはいかないの。私が惹かれる男は私に魅力を感じないんだもの」

「死体だから？」ルーシーは誰も座っていない青紫の椅子に座った。

テンプルは笑い声を上げたが、目を見張るような肉体に似つかわしくない生真面目なオタク体質を持ったクリスティは唇をとがらせた。「好きなだけ嘲ればいい。私は知性派の男性が好きなの。ほんとうの読書家で酒を飲んで浮かれ騒ぐこと以外に興味のある人がいいの。でもそんな人は私に近づかなくて、かわりに遊び人ばかり寄ってくるのよ。俳優、運動選手、自慢できる妻を探している大金持ちの五十歳とか」

ルーシーは親指についたインクを擦ったが、落とすのをあきらめた。「パンダはどうなの？」

「魅力的な例外よ」ドクター・クリスティはいった。「第一印象はいかにも浮かれ騒ぎの好きなタイプに見えたけど、話すうちに知性的な男性だということがわかってくるの。ゆうべは一時間もプッチーニの話題で盛り上がったわ。政治や経済、さらには社会的良心についても深い見識があるのよ。彼がまだやくざ組織について調べているの、知ってた？　感情面でまったくの不能なのが玉に瑕《きず》よね」

「彼はルーシーにべた惚れだからね」テンプルが辛辣な口調で指摘した。

「そのとおり」ルーシーは物憂げにいった。「だから私に会うために足繁くここへ通ってくるの」距離を置くべきだとはわかっていても、彼が連絡をつけようともしないことを思うと胸が痛んだ。

「テンプルは私が彼の気を引こうとしたとき、あなたたちの関係を教えてくれなかったのよね」クリスティは真剣にいった。「私、横取りはしない主義なの」

「本気で男を手に入れたいのなら」ブリーがいった。「ルーシーのまねをするべきよ。変装して、普通の男でも怖気《おじけ》づかない程度に見栄えを悪くしなさい」

ルーシーが明白すぎる事実を指摘した。「クリスティの美貌をごまかすにはハリウッドの特殊メーク・チームの力を借りなきゃだめね」

一台のスバルが猛スピードで走り過ぎた。テンプルが息を呑んで椅子から勢いよく立ち上がった。

「どうしたの？」クリスティがいった。

テンプルは手を喉に当てた。「あれはマックスだったわ！」

「見間違いじゃないの？」ブリーが訊いた。

だがテンプルはすでに家に向かって走り出していた。

三人は顔を見合わせた。ようやくルーシーが一同の思いを口にした。「どんな展開になるのか、どうしても見届けたい」

「私もよ」ブリーも同意したが、ちょうどそのとき女性とたくさんの子どもたちを乗せたヴァンが店の前で停まった。ブリーは名残り惜しそうに森のほうを眺めながら、客の応対に向かった。

残るはルーシー一人。

「そこから動かないで」ドクター・クリスティがいった。

「これはテンプルとマックスだけの個人的な事柄なんだから」

「わかってるわ」ルーシーはいった。「でも――」ルーシーは椅子から立ち上がると一目散に森の小道へ向かった。

「二人に見られないようにして！」クリスティは走り去るルーシーの後ろ姿に向かって声をかけた。

ルーシーもこんな行動がいかに常軌を逸しているか自覚していた。あの家には近づきたくなかった。だが物事の円満な結末を信じる彼女としてはテンプルの恋が幸せな形で実るのであれば、ぜひともそれを見届けたいという気持ちが強かった。

ルーシーはガレージに続く細い道に入った。腐った薪をよけ理性を見失わないよう慎重に移動した。ガレージの隅からそっと覗いてみると、ちょうどマックスが車から降りるところだった。赤い髪も乱れ放題、オリーブ色のカーゴパンツもサイズの合わない薄茶色のブラウスもしわだらけだ。テンプルが森から走り出て、はっと立ち止まった。表情には鏡の女王が内に秘めつづけてきた脆《もろ》さと心もとなさがあふれていた。「マックス……」その言葉はまるで祈りのような響きをともなっていた。「マックス、愛してる」

マックスはその場に立ち尽くしていた。その断固とした表情からは、愛人に劣らぬ意志の強さが窺《うかが》えた。「いいかげんにかくれんぼはやめたらどう？　それともあなたの残したたくさんのメールはデタラメだったの？」

「デタラメなんかじゃないわ。ほんとうにあなたを愛しているの」

「だったら私と連れ立って人前に立てる？」

テンプルはうなずいた。

「結婚する覚悟もある？」マックスは断固とした口調でなおも尋ねた。「披露宴を開く？　私たちの知人全員を招待するような？」

ルーシーは生唾を呑みこむテンプルの様子をじっと見守った。「覚悟はついているわ」テンプルはささやくように答えた。

だがマックスはまだ納得していなかった。マックスは自分のずんぐりした体形をぞんざいに指さした。「あなたに合わせて自分自身を作り変えるつもりはないの。こんな太めの私でもいいの？」

「いまのままのあなたが好きなの。愛しているから」

マックスは指にはめたシルバーの指輪をひねった。「このことが原因であなたのキャリアがだめになるかもしれないわよ」

「それでもいい」

「いいはずないでしょ」マックスはそういったが、テンプルの目が涙で潤むのを見て、表情をやわらげた。

「キャリアよりあなたのほうが大事よ」テンプルは答えた。

マックスはついに感極まり、二人は強く抱き合った。

二人の女性がこれほど情熱的にキスを交わす様子は胸やけがするほど濃厚すぎて正視に耐えなかったが、ルーシーは安堵《あんど》の胸を撫でおろし、二人きりにしてやろうと、そっと立ち去った。

23

犬を散歩させている男性が一人いたが、浜辺にはルーシー以外誰もいなかった。面積も狭く南側の浜辺より地の利も悪いことから、島の西側は主として地元民にしか使われていない。そのうえ土曜日なのにどんよりとした曇天のせいでひと気はなかった。ルーシーは砂丘の人目に付きにくい場所を選び、膝の上に顎《あご》を乗せ、座っていた。マックスが現われたのが一昨日。昨日の午後にはテンプルと連れ立って、島を発った。今朝はクリスティも島を去った。ルーシーは寂寞《せきばく》の思いを噛みしめた。こんなに心が沈むのはきっと孤独感のせいなのだろう。執筆活動は順調に進んでおり、仕事について抑圧的な要素はないはずなのだ。九月の半ばまでにはなんとか島を出られる目処《めど》がついた。

誰かが近づく気配を感じ、パンダの姿が見えたとたん、ルーシーの胸はときめいた。きっとトビーから居どころを聞いてきたのだろう。

太陽が雲の後ろに隠れているというのに、パンダはサングラスをはめていた。ひげはきれいに剃《そ》りあげてあるものの、髪は十一日前に会ったときよりさらに伸び放題になっている。会わなかった期間が数カ月にさえ思える。これまで抑えこんできたものが、表面に顔を出そうともがいている。ルーシーはそれを安全な心の奥底に押しこんだ。ルーシーの高鳴る鼓動をよそに、パンダは散歩に出かける観光客のようにのんびりと歩いてくる。

彼を置き去りにしたことで怒りがあったにせよ、パンダはそれを態度に表わさなかった。彼は会釈して短くなったルーシーの髪を見つめた。髪の色は黒さが抜けたものの、まだ本来のライト・ブラウンには戻っていない。化粧もしておらず、爪もボロボロで脚の体毛をここ数日剃っていないが、それをあえて腰の下にたくしこむのはやめた。

二人の視線がしばし絡み合った。だが、ルーシーが耐えきれず視線をそらした。ルーシーは流木の上を這《は》いまわるテントウムシを観察するふりをした。「別れの挨拶でもしにきたの？」

パンダはポケットのなかに手を入れた。「明日の朝発《た》つからさ」彼は必要以上に視線を向けるのが辛いのか、湖面を眺めた。「今週、新しい仕事が始まるんだ」

「よかったわね」

ふたたび決まりの悪い沈黙が流れた。波打ち際で、浜辺を散歩している人が棒切れを湖に投げ、飼い犬がそれを取りにいくため、走り出した。望むと望まないとにかかわらず、彼が去る前にルーシーから話しておくべきことがあった。「私があの家を出た理由は、理解してくれているわよね？」

パンダはルーシーと並んで砂浜に腰をおろし、膝を抱えた。そのため二人の距離はいっそう広がった。「テンプルから聞いた。おれが大馬鹿野郎だからそうなったといわれたよ」

「そうじゃないわ。あの晩あなたが現われなかったらどんなことになっていたか——」ルーシーは爪先で砂に穴を掘った。「考えたくもないわ」

パンダは浜辺の石を拾い、てのひらで転がした。砂丘の雑草が彼の髪を撫でたそうに下にたわんだ。ルーシーは目をそむけた。「あなたには感謝しているの」

「感謝なんてもうしなくていいよ」彼はぶっきらぼうにいった。

ルーシーは腕を擦った。指先についた砂で肌がざらついた。「弟さんのこと、話してくれて嬉しかったわ」

「おまえの気持ちを現実からそらしたかっただけだ」

ルーシーは爪先をいっそう深く砂に埋めた。「ここを去る前に、ブリーにカーティスのことを話すべきじゃないかしら」

彼は石を落とした。「父親がいかに人でなしだったかを話せと？　そんなつもりはない」

「彼女はもう大人だから、父親が母親を裏切って浮気していたことを知っているわ。だからこの事実を知らせるべきよ。兄弟に伝えるべきかどうかは彼女の判断に任せるの」

真一文字に結ばれた口もとを見るかぎり、いうだけ無駄なのははっきりしていた。ルーシーはカワホトトギス貝をつついた。自分もこの五大湖の侵入者扱いされている貝と変わりなく彼にとっては有害な存在なのではないか、という気がした。「あんなことになったから訊かなかったけど、なぜバーに戻ってきたの？」

「車を取り戻すためだ。おまえにも腹を立てていた」

「あの晩はとんでもないばかなことをしでかして、物笑いの種になったわ。それをいえば私はひと夏ずっと不品行を続けた」

「行ないは置いとくとして、おまえには極端なところがある」

「そうではないけど、一応ありがとうといっておくわ」ルーシーは指のあいだから砂をさらさらと落とした。「一つだけ経験によって得られたものがあるの。仮面をかぶっても自己改革は成し遂げられないことがわかった」

「自己改革が必要だと誰にいわれたんだ？」彼は義憤めいたものを表現した。「おまえはそのままでいい」

ルーシーは唇の内側を噛んだ。「ありがとう」

ふたたび長い沈黙が流れた。それがいつの間にか二人のあいだにできてしまった修正できない隔たりの大きさを物語っていた。

「原稿のほうは進んでいるかい？」彼が訊いた。

「まあまあよ」

「それはよかった」

また沈黙があり、やがて彼は立ち上がった。「荷作りを済ませなくては。ここへ来たのは、おれが発ったら、あの家を自由に使っていいと伝えるためだ」

それだけが理由なのか？　ルーシーは胸の痛みを感じて目を上げたが、返ってきたのはサングラスに映る自分の姿だった。「このままブリーの家に泊まるからいいわ」彼女はこわばった口調でいった。

「おまえはおれ以上にあの家が好きだろ？　気が変わったらこれを使え」ルーシーは手を出さなかった。そうするわけにいかなかった。仕方なく彼は鍵を彼女の膝の上に落とした。それは彼女のショートパンツの縁に落ちた。黄色のハッピー・フェイスのキーホルダーが彼女を見上げていた。

パンダはサングラスをはずそうとするように、手をかけたが途中でやめた。「ルーシー、じつは――」ルーシーの見慣れた頑固な表情が浮かび、やがて彼は手を腰に当て、うなだれた。出てきた言葉はサンドペーパーにかけたようにざらついていた。「くれぐれも無茶はするな」

それだけだった。彼は振り返ることなく、それ以上何もいわず歩み去った。

ルーシーはこぶしを握りしめ、まぶたを強く閉じた。怒りのあまり涙も出なかった。彼の背中に飛びかかって、彼を地面に押し倒したい気持ちだった。頬を平手打ちして、蹴ってやりたかった。なんと人間味のない、冷酷なやつなのだろう。あんなことがあったのに、あんなことを語り合ったのに、こんな別れ方しかできないのか。

ルーシーはようやく気持ちを整理して駐車場に向かった。オズの魔法使いで愛犬トートを迎えにいくミス・ガルチさながらにすさまじい勢いで自転車をこぎ、家に戻った。彼がコテージに様子を窺いに来なかった理由もこれでわかったというものだ。「去る者、日々に疎し」これがパトリック・シェイドの生き方なのだ。

ブリーは直売所にいた。ルーシーの顔をひと目見るなり、絵筆を脇に置いた。「何があったの？」

終わったの。終了したのよ。仕方ないの。「生きることが」ルーシーは答えた。「つくづくいやになるわ」

「詳しく話してちょうだい」

ルーシーは車道に自転車を投げつけたい衝動に駆られた。「出かけたいの。〈アイランド・イン〉で食事しましょうよ。二人だけで。奢《おご》るから」

ブリーは直売所の周囲を見まわした。「どうかしら……土曜日の夜はサウス・ビーチで魚のフライが食べられる日だから、交通量もふえるのよ……」

「少しのあいだならなんとかなるわよ。数時間はトビーが仕切ってくれるはず。あの子は大将ぶるのが大好きだもの」

「そうよね」ブリーは首を傾けた。「わかったわ。行きましょ」

ルーシーは泊まっている狭い部屋のなかを歩きまわった。最後にやっと小さなクローゼットを開き、テンプルが持ってきてくれた衣類を眺めた。しかしいまさらマムシの服を着るわけにいかず、それ以外にほとんど着る物を持っていなかった。クローゼットにはワシントン時代の衣類もあるにはあったが、テーラード・スーツにパールはマムシの緑のチュチュ・スカートやコンバット・ブーツと同じぐらいいまの自分には似合わないと感じた。

結局ジーンズにブリーから借りた風通しのよいリネンのブラウスを合わせることにした。

出発する際、ブリーは車道の端に車を停め、運転席の窓から最後の指示を出した。「すぐ帰るからね。お客さんにオーナメントに気をつけてくださいとかならずいってよ」

「もう聞いたよ」

「釣り銭箱はちゃんと見張ってて」

「もう何千回も聞いた」

「ごめんなさい、つい……」

「出発」ルーシーはハイウェイのほうを示して、命じた。

最後に心配そうな顔で店を見て、ブリーはアクセルを踏んだ。

ルーシーはドレッドを切り落とし、タトゥーを剝がして以来一度も町へ出ていない。だから当然ながら、ブリーがダイニングルームを向く席に座り、ルーシーが壁に向いて座ることになった。しかしルーシーの結婚式から三カ月が経ち、話題性も薄れたいま一般の人びとに顔を見せても大丈夫か試す勇気もなかった。

二人は巨大なブラウン・マッシュルーム、ポルタベッラのグリルと桃で甘くした大麦のサラダを注文した。ルーシーは一杯目のグラス・ワインを飲み干し、二杯目を飲みはじめた。コテージに車で戻るころには、食べ物はうまく調理されていたが、食欲はなかった。ブリーもどうやら同じらしかった。最初のうち、二人とも会話を交わす努力をやめていた。

直売所が視界に入ってきた。最初のうち、二人は何かおかしいとは感じなかった。近づいてみてはじめて、破壊された店内に気づいた。

トビーが割れた蜂蜜の瓶のまんなかに立ち尽くしていた。瓶の数を見ると展示品以外のものも含まれているようだった。トビーはぎくしゃくした足取りで途方に暮れたように歩きまわっている。片手からは蜂蜜まみれの、ブリーがカウンターに敷いた布、もう一方の手からはゲーム機がぶらさがっている。車が見えると、トビーはぎくりとした。

ブリーはエンジンをかけたまま車から飛び降り、喉から絞り出したような悲鳴を上げた。

「何が起きたの？」

トビーは散らかった瓶にキルトを投げた。アディロンダックの椅子も両側に倒れ、その近くに〈蜂蜜屋　回転木馬〉の割れた看板が転がっていた。奥に突き出した貯蔵庫のドアがぽっかりと開き、ブリーが作業スペースを広げるため養蜂場から運んできた何百本もの来年用の蜂蜜の瓶を載せた棚が空っぽになっている。トビーは全身頭から爪先まで蜂蜜と泥にまみれていた。割れたガラスで切れた傷口から血が滴っている。「ここを離れたのはほんの一分だけなのに」トビーはすすり泣いた。「こんなことになるなんて――」

「店を離れたの？」ブリーはガラスのかけらを踏みしめながらトビーに迫った。

「ほんの一分だけだよ。ニ、ニンテンドーを取りにいっただけなんだ。車は一台も停まらなかったし！」

ブリーはトビーが抱えているものを見て両手を握りしめた。「ゲーム機を取りに行くのに店を空けたというの？」

「まさか――こんなことになるなんて――たった一分いなかっただけなのに！」トビーは叫

んだ。

「嘘つき！」ブリーの目は怒りに燃えていた。「一分でこんなことにはならないわ。消えて！　出ていきなさい！」

トビーはコテージに逃げていった。

ルーシーもエンジンを切り、車から降りていた。木の棚は斜めに歪み、割れた蜂蜜の瓶がそこらじゅうにハイウェイまでも散らばっていた。粉々になったローションの瓶が車道を汚し、贅沢なクリーム、香りを付けた飲み物は砂利にこびりついていた。現金の箱はなくなっていた。だがそれでも何百本という来年用の蜂蜜の瓶がなくなったことほどショッキングではなかった。蜂蜜の瓶のかけらに混じって、ブリーの描いた高価で脆《もろ》いクリスマス・オーナメントの銀色の破片が散乱していた。

ブリーはどろどろの汚物の上でスカートの裾《すそ》を引きずりながら、膝をつき、繊細な球形のガラスのかけらをそっと拾い上げた。「終わりよ。もうどうにもならない」

もしルーシーが外出したいと誘ったりしなければ、こんなことは起きなかった。彼女はなんと慰めの言葉をかければいいのかわからず、途方に暮れた。「あなたはなかに入ってて。ここの片づけは私がやるから」

しかしブリーは立ち去ることなく、べとつく液体とガラスと壊れた夢のかけらの上でうずくまっていた。

ルーシーは重くのしかかる罪悪感に押しつぶされそうになりながら、熊手とシャベルをつかんだ。「明日善後策を講じましょうよ」彼女はいった。

「善後策なんてあるはずない」ブリーはささやいた。「もうおしまいよ」

ルーシーはブリーを説得し、警察に被害届けを出させた。ブリーが電話口で淡々と力ない声で状況を説明しているあいだに、ルーシーはハイウェイにもっともひどく散らばったガラスの破片を回収しはじめた。ブリーは警察の質問に答え終え、電話を切った。「警察が明日トビーに事情聴取に来るそうよ」ブリーの表情は硬くなった。「あの子がこんな不始末をしでかすなんて信じられない。許せないわ」

トビーの弁護をするのは時期尚早なので、ルーシーはそれについては触れずにおいた。「私のせいよ」彼女はいった。「外出しようといい張ったのは私だもの」ブリーはルーシーの謝罪を震える手で払いのけた。

二人は直売所の前面に設置した二台の投光器の灯りであたりを照らしながら作業した。前を通り過ぎる車がスピードを落とすことはあったが、停まる車はなかった。ブリーは木端《こっぱ》微塵《みじん》になった看板を後ろに下げた。椅子の位置をもとに戻し、壊れたキャンドルや台なしになった葉書をゴミ袋に投げ入れた。夜が更けると熊手を使って割れたガラスの始末に取りかかったが、あたり一面にへばりついた粘液性の液体が熊手のまたに密着して、真夜中過ぎにルーシーはブリーの手から熊手を取り上げた。「今日はこのくらいにしときましょ。朝になったらホースを引っ張ってきて洗い流すわ」

ブリーは意気消沈のあまり、反論する気力もなかった。

二人は押し黙ったまま、家に帰った。肌や髪、服など体じゅうに蜂蜜が付着していた。腕や脚にも泥や草のかたまり、ガラスや粘着質のものがこびりついていた。サンダルを足から剝がし取ると、淡いブルーのボール紙がかかとにくっついていた。

私はある種のクリスマス・オーナメントです。
手に取るときには優しく扱ってください。

二人はかわるがわる外の水栓で足を洗った。ブリーは前に屈み、手や前腕をすすぎ、裏の窓をにらんだ。「いまはあの子と話もしたくない」

ルーシーはその気持ちも理解していた。「私が様子を見てくるわ」

「あの子ったら、よくもあんな無責任なまねができたわね」

まだ十二歳だから、とルーシーは心のなかで思った。それに乱暴者が島に集まる週末に、トビー一人に留守番させようといいだした自分が悪いのだ。

いくら体を洗っても、キッチンを通るときビニールの床に足がくっついた。廊下を進むとトビーの部屋のドアが開いていた。トビーはブリーに散らかっていると小言をいわれないように、いつもはドアを閉めている。いやな予感がして、ルーシーは室内を覗いた。

部屋にはストロベリー・ガムの匂いと少年の体臭の名残りが漂っていた。ここ数日でたまったらしい汚れた衣類やバスタオルがラグの上に重ねて積んであった。ベッドはいつものように乱れたままになっている。トビーの姿はない。

ルーシーは家じゅうを捜しまわった。トビーはどこにもいなかった。べたつく足にスニーカーを履き、懐中電灯を見つけ、外へ戻ってみるとブリーが宙をにらみながらタバコを吸っていた。

ブリーは一日じゅう裏の階段に座ってタバコを吸っているだけだよ。いつかトビーがこんなことを話していたが、ここ数週間ルーシーはそんなブリーの姿を見たことがなかった。

「あの子、家にいないの」

ブリーははっと顔を上げた。「どういうことなの？　あの子はどこに行ったの？」

「わからない」

ブリーは階段をおりた。「あいつ、殺してやる！　こんなことしたらますます迷惑がかかることがわからないのかしら？」

「きっと混乱してまともに考えられなくなっているのよ」

ブリーはタバコを踏みつぶした。「私のせいよ。私があんなこと、いったから」ブリーは森に向かい、ルーシーはトビーとはじめて出逢った日のように声をかけた。「トビー！」ルーシーは叫んだ。「いますぐここに戻りなさい！　本気だから、いうこと聞いて！」

しかしそれは怯えた子どもを呼び返すにはふさわしい言葉ではなかった。それどころかブリーは怒った母親が投げつける乱暴な言葉を口にしていた。

予想どおり、トビーは現われなかった。ついにブリーも懐中電灯をつかみ、二手に分かれて庭の境界線周辺や根菜貯蔵庫、コテージのまわりを捜すことにした。果樹園にも入り、懐中電灯で峡谷を照らした。「マイクに電話してみるわ」ブリーは決然とした口調でいった。「トビーはきっと彼のところにいるわ。そうに決まってる」

しかしそうではなかった。

「マイクのところへはまだ来ていないって」ブリーは短い電話での会話を済ませ、いった。「彼も捜してくれるって。マイクになんといえばいいの？　トビーに甲高い声でわめき散らし、追い払ったと？」

「あなただって人間なんだもの」

「あの子はあなたの家にいるかもしれない。見にいってくれる？　私はここでマイクを待つわ。お願い」

ルーシーはパンダと再会すると思うと耐えがたく、もしトビーの身の安全がかかっていなかったら、断わっていただろう。しかしこうなってしまっては、断わるわけにはいかなかった。昼間何度も通った小道を進んだが、夜の森は気味が悪かった。「トビー！」ルーシーは夜のしじまに向かって少年の名前を呼んだ。「トビー、ルーシーよ。ブリーはもう怒っていないわよ」それは事実に反するけれども、仕方なかった。「話をしましょうよ」

返ってきたのは夜行動物の動く音とフクロウの鳴き声だけだった。

ルーシーが森から出たのは午前一時だった。空は晴れてきた。人工の灯りが消え、頭上には満天の星空が広がっていた。島にやってくるまで、ルーシーは本物の星のきらめきがどんなものか忘れていた。

家は暗く、ルーシーはどうかこのままでありますようにと心で祈った。庭を進みながら、懐中電灯で周囲を照らした。手は洗ったがまだべとべとし、衣服も体にまとわりついていた。眉にさえ蜂蜜が付着している。

ポーチで動く人影があった。トビーにしては大きすぎる体だ。ルーシーは落胆した。また顔を合わせるのかと思うとやりきれなかった。だが、選択の余地はなかった。ルーシーは体をこわばらせ、網戸のほうを照らした。「トビーがいなくなったの」ルーシーはぶっきらぼうな口調でいった。「見かけてない?」

人影は立ち上がった。「いや。いつからいない?」

「九時ごろから」ルーシーは何が起きたのかを手短に説明した。相手の顔がはっきり見えないのがありがたかった。

「靴を履いてくるから待ってろ」少ししてパンダは自分も懐中電灯を手にして出てきた。

「ひどいなりだな」

「ほんと? 気づかなかったわ」

彼は皮肉を無視した。「玄関は施錠されているから、家のなかには入っていないと思う」

「あの子にとって錠をこわして侵入するなんてお手のものよ。私はガレージを見てくるから家のなかをチェックして」彼と一緒に家のなかに入るわけにはいかなかった。ガレージに向かい、一歩なかに足を踏み入れると、二人で倒錯めいた性愛に溺れた午後のことが胸によみがえってきた。あれほど抑制から解放された行為をこの先経験することはとても考えられなかった。

ルーシーはガレージの内部をくまなく捜し、次に外へ出て薪の山あたりを調べた。刻々と懸念がつのってくる。あらゆる意味で、トビーはルーシーにとってもう一人の自分、分身なのだ。孤立無援の身の上がどんなものか彼女は知っている。そしてその絶望感が導くものがどれほど危険かもわかっている。

パンダが家から出てきた。「なかにはいない」

「ボートハウスかもしれない」

しかし行ってみても無駄だった。二人は二手に分かれ、庭のまわりや隣接する森を調べた。ルーシーはポケットに携帯電話を入れてきたので、ブリーに連絡してみたが、あいかわらず動揺した友人の声を聞き、状況が変わっていないことを知った。

「もしあの子が浜辺に行っていたらどうする?」ブリーがいった。「何が起きても不思議ではないわ。直売所を破壊した悪党たちとばったり出会ったのかもしれない。もう一度警察に連絡してみたんだけど、朝になるまで何もできないと断わられたわ。どうしてあの子はいつもことを厄介にしてしまうの? やることなすこと、すべて迷惑なのよ」

パンダがルーシーの後ろに近づいた。「トビーの自転車がまだそこにあるか訊いてくれ」

ルーシーはいわれたとおりのことを尋ねた。

「ちょっと待って」ブリーがいった。「マイクが車の警笛を鳴らしているわ。すぐにかけ直すわね」

数分後にルーシーの電話が鳴った。「トビーの自転車はないって。マイクがハイウェイも見にいったけど、いまのところ何も見つかっていないそうよ」

ルーシーはブリーから聞いたことを伝えた。

パンダはいかにも元警察官らしく、素早くルーシーにかわって電話口に出た。「ブリー、パトリック・シェイドだ。マイクの携帯電話の番号は？」

ルーシーは何か書きつけるものがないかと必死で探したがパンダにはペンや紙など必要ないようだった。「了解。トビーが動揺したとき、決まって行くような場所は？」

パンダは相手の答えに聴き入り、うなずいた。「わかった。どんな服装をしていた？」彼はふたたび聴き入った。「あの子の部屋に行って、調べてほしい。何かを持ち出していないか。バックパックとか。服とか。何でもいい、持ち出したものを調べて。わかったら連絡を」

「あの子はきっと無事よ」ルーシーはパンダが電話を切ると、自分に言い聞かせるようにいった。「無事を信じるわ」

パンダはすでにマイクと話していた。「トビーは自転車に乗っている。いまどこにいる？わかった……サウス・ビーチを調べて、そのあとここへ寄ってくれ。次にどうすべきか相談しよう」

ルーシーはもし自分がトビーならどこへ行くだろうと想像してみた。いくら島育ちとはいえ、森のなかに身を潜めたまま夜を明かすとは考えられない。一人になれ、しかも安全だと思えるどこかに隠れるはずだ。

ルーシーはパンダが考えごとにふける場所として選んだ岩だらけの崖を思い出した。森より視界が開け、岩がいくぶん雨風を防いでもくれる。パンダがハイウェイに向かったとき、ルーシーは坂道を登りはじめた。

坂の上には静穏な空気が漂い、眼下には打ち寄せる波が見える。ルーシーは懐中電灯の光を岩場に当て、トビーの姿が浮かび上がりますようにと祈った。そこには何もなかった。あと数時間で夜が明ける。いっそう懸念をつのらせながら、ルーシーは急いで家に戻った。

パンダがトビーの自転車を抱えておりてくる。ルーシーは駆け寄った。「見つけたの？」

「自転車だけだよ。この道路を三〇ヤードほど行った先の森のなかに停めてあった」

ルーシーは、島へやってきては酔っ払い、揉めごとを引き起こす暴走族や堕落した連中たちのことを思い浮かべた。「もしあの子が自転車を置き去りにして、ヒッチハイクしたとしたら？」

「それはないと思うよ。足跡があって、あたりが暗いから跡をたどることはできなかったけれど、きっとあの子はここへ向かったという気がする」

「隅から隅まで調べたじゃないの」

パンダは森のなかを見つめた。「おれたちが調べ終えるのを待ってから、入ったのかも」

安全で、雨露をしのげる場所。
ルーシーとパンダは同時に動き出した。

24

ルーシーはパンダの後ろから船着き場への階段をおり、ボートハウスへ向かった。舫《もや》いのきしむ音はかつて二人の交わりのサウンド・トラックの役目を果たしたものだが、パンダはそんな辛い記憶に悩まされてはいないようだった。彼は船室のドアを懐中電灯で照らした。先刻見にきたとき、最後にたしかかんぬきを掛けたつもりだったが、わずかにドアが開いている。パンダはドアを押し開け、懐中電灯でなかを照らした。ルーシーはじっと闇を見つめた。

トビーが船首にある前面の寝台の上で体をまるめ、ぐっすり眠っていた。

ルーシーは安堵のあまり軽い眩暈《めまい》さえ覚えた。パンダが携帯電話を返してよこした。ルーシーは船尾に移動し、ブリーに電話をかけた。「トビーはボートハウスにいたわ」ルーシーは息を切らしながらいった。「いま眠っているの」

「眠っている？」そう訊き返すブリーの声には安堵ではなく怒りが感じられた。「逃げられないようにしてよ。いますぐそっちへ行くから」

ルーシーは不吉なものを感じ、まず心を落ち着かせてと忠告しようとしたが、ブリーの電話はすでに切れていた。

パンダが足元もおぼつかない、汚れにまみれたトビーを連れて出てきた。衣服は汚らしく、乾いた血が腕の上で固まり、それが頬にも付着し、髪はところどころ頭皮にべったりと張り付いている。「船のなかのものは何も壊していないよ」トビーは怯えた表情でいった。

「わかってるよ」パンダが優しい声でいった。

トビーは家に入る階段でつまずき、パンダに支えられていなかったら転ぶところだった。階段を上りきったちょうどそのとき、マイクが家の横から走ってきた。トビーはマイクを見るとよろめくように進んだ。

「トビー！」マイクが叫んだ。「何考えていたんだよ？　絶対にあんなことは――」

二人の再会は森から出てきたブリーの不吉な叫びに阻まれた。「トビー！」

マイクはぎくりと静止した。トビーは本能的にあとずさり、結局ピクニック・テーブルにぶつかった。

ブリーはまるで原始人のようだった。すすにまみれた衣服、風になびく赤い髪。「よくもそんな最低のことができるわね！」ブリーは庭を駆け抜けながら、金切り声でいった。「二度とこんな真似はさせないわよ！」誰もが止める間もなく、ブリーは子どもの腕をつかみ、体を揺すりはじめた。「こんなことをしたらどうなるか、考えなかったの？　そんな知恵もないというの？」ブリーの指がトビーの肉に食いこんだ。子どもの頭は反動で反《そ》り返った。

そこに居合わせた全員が彼女を止めようと近づいたが、手を伸ばす前にブリーは子どもを強く抱きしめた。「あなたの身に何が起きても不思議はなかったのよ。最悪のことだって！」

ブリーは声を上げて泣きはじめた。「生きた心地がしなかった。出ていくなんてひどい。たしかに怒鳴りつけたわ。自制心をなくしていたんだもの。ごめんなさい。でも、逃げるのは卑怯よ」

ブリーは少しだけ体を離し、子どもの頬をてのひらで撫で、こみあげる思いに声を詰まらせながら子どもの顎を持ち上げた。「二度と私を置いて逃げ出さないと約束してちょうだい。もしあなたに悩みがあるのなら、話し合って解決しましょう。わかった？　約束して」

トビーは言葉もなく、目を見張った。

ブリーは汚れた子どもの頬を親指で擦った。「聞こえたの？」

「約束するよ」トビーの下まぶたに大粒の涙がこぼれ落ちた。「でもぼくらは何もかもなくしちゃったじゃないか」少年はささやくようにいった。「ぼくのせいで」

「でもあなたをなくしたわけじゃない。それが何より大事なことよ」ブリーは子どものひたいにキスをした。「それ以外のことは、どうにかなるわ」

トビーは張りつめていたものがしぼむように、ぐったりとブリーに倒れかかり、ブリーのウエストに腕を巻きつけた。ブリーも子どもを強く抱きしめ、頭の上にキスをした。ようやく心休まる拠《よ》りどころを見つけた少年の小さな体は嗚咽《おえつ》をこらえるためにわななきはじめた。ブリーはトビーにだけ聞こえる小さな声で何かの歌をうたって聞かせた。

マイクは自分だけ離れた場所に立ち、ふたたび疎外感を味わっていた。トビーはブリーが到着してから一度もマイクのほうを見なかった。

「家に帰りましょう」ルーシーはトビーに向かってそうささやきかけるブリーの声を聞いた。

「パンケーキを焼くわ。明日は朝寝坊すればいいのよ。どう？」

トビーはしゃくりあげながら答えた。「パンケーキ焼くのが下手くそなのに」

「下手なのは認める」

「いいんだよ」トビーはいった。「ぼくには充分美味《おい》しいよ」

ブリーはトビーの頭のてっぺんにキスをした。二人は腕を組んで森へ向かった。森に入る直前、ブリーが立ち止まり、マイクのほうを振り向いた。彼女が手を挙げかけ、その手をおろすのをルーシーは見た。しばらくそのまま時間が経ち、やがてブリーとトビーは去っていった。

マイクは黄色い薄明りのなかに身じろぎもせず、たたずんでいた。彼の顔には譬《たと》えようもないほど打ちひしがれた表情が浮かんでいた。「おれはあの子を養子にしたかったんだ」ようやく彼は聞いているほうが当惑するほど静かな声でいった。「明日、そのことをブリーに話すつもりだった」マイクは森を見つめた。「彼女もコテージを売ってどこか別の土地で新たな人生をスタートさせられる。きっと喜んでもらえる話だと考えた」

ルーシーにはわかった。ここに居合わせた者がみな目撃したとおり、ブリーがマイクと同じようにトビーを心から愛していて、子どもを手放すはずがないことをマイクは知ったのだ。

ルーシーは気づけばドクター・クリスティそっくりの口調で話していた。「彼女を幸せにすることが、あなたにとって重要なことなのよね？」

マイクはうなずいた。「昔もいまもそれは変わらないよ。彼女をひと目見たその瞬間からずっと。ブリーはおれの愚かな失敗のことしか覚えていないが、ほかの連中がいないとき、おれに絵を描いてくれたり、一緒に音楽やバカ話をしたこともあったんだ」

「ブリーはあなたが好きよ」ルーシーはいった。「私にはわかる」

「見せかけだよ。おれの援助が必要だから感じよく接しているだけだ」

「そうではないわ。あなたが変わったように、彼女も変わったの」

しかしマイクは信じようとしなかった。「もう遅い。家に帰らなきゃ」マイクはポケットに手を入れ、車のキーを探した。

このままではいけない、とルーシーは思った。だが背を向けて立ち去る彼に何をいえば彼が考え直すかわからなかった。

パンダはマイクとのやりとりのあいだ黙っていたが、最後に発した声には静寂を切り裂くような鋭さがあった。「おれの勘違いかもしれないが、ムーディ、あんたはあいかわらずの木偶《でく》の坊《ぼう》に見える」

ルーシーは振り向いてパンダをしげしげと見つめた。ここで洞察力を発揮するのは自分であって、彼ではないはずなのに。

同性からの声だったからか、マイクは足を止め、振り返ってパンダを見た。パンダはただ肩をすくめるだけだった。マイクは森の小道に視線を投げた。そして動き出した。

　ブリーが裏の階段に着くころ、背後で森から木の葉の揺れる大きな音が聞こえた。寄り添うトビーの体があたたかく、愛おしさを感じた。振り向くと庭に入ってくるマイクの姿が目に飛びこんできた。ブリーは胸が締めつけられるような気がした。マイクは樹木の端に立ち、そのまま動かなかった。彼が自分の腕に飛びこんでくるのを待っているのなら、気が早い。ブリーはトビーの体をきつく抱き寄せ、マイクを見た。「私はほとんどすべてを失ったわ」

　ブリーは静かな口調でいった。「私が食べていくためにあなたを利用していると思いたければそれでもいい。真実を信じればいい。それでどう？」

　トビーは不自然なほど身動きしなかった。まるで呼吸さえ止めてしまったかのようだった。

　マイクは両手をポケットにしまった。凄腕のセールスマンらしい雄弁さはそこになかった。

「自分の心のままに信じるよ」

「心を決めてちょうだい」ブリーはいった。「この家族に入るか、やめておくのか」

　それでも彼は動かなかった。マイクはブリーではなくトビーを見た。そしてゆっくりと歩きはじめた。だが階段に直行はせず、途中で止まった。「トビー、おれはブリーを愛している」ゴクリと生唾を呑みこむ彼の喉仏が動いた。「彼女と結婚するためにおまえの許しが欲しい」

　ブリーは息を呑んだ。「待って！　私――私もあなたが愛してくれるのは嬉しいけど、あまりにも急すぎる――」

「ほんと？」トビーは大声でいった。「ほんとなの？　答えはイエスだよ！」

ブリーは確証もなく思いきった行動に出たマイクの気持ちを量りかねた。信頼に値しない相手に心を捧げようというのだから。だが時刻は午前三時。みな疲労困憊《こんぱい》している。未来のことを語り合うには早すぎるし、彼に冷静な思考を取り戻させてあげなくてはいけない。そのためには何よりまずこの緩んだ口もとを引き締めなければ。そう思ってもブリーは微笑まずにはいられなかった。

マイクにじっと見つめられながら、ブリーはトビーの軟らかい髪に頬を当てた。「私も心からあなたを愛しているわ。でもいまは、パンケーキにしか興味がないの」

マイクは咳払いをしたが、こみ上げる思いを抑えることはできなかった。「おれが作ろうか？　すごく上手に焼けるんだぞ」

ブリーはトビーを見おろした。トビーも見上げる。「答えはイエスだよ」トビーはささやいた。

トビーを抱きしめたブリーは、マイクと見つめ合った。「だったら私も答えはイエスかな」マイクの光り輝く笑顔がブリーの胸に残った暗闇を照らした。彼女は手を差し出し、彼がその手を握り返した。そして三人はなかに入った。

ルーシーはコテージに戻るわけにいかなくなった。そこでどんな展開になっていようとも、それは第三者が見るべきことではないからだ。ルーシーは背筋を伸ばした。「私は夜明けまで船のなかで寝るわ」

パンダはピクニック・テーブルのそばに立ち、片足をベンチに乗せていた。「家に泊まれよ」

「船でいいわよ」だがどこへ行くにせよ、その前に体をきれいにしなくてはならなかった。落とすべきものは汚れや蜂蜜だけではなく、体に付着して皮膚を傷つけるガラスの破片だった。外のシャワーは水しか出ず、着替えは何もなかったが、家のなかに入るわけにはいかなかった。とりあえずタオルで体を包み、朝になったらコテージに戻って着替えればいい。ルーシーは彼の前を通り過ぎて、シャワーに向かった。この堅苦しいぎこちなさに嫌悪感を覚え、こんな状況を作りだした彼が憎く、そのことで傷つく自分自身がうらめしかった。

「シャワーは出ないよ」彼が後ろから声をかけた。「先週配管が壊れたんだ。一階の浴室を使えよ。おれは二階から下りてこないから」

家を出て二週間近く経つので、シャワーの件は初耳だったが、質問するつもりも、必要以上の会話を交わすつもりもなかった。家のなかに入るのも気が進まなかったが、これほど汚れた体で眠るのもいやだったので、ルーシーは何もいわず室内に入った。

キッチンのドアはあいかわらずきしみ、古い家はかすかに湿り気を含んだ、コーヒーと古いガスレンジの匂いを漂わせながら彼女をゆったりと迎え入れてくれた。彼が天井の照明をつけた。ルーシーは絶対に彼に視線を向けまいと心に誓っていたが、見ずにはいられなかった。彼の目の縁は赤くなっており、無精ひげのせいで悪人顔になっている。だがルーシーが驚いたのは彼の後ろでなくなっているものだった。「テーブルはどうしたの?」

彼は記憶をたどろうとするかのようにいった。「ああ……そうだ、あれは材木の山に」

「あんなに大事にしてたテーブルを捨てたの？」

パンダは口もとを引き締め、やけに言い訳めいた口調でいった。「棘が出て引っかかるようになっちゃったからさ」

それを知っただけでも驚きなのに、さらにもう一つ何かがなくなっていると気づいたルーシーはいっそう面食らった。「豚はどうしたの？」

「豚？」パンダはそらとぼけてみせた。

「ちっちゃなおじさんよ」ルーシーはきっぱりといった。「フランス語をしゃべる」

彼は肩をすくめた。「捨てたものはある」

「あの豚を？」

「いいだろ。おまえは嫌っていたんだから」

「そうよ」ルーシーは鼻で笑った。「でもあれを嫌うことで人生を見失わずにいられたのに、なくなってしまうなんて」

彼は反撃に出ず、にやりと笑ってルーシーの様子に見入った。「それにしてもひどい汚れようだな」

その優しさにルーシーの胸はキュンと痛んだが、やめてというように両手を上げた。「そんな態度は好きな人のために取っておいて」ルーシーは廊下を進んだ。

彼は後ろからついてきた。「これだけはおまえに伝えておきたい……おれは……おまえが好きだ。おまえに会えないこと、話せないことがきっと辛くなるだろう」

しぶしぶだみ声でいった彼の告白はルーシーの心の傷口に荒塩を塗っただけだった。ルーシーは勢いよく振り向いた。「アレできなくなることが？」

「そんなこというな」

ルーシーは義憤めいた彼の反応に反発した。「何？　だってそのとおりじゃないの？」

「なあ、おれだって浜辺でおまえを怒らせてしまったことは自覚している。でも……どういえばよかったというんだ？　もしおれがもう少しましな人間だったら……」

「もうやめて」ルーシーは顎を上げた。「私はもうあなたを棄てたの。だから四の五のいう必要ないわ」

「おまえはこの夏無防備な状態にあった。おれはそれを利用した」

「あなたはそう思ってるの？」ルーシーは彼に自尊心を打ち砕かせるつもりはなかった。彼のそばに駆け寄った彼女はいい放った。「これははっきりいっておくわよ、パトリック。私は安っぽい火遊びをみずから進んで楽しんでいたの」

しかしパンダはそれで放してはくれなかった。「おれはデトロイトのごろつきだ。おまえはいわばアメリカの王族。おれみたいなすれっからしは相手としてふさわしくない」

「わかったわよ」ルーシーは鼻で笑った。「子ども時代にも警官時代にも苦労したから、これ以上面倒に巻きこまれるのはたくさんというわけね？」

「それは違う」

「いえ、図星のはずよ」このへんで黙るべきだったが、心が傷つき、思わず口走っていた。「人生はあなたにとってしんどいものなのよね、パンダ？　だから怖《おじ》けて踏みこまないようにしているんだわ」

「そんな単純な話じゃないんだ！」パンダは歯を食いしばりながら、絞り出すようにしていった。「おれは……感情の起伏のコントロールに問題を抱えている」

「どういうことなの?!」

パンダはもうたくさんだというように、階段に向かった。そのまま行かせるべきだったのだろうが、ルーシーは精も根も尽き果て、怒りのあまり自制心が働かなかった。「逃げなさい！」彼女は彼の背中に向かって叫んだ。冷静さを失っていたので、みずから選んだことなのに彼を責めている矛盾には気づかなかった。「逃げればいいのよ！　逃げるのはお手のものだからね」

「やめろ、ルーシー……」振り向いた彼の瞳には悲嘆の翳《かげ》りがあった。ほんとうなら憐れみさえ感じてもいいはずなのに、それがかえってルーシーの怒りをあおった。なぜならそれが人生にかならずついてくる面倒でも大切なものを拒もうとする彼の心を表わしていたからだ。

「あなたに出逢ったことがうらめしいわ」ルーシーは叫んだ。

彼はがっくりと肩を落とし、片手で手摺をつかみ、腕を垂らした。「いまさら悔やむな。二人が出逢ったことは……。おれにもいろいろあったんだ」

「どんなこと？　思いきってぶちまけてしまいなさいよ！」

「おれは地獄をいくつも見てきた」手摺を握りしめる彼の手は力がこもるあまり白くなっていた。「アフガニスタン……イラク……二つの戦争。楽しみも二倍だ」

「ドイツで軍務についたと話していたじゃないの」

彼は階段を下の段までおりてきた。そのままルーシーの前を通り、うろうろして結局リビングに入った。「真実を話すより、そのほうが楽だったからさ。熱い砂漠の話なんて誰も聞きたがらないだろう。臼砲《きゅうほう》発射機、手榴弾《しゅりゅうだん》、即席爆弾《IED》が突然爆発して足も腕もぶっ飛び、心臓のある胴体も穴だらけになる。そんな光景が脳裏に焼き付いていて、消えない」彼は身震いした。「手足のない遺体。幼い子どもたちのなきがら。いつも子どもが犠牲になった……」彼の言葉は途切れた。

ルーシーはこぶしを強く握りしめた。彼の過去にこうした経験があったとしても不思議ではなかったのだ。

彼はリビングの暖炉のそばで足を止めた。「帰還してから警察隊に入隊した。戦争で見てきたものと比べれば、たいしたことはないと高をくくっていた。しかし結局戦場以上の流血、幼い犠牲者を目撃することになった。みな天寿をまっとうすることなく幼くして死んだ。おれの片頭痛は悪化し、悪夢にうなされ、不眠症に苦しみ、酒に溺《おぼ》れた。喧嘩《けんか》をし、他人に怪我を負わせ、自分の体さえも切り刻んだ。泥酔してある男に頼むからおれの頭を撃ち抜いてくれと頼んだこともあった」

すべてが腑《ふ》に落ちた感じで、ルーシーはドアのモールディングにもたれかかった。

「心的外傷後ストレス障害《PTSD》ね」

「典型的な症状だ」

彼が隠しとおしてきたものはこれだったのだ。戦争帰還兵の多くが苦しむといわれる後遺症。ルーシーは冷静な反応をつくろった。「セラピストの診察は受けたの？」

「ああ。それでどれほど改善したことか」

ルーシーは自分の気持ちを封印することにした。そうでもしないと取り乱してしまいそうだったからだ。「かかりつけのセラピストを変えたほうがいいかも」彼女はいった。

パンダは皮肉めいた笑い声を上げた。「おれがこの目で目撃してきたようなものを知っている、そして同様の体験をしたセラピストがいたら、もちろん診《み》てもらうよ」

「セラピストは自分が体験しなかったことにも対処するものよ」

「そうさ。でもおれみたいなやつには通用しない」

ルーシー自身もＰＴＳＤを抱えた戦争帰還兵の治療のむずかしさについては読んだことがある。彼らは訓練を重ね、口が堅く、重くなる。そのため救援が必要な状況にあっても容易には心情を吐露しない。相手が民間人ならなおさらだという、兵士としての心的傾向が治療をむずかしくしているのだ。

「兵役中の同僚の話だが……。そいつが心の秘密をぶちまけたとする。それを聞いた精神科医は真っ青になって、吐き気をもよおして席をはずすそうだ」パンダは窓際へ向かった。

「おれを診てくれた医者は違った。ＰＴＳＤの専門医でさまざまな症例に接する経験を積んでいたから私心なく聞くことができたんだ。あまりに超然としていて、人に向かって話している気がしなかったほどだよ」話しながら彼の怒りはいくぶん静まったようだった。「薬剤やありきたりの意見なんかで、この種の精神疾患は治せない」

ルーシーは、すべて過去の話でしょうといいかけたが、それは明らかに事実ではなく、彼の話をもっと聞く必要があった。

「この家を見ろ。おれは躁状態のときここを買った。カーティスのための復讐のつもりだった。レミントンはとうの昔に亡くなっていたし、そんなおれの思いを知る者など誰もいないというのに」

ルーシーはそれを知っている。はるばるグロス・ポイントまで出向いて敵ともいうべき家族の様子をこっそり窺ったこと。そんな家族の一員になりたいという願いも。

パンダは窓の外を見つめていたが、その瞳に何も映ってはいなかった。「ある知人の話だが……夜中に妻がそいつの体に触れただけで、起き上がって妻の喉を絞めそうになったという。従軍中の女性同僚は……託児所に預けたわが子が命の危険にさらされていると思い込み、夫にも誰にも告げず子どもを無理やり五〇〇マイルの長旅に連れ出し、誘拐の罪で投獄されてしまった。もう一人の男は……恋人と口論になった。たわいない口喧嘩さ。それなのにやつは突如彼女を壁にたたきつけ、鎖骨を骨折させた。おまえもそんな目に遇いたいか？」

彼の口もとは苦しげに歪んでいた。「幸い時間がおれの症状を癒してくれた。いまは正常だ。おれとしては現状維持を続けたい。わかってくれるか？」

ルーシーは両膝を合わせ、身がまえた。「つまり何をわかってほしいの？」

パンダはこわばった表情でようやく彼女のほうを見た。「なぜおれがおまえの望む未来を約束できないかの理由だよ」

なぜ彼はルーシー自身ですら知らない未来への希望を知っているというのか？

「おまえの瞳に見つめられると、おれはついそのなかに飛びこみたくなる」彼はいった。「おまえはあらゆるものを求めているが、おれはまたあの暗い状態に戻りたくない」彼は窓を離れ、ルーシーに近づいた。「おれは大きな感情のうねりに対処する能力がない。対処することもできない。これでわかったか？」

ルーシーは何もいわず、次の言葉を待った。

彼の胸が盛り上がった。「おれはおまえを愛していないんだよ、ルーシー。わかるか？　愛していないんだ」

ルーシーは両手で耳をふさぎ、自分のはらわたをわしづかみにして壁に投げつけたい気持ちだった。彼の非情なまでの率直さに憎しみすら覚えたが、あのような話を聞いた以上彼を懲《こ》らしめるわけにはいかなかった。彼女は自分でも意外なほどの内なる力を引き出した。

「冗談いわないでよ、パンダ。私はテッド・ビューダインを棄てた女なのよ。まさか本気で私が失恋に苦しむと思ってるわけじゃないでしょうね。ひと夏の火遊びにすぎないのに」

彼はたじろがなかった。何もいわず、暗闇に包まれながら無機質な蒼い瞳で彼女にじっと視線を注ぐだけだった。

ルーシーはこれ以上一刻もここにいられなかった。彼女はくるりと背を向けると、急ぎ足にならないよう廊下から玄関へ進んだ。暗闇のなかに歩み出ると、抑えつづけてきた認識が表面に染み出てきた。

彼女はみずから恋に落ちたのだ。恋をしてはいけない理由がいくらあっても、いくら常識外れだと思っても、愛に応えてくれもしない感情の乏しい男に本気で恋をしてしまったのだ。

ルーシーは結局船に入り、トビーが隠れていた寝台に横になることはなく、まんじりともせず起きていた。体はべたつき、怒りと失恋で心はひどく傷ついていた。

25

翌朝パンダの車はなく、彼の姿もなかった。ルーシーはよろける足取りで家に入り、衣服を脱いで洗濯機に投げこみ、シャワーを浴びた。だが頭が割れるように痛み、シャワーから出ても気分はよくならなかった。

着られるものは黒の水着と彼のTシャツぐらいしかなかった。ルーシーは裸足で家のなかを歩きまわった。彼は衣類のほとんどと書類フォルダー、朝いつも手にしていたコーヒー・マグを持ち出していた。さまざまな思いがこみ上げ、悲しみは募るいっぽうだった。彼の過去に対する同情、あれほど傷だらけの男に恋をしてしまった自分自身や天に対する憤り、パンダへの怒り。

彼はあんなことをいったが、別れの寂しさを感じるだろう。優しい肌の触れ合い、見つめ合い交し合った微笑み。言葉にはせずとも彼の愛を感じていた。トラウマに苦しむ男性は珍しくない。でも、そのことを理由に恋から逃げる男はいないだろう。

怒りを感じていると気持ちが楽になるので、それにすがった。彼や自分を憐れむ余裕はなかった。その憐れみを敵意に変えたほうがずっとましだった。臆病者よ、逃げればいい。あんたなんかいらない。

ルーシーは同じ日のうちにレミントン家の別荘に戻ることにした。悲しみに打ちひしがれてはいても、昨夜の崩壊のあと片づけを手伝うというブリーとの約束を忘れるわけにはいかなかった。しかしコテージに着く前にマイクが大声でいった。ここはトビーと一緒に片づけるから女手は必要ないと。ルーシーは逆らわなかった。

ルーシーは午後になるのを待ち、コテージに荷物を取りにいった。行ってみるとブリーが夢見るような表情でノートパッドの置かれたキッチンのテーブルに座っていた。同じくのぼせた表情のマイクが隣りに座っていた。ブリーの首にかすかに残るひげの跡、マイクの優しい守るような仕草はトビーの眠っているあいだ二人がどう過ごしたかを物語っている。

「このままいてちょうだいよ」ルーシーの考えを聞いたブリーはいった。「養蜂業を辞めないで済む計画を練っているから、いままで以上にあなたの存在が必要になってくるわ」

マイクはブリーが手書きで記したメモでいっぱいのリーガル・ノートをたたいた。「あんな大きな家にきみが一人で住むのは感心しないね」マイクはいった。「心配だよ」

しかし二人はルーシーに話しかける間も惜しんで熱い視線を交わし合っており、トビーも負けず劣らずのぼせた顔をしていた。「マイクとブリーは結婚するんだよ！」キッチンに入ってきたトビーが知らせた。

ブリーが口もとをほころばせた。「落ち着きなさい、トビー。誰もまだ結婚なんてしないわよ」

トビーとマイクが交わし合う視線を見るかぎり、トビーもこれには異論がありそうだった。ルーシーは自分自身の悲しみで三人の幸せに水を差したくなかった。明日の午後また来ると約束して、ルーシーは別れの手を振った。

ルーシーはなおも怒りを抱きつづけたが、数日怒りにまかせて一人で歩き、長時間サイクリングに出かけてもなお、ぐっすり眠れる心地よい疲労感は得られなかった。何かほかのことを試してみなくては、とルーシーは思い立った。ようやくパンダの置いていったラップトップを開け、原稿作成を再開することにした。最初は集中できなかったが、じょじょにそれがいい気晴らしになっていった。

パンダに失恋した心の痛みもあったのだろうが、ルーシーはいつしか遊ぶことしか頭になかった実母と過ごした辛い十五年間について深く思いを巡らせるようになった。

「ルーシー、今夜は出かけるからね。ドアはロックしたわよ」

「怖いよ。お家にいて」

「赤ん坊みたいなこといわないで。もう大きいんだから」

だがルーシーは大きくなっておらず、まだ八歳でしかなかった。その後数年間は惨めな所帯の責任はすべてルーシー一人が負っていた。

「ルーシー、なんなのよ、まったく！　引き出しの奥に隠してあったお金はどうしたの？」

「家賃を払うのに使ったのよ！　またここを追い出されたいの？」

責任感の強さはサンディの死後トレーシーの世話を一人でしなくてはならなくなってから

身についたのだと自分で思いこんでいたが、いま思い返せばそのずっと以前からあったことがわかる。

ルーシーは筋肉が痙攣《けいれん》するほど書きつづけたが、永遠に書きつづけるわけにもいかず、書くのをやめた途端、激しい頭痛に襲われた。そのときルーシーは怒りを封じこめた。それをそこに置いておけば、呼吸ができる。

パンダはシカゴ市内で行なわれる高予算のアクション映画の撮影の警備を管理する新しい仕事を楽しみにしていた。だが始まって二日後、彼はインフルエンザにかかった。安静にしていなければ治らないのに、彼は発熱や悪寒を押して働き、結局肺炎を患うことになった。しかし彼はそれすらも押して働いた。なぜなら寝ているといやでもルーシー・ジョリックのことばかり考えてしまうからだった。

得意分野で力を発揮する……彼女と出逢ったその日から、この座右の銘が役立った。

「あなたは大馬鹿者よ」頻繁にかかってくる電話のなかで、ある日テンプルがいった。「幸せになるチャンスがあったのに、逃げ出すなんて。自滅したいの？」

「自分が落ち着いた人生を送ることにしたからって、それを誰もが望むと思うなよ」パンダはいい返した。これほどやつれ、神経質になっている様子をテンプルに見られなくて幸いだった。

対処しきれないほどの仕事のオファーがあり、スタッフとして元警察官を二人雇った。そのうちの一人をダラスの現場に向かわせ、もう一人にはLAの十代の俳優の面倒を見させている。

テンプルがまた電話をかけてきた。パンダは鼻をかむためにポケットのティシューを手探りし、ルーシーについて長々と説教される前に訊いた。「新シーズンの撮影は順調かな?」

「プロデューサーはあいかわらずクリスティと私を怒鳴りつけてばかりだけどね」テンプルはいった。「うまくいってるわ」

「二人にかかれば連中なんてどうにでもなるだろ? 時間がなくて契約切られずに済んでラッキーだったね。下手すりゃいまごろ二人で職探しの最中だったかもしれないのに」

「そんなことしたら、連中は後悔することになったでしょうよ」テンプルがいい返した。

「視聴者は前のショーに飽きていたから、きっと新しいアプローチが受けるはずよ。内容がハートフルになったもの。クリスティは今後も赤いビキニを着ることになるけど、もっと登場シーンがふえるの。そこは彼女が見事にこなしてくれているわ」テンプルが何かをカリッと嚙んでいる音がした。リンゴか? それともセロリか? 毎日個数を決めているクッキーか? 「私はワークアウトをもっと楽しくする方法を考え出したの」テンプルがいった。「それと、なんとこの私が泣いたのよ! 演技じゃなくて。これで視聴率がぐっと上がるわ」

「それを思い浮かべただけで胸が詰まる」パンダも悠然と切り返したまではよかったが、咳きこんで、慌てて電話を手で覆った。

「嘘じゃないのよ」彼女はいった。「アルビーという名の参加者が子どものころ虐待を受けた身の上を打ち明けてくれて、私はそれを聞いて……もらい泣きしちゃって。みんなそれぞれ事情があるのよね。なぜもっと早くじっくりと話を聞かなかったのかしら」

パンダには理由がわかった。他人の恐怖や不安に注意を払っていると、自分自身の心理をも覗くことになるし、まだ以前の彼女にはそんな準備ができていなかったということなのだ。テンプルは物を食べながら、なおも話した。「いつもは収録が終わると、怒鳴り声を上げつづけたせいで声が掠《かす》れるんだけど、いまの私の声、聞いてよ」

「聞かないよう努力するよ」パンダはまた咳きこみそうになって、水を飲んだ。

「ルーシーが『ほどよいエクササイズ』へのアプローチについて述べたとき、私はばかげていると一蹴《いっしゅう》したけど、考えてみるとあれにも一理あったのよね。じつはいま、より現実に即した長期間のエクササイズ・プログラムを検討中なの。それとこれには注目してほしいんだけど、視聴者に食品のラベルの読み方を指南する目的でスーパーマーケットの通路内に隠しカメラを入れ、口論する場面を演出することにしたの」

「これでエミー賞受賞は間違いなしだな」

「そんな皮肉、面白くもなんともないわよ、パンダ。好きなだけ笑えばいい。でもこれは結局長期にわたって視聴者の役に立つ情報になるのよ」最後にいまだ衰えない自分の不屈さを示したかったのか、こう付け加えた。「マックスに連絡してよ。彼女があなたに三度もボイスメールを入れたのに、あなたは全然連絡してないでしょ」

「マックスと話したくないからだよ」パンダはぶつくさいった。

「昨日ルーシーに電話したら、彼女はまだ島にいたわ」

また電話が鳴り、パンダはそれを理由にテンプルとの通話を終えた。残念ながら、今度はクリスティからの電話だった。「いま、話す気分じゃない」

クリスティはパンダの言葉を無視した。「番組のインタビューでのテンプルには驚かされたわ。あんなに露骨であけすけにものをいうなんて」

クリスティがテンプルとともに収録を終えた長いカウンセリング・セッションを話題にしていると気づくのに、しばらくかかった。プロデューサー陣は新シーズンの幕開けにそのシーンを使う予定でいる。テンプルが同性愛者であるという事実が話題を呼び、番組の宣伝効果になると確信しているからだ。

「最後にマックスも登場するの」クリスティはいった。「二人が一緒にいるのを見れば、頑《かたく》なな人の心もやわらぐはず。視聴者はテンプルのこういう新しい一面を気に入ると思うの。私も水着ではなくドレスを着たわ」

「きっと体のラインをめだたせるやつだろうな」

「世のなか、すべて思いどおりにはならないものよ」

「おれの願いはただ一つ」パンダは悠然とした口調でいった。「あんたとあんたの悪友に干渉しないでもらいたい」

一瞬クリスティは彼を戒めるかのように黙りこんだ。「心がけしだいで、人生はもっと確かなものになるのよ、パンダ。もしあなたが私の助言を聞き入れて、心のなかの怒りを他人にぶつけるのをやめればね」

「もう切るよ。あとは飛び降りる高い窓をどこにするか決めるだけだ」

とはいえこうして文句をいいつつ、彼女たちのお節介な電話がどうにか自分をつなぎとめているのだと感じられる日もあった。そして彼女たちはルーシーとのはかないつながりでもあった。

チャリティ島の秋は早々とやってきた。観光客はいなくなり、さわやかな涼しさが大気に満ち、楓はうっすらと色づきはじめていた。かつて難儀した原稿作成の作業がいまやルーシーの心の救済へと変わった。そしてついに完成した原稿を父に送ることができた。

その後数日は自転車で島めぐりをし、ひと気のなくなった浜辺を歩いた。いつそんな心境に至ったのかは定かではないが、苦悩と怒りの日々を過ごすうちに、未来へのビジョンを思い描くようになっていた。

厭《いと》わしく感じるロビイストの仕事には復帰しないことにし、自身の内なる声に耳を傾け、ふたたび子どもと関わる仕事に就くことにした。だがそれがすべてであってはならない。著名人の家族としての知名度を生かし、もっと大きなスケールで人びとの代弁者として発言を続けるべきだと良心が命じているのだ。今度はそれを自分自身も真に満足できる方法——著述を通じて実践していくのだ。

容赦ない率直さを信条とする新聞記者の父親がルーシーの原稿を読んで電話をかけてきた。

父の感想はルーシー自身が感じていた手応えを裏づけるものだった。「ルース、おまえの筆力は本物だよ」

ルーシーは自分自身の著作にとりかかるつもりでいる。今度は自分や家族のことではなく現実に身の危険にさらされている児童がテーマだ。無味乾燥で重い学術書ではなく、子どもたちやカウンセラーからじかに取材したストーリー、読者の興味をそそるようなエピソードを連ね、もっとも か弱き存在に対する援助の必要性に明るいスポットライトが当てられるようにすることが目標だ。背表紙にルーシー・ジョリックと著者名があれば世間の注目は集まる。その結果何千、何万という困窮の極みにある子どもたちの実情を知らない人びとにこうした不幸の現実について考えてもらうことができる。

とはいえ、今後の方向性がはっきりしても、願ってやまない心の平安は得られなかった。なぜ彼にここまで心奪われてしまったのか？　胸につかえた熱いかたまりがまるで身を焦がすように耐えがたいものに感じられることがあった。

原稿を送り終えたとき、十月が目の前に迫っていた。ルーシーは母親の報道官を通して、ワシントン・ポストの記者に連絡をした。九月末日の前日、ルーシーはサンルームに座り、電話機を耳に押しつけ、避けつづけてきたインタビューに応じた。

恥ずかしい行ないだったと思っています……気が動転して……テッドは世にも稀な立派な男性です……ここ数カ月は父の著書に寄稿する文を書いたり、自分の立場を理解することに努めていました……自分の作品を書くつもりです……声なき幼い子どもたちの代弁者として……。

パンダのことには言及しなかった。

インタビューのあと、テッドに電話をしてこれまで交わすことのできなかった会話をした。そして荷作りを始めた。

ルーシーが戻って以来、ブリーはかつての実家の別荘に何度かやってきた。インタビューの翌日にはルーシーの出発の手伝いをしてくれた。わずか数カ月でブリー、トビー、マイクの三人はルーシーにとって縁の深い大切な存在になった。会えなくなれば寂しくなりそうだ。しかしどれほど親しさを感じていても、ブリーにパンダの話はできなかった。誰にも、メグにさえも打ち明けられない秘めた思いだったのだ。

ブリーはカウンターに腰かけ、ルーシーがステンレスの大型冷蔵庫を空にする様子を眺めていた。「変なのよ」ブリーはいった。「この家に来たらひどく落ちこむかと思っていたんだけど、感じるのは懐かしさだけなのよね。母がこのキッチンで不味《まず》い料理をいっぱい作ったし、父のグリルもこれまた下手くそだった。何もかも焦がしてしまうんだもの」

ブリーの父親はハンバーガーを焦がすなどよりもっと悪いことをしていた。しかしこれはルーシーが語って聞かせる話ではない。ルーシーはほとんど使っていないマスタードの瓶を持ち上げた。「これ使う？」

ブリーはうなずき、ルーシーはマスタードを段ボール箱に入れた。ほかにも食料品の残りがあり、それをまとめてコテージに送るつもりでこの箱に詰めているのだ。

ブリーは初秋の寒さをしのぐために羽織った分厚いセーターの腕をまくった。「一日じゅう直売所で過ごさなくてよくなって、有閑マダムみたいな気分よ」

「たまには楽すれば？ ずっと死にもの狂いで働いたんだから」ブリーは破壊被害に遭い来年の収穫物の三分の一を失った。容疑者であるチンピラのグループがフェリーに乗船しようとして逮捕された。そんなことがあっても、夏の乾いた天候と暖かい日が続いたため、重さにして何千ポンドもの追加の収穫が得られた。

「私は永遠にサンダース牧師に足を向けて寝られないわ」ブリーはいった。

ハート・オブ・チャリティの牧師は、中西部のギフト・ショップ・チェーンに品物を卸している問屋にブリーを紹介する機会を設けてくれたのだ。担当の女性はブリーの香りを加えた蜂蜜やローション、キャンドルや葉書、蜜蠟の家具磨き剤、破壊被害をまぬがれたクリスマス・オーナメントをとても気に入ってくれた。

「決め手になったのは新しい回転木馬のラベルよ」ブリーはいった。「彼女はそれに惚《ほ》れこんでこう賞賛したの。このラベルを付けると製品すべてに風変わりな気品が漂うようになるわねって。でも褒められてもそこまで大量の注文に結びつくとは期待していなかったわ」

「趣味のいい人でよかったわね」

「もしあの注文が入らなかったら、私としても手詰まりで手段を選んではいられなかったはず。そんなことにならなくてほっとしているの」ブリーはルーシーが掲げた未開封のニンジンの袋にふたたびうなずいた。「マイクに経済的に依存するのはいやなの。もううんざり。二度と同じ状況に身を置くつもりはないわ」

「マイクが気の毒だわ。彼はあなたの幸せしか願っていないのに、あなたは自分のことで頭がいっぱいなんだもの。早く結婚してあげなさいよ」

「そのつもりではいるわ。でもマイク・ムーディの素晴らしい点はね……」ブリーは夢見るように微笑んだ。「彼の愛、信念が揺るぎないこと。けっして私の元から立ち去らないって信じられるの」

ルーシーは悲しみを呑みこんだ。「毎夜あなたの窓から出入りはしてもね」

ブリーはぽっと赤面した。「あなただから打ち明けたのに」

「彼が精力絶倫だということもね。おかげで死ぬまで他言できない秘密を抱えこんじゃったじゃないの」

ブリーはルーシーの不満を聞き流した。「スコットから性生活がうまくいかないのはおまえのせいだと指摘されたとき、その言葉を鵜呑みにしたの。でもいまは彼の十九歳の相手が気の毒になってきたわ」ブリーはふたたび夢見る微笑みを浮かべた。「誰も想像できないでしょうね。マイクのように厳格な信心深い人があんな――」

「肉欲の持ち主だなんて」ルーシーが遮るようにいった。

ブリーは顔を曇らせた。「もしトビーに見られてしまったら……」

「遅かれ早かれ、知ることになるわ」ルーシーはパルメザン・チーズのかたまりを加えた。さらに、パンダの未開封のオレンジ・マーマレードを見つけ、それを壁に投げつけたい衝動を抑え、箱に入れた。

「マイクはこそこそ出入りすることが日増しに苦になってきているの。実際早く日取りを決めてくれないと今後は……サービスを辞めるとまでいいだしたの。脅しよ。信じられないでしょ？」

ルーシーは冷蔵庫のドアを閉めた。「あなたはなぜ逡巡《しゅんじゅん》しているの、ブリー？　ほんとうのことをいって」

「私は幸せよ」ブリーは脚を投げ出しながら、考えこんだ。「結婚への反感は克服しなきゃと思っているわ。でもすぐには無理」ブリーはカウンターから滑り降りた。「たまには島に戻ってきてくれるんでしょう？」

ルーシーは二度と島に来るつもりはなかった。「ええ」と彼女は答えた。「これをコテージに運びましょうよ。長々と未練たらしいお別れはしないこと、いいわね？」

「いいわ」

そうはいっても、やはり涙をこらえるのは並大抵のことではなかった。

パンダの咳もようやく止まり、ふたたび元気を取り戻した。しかし手足をもぎ取られたような喪失感があった。反射神経も以前ほど鋭敏でなくなり、目標もぼやけ、ランニングをすればわけもなくリズムが乱れた。コーヒー・マグをひっくり返したり、車のキーを落としたりもした。

彼はワシントン・ポスト紙掲載のルーシーのインタビュー記事を読んだ。むろん彼のことにはいっさい触れていなかった。しかし彼女がまたこうしてニュースの題材にされるようになったことに、パンダは割りきれないものを感じた。

ルーシーの髪にわずかに白髪が混じっているのも気になった。それだけでも気が滅入るのに、仕事も順調とはいいがたくなってきた。映画で二番目に重要な役どころを演じる女優が彼を挑発しはじめ、断わっても耳を貸さなくなったのだ。女優はこの世ならざる美貌と、ドクター・クリスティなみの肉体の持ち主だ。新しい女と勢いで寝てしまうのが、前の女を忘れる最善の方法でもあるとわかっていても、考えたくもなかった。女優には自分には惚れた女がいると答えた。

その晩彼は数年ぶりにしたたかに酔った。目覚めるとパニック状態に陥った。どう抗《あらが》っても長年寄せつけずにきた亡霊に取りつかれた。彼は唯一救いの手を差し伸べてくれそうな人物に電話をかけた。

「クリスティ、おれだけど……」

ルーシーはボストンでアパートと仕事を見つけたが、その間ニーリーの秘書はルーシーの所在を探ろうとひっきりなしにかかってくる電話の対応に追われていた。〝ミズ・ジョリックは新しい仕事の準備で多忙なため、インタビューをお受けできません〟ルーシーは処女作のための全国書店めぐりツアーまでは、予定をぎっしり詰めるつもりでいた。

ヴァージニアの実家で過ごした最後の日、大人になるまで過ごした屋敷の中庭で両親と語り合った。十月の風に淡い蜂蜜色の髪をなびかせ、ルーシーの大学時代のスウェットシャツを着て熱いお茶をすするニーリーだが、そこはかとない高貴な雰囲気はやはりにじみ出ていた。

母の白い肌の色、アメリカ合衆国の礎《いしずえ》を築いた清教徒の子孫らしい高貴なたたずまいと、父の黒髪に端正な面立ち、鉄の町ピッツバーグ育ちのたくましさはきわめて対照的だ。マットは新しい囲炉裏に薪をくべた。「おれたちは結局おまえを利用していたんだな」マットはぽつりといった。

ニーリーはあたたかい茶の入ったマグをゆっくりと揺らした。「そんなあなたの心の変化はゆったりしたものだったし、あなたが嬉々として関わってくれるので私たちも気に留めなくなっていたのよね。あなたの原稿は……すごく論旨明晰でありつつ心がキュンとする感動もあって素晴らしかったわ」

「おまえが今後も執筆活動を続けると聞いて、パパとママも喜んでいる」父がいった。「どんな形にせよ、協力は惜しまないからね」

「ありがとう」ルーシーは答えた。「お願いします」

突然、母が政治の世界で得意技とする大振りパンチを繰り出した。「そろそろ彼のこと、話してくれてもいいんじゃない？」

ルーシーは思わずワイングラスを強く握りしめた。「彼？」

ニーリーはためらわなかった。「あなたの目の輝きを取り戻させた男性よ」

「まあ……ああいう経験もアリかな」ルーシーは口を濁した。

マットの声が不気味な唸《うな》り声に変わった。「これだけはいっておく……あの野郎に会ったら、ぶっ飛ばす」

ニーリーは片方の眉を上げて彼を見た。「一国の大統領に選ばれたのがあなたでなく、私でよかったとあらためて思うわ」

パンダはブロックを二往復したあげく、ようやく勇気をふるい三階建てのレンガ造りのビルに入った。ピルゼンはかつてシカゴのポーランド移民の住まいとして使われていたが、現在はメキシコ系住民の活動の中心としての役割をはたしている。狭い廊下には鮮やかな色の落書きが書きこまれている。これらはひょっとすると壁画なのかもしれなかった。大胆なパブリック・アートがめだつこの近辺では落書きとの見分けはむずかしい。

廊下の端にドアがあった。手書きの看板にはこう記されていた。

当方武器所有立腹中
ご了解のうえお入りください

クリスティに紹介されてここまで出向いてきたが、なんとも胡散《うさん》臭い場所だ。ドアを開けてなかへ入ると、昔の救世軍ふうのしつらえに革製のカウチが置かれ、黄色がかったコーヒー・テーブルと電気鋸《のこ》で彫ったワシの上に一枚のポスターが貼ってあった。

米国海兵隊
一七七五年創設　テロ撲滅を目指して

隣接する部屋から出てきた男性はパンダと同年代のようだ。髪はぼさぼさで薄くなりはじめており、鼻は大きくドジョウひげを生やしている。「シェイドさん？」

パンダはうなずいた。

「私はジェリー・エヴァーズ」腕を差し出すために一歩歩み出る足取りがわずかに不均衡だったので、パンダはうっかり脚まで視線を走らせてしまった。エヴァーズは首を振り、ゆったりしたジーンズの脚部を引っ張り上げて、義足を見せた。「アフガン・サンギン地区。三五部隊所属だ」

パンダもエヴァーズがアフガニスタンにいたことは承知していたのでうなずいた。米国海兵隊第五連隊はサンギン地区で激しい攻撃を受けたのだ。

エヴァーズは抱えていたファイルをゆったりした椅子のほうに向けて振り、笑い声を上げた。「カンダハルとファルージャに駐留したんだって？　あんな激しい戦闘で生き残ったって、どんだけ悪運が強いんだ？」

パンダはいわずもがなの事実を口にした。「ほかの連中のほうが運が悪かったということだ」

エヴァーズは鼻で笑い、カウチにドサリと腰をおろした。「まあそんなのどうでもいい。あんたの現状について相談しようじゃないか」

パンダはいつしか心が寛《くつろ》いでいることに気づいた。

十一月の第一週までに、ルーシーはボストン・ジャマイカ・プレーン地域で転貸アパートに落ち着いた。執筆していない時間は仕事もし、疲れがたまってはいたが新しい仕事や忙しいスケジュールがこのうえなくありがたかった。

「どうでもいいじゃん」ルーシーと向かい合うカウチに腰かけた十七歳の少女が鼻で笑った。

「あたしのことなんか、なんにも知らないくせに」

スパイシーなタコスの香りがキッチンからカウンセリング・ルームに漂ってきた。ロックスベリー立ち寄り所では毎日五十食程度の夕食をホームレスの十代に提供しているのだ。そのほかシャワー室や洗濯室もあり、週一で医療クリニックも設けている。六人のカウンセラーが家出人や住所不定、ストリート・キッズなどの若年ホームレスに保護施設の案内をしたり、学校への通学の手配をしたり、大学入学資格検定《GED》に向けて学びながら就業する手助けをしたり社会保障制度のカードを登録したり、仕事を探す手助けもしている。クライアントのなかには実質的に虐待を受けているケースがある。また、美しい頬骨と哀しげな目をしたこの少女のように家庭内暴力から逃れてきたケースもある。立ち寄り所のカウンセラーは精神疾患、医学的問題、妊娠、売春の問題、これらの要素が重なり合ったケースにも対処しなければならない。

「それで、私が何も知らないのは誰の問題なの？」ルーシーがいった。

「誰の問題でもないよ」ショーナは不機嫌な顔で、カウチに深く体を沈めた。ドアの窓越しに、ハロウィーンの装飾を引きおろしている子どもたちの姿が見えた。コウモリにボール紙の魔女、目が赤く光るドクロなどだ。

ショーナはルーシーの黒いレザーのミニスカートやホットピンクのタイツ、ファンキーなブーツをじろじろと見た。「やっぱ、おばあさんのソーシャル・ワーカーのほうがいい。あんたよりずっと感じよかったもん」

ルーシーは微笑んだ。「それは私みたいにあなたを大好きじゃないからよ」

「今度は皮肉？」

「違うわ」ルーシーは少女の腕に手を当て、ひと言ひと言気持ちを込めて優しく話しかけた。「あなたはこの宇宙の素晴らしい創造物なのよ、ショーナ。ライオンのように勇敢で、狐のように知恵が働くのよ。あなたは賢いからどんな困難をも切り抜けていけるわ。だから愛さずにいられないのよ」

ショーナは腕を振り払い、ルーシーを睨《にら》んだ。「あんたは頭がいかれてる」

「そのとおりよ。大切なことはあなたが真のチャンピオンだということ。みんなそう思ってる。あなたが仕事を続けたいと真剣に考えれば、かならずどうすればいいのかわかるはず。さあ、もう帰りなさい」

それを聞いて少女は憤慨した。「なんなの、帰れって？　私が仕事に復帰できるよう手助けするのがあんたの仕事じゃないの？」

「手助けってどうやればいいのかしら？」

「アドバイスよ」

「アドバイスねぇ……」

「とぼけて、なんなの？　局長にいいつけるよ。そしたらあんたはクビ。なんにも知らないから仕方ない」

「私はここへ来てまだ一カ月も経ってないから、無知なのは事実かもね。どうすればカウンセリングがうまくいくかしら？」

「仕事を続けるためには。どうすればいいのか私にいろいろアドバイスしたり提案するのよ。毎日決まった時間に出勤するとか、上司をバカにしないとか……」その後数分にわたってショーナはほかのカウンセラーからのアドバイスを受け売りする形で、ルーシーに説教した。

少女がやっと語調をゆるめたとき、ルーシーは感心したようにうなずいた。「わあ、私よりあなたのほうがカウンセラーを務めたほうがいいぐらいね。上手だわ」

少女の反抗心は瞬時に消えた。「ほんとにそう思う?」

「ええ、そのとおりよ。GEDを取れば、いろいろな職業で能力を発揮できるはずよ」

ショーナが帰るまでに、ルーシーは少なくとも一人の少女の問題を解決した。小さな一歩かもしれないが、それがホームレスの若者にとって大きなバリアの役目をはたすのだ。ショーナは目覚まし時計すら持っていなかった。

ルーシーは無人のカウンセリング・ルームを見渡した。擦りきれてはいるが座り心地のいいカウチ、寛げるアームチェア、落書きのような壁紙。ここが自分の働くべき場所なのだ。

その夜はいつもより遅く立ち寄り所から出た。車に向かいながら冷たい小糠《こぬか》雨が降っていたので雨傘を広げながら、寝る前に少し原稿を書かねばなどと考えていた。国会に足繁く通うこともない。企業のお偉方を訪問することもない。そうした御仁はジョリック前大統領の娘と知り合いになったぞと自慢したいという理由だけで面会してくれる。公衆に向けた発言の場を著述に変えることで、ずいぶん心が充たされるようになっている。

ルーシーは水たまりをよけた。投光照明に彼女の車が照らされていた。駐車場にはほかに一台しか車が停まっていなかった。著作発刊の申し込みの受付期間はもうすぐ終わるが、すでに六社から出版を検討したいとの申し込みがきている。多くの作家がなんとか出版の機会を得ようと躍起になっていることを考えれば、恵まれすぎて心苦しく感じてもよさそうなものだが、そうは感じない。出版社側も彼女の名前が背表紙にあるだけで、大きな部数を見込めることを承知しているからだ。

ルーシーがテーマとして選んだのはホームレスの若者のそれぞれの事情だ。なぜ家族の元から逃げ出したのか。どうやって生活しているのか。彼らの希望、夢はなんなのか。ショーナのように恵まれない子どもだけでなく、あまり取り上げられることのない都市郊外の少年少女が裕福な地域社会を次つぎとジプシーのように放浪しながら生活している様子も取り上げたいと思っている。

仕事に集中しているあいだは元気なのだが、ガードが下がると、ふたたび怒りがよみがえってくる。疲労困憊したとき、食事が喉を通らないとき、わけもなく涙があふれそうになるとき……ルーシーは怒りを糧《かて》に切り抜けた。

車に近づいたとき、何かが走る音が聞こえた。ルーシーはくるりと振り返った。子どもがいずこからか飛び出してきた。針金のような体、くぼんだ目、汚れて裂けたジーンズ、雨に濡れた黒いフード。少年はルーシーのバッグをつかみ、彼女を地面に押し倒した。雨傘は飛び、痛みが全身を駆け抜けた。そして彼女の抱えこんでいた怒りは格好の標的を見つけた。ルーシーはなにごとか叫びながら、濡れたアスファルトの上で起き上がり、少年を追いはじめた。少年は歩道に入り、街灯の下で立ち止まり、後ろを振り向いた。追われることは想定していなかったらしく、彼はスピードを上げて走り出した。

「それを落としなさい！」ルーシーはアドレナリンによって燃え上がった憤怒の叫び声を上げた。

だが少年は走りつづけ、ルーシーも走った。

相手は体が小さくすばしこかった。しかしルーシーは容赦なく追った。復讐心がメラメラと燃えていた。ルーシーはブーツの靴音をたてながら歩道を走った。少年は立ち寄り所とオフィスビルのあいだの路地に飛びこんだ。ルーシーも追って入った。

入口を木の柵とゴミ収集箱が塞いでいた。しかしルーシーは退却するつもりはなかった。相手が銃を持っていたらどうなるかなど考えもしなかった。「それを返しなさい!」

少年は聞こえるような大きな唸り声とともにゴミ収集箱の上に乗った。ルーシーのバッグは鋭い角の部分から突き出ている。少年はそれを落とし、フェンスを跳び越えた。

ルーシーは怒りのために正気を失っていたので、自分もゴミ収集箱の上に上ろうとした。しかし濡れた金属の上でブーツが滑り、脚を擦りむいた。

正気が戻った。一度大きく喘《あえ》ぐと、怒りはようやく消滅した。

馬鹿、馬鹿、馬鹿。

ルーシーは落ちたバッグを拾い上げ、足を引きずりながら歩道へ戻った。倒れたとき、レザーのスカートがいくらか衝撃をやわらげる役目をはたしたが、ピンクのタイツは破れ、両膝と両手は擦りむけた。しかし耳鳴りはするものの、骨折はないようだ。

ルーシーは歩道に戻った。この愚か者。もし私が路地裏に飛びこむ様子を見ていたら、パンダはどんなに怒ったことだろう。しかしそもそもパンダがそばにいたら子どもはルーシーに近づきもしなかっただろう。

パンダは他人を守る人間だからだ。

眩暈にも似た衝撃が全身を駆けめぐった。

パンダは他人を守る人間。

ルーシーは歩道の縁まで行く前に倒れこんだ。ブーツは勢いよく流れる排水溝に沈み、彼女は嘔吐《おうと》した。パンダの言葉が脳裏によみがえってきた。

『……やつは突如彼女を壁にたたきつけ、鎖骨を骨折させた。おまえもそんな目に遇いたいか？』

ルーシーは両手で頭を抱えこんだ。

『おれはおまえを愛していないんだよ、ルーシー。わかるか？　愛していないんだ』

嘘だ。彼が愛していないはずはないのだ。むしろ愛しすぎているのだ。

雷鳴とともに稲光が空を引き裂いた。雨脚が激しくなり、トレンチコートの肩をぐっしょりと濡らし、頭皮にとんがった小石でもぶつけられたように頭が痛んだ。妻の首を絞めようとした帰還兵……恋人に暴力をふるった帰還兵……パンダは自分もそんな加害者になる可能性、危険性を知って、彼女の身を守ろうとしたのだ。

ルーシーの歯はガチガチと鳴りはじめ、彼女はこれが思い違いでないか熟考してみたが、心が真実を知っていた。いつまでも心の怒りを抱きつづけていたため、彼の本心を見通すことができなかったのだ。

白いヴァンがスピードをゆるめ、停まった。見上げると運転席の窓がするするとおり、白髪交じりの髪をした中年男性が顔を出した？「大丈夫ですか？」

「ええ……なんとか」ルーシーはもがくようにして立ち上がった。ヴァンは走り去った。

まばゆいほどの稲妻が夜の闇を切り裂き、ルーシーはその光で彼の瞳に宿る苦悶の色を思い返し、あの好戦的な言葉が偽りであったことを知った。パンダは自分がルーシーを傷つけない自信がなかったのだ。

ルーシーは雨にくすむ空を見上げた。彼は彼女を守るために自分自身の人生をも棄てるつもりなのだ。鉄のような意志にどうして抗えよう？　方法は一つしかなかった。自分も鉄の意志を持てばいいのだ。

そして計画を……。

26

映画の撮影がクランクアップしてから、パンダは島へ戻った。戻れば彼女に少しでも近づける気がしていた。十一月の薄暗い午後の光のなかで、家はうら寂しげにたたずんでいた。雨《あま》樋《どい》には落ち葉がたまり、窓は蜘蛛《くも》の巣が張りめぐらされていた。過ぎ去ったばかりの嵐の影響で、地面には小枝が散乱していた。彼はボイラーの火炉をオンにし、静まり返った部屋を通った。背をまるめ、両手はポケットに入れていた。

家の管理を任せる家政婦がまだ見つからず、家具の上にはほこりがうっすらと積もっている。だがそこここにルーシーの存在の痕跡が残されていた。サンルームのコーヒー・テーブルの上にはボウル一杯の浜辺の石があり、家具はいい感じに置き換えられ、棚もテーブルもがたつかなくなっている。この家はもはやレミントン家の帰還を待ちわびているような風情を漂わせなくなっているが、それでもまだ自分のものであるという気はしなかった。ここはルーシーの家。彼女が一歩ここに足を踏み入れた瞬間からずっとそうなのだ。

雨がやんだ。彼はガレージから古い継ぎ足し梯子《はしご》を持ち出し、梯子の横木で足を滑らしそうになりながら雨樋を掃除した。テンプルの不味い冷凍食品を電子レンジに放りこみ、コーラの缶を開け、ルーシーが泊まり、かつて自分のものだった部屋に寝ることでみずからを苦しめた。翌朝冷たい朝食をとり、コーヒーを二杯飲んで、森に入った。

コテージの壁は白く塗り替えられ、屋根が新しくなっていた。彼は勝手口のドアをノックしたが、ブリーの答えはなかった。窓越しにキッチン・テーブルの生け花や学習ノートが見えたので、ブリーとトビーはいまもここに住んでいることがわかった。ほかに何もすることがなかったので、仕方なくポーチに座ってブリーの帰りを待った。

一時間後、古いコバルトが視界に入ってきた。パンダは湿った籐《とう》の椅子から立ち上がり、階段に向かった。ブリーが車を停め、降りてきた。パンダを見ても動揺した様子はなく、ただ不思議そうな顔をしただけだった。

ブリーは彼の記憶にあるイメージとはかけ離れた様子になっていた。うららかといってもいいほどの落ち着き。体も以前ほど瘦《や》せ細っていない。ジーンズを穿《は》き、オートミール色のフリースのジャケットを羽織り、髪もさりげなく丸くまとめている。彼に近づく足取りにもどこか自信めいたものが漂っていた。

パンダはポケットに手を突っこんだ。「コテージがきれいになったね」

「来年は貸家にしようと思っているの」

「養蜂はどうするの?」ルーシーも気になるところだろう。

「コテージに隣接する果樹園のオーナーと交渉して、巣箱をあちらに移転することにしたの」

彼はうなずいた。ブリーは待った。パンダは軸足を変えた。「トビーは元気かな?」

「あの子は島でも一番幸せな子どもになったわ。いま、学校よ」

パンダは次に何を話そうかと考え、結局思いもしない質問が口をついて出た。「ルーシーと連絡は取ってる?」

ブリーもテンプルとまったく同じ反応を示した。うなずきながらも、それ以上は語ろうとしないのだ。

パンダはポケットから手を出し、階段を降りた。「きみに話しておかなくてはいけないことがあるんだ」

ちょうどそのとき、マイクのキャデラックが入ってきた。マイクは車を飛び降り、パンダに再会できたことがこの日のハイライトでもあるかのように腕を振り上げ、駆け寄った。

「おい、よそ者君! お帰り。また会えて嬉しいよ」

マイクの髪は短くなり、以前のように入念に整えられていなかった。時計以外アクセサリーも身に着けていない。いかにものんびりと幸せそうで、悩みとは無縁の顔つきだった。パンダは湧き起こる憤りを抑えた。自分の手の届かない幸せをつかんだ相手に苛立《いらだ》つのは筋違いというものだ。

マイクは片腕でブリーの肩を抱いた。「ようやく結婚の日取りが決まったこと、ブリーから聞いたかい? なんと大晦日《おおみそか》だよ。こんな厳しい取引は初めてだよ」

ブリーは眉を上げてマイクを見た。「トビーが決めたのよ」

マイクは苦笑いした。「したたかさは親に似たんだね」

ブリーは笑い声を上げ、マイクの口角にキスをした。

「二人とも、おめでとう」パンダがいった。

暖かい日だったので、マイクがポーチに座ろうと提案した。パンダは少し前まで座っていた椅子に腰かけた。ブリーが向かい側の椅子に座り、マイクは手摺に座った。彼はブリーの事業の好調ぶりや最近のトビーの成長についても語った。「あの子は教師と一緒に黒人の歴史を学んでいるよ」

「トビーはいまや先生より博識になったわ」ブリーが誇らしげにいった。「ところで、あなたは何か私に話があってここへ来たんでしょ？」

マイクが加わって、そうでなくともいいだしにくい話がいっそうややこしくなった。「いいんだ。また今度にするよ」

ブリーは眉をひそめた。「ルーシーのこと？」

すべてがルーシーに関わっている。「いや」彼はいった。「個人的な話だ」

「おれは席をはずそう」マイクは朗らかな口調でいった。「どちらにせよ、用事があるし」

「行かないで」ブリーがマイクをひたと見つめた。「見かけによらず、マイクは島の誰よりも思慮深い人よ。それに何を聞いたにしても、どのみち私はそれをマイクに話すことになるわ」

パンダはためらった。「いいのかな？　この話はきみの家族、父親に関することなんだ」

ブリーは警戒するようなまなざしを返した。「話して」

パンダは語りはじめた。ぎしぎしと音をたてる籐の椅子に座り、ブリーのほうに身を乗り出し、腕を膝《ひざ》に乗せ、ブリーの父親と彼の母親の関係、カーティスについて話した。

彼が話し終えると、ブリーは涙を浮かべていた。「心から申し訳ないと思うわ」

パンダは肩をすくめた。

マイクがブリーのかたわらに寄り添った。ブリーはポケットからティシューを出した。

「父の死後母が父のひどい裏切りについて私たちに打ち明けてくれたので、それほど意外なことではないけれど、まさかほかに子どもまでいたなんて夢にも思わなかった」ブリーは洟《はな》をかんだ。

マイクはブリーの椅子の背に手をまわし、パンダを揺るぎない視線で観察した。いつもの気の置けない人物はそこになく、もたらされた情報が自分の愛する女性に害を及ぼすものではないのか、見極めようとしていた。「あの家をなぜ買ったんだ?」

パンダはブリーを守ろうとするマイクの様子に好感を抱き、真実を話すことにした。「歪んだ一種の復讐かな。おれはきみの父親を憎んでいたんだよ、ブリー。自分ではきみら家族への憎しみだと思いこんでいたけど、じつは嫉妬だったんだ」パンダは座る位置を変え、自分でも驚くような発言をした。「あの家を買ったとき、明確な思考力もない状態にあった。陸軍を辞めたあと、おれはPTSDを患っていたからね」

彼は自分が頭痛持ちであることを打ち明けるかのように、そっけなくその言葉を口にした。

二人の表情は懸念と同情の入り混じったものだったが、ポーチから飛び出すこともなく、身を守る武器はないかとあたりを探しまわることもなかった。これはジェリー・エヴァーズのおかげだ。クリスティが空疎なカウンセリングとは無縁の精神科医を紹介してくれたことが大きい。エヴァーズ自身も戦闘経験があり、封じこめたはずの悪魔がふたたび現われ、他人を傷つけることになるのではないかと恐れるパンダの気持ちをよく理解してくれた。

ブリーはカーティスの存在により大きな関心を示した。「その子の写真はないの？」

思いもよらない質問だったが、パンダはそう訊かれたことを好ましく受け止めた。彼は財布を取り出した。「シカゴに戻ったら、何枚か送るよ。これは唯一持ち歩いている写真なんだ」

パンダはカーティスの最後の学校写真を取り出した。少し擦り切れ、色褪《いろあ》せたシャツの文字もかすかにしか読み取れない。微笑むカーティスの口には大きすぎる永久歯。ブリーはそれを受け取り、じっくりと見つめた。「この子は……兄のダグに似ているわ」彼女はふたたび涙ぐんだ。「兄弟にもぜひカーティスのことを伝えなきゃ。あなたの気持ちが整ったら、会ってちょうだい」

これも意外な展開だった。「喜んで」気づけばそう答えていた。

ブリーは写真を返すため差し出しながらも、親指で写真を優しく撫でた。

「それ、持っていいよ」それが一番いいように思えた。

翌朝パンダは早朝ランニングに出た。走っているとき、携帯電話が鳴った。ランニングに携帯電話を持ち出す習慣はないのだが、人を雇用するようになったため、いつでも連絡が取れるようにしておかねばならず、これが面倒でもあった。ビジネスは繁盛しているものの、どちらかというと一人で仕事をするのが好きだからだ。ディスプレイを見ると東海岸のコードになっている。見覚えのない番号だが、エリア・コードは知っていた。彼は走りのスピードをゆるめ、応答した。「パトリック・シェイド」恋しい人の声がくっきりした音声で聞こえてきた。怒りのこもる激しい口調だ。「最悪、妊娠しちゃったじゃないの。どうしてくれるのよ！」

その言葉を最後に電話は切れた。

彼はよろめくように路肩に寄り、電話を落とし、それを拾い上げ、電話をかけ返した。手が震えて二度かけ直した。

「何か用？」ルーシーは金切り声でいった。

どうしよう。とにかく落ち着け。パンダは自分にそう言い聞かせながら、何かいおうとしたのだが、ルーシーがわめき散らすので言葉をさしはさむチャンスがなかった。

「腹が立ちすぎて、話したくもないの！　パイプカットが聞いてあきれるわ」ルーシーは吐き捨てるようにいった。

「どこにいる？」

「どこだっていいじゃないの」彼女はいい返した。「もうあなたに用はないの、忘れた？」

電話はまた切れた。

なんてこった……ルーシーが妊娠？　おれの子を？　パンダはまるであたたかいさざ波のなかに突き落とされたような気がした。

電話をかけ直そうとしていると、ボイスメールが来た。彼女の引っ越し先についてはすでに知っていたが、それから間もなく彼はフェリーの船着き場にいた、六時間後、ボストンに到着した。

日は暮れ、あたりは夜の闇に包まれていた。レンタカーを借り、彼女の滞在しているアパートを目ざした。ロビーのブザーを鳴らしたが応答はなかった。

そのほかのボタンをいくつか押すと運よく、隣人の様子を窺うぐらいしか用事のなさそうな老人が出てきた。「あの娘は今朝スーツケースを持って出ていったよ。あの娘が誰か知ってるよな？　ジョリック前大統領の令嬢さ。感じのいいお嬢さんだよ」

パンダは歩道から電話をかけ、今度は応答してもらえた。彼はルーシーに話す間も与えなかった。「いまボストンに来ている」彼はいった。「このビルのガードマンは最低だぞ」

「あなたもね」

「どこへ行ったんだ？」

「ママとパパのところに決まっているでしょう？　まだあなたと話すつもりはないわ」

「そうかい」今度は彼のほうから電話を切った。

肉体的勇気は簡単に戻ってきたが、これはまた別ものだと思えた。ルーシーを取り戻すための一歩を踏み出す前にブリーとの関係をはっきりさせておかねばならないという自覚はあった。しかしその前に一週間ほどかけてジェリー・エヴァーズと話し、ふたたびあの暗澹《あんたん》たる精神状態に戻ることはないという自信を取り戻しておきたかった。そののちに行動予定を書きしるし、記憶しようというつもりでいた。二度と失敗は許されないからだ。それなのにこうしてワシントン行の飛行機に乗ったまではいいが、なんの準備もなく未来をかけた本番に臨まなくてはならなくなった。

パンダは夜も更けて、ダレス空港に着いた。興奮でとても眠れそうもないが、こんな状態でジョリック家を訪問するわけにはいかないというわけで、ホテルにチェックインし、朝まで横になっていた。夜が明けるとシャワーを浴び、ひげを剃った。コーヒー一杯だけを胃袋におさめ、ヴァージニアの狩猟カントリーで有名な高級住宅地ミドルバーグに向けて出発した。

曲がりくねった道沿いに車でワイナリーや立派な馬産農家の前を通り過ぎると、だんだん惨めな気持ちになってきた。もし手遅れだとしたら? ルーシーが迷いから目覚め、シングルマザーになることを選んだとしたら? ジョリック邸に到着するころ、パンダは冷や汗をかいていた。屋敷は道路からは見えない場所に建っていた。高い鉄の柵と精巧な電子制御の門扉でここが目的地だとわかった。彼はその門の前に車を停め、ビデオ付き監視カメラに見入った。携帯電話に手を伸ばしながら、一つだけ確信した。もしここで屈したら万事休すということだ。どんな行動をとるべきかはとにかく、彼女に見限られないようにしなくてはならない。
ルーシーは五回のコールで応答した。「まだ朝の六時半よ」ルーシーはしわがれ声でいった。「私はまだ寝ているの」

「かまわないよ」

「まだあなたと話す心境じゃないといったのに」

「それは困ったな。一分以内にこの門を開けないと、車で強行突破する」

「ジトモ刑務所から葉書でも送ってちょうだい！」

また電話が切れた。

幸いなことに、脅しを実行する必要はなかった。なぜなら三十秒後に門扉は開いたからだ。シークレット・サービスと短い会話を交わしたあと、茂る樹木のあいだを走るカーブした車道に車を進めるとレンガのジョージ王朝様式の館が見えてきた。彼はその前に車を停め、降りた。冷たい大気に落ち葉の匂いが漂い、澄み渡る空にいまにも輝く太陽が顔を出しそうだ。それを彼はよい兆候ととらえ、自信につなげようとした。待ち受ける課題の重大さに、彼は胃がむかむかするほど緊張していた。

玄関のドアが開き、ルーシーがそこにいた。パンダは動揺した。自分自身についていえば、これまで茫洋《ぼうよう》としてとらえどころがなかったものがいまやくっきりと視界におさまっているのだが、彼女のほうはどうやらそんな心境にはないようだ……。ルーシーはなかへ案内せず、外へ出てきた。緑のウシガエルのプリント柄のパジャマの上から黒のウィンド・ブレーカーを羽織っている。

いま一番会いたくないのは彼女の両親だったので、この土壇場の決着は彼にとって思いがけない好機だった。ルーシーは裸足のままスニーカーを履いた。淡いブラウンの艶やかな乱れ髪が美しかった。顔は化粧気がなく、頬には寝しわの跡まである。自然な美しさがありながら、並外れた端正さが際立っている。

ルーシーは幅広い階段を三段上った柱と柱のあいだで足を止めた。彼はレンガの歩道沿いに進んで彼女に近づいた。「誰のお葬式?」ルーシーは彼のスーツに見入りながら訊いた。

いくらなんでも前アメリカ合衆国大統領の邸宅を訪問するのにTシャツとジーンズ姿で現われるとでもいうのか。「着替える暇がなかったから」

ルーシーは階段をおり、舗道に散った赤や黄色の枯葉を踏んだ。華奢《きやしや》な造作、カエル柄のパジャマを着てはいても、十代の少女には見えなかった。魅力的なのにご機嫌なななめの、一筋縄ではいかない大人の女性の雰囲気があった。パンダはそれらすべてに畏敬《いけい》の念さえ覚えた。

ルーシーはプロボクサーのように、好戦的に顎を突き出した。「パイプカットをしたこととする予定では大きな違いがあるんじゃない?」

「どういう意味だ? パイプカットをしたといった覚えはないぞ」

ルーシーはそれを無視した。「そのことで論議するつもりはないわ」彼女は落ち葉が散った濡れた草の上を踏み、トーマス・ジェファーソンが『独立宣言』の校正をした木陰を提供したと思しき木のほうに向かった。「じつはね」彼女はいった。「ある時点であなたの放ったちびっ子たちの一人がホームランを打ったのよ。その結果あなたは父親になるの。ご感想は？」

「考える暇がなかった」

「私は考えたわ。その結果だけど、私は精子バンクに行ったふりはしないし、堕胎するつもりはないわ」

パンダはぞっとした。「そんなこと当然だ」

ルーシーはいまだ怒りがおさまらないようで、話しつづけた。「あなたはどうするつもり？　また神経を病むの？」

ルーシーが彼の過去の精神疾患をたいしたことではないというように軽い表現を使ってくれたことで、パンダは彼女に惚れ直した。

「どうなの？」彼女は三年生のときの担任教師のように、草の上で爪先をトントンと鳴らした。「それについて何か言い分はないの？」

パンダは生唾を呑みこんだ。「でかした、とかかな？」

パンダは頰を平手打ちされるかと思ったが、ルーシーは口をとがらせた。「両親はきっといい顔しないわ」

これは間違いなく控えめな表現だ。パンダは危険な領域に足を踏み入れたという認識で、慎重に言葉を選んだ。「おまえはおれにどうしてほしい？」

ルーシーは特別甲高い声を張り上げた。「やっぱりね！　もうあなたなんてうんざりよ！」相手は妊婦、手荒な扱いは許されない。パンダは彼女の前方にまわりこんだ。「おまえを愛している」

ルーシーは足を止め、鼻を鳴らした。「あなたは私のことが心配なだけ。そんなの、愛じゃない」

「そういう気持ちもある。けど、おまえに対する思いはほとんど愛なんだ」彼はこみ上げる思いで、声を詰まらせた。「テキサスの路地裏で会った瞬間から、きっと愛していたと思う」

緑色の斑点がある瞳が見開かれた。「そんなの嘘よ」

「嘘じゃない。愛しているという自覚はなかったが、最初から大切なものは感じていた」彼はルーシーの体に手を触れたかった。触れたいという抑えがたい思いが湧き起こった。だがそんなことをすれば事態が悪化するだけだった。「一緒にいるあいだ、おれは正しいことを貫こうと努力した。どれほどうんざりしたことか、言葉ではいい表わせないほどだ。それにおまえもおれを愛している、違うか？」

これこそ繰り返し、何度も脳裏をよぎる疑問だった。もしこれが思い違いだとしたら？これは束の間の火遊びだといったあの言葉が本音だとしたら？　本能は違うと告げているが、自己欺瞞《ぎまん》の影響力についてはいやというほど知り尽くしてもいる。彼は身がまえた。

「だったらどうだというの？」ルーシーは冷笑を芸術の域にまで高めた。「テッド・ビューダインを愛していると思いこんでいたけど、どうなったかは知ってのとおりよ」

パンダは眩暈を覚え、ろくに返事もできなかった。「ああ。でもやつはおまえにとって立派すぎたから。おれは違う」

「そうね。それは間違いないわ」

パンダは彼女を抱きかかえて車に乗せ、そのまま走り去ってしまいたかったが、彼女や彼女の母親のシークレット・サービスがそれを見逃してくれるはずはなかった。彼は深く息を吸いこみ、いうべきことを口にした。「クリスティがカウンセラーを紹介してくれたんだ。おれは自分が思っていたより正常な状態にあると彼が確信させてくれたよ。すべてが完璧ではないけど、戦闘経験のある帰還兵だ。おれたちはすぐに意気投合したよ。すべてが完璧ではないけど、

「彼の診立《みた》て違いね」マダム・センシティブがきっぱりといった。それでも大きな茶色の瞳がいくらかやわらいだように思えた。だがそれは願望にもとづいた考えかもしれなかった。

「この苦境をどう乗りきるつもりなのか聞きたい」彼は残るは懇願するのみというように立ち止まった。「おまえが望むのなら結婚するよ。おまえのためになんでもする。どうすればいいのかいってくれ」

見間違いだったにせよルーシーの瞳の優しさは消え、傲慢《ごうまん》さに変わった。「まったく腑甲斐《ふがい》ない男ね」ルーシーは落ち葉を踏みながら足音荒く玄関の階段を上った。彼女は目の前でドアを乱暴に閉ざすこともなかったので、パンダもさらなる懲らしめを覚悟で、続けてなかに入った。

堂々とした入口のホールには大きく広がる階段があり、印象的な油絵やアンティークの家具には代々伝わる裕福さが顕著に表われているものの、隅に放り出されたバックパック、バイクのヘルメット、カラフルなニーソックスの片方がここに若者が住んでいることを物語っている。ルーシーはウィンド・ブレーカーを脱ぎ、スミソニアン美術館から借りてきたような椅子にかけ、彼のほうを振り向いた。「もし私が嘘をついていたら、どうする？」

パンダは戸口に敷いたオリエンタルなカーペットの上で靴についた落ち葉を拭おうとしていた。「嘘？」

「もし私が妊娠していなかったら」彼女はいった。「これがでっち上げだとしたら？ 私を守るためにあなたがついた見え透いた嘘――私一人では身を守ることもできないというあなたの見え透いた嘘を見抜いたとしたら？ 私があなたを心から愛していて、あなたを取り戻すために一芝居打ったとしたら、あなたはどうする？」

パンダは濡れた靴のことなどどうでもよくなった。「嘘をついているのか？」

「質問に答えて」

彼はルーシーの首を絞めたくなった。「もしそれが嘘なら、本気で怒るぞ。あんなことといったけど、おれはおまえとの子どもが欲しいからだ。さあ、ほんとうのことをいえ！」

ルーシーの瞳がうるんだ。「ほんとに？ ほんとに赤ちゃんが欲しいの？」

今度は彼が喧嘩腰になった。「こんな重大なことで嘘なんかつくな、ルーシー」

ルーシーが後ろを振り向いた。「ママ！ パパ！」

「ここにいるよ」低い声が奥から聞こえてきた。

パンダは本気で彼女を殺したい気分だったが、とりあえず彼女の後ろから広間を出て、陽射しがこぼれるこぢんまりしたキッチンへ進んだ。あたりにはコーヒーの香りと何かをオーブンで焼く匂いが漂っている。秋の庭を見渡せる四角い張り出し窓のところにトレッスル・テーブルがあった。片側にジョリック前大統領が座り、前にはウォール・ストリート・ジャーナル、その横に別の新聞が広げてあった。白いローブを着てグレーのスリッパを履いている。化粧はしていなくともその美貌と堂々としたたたずまいは変わりない。向かい合う席には夫のマット。こちらはジーンズ、週末の朝らしいスウェットシャツといった装いだ。前大統領の髪はきちんととかされていたが、夫のほうは寝癖のついたままの乱れ髪で、ひげも剃っていない。パンダは二人のコーヒーが二杯目であることを切に願った。でなければ、これはそうとう厄介なことになりそうだからだ。

「ママ、パパ、パトリック・シェイドを覚えてる？」ルーシーは彼の名前を腐った肉のことでも話すようにいった。「私の番犬」

パンダは畏敬の念に圧倒される余裕もないまま、うなずいた。

ジョリック前大統領はウォール・ストリート・ジャーナルを脇に置き、マット・ジョリックはアイパッドのカバーを閉じ、老眼鏡をはずした。二人ははたして赤ん坊のことを知っているのだろうか？……そもそも赤ん坊なんているのか？　なんのヒントも与えられないまま、ルーシーの手によってライオンの檻《おり》に放りこまれるような気分だった。ルーシーの妹たちや弟まで顔を揃えていないだけまだましというものだ。土曜日なのでまだ眠っているのだろう。両親も寝ていてくれればよかったのに。「マダム」彼は挨拶した。「ミスター・ジョリック」ルーシーは無理難題を押し付けてくるつもりらしい。彼女は父親の隣りに座った。残されたパンダは王族の前に連れてこられた小作農さながらの心細さを感じた。ルーシーは母親を睨んだ。「彼がなんといったか、想像もつかないでしょ？　彼はね、もし私が望めば結婚しようといったのよ」

ジョリック前大統領は実際に目玉をぐるりとまわした。夫は首を振った。「予想以上の愚か者だな」

「彼は愚かではないわ」ルーシーはテーブルの下の架台に足を乗せた。「彼は……たしかに愚かなところもあるけれど、私もそうだから。それに彼はものすごく思いやりにあふれた人よ」

パンダはそれ以上聞いていられなくなった。ルーシーを、少なくとも自分では凄みのあるつもりの険しいまなざしでひと睨みすると、彼女の両親のほうに向き直った。「あなたがたのお嬢さんと結婚させていただけませんか？」ルーシーは険しいまなざしでパンダを見た。「勝手な暴走はやめて。まずは自分に価値がない理由を述べるべきでしょ」

彼はいまのいままで彼女の行動の意味を理解できていなかったが、ようやく合点がいった。彼女はバンド・エイドを剝がす、つまり傷口をさらすことを求めているのだ。

「コーヒーはいかが、パトリック？」ジョリック前大統領はカウンターの上のポットを仕草で示した。

「結構です」彼女は彼にとって最高司令官だった人物なので、自然と直立不動の姿勢になった。それがまた心地よく、彼はそのまま足を揃え、胸を張り、前方を見据えて話した。「私はデトロイトで育ちました。父親は麻薬の売人で、母親は薬物中毒から終生抜け出せませんでした。私も薬物に手を出したことがあり、未成年非行の前科があります。里親の家庭に預けられ、弟はギャングの抗争に巻きこまれ、幼い命を落としました。私は高校も卒業できず、陸軍に入隊しました。イラクとアフガニスタンに駐留後デトロイト警察に入りました」彼は決死の覚悟をもって話しつづけた。「ウェイン州立大学で学位を取り……」

「大学の学位だけじゃない……」ルーシーが口をはさんだ。「彼は修士号まで持っているの。私も以前はその事実が受け入れがたかったけど、大目に見ることにしたわ」

ルーシーは意図的に彼を不安がらせようとしているのだ。しかしこうして自分が洗いざらい打ち明けることを彼女が望んでいると思うと、彼は歪んだ喜びを感じた。彼は気分を取り直し、後ろで手を組み、両親の頭上を見据えたまま自身の残りの経歴を述べた。「繰り返しになりますが、ウェイン州立大学です。アイヴィーに少しでも近づけたのは、ハーヴァード対エールのフットボールの試合でハリウッドの女優の警護を担当したときだけです」

「彼はテーブル・マナーもいいの。それに見てよ、彼ってセクシーでしょ？」

「見ればわかるわよ」ニーリーは驚くほど示唆に富んだ口調でいった。パンダはあらためて前大統領とルーシーの違いを思い知った。

パンダはさらに続けた。「長いあいだ酒に溺れ、そのせいで喧嘩ばかりしていた時期もありました」彼は後ろにまわした両手を握りしめた。「しかし何よりもお二人に伝えるべきことは……」彼は両親の目を見据えた。「私がPTSDを患ったことがあるという点です」彼はゴクリと生唾を呑みこんだ。「すでに治癒したとは思われますが、万が一のことを考え、今後もカウンセリングは受けるつもりでおります。長いあいだ私は他人を傷つけてしまうことを恐れ、誰かへ思いを募らせることを避けてきました。しかし現在はそのような心境にはなれません。私は悪態もつきますし、癇癪《かんしゃく》持ちでもあります」

ジョリック前大統領は夫を見やった。「この子が彼に惚れこむのも無理はないわ。だって彼はあなたにそっくりですもの」

「パパより劣るけどね」ルーシーがいった。

マットが席を立った。「きみの言い分は信じよう」

パンダはジョリック夫妻に話をそらされるのは断じていやだった。「そんな過去がありますから、ご両親の理想にはほど遠い婿だと思います」

「シェイドさん、マットにも私にもあなたの過去は初耳というわけではないのよ」前大統領がいった。「まさか私たちが完全な身辺調査もなしにルーシーの警護を依頼したとでも思っていたの？」

聞いてみればなるほどとは思っても、パンダは驚いた。

「あなたは勲章を授けられた兵士だったわ」ニーリーはいった。「あなたは勇敢な志を持って国家のために奉仕し、デトロイト警察でも模範的な警察官と記録されているわ」

「でも」ルーシーはいった。「彼は愚かな行動に走る可能性があるわ」

「それはおまえにもいえることだ」父が指摘した。

パンダは腕を脇に垂らした。「もう一つ。私はあなた方のお嬢さんを心から愛しています。それは見てのとおりです。そうでもなければ、好き好んでこんなクソしんどい――失礼しました――こんな過酷な試練に立ち向かうようなまねはしません。では失礼ながら、ルーシーと二人だけで話し合わせてください」

ミス妊娠疑惑が急に顔をそむけた。「その前にマフィンよ。大好物でしょ?」

「さあ、ルーシー」パンダは戸口に向けて首を傾けた。

ルーシーはまだお仕置きを終えるつもりがないのか、のろのろと時間をかけて椅子を立ち上がり、すねたティーンエージャーのように口をとがらせた。それを見ていた両親は顔をほころばせた。「こんなふくれっ面を見ると、可愛らしかったあのころが懐かしくなるわね」

ニーリーは夫にいった。

「きみの影響だろ」マットが前大統領にいった。

妊娠のことがなかったら、パンダもついつい二人の楽しい会話に引きこまれていたことだろう。

マットが続けていった。「メイベルのなかで話したらどうだ⁉」マットは疑問符のついた命令を口にした。

前大統領が夫に微笑みかけた。

パンダは何がなんだかわからなかったが、ルーシーは理解しているようだった。「そうね」そう答えると、面倒くさそうに彼を勝手口へと案内した。

パンダもここは積極的になるべきと判断し、前へ進んでドアを開いた。そして彼女の後ろから石のテラスを通り、輪郭のはっきりした庭と木陰のある裏庭へ歩いた。ルーシーは落ち葉にスニーカーが擦れる音をたてながらハーブ園と思しき場所からレンガの歩道を抜けて巨大なガレージに向かった。ガレージに近づくとルーシーは土の道に入り、そのまま黄色いウィネベーゴへと進んだ。彼はようやく思い出した。これがメイベルなのだ。その昔、このモーターホームでルーシーとマット・ジョリックが旅に出て、ペンシルベニアのトラック・サービスエリアでニーリー・ケースを乗せたのだった。

ルーシーがドアを開くと蝶番《ちょうつがい》のきしむ音がした。パンダはくすんだ茶色のカビ臭い内部に足を踏み入れた。小さなキッチン。クッションが色褪せた格子柄のたるんだ作り付けカウチ。そして奥には寝室へ入るドア。小さなバンケット・テーブルの上には野球帽とノート、緑色のマニキュアと空のコーラの缶が載っている。ルーシーの妹や弟が溜まり場にしているのだろう。

なぜ彼女の両親はここへ来ることを勧めたのかと尋ねたかったが、どうせまた呆《あき》れ顔でバカ者扱いされるのがオチなので、訊くのはやめておいた。「これはまだ走るのかい?」

「もう無理ね」彼女はそういうとソファに座り、〈蝿《はえ》の王〉のペーパーバックを読みはじめた。

パンダはシャツの襟を引っ張った。この場所はジョリック家の人びとにとっては感傷を呼び覚ます場所なのかもしれないが、彼にとっては狭くて息苦しいだけにすぎない。おまえはほんとうに妊娠しているのか？　おれをほんとうに愛しているのか？　おれがどんな失言をやらかしたというんだ？　こう問い詰めたい気持ちが胸にあふれそうになっていたが、まだそれを口に出すことはできなかった。

彼はシャツの襟のボタンをはずした。頭が天井に触れるほどで、壁も間近にあって息が詰まる。彼は横向きにルーシーの向かいのバンケット・ベンチに座った。この距離からでもルーシーのパジャマの柔軟剤の香りが漂ってくるのがわかる。それが妙にエロティックなのだ。

「ブリーにカーティスのことを話したよ」彼はいった。

ルーシーは目を上げなかった。「知ってるわ。電話もらったから」

彼はこむら返りを起こした脚を伸ばした。ルーシーは本のページをめくった。彼の苛立ちは限界に達しようとしていた。「さあ充分楽しんだだろ？　そろそろ真面目な話をしないか」

「まだだめ」

こんな不愉快な思いをさせたのがほかの誰かなら、さっさと立ち去るか一発殴るかするのだが、自分はルーシーをひどく傷つけたのだから罰を受けても仕方がないのだ。それもむごい罰を。

彼は子どもの話は嘘だったという事実を受け入れるつもりだった。彼女は妊娠なんてしていない。それがどんなに辛くとも受け入れるしかないのだ。怒《ふる》ることさえ許されない。なぜなら彼女の嘘がきっかけで、ようやく彼女と再会する勇気を奮い立たせることができたのだから。

彼はあきらめの気持ちで彼女が求めている攻撃手段を与えた。「おまえはこれを聞いて不愉快だろうが、おまえと別れたのはそれが真に正しい行ないと信じたからだ」

ルーシーはそれまでの冷ややかなよそよそしさはどこへやら、乱暴に本を閉じた。「あらそう。私の考えを聞く必要はなかったというわけね。私の賛否や言い分はどうでもよかったのね。どうぞ今後も非力な女性の分まで一人でなんでも決めてちょうだい」

「当時そんなふうには考えられなかったが、いまになってみるときみのいうとおりだと思う」

「そんな感じでパートナーシップが成り立つの？　仮にパートナーシップがあるとしたらの話だけど。あなたがなんでも一人で決めるつもり？」

「いや。それとパートナーシップは築くつもりだ」パンダは突如これまでになく全身に力がみなぎる気がした。精神的に安定してきたことを示すには、ルーシーが妊娠を知らせるために電話をよこしたときに感じた昂揚感を思い起こせばよいのだ。あの瞬間、恐れも疑念もすべて吹き飛んだ。彼女が嘘をついたと知ったことはショックだが、できるかぎり早く今度はほんとうに妊娠させればいいのだ。

「あなたは私の発言権を奪ったのよ、パンダ。是非を問い、私の意見を求めもせず、いっさいの議論を放棄したのよ。私を子ども扱いにして」

パジャマを着てボタンもすべてとめてあるが、ルーシーはまったく子どもには見えなかった。しかしあの赤いフランネルの下にあるもののことは考えるわけにいかなかった。考えればピントがずれてくるからだ。「あれからおれも多くを学んだ」

「そうなの？」ルーシーの瞳に本物の涙が浮かんだ。「じゃあなぜ、私に会いに来なかったの？　なぜ私から電話をしなければいけなかったの？」

彼はルーシーを抱きしめ、二度と離したくなかった。しかしこれをやり遂げるまではそうすることはできなかった。

彼は小さなベンチから抜け出すようにして彼女の前にしゃがんだ。「おまえに会う度胸がなかったからだよ。おまえを愛していないといったのは人生最大の大嘘だったが、それはこの手でおまえを傷つけてしまうことが死ぬほど怖かったからなんだ。あれから事情が変わって、おまえを愛することを恐れる気持ちはなくなった。さあ好きなだけわめき散らせよ」

ルーシーはその言葉に鼻を鳴らした。「私はわめかないわよ」

それは嘘だと指摘するほど彼は愚かではなかった。「それならよかった。だってこれからいうことを聞けばおまえはきっと愉快じゃないだろうからさ」彼はもっと居心地のいい位置はないものかと探したが無駄だった。「おまえと別れたのは苦しみそのものだったが、それでも自分自身にとって、二人にとって最善の決断だったとあとでわかったんだ。なぜならおれは遂に自分の精神疾患の再発を案ずるより、もっと危うい問題に直面することになったわけだからさ」枝がモーターホームの天井をたたいた。「いつからか、おれは苦しみを当然のこととして受け入れる気持ちになっていた。おれは生き残り、仲間は死んだんだからと。そのことが胃の腑に落ちてから、ほかのことが明快に見え、初めておれは必然性ではなく、可能性を信じはじめたんだ」

彼にもルーシーの警戒心がゆるんだのがわかったが、それでもまだ彼女は逡巡していた。「おれは自分が受けた苦しみをおまえに味わせるつもりはないよ」

彼女はまさにいま彼を苦悶させているわけなのだが、それは昨日始まったばかりであって、彼は何カ月ものあいだ彼女を悩ませたのだから文句はいえなかった。「絶対に」彼はルーシーの冷たい手を取った。「別れてからおれがどんなに惨めだったか、おまえにはとうていわかるまい」

その言葉にルーシーの口もとはやわらいだ。「ほんとに？」

彼はルーシーのてのひらを親指で擦った。「おれにはおまえが必要なんだ、ルーシー。おまえを愛している。ずっとそばにいてほしい」

ルーシーは考えこんだ。「いま自分がひざまずいているの、わかってる？」

彼は微笑んだ。「もちろんわかってるよ。せっかくひざまずいているんだから……」シャツの襟でまた首が苦しくなり、彼の顔から微笑みは消えた。「ルーシー、どうかおれと結婚してほしい。おまえを愛し、大切にし、尊敬すると約束する。おまえと笑い、愛し合い、称えつづける。喧嘩はするだろうが、最後はおれがおまえのために命を投げ出すから問題ない」パンダはいまや汗びっしょりだった。「まったく、こんなの生まれてはじめてだよ……」

ルーシーは首を傾げた。「私を守ってはくれないの？　あなたの一番得意なことなんだから、約束してよ」

彼はそれ以上こらえきれなくなってネクタイをはずした。「それについてだが……」彼は襟のボタンをもう一つはずした。「おれには……どう表現していいかわからない」

ルーシーは彼に時間を与え、待った。そのまなざしがあまりに優しげなので、彼の言葉は思った以上になめらかに出てきた。「おまえはおれにとっていわば安全な港だ。おまえはおれの半分も警護が必要じゃない。だからその任務はおまえが引き継いでくれないかな？」

ルーシーは羽根のように指を動かして彼の髪を撫で、信頼感に満ちたまなざしを注いだ。

「ベストは尽くすわ」

「それ以外に対する答えは？」そう尋ねる彼の声はいまだ定まらない人生を案じ、心もとない響きがあった。「おまえにはおれと結婚する気概があるか？」

ルーシーは彼の頬を指先で撫でた。「私の精神のたくましさを見くびらないで」

パンダは安堵のあまり眩暈を覚えたが、ルーシーが彼への愛をつぶやいてくれたので、気持ちはじょじょに落ち着いた。やがてルーシーはカウチから立ち上がり、ドアの所へ行き、錠をかけた。彼のところに戻りながら、彼女はパジャマのボタンをはずしはじめた。

パンダに抱きつくルーシーのパジャマの前が開いた。彼女は彼の首に腕をまわし、キスをした。これほど情愛と情熱に満ちたキスは彼が生まれてはじめて味わうものだった。そしてこの愛こそ彼が生涯探し求めてきたものだった。しかしようやく二人の唇が離れると、ルーシーの顔がふたたび曇った。「まだあるの」

「そうだ。まだまだ続けよう」パンダはパジャマに手を入れ、ルーシーの背中を撫でながらつぶやいた。

「違うの。そうじゃなくて」ルーシーは彼のシャツの前身頃に手を当てた。「あなたへの怒りが収まると、あなたがほんとうは私を愛しているのだと気づいて、あなたの注意を引くために何か行動に出なくてはいけないと考えたの」

彼は理解した。「わかったよ。おまえは身ごもってないんだよな」

だが、ルーシーはそれでは気が済まないようだった。「私はある計画を思いついたわ。テンプルとマックスもあなたの誘拐に協力してくれると——」

「誘拐？」

ルーシーは急にすまし顔になった。「これも、やろうと思えばやれたのよ」

そんなことは金輪際起こりえないが。「そうかい」

「要するに」ルーシーは彼のシャツのボタンを引っ張った。「私の妊娠なんだけど……」

「そのことは近いうちにどうにかしよう。でももう二度と嘘はやめてくれ」

ルーシーはボタンを一つはずし、次のボタンに手をかけた。「じつをいうとね……体調がほんとにすぐれなくて、生理の遅れも気になって診てもらったら……」

彼はルーシーの顔をまじまじと見た。

ルーシーの口もとに柔和な微笑みが浮かんだ。そして両腕を上げ、顔を両手で覆った。

「ほんとに身ごもっていたの」

エピローグ

ルーシーはテッド・ビューダインの広い肩に頭をもたせかけ、満足げに溜息をついた。

「あんなことがあったのに、こんな結末が待っているなんて誰が想像したかしら?」

「運命のめぐり合わせって不思議なものだよね」彼はいった。

二人が結婚式を挙げようとしていたあの日からちょうど三年目の五月の下旬だったが、湖の別荘に一同が集まったのはそのためではなかった。レミントン家の別荘は外壁が真っ白に、鎧戸《よろいど》は紺色に塗り替えられている。仲間が集まったのは戦没将兵記念日《メモリアル・デー》の連休を楽しみ、夏の到来を祝うためだ。

トビーと同じ年頃の友人たちは愛犬マーティンとともにフリスビーを追って走りまわっている。ブリーの甥《おい》の一人が照れくさそうにルーシーの末の妹と話しており、そんな様子をトレーシーとアンドレがにやにやしながら眺めている。ルーシーはテッドのきれいにひげを剃りあげた顎のラインに見入った。「気を悪くしないでほしいんだけど、私、あなたと結婚しなくてよかったわ」

「気を悪くするはずないよ」テッドは朗らかに答えた。

遠くからかすかに金槌の音が聞こえてくる。あとひと月で大きなこの家の改修工事も終了し、最初のキャンパーを迎える準備が整うことになっている。「正直、よくメグに務まるなと感心しているの」ルーシーはいった。「完璧主義のあなたと暮らすのは彼女のような人にはきついはずよ」

テッドは真顔でうなずいた。「重荷であることは間違いないね」

ルーシーは微笑んで庭の向こうに置いた新しいバーベキューの炉を眺めた。やや恐れ多いといった様子のテンプルとマックスとともに両親が立ち話をしている。「パンダとの結婚生活は気楽よ」

「それはわかるよ。だってなんとなく威圧感のある旦那だから、安心だよね」

「そうでもないけど、彼がその言葉を聞けば褒め言葉と思うはずよ」

テッドは肩をよじった。「ぼくらが婚約していたころ、こんなふうに打ち解けた関係でいたら、あのままほんとうに結婚式を挙げちゃっていたよな」

二人は身震いした。

メグとパンダが二人のほうにやってきた。あの不機嫌な顔をしたボディガードがこんなに模範的な夫になるとは誰が予想しえただろう？

テッドはメグに相当影響されたようで、ひと騒動起こせるかとばかりにルーシーの頭の上にキスしてみせた。しかしそれがとんだ裏目に出た。ルーシーもひと騒動起こすのは好きだからだ。「あなたの夫が私にいい寄っているわよ」ルーシーは親友に向かって大声でいった。

「ところで彼の次善の選択になった気分はどう？」

メグはうぬぼれ屋の得意顔を返した。「あなたが結婚式を投げ出したりしなければ、私が間違いなくパンダをものにしていたわよ。あなたのいわゆるリハーサル・ディナーの晩、彼はたしかに私を口説こうと近づいたもの」

「まあ……あの日のあなたはたしかにセクシーではあったわね」ルーシーがうなずくと、パンダとテッドはちらちらと視線を交わし合った。ともに女房の尻に敷かれた夫でいられることの幸せを嚙《か》みしめている、そんな表情だった。

「不思議な運命よね」メグがいった。「私たち、あのままならおたがいの夫と結婚していたはずなんて」

今度は四人とも身震いした。

「何が不思議なって」ブリーがマイクと一緒にやってきた。眠る幼子を抱っこひもで抱えるマイクの顔は誇らしげだ。「あなたたち四人の関係ほど不思議なものはないわよ。マイク、この人たちはみんな変よね？」

「ブリー……他人から見たらおれたち夫婦の関係だって不思議じゃないかな？」

「あなたみたいな人とめぐり会えたのが夢みたい」ブリーはマイクだけに親密な微笑みを向けた。

トビーが友人たちから離れてやってきた。「そこまでいい人じゃないよ。だって昨日の晩なんて、ぼくがこっそり隠しておいたM&Mのチョコを見つけちゃったんだもん」

マイクはにやっと笑いトビーの首のあたりをつかみ、幼な子を起こさないようにしながら、トビーの頭をこぶしで撫でた。「もっといい隠し場所を考えなよ」

この三年でトビーの背丈は一〇インチも伸び、女の子がしきりに彼を訪ねてくるようになり、ブリーは悩まされたが、トビーは十四歳にしては分別があるのでルーシーは心配していない。

出産やキャリアの発展のあいだに、人生にはいくつもの変化が訪れた。ときには困難な時期もあった。ルーシーは祖父のリッチフィールドの他界をいまでも悼《いた》んでおり、ブリーは妊娠して日の浅い時期に流産した。幸いそれから一年余りでジョナサン・デービッド・ムーディの喜ばしい誕生があって、哀しみも癒された。

ルーシー以外の誰もが驚かされたのが、パンダの思いきった決断だった。彼はカウンセリングの学位を取得するため、スタッフを増員して復学するといいだしたのだ。現在彼は警備の仕事は自宅近辺のみに制限し、残りの時間をより重要な任務——負傷した戦争帰還兵が正常な生活を取り戻すための支援に当てており、彼も自分がその分野に才能があることを認識している。

ルーシーは受注がふえる執筆活動でもなんとか育児と両立できることを知った。彼女は物語を書く天賦の才能に恵まれ、自身が助けた子どもの生活をいきいきと描き出せる。現在三作目に取りかかっているが、これは里子養育制度の対象年齢からはずれ、住む場所のない十八歳と十九歳の若者を描いたストーリーだ。また、危険に瀕した児童に関する第一人者と認められるようになり、テレビのニュース番組やトーク・ショーへの出演依頼もふえている。同時にシカゴの立ち寄り所での一対一のボランティアの仕事も続けており、自分が何よりも大切にしている仕事との接点を失わずに済んでいる。

家族以外にルーシーとパンダが引き受けた最大のプロジェクトは、かつてパンダが落ちこんだとき考えごとをするのに使っていた岩場に完成間近のチャリティ島サマー・キャンプ場の建設だった。キャンプ場は里親制度で離散した兄弟が毎年夏に数週間でもともに過ごせる場所となる。またここは、精神を病んだ帰還兵やその家族が正常な生活を取り戻すための隠れ家としても使われることになっている。パンダもルーシーも危機に直面した子どもや大人に対処することのむずかしさはよく了解しているが、専門スタッフも雇い入れ、一緒に恐れず挑戦する意気込みでいる。

キャンプはリッチフィールド基金からの資金提供を受けている。この基金の資産はルーシーが祖父から相続した資産の大部分を譲渡したため実質的に額が増大した。「ヨットの夢はなくなったな」書類手続きを終えたとき、パンダはそういった。

しかしパンダの事業やルーシーの著述業からの収入で家庭の財政はうるおい、二人ともこれ以上の贅沢なライフスタイルを望まなくなった。それはいたずら好きな二人の娘も同じで、両親が出しっぱなしにした靴を履いてドスドス歩きまわるだけで充分楽しんでいる。

パンダのボディガードの勘が働き、間もなくルーシーの母性本能が危険を察知した。「おれが連れてくるよ」パンダがいった。

ルーシーはうなずき、二歳の娘のほうへ向かった。娘は大声でいやだと叫ぶテッド・ビューダインそっくりの息子から汚れた恐竜のぬいぐるみをニコニコ笑いながら取り上げようとしている。パンダは息子を昼寝させていたスクリーン・ポーチに駆けつけた。パンダが肩に抱き上げると、赤ん坊は泣きやんだ。かつてあれほどよそよそしく感じられたこの古い家が親子を優しく包みこんでくれるような気がした。彼は自分にとってかけがえのない人びとが集《つど》う庭を見つめた。

ルーシーはなんとか娘の気をそらすことができた。娘は父親の黒い巻き髪と母親の冒険心を受け継いだ小さな猛獣使いだ。午後のフェリーがエンジン音を響かせながら港に入ってきた。湖水の上では二羽のカモメが餌を求めて舞い降りた。ルーシーが顔を上げ、ポーチのほうを見た。目が合うとルーシーの口もとには満ち足りたような微笑みが浮かび、パンダの胸に熱い思いがあふれた。

得意分野で力を発揮する。

まさかこんな分野で、自分が力を発揮できるなんて。

著者あとがき

読者の皆様のご要望の強さには圧倒されることしきりである。『Fancy Pants』（『麗しのファンシー・レディ』ハーレクイン刊）と『Lady Be Good』（『レディ・エマの微笑み』弊社刊）を書いたあと並外れて魅力的なテッド・ビューダインのその後を読みたいというリクエストが、『First Lady』（『ファースト・レディ』弊社刊）を書いたあとにはルーシー・ジョリックの物語を書いてほしいという希望が殺到した。『Call Me Irresistible』（『あの丘の向こうに』弊社刊）でこの二人を結びつけることは理にかなっていると思われた。しかしながら、結果がどうなったかは皆様がよくご存じのとおりだ。こうしてルーシー・ジョリック自身の物語を書き終えることができて、皆様にもきっと喜んでいただけるのではないかと思っている。

恵まれた長い作家人生を送ってこられたのも、声援や支援をいただいた多くの方々のおかげと思っている。家族、友人。長きにわたって担当してくださっている賢く素晴らしい編集者のキャリー・フェロン、優秀なハーパー・コリンズ、ウィリアム・モロウ、エイボン・ブックスのチームの皆様には寛大なお気持ちでお力添えしていただいた。遅まきながら忍耐強い原稿整理担当のシェリー・ペロンに感謝を伝えたい。不運にも彼女が見逃したものは私の過失である。同様の感謝を私の有能なアシスタント、シャロン・ミッチェルにも送りたい。

また、作家仲間たちの協力なしには、この作品は完成しなかった。リンゼイ・ロングフォード、ロビン・カー、ジェニファー・グリーン、クリスティン・ハンナ、ジェイン・アン・クレンツ、キャシー・リンツ、スゼット・ヴァンデヴィール、ジュリー・ワコウスキー、マーガレット・ワトソン。私はスティーブ・アクセルロッドとマーガレット・ワトソンという二人のエージェントに長年携わってもらえたことはたいへん幸運なことと受け止めている。私の著書を厚遇してくださっている世界じゅうの出版社には深く感謝している。とくにミュンヘンのブランヴァレット・ヴァーラグ社のニコラ・バーテル、インゲ・クンツェルマン、この非凡なチームには特別に感謝を申し述べたい。愛を込めて！（アレス・リーベ！）

加えて、本書『The Great Escape』を書くにあたってご協力いただいた方々にも謝意を表したい。ニッキ・アンダーソン、この本のキャラクター作りにあなたのトレーナーとしての仕事内容を反映させていただいた。ミネソタを中心に危険に瀕した児童救済のための活動を行なう組織〈ティーンズ・アローン〉の仕事に情熱的に取り組む私の妹リディア・キームが着想を与えてくれた。アメリカ陸軍コローネル・ヴィクター・マーケル中尉のご協力にも感謝申し上げる。またこの作品の登場人物の法的問題解決について熱心に指導してくださったジョン・ロシッシにも心より感謝している。

読者の皆様、私はインターネットを通じて世界じゅうの読者と交流できることを幸せに感じている。もしまだフェイスブックやツイッターで私を見かけたことがないのなら、ぜひ声をかけていただきたい。私の公の場への登場や今後の著作予定に関心がおありなら、私のホームページ——

www.susanelizabethphillips.com

——にアクセスしていただきたい。

訳者あとがき

本作はアメリカで二〇一二年七月に刊行された、人気作家スーザン・エリザベス・フィリップスの最新作である。

シリーズ作品という形を取ってはいないが、一作前の『あの丘の向こうに』の続編というか、時系列的には同時進行の内容となっており、前作でのシーンがこの作品にもちらほら描かれている。前作ヒロインのメグがこんなことをしているとき、逃げた花嫁ルーシーの身にはこんなことが起きていたのか……と前作の内容を思い出しながら読むと楽しい。

ハンサムで天才的頭脳を持ち、気立ての優しい理想的な男性テッド・ビューダインとの結婚を控え、周囲の誰もが「素晴らしくお似合いのカップル」と賞賛するなか、彼を教会の祭壇の前に置き去りにして逃げ出した花嫁ルーシー。今作では彼女のその後が描かれている。

著者あとがきにもあるとおり、当初は読者からのリクエストの多かった『麗しのファンシー・レディ』、『レディ・エマの微笑み』に登場するテッド・ビューダインと『ファースト・レディ』のルーシー・ジョリックをカップリングする構想でいたのだが、二人の個性がしっくりこないのでこの組み合わせを断念し、物語を分けて書かなくてはならなくなったそうだ。

前作『あの丘の向こうに』でテッドの恋はハッピーエンドを迎え、ルーシーも今作でようやく運命の相手とめぐり逢うことになった。今回のヒーローはこれまでの作品に登場したタイプとはまるで違う、個性的なキャラクターである。黒い長髪にはうねるようなウェーブがあり、鋭い光を放つ蒼い瞳、たくましい肉体に加え、周囲の警戒心を含んだ注目を集める独特の威圧感の持ち主である。彼の存在は読みはじめから謎めいていて、いったい何者なのかと読者は好奇心を掻き立てられていく。名前もきわめてユニークだ。

ルーシーが旅の果てにたどりついたのは五大湖に浮かぶのどかな島、チャリティ島だった。変装してこの島で隠遁生活を始めたルーシーは、それまで見失っていた本来の自分らしさにしだいに目覚めていく。大切な友人との出逢い、そして恋。物語の舞台となった島はヒューロン湖サギノー湾内で最大の面積を持つ実在の島だ。

湾で漁に従事する水夫に恵みをもたらす「神の慈悲（Charity of God）」という意味でチャリティ島と名付けられた。一九八七年に七五万ドルで売りに出され、十年後にはその八〇パーセントが合衆国内務省魚類・野生動物部（US Fish and Wildlife Service）が買い取り、ミシガン群島野生動物保護区に組みこまれた。

島の大半は多彩な広葉樹の森で占められ、湿度の高い生態気候により多種多様な植物が繁茂している。この作品のなかでも多くのシーンの背景に森が使われ、独特の雰囲気を醸《かも》し出している。

豊かな自然環境の恩恵を受けて、島では養蜂業が発達してきたようだ。この物語でも幼少時代の親友の母親から思いがけず養蜂場を相続することになったブリーの奮闘ぶりを通して、神秘的な要素を持つ養蜂技術の様子を垣間見ることができる。

蜂蜜と人類の歴史は古く、約一万年前の壁画にも採蜜する女性が描かれていたそうだ。昔は蜜を採取するためには蜜蜂の飼育コロニーを壊滅させるしかなかったのだが、十九世紀半ばになって、巣箱、巣枠といった革新的手法を取り入れることで継続的に蜜蜂を飼育する近代養蜂の基礎が確立された。そののちさらに技術改革が進み、現在では巣枠を遠心分離器にかけ採蜜したのちに枠を洗って再利用できるようにもなっている。

この物語では湖岸から少し奥まった森のそばの養蜂場を舞台に、もう一つのドラマが繰り広げられる。

今作でロマンスと並行して描かれているテーマは、「罪と贖罪」である。人は生きているうちに他人を傷つけたり、災厄を引き起こしたり、あるいは許されざる罪を犯すことがある。と同時に多くの失敗から学び、成長や成熟を繰り返していくのもまた人間である。人生の土壌が過ちの洪水に荒らされても、命という種があればまた美しい花を咲かせることができる。苦しみ、悩みのトンネルの先にはかならず光が射しているという希望を、誰しも持つことができるのである。恋愛においても、たがいの過去や罪を含めて受け入れ慈しむことが真の愛の姿なのかもしれない。

本作の底流には、失敗を繰り返す欠点だらけの人間に対する寛容と理解、人間愛、人生への賛歌といった著者のあたたかな想いが感じられる。そうした意味で、今作はこれまでの作品と同じバックボーンを持ちながらも、読み手により深い感動を与えてくれる特別な作品といえる。

ザ・ミステリ・コレクション

逃避《とうひ》の旅《たび》の果《は》てに

著者　スーザン・エリザベス・フィリップス

訳者　宮崎《みやざき》 槙《まき》

発行所　株式会社 二見書房
東京都千代田区三崎町2-18-11
電話 03(3515)2311［営業］
03(3515)2313［編集］
振替 00170-4-2639

印刷　株式会社 堀内印刷所
製本　株式会社 関川製本所

落丁・乱丁本はお取り替えいたします。
定価は、カバーに表示してあります。

ISBN978-4-576-13003-3
http://www.futami.co.jp/

あの丘の向こうに

スーザン・エリザベス・フィリップス
宮崎槇［訳］

気ままな旅を楽しむメグが一文無しでたどりついたテキサスの田舎町。そこでは親友が〝ミスター・パーフェクト〟と結婚式を挙げようとしていたが、なぜか彼女は失踪して…!?

きらめく星のように

スーザン・エリザベス・フィリップス
宮崎槇［訳］

人気女優のジョージーは、ある日、犬猿の仲であった元共演者の俳優ブラムと再会、とある事情から一年間の結婚契約を結ぶことに…!? ユーモア溢れるロマンスの傑作

きらめきの妖精

スーザン・エリザベス・フィリップス
宮崎槇［訳］

美貌の母と有名スターの間に生まれたフルール。しかし修道院で育てられた彼女は、母の愛情を求めてモデルから女優へと登りつめていく……波瀾に満ちた半生と恋!

ファースト・レディ

スーザン・エリザベス・フィリップス
宮崎槇［訳］

未亡人と呼ぶには若すぎる憂いを秘めた瞳のニーリーが逃避の旅の途中で逞しく謎めいた男と出会ったとき…。RITA賞（米国ロマンス作家協会賞）受賞作!

レディ・エマの微笑み

スーザン・エリザベス・フィリップス
宮崎槇［訳］

意に染まぬ結婚から逃れようとする英国貴族の娘と、トーナメントに出場できなくなったプロゴルファー。そんなふたりが出会ったとき、女と男の短い旅が始まる。

トスカーナの晩夏

スーザン・エリザベス・フィリップス
宮崎槇［訳］

傷心の女性心理学者が静養のため訪れたトスカーナ地方で出会ったのは、美しき殺人鬼などが当たり役の大物俳優。何度もベッドに誘われた彼女は…イタリア男の恋の作法!

あの夢の果てに
スーザン・エリザベス・フィリップス
宮崎 槇［訳］〔シカゴスターズ シリーズ〕

元伝道師の未亡人レイチェルは幼い息子との旅路の果てに、妻子を交通事故で亡くしたゲイブに出会う。過酷な人生を歩んできたふたりにやがて愛が芽生え…

湖に映る影
スーザン・エリザベス・フィリップス
宮崎 槇［訳］〔シカゴスターズ シリーズ〕

湖畔を舞台に、新進童話作家モリーとアメリカン・フットボールのスター選手ケヴィンとのユーモアあふれる恋の駆け引き。迷いこんだふたりの恋の行方は？

いつか見た夢を
スーザン・エリザベス・フィリップス
宮崎 槇［訳］〔シカゴスターズ シリーズ〕

休暇中のアメフトスター選手ディーンは、ひょんなことから画家のブルーとひと夏を過ごすことになる。東テネシーを舞台に描かれる、切なく爽やかな傑作ラブロマンス！

銀の瞳に恋をして
リンゼイ・サンズ
田辺千幸［訳］〔アルジェノ&ローグハンターシリーズ〕

誰も素顔を知らない人気作家ルークと編集者ケイト。出会いは最悪&意のままにならない相手なのになぜだか惹かれあってしまうふたり。ユーモア溢れるシリーズ第一弾！

永遠の夜をあなたに
リンゼイ・サンズ
藤井喜美枝［訳］〔アルジェノ&ローグハンターシリーズ〕

検視官レイチェルは遺体安置所に押し入ってきた暴漢から〝遺体〟の男をかばって致命傷を負ってしまう。意識を取り戻した彼女は衝撃の事実を知り…!?シリーズ第二弾

秘密のキスをかさねて
リンゼイ・サンズ
田辺千幸［訳］〔アルジェノ&ローグハンターシリーズ〕

いとこの結婚式のため、ニューヨークへやって来たテリー。ひょんなことからいとこの結婚相手の実家に滞在することになるが、不思議な魅力を持つ青年バスチャンと恋におち…

二見文庫 ザ・ミステリ・コレクション

土壇場
キャサリン・コールター
林 啓恵［訳］

深夜の教会で司祭が殺された。被害者は新任捜査官デーンの双子の兄。やがて事件があるTVドラマを模した連続殺人と判明し…待望のFBIシリーズ続刊！

死角
キャサリン・コールター
林 啓恵［訳］

あどけない少年に執拗に忍び寄る魔手！事件の裏に隠された驚くべき真相とは？謎めく誘拐事件に夫婦FBI捜査官S&Sコンビも真相究明に乗りだすが……

追憶
キャサリン・コールター
林 啓恵［訳］

首都ワシントンを震撼させた最高裁判所判事の殺害事件殺人者の魔手はふたりの身辺にも！夫婦FBI捜査官サビッチ&シャーロックが難事件に挑む！FBIシリーズ

失踪
キャサリン・コールター
林 啓恵［訳］

FBI女性捜査官ルースは洞窟で突然倒れ記憶を失ってしまう。一方、サビッチ行きつけの店の芸人が何者かに誘拐され、サビッチを名指しした脅迫電話が…！

幻影
キャサリン・コールター
林 啓恵［訳］

有名霊媒師の夫を殺されたジュリア。何者かに命を狙われFBI捜査官チェイニーに救われる。犯人捜しに協力する同僚のサビッチは驚愕の情報を入手していた…！

眩暈
キャサリン・コールター
林 啓恵［訳］

操縦していた航空機が爆発、山中で不時着したFBI捜査官ジャック。レイチェルという女性に介抱され命を取り留めるが、彼女はある秘密を抱え、何者かに命を狙われる身で…

許される嘘
ジェイン・アン・クレンツ
中西和美［訳］

人の嘘を見抜く力があるクレアの前に現われた謎めいた男ジェイク。運命の恋人たちを陥れる、謎の連続殺人。全米ベストセラー作家が新たに綴るパラノーマル・ロマンス！

消せない想い
ジェイン・アン・クレンツ
中西和美［訳］

不思議な能力を持つレインのもとに現われたアーケイン・ソサエティの調査員ザック。同じ能力を持ち、やがて惹かれあうふたりは、謎の陰謀団と殺人犯に立ち向かっていく…

楽園に響くソプラノ
ジェイン・アン・クレンツ
中西和美［訳］

とある殺人事件の容疑者の調査でハワイに派遣された特殊能力者のグレイス。現地調査員のルーサーとともに事件に挑むが、しだいに思わぬ陰謀が明らかになって…!?

夢を焦がす炎
ジェイン・アン・クレンツ
中西和美［訳］

特殊能力を持つゆえ恋人と長期的な関係を築けずにいた私立探偵のクロエ。そんなある日、危険な光を放つ男が訪れ、彼の祖先が遺したランプを捜すことになるが…

霧に包まれた街
ジェイン・アン・クレンツ
中西和美［訳］

アメリカ西海岸の田舎町にたどり着いたイザベラは調査会社〈J&J〉のアシスタントになる。深い霧のなかでの闘いと愛！〈アーケイン・ソサエティ〉シリーズ最新刊

愛は弾丸のように
リサ・マリー・ライス
林啓恵［訳］

セキュリティ会社を経営する元シール隊員のサム。そんな彼の事務所の向かいに、絶世の美女ニコールが新たに越してきて……待望の新シリーズ第一弾！

罪つくりな囁《ささや》きを

コートニー・ミラン

横山ルミ子［訳］

貿易商として成功をおさめたアッシュは、かつての恨みをはらそうと、傲慢な老公爵のもとに向かう。しかし、そこで公爵の娘マーガレットに惹かれてしまい……。

唇はスキャンダル

キャンディス・キャンプ

大野晶子［訳］

教会区牧師の妹シーアは、ある晩、置き去りにされた赤ちゃんを発見する。おしめのブローチに心当たりがあった彼女は放蕩貴族モアクーム卿のもとへ急ぐが……!?

微笑みはいつもそばに

リンゼイ・サンズ

武藤崇恵［訳］

不幸な結婚生活を送っていたクリスティアナ。そんな折、夫の伯爵が書斎で謎の死を遂げる。とある事情で伯爵の死を隠すが、その晩の舞踏会に死んだはずの伯爵が現われ!?

ハイランドで眠る夜は

リンゼイ・サンズ

上條ひろみ［訳］

両親を亡くした令嬢イヴリンドは、意地悪な継母によって〝ドノカイの悪魔〟と恐れられる領主のもとに嫁がされることに…。全米大ヒットのハイランドシリーズ第一弾！

その城へ続く道で

リンゼイ・サンズ

喜須海理子［訳］

スコットランド領主の娘メリーは、不甲斐ない父と兄に代わり城を切り盛りしていたが、ある日、許婚が遠征から帰還したと知らされ、急遽彼のもとへ向かうことに…

あなたに出逢うまで

ジュディス・マクノート

古草秀子［訳］

港での事故で記憶を失った付き添い婦のシェリダン。ひょんなことからある貴族の婚約者として英国で暮らすことになり…!? 『とまどう緑のまなざし』関連作